Kenneth Goddard · Der Alchimist

Buch

Jack Locotta hat sich im Handel mit Kokain ein riesiges Imperium aufgebaut. Als mächtigster Mann der kalifornischen Drogenszene herrscht er eisern, grausam und unerbittlich über sein Reich und seine Mitarbeiter.

Doch eines Tages ziehen dunkle Wolken über Locottas Imperium auf. Da ist einmal Tom Fogarty, Mitarbeiter des nationalen Rauschgiftdezernats, der es sich in den Kopf gesetzt hat, Locotta das Handwerk zu legen. Und da ist zum anderen Jimmy Pilgrim, Locottas rechte Hand. Er, der sonst die Dreckarbeit für seinen Boß erledigt, möchte sich endlich auf eigene Beine stellen und Locotta die Zügel aus der Hand reißen. Er weiß auch schon wie: Ein genialer Chemieprofessor von der Universität von Kalifornien stellt für ihn eine synthetische Droge her, die dem Kokain analoge Wirkungen zeigt, aber billiger ist und noch dazu den Vorteil hat, fürs erste ganz legal zu sein.

Als Pilgrim mit diesem Mittel auf den Markt drängt und als zugleich die Agenten Fogartys die kalifornische Drogenszene infiltrieren, ist bald darauf die Hölle los. Ein blutiger und erbarmungsloser Kampf um Reichtum, Macht und um das Überleben beginnt…

Der Alchimist – ein neuer Thriller von Bestsellerautor Kenneth Goddard *(Signalfeuer);* wieder mit einem hochaktuellen Thema und atemberaubend spannend: »Gut erzählt, temporeich, herausragend.« *(Greenwich Time)*

Autor

Kenneth Goddard ist gebürtiger Kalifornier und wohnt heute mit seiner Frau und seiner Tochter im US-Bundesstaat Virginia. Er ist ein intimer Kenner der kalifornischen Drogenszene sowie der in diesem Roman geschilderten Probleme und Entwicklungen: Goddard studierte Biochemie an der Universität von Kalifornien und arbeitete nach dem Studium lange Jahre im Polizeidienst – nicht zuletzt auch auf dem Gebiet der Rauschgiftbekämpfung. *Der Alchimist* ist Goddards zweiter Roman.

Von Kenneth Goddard
ist als Goldmann-Taschenbuch erschienen:

Signalfeuer (8356)

KENNETH GODDARD

Der Alchimist

ROMAN

GOLDMANN VERLAG

Aus dem Amerikanischen von Willy Thaler
Die amerikanische Originalausgabe erschien unter dem Titel
»The Alchemist« bei Bantam Books, Inc., New York

Hazel und Jingles
zum Gedenken

Made in Germany · 12/87 · 1. Auflage

Umschlaggestaltung: Design Team München
Umschlagillustration: Stephanie Gerber
Satz: IBV Satz- und Datentechnik GmbH, Berlin
Druck: Mohndruck, Graphische Betriebe GmbH, Gütersloh
Verlagsnummer: 32502
Lektorat: Werner Morawetz/Annemarie Bruhns/G.R.
Herstellung: Sebastian Strohmaier
ISBN 3-442-32502-1

PROLOG

Als sie im nachhinein alles noch einmal durcharbeiteten und die abschließenden Berichte schrieben, wurde nur zu deutlich, daß Jamie MacKenzie die Schlüsselfigur gewesen war, obwohl die Fragen nach dem Warum und Weshalb noch immer keinen Sinn ergaben.

Wenn man von MacKenzies hohem Intelligenzquotienten und seinen brillanten akademischen Leistungen wußte, fiel es einem schwer, zu glauben, daß ausgerechnet jemand wie er die kalte Gleichgültigkeit und die Gewalttätigkeit, wie sie in dem Geschäft, auf das er sich eingelassen hatte, die Regel waren, so sehr unterschätzt haben sollte. Rückblickend war es jedoch nur zu klar, daß MacKenzie einfach weder das erschreckende Ausmaß noch die unvermeidlichen Konsequenzen seines törichten Fehlers verstanden hatte.

Irgendwie hatte sich Jamie MacKenzie eingeredet, daß das Ganze nur ein vergnüglicher Spaß und ein einträgliches Spiel sei, wobei ironischerweise seine Geschäfte gelegentlich zwar tatsächlich Spaß machten und sie sicherlich auch einträglich, aber entschieden kein Spiel waren.

Als daher das Telefon im Studentenwohnraum 245 von Voyager Hall der Universität von Kalifornien klingelte, blickte MacKenzie zerstreut und gleichgültig – aber nicht auf der Hut und wachsam – von seinen Berechnungen auf und langte über seinen Schreibtisch nach dem Telefonhörer.

»Hallo?«

»Hallo, Jamie, wie geht es dir?«

MacKenzie erkannte sofort die schwerfällige Sprechweise Bobby Lockwoods. Diesmal Alkohol, höchstwahrscheinlich Moosehead-

Bier, dachte er. Wie Jamie MacKenzie und jeder andere Bewohner von Voyager Hall nur allzu gut wußten, hatte Bobby Lockwood von seinem verstorbenen, aus Alaska stammenden Vater mehr als nur leuchtend blaue Augen, lockiges schwarzes Haar, ein selbstsicheres Wesen und etwas schwerverdientes Geld geerbt... und er glänzte nicht gerade durch übergroßen Lerneifer. Bobby Lockwoods akademische Interessen beschränkten sich ausschließlich auf die Erforschung der vielen verschiedenartigen Wirkungen von Chemikalien auf den menschlichen Geist und Körper. Und Äthylalkohol war eines seiner Lieblingselixiere.

»Ich bin ziemlich am Schwitzen«, antwortete MacKenzie gutmütig. »Nächste Woche beginnen die Abschlußprüfungen. Ich denke ernsthaft daran, mich mit meinen Büchern zu befassen. Aber vielleicht sollte ich auch einfach ins Center rübergehen und einen Rock aufreißen. Kann mich nicht entschließen.«

»Genau der richtige Tag«, lachte Lockwood. »Hör mal, Kumpel. Ich habe was Nettes mit einer schlauen kleinen Biene laufen, die ich eben kennengelernt habe. Ich möchte sie dieses Wochenende zu einem kleinen Skitrip mitnehmen, verstehst du. Nur..., leider gibt's nirgends ordentlichen Schnee. Da dachte ich mir, ich könnte auf meinen im Überfluß lebenden Kumpel zählen.«

MacKenzie stellte rasch ein paar Berechnungen an.

»Möglicherweise könnte ich etwas für dich tun«, meinte er vorsichtig. »Ich bin diesen Monat ziemlich ausgebucht, aber vielleicht könnte ich dich noch für zwei Päckchen reinzwängen. Wird aber ein bißchen mehr kosten. Qualitätspulver gibt es derzeit nur mit Aufpreis.«

»Leider«, knurrte Lockwood. »Zwei Päckchen sind für uns gerade richtig, Sportsfreund. Genau richtig. Was wird es mich also kosten, wir sind doch schließlich Kumpels, oder?«

»Normalerweise müßte ich zu dieser Jahreszeit ohne Vorbestellung mindestens zwei Scheine kriegen«, meinte MacKenzie. »Aber da du es bist, mache ich es für hundertfünfzig. O. K.?«

»Ich wußte ja, auf dich kann ich mich verlassen.« Lockwood seufzte zufrieden. »Morgen abend wird die kleine Dame mächtig dankbar sein.«

»Wirklich?« MacKenzie kicherte belustigt, weil der kraushaarige, blauäugige Lockwood in dem Ruf stand, bei seinen Studienkolleginnen sehr gut anzukommen. »Weiß sie, daß du mit den Päckchen kommst?«

»Sie hat gerade vorhin an meiner Tür gekratzt«, lachte Lockwood. »Also, wie machen wir es? So wie immer?«

»Briefkasten zwei-vier-fünf«, nickte MacKenzie. »Der übliche Ablauf.«

»Das Geld ist schon unterwegs, Kumpel. Hör zu, nochmals danke. Und bleib nicht allzu lang auf mit deinen... Büchern.«

MacKenzie lächelte, legte den Hörer auf und warf einen Blick auf die Uhr. Freitagabend, Viertel vor neun. Zeit genug, um drüben im Studentencenter ein paar Mathematikkapitel zu überfliegen, während er ein bißchen umherschlenderte – vielleicht ließ sich etwas Nettes auftun, womit er sich über das Wochenende vergnügen konnte –, bevor er die abendliche Lieferung holte.

Jamie MacKenzie grinste unverfroren, schnappte sich das dicke Mathematiklehrbuch, das er nur selten aufschlug, nahm seine blaugoldene Windjacke und ging zur Tür.

Angesichts aller Annehmlichkeiten, die Jamie MacKenzies gegenwärtige Lebensumstände ihm boten, hatte es wirklich keinen Sinn, ihm zuzureden, sich seinen Collegestudien, das heißt seiner offiziellen Ausbildung, intensiver zu widmen, ...obwohl das sicherlich schon viele Leute versucht hatten. Leute wie sein Studienberater, drei seiner Professoren und mehrere Studienkollegen, ganz zu schweigen von einigen seiner engsten Freunde, die es wirklich besser hätten wissen sollen.

Doch daß diese Leute sich überhaupt um Jamie MacKenzies Ausbildung bemühten, war an sich blanker Hohn... da sie alle Jamie MacKenzie täglich just den Anreiz lieferten, der es ihm ermöglichte, so unerheblichen Vorkommnissen wie einem Semesterende vollkommen gelassen entgegenzusehen.

Dieser Anreiz war Geld. Oder genauer gesagt, eine Menge Geld.

Jedesmal, wenn eine dieser gutmeinenden Personen ein Ein-Gramm-Päckchen weißen, kristallinischen Pulvers von Jamie Mac-

Kenzie kaufte – der in dem Ruf stand, der verläßlichste Kokaindealer an der Universität von Kalifornien in San Diego zu sein –, bestärkte sie ihn in der Überzeugung, daß das Leben ein Stück von einem Kuchen war, das gebacken, aufgeschnitten und ihm persönlich überbracht wurde.

So besaß also Jamie MacKenzie mit achtzehn Jahren alles, was er vom Leben erwartete: Geld in stets ausreichender Menge und einen zuverlässigen Nachschub an hochqualitativem Rauschgift; einen Campus voller bereitwilliger junger Frauen; einen Schrank voller teurer, eleganter Kleidung und einen nagelneuen englischen Sportwagen. Darüber hinaus hatte er einen guten Ruf und war ziemlich angesehen – und das, obwohl er bei seinen täglichen Geschäften möglichst unauffällig handeln mußte.

Logischerweise mußte es den Verstand jedes Achtzehnjährigen überfordern, das alles voll zu erfassen; Jamie MacKenzies Verstand versagte aber schließlich deshalb, weil er keineswegs schwer arbeiten mußte, um seinen unbekümmerten Lebensstil beizubehalten. Es war fast zu leicht. Jede Woche die gleiche einfache Prozedur: die Ware abholen, sie verkaufen und sie bezahlen. Ein wahres Kinderspiel für einen hochintelligenten, unternehmungslustigen Menschen wie MacKenzie.

Die Routine begann jeden Sonntagmorgen, wenn MacKenzie in seinem Schlafraum eine unter der untersten Lade einer schweren Eichenkommode versteckte Geldkassette öffnete und fünfundzwanzig Hundertdollarscheine (oder gelegentlich den doppelten oder dreifachen Betrag) herausnahm. Nachdem er das Geld in einem kleinen Umschlag versiegelt hatte, legte er sich wieder mit leichter Lektüre – am liebsten einem erotischen Magazin mit Aktfotos – auf das Bett und wartete auf einen Telefonanruf.

Das Telefon läutete gewöhnlich um halb zehn – fünf Minuten plus oder minus. Der Anrufer gab den Standort einer öffentlichen Telefonzelle irgendwo auf dem Campus und eine Ankunftszeit an – meistens zehn oder fünfzehn Minuten, je nach der Entfernung.

In der genannten Zelle erhielt MacKenzie einen zweiten Anruf, der ihn dann zu der Stelle dirigierte, wo er das Geld hinterlegen sollte; üblicherweise war das ein Papierhandtuch-Behälter in einer öffentlichen Toilette auf dem Campus oder in dessen Nähe. Dort öffnete er mit einem seiner Universalschlüssel den Behälter, schob den Briefumschlag irgendwo am oberen Ende in den Stoß von Papierhandtüchern und kehrte dann direkt zur Universität zurück.

Ausdrücklichen Weisungen gemäß hielt sich Jamie MacKenzie nie in der Nähe des Geldbriefkastens auf, um den Mann zu beobachten, der das Geld abholen und, wie er annahm, bald nach ihm eintreffen würde. Als praktisch denkender Mann nahm MacKenzie richtig an, daß Neugierde überaus gefährlich und möglicherweise tödlich war. Kein Problem, da MacKenzie bezüglich seiner »Verbindung« nicht besonders neugierig war.

Soweit also eine glatte Sache.

Die darauf folgende Abholphase spielte sich jeden Dienstagabend nach einer Geldlieferung ab. Um siebzehn Uhr fünfundvierzig nach einer erwartungsgemäß miserablen Mahlzeit im Selbstbedienungsrestaurant ging Jamie MacKenzie in sein Studentenheim zurück wie an jedem anderen Werktag, tippte den vierstelligen Code in seinen Briefkasten ein und nahm die Post heraus. Am Dienstag oder gelegentlich Mittwoch enthielt die Post eine, zwei oder manchmal drei Unzen vierzigprozentiges Kokain. Jede Unze war luftdicht in mehreren dünnen Qualitäts-Plastikbeuteln versiegelt, die in den Umschlägen verschiedener Versandhäuser verschickt wurden.

Sobald MacKenzie die wöchentliche Lieferung erhalten hatte, kehrte er rasch und umsichtig in sein Zimmer zurück, wo er sofort die Tür zweimal verriegelte, das Fenster schloß, die Gardinen vorzog… und wartete.

Um neunzehn Uhr, wenn die offizielle dreistündige Studierzeit im Wohnheim begann, öffnete MacKenzie das verborgene Fach in seinem Toilettentisch, entnahm ihm eine Schalen-Digitalwaage, ein Fünfpfundglas Milchzucker, einen großen Mörser mit Stößel, eine Schachtel mit dicken, glänzenden Papierquadraten und einen kleinen Metallspachtel; das alles breitete er säuberlich auf dem abgeräumten Teil seines Schreibtisches aus. Dann setzte er sich an den Tisch und verbrachte den Rest des Abends mit der Herstellung von Kokainpäckchen.

Abgesehen von der minimalen, für die Benützung der Schalenwaage und für das Falten von Papiersäckchen erforderlichen Geschicklichkeit, war das Aufteilen des Rauschgiftes in Ein-Gramm-Portionen keineswegs schwierig.

Die Unzen von vierzigprozentigem Kokain, die Jamie MacKenzie jede Woche erhielt, wogen ungefähr 28,3 Gramm. MacKenzie hatte die Aufgabe, von jeder Unze genau 25,0 Gramm vierzigprozentiges Kokain mit exakt 25,0 Gramm weißem Milchzuckerpulver zu vermischen; dadurch stellte er 50,0 Gramm zwanzigprozentiges Kokain her, die er sorgfältig zu fünfzig peinlich abgewogenen Ein-Gramm-Päckchen faltete.

MacKenzie war einer der beiden ›lizensierten‹ Gramm-Händler auf dem Universitätscampus, und man erwartete von ihm, daß er wöchentlich mindestens fünfzig Ein-Gramm-Päckchen zum Preis von je 60 Dollar verkaufte und somit eine wöchentliche Bruttoeinnahme von 3000 Dollar pro Unze erzielte. Er bezahlte an jedem Sonntagmorgen – über die Einwurfstelle – 2500 Dollar an seine Verbindungsstelle. Fünfhundert Dollar und die restlichen 3,3 Gramm vierzigprozentigen Kokains waren sein Gewinnanteil an jeder Unze, was mehr als genug Geld und Rauschgift war, um seine Ausgaben für Frauen, Kleidung und Autos während seiner gesamten Studienzeit zu decken, solange er sich nicht nachlässig, habgierig oder dumm verhielt.

Fairerweise muß man zugeben, daß Jamie MacKenzie keineswegs fahrlässig war. Er befolgte gewissenhaft die grundlegenden Weisungen, die jedem einzelnen der Unzen- und Grammhändler von der Zentrale eingebläut worden waren: Verkaufe nur an Leute, die du kennst und denen du uneingeschränkt vertraust, vorzugsweise auf einer festen Grundlage von x Gramm pro Woche. Verkaufe nie an jemanden, der erst vor kurzem erwischt wurde. Jemandem gegenüber, den du nicht überprüft hast, gib nie zu oder deute auch nur an, daß du Rauschgift verkaufst. Und verkaufe niemals an einen vollkommen Fremden. Man setzt voraus, daß du deinen Kunden kennst, bevor du deinen Kopf aufs Spiel setzt.

Außerdem war Jamie MacKenzie nicht sonderlich habgierig. Von seltenen Ausnahmen abgesehen – wie in dem Fall von Bobby Lockwoods Dringlichkeitsersuchen, das den jungen Gramm-Händler gezwungen hatte, seinen privaten Vorrat anzugreifen –, erhöhte dieser nie den Preis seiner Päckchen, wenn die Ware knapp wurde. Er hatte vorläufig keineswegs die Absicht, zu einem Unzen- oder Pfund-Verteiler aufzusteigen, da er fand, er habe noch reichlich Zeit, später in den Großhandel einzusteigen. Vorläufig war Jamie MacKenzie mit sich, seinem relativ guten Aussehen und seinem allmählich wachsenden Ansehen durchaus zufrieden.

Nein, Jamie MacKenzie handelte nicht nachlässig, als er an diesem Abend um halb elf zu dem Briefkasten Nr. 245 ging, um seine täglichen Briefumschläge zu holen, von denen einer hundertfünfzig Dollar in Zehndollarscheinen enthielt. Er war auch nicht von übertriebener Habgier beseelt, als er etwa dreißig Minuten später einen versiegelten Umschlag, der zwei gefaltete Papiersäckchen enthielt, in den Einwurfschlitz von Bobby Lockwoods Briefkasten einfallen ließ.

Er beging nur einen unverzeihlich dummen Fehler.

Am nächsten Morgen ging Bobby Lockwood um neun Uhr fünfzehn zu seinem Briefkasten und nahm den versiegelten Brief von MacKenzie heraus, der zwei gefaltete Papierpäckchen enthielt. Er begab sich sogleich in eine nahe gelegene Toilette, um sich davon zu überzeugen, daß jedes Päckchen weißes, kristallinisches Pulver enthielt. Dann eilte er auf den dahinter gelegenen Parkplatz, stieg in seinen Wagen, fuhr aus dem Campus zur Anschlußstelle der Autobahn 5 und nach Süden Richtung San Diego.

Entgegen der Geschichte, die er MacKenzie aufgetischt hatte, hatte Lockwood keineswegs die Absicht, mit den zwei Gramm Kokain eine imaginäre junge Dame auf einem ebenso imaginären »Skitrip« zu verführen. Obwohl ihn das durchaus gereizt hätte, wäre es bestimmt nicht die richtige Verwendung für ein wertvolles Beweismittel in einer höchst heiklen Untersuchung gewesen, es einfach für ein Betthäschen zu verpulvern.

Außerdem war die Angelegenheit noch nicht abgeschlossen. Lockwood mußte das Pulver erst analysieren lassen, um herauszufinden, was er für einhundertfünfzig Dollar gekauft hatte; Geld, worüber er Jimmy Rechenschaft ablegen mußte. Und dazu mußte

Lockwood die Päckchen jemandem übergeben, der bedeutend mehr von Chemie verstand als er – einem Chemieprofi wie Simon Drobeck.

Fünfundzwanzig Minuten später traf Lockwood an der Hintertür von Drobecks abgeschiedenem Laden ein und übergab ihm den Briefumschlag.

»Es war an der Zeit, daß Sie mir etwas Interessantes bringen«, brummte Drobeck, während er zu seinem Arbeitstisch zurückschlurfte, den Briefumschlag aufschlitzte, die Päckchen sorgfältig entfaltete und nach zwei Wägepapieren aus Pergamin langte. »Ich habe die Nase voll von der Scheißroutine.«

Typisch Drobeck. Lockwood nickte, während er zusah, wie der schon ältere Chemiker mit einer komplizierten Elektronikwaage hantierte. Mürrisch, introvertiert und sarkastisch. So mußte man werden, wenn man sein Leben lang mit Teströhrchen spielte und nicht einmal mehr mitbekam, daß man alt und senil wurde, dachte Lockwood schaudernd. Trotz der Klausel im Testament seines Vaters, daß er einen akademischen Grad in Biologie oder Chemie erlangen müsse, bevor er den Rest des Besitzes in Alaska erbe, konnte sich Lockwood nicht vorstellen, sein Leben in einem engen Labor zu verbringen. Schon gar nicht in einem Labor wie dem Drobecks.

»Die Sache wird sich als beträchtlich interessanter erweisen, wenn unsere Annahmen zutreffen«, sagte Lockwood sichtlich zerstreut, während seine Augen nervös die zahlreichen Käfige, Aquarien und Abfalleimer überflogen, die sich den Platz auf Bänken und Fußboden mit einer Vielzahl verchromter Instrumente, Schüsseln und Gasflaschen teilten. Er spürte, wie sich sein Magen verkrampfte. Seine Handflächen begannen zu schwitzen.

Verdammtes, seniles altes Arschloch, dachte Lockwood, der mit zunehmendem Unbehagen unwillkürlich spürte, wie sein Organismus gegen die Dinge, die in dem übelriechenden Labor herumstanden, revoltierte.

Lockwood hielt sich ungern in Drobecks Labor auf, vor allem deshalb, weil er Drobeck und seine widerlichen privaten Forschungen nicht ertrug. Wenn Lockwood in dieser Angelegenheit etwas zu sagen gehabt hätte – was nicht der Fall war –, wäre Jamie MacKenzies Rauschgift durch die Bundespost oder einen privaten Paketdienst oder seinetwegen durch irgendwelche verdammten Kamele an Simon Drobeck geliefert worden. Wenn nur er es nicht tun mußte.

Er mußte aber.

Jimmy Pilgrim hatte keinen Zweifel daran gelassen, daß die Sache mit MacKenzie drängte. Er wollte die Ergebnisse noch am Nachmittag haben, und das bedeutete, daß Bobby Lockwood mit Drobeck und seinem gottverdammten, schleimigen Zoo in einem Raum ausharren mußte, bis der dicke, glatzköpfige, verrunzelte Wissenschaftler etwas herausgefunden hatte.

»Setzen Sie sich«, murmelte Drobeck, während er sich auf einem Blatt Papier Notizen machte, und wies Lockwood einen Stuhl gegenüber seinem Labortisch an. »Haben Sie einen Namen dafür?«

»Ja, danke«, nickte Lockwood, schlug einen Bogen um Drobeck und griff nach der Rücklehne des Stuhls. »MacKenzie. M-a-c-K-e-n-z-i-e. Vorname Jamie, mit einem – *Scheiße!*« schrie Lockwood und riß die Hand zurück, als seine Finger eine kalte glatte, schuppige Haut berührten.

»Wie geschrieben?« fragte Drobeck, dessen dünne Lippen sich leicht zu etwas kräuselten, was ein Lächeln sein konnte. Bei Drobeck war das schwer zu sagen. Er hatte nicht einmal gezuckt, als Lockwood aufgeschrien hatte.

»Sie blöder Hund...«, flüsterte Lockwood wütend, während er von dem Labortisch zurück und vorsichtig hinter Drobeck trat, so daß er aus sicherer Entfernung sehen konnte, was er berührt hatte.

Es war groß. Wie groß, konnte Lockwood nicht sagen. Er wollte gar nicht daran denken, wie groß es war. Es hatte sich in ungefähr fünf Schlingen um den Sitz des Stuhls gewunden. Der Kopf war etwa so groß wie Lockwoods Hand, und der Hals entsprach annähernd dem Durchmesser seines Handgelenks. Eine der mittleren Schlingen war vermutlich so dick wie sein Oberschenkel. Es schien zu schlafen; Lockwood hatte jedoch keinesfalls die Absicht, sich ihm so weit zu nähern, daß er das feststellen konnte.

»Sie wird Sie nicht belästigen«, versprach Drobeck, der seine Aufmerksamkeit wieder der Analyse des Pulvers im ersten Säckchen zuwandte. Er hatte bereits eine kleine Portion des Pulvers mit einem Lösungsmittel in einer Phiole vermischt und war damit beschäftigt, die Mischung in eines seiner mit vielen Skalen versehenen Instrumente zu injizieren.

»Können Sie es mir garantieren?« Lockwood sah ihn giftig an und versuchte, wieder ruhig zu atmen. Er zog sich weiter von Drobecks Tisch zurück, um etwas Distanz zwischen sich und die große, lethargische Schlange zu legen..., und stieß geradewegs an einen mit einem Deckel versehenen, metallenen Abfalleimer, aus dem sofort ein Chor von zischenden und scharrenden Geräuschen ertönte, der sich durch das ganze Laboratorium von einem Käfig zum anderen verbreitete.

Lockwood zuckte von dem Abfalleimer zurück, als sei er gebissen worden, dann blieb er – regungslos – in der Mitte des Raumes stehen. Seine Arme und Beine zitterten, seine Augen waren geweitet, seine Nasenflügel bebten, und seine Fäuste waren hilflos geballt, während er verzweifelt den Punkt suchte, an dem er von jedem einzelnen Käfig und Metallbehälter am weitesten entfernt war.

Drobeck schien einige Augenblicke über Lockwoods Frage nachzudenken. »Nein«, antwortete er dann, drehte sich langsam vom Tisch um und starrte Lockwood in das bleich gewordene Gesicht. »Wenn ich es mir recht überlege, kann ich es nicht garantieren. Vielleicht wollen Sie nebenan warten?« schlug er vor und wies mit dem Kopf auf eine Tür am anderen Ende des Labors. Sie trug ein Schild mit der Inschrift: *»Achtung gefährliche Reptilien – Vorsicht beim Betreten!«*

Lockwood blickte nicht einmal hin. Er hatte genug über den anderen Raum gehört. Er war todsicher, daß er ihn nie betreten würde. »Schon okay«, knurrte er, das jugendliche Gesicht vor Ärger und Angst verzerrt. »Sagen Sie mir nur Bescheid, wenn Sie fertig sind.«

Es dauerte fünfundzwanzig unzumutbar lange Minuten, bis sich Drobeck endlich von seinen Instrumenten abwandte und Lockwood ansah.

»Die Gewichte stimmen überein«, stellte er fest. »Eins-Komma-null-zwei und Null-Komma-neun-neun. Einwandfreie Ein-

Gramm-Päckchen. Beide enthalten natürlich Kokain-Hydrochlorid ... das haben Sie sicherlich erwartet. Die beweiserheblichen Zahlen sind fünfzehn-Komma-neun und sechzehn-Komma-null.«

»Sechzehn Prozent Kokain«, übersetzte Lockwood. »Genau wie die ersten. Können Sie das bezeugen?«

Simon Drobeck blickte Lockwood an, und sein Gesicht zeigte zum erstenmal einen Ausdruck, den man als belustigt bezeichnen konnte. »Ja«, bestätigte er, und seine dünnen Lippen verzogen sich zu der vollkommenen Nachahmung eines Lächelns, während er mit dem runzligen kahlen Kopf nickte, »ich bin wirklich der Meinung, daß ich das kann.«

Da die Bewohner des Studentenheims der Universität von Kalifornien in San Diego bei ihren Studien zu Hause möglichst nicht gestört werden sollten, waren das Auswechseln von ausgebrannten Glühbirnen und andere geringfügige Reparaturen im Wohntrakt streng auf die Zeit zwischen dreizehn und sechzehn Uhr an Dienstagen und Donnerstagen beschränkt.

Das kam einem Philosophiestudenten sehr gelegen, der einer Teilzeitbeschäftigung nachgehen mußte, um die monatlichen Raten für eine neue 1000-Kubik-Honda zu bezahlen, von der seine sonst sehr großzügigen Eltern nichts wußten. Zufällig paßte das auch recht gut in die Pläne einiger Leute, die ein gewisses finanzielles Interesse an dem Studentenheim der Universität hatten.

Am Donnerstag, nachdem Jamie MacKenzie zwei Gramm »Stoff« an Bobby Lockwood verkauft hatte, betrat genau um 13 Uhr 10 ein kräftiger junger Mann mit wild gekräuseltem blonden Haar und hellblauen Augen, der einen weißen Overall und eine Basketballmütze trug, mit Hilfe eines gestohlenen Hauptschlüssels Voyager Hall durch die Hintertür im Keller. Er trug eine Leiter und einen Karton mit der Aufschrift *Glühbirnen* und hatte eine schwere Werkzeugtasche umgehängt.

Der Philosophiestudent, der in seiner Eigenschaft als Hausmeistergehilfe an diesem Nachmittag in Voyager Hall eigentlich die Glühbirnen hätte auswechseln sollen, wußte nicht, daß ihm der Schlüssel gestohlen worden war; ebensowenig wußte er, daß er im

Grunde bereits seit zehn Minuten arbeiten sollte. Er wußte überhaupt nicht viel, denn er lag noch immer bewußtlos und mit dem Gesicht nach unten auf seinem ungemachten Bett – Opfer einer jungen Frau namens Skylight, die er am Abend im Pub kennengelernt hatte. Zuviel Alkohol, ausschweifende sexuelle Betätigung und eine anschließend fachkundig verabreichte Dosis Chloralhydrat hatten die angeborene Vorsicht des angehenden Philosophen hinreichend ausgeschaltet.

Bis 13 Uhr 45 wechselte der kraushaarige junge Blondschopf mit dem Namen Roy Schultzheimer Glühbirnen aus und erledigte andere kleinere Reparaturen im Erdgeschoß von Voyager Hall. Bis auf zwei freundlich interessierte Studentinnen beachteten die wenigen Leute, die sich zufällig in der Halle befanden, die Gestalt in dem weißen Overall nicht. Sie hatten alle weit Wichtigeres zu tun, mußten sich mit noch unvollendeten Arbeiten für den Semesterschluß und Abschlußprüfungen befassen, die am nächsten Tag begannen.

Um 13 Uhr 46 stand Schultzheimer auf seiner Leiter im Hauptgang und untersuchte eine einwandfrei funktionierende Deckenlampe, als Jamie MacKenzie den Fahrstuhl verließ und das Gebäude in Richtung auf das Universitätsgebäude verließ. Vermutlich war er auf dem Weg zu einer Vorlesung über die Westliche Zivilisation, die um vierzehn Uhr begann. Daraufhin lief Schultzheimer zu seinem Wagen, aus dem er eine mit Klebestreifen versehene Schachtel mit der Aufschrift *Ersatzteile* holte. Nachdem die letzten verspäteten Studenten die Treppe hinuntergeeilt waren, fuhr der mit den Schachteln beladene Schultzheimer um genau 14 Uhr 07 mit dem Fahrstuhl in den ersten Stock, ging durch den Korridor zur Tür Nummer 245, klopfte an, wartete etwa fünf Sekunden und benützte dann wieder den gestohlenen Hauptschlüssel.

Er streifte sich ein Paar grobe Arbeitshandschuhe über, verriegelte die Tür, zog die Gardinen zu und machte sich rasch an die Arbeit. Er begann mit dem Bücherschrank, aus dem er bestimmte Bände herausnahm und sie durch Bücher aus der *Glühbirnen*-Schachtel ersetzte.

Eine zerknitterte Quittung wanderte in die oberste Lade des Schreibtisches.

Weitere Gegenstände verschwanden, wurden ersetzt, oder kamen neu hinzu. Danach trug Schultzheimer die zweite Schachtel mit den Klebebändern und der Aufschrift *Ersatzteile* zu der schweren Eichenkommode hinüber und arbeitete jetzt wesentlich konzentrierter weiter. Seine hellen, kalten Augen funkelten belustigt, als er Jimmy Pilgrims präzise Anweisungen ausführte.

Fünfunddreißig Minuten später trat Roy Schultzheimer wieder vorsichtig auf den Korridor hinaus, schloß die Tür des Zimmers 245 und versperrte sie, fuhr mit dem Fahrstuhl ins Erdgeschoß, legte Leiter, Schachteln und die Werkzeugtasche hinten in seinen Lieferwagen und fuhr davon.

Auf der Reparaturliste von Voyager Hall standen noch einige Zimmernummern, sie würden jedoch warten müssen, bis der um eine Erfahrung reicher gewordene und ernüchterte Philosoph am nächsten Dienstag zu seiner Arbeit zurückkehrte.

Am Abend desselben Tages beschloß der leicht erregte Jamie MacKenzie um 18 Uhr 15 – wenn auch widerwillig – sich von zwei Studentinnen, die offensichtlich keine Spielverderberinnen waren, zu verabschieden. MacKenzie trennte sich ungern von den beiden jungen Frauen, die während des gesamten Abendessens zwanglos Vorschläge für einen freundlichen *ménage à trois* in seinem Zimmer am späten Abend gemacht hatten, aber leider hatten ihre Bemerkungen Jamie daran erinnert, daß er einen Auftrag erledigen mußte. Einen Auftrag, der notwendigerweise Vorrang vor zwei sexhungrigen jungen Frauen hatte.

Das war das einzige große Problem bei dem Rauschgiftgeschäft, sagte sich MacKenzie wieder einmal. Nie hatte man genügend Zeit, um alle zusätzlich damit verbundenen Vorteile genießen zu können – zu denen zufällig eine verdammte Menge freundlicher junger Studentinnen gehörte, die normalerweise einem achtzehnjährigen Studenten wie MacKenzie höchstens im Korridor einen gleichgültigen Blick zugeworfen hätten. Und dazu gehörten zu MacKenzies ständiger Verwunderung auch eine beträchtliche Anzahl von älteren Studenten, ganz zu schweigen von ein paar dankbaren Fakultätsmitgliedern.

MacKenzie fiel plötzlich ein, daß er zwei dieser freundlichen älteren Studentinnen versprochen hatte, sie an diesem Abend »nach der Arbeit« zu treffen. Er versuchte, sich an ihre Namen zu erinnern. Kaaren, nickte er plötzlich lächelnd. Die konnte man nicht vergessen... absolut umwerfend, sie sah verdammt mehr nach einem *Penthouse*-Modell als nach einer Kunststudentin aus. Dagegen konnte sich MacKenzie nicht an den Namen ihrer weniger attraktiven, aber nicht minder interessanten Freundin erinnern. Der weibliche Computerfan. Sharon? Nein. Susan? Oder war es... ja, Sandy, nickte er, das war es. Kaaren und Sandy. Irgendwie mußte er die beiden noch unbedingt in seinen ausgebuchten Zeitplan einbauen. Er zuckte mit den Schultern; man konnte nie wissen, wie diese Dinge sich entwickelten.

Weil MacKenzie wie immer seine unmittelbare Umgebung sehr sorgfältig beobachten mußte (in der Abholphase konnte einem die Ware leicht entrissen werden, selbst in der relativ friedlichen Universitätsgegend), sah er weder die Mädchen noch deren Kamera mit dem Teleobjektiv. So konnte Kaaren Muellen rasch hintereinander insgesamt zwölf Aufnahmen machen, die letzten vier geradewegs durch das große offene Fenster des Studentenzentrums, als ich MacKenzie noch einmal gleichgültig umsah und dann seinem Briefkasten schnell eine Anzahl von Briefumschlägen verschiedener Größe entnahm.

Fünf Minuten später hatte Jamie MacKenzie zur Sicherheit die Tür seines Zimmers verriegelt, bequeme Shorts angezogen und auf dem Schreibtisch Platz für seine Arbeit geschaffen, als das Telefon läutete.

»Hallo?« antwortete er ein wenig verärgert, weil er während seiner »Lernstunde« gestört wurde.

»MacKenzie?«

»Ja, am Apparat.« Er kannte die kalte, gefühllose Stimme nicht.

»Sie waren nicht sehr klug.«

»Was? Wovon sprechen Sie? Wer, zum Teufel, sind Sie?« fragte MacKenzie, der unwillkürlich nervös auf die kalte Stimme reagierte.

»Pilgrim«, krächzte die gefühllose Stimme.

Tief aus Jamie MacKenzies Kehle kam ein wimmernder Laut.

»Sagen Ihnen siebenhundertachtzig Dollar etwas?« knurrte Jimmy Pilgrim.

»Nein«, stammelte MacKenzie schwach, aber das war nicht wahr. Siebenhundertachtzig Dollar sagten ihm mit Sicherheit etwas. Er hatte in den letzten Wochen viele angenehme Stunden damit verbracht, diese besondere Geldsumme immer wieder zusammenzurechnen. Ihm wurde sehr übel, als müsse er erbrechen.

»Siebenhundertachtzig Dollar, Mr. MacKenzie. Muß ich es Ihnen erklären?« Die gesichtslose Stimme war womöglich noch eisiger und gefühlloser geworden – als spreche ein Toter.

»Es ist nicht so, wie Sie glauben«, flüsterte MacKenzie flehend. »Ich habe nicht – ich meine, ich – ich kann es zurückzahlen.«

»Dafür haben wir bereits gesorgt.«

»Was...« Endlich begriff MacKenzies betäubtes Gehirn. »Scheiße, nein«, wimmerte er, ließ den Hörer auf die Schreibtischplatte fallen und durchquerte den Raum. Er kniete vor der Eichenkommode nieder und fummelte an dem verborgenen Öffnungsmechanismus herum.

Jamie MacKenzie hatte nicht einmal eine halbe Minute Zeit, um zu erfassen, daß sich die Geldschachtel, die Schalenwaage und mehrere andere vertraute Gegenstände nicht mehr auf dem Boden des Geheimfaches befanden, sondern etwas anderes – ein leerer Stoffsack mit einer Schnur –, als seine Augen hinten in der Kommode eine Bewegung bemerkten.

»*Hissssssssssssssss*!«

MacKenzie schrie auf und warf sich zurück – eine instinktive Reaktion auf das unfaßbar laute Reptilgeräusch, das aus der Kommode drang. In diesem entsetzlichen, eisigen Moment schienen MacKenzies Augen aus den Höhlen zu treten, und sein Mund öffnete sich weit vor Entsetzen, als ein dreckiger, hellbrauner Kopf mit dunklen, rotbraunen Ringen und weit vorgestreckten Fangzähnen blitzschnell aus dem Geheimfach schnellte und seinen nackten Fuß um Zentimeterbruchteile verfehlte.

Während sich MacKenzie verzweifelt von dem wild zischenden Geschöpf wegwand und auf sein Bett zukrabbelte, wo er wenigstens relativ sicher sein würde, wurde ein zweiter, panisch entsetzter Schrei von dem schrillen Klingeln des Feueralarms übertönt, der draußen im Korridor ausgelöst wurde.

Ohne es zu merken, entleerte MacKenzie seine Blase. Dann verlöschten alle Lampen im Gebäude, und MacKenzies Zimmer wurde in vollkommene, schreckliche Finsternis getaucht.

»Nein! Nein! Nein!«

Jamie Mac Kenzie hatte noch nie in seinem Leben solche Angst empfunden. Er konnte diese Angst gar nicht begreifen. Er konnte nur schreien. Er schrie in einem fort und kroch krampfhaft über das Bett, während sein Verstand wie gelähmt war durch das Bewußtsein, daß sich das gräßliche Geschöpf irgendwo in dem Dunkel unten auf dem Boden befand. Dann stieß er plötzlich mit dem Gesicht an die Wand.

Der Aufprall gegen die rauhen Ziegel lähmte ihn. Er blutete heftig aus Mund und Nase, war durch das laute Klingeln teilweise betäubt und konnte sich nur noch wimmernd in seiner urintriefenden Hose auf die schwankende Matratze kauern und Rücken und Schultern fest an die harte Ziegelwand pressen. Seine Hände und Arme zitterten unbeherrscht, während er versuchte, seine Gedanken zu ordnen.

Die Tür? MacKenzie schüttelte den Kopf und zuckte vor Schmerz zusammen. Die Tür war doppelt verschlossen. Es würde zu lange dauern, die beiden Schlösser in der Dunkelheit zu finden und zu öffnen. Zu viele tastende, von Panik erfüllte Sekunden. Außerdem wußte er, daß er nicht so lange einfach dastehen konnte... nicht in dieser gottverdammten, entsetzlichen Dunkelheit... ohne zu wissen, wo oder wann... MacKenzie schüttelte wieder den Kopf, er wollte sich etwas so Gräßliches nicht einmal vorstellen, und während seine Glieder empfindungslos wurden und Jimmy Pilgrims entsetzlich kalte Stimme durch sein angeschlagenes Gehirn hallte, versuchte er zu denken...

Das Fenster?

Dann hörte er plötzlich von neuem das wütend aggressive Zischen der Schlange durch den ohrenbetäubenden Lärm des Feuermelders hindurch. Sie befand sich in der Nähe. Rechts von ihm?

MacKenzie warf sich verzweifelt nach links und krachte gegen seine Lampe und das Nachttischchen, als er vom Bett auf den Fußboden des nun unglaublich kleinen und engen Zimmers fiel.

In dem Augenblick, in dem seine Hände die Bodenfliesen berührten, erwachte endlich Jamie MacKenzies Selbsterhaltungstrieb. Er zögerte eine Sekunde, schob sich an der Wand hoch und versuchte sich zu orientieren. Dann stürzte er zur Tür. Er machte einen Sprung, dann einen zweiten – und sein nackter rechter Fuß trat mit voller Wucht auf den kalten, elastischen, sich windenden Mittelteil der Schlange! MacKenzie begann hysterisch zu schreien, noch bevor er den stechenden Schmerz der langen, nadelscharfen Fangzähne spürte. Die Schlange hatte zugestoßen und ihr breites Reptilienmaul fest um seinen nackten Fuß geschlossen.

Rein reflexmäßig, denn MacKenzie war nicht mehr fähig, vernünftig zu denken, packte er den sich windenden Schlangenkörper, zerrte verzweifelt, bis er das Reptil endlich von seinem brennenden Fuß losreißen und weiter zur Tür stürzen konnte.

Er tastete verzweifelt an dem Schloß herum, als er hinter sich das entsetzliche, hohe Zischen wieder hörte und dann noch einmal den scharfen Schmerz spürte, mit dem die gebogenen Zähne tief in seinen rechten Unterschenkel drangen.

In MacKenzies Kopf zersprang etwas. Er vergaß das unnachgiebige Türschloß, drehte sich um und rannte zum Fenster. Von dem unerbittlich an seinem Bein hängenden Geschöpf zum Irrsinn getrieben – das mit jedem Zusammenziehen der Kiefermuskeln sein Gift in ihn pumpte –, krachte Jamie durch das Fensterglas und begann zu stürzen...

Glücklicherweise spürte er keinen Schmerz mehr, als er auf den harten, betonierten Gehsteig aufschlug, nur ein paar Meter vor zwei verblüfften, entsetzten jungen Frauen, die für das entscheidende dreizehnte Foto von dem jugendlichen Gramm-Verkäufer, der sein Rauschgift »verlängerte«, in Stellung gegangen waren.

In einer Wohnung, mehrere Meilen nördlich vom Campus der Universität von Kalifornien am Ozean gelegen, tat ein Mann, der seit langem Angst und Gewalt sorgfältig einsetzte, um sich allmählich in der Organisation emporzuarbeiten, die Jamie MacKenzie so leichtfertig unterschätzt hatte, etwas vollkommen Ungewöhnliches.

Einen kurzen Moment lang lächelte er tatsächlich.

Und damit erschreckte er den skrupellosen Schwarzen zu Tode, der Jimmy Pilgrims raschen Aufstieg in den Vorstand der Organisation entscheidend gefördert hatte; denn soviel Lafayette Beaumont Raynee wußte, lächelte Jimmy Pilgrim nie.

Niemals.

Wie zu erwarten war, verschwand das Lächeln rasch – ähnlich wie eine Fata Morgana –, als Pilgrim den Hörer auflegte und sichtlich befriedigt nickte, während sein langjähriger Begleiter den Kassettenrekorder abschaltete, der an das Telefon angeschlossen war.

»Ausgezeichnet«, sagte Pilgrim, dessen Augen scheinbar ins Leere blickten. »Was hast du verwendet?«

»Eine Russel-Viper«, antwortete Raynee gleichgültig, während er das Band zurückspulte. »Eines von Drobecks Spielzeugen. Seinen Worten zufolge ist sie eine der bösartigsten Schlangen, die es gibt. Wenn sie einmal angreift, läßt sie sich durch nichts aufhalten. Drobeck sagt, sie zischt wie eine Todesfee. Das können wir nicht bestreiten.« Raynee schüttelte leise kichernd den Kopf, während er den Kassettenrekorder betätschelte.

»Der Angriff wird doch tödlich sein?« fragte Pilgrim, der sich wieder dem Problem zuwandte. Das Vergnügen, das ihm MacKenzies Schreie bereiteten, hatte ihn abgelenkt.

»Das werden wir bald wissen.« Raynee zuckte mit den Schultern. »Der alte Drobeck hat gesagt, daß die Russel-Viper genauso tödlich ist wie die bösartigen Königskobras, nur wirkt ihr Gift langsamer – Hä-ma-toxin oder so ähnlich«, fügte der schwarze Rauschgifthändler und Killer hinzu, der das Wort aus seinem Gedächtnis heraufholte. »Durch das Gift ist das Blut restlos im Eimer. Soviel ich gehört habe, kann man nicht viel dagegen tun, außer man schneidet das Bein oder den Arm wirklich schnell ab.«

»Also...?«

»Angenommen, er wurde gebissen und ging nicht schon bei dem Sprung aus dem Fenster hinüber...« Raynee zuckte wieder gleichmütig mit den Schultern. »Es ist nicht wahrscheinlich, daß man ihm rechtzeitig das richtige Gegengift spritzt.«

»Haben wir alles, was wir brauchen, aus seinem Zimmer entfernt?« fragte Pilgrim mit eisiger Gleichgültigkeit. Er hatte bereits begonnen, das Interesse an Jamie MacKenzie zu verlieren.

»Geldschachtel, Notizen und Mischgeräte liegen in meinem Schließfach«, nickte Raynee, nahm die Kassette aus dem Tonbandgerät und reichte sie Pilgrim. »Wenn nicht jemand nach Pulverresten sucht, gibt es nichts, was darauf hinweist, daß MacKenzie rauschgiftsüchtig oder ein Dealer gewesen ist. Ich habe sogar ein paar Schlangenbücher in seinen Bücherschrank stellen und zwei Leinwandsäcke und einen Haken unter sein Bett legen lassen, damit es aussieht, als wäre der alte Jamie MacKenzie ein Reptiliennarr gewesen, der ein bißchen unvorsichtig wurde. Außerdem ist es nicht wahrscheinlich, daß einer seiner Kunden wild darauf sein wird, der Polizei einen Tip zu geben. Verstehst du, was ich meine?«

»Ausgezeichnet«, nickte Pilgrim und drehte die kleine rechteckige Kassette mit seinen dicken, manikürten Fingern immer wieder um. »Wissen wir, wann er begonnen hat?«

»Anscheinend vor ungefähr sechs Wochen. Verschnitt jede Woche eine von den vierzigprozentigen Unzen auf sechzehn statt auf zwanzig; dadurch erhielt er ungefähr dreizehn zusätzliche Ein-Gramm-Päckchen.« Raynee zuckte mit den Schultern. »Siebenhundertachtzig pro Woche. Roy hat in der Geldschachtel einen Briefumschlag gefunden. Etwas mehr als viereinhalbtausend in kleinen Scheinen. Die Zahlen stimmen.«

Pilgrims Augen verloren den kalten, bösartigen Ausdruck nicht. Er gab Raynee die Kassette zurück. »Sorge dafür, daß jeder davon erfährt. Ich will keine Mißverständnisse mehr. Besonders nicht jetzt.«

»Ich werde persönlich dafür sorgen«, nickte Raynee und steckte die Kassette in die Tasche. »Natürlich kommen wir mit dem großen Boss nicht mit.«

»Was heißt das?« knurrte Pilgrim.

»Ich habe gehört, daß Locotta einen seiner Leute letzte Woche dabei erwischt hat, wie er mit den Lieferungen Spielchen trieb.«

»Oh?« flüsterte Pilgrim und zog die Brauen plötzlich wieder interessiert hoch.

»Ja. Angeblich hat er dem Kerl von Tassio einen etwa fünfhundert Pfund schweren Betonblock an den Hals hängen lassen, ihm ein Atemgerät auf den Rücken geschnallt und ihn vor der Insel Catalina zehn Meter tief ins Wasser versenkt. Der Kerl hatte etwa eine Stunde Zeit, um über seine Schwierigkeiten nachzudenken, bevor ihm die Luft ausging.« Raynee lächelte breit. »Das werde ich mir merken müssen.«

»Nett. Wirklich nett«, brummte Pilgrim, dessen dunkle Augen boshaft anerkennend – und zugleich verstohlen belustigt glänzten. Er machte sich nicht die Mühe, Raynee zu erzählen, daß ein neunzehnjähriger Adjutant vor vielen Jahren Jake Locotta und Joe Tassio, die sichtlich beeindruckt gewesen waren, erstmals diese neuartige Verwendung von Unterwasser-Atemgeräten vorgeführt hatte. Der Name des Adjutanten war Jimmy Pilgrim gewesen.

»Natürlich könnte so etwas jemanden seinen übrigen Angestellten gegenüber total mißtrauisch machen«, fügte Raynee hinzu. »Vielleicht ist das der Grund, weshalb Lester hier herumschnüffelt und mit Leuten wie Theiss reden will.«

Jimmy Pilgrim riß die Augen auf. »Hat er –«

»Noch nicht.« Raynee schüttelte den Kopf. »Theiss hat sich blitzartig aus der Stadt verzogen, als er hörte, daß Lester ihn sucht. Sagte, er könne noch ein paar Tage wegbleiben, aber –«

»Ich werde mich um Lester kümmern«, knurrte Pilgrim. »Noch was?«

»Was dagegen, wenn wir dem jungen Lockwood eine kleine Prämie zukommen lassen?« fragte Raynee. »Ich denke da an etwa fünf Tausender. Der Junge hat in Sachen MacKenzie gut gearbeitet. Ich könnte ihn sogar ein oder zwei Plätze aufrücken lassen. Werde ihn im Sommer bei der Verteilung ausprobieren.«

»In Ordnung«, brummte Pilgrim uninteressiert.

Raynee nahm ein goldgepreßtes Notizbuch heraus, in das er das Wort »Lock« und die Ziffer »5« schrieb. »Ich brauche eine Entscheidung über unsere nächste Bestellung bei Locotta.« Er blickte von dem Notizbuch auf. »Wir können bis März auf ungefähr sechshundert Pfund kommen. Das wird uns pauschal beinahe einundzwanzigkommasechs Millionen kosten. Kriegen wir das hin?«

Pilgrim, dessen Augen noch immer eiskalt waren, nickte. »Ich werde dic Überweisung veranlassen.«

»Mir gefällt es gar nicht, daß so viel Zaster zu Locotta wandert.« Lafayette Beaumont Raynee schüttelte traurig den Kopf, während er das Notizbuch in die Jackentasche steckte. »Solche Beträge müssen einen Mann irgendwann in Versuchung führen. Weißt du, was ich meine?«

Diesmal flackerte hinter Pilgrims eisigem Gesichtsausdruck etwas auf. Es wirkte beinahe wie Belustigung, möglicherweise sogar wie fröhliche Erwartung.

»Ja«, flüsterte Pilgrim heiser und lächelte jetzt tatsächlich. »Ich weiß genau, was du meinst.«

»... was natürlich zur naheliegenden Frage über das Sexualleben unseres Alchimisten führt.«

Dr. David Isaac machte eine auf Effekt berechnete Pause und grinste boshaft, während er über das Podium hinweg die Gesichter der Professoren, Lehrer, Studenten und verschiedenen Mitglieder der Universität von Kalifornien betrachtete, die die fünfhundert Sitze im Auditorium des Campus von San Diego füllten, um zum Semesterende seinen Vortrag über die Ursprünge der Chemie zu genießen. Vom ältesten emeritierten Gelehrten bis zum jüngsten Studenten verharrten alle in respektvollem, aufmerksamem Schweigen, sichtlich von dem Thema und dem Redner in Bann geschlagen.

»Statt daß die alten Alchimisten – unsere Vorgänger – bestrebt waren, ihre Gönner zu befriedigen, indem sie Grundmetalle in Gold verwandelten«, fuhr Isaac fort, »wandten sie vermutlich in Wirklichkeit einen Großteil ihrer Zeit und Energie einem weit verlockenderen Ziel zu, nämlich der Steigerung ihrer sexuellen Potenz.«

Leises Murmeln kam aus dem Publikum.

»In den *Chemeutika* von Zosimos werden wir häufig daran erinnert«, fuhr Isaac fort, während er ein abgegriffenes Exemplar des alten Textes hochhielt, »daß die frühen Chemiker darauf aus waren, unbegrenzte Mengen reinen Goldes zu produzieren – ein sehr verständliches Bestreben. Doch wie wir heute abend hier gesehen haben, gibt es zahlreiche Beweise dafür, daß sie vermutlich auch von den geheimen und anderen mehr, äh, esoterischen Aspekten der Alchimie fasziniert und vielleicht sogar völlig von ihnen in Anspruch genommen waren.«

Wieder legte Isaac eine Pause ein und genoß das berauschende Gefühl, die schweigenden, aufmerksamen Wissenschaftler vollkommen zu beherrschen. Der jugendliche, glattrasierte Professor beugte sich mit boshaft glänzenden Augen vor. »Deshalb kann ich einfach nicht anders, ich muß Ihnen drei durchaus einleuchtende – wenngleich etwas amüsante – Hypothesen anbieten. Erstens«, er hob einen Finger hoch, »daß die Alchimisten viel mehr daran interessiert waren, sexuelle Stimulantia zu produzieren als Gold. Zweitens«, ein zweiter Finger, »daß diese schwer produzierbaren Stimulantia ausschließlich für den Gebrauch der männlichen Aristokraten, das heißt der Mitglieder der Königshäuser, und natürlich«, er lächelte, »für die Alchimisten selbst bestimmt waren.«

Isaac gestattete sich eine letzte Zwei-Sekunden-Pause.

»Und drittens, daß einer der lautstärksten Verfechter dieser gefährlichen Forschung eine sehr freimütige – und vielleicht sich selbst helfende – Frau namens Maria gewesen ist. Danke.«

Dröhnendes Gelächter und donnernder Applaus hallten durch das Auditorium, und es dauerte fast zwei Minuten, bis der Moderator aufstand und um Ruhe bat.

»Wir danken Ihnen, Dr. Isaac, für eine höchst genußreiche und – wenn ich so sagen darf – äußerst anregende Darstellung. Wenn es Ihnen nichts ausmacht, hätten wir noch Zeit für ein paar Fragen aus dem Publikum.«

»Natürlich.« Isaac blickte wieder in das Auditorium und winkte einem vertrauten Gesicht. »Allen.«

»David«, Dr. Allen Bacon erhob sich. »Sie haben heute abend wiederholt auf die Möglichkeit angespielt, daß unsere kleine ›Maria die Jüdin‹ asiatischer und nicht syrischer oder ägyptischer Herkunft gewesen sein könnte. Verfügen Sie über einen neuen Beweis für diese blasphemistische Behauptung?«

»Nur ein paar obskure Hinweise in den griechischen Originaltexten, die Marias Alchimistenkollegen Demokrit zugeschrieben werden, einem Gelehrten, der natürlich wegen seines unbezähmbaren, äh, ›romantischen‹ Wesens bekannt war.« Isaac lächelte. »Ich bezweifle, daß wir jemals imstande sein werden, in dem, was von seinen Schriften übrig ist, Tatsachen von Phantasie zu trennen. Es gibt einfach zu viele Hinweise darauf, daß diese beiden faszinierenden Individuen beruflich wie persönlich höchst eifersüchtig aufeinander waren. Und natürlich«, fügte er wehmütig hinzu, »kennen wir nur Demokrits Darstellung der Geschichte.«

Isaac machte eine Pause und schüttelte den Kopf.

»Bedauerlicherweise bleibt also Maria«, fuhr er fort, »eine schwer erfaßbare, fesselnde Frau, deren Herkunft ungewiß ist. Obwohl ich zugeben muß, daß die Vorstellung einer geheimnisvollen Orientalin, die die Wasserbadretorte in die frühe Chemie einführte, den exotischen Charakter unseres historischen Erbgutes verstärkt. Da ich selbst ein unverbesserlicher Romantiker und langjähriger Bewunderer Marias bin, bin ich immer bereit, diese Möglichkeit in Betracht zu ziehen.«

»Danke, David.« Dr. Bacon grinste zufrieden. »Aber ich stelle mir Maria noch immer lieber als meine kleine jüdische Fürstin vor.« Er setzte sich, von anerkennendem Lachen begleitet.

»Das ist der Vorteil, wenn man legendäre Gestalten verehrt, Allen.« Isaac nickte lächelnd. »Wir können sie immer so formen, daß sie unseren Vorstellungen entsprechen.« Isaac blickte auf und winkte einem unbekannten Gesicht. »Eine Frage, Sir?«

»Ja, Dr. Isaac.« Ein hochgewachsener, dunkelhäutiger Mann mit sorgfältig gestutztem schwarzem Bart, der einen eleganten grauen Anzug mit Weste und eine dunkle Hornbrille trug, stand in der letzten Reihe auf. »Sie haben die Vermutung geäußert, daß die Zukunft der pharmazeutischen Präparate in der Produktion analoger Verbindungen liegen könnte. Könnten Sie diese Theorie ein wenig näher erläutern?« Der bärtige Mann setzte sich wieder.

»Gerne«, meinte Isaac. »Ich bin einfach der Meinung, daß wir unser gegenwärtiges Angebot an pharmazeutischen Präparaten – Aspirin, Valium, Percodan, was immer Sie wollen – in gar nicht so ferner Zukunft durch Analoga ersetzen werden: das heißt Verbindungen, die den Elternpräparaten – strukturell – sehr ähnlich, aber mit ihnen nicht vollkommen identisch sind. Nehmen wir zum Beispiel«, führte Isaac aus, als er die verwirrten Gesichter seiner Zuhörer bemerkte, »Natrium-Acetylsalicyl – ein einfaches, aus einundzwanzig Atomen bestehendes Molekül, das wir alle besser unter dem Namen Aspirin kennen. Wie Sie vielleicht wissen, halten wir es derzeit für möglich, daß nur ein kleiner Teil des Aspirin-Moleküls – der Teil, der genau in bestimmte Rezeptoren in unserem zentralen Nervensystem paßt – seine wunderbar schmerzlindernde Wirkung auslöst. Um also ein wirksames Analogon von Aspirin herzustellen, müßten wir den wesentlichen, schmerzstillenden Teil des Moleküls beibehalten und versuchen, andere strukturelle Teile zu verändern, die vielleicht weniger wünschenswerte Wirkungen hervorrufen.

Ein nützliches Analogon für Aspirin könnte zum Beispiel eines sein, das schwächere Schmerzen lindert, aber die Magenschleimhaut nicht angreift. Der Trick besteht natürlich darin, festzustellen, welche Teile des Moleküls wir behalten müssen – um die gewünschten pharmakologischen Wirkungen zu erzielen –, und welche Teile wir gefahrlos verändern können in der Hoffnung, daß wir etwas Besseres erhalten.«

Isaac wartete, bis etliche Nicht-Chemiker in der Gruppe verständnisvoll nickten, und fuhr dann fort.

»Nehmen wir also an, daß wir eine Testserie von zehn Analoga für Aspirin durchführen und daß wir außerdem diese Analoga präparieren, indem wir aus dem Aspirin-Molekül ein spezifisches Atom entfernen und es durch zehn verschiedene Atome oder Atomgruppen ersetzen. Wir mischen zehn Sätze von Zutaten und besitzen schließlich zehn verschiedene Verbindungen, deren Moleküle alle so ähnlich aussehen wie Aspirin. Richtig? – Sicherlich«, nickte Isaac als Antwort auf seine eigene Frage. »Zehn Haufen von aspirinartigen Molekülen, von denen jedes strukturell dem Aspirin sehr ähnlich ist. Aber die Frage lautet: Wirken diese analogen Verbindungen wie Aspirin? Und wenn sie es tun«, fügte er bedeutungsvoll hinzu, »besitzen sie auch wünschenswertere Nebenwirkungen? Oder Nebenwirkungen, die womöglich gefährlicher sind?«

Isaac unterbrach sich, zögerte einen Augenblick und fuhr dann fort.

»Man könnte meinen, daß die Entwicklung nützlicher Medikamenten-Analoga einfach eine Frage der Geduld und des Fleißes sei – das heißt, daß man nur genügend eventuell geeignete Analoga herstellen und dann herausfinden müsse, welche davon wirken. Leider ist es nicht ganz so einfach.

Wie wir alle wissen, gibt es Hunderte – wenn nicht Tausende – von möglichen analogen Strukturen für jede einzelne Verbindung, von denen viele synthetisch schwer herzustellen sind. Um also effizient zu arbeiten, müssen wir auf irgendeiner logischen Grundlage voraussagen können, welche Analoga für uns brauchbar sein dürften – im Idealfall durch Computer-Modelle, wie wir es jetzt in meinem Laboratorium machen. Aber dann entdecken wir natürlich schnell, daß selbst leichte Veränderungen in der Molekularstruktur zu pharmakologischen Wirkungen führen können, die absolut unvorhersehbar sind.

Deshalb muß ich jeden Chemiker im Auditorium, der später einmal in der Analoga-Forschung arbeiten möchte, darauf aufmerksam machen, daß solche Projekte entsetzlich zeitraubend, unerhört kostspielig, unweigerlich immer wieder anfällig für Fehlschläge und im übrigen höchst frustrierend sind. Glücklicherweise gibt es viele von uns, die – wie damals Maria – aus irgendeinem Grund weiterhin einen kleinen Hoffnungsfunken bewahren.«

Die Zuhörerschaft ließ ein gedämpftes, verständnisvolles Gelächter hören.

»Aber das ist der Teil, den ich nicht verstehe«, unterbrach der hochgewachsene Mann Isaac, als sich das Gelächter legte. »Es muß doch einen riesigen Markt für einige dieser nützlichen Analoga geben – der bestimmt groß genug ist, um die Ausgaben für die Erzeugung und die Erprobung dieser Tausenden von Analog-Verbindungen zu rechtfertigen.«

»Bei aller gebührenden Achtung, Sir«, antwortete Isaac lächelnd, »kann ich nur annehmen, daß Sie noch nie mit Regierungsstellen zu tun hatten und deshalb nicht wissen, daß man bei dem Versuch, die Hunderte von einander oft widersprechenden Vorschriften und

Verordnungen zu befolgen, die diese Art von Forschung regeln, in einen Papierkrieg gerät, der gelinde gesagt im höchsten Grad verwirrend ist, von den unerschwinglichen Kosten ganz zu schweigen.«

Im Auditorium ertönte zustimmendes Gemurmel.

»Aber auch wenn man die praktischen Probleme außer acht läßt, ist es keineswegs einfach«, betonte Isaac. »Man steht immer noch dem entscheidenden Problem gegenüber, mit dem sich die chemische Forschung seit Generationen herumquält: der unvermeidlichen Tatsache, daß man, um die Wirkung irgendeines Analogons auf das menschliche Gehirn voll zu verstehen, dieses Präparat irgendwann einmal an menschlichen Versuchskaninchen testen muß.«

»Ich melde mich freiwillig!« rief eine Stimme unter den Studenten hinten im Auditorium. Als Antwort ertönte Gelächter und vereinzelter Beifall.

»Ein sehr edles Angebot«, grinste Isaac, »aber vielleicht sollte ich Ihnen das warnende Beispiel von einem junge Mann in Los Angeles erzählen, der vor einigen Monaten anscheinend den Fehler beging, das Analogon eines Präparats einzunehmen, das von einem – äh – ›Untergrund-Chemiker‹ hergestellt worden war. Glücklicher- oder unglücklicherweise, je nachdem, wie man es sieht, waren die einzigen Organe, die dieses bestimmte Analogon anregte, die Nieren des jungen Mannes. Der Chemiker hatte, ohne es zu wissen – das können wir wohl ruhig annehmen –, ein sehr wirkungsvolles, achtundvierzig Stunden wirkendes, harntreibendes Mittel erzeugt.«

Die Zuhörer kicherten belustigt, während Isaacs Stimme wieder ernst wurde, als er fortfuhr: »Aber die Geschichte hätte auch ganz anders ausgehen können. Wie ich erwähnt habe, besteht das eigentliche Problem beim Testen von Analog-Präparaten darin, daß man nicht mit absoluter Sicherheit voraussagen kann, welche Rezeptorenstellen im Gehirn eine bestimmte analoge Struktur annehmen werden.

Und das ist gefährlich. Statt ein harntreibendes Mittel oder ein Halluzinogen – wie es vermutlich beabsichtigt war – zu sein, hätte die chemische Verbindung, die der ahnungslose junge Mann einnahm, genausogut als schnell krebserzeugender Stoff oder möglicherweise sogar als Gift für das zentrale Nervensystem wirken können. Oder, wenn er größeres Glück gehabt hätte, hätte sie vielleicht überhaupt nicht gewirkt. Wir haben es also mit einer chemischen Version von russischem Roulette zu tun, wenn Sie wollen.«

Isaac warf einen Blick auf seine Uhr und bemerkte, daß er die Zeit für seine Vorlesung weit überschritten hatte.

»Wenn es keine weiteren Fragen gibt, danke ich Ihnen allen dafür, daß Sie eine überaus freundliche und aufmerksame Zuhörerschaft waren.« Er verließ das Podium unter einem Beifallssturm, der durch das ganze Auditorium hallte.

»Ich verstehe, warum dir seine Vorlesungen gefallen«, sagte die kleine, dunkeläugige Studentin mit zufriedenem Lächeln, als sie und Bobby Lockwood langsam durch die Dunkelheit gingen und Hand in Hand dem langen, gewundenen Asphaltweg folgten, der zu den fernen Studentenheimen führte. »Ich habe nicht viel von dem verstanden, was er gesagt hat, aber das Zuhören hat doch Spaß gemacht.«

»Ja, er ist wirklich eine Nummer, nicht wahr?« Lockwood nickte geistesabwesend, dann wandte er impulsiv den Kopf und gab dem Mädchen einen langen, liebevollen Kuß, bevor er zu seinen Überlegungen im stillen zurückkehrte.

»Hmmm, weißt du, wenn du mehr studieren würdest...« deutete das Mädchen mit den dunklen Augen an, während sie ihre Hand fester um Lockwoods Oberarm schloß und ihren Kopf im Gehen an seine Schulter legte.

»Warum das denn? Glaubst du, ich könnte Chemieprofessor werden?« fragte Lockwood belustigt und ungläubig zugleich; der Vorschlag war so absurd, daß das Mädchen ihn vorübergehend aus seinem nachdenklichen Zustand riß.

»Du magst jedenfalls Chemikalien«, grinste das Mädchen. »Außerdem«, fügte es hinzu, wobei seine Stimme beinahe ernst wurde, »könnten wir jetzt, da Jamie MacKenzie aus dem Geschäft ist, hier einen guten Chemiker brauchen. Hast du gehört, was ihm gestern abend zugestoßen ist?«

»Ja, ich habe davon gehört«, sagte Lockwood heiser.

»Wirklich seltsam, wie? Ich meine, der Bursche hat mir jahrelang Stoff verkauft, und ich hatte trotzdem nicht die geringste Ahnung, daß er Schlangen mochte«, sagte das Mädchen kopfschüttelnd. »Ich hoffe nur, daß er es überlebt.«

»Ja, ich auch.«

»Du kennst ihn?«

»Ich habe ihm hie und da mal etwas Pulver abgenommen.« Lockwood zuckte mit den Schultern. »Schien ein netter Junge zu sein...«

»Hör mal, das erinnert mich – weißt du noch, du hast gesagt...«

»Ach ja – keine Sorge, ich habe reichlich guten Stoff auf meinem Zimmer«, zwinkerte ihr Lockwood gleichgültig zu.

»Hm, bist du auch sicher, daß er gut ist? Ich meine, du hast doch nicht vor, mir eines von diesen Analoga zu geben, von denen der Professor gesprochen hat – um mich scharf zu machen?«

»In deinem Fall würde ich damit ein gutes Mittel vergeuden«, lachte Lockwood. »Wahrscheinlich sollte man dir eher etwas geben, das dich ein wenig bremst.«

»Na, ich weiß nicht«, grinste das Mädchen. »Möchtest du nicht?«

»Möchte ich was nicht?« fragte Lockwood, dessen Stimmung stieg, weil er nicht mehr an Jamie MacKenzie dachte.

»Ein Versuchskaninchen sein. Alle neuen Mittel ausprobieren, die diese Chemiker herstellen.«

»Ja, ich finde, das klingt interessant«, gab Lockwood zu, während er das Mädchen zu seinem Wohnheim führte. »Aber ich weiß nicht. Wie Isaac sagte, dieser Scheißdreck könnte wirklich gefährlich sein, wenn man keine Ahnung hat, was man nimmt. Ich bringe mich mit Alkohol und Kokain schon in genügend Schwierigkeiten. Ich glaube nicht, daß ich mich mit etwas noch Gefährlicherem einlassen will.«

»Gilt das auch für mich?« fragte das Mädchen schelmisch.

»O ja«, nickte Lockwood, der jetzt offen grinste. »Das heißt, dann und wann muß ein Kerl schon ein bißchen gefährlich leben, nicht wahr?«

Später am Abend fand ein Mann, dem es ein gewisses Vergnügen bereitete, am Rand der Gefahr zu leben und zu arbeiten, daß er für den Tag seine Nase genügend in Pilgrims Angelegenheiten gesteckt hatte. Nachdem Lester die letzten zwei Tage und Nächte damit verbracht hatte, Gerüchte und Intrigen in Jimmy Pilgrims vier Bezirke umfassendem Territorium zu erforschen, das den südlichsten Teil von Jake Locottas Unterweltimperium einschloß, war er beinahe davon überzeugt, daß er etwas gefunden hatte. Es war nichts Konkretes. Nichts, was er Locotta berichten konnte, damit Jimmy Pilgrim ein paar Stunden der Todesqual erlebte, in denen er an einem Fleischhaken hing. Dennoch ging etwas vor. Alle Anzeichen wiesen darauf hin. Lester, der Kopfjäger, konnte es förmlich riechen.

Als er über die Grenze nach Tijuana ging, in ein wartendes Taxi stieg, dem Fahrer präzise Anweisungen erteilte und es seinen drei Leibwächtern überließ, selbst für sich zu sorgen, sagte er sich: morgen. Morgen würde er einen Anlageberater namens Michael Thomas Theiss aufspüren. Dann würde er herausfinden, was, zum Teufel, Jimmy Pilgrim mit seinem überschüssigen Geld anfing.

Aber heute nacht wollte er sich amüsieren... sogar so weit, daß sein unzulässiger Zeitvertreib einen kleinen zusätzlichen Hauch von Gefahr erhielt.

Normalerweise hätte Lester bei einer Schnüffelei wie dieser nicht einmal die Toilette aufgesucht, ohne mindestens einen seiner vorzüglich ausgebildeten Leibwächter vor die Tür zu stellen. Aber das hier war ein anderer Fall. Von Lesters Standpunkt aus war Tijuana so etwas wie ein freier Platz auf einem Monopolyspielbrett – ein sicherer Hafen vor den normalen Gefahren des Lebens –, einfach weil niemand mutig genug war, um sich auf dem Einflußgebiet der mexikanischen Polizei zu tummeln, wo es ausdrücklich nicht zu den Menschenrechten gehörte, rasch vor Gericht gestellt zu werden oder seinen Rechtsanwalt anrufen zu dürfen. Nicht einmal Jimmy Pilgrim war so mutig.

Man konnte sehr lange in mexikanischen Gefängnissen verschimmeln – Jahre, wenn man sie wirklich stocksauer machte –, bevor man ein Telefon auch nur zu Gesicht bekam, rief sich Lester zu seiner Beruhigung ins Gedächtnis, überzeugt, daß er hier unten vollkommen sicher war. Pilgrim und Rainbow waren ohne jeden Zweifel eiskalt, und es war überaus gefährlich, ihnen in die Quere zu kommen, aber dumm waren sie nicht.

Und es war gut so, fand Lester, weil er wußte, daß seine Leibwächter für seine Art von Unterhaltung wenig übrig hatten. Kaltblütige Gewalttätigkeit war für sie offensichtlich akzeptabel, aber Gewalttätigkeit mit sexuell sadistischem Beigeschmack war ein vollkommen anderes Bier. Nicht, daß es Lester wirklich etwas ausgemacht hätte. Es machte ihm nichts aus, daß seine Männer ihn für pervers hielten, solange sie ihre Arbeit verrichteten. In Wirklichkeit gefiel ihm der Gedanke sogar irgendwie.

Ja, Theiss würde die Schlüsselfigur sein, dachte Lester, während der Taxifahrer einige Male mit quietschenden Reifen Kurven nahm, die sie immer tiefer in das dunkle Herz der berüchtigten Grenzstadt brachten. Theiss und einige Pfund-Dealer, überlegte Lester. Dann würde ihm Locotta vielleicht erlauben, diesen Nigger Raynee in die Mangel zu nehmen.

Die Vorstellung, seine außergewöhnlichen Talente an dem schlanken, muskulösen Körper von Lafayette Beaumont Raynee erproben zu dürfen, war für den sadistischen, fanatischen Lester höchst verlockend. So sehr, daß er sogar einige Augenblicke lang versunken in seine angenehmen Wunschbilder im Taxi sitzen blieb, nachdem der Fahrer plötzlich vor einem dunklen Gäßchen stehengeblieben war und ungeduldig sein Geld verlangte. Lester erinnerte sich plötzlich an die Absicht seiner Fahrt, bezahlte rasch den Fahrer, warf einen Blick auf seine Uhr, kletterte aus dem heruntergekommenen Fahrzeug und begann, sehr schnell das Gäßchen hinunterzugehen. Er war spät dran und wußte, daß Angelo mit dem Beginn nicht warten würde...

Die Hand, die aus dem Dunkel kam, packte Lester an der Kehle, so daß er rückwärts gegen die Lehmziegelmauer taumelte.

»Guten Abend, Lester«, flüsterte die kalte Stimme in der Dunkelheit.

Lester, der Kopfjäger, lehnte sich schwach an die rauhe Ziegelmauer und versuchte, nicht zu erbrechen, während er mit beiden Händen an seine gequetschte Kehle griff und seine tränenden Augen langsam dazu brachte, zu blinzeln und die dunkle Schattengestalt hilflos anzustarren. Nicht, daß die Finsternis etwas ausgemacht hätte, Lester kannte die Stimme.

»Mein Gott, Jimmy«, krächzte er durch seinen schmerzenden, angeschlagenen Hals, »ich war nicht...«

»Natürlich warst du, Lester«, flüsterte Jimmy Pilgrim böse. »Das ist deine Arbeit. Und die machst du sehr gut, nicht wahr? Du genießt sie sogar.«

»Aber – aber die *Federales*, die mexikanischen Bullen!«

Diesmal trat ein Fuß aus der Dunkelheit zu. Er traf Lester genau in sein ungeschütztes Geschlechtsteil, worauf der hilflose Kopfjäger einen hohen, gurgelnden Schrei ausstieß und vornüber in Jimmy Pilgrims kräftige, erwartungsvoll ausgestreckte Arme kippte.

»Schon gut, Lester«, flüsterte Pilgrim beruhigend, während seine Hände den pochenden Hals des Mannes umklammerten, »du kannst den *Federales* alles erzählen, was du willst – später.«

Als Lester wieder zu Bewußtsein kam, nachdem sein zäher Körper endlich den Schwarm von Barbituratmolekülen neutralisiert hatte, den Jimmy Pilgrim ihm vorsorglich injiziert hatte, wurden ihm schlagartig vier entsetzlich deprimierende Tatsachen bewußt:

Erstens, daß er irgendwie in den Fahrersitz irgendeines Polizeiwagens geklemmt worden war, den man mit der Schnauze voran in einen Graben gekippt hatte.

Zweitens, daß das Fahrzeuginnere mit dem scharfen Geruch mexikanischen Whiskys geschwängert war.

Drittens, daß in seinem Schoß ein schwerer Revolver lag und auf seinem Kopf eine Art Polizeimütze saß, die beide, wie er schnell feststellte, mit fast hundertprozentiger Sicherheit dem Mann auf dem Rücksitz des Fahrzeugs gehörten – das heißt dem höheren Beamten der *Federales*, der mit eingeschlagenem Hinterkopf und bis zu den Knien herabgezogener Hose ganz still auf dem Rücksitz lag.

Und schließlich, daß die meisten Männer, die den Wagen umringten und mit ungläubig aufgerissenen Auagen durch die Scheiben starrten, die gleiche Uniform trugen wie der Mann auf dem Rücksitz des verunglückten Patrouillenwagens. Keiner von ihnen machte den Eindruck, daß ihn Lesters verzweifelte Erklärungen interessieren würden.

Von Lesters Standpunkt aus war die Lage schlimm genug, aber erst als er aus abgrundtiefer Verzweiflung die entsetzliche Marter beenden wollte – bevor sie wirklich begann –, begriff Lester, der Kopfjäger, richtig Jimmy Pilgrims sadistisches Wesen... und das Schicksal, das der Rauschgiftboß aus der Unterwelt ihm so sorgfältig und heimtückisch bereitet hatte.

Lester drückte rasch den Revolverlauf mit zitternden Fingern an seine Schläfe – womit er deutlich machte, wie erbärmlich hoffnungslos seine Lage war –, schloß die Augen und drückte auf den Abzug, zuerst einmal und dann verzweifelt noch fünfmal hintereinander, während der Hahn laut auf die leeren Kammern schlug.

Die *Federales*, die inzwischen das verunglückte Polizeifahrzeug mit gezogenen Revolvern umstanden, hätten Lesters Qualen sofort beenden können – aber zu seinem Entsetzen und seiner Verzweiflung dachten sie nicht daran, sondern lachten einfach – ein kaltes, zynisches Gelächter, das sehr wenig mit Humor zu tun hatte –, während sie den wimmernden Kopfjäger aus dem Streifenwagen zerrten.

Diese Polizeibeamten verfügten über andere – und sicherlich wirkungsvollere – Methoden, wenn sie in ihrem Land mit einem Polizistenmörder zu tun hatten.

1

In dem kleinen Dorf Fairfax in Virginia, der ungefähr 3800 Kilometer östlich der Universität lag, an der Dr. David Isaac und seine Kollegen ihren Forschungen nachgingen, schritten zwei Männer mit praktisch den gleichen beruflichen Interessen zielstrebig eine Asphalteinfahrt zu einem kleinen Haus hinauf, das in einer schützenden Gruppe von hohen, dunklen Eichen, Ahornbäumen und Eschen hell leuchtete.

Instinktiv verhielten sich beide Männer äußerst vorsichtig, was darauf schließen ließ, daß sie es gewöhnlich mit ziemlich heimtückischen Mitmenschen zu tun hatten und daß sie ein tief eingewurzeltes Mißtrauen gegen nachtdunkle Wälder besaßen. Sie konnten eigentlich sicher sein, daß man sie in Tom Fogartys Haus freundlich empfangen würde. Aber es war leichter und – auf lange Sicht – viel ungefährlicher, bewährten Instinkten stets willig zu folgen.

Der Kleinere der beiden – er war schlank, kräftig und schwarzhaarig – stand gut sichtbar am Hintereingang und klingelte, während der andere neben der schweren fest verschlossenen Tür in den Schatten trat.

»Guten Abend, Jungs«, grüßte Hazel Fogarty, als sie die Tür des Landhauses aufschloß, nachdem sie zuvor durch ein Guckloch überprüft hatte, wer die späten Gäste waren. »Sie erwarten euch im Arbeitszimmer. Im Kühlschrank steht Bier, falls ihr durstig sein solltet.«

»Hallo, Hazel«, antwortete Benjamin Koda. Er trat in die Küche, küßte Hazel Fogarty auf die Wange, zwinkerte ihr zweideutig zu und steuerte dann geradewegs den Kühlschrank an, während Charley Shannon ihm nachfolgte und sorgfältig die Tür verriegelte.

»Das Angebot gilt noch immer«, meinte Koda, schloß den Kühlschrank und warf Shannon eine gut gekühlte Flasche Bier zu. »Wann immer du deinen alten Esel hier verlassen und nach Hawaii abhauen willst...«

»Mein lieber Benjamin«, erwiderte Mrs. Fogarty augenzwinkernd, während sie nach einem Topflappen griff, um nach einem Kuchen zu sehen, der im Rohr langsam braun wurde, »du bist ein überaus galanter, leichtfertiger und schamloser junger Mann, und das Angebot ist sehr verlockend.« Sie warf den Kopf zurück, um eine Strähne ihres eisgrauen Haars aus den Augen zu wischen. Als sie die Backofentür wieder schloß, erfüllte würziger Zimtduft die Küche. Beide Männer sogen ihn ein und stießen beifällig anerkennende Seufzer aus.

»Aber leider hänge ich noch immer an dem alten Esel«, fuhr sie fort. »Und ich weiß, ich könnte dir draußen an den Badestränden nie trauen, wo du ständig von all den leichtsinnigen jungen Weibern in Versuchung geführt werden kannst. Allerdings, wenn du dir den gräßlichen Schnurrbart abrasieren und das Haar stutzen ließest, könnten deine schönen fernöstlichen Vorfahren doch vielleicht genügend zum Vorschein kommen...«

»Na ja...«

»Wie sollte ich außerdem je erfahren, ob du mich wegen meiner schlechten Manieren oder nur wegen meiner Kochkünste liebst? Im übrigen wäre Charley viel verläßlicher.« Hazel Fogarty wandte sich um und tätschelte die straffen, kräftigen Bauchmuskeln des ehemaligen Footballspielers, der direkt zu dem heißen Herd marschiert war. »Das stimmt doch, Charley?«

»Zweifellos«, lachte Charley Shannon und entblößte eine breite Klaviatur einwandfreier Zähne, die weiß von dem dunklen Braun seiner mit Grübchen versehenen bärtigen Wangen abstachen. »Ich mag lockere Frauen sehr, aber ich liebe deine Kochkunst.« Er hockte sich hin, schob seine zwei Meter große, zweihundertvierzig Pfund schwere Gestalt näher an den Backofen heran und starrte durch das Fenster liebevoll auf die beiden Apfelkuchen, deren süßer Fruchtsaft auf eine schützende Alufolie tropfte.

»Ich hoffe doch, daß du noch etwas für die anderen Burschen gebacken hast, Hazel«, meinte Charley breit grinsend und brachte seine vom Bart fast ganz überdeckten Grübchen stärker zur Geltung. Dabei sah er hoffnungsvoll die Frau an, die er häufig als seine »ehrenamtliche Ziehmutter« bezeichnete. »Es würde mir weh tun, wenn sie alle hungern müßten, während du und ich hier sitzen und die kleinen Törtchen verdrücken.«

»Zwei weitere kühlen im Speisezimmer aus«, beruhigte ihn Hazel Fogarty. »Außerdem gibt es noch acht Dutzend frische Schokoladenplätzchen in Gläsern zum Mitnehmen. Ihr beide geht jetzt hinein und hört euch an, was Thomas euch mitzuteilen hat. Ich bleibe hier und sorge dafür, daß keiner von euch verhungert.«

Koda und Shannon nahmen die geöffneten Bierflaschen in Tom Fogartys geräumiges Zimmer mit, wo sie von drei ungeduldigen Männern entsprechend empfangen wurden.

»Na so was, Godzilla und sein Beiwagen!« bemerkte Freddy Sanjanowitsch mit gespielter Enttäuschung, während er seinem Partner Bart Harrington den Ellbogen in die Rippen stieß. »Jemand muß sie gefunden haben, als sie im Wald umherirrten, und sie nach Hause geführt haben.«

»Ach, die beiden hätten ja etliche Tage und einen Kompaß gebraucht, um den Wald hier draußen überhaupt zu finden, und dabei können sie mit einem Kompaß gar nicht umgehen«, kicherte Harrington. »Außerdem, wer würde diese häßlichen Vögel überhaupt nach Hause bringen?«

»Da bin ich überfragt. Aber Benji hat irgendwie was Nettes an sich«, meinte Sanjanowitsch und zwinkerte dem näher kommenden Koda zu.

»Freut mich, daß ihr beiden es geschafft habt«, bemerkte Fogarty mit kaum unterdrücktem Sarkasmus von seinem Lieblingslehnstuhl aus, innerlich erleichtert und gelöst, weil das skrupelloseste Paar seiner Mannschaft eingetroffen war. Ben Koda und Charley Shannon nahmen auf den restlichen freien Stühlen Platz.

Auf Grund des Aussehens allein hätte ein außenstehender Beobachter nur mit Mühe sagen können, was diese Männer unterschiedlichen Alters miteinander verband. Sie waren einfach zu verschieden.

Freddy Sanjanowitsch war hochgewachsen und extrovertiert, ein Bodybuilder vom Typ des hübschen Endzwanzigers. Er hatte lange hellbraune Haare und grüne Augen und wirkte, als würde er am liebsten am Abend eines der Nachtlokale im nahe gelegenen Georgetown aufsuchen und dort tanzen – was er in der Tat auch nach der Besprechung tun wollte.

Bart Harrington war ein tiefgebräunter, zweiundvierzigjähriger Mann mit schütterem, blondem Haar, der eine Vorliebe für bequeme, abgetragene Deckschuhe, T-Shirts und dazu passende Hosen hatte – Kleidung, die nicht ganz das richtige für die Tennisschikkeria in Nord-Virginia war, aber bestimmt für das Leben auf dem Zehn-Meter-Segelboot geeignet war, das daheim in Newport Beach, Kalifornien, auf ihn wartete.

Dann war da noch Tom Fogarty, ein Mann in mittleren Jahren aus Washington, D. C., der sich in seinem Heim bei einem Glas Bier in Gesellschaft von Regierungsbeamten ebenso wohl gefühlt hätte wie mit einer Bande verrufener Rowdies – was in diesem Fall fast den Nagel auf den Kopf traf und die Verbindung zwischen den fünf Männern nur noch seltsamer erscheinen ließ.

Ben Koda und Charley Shannon boten in dieser Richtung wenig zusätzliche Anhaltspunkte. Abgesehen von Shannons beeindrukkender Körpermasse und seinem einschüchternden Auftreten sowie den kaum sichtbaren Zügen japanischer Abstammung und dem scheinbar respektlosen Humor von Ben Koda, gab es wenig Hinweise auf das barbarische Selbstbewußtsein und die stahlharte Energie unter dem freundlichen, spielerischen Wesen des merkwürdig kontrastierenden Paares.

Zog man all diese Unterschiede und Gegensätze in Betracht, hätte nicht einmal ein intimer Kenner der verschiedenen Typen von Gesetzeshütern eine Verbindung zwischen den fünf Männern herstellen können. Und das paßte Thomas Fogarty jun., dem leitenden Sonderbeauftragten des Bundes-Rauschgiftdezernats, genau ins Konzept. Gerade das hatte er beabsichtigt, als er die Spezialagenten für sein Einsatzteam ausgewählt hatte.

»Hattet ihr Schwierigkeiten herzukommen?« erkundigte sich Fogarty.

»Schwierigkeiten wegzukommen«, antwortete Ben Koda und trank einen Schluck Bier. »Carson ist natürlich nicht glücklich, wenn er Leute für die Spezialeinheiten abstellen muß. Besonders, wenn ihm niemand verrät, was wirklich gespielt wird. Willst du wissen, was er sagte, was du ihn kannst?«

»Nicht unbedingt. Also jetzt hört zu. Wir müssen eine ganz hübsch heiße Sache anfassen. Genau die Art Operation, von der wir sprachen, als wir die Teams zusammenstellten. Und wir werden dabei eure echten Background-Deckungen verwenden.«

Koda und Shannon sahen die anderen beiden Agenten an. Sanjanowitsch und Harrington schüttelten die Köpfe und zuckten mit den Schultern, während Fogarty fortfuhr.

»Ich habe mit Bart und Freddy ganz allgemein den Hintergrund der Sache besprochen. Ihr beide habt sicherlich schon von der Locotta-Familie gehört?«

»Südkalifornien?« fragte Koda.

»Richtig.«

»Klar. Die großen Nummern. Sollen kräftig aus Südamerika und Singapur importieren.«

»Teilen sie sich nicht mit ein paar anderen Familien das organisierte Verbrechen in Kalifornien?« fragte Shannon.

»Seit etwa neun Monaten teilen sie nichts mehr«, stellte Fogarty fest und unterstrich seine Worte mit einer Handbewegung. »Sie haben alles in der Hand; sie sind die einzige Bezugsquelle für den organisierten illegalen Vertrieb von Heroin, Kokain und Haschisch – das heißt wahrscheinlich für achtzig Prozent des gesamten Rauschgifthandels südlich von Frisco.«

Koda stieß einen leisen Pfiff aus. »Wie viele Leute haben sie herausgekauft oder umgebracht?«

»Das wissen wir nicht, aber es muß ein verdammt höllischer Machtkampf gewesen sein! Jetzt behauptet unser Informant, daß Jake Locotta seine Aktivitäten verstärkt – er verwendet Computer, um den exakten Weg seiner Ware zu verfolgen. Er hat einen Sohn im Geschäft, der die High-tech-Methoden bevorzugt. Jedenfalls hat Locotta offensichtlich grünes Licht von den ganz großen Bossen erhalten, um seinen Stoff mal versuchsweise so laufen zu lassen. Wir nehmen an, daß sie noch nicht voll durchorganisiert sind, und halten es für den richtigen Zeitpunkt, um jemanden einzuschleusen.«

»Warum machen wir eine Operation der Spezialeinheit daraus?« fragte Koda. »Warum überlassen wir es nicht den örtlichen Behörden, die Schau abzuziehen? Dann wären doch alle glücklich.«

»Besonders da diese Angelegenheit mit unseren echten Background-Deckungen nur einmal funktionieren kann«, fügte Shannon hinzu. »Wenn wir alle für eine einzige Operation eingesetzt werden, dürfte es euch schwerfallen, ein anderes total ›sauberes‹ Team zu finden, wenn ihr wieder einmal eines braucht.«

»Genau darüber haben wir in den letzten Stunden schon diskutiert.« Fogarty nickte. »Vor ungefähr neun Monaten wurde unsere Zweigstelle in der Region West bis in den letzten Winkel durchleuchtet. Verstärkte Kontakte von Verbindungsleuten des Generalstaatsanwalts. Bücherrevision durch das Amt für Rechnungswesen. Prüfungsausschuß für die Anstellungspraktiken vom Amt für Personalmanagement. Kontakte mit drei Kongreß-Aufsichtskomitees. Dazu auch noch ein überraschender Besuch durch den Stab des Gouverneurs.«

»Haben sich ähnliche Aktivitäten in den anderen Regionen ereignet?« fragte Koda.

»Nein.«

»Ein verdammter Zufall«, knurrte Shannon.

»Ja, genau das«, stimmte Fogarty zu. »Im Augenblick haben wir keinen Beweis für eine undichte Stelle oder besondere politische Kontrollsituationen, die sich in unserer Dienststelle in Washington anbahnen, aber trotzdem können wir auf keinen Fall eine Untersuchung über die Locotta-Familie von der Region West aus durchführen. Nach den Vorkommnissen vor neun Monaten könnte ich wetten, daß Locotta eine Liste der für den Einsatz vorgesehenen Agenten – komplett mit Adressen, Telefonnummern und Freundinnen – innerhalb einer Woche auf seinem Schreibtisch haben würde.«

»Wie nimmt der regionale Direktor das alles auf?« fragte Koda.

»Er reagiert so, wie man es von einem ehemaligen Oberst der Marine erwarten würde«, bemerkte Fogarty trocken. »Mike ist bereit, Truppen in der Bucht von San Diego an Land gehen zu lassen, nach

Norden zu marschieren und erst anzuhalten, wenn die Grenze von Oregon erreicht ist. Da er jedoch keine Genehmigung für die Marine erhält, bekommen wir einen Blankoscheck für seine Region. Wir werden die Operation geheim von San Diego aus leiten und den Papierkrieg über unsere Dienststelle in Washington abwickeln. Mike will nur beim Schlußakt dabei sein.«

»Der Mann klingt ganz vernünftig«, lachte Shannon beifällig, während er seine sehnigen Hände kräftig aneinanderschlug.

»Was werden wir also tun?« erkundigte sich Koda.

»Möglichst unauffällig vorgehen, Ben«, antwortete Fogarty. »Auf die vermutlich geringe Gefahr hin, daß wir ein internes Problem haben, beschlossen wir, in der Anfangsphase unabhängig von der Unterstützung durch die Dienststelle zu operieren. Das bedeutet klarerweise den Verzicht auf regionale Unterstützung, es sei denn, wir bauen wirklich Scheiße.«

»Dann könnte es aber bereits zu spät sein«, bemerkte Koda.

»Richtig«, nickte Fogarty. »Und es bedeutet auch keinerlei Verbindung mit anderen Arten des Gesetzesvollzugs«, fügte er hinzu. »Ich erwarte ein sauberes, vollkommen gedecktes Einschleusen in diese Kreise. Geht diesmal ganz langsam und bedächtig ans Werk, und seid um Himmels willen vorsichtig. Wir wollen Locotta unbedingt am Wickel kriegen, haben aber reichlich Zeit dazu.

Ich habe für diesen Fall beschlossen, die Verwendung von Piepsern, Funkgeräten und Rekordern auf ein Minimum zu beschränken. Wie gesagt, die Infiltration muß tief und absolut ›sauber‹ erfolgen. Wir werden uns über Beweismaterial erst Gedanken machen, nachdem ein paar Leute eingeschleust sind.«

»Keine Aufzeichnungen, kein Notalarmknopf.« Shannon nickte nachdenklich. »Es könnte dort draußen einsam werden.«

»Deshalb hast du ja einen Partner«, tröstete ihn Harrington mit fast unmerklichem Lächeln in den von Sonnenfältchen umgebenen Augen. »Jemand, der dir das Händchen hält, wenn es draußen dunkel wird.«

»Ach, du meine Güte«, seufzte Shannon gedehnt und schüttelte mit gespielter Traurigkeit den Kopf.

Tom Fogarty fühlte sich optimistisch und zufrieden, weil er davon überzeugt war, daß er gute Leute ausgewählt hatte. Schon ihre zwanglose Neckerei bestärkte ihn in der Ansicht, daß diese Gruppe sich weder durch die politischen noch die praktischen Gefahren der Operation einschüchtern lassen würde. Er mußte jetzt nur seine unternehmungslustigen Mitarbeiter, Koda und Shannon, über das nächste Hindernis hinwegbringen. Harrington und Sanjanowitsch waren bereits informiert.

»Aus Sicherheitsgründen werden wir drei Zweierteams einsetzen, die unabhängig voneinander operieren«, begann Fogarty. »In den ersten paar Tagen wird Ben als Gruppenführer im Außendienst fungieren, während ich mich damit befasse, das Büro in Washington einzunebeln.«

»Die Jungs dort werden also nicht sehr viel von der Operation erfahren?« meinte Shannon und blickte Fogarty mit hochgezogenen Brauen an.

Fogarty zuckte mit keiner Wimper.

»Im Augenblick weiß nicht einmal der Direktor genau, was wir vorhaben. Eure Überstellungen wurden in meinem Auftrag durchgeführt, was natürlich bedeutet –«

»– daß wir es nicht vermasseln dürfen?« meinte Harrington.

»Ja, das würde ich sehr schätzen«, nickte Fogarty. »Will jemand aussteigen?«

»Nein, es klingt ganz amüsant«, grinste Charley Shannon.

»Du sagtest, drei Teams?« Koda blickte sich im Raum um. »Fehlen uns da nicht noch zwei Mann?«

»Das ist der Teil, den du nicht glauben wirst, Benji.« Freddy Sanjanowitsch lächelte belustigt.

»Was glauben?« Koda blickte zu Fogarty hinüber.

»Der Kreis der Männer, die ich für diese Einsatztruppe verwenden kann, ist äußerst klein, Ben«, erklärte Fogarty, in dessen Stimme eine Spur von Abwehr und Verlegenheit lag. »Ich brauche natürlich Erfahrung, aber es gibt noch andere – ebenso wichtige – Faktoren. Vor allem brauche ich Leute, die das Gebiet von Südkalifornien wie ihre Hosentasche kennen, aber vorzugsweise keine Fälle in der Westregion bearbeitet haben. Zweitens kann ich niemanden brauchen, der in letzter Zeit vor Gericht als Zeuge aufgetreten ist. Drittens kann ich niemanden nehmen, der in den letzten Jahren bei Rauschgiftverbrechen eingesetzt worden ist. Viertens brauche ich Leute mit guten technischen Kenntnissen. Und schließlich muß ich welche haben, die ihre echte Vergangenheit total vertuschen können, denn wir erwarten während dieser Operation eine sehr intensive Jagd nach Namen und Identität der Agenten.«

»Okay, also werden Charley und ich versuchen, uns zu erinnern, wie das Leben in der gottverdammten Armee war. Bart dreht Schreibtischhengsten, die schon im Hafen seekrank werden, Tagesbootsausflüge an. Freddy mimt wieder den Gigolo. Damit sollte die Infiltration problemlos über die Bühne gehen. Und...?«

»Und somit haben wir vier erfahrene Agenten – nämlich uns vier Helden –, auf die das alles zutrifft«, erklärte Sanjanowitsch entgegenkommend. »Vier erfahrene männliche Agenten – und zwei, äh, weniger erfahrene weibliche.«

»Wie im Film«, fügte Bart Harrington hinzu.

»Ihr wollt mich wohl verkohlen!«

»Benjamin, mein Kleiner, bitte kehr doch nicht so deutlich den Macho hervor«, drang jetzt Hazel Fogartys Stimme freundlich aus der Küche.

»Ich wiederhole...« begann Ben Koda, doch Fogarty hob die Hand.

»Ben, ich stimme mit deiner oft geäußerten Meinung über einige unserer weniger effizienten weiblichen Agenten überein.« Fogarty blickte finster zur Küchentür. »Aber ich habe keine andere vernünftige Wahl, also halte freundlichst deine verdammte Klappe, damit wir mit dieser Einsatzbesprechung weiterkommen.«

Koda verdrehte die Augen und schüttelte sich, hielt jedoch den Mund. Tom Fogarty hatte sich längst die Achtung der Männer erworben, die in seinem Haus beisammensaßen.

»Also gut«, fuhr Fogarty fort, »ihr werdet alle Gelegenheit bekommen, in San Diego euren neuen Teamgefährten die Hand zu schütteln. Sie heißen Kaaren Mueller und Sandy Mudd. Kaaren Mueller ist unsere Observierungsspezialistin. Hat einen verdammt guten Ruf, wenn es gilt, Fotos bei schwacher Beleuchtung zu schießen. Miniaturkameras sollen ihre Spezialität sein.«

»Ich wette, ich weiß wie...« flüsterte Sanjanowitsch Koda zu, dann verstummte er unter Fogartys drohendem Blick.

»Sandy Mudd hat ausgezeichnete Fähigkeiten auf dem Gebiet der Elektronik«, fuhr Fogarty fort. »Sie gilt als Expertin in Fernmelde- und Computerwesen – was sehr nützlich sein könnte, wenn man bedenkt, daß Locotta seine gesamten Aufzeichnungen in einer bestens geschützten Computerdatenbank gespeichert haben soll.«

»Ich hätte nie gedacht, daß ich auf meine alten Tage noch Computertechnik lernen muß, nur um mir Rauschgift zu kaufen«, murmelte Charley Shannon und schüttelte verdrießlich den Kopf.

»Ich bin froh, daß du das zur Sprache bringst, Charley, denn das ist genau der springende Punkt, den ihr Jungs begreifen müßt.« Fogarty nickte und gestikulierte wieder mit seinem Glas. »Zu diesem Geschäft gehörten früher nur Mut, rasche Reaktionsfähigkeit und ein gutes Mundwerk, aber mit dieser Masche kommt man heute nicht mehr durch. Zumindest nicht bei Typen wie Locotta. Ihr müßt euch darüber klar sein: Das Spiel läuft jetzt anders. Ihr, ich und der ganze verdammte Verein sind davon betroffen. Und genau jetzt sind sie uns voraus, noch bevor wir überhaupt einen Fuß auf den Boden bekommen haben.«

Fogarty schwieg kurz, um Luft zu holen, und atmete dann langsam aus, bevor er weitersprach. »Ich versuche nämlich, euch zu erklären, daß wir nicht einfach hinausmarschieren, bei einem von Locottas Dealern ein Pfund Koks kaufen und dann erwarten können, daß der uns etwas erzählt. Heute nicht mehr. Nicht, wenn sein ganzes Geschäft nach allen Richtungen mit Computercodes, Datenbanken und all dem Kram abgeschirmt ist.«

Fogarty blickte jeden einzelnen seiner Agenten an. »Es läuft auf eine einfache Tatsache hinaus. Wenn wir Locotta schnappen wollen, müssen wir in sein System eindringen. Und die einzige Art, das zu bewerkstelligen, besteht darin, in ihrer Liga mitzuspielen, das heißt, wir brauchen die Muellers und die Mudds und all ihre Hardware, denn wir werden es ohne sie nicht schaffen.«

Die Stille in Fogartys Zimmer war lähmend.

»Kaaren und Sandy befinden sich derzeit drüben in San Diego, sie sind dabei, den Hintergrund eines der Zwischenhändler Locottas zu durchleuchten«, fuhr Fogarty fort. »Sie haben auch ein paar Straßendealer überprüft und hatten schon einen wirklich guten Kunden an der Angel, den sie leider verloren.«

»Klingt ja nach einem verdammt gutem Observierungsteam –« begann Koda, dann wurde er von Harrington unterbrochen.

»Der Junge, den sie festnageln wollten, hängt jetzt an einem Atemgerät. Jemand hat ihn sich vorgenommen – hat ihn aus einem Fenster im ersten Stockwerk gestoßen, während er eine Giftschlange an seinem Bein hängen hatte.«

»Scheiße«, flüsterte Koda, Shannon und Sanjanowitsch gleichzeitig.

»Der Junge landete unmittelbar vor Kaaren und Sandy auf dem Beton«, berichtete Fogarty. »Kaaren wischte nur das Blut von ihrer Kameralinse und fotografierte weiter – während sich die verdammte Schlange neben ihren Füßen hin und her wand – bis Sandy das verdammte Vieh mit einem Stein erledigte.«

»Und außerdem gelang es den beiden, sich wieder aus dem Staub zu machen, bevor jemand sie verhören konnte«, fügte Harrington hinzu.

Koda, Shannon und Sanjanowitsch blickten sich erstaunt und voll widerwilligem Respekt an.

»Sie sind seit beinahe drei Monaten dort«, fuhr Fogarty fort. »Sie sind gute Agentinnen, also laßt sie an der langen Leine. Notfalls ist das ein Befehl. Verstanden?«

Sie nickten mit unterschiedlicher Begeisterung.

»Schön. Okay, nun zur Zusammenstellung der Teams. Kaaren wird mit Freddy arbeiten, Sandy steigt mit Bart ins Boot.«

»Gott sei Dank«, murmelte Koda mehr zu sich selbst.

»Was war das, Ben?« fragte Fogarty.

»Ach, nichts.«

»Gut. Jetzt werde ich euch die Locotta-Familie im Bild zeigen.«

Fogarty knipste das Licht aus und schaltete einen Diaprojektor ein.

»Aber zuerst könnt ihr euch eure neuen Partner ansehen. Sandy Mudd...« stellte Fogarty vor und ließ das nächste Dia vorrücken, »und Kaaren Mueller.«

»Mein Gott«, flüsterte Freddy Sanjanowitsch.

»Huuiii«, pfiff Charley leise.

»Hoffentlich habt ihr eine gute Zusatzklausel für Schwangerschaften in unsere Versicherung eingebaut, Boss«, meinte Koda kopfschüttelnd. »Sonst sollte man Freddy sofort kastrieren lassen.«

»Wir setzen sie wegen ihres Verstandes ein«, entgegnete Fogarty bissig, »nicht wegen ihres Gesichtes oder ihrer Figur. Vergeßt das freundlichst nicht. Jake Locotta«, fuhr Fogarty fort, während er das nächste Dia zeigte. »Anfang Fünfzig. Er regelt die finanzielle Seite des Geschäftes mit Hilfe seines Buchhalters Al Rosenthal.« Fogartys Daumen beförderte das nächste Foto. »Rosenthal ist ein alter Geschäftsfreund der Familie. Nicht die geringste Chance, über ihn an Locotta heranzukommen.«

»Wie steht es mit den Dealern?« fragte Sanjanowitsch.

»Ich komme jetzt zu ihnen. Locotta setzt hauptsächlich drei Zwischenhändler ein. Enrico Nogales.« Klick, Surren. »Jean Claude Laque.« Klick, Surren. »Und Jimmy Pilgrim.« Klick, Surren. »Dies hier ist ein weiterer – gefährlicher – Mitarbeiter von Locotta: Joe Tassio, sein Hauptadjutant.«

»Sieht nach einem schweren Brocken aus«, bemerkte Charley Shannon.

»Macht euch Notizen«, unterbrach Fogarty seine Diavorführung. »Wir werden Nogales zunächst einmal ausklammern und uns auf die beiden anderen konzentrieren. Ich habe vor, Bart, Sandy und das Boot auf Laque anzusetzen. Soviel ich höre, verbringt dieser Kerl jede freie Minute damit, im Hafen von Newport Nutten auf seine Jacht zu lotsen – die übrigens zufällig zehn Liegeplätze unterhalb von unserem Boot vor Anker liegt.«

»Der Mann scheint gar nicht so übel zu sein«, murmelte Harrington.

»Ich habe erwartet, daß er dir gefällt«, nickte Fogarty. »Also weiter... Freddy, du und Kaaren, ihr werdet euch mit dem wirklichen Kapo im Hintergrund von Locottas Geschäft befassen – mit Pilgrim. Okay?«

»Kann mir nur recht sein.« Sanjanowitsch zuckte mit den Schultern.

»Komm schon, Sanjo, gib es zu«, grinste Bart Harrington. »Du würdest mir Dracula persönlich anhängen, wenn du nur die Mueller als Partnerin behalten kannst.«

»Ich hätte zwei Fragen, Boß.« Koda hob höflich die Hand.

»Schieß los.«

»Erstens, wie gehen wir gegen Pilgrim vor? Und zweitens, was hast du für Charley und mich vorgesehen?«

»Jimmy Pilgrim ist wild darauf, die Leute in Angst und Schrecken zu versetzen«, erklärte Fogarty. »Seine Straßendealer haben alle eine Heidenangst vor ihm. Diejenigen von ihnen, die wir aus dem Verkehr gezogen haben, sagen kaum etwas über ihn aus – offensichtlich mit gutem Grund. Unseren Ermittlungen zufolge gehen mindestens fünf Morde auf sein Konto. Nach nicht erhärteten Gerüchten soll er vergangenes Jahr an dem Anschlag auf eine staatliche Drogen-Dienststelle beteiligt gewesen sein, bei dem ein raffiniert versteckter Sprengsatz verwendet wurde... vor dem Anschlag gab es drei telefonische Warnungen.«

»Ralph Barreno«, murmelte Harrington bitter. »Der Bursche hatte nachher nur noch einen Arm und ein Auge. Seine Beine waren teilweise gelähmt. Er hat im Außendienst gute Arbeit geleistet. Ich würde liebend gern den Schweinehund fassen, der für diese Anrufe verantwortlich ist. Um zu sehen, wie lange er im Santa-Barbara-Kanal mit zwei blutigen Stümpfen als Beine überlebt, sobald sich die Haie für ihn interessieren.«

»Ja, das ist eine hübsche Idee.« Fogarty nickte. »Aber vergiß nicht, es gibt keinen Beweis für Pilgrims Beteiligung an der Sache. Wir wissen, daß er gern einen Strick oder die bloßen Hände benutzt. Er treibt Bodybuilding und liebt es sehr, seine Leute psychologisch unter Druck zu setzen. Soviel wir wissen, hat man ihn nie mit einer Waffe gesehen. Das einzige, was wir mit Sicherheit über Jimmy Pilgrim wissen, ist, daß er ein eiskalter Wahnsinniger ist, Punkt. Er macht sich nicht einmal die Mühe, bei der Arbeit einen falschen Namen zu verwenden. Er gilt als äußerst intelligent, mutig, unberechenbar, gefährlich als Einzelperson; würde, ohne zu überlegen, jederzeit einen Bundesagenten töten und ist wahrscheinlich unsere beste Chance, an Locotta heranzukommen.«

»Ich bin dafür, daß wir den Mistkerl sofort ausschalten und dann die zweitbeste Chance suchen«, schlug Harrison vor.

»Und du setzt Sanjo mit einem *Penthouse-Girl* wie der Mueller als Partnerin auf diesen Mistkerl an?« Koda schüttelte den Kopf. »Du kannst dich gleich von deinem hübschen Hintern verabschieden, Freddy. Und vergiß nicht, mir die hübsche Biene zu vermachen.«

»Warte, bevor du lachst, du Knallkopf«, grinste Sanjanowitsch. »Das Beste hat dir Papa noch gar nicht erzählt.«

»So, und was ist das?« fragte Koda und wandte sich Fogarty zu.

»Freddy und Kaaren werden Pilgrim völlig gefahrlos bearbeiten können«, erklärte Fogarty, »denn sie werden zwei äußerst pflichtbewußte Babysitter haben, die jeden ihrer Schritte bewachen werden –«

»O Gott, nein!«

»Ich hoffe nur, daß dir die New-Wave-Disco-Musik gefallen wird, Benji«, meinte Sanjanowitsch freundlich lächelnd. »Wir erwarten natürlich, daß ihr spät abends ein wenig Diskretion walten laßt...«

»Diskretion, daß ich nicht lache...« begann Charley Shannon, während Koda seufzend die Augen schloß.

»Jimmy Pilgrims rechte Hand ist ein Mann namens Lafayette Beaumont Raynee«, fuhr Fogarty fort. »Ein Schwarzer, einunddreißig, einsachtzig, hundertvierzig Pfund. Auch bekannt als *Rainbow*.«

»Weißt du, Freddy«, brummte Charley Shannon, »du und Rainbow, ihr werdet euch wirklich gut vertragen. Keiner von euch beiden hat den geringsten Geschmack, was Kleidung betrifft. Mann, schau dir nur die Farbenzusammenstellung von dem Kerl an!«

»Rainbow ist hauptberuflich ein Dealer und nebenberuflich ein Zuhälter, der gern mit Messern und Rasierklingen spielt«, fuhr Fogarty fort. »Einwandfrei ein Psychopath. Hat eine Vorliebe für alles Scharfe. Nehmt euch vor ihm in acht. Ihr könnt gar nicht vorsichtig genug sein. Er und Pilgrim sind aufeinander eingespielt. Nach allem, was wir über sie wissen, ist es sehr gut möglich, daß entweder Pilgrim oder Rainbow den Jungen mit der Schlange aus dem Fenster gestoßen hat, obwohl er für sie arbeitete.« Forgarty zeigte ein weiteres Dia, auf dem Jamie MacKenzie mit dem Gesicht nach unten auf dem blutbespritzten Gehsteig lag, während die dicke Schlange deutlich mit dem eingeschlagenen Schädel an seinem Bein hing.

»Hol mich der Teufel«, flüsterte Sanjanowitsch.

»Wenn das Pilgrims oder Rainbows Werk war, dann haben sie ein verdammt anspornendes Programm für ihre Angestellten«, murmelte Bart Harrington, während alle das grauenhafte Bild an der Wand anstarrten.

»Hör mal, Tom, wie wäre es, wenn wir nochmals auf Pilgrim zurückkommen?« fragte Koda leise, der nun ernster wurde, als er begriffen hatte, welcher Gefahr sich Freddy Sanjanowitsch und Kaaren Mueller gegenübersehen würden.

»Gern.« Klick, Surren. »Das ist das einzige Foto von Jimmy Pilgrim, das wir besitzen. Er zeigt sich nicht sehr häufig in der Öffentlichkeit. Zu viele Schatten, um nähere Einzelheiten zu erkennen. Kaaren wird versuchen, eine bessere Aufnahme zu schießen, wenn sie ihn einmal im Freien erwischt. Nach unseren Informationen hat Pilgrim eine Vorliebe für graue Anzüge mit Weste. Bart und Haare sind schwarz, für gewöhnlich sorgfältig gestutzt. Er trägt immer eine Hornbrille...«

2

In dem kühlen, ruhigen Heiligtum seines Universitätslabors ging Dr. David Isaac methodisch alle bekannten Alternativen und Wahrscheinlichkeiten ein letztes Mal durch. Dann faßte er nach einem letzten Moment konzentrierter Überlegung den unwiderruflichen Entschluß, sich mit einem sehr einfallsreichen und äußerst gefährlichen Verbrecher zu befassen.

Isaac sah es natürlich nicht aus diesem Gesichtswinkel, aber von einem Mann mit seinen abgeschirmten Lebensumständen und seiner Erfahrung konnte man wirklich nicht erwarten, daß er alle notwendigen und unvermeidlichen Konsequenzen eines solchen Entschlusses erkannte.

Von Isaacs Standpunkt aus – dem eines hochintelligenten und vielseitig gebildeten Mannes, der die letzten zehn Jahre seines Lebens fast ausschließlich im Umfeld von Universitäten verbracht hatte – war das Angebot, das er von einem Mann namens Jimmy Pilgrim erhalten hatte, einfach unwiderstehlich, besonders wenn er die Gründe in Betracht zog…

In erster Linie und vielleicht am bestechendsten war die Möglichkeit, den Rahmen seiner geliebten Forschungen zu erweitern – seine faszinierenden analogen Verbindungen tatsächlich an menschlichen Versuchspersonen zu erproben – in einem Ausmaß, das ihm wenige Tage zuvor unvorstellbar – und gesetzwidrig – erschienen wäre…

Und natürlich würde er auch Geld erhalten – was ebenso verlokkend war, weil das Jahresgehalt eines Ordentlichen Professors für organische Chemie an der Universität von Kalifornien kaum dem Lohn eines gewerkschaftlich organisierten Klempnermeisters entsprach. Die Aussicht, monatlich mindestens das Zehnfache zu verdienen, sagte Isaac natürlich zu. Doch an Jimmy Pilgrims raffiniert kalkuliertem Angebot war mehr dran als nur erweiterte Forschungsmöglichkeiten und Geld. Viel mehr.

Zwischen den anderen Faktoren, zu denen, wie sich Isaac ins Gedächtnis zurückrief, auch die nervenzermürbende Möglichkeit gehörte, bei der Abweichung vom Gesetz ertappt zu werden, befand sich das entscheidende Kriterium: der verlockende Traum, die lang vergessene Legende von Maria zum Leben zu erwecken. Es war eine phantastische Vorstellung, die in den Winkeln von Isaacs glänzendem logischem Verstand seit seiner Jugendzeit, in der er ein Bücherwurm gewesen war, spukte. Doch nun, zwei Wochen nach seinem Vortrag über Alchimie, war es eine Wahnvorstellung, deren Verwirklichung nicht mehr unmöglich schien.

Nachdem Dr. David Isaac seinen Entschluß gefaßt hatte, legte er die Füße vorsichtig auf seine mit Papieren bedeckte Schreibtischplatte, um, dem Anschein nach, in sein Notizbuch vertieft, in seinem beengten Büro darauf zu warten, daß seine Studenten ihre abendlichen Forschungen beendeten.

Es würde noch eine Weile dauern.

Isaac war der jüngste und nach Meinung vieler der begabteste Ordentliche Professor für organische Chemie in der Geschichte der Universität. Zweifellos war es eine Ehre, zu Isaacs vier Doktoranden zu gehören. Aber zu dieser Ehre gehörte auch die entsprechende Verpflichtung, eine Dissertation vorzulegen, die würdig war, unter Isaacs weithin bekanntem Namen veröffentlicht zu werden. Es war also keineswegs ungewöhnlich, daß alle vier Studenten in jeder freien Stunde an ihren Labortischen saßen.

Um 22 Uhr 35 hörte Isaac endlich das leise, schlurfende Geräusch von abgetragenen Tennisschuhen, das sich dem Büro näherte.

»Professor?«

»Ja, Nichole?« Isaac blickte von dem Rohmanuskript seines letzten Artikels auf – einer umfassenden, brillanten Abhandlung über psychomotorisch aktive Verbindungen, die jetzt, notwendigerweise, vielleicht nie veröffentlicht werden würde –, als die letzte seiner lang arbeitenden Schüler und Schülerinnen den Kopf zur Tür hereinsteckte.

Nichole Faysonnt war eine energische, erst einundzwanzigjährige Frau mit einem wunderbar wißbegierigen, wissenschaftlichen Verstand und bereits zwei akademischen Qualifikationen aus Frankreich und der Schweiz. Nichole hatte die reizvolle Gewohnheit, ihre anziehende, eurasische Erscheinung hinter einer großen Brille mit Drahtgestell, weiten Bluejeans und einem weißen Labormantel zu verbergen. Und sie war – und deshalb fühlte sich Isaac etwas schuldbewußt – der hauptsächliche Gegenstand eines anderen seiner oft wiederkehrenden Hirngespinste.

»Es geht um die neue Versuchsreihe von Analoga, die Sie vorgeschlagen haben. Ich habe eins bis sechzehn ausgearbeitet… und habe siebzehn auf der Computerdiskette gelassen«, berichtete das dunkelhaarige Mädchen, in dessen Stimme gelassene Zuversicht und Energie lagen, obwohl die unübersehbare Müdigkeit ihre dunklen, empfindlichen Augen sichtlich gerötet hatte.

»Was halten Sie davon?« erkundigte sich Isaac beiläufig.

»Ich halte die Reihe für durchaus erfolgversprechend«, erwiderte Nichole und zuckte mit den Schultern, während ihre müden Augen aufleuchteten und ihre unverminderte Begeisterung für ihr Dissertationsthema verrieten. »Die räumliche Verteilung sieht sehr gut aus, und wir haben die meisten bekannten Rezeptorenstellen erfaßt. Ich meine aber auch, daß die Synthesen fünfzehn bis zwanzig – die erfolgversprechendsten – sich sehr schwierig gestalten werden. Vielleicht sind sie sogar unmöglich. Ich werde morgen um neun Uhr hier sein, um mit Nummer achtzehn zu beginnen. Das verspreche ich.«

»Ausgezeichnet«, nickte Isaac zustimmend. Er wußte, daß sie genau um halb neun wieder im Labor sein würde. Nichole Faysonnts Leben war, wie ihre Dissertation und ihre Computerprogramme, genau geplant, effizient und verläßlich... wodurch seine Hirngespinste noch verführerischer wurden.

»Soll ich das Labor abschließen? Ich bin heute abend die letzte.«

»Nein, gehen Sie nur nach Hause und legen Sie sich schlafen.« Isaac schüttelte lächelnd den Kopf. »Ich werde mich in einigen Minuten selbst darum kümmern.«

»Danke.« Ein kurzes, leicht kokettes Lächeln huschte über ihr Gesicht und verschwand wieder – wie eine schwache Erinnerung an eine lange vergessene Kindheit. »Gute Nacht, Professor.«

»Gute Nacht, Nichole.«

Isaac wartete, bis die Haupttür des Labors ins Schloß fiel. Dann lehnte er sich zurück, drückte auf den Wiedergabeknopf des kleinen Kassettenrecorders, der an sein Bürotelefon angeschlossen war, und hörte sich noch einmal das unglaubliche Gespräch an, das nun unwiderruflich sein abgeschirmtes akademisches Leben verändern würde:

»Hallo?«

»Dr. Isaac?«

»Am Apparat.«

»Dr. Isaac, hier spricht James Pilgrim von den *Bio-Action Research Technologies*. Ich habe schon einmal angerufen.«

»Ja, meine Sekretärin hat es mir ausgerichtet. Es tut mir leid...«

»Dr. Isaac, um mich kurz zu fassen: Ich bin auf der Suche nach einem Fachmann für Organische Chemie, der imstande ist, ziemlich komplizierte organische Verbindungen für uns synthetisch herzustellen. Soviel ich weiß, sind Sie gelegentlich bereit, als Berater zu fungieren.«

»Nur in seltenen Fällen, Mr. Pilgrim. Ich verfüge nur über wenig Freizeit. Für gewöhnlich verweise ich solche Projekte an private Laboratorien.«

»Ja, mir ist klar, daß Sie ein sehr beschäftigter Mann sind. Unter normalen Umständen würde ich Sie auch nicht belästigen. Aber es handelt sich darum, daß es anscheinend schwierig ist, die Verbindung herzustellen, die wir für unsere Forschung dringend benötigen. Sie wurden uns besonders als Chemiker empfohlen, der eine Vorliebe für faszinierende, schwierige Probleme hat. Und wir sind natürlich auch bereit, Sie für Ihren Zeit- und Materialaufwand sehr gut zu entschädigen.«

»Tut mir leid«, erwiderte Isaac freundlich, »aber ich –«

»Wir dachten an ein Honorar von fünfundzwanzigtausend Dollar für eine Testmenge von zehn Gramm.«

Eine Pause von drei Sekunden folgte.

»Wie bitte?«

»Fünfundzwanzigtausend Dollar, Mr. Isaac. Natürlich unter der Voraussetzung, daß die Bezahlung erst bei Lieferung erfolgt.«

Eine Pause von vier Sekunden folgte.

»Sagen Sie mir eines, Mr. Pilgrim, um welche Art von Verbindung handelt es sich?«

»Die chemische Bezeichnung lautet eins-eins-zwei-Thienyl-Cyclohexylpiperidin. Ich glaube, Sie würden es –«

»– als ein eher einfaches Thiopen-Analogon von Phencyklidin bezeichnen«, unterbrach ihn Isaacs Stimme, »was eigentlich eine nicht besonders schwierige Synthese ist. Vielleicht interessant... aber nur, weil die Mischung strukturell dem Phencyclidin oder PCF gleicht, das, wie Sie vielleicht wissen, Mr. Prilgrim, von der Bundesregierung als verbotene, gefährliche Droge eingestuft ist.«

»Sie besitzen eine bewundernswerte Kenntnis der Arzneimittelgesetze, Dr. Isaac.«

»Und Sie haben sich für Ihr, äh, Forschungsprojekt eine überaus ›faszinierende‹ Verbindung ausgesucht, Mr. Pilgrim.« Der Sarkasmus in Mr. Isaacs Stimme war nicht zu überhören. »Besonders von meinem Standpunkt aus, da ich vorhabe, demnächst eine Abhandlung über halluzinogene Analoga von verbotenen Präparaten zu veröffentlichen.«

»Ein erstaunlicher Zufall.«

»Genau das dachte ich mir.« Isaac schnaubte verächtlich. »Sie haben doch die Möglichkeit in Betracht gezogen, daß Ihre Verbindung halluzinogene Eigenschaften aufweisen wird?«

»Natürlich.«

»Faszinierend.« Isaacs Stimme nahm einen scherzenden Tonfall an. »Ich muß gestehen, Mr. Pilgrim, daß Sie mich bezüglich etlicher Dinge sehr neugierig gemacht haben. Verursacht Ihnen, nun ja, die rechtliche Seite der Sache keine Kopfschmerzen? Ganz zu schweigen von der Möglichkeit, daß ich mich entschließen könnte, mich an die Polizei zu wenden?«

»Ganz im Gegenteil. Ich mache Ihnen nur ein vollkommen einwandfreies geschäftliches Angebot. Wenn Sie sich die Zeit nehmen, die einschlägigen Gesetze einmal sorgfältig nachzulesen, werden Sie feststellen, daß es nicht gesetzwidrig ist, ein *Analogon* eines verbotenen Präparats zu produzieren oder zu verkaufen.«

»Stimmt«, brummte Isaac nach kurzem Zögern. »Aber Sie sind noch immer bereit, mir fünfundzwanzigtausend Dollar für die Herstellung von zehn Gramm eines ›vollkommen legalen‹ Analogons zu bezahlen, dessen Erzeugung Sie in einem der privaten Labors, die ich Ihnen nennen könnte, nicht mehr als ein paar hundert Dollar kosten würde?« Wieder war die Belustigung in Isaacs Stimme deutlich herauszuhören.

»Das ist richtig, Doktor. Und was Ihre Besorgnis wegen der Polizei betrifft – habe ich denn nicht die Prämie erwähnt, die wir für dieses Projekt anbieten?«

»Nein, Sie haben keine Prämie erwähnt«, erwiderte Isaac unbeeindruckt.

»Sie interessieren sich doch für die Geschichte der Alchimie, nicht wahr?«

»Eines meiner wenigen unterhaltsamen Hobbies. Ich bin erstaunt, daß Sie davon wissen...«

»Nun, wie Sie sehen, weiß ich davon. Und ich habe den Eindruck, daß das Studium der Alchimie in Ihrem Fall mehr als eine fixe Idee ist. Aber wie dem auch sein mag, wir sind ein internationaler Konzern. Zufällig befindet sich einer unserer Teilhaber im Mittleren Osten jetzt im Besitz eines faszinierenden Gegenstands. Es handelt sich eigentlich nur um ein sehr altes Stück Papier, aber Fachleute haben es als eine unverzeichnete Seite aus dem *Cheirokmeta* beglaubigt. Offensichtlich eine Art Aufzeichnung von Experimenten, die von einer Chemikerin namens Maria durchgeführt wurden. Ich nehme an, daß ein solcher Gegenstand sehr gut in Ihre – wie sollen wir sie nennen – beinahe legale Privatsammlung passen würde?«

Nun dauerte die Pause schon zehn Sekunden.

»Dr. Isaac?«

»Äh… ja?«

»Entschuldigen Sie, ich befürchtete schon, daß wir unterbrochen wurden. Sagen Sie mir, ist dieses Thiopen-Analogon wirklich so schwer herzustellen, wie mir gesagt wurde?«

»Was –? O nein. Nein, es würde keineswegs schwierig sein«, antwortete Isaac zerstreut. Dann fügte er entschiedener hinzu: »Ich möchte wissen, wer die Authentizität dieses Gegenstandes, den Sie eben beschrieben haben, beglaubigt hat.«

»Drei anerkannte Fachleute, die Ihnen bestimmt bekannt sind. Almarian. Cohen. Fauss. Aber wir haben darüber gesprochen, wie schwierig es ist, zehn Gramm eines Thiopen-Analogons herzustellen.« Diesmal war es Pilgrim, der ganz deutlich belustigt war.

»Die Herstellung Ihres Analogons ist unwichtig, Mr. Pilgrim«, antwortete Isaac mit merklich schärferer Stimme.« Jeder Chemiker, der sein Studium absolviert hat, ist dazu imstande. Sie ist bestimmt nicht so schwierig, daß sie Ihr Honorar rechtfertigt – ganz zu schweigen von der Prämie, die, nur zu Ihrer Information, von unschätzbarem Wert ist. Natürlich vorausgesetzt, daß der Gegenstand tatsächlich existiert und daß Sie das alles ernst meinen.«

»Der Gegenstand existiert, und es ist mir sehr ernst, Doktor. So ernst, daß ich Sie innerhalb von vierundzwanzig Stunden nach Ihrem Entschluß mit unserem Gesellschafter im Mittleren Osten in Verbindung bringe. Aber Sie scheinen nicht zu verstehen. Wenn wir uns in dieser Angelegenheit einigen könnten, würden wir mehr als nur Ihre chemische Fachkenntnis kaufen. Sie besitzen andere – Eigenschaften –, die unseren Bedürfnissen genau entsprechen.«

»Ich verstehe nicht –«

»Sie sind Ordentlicher Professor für Chemie an einer bedeutenden Universität«, knurrte die tiefe Stimme kalt. »Um es rundheraus zu sagen, Ihre Bezahlung ist ein Bettel. Aber Sie können kommen und gehen, wie es Ihnen beliebt. Niemand beeinflußt die Wahl Ihrer Forschungsvorhaben oder die dafür erforderlichen Geräte, solange Sie im Rahmen Ihres Budgets bleiben. Niemand blickt Ihnen über die Schulter, während Sie arbeiten. Stimmt das?«

»Sie schätzen meine Tätigkeit richtig ein«, gab Isaac zögernd zu, »aber was...«

»Dr. Isaac, Sie können in absoluter Ungestörtheit in einem der bestausgestatteten Chemielaboratorien der Welt arbeiten. Wir wollen ein Stück von dieser Ungestörtheit sowie Ihr absolutes Stillschweigen über unsere Produktforschung kaufen.«

»Ich glaube, ich verstehe...« flüsterte Isaac, der plötzlich begriffen hatte.

»Ich verlange nicht, daß Sie sich sofort entscheiden. Denken Sie darüber nach. Sie haben doch meine Telefonnummer?«

Stille. Dann raschelten Papiere.

»Ah – ja.«

»Fein. Die Nummer ist an einen abhörsicheren Anrufbeantworter angeschlossen. Der Anschluß wird ausgeschaltet, wenn ich innerhalb einer Woche nicht von Ihnen gehört habe. Vielleicht werde ich inzwischen noch einmal mit Ihnen Kontakt aufnehmen. Als zusätzlichen Anreiz möchte ich darauf hinweisen, daß wir daran interessiert sind, später weitere Analoga zu kaufen. Natürlich gegen ein angemessenes Honorar.«

»Faszinierend«, flüsterte Isaac.

»Dieser Meinung sind wir auch. Ach, übrigens, Professor, wenn Sie anrufen, verwenden Sie bitte eine öffentliche Telefonzelle in einiger Entfernung von Ihrem Labor oder Ihrer Wohnung. In unserem Forschungsbereich besteht immer das Problem der unangenehmen Konkurrenz. Sie verstehen das wohl.«

»Ja, natürlich.«
»Auf Wiedersehen, Dr. Isaac.«
»Äh – ja, auf Wiedersehen, Mr. Pilgrim.«

Dr. David Isaac schaltete das Bandgerät ab, verließ sein Büro und ging durch das Labor zu Nicholes Arbeitsbereich. Dort gab er den Zugangscode in ihren Computer ein, sah zu, wie das Disketten-Inhaltsverzeichnis auf dem Bildschirm erschien, und tippte dann eine Reihe von Befehlen.

Nichole hat recht, dachte Isaac, während er die Zahlen und Wörter überflog, die hellgrün auf dem dunklen Bildschirm schimmerten. Die Synthese für Analogon siebzehn – das bisher interessanteste der Reihe in bezug auf eine potenzielle psychomotorische Aktivität – würde schwierig sein, war aber bestimmt möglich. Er trug die einschlägige Information lächelnd in sein Notizbuch ein und schaltete dann den Bildschirm aus.

Nachdem Dr. David Isaac beschlossen hatte, Jimmy Pilgrims Projekt eine zulässige Wendung zu geben, stand er auf, streckte sich zufrieden und ging dann in sein eigenes Labor zurück. Dort entnahm er einem Schrank ein peinlich sauberes Fläschchen und schrieb mit einem Wachsstift den Buchstaben und die Nummer A-17, seine Initialen und das Datum auf die glatte Glasoberfläche. Er füllte das Fläschchen halb mit destilliertem Wasser. Dann zog er noch einmal sein Notizbuch zu Rate, setzte sich vor eine ultrapräzise elektronische Waage, deponierte Notizbuch und Flasche in unmittelbarer Reichweite, nahm eine kleine Phiole, die ein hellbraunes Pulver enthielt, an dem er bereits einige Stunden gearbeitet hatte, aus der Tasche seines Kittels und griff nach einem Wägepapier.

Der Inhalt der Phiole wog genau 10,024 Gramm.

Isaac füllte das Pulver wieder in die Phiole, drückte die Verschlußkappe darauf und schob sie in seine Jackentasche zurück. Phase eins – die Synthese des Thiopen-Analogons für Jimmy Pilgrim – war abgeschlossen.

Die interessante Arbeit begann jetzt.

In einem Badeort auf Jekyll Island, einer kleinen Insel vor der Küste von Brunswick, Georgia, saß Jake Locotta im hinteren Raum einer sehr teuren Hotelsuite mit Blick auf den Atlantischen Ozean und hörte gelassen zu, wie sein Sohn den Direktoren ihrer unauffälligen und sehr gut organisierten »Aktiengesellschaft« einen überaus befriedigenden Bericht über die finanzielle Lage erstattete.

Locotta hatte seine Laufbahn begonnen, als das einzige »Organisierte« an der Unterwelt der Vereinigten Staaten ihr öffentlich bekannter Name war. Jetzt, siebenunddreißig Jahre später, kontrollierte Jake Locottas »Familie« den größten Teil des Schmuggels, der Wetten, des Kredit- und des Rauschgifthandels in Südkalifornien und darüber hinaus. Was er nicht direkt betrieb, das überwachte, kontrollierte und »besteuerte« er durch ein eng verzahntes System von Gesellschaften, die die Ware lagerten, den Transport besorgten und Schwarzgeld weiß wuschen. Alles in allem ein sehr lukrativer Betrieb – besonders der Schmuggel und Verkauf von Rauschgift.

Jake Locotta lehnte sich in seinem gepolsterten Bürostuhl zurück und wandte sich dann Al Rosenthal zu, seinem alten Freund und Buchhalter, der mit ihm im hinteren Teil des Raumes saß.

»Was meinst du, Rosey?« fragte Locotta leise.

»Die Art, wie du den Verteiler behandelt hast, hat ihnen gefallen, Jake«, antwortete Rosenthal leise mit seiner tiefen, heiseren Stimme – der unvermeidlichen Folge vieler Zigaretten und zu vieler Nachtstunden, in denen er über mehreren Versionen von Geschäftsbüchern gebrütet hatte. »Es erinnert sie daran, in was für einem Unternehmen wir sind. Die Sauerstoffflaschen waren ein guter Einfall.«

»Ja, wenn jemand aus der Reihe tanzt, muß man hart zuschlagen«, nickte Locotta grimmig. »Auf diese Weise weiß jeder Bescheid. Dabei fällt mir ein, hast du etwas von Lester gehört?«

»Ich glaube schon.« Auch Rosenthal nickte grimmig. »Ein Kerl, auf den seine Beschreibung paßt, wurde von den *Federales* in der Nähe von dem Vergnügungsort gefaßt, in dem sich Lester gern herumtreibt. Angeblich hat sich der Kerl betrunken und einen mexikanischen Bullen umgelegt.«

»Scheiße«, knurrte Locotta, dessen Gesicht sich vor stummer Wut verzerrte. »Dieser verdammte, perverse Hund...« Plötzlich kam ihm ein Verdacht. »Hör mal, bist du sicher, daß nicht Pilgrim oder Rainbow ihre Finger da drin haben?«

»Ist unmöglich zu sagen.« Rosenthal schüttelte den Kopf. »Es ist nicht einmal eine Bestätigung dafür zu erhalten, daß sie Lester eingesperrt haben. Du weißt ja, wie solche Dinge dort unten laufen.«

»Ja. Den Hurensohn kann man wohl abschreiben.« Locotta nickte, dann zuckte er gleichgültig mit den Schultern. »Hol's der Teufel, wir haben noch andere Leute an der Angel. Was hältst du von den Finanzen?«

»Wie der Junge sagte«, raunzte Rosenthal, »das letzte Vierteljahr...«

»Laß doch diesen Mist beiseite.« Locotta fuchtelte mit seiner Zigarre herum. »Ich will das Wesentliche über den Rauschgifthandel wissen.«

Al Rosenthal grinste, und seine wäßrigen Augen funkelten belustigt. Wie sein langjähriger Boss mißtraute Rosenthal ein wenig der Art, wie die neuen Computer innerhalb von Millisekunden hundertprozentig genaue Zahlen ausspuckten, obwohl er persönlich eine gewisse Bewunderung und Achtung empfand. Jake Locottas Sohn, der in Harvard studiert hatte, hatte kürzlich ein Computerprogramm ausgearbeitet, um die Konten zu verschleiern, bei dem es Rosenthal, der als Buchhalter noch an Papier und Feder gewöhnt war, vor Staunen schwindlig geworden war, als er dessen ungeheure Möglichkeiten erkannt hatte.

»Wie wir im vorigen Jahr vereinbart haben«, berichtete Rosenthal, der sich auf sein Gedächtnis verlassen konnte, leise, »haben wir unsere Investitionen für Rauschgift auf drei Produkte beschränkt: Kokain, Heroin und Haschisch. In runden Zahlen betrugen unsere Eingänge achtvierundsechzig beziehungsweise einsfünfundsiebzig und einsdreiundsechzig. Insgesamt also einskommazweinullzwei brutto.«

»Und die Ausgaben?« fragte Jake Locotta sichtlich besorgt.

»Wie im letzten Jahr«, flüsterte Rosenthal beruhigend. »Einkauf zweiachtundsechzig. Diverse Operationen ungefähr dreiundfünfzig. Die Beraterhonorare sind mit neunzehn gleichgeblieben.«

»Die Scheißbestechungen werden uns noch eines Tages auffressen«, brummte Locotta. »Komm schon«, drängte er, »drück es in Zahlen aus, die ich verstehen kann. Letzte Zeile.«

»Letzte Zeile«, lächelte Rosenthal. »Bei Ausgaben von ungefähr dreihundertvierzig Millionen Dollar für Rauschgiftoperationen in diesem Jahr haben wir etwas mehr als einskommaeins Milliarden Dollar eingenommen. Das bedeutet...«

»Zweihundert Prozent Gewinn«, ergänzte Jake Locotta, der jetzt grinste. »Ich brauche keinen Scheißcomputer, um diesen Prozentsatz auszurechnen, nicht wahr? Was meinst du also?«

»Zum Rauschgift?« Rosenthal zuckte mit den Schultern. »Ein ziemliches Risiko, wie immer, aber ein gutes Geschäft. Wirklich gutes Geschäft.«

»Richtig«, knurrte Locotta. »Und solange wir zwei Drittel von unserem Gewinn mit Schnee und Hasch erzielen, bleiben wir in dem Geschäft. Niemand wird uns hinausdrängen.« Locotta und sein langjähriger Berater tauschten grinsend verständnisvolle Blicke. Dann wandten beide ihre Aufmerksamkeit wieder der Konferenz zu.

Während Jake Locotta und Al Rosenthal geduldig den Berichten der anderen Gangsterbosse in dem sorgfältig abgeschirmten Konferenzraum lauschten, griff der »Schöpfer« in 4200 Kilometer Entfernung nach einem der Fläschchen mit teuren Chemikalien, die ordentlich neben der überaus empfindlichen Waage aufgereiht waren.

Flach atmend wog der »Schöpfer« peinlich genaue Mengen der teuren Chemikalien auf Pergaminquadrate. Dann begann er ebenso sorgfältig und präzise, die pulverförmigen Chemikalien – ein Papier nach dem anderen in der richtigen Reihenfolge – in das Fläschchen mit destilliertem Wasser zu füllen, das nun einen sich rasch drehenden Magneten mit Teflonüberzug enthielt.

Zwanzig Minuten später, nachdem der pH-Wert der Flüssigkeit dreimal leicht verändert worden war, löste sich der letzte Rest der wirbelnden Kristalle schließlich in der Lösung auf. Dr. David Isaac trat zufrieden von seinem Labortisch zurück.

Nachdem er die erste Etappe der komplizierten Synthese beendet hatte, stellte Isaac das nun mit einem Stöpsel verschlossene Fläschchen auf die Tischplatte. Er machte ein paar Notizen in sein Laborbuch, legte es wieder in die abschließbare Schublade seines Schreibtisches, schloß die Laborinstrumente ein, schaltete das Licht aus und verließ dann das Gebäude in Richtung Parkplatz, zu seinem alten VW-Käfer und letztlich zu einem entfernten öffentlichen Telefon. Ein immer ungeduldiger werdender Jimmy Pilgrim erwartete seinen Telefonanruf.

Im Labor ruhte die Mutterflüssigkeit, die jetzt eine klare, mit freischwebenden Ionen angereicherten Brühe mit dem Etikett A-17 war, ruhig und einsam in dem durchsichtigen Glasgefäß, in dem sich der helle Mondschein spiegelte und ein schwaches Regenbogenmuster auf die weiße Wand des kalten, leeren Laboratoriums warf, während sie – gebunden, homogen und potent – auf die Rückkehr ihres »Schöpfers« wartete.

3

Knapp acht Kilometer nördlich der Universität von Kalifornien begann in einem vornehmen Haus am Berghang mit Blick auf die herrliche Küste bei San Diego das Telefon, das auf einem handgeschnitzten Kaffeetisch aus Eichenholz stand, zu klingeln.

»Rainbow, mein Liebling. Das Telefon.«

Raynee nahm den Hörer ab und winkte das Mädchen aus dem Zimmer. »Rainbow.«

»Guten Morgen.«

»James, mein Freund.« Raynee lächelte herzlich und erleichtert, denn jetzt war er sicher, daß alles gut gelaufen war. Im Gegensatz zu Raynee zeigte Jimmy Pilgrim selten seine Gefühle offen, aber es gab fast unmerkliche Anzeichen, die man aus seiner Stimme heraushören konnte, wenn man aufmerksam war. Für Raynees durch Haschisch geschärftes Ohr klang sein Geschäftspartner relativ ruhig und zufrieden. Bei Jimmy Pilgrim war jede Abweichung vom Ton kalter Gleichgültigkeit bemerkenswert.

»Ich habe auf deinen Anruf gewartet«, tadelte Raynee ihn sanft, um ihm auf den Zahn zu fühlen.

»Das Warten hat sich gelohnt«, gab Pilgrim ruhig zurück. »Wir haben einen neuen Mitarbeiter in unserem Stab.«

»Bist du sicher, daß er unsere Bedürfnisse versteht? Alle unsere Bedürfnisse?«

»Ja. Die Produktforschung ist schon eingeleitet. Er wird jeden Monat ein Minimum von zehn Analog-Varianten liefern. Wir können in jeder Gruppe eine marktfähige Variation erwarten.«

»Aber wir müssen immer noch Tests durchziehen?«

»Ja. Du bist doch darauf vorbereitet?«

»Kein Problem.« Raynee zuckte mit den Schultern. »Wie steht es mit den Laboratorien? Wird er das auch erledigen?«

»Er wird uns die notwendigen Formeln, Gerätespezifikationen, einen Entwurf des Labors und den Materialbedarf liefern. Wir stellen das Rohmaterial, das Gebäude und die Arbeitskräfte.«

»Und die Dealer«, fügte Raynee fröhlich hinzu.

»Ja, natürlich.«

»Dann können wir auf keinen Fall dabei draufzahlen«, lachte Raynee.

»Wir könnten dabei draufzahlen, werden es aber nicht tun«, stellte Pilgrim richtig, dessen Stimme wieder ihre charakteristische Kälte annahm. »Sobald wir voll ins Geschäft einsteigen, wird uns niemand mehr Konkurrenz machen können.«

»Besonders wenn man uns nicht finden kann. Das stimmt doch, Bruderherz?«

»Abschirmung ist in den ersten Monaten für uns lebenswichtig«, bestätigte Pilgrim, dessen Stimme nun bar jeglichen Gefühls war. »Absolute Abschirmung.«

»Wie steht es mit dem neuen Mann? Kapiert er das alles? Ich meine, versteht er es wirklich?« drängte Raynee besorgt, weil er wußte, wie schlimm es sein würde, wenn er mit der Arbeit auf der Straße begann. Er hatte nicht die Absicht, wie Jake Locottas Lieferbote zu enden: am Meeresboden, angekettet mit einem Atemgerät, dessen Luftvorrat sich schnell erschöpfte. Oder, noch schlimmer, wie Lester.

»Wir sind beide an Geheimhaltung interessiert«, erklärte Pilgrim. »Von der Waren- und Geldübergabe abgesehen, wünscht er keinen Kontakt mit uns – überhaupt keinen. Ich sehe auch keine Notwendigkeit, ihn mit dem Risiko im Zusammenhang mit unseren Konkurrenten oder den Einzelheiten unserer Strategie zu belasten. Er ist intelligent. Er wird bald genug von selbst draufkommen.«

»Und dann...«

»Er hat genügend Gründe, ein gewisses Risiko zu akzeptieren. Seine Motivation ist sehr stark – wie die unsere.«

»Darüber kann ich mit dir nicht streiten, Mann. Wie steht es also mit dem Testmuster?«

»Es ist fertig. Er schickt es an das Postfach Alpha-fünf. Du mußt für die erste Abholung jemanden verwenden, der entbehrlich ist – sicherheitshalber.« Pilgrim machte eine Pause. »Es könnte der richtige Augenblick sein, den ersten Test durchzuführen und zugleich das besondere Problem zu lösen, das du letzte Woche erwähnt hast. Ich nehme an, du bist noch immer mißtrauisch.«

»Mißtrauisch ist nicht genau das Wort. Würde ich deinen Nachforschungen nicht trauen, würde ich schwören, daß unsere Freundin brandheiß ist. Warum sonst sollte sie auf einen jämmerlichen kleinen Kerl wie Squeek verfallen sein. Der Junge ist doch ein totaler Versager. Außer – sie erkundet die Lage vorsichtig für den Chef.«

»Man hat mir versichert, daß alle Überprüfungen routinemäßig erfolgen und wir nicht das vorgegebene Ziel sind. Wahrscheinlicher ist sie entweder ein Talentsucher für unsere Konkurrenten oder, wie du angedeutet hast, noch einer von Locottas Kopfjägern.«

»Wenn es dir nichts ausmacht, die Dinge früh in Gang zu setzen, hab' ich genau das Richtige, um es der kleinen Dame zu zeigen«, kicherte Raynee.

Jimmy Pilgrim sagte nach einer kurzen Pause: »Tu das. Laß mich wissen, wann du soweit bist.«

»Du hast es –« begann Raynee, dann merkte er, daß sein Partner aufgelegt hatte.

Lafayette Beaumont Raynee brauchte nicht lange, um das entbehrlichste Mitglied seines vielschichtigen Dealerteams auszusuchen, das die gefährliche Aufgabe erhielt, das Thiopen-Analogon zum ersten Mal aus dem Postfach zu holen.

Eugene Bylighter – oder »Squeek«, wie er von fast jedem genannt wurde – war von seinem eigenen Vater als unnützer, aknebehafteter und praktisch analphabetischer Ausreißer bezeichnet worden. Seine Straßenkumpane waren weniger großzügig. Sie bezeichneten Squeek als absolut unfähig; er war gleichermaßen als Rauschgiftdealer, Rauschgiftsüchtiger, Einbrecher, Frauenschänder oder gelegentlicher Taschendieb ungeeignet.

Er war einfach ein kleiner dummer Kerl.

Und als würde all das als Beschreibung für einen achtzehnjährigen Aussteiger nicht genügen, hatte das Schicksal Eugene ein weiteres Handicap wie einen Mühlstein um den mageren, mit Pusteln bedeckten Hals gehängt. Trotz seiner entschlossenen, zunehmend zwanghaft-verkrampften Bemühungen – die für gewöhnlich darauf hinausliefen, daß er auf dem Vordersitz eines geliehenen Autos ein Mädchen um etwas Entgegenkommen bettelte –, war Squeek noch im wahrsten Sinn des Wortes Jungfrau.

Als Ergebnis all seiner Mißgeschicke war Eugene Bylighter schließlich so mit den Nerven herunter, daß er zutiefst beunruhigt, verwirrt und über sein Geschick deprimiert war. Verständlicherweise war er deshalb besonders beeindruckt, als er den schicksalsschweren Telefonanruf von dem Mann erhielt, den er geradezu anbetete: Lafayette Beaumont Raynee, dem hochmütigen Frauenheld und Straßenkämpfer, den er nur als »Rainbow« kannte.

So ging also Eugene Bylighter zeitig am Sonnabendmorgen zu einem bestimmten Postfach und holte dort ein Päckchen für Lafayette Beaumont Raynee ab. Er stellte keine Fragen. Obwohl Raynees detaillierte Anweisungen – zu denen nach dem Abholen ein dreistündiger, zielloser Spaziergang um den Hafen von San Diego gehörte – sogar dem naivsten Straßenjungen klargemacht hätten, daß er als Köder benützt wurde. Auf diese Möglichkeit kam Bylighter natürlich nie, weshalb Raynee ihn ja auch ausgewählt hatte.

Es hätte aber auch keine Rolle gespielt, wenn Bylighter begriffen hätte, worum es bei diesem Auftrag ging. Lafayette Beaumont Raynee nahm sich an seinem Mentor Jimmy Pilgrim ein Beispiel und legte Wert darauf, zu wissen, wie seine Straßendealer am wirkungsvollsten zu motivieren waren. Da er Bylighters Schwierigkeiten bei Mädchen kannte, gehörte zu Raynees Anweisungen für die zweite Phase eine Motivation, die zweifellos die wildesten erotischen Träume des Jungen weit übertraf. Und weil diese verführerische Verlockung immer noch im verträumten, verhältnismäßig leeren Schädel Eugene Bylighters nachwirkte, war er imstande, die erste Phase von Raynees Anweisungen buchstabengetreu zu befolgen.

Wie vorgesehen, betrat Bylighter also um Punkt acht Uhr das Postamt in der Innenstadt von San Diego, wählte an einem Postfach die richtigen Codezahlen, nahm ein kleines, in braunes Papier gewickeltes Päckchen heraus und steckte es in seine Jackentasche. Dann begann er kreuz und quer durch den Hafen von San Diego zu streifen, wobei ihm kein einziges Mal auffiel, daß er die ganze Zeit über von einer Gruppe sehr gefährlicher Männer überwacht wurde.

Während Bylighters dreistündiger Zwangsspaziergang am Hafen von San Diego zu Ende ging, saßen Kaaren Mueller und Sandy Mudd acht Kilometer entfernt im Wohnzimmer einer Mietwohnung in Chula Vista und starrten auf das stumme Telefon.

Im Gegensatz zu Lafayette Beaumont Raynees 450000-Dollar-Haus im benachbarten Del Mar mit seinen sechs großen Schlafzimmern, vier elegant eingerichteten Badezimmern, der in den Boden eingelassenen Badewanne und dem Panoramablick auf den Pazifischen Ozean verfügte die von Kaaren Mueller für 345 Dollar monatlich im Industrieviertel südlich von San Diego angemietete Wohnung nur über ein kleines Schlafzimmer, ein einziges Badezimmer mit einer abgenutzten Emailwanne und einen unappetitlichen Blick auf ein Gäßchen voller Müll.

»Gib es zu«, sagte Sandy schließlich, um das lastende Schweigen zu brechen, »der Junge hat dich sitzenlassen. Er wollte dich um zwölf Uhr anrufen. Jetzt ist es halb eins. Wir haben eine Fahrt von fünf Stunden zum Fluß vor uns, und ich muß mir noch meinen Wasserski im Geschäft holen. Also...«

»Wir kreuzen also mit leeren Händen auf«, murmelte Kaaren verdrießlich. »Nur zwei leichtsinnige Mädchen, die bei der Party mitmachen wollen. Genau wie sie es erwarten.« Sie sah ihre frühere Zimmergenossin fragend an.

»Wir können es nicht ändern, Kaaren«, sagte Sandy vernünftig und zuckte mit ihren muskulösen Schultern. »So wird eben heutzutage gespielt. Wir beginnen in der zweiten Klasse. Vielleicht arbeiten wir uns in die erste hoch, vielleicht auch nicht. Vieles ist Glückssache. Heute hatten wir eben kein Glück, das ist alles.«

Sandy Mudds unbeschwerte Haltung war nicht so zufällig, wie es schien. Sie war mit vier älteren Brüdern aufgewachsen und hatte gezwungenermaßen gelernt, nicht über weibliche Gleichberechtigung zu *sprechen*. Sie hatte früh lernen müssen, daß es viel wirkungsvoller ist, wenn man *beweist*, daß Verstand und Agilität wichtiger sind als Muskeln. Sandy Mudd hatte nie an ihrer Gleichberechtigung gezweifelt. Sie war – trotz häufiger geistiger und gelegentlich körperlicher Angriffe – immer davon überzeugt gewesen, daß sie durchaus imstande war, es mit ihren Brüdern oder mit deren Freunden aufzunehmen. Sie mußte nur herausfinden, wie sie ihre Gleichwertigkeit beweisen konnte. Sandy hatte sich deshalb bald auf die Dinge konzentriert, die ihr besonders lagen – Skilauf, Segeln, Ballspiele sowie ihre geliebte Amateur-Funkausrüstung –, und bei allem hatte sie eine Voraussicht und ein Organisationstalent bewiesen, die einem Militärstrategen alle Ehre gemacht hätten. Mit einem Wort: ihr Erfolg hatte selbst ihre hochgespannten Erwartungen weit übertroffen. Und so war es auch lange, lange her, daß die Brüder Mudd ihre entschlossene Schwester für ihnen unterlegen gehalten hatten.

Sandy hielt es in diesem Zusammenhang für vorteilhaft, daß sie nicht durch das zusätzliche Handicap körperlicher Schönheit behindert war, wenn es galt, sich gegen ihre Brüder, ihre Freunde oder gegen die Agenten des Rauschgiftdezernats durchzusetzen. Jedenfalls, wie Sandy mit einem Hauch von Neid feststellte, nicht in dem Ausmaß wie ihre überwältigend schöne, rothaarige, grünäugige Zimmergenossin bei der Grundausbildung im NTI, dem Nationalen Trainings-Institut des Rauschgiftdezernats, die jetzt ihre Freundin und Partnerin bei der Spezialeinheit war.

Was nicht heißen soll, daß Sandy häßlich war. Sie war eine verhältnismäßig attraktive junge Frau, die sich freilich mehr für Sport, für Elektronik und – in letzter Zeit – für Computerprogrammierung interessierte als für sorgfältig ausgesuchte Kleider und Make-up. Auf dem NTI hatten dann auch die unvermeidlichen Vergleiche zwischen Mueller und Mudd immer wieder zu Beschreibungen wie »vor robuster Gesundheit strotzend« und »Sex-Appeal ausstrahlend« geführt. Sandy Mudd strotzte, und Kaaren Mueller strahlte – trotz Kaarens entschlossener Bemühungen, ihre Attraktivität herunterzuspielen, während sie täglich sechzehn Stunden gearbeitet hatte, bis sie schließlich ihr Ziel erreicht hatte: Sie schloß das NTI als eine der zehn Besten ab.

»Ich habe mir in der Grundausbildung nicht ein Bein ausgerissen, um in dieser Einheit zweite Geige zu spielen«, antwortete Kaaren. »Außerdem, wenn ich schon Glück brauche, um einen verkorksten Halbwüchsigen wie Squeek dazu zu bringen, mit mir essen zu gehen, kann ich gleich aufgeben und mit Sanjo zusammenziehen. Der wäre wenigstens pünktlich.«

»Da fällt mir ein…« Sandy Mudd sah ihre Kollegin fragend an.

»Ich habe Freddy gesagt, wenn er noch einen Knopf oder Reißverschluß bei mir anrührt, schneide ich ihm die Kehle von einem Ohr zum anderen auf.« Kaaren grinste unwillkürlich.

»Ich weiß nicht.« Sandy schüttelte scheinbar betrübt den Kopf. »Geschäft ist zwar Geschäft, aber Sanjo ist trotzdem ein hübscher Junge.« Dann leuchteten ihre Augen verschwörerisch und neugierig auf. »Außerdem kannst du mir nicht einreden, daß dir nicht ein wenig warm wird, wenn ihr miteinander tanzt.«

»Hmmm, vielleicht ein bißchen«, gab Kaaren zu, in deren Wangen tiefe Grübchen auftauchten, als sie schelmisch lächelte. »Aber das ist auch schon alles. Freddy ist einfach ein wenig zu glatt. Ich heize ihn nur ein wenig an, dann schicke ich ihn weg, damit er sich etwas in einer Bar anlacht.«

»Wahrscheinlich einen schönen Fall von Herpes, wie ich Sanjo kenne«, kicherte Sandy.

»Durchaus möglich. Hoffentlich wird es nicht durch Polyester übertragen.«

»Er will also immer noch morgen nachmittag aufkreuzen? Ich freue mich schon darauf, wie er versuchen wird, seine Frisur beim Wasserskifahren intakt zu behalten.«

»Rechne nicht damit, daß er vor zwölf Uhr mittags aus dem Bett kommt«, warnte Kaaren wieder düster. »Übrigens –« Sie blickte auf die Uhr. »Hör mal, warum holst du nicht deinen Ski und fährst voraus? Ich möchte Bylighter noch etwas Zeit geben, für alle Fälle.«

»Kaaren, den Jungs wird es verdammt egal sein –« begann Sandy.

»Ja, ich weiß, aber es ist etwas, das ich tun will.« Kaaren schüttelte eigensinnig den Kopf. »Bylighter muß das schwächste Glied in Rainbows Stall sein. Und wenn wir Rainbow schnappen, dann können wir Pilgrim aufs Korn nehmen.«

»Und haben die Chance, in Teufels Küche zu geraten«, warnte Sandy. »Fogarty hat sich präzise ausgedrückt, als er uns verbot, ohne Rückendeckung zu arbeiten. Ganz zu schweigen davon, daß du Ben versprochen hast, wir beide würden dieses Wochenende eng beisammen bleiben, bis wir zum Fluß kämen. Er war nicht allzu scharf darauf, uns unter diesen Umständen hier zu lassen.«

»Obwohl wir seit über drei Monaten gemeinsam ohne irgendwelche Probleme an diesem Fall arbeiten.« Kaaren nickte sarkastisch. »Und weißt du noch, was Fogarty außerdem sagte? ›Unsere beste Chance, uns bei Locotta einzuschleusen, besteht darin, daß wir Pilgrims Gebiet bearbeiten.‹ Stimmt's?«

»Ja, aber bei dem Kerl überläuft es mich immer kalt.«

»Bei Pilgrim?«

»Ja. Zum ersten Mal in meinem Leben bin ich bereit, den Jungs die entscheidende Arbeit zu überlassen«, gestand Sandy. »Wie steht es mit dir? Wäre es dir nicht lieber, wenn sich Ben und Charley statt dir und Sanjo einschleusen würden?«

»Ich hätte nichts dagegen, jetzt einen von ihnen zum Partner zu haben«, gab Kaaren ruhig zu. »Freddy ist ein guter Agent, trotz seines Auftretens, aber...«

»Ja, ich weiß«, stimmte Sandy zu. »Wenn du in einer Schlangengrube arbeitest, ist es angenehmer, einen Mungo und einen Bären zum Partner zu haben als ein Zirkushündchen.«

»Ungefähr so«, nickte Kaaren, »nur daß in diesem Fall der

Mungo und der Bär dickschädlige männliche Chauvinisten sind, die finden, daß wir nichts in der Grube zu suchen hätten.«

»Du willst mich also zum Fluß vorausfahren lassen, damit du dir Squeek allein vorknöpfen kannst?«

»Richtig.« Kaaren nickte. »Er ist zu gut, als daß ich ihn mir entgehen lassen möchte. Außerdem kann ich einen zusätzlichen Ruhetag brauchen, bevor ich mich von Bart auf der Vergnügungsjacht den Fluß rauf- und runterschippern lasse. Ich werde morgen früh mit Sanjo losfahren. Dann kann er noch ein paar Stunden schlafen, wenn ich am Steuer sitze.«

»Genau das, was er braucht, einen barmherzigen Engel«, lachte Sandy und stand auf. »Hör zu, ich könnte zwecks Rückendeckung in der Nähe bleiben, und dann fahren wir alle morgen zusammen los. Fogarty hat es mit den Sicherheitsmaßnahmen bei diesem Job ernst gemeint.«

»Komm nur, Glucke.« Kaaren führte ihre Partnerin kopfschüttelnd zur Tür. »Hol deinen Ski und mach dich auf die Reise. Ich werde schon nichts anstellen, während du fort bist. Ich will nur mit diesem kleinen Kretin reden und sehen, ob ich jetzt schon etwas kaufen kann, um einen Anfang zu machen, bevor Sanjo und ich uns an Rainbow heranmachen. Vielleicht telefoniere ich auch bloß mit ihm. Und ich werde ganz sicher Rainbow nicht in die Nähe kommen. Wenn ich mich mit Squeek wirklich treffen sollte, wird das an einem belebten öffentlichen Ort geschehen, und er wird allein sein, sonst verzichte ich darauf. Auf Pfadfinderehre. Ich werde sogar Sanjo verständigen, bevor ich irgendwohin gehe. Okay?«

»Also...«

»Außerdem bekommst du dadurch einen freien Abend an der frischen Luft. Eine gute Möglichkeit, Ben, Charley und Bart ein wenig besser kennenzulernen. Besonders Ben«, fügte Kareen hinzu und grinste, als Sandy errötete.

Kaaren schob ihre Partnerin sachte zur Tür hinaus. »Wenn Freddy und ich morgen hinkommen, erwarte ich, daß mindestens einer dieser chauvinistischen Sonderagenten erschöpft auf einem Feldbett liegt. Glaubst du, Partnerin, daß du mit ihnen allen fertig werden kannst?«

»Mit den dreien werde ich mühelos fertig«, nickte Sandy ernst. »Gib du nur auf dich acht und sorge dafür, daß Sanjo genau weiß, was los ist, bevor du allein auf die Straße gehst. Abgemacht?«

»Abgemacht«, stimmte Kaaren zu und schloß die Tür energisch und lautstark, während ihre Partnerin sichtlich zögernd zu ihrem in einer Seitengasse geparkten Wagen ging.

In der Telefonzelle in der Nähe von Eugene Bylighters billigem Zimmer wartete Roy Schultzheimer, ein blonder junger Mann mit narbenbedeckten Händen und furchteinflößendem Ausdruck auf seinem hübschen Gesicht, darauf, daß Squeek seine dreistündige Marathon-Wanderung beendete und die Treppe zu seinem Zimmer hinaufstolperte. Dann warf er ein paar Münzen in den Schlitz und rief Rainbow an.

»Ja?«

»Roy am Apparat. Der Junge ist sauber«, sagte der Mann mit den narbigen Händen ruhig.

»Bist du sicher?«

»Ja.«

»Kannst du jetzt weitermachen? Hast du alles, was wir brauchen?«

»Klar.« Roys hellblaue Augen suchten noch einmal die Umgebung ab.

»Dann treffe ich dich genau dort, wo wir es geplant haben.«

Kurz darauf hatte Raynee wieder Pilgrim am Apparat.

»Wir sind soweit. Noch etwas, was ich wissen sollte?«

»Nichts«, antwortete Pilgrim. »Laß die Umgebung jedenfalls nicht aus den Augen. Du mußt diesmal sehr vorsichtig sein.«

»Ich habe darüber nachgedacht«, sagte Raynee. »Vielleicht solltest du dich noch ein paar Tage bedeckt halten, falls wir es hier mit dem Boss zu tun haben. Es wäre der falsche Moment, sorglos zu werden. Verstehst du, was ich meine?«

»Stimmt... ein sehr falscher Moment«, brummte Pilgrim kalt. »Tu es.«

Klick.

4

Etwa hundertzehn Kilometer südlich vom Hoover-Damm, wo der massive Betonbau das Wasser des Canyons aufstaut und den Lake Mead bildet, beginnt der nach Süden fließende Colorado River eine durchgehende Grenze zwischen den zerklüfteten, einsamen Wüsten von Kalifornien und Arizona zu bilden.

Wenn man dem Lauf dieser unregelmäßigen, fließenden Grenze weitere fünfundsechzig Kilometer folgt, bildet der Fluß auf einer Strecke von weiteren sechzig Kilometern einen weitgezogenen Bogen, der den Umriß einer straffen weiblichen Brust nachzuzeichnen scheint. Genau hier, am Flußufer zwischen Parker Dam und Big Bend, liegt das vielleicht beliebteste Feriengebiet amerikanischer Bundes-, Staats- und Bezirks-Polizisten in ganz Südkalifornien.

Die Vergnügungen, die hier zu finden sind, sind einfach und primitiv. Warmer Sonnenschein, Frauen, die sich gern im Freien aufhalten, fließendes kühles Flußwasser und sämtliche Varianten fünf bis sieben Meter langer Motorboote. Ganz zu schweigen von einer verdammten Menge gekühltem Bier. Alles in allem das reinste Nirwana für jeden Polizeibeamten.

Obwohl es den einen oder anderen verbitterten Flußbesucher nicht eben beglückt, ist dieser kleine Streifen Erholungsgebiet nicht als »NUR FÜR POLIZEIBEAMTE ZUGÄNGLICH« abgegrenzt. Viele Leute empfinden es nämlich aus dem einen oder anderen Grund nicht gerade lustig, zwischen ein paar Dutzend Polizeibeamten, Sheriffstellvertretern, Sonderagenten des Bundes und des Staates und einfachen, altmodischen Straßenpolizisten ihr Lager aufzuschlagen. Es gibt jedenfalls entschieden günstigere Orte, an denen man am Flußufer liegen und mit ein paar Freunden ein wenig Gras rauchen kann.

Abgesehen von gelegentlichen abgeliterten, rowdyhaften Rennbootfahrern, könnte man jedoch kaum einen geeigneteren Campingplatz für die leibliche Sicherheit von Frauen, Freundinnen und diversen Kindern finden.

So bot also alles in allem der Colorado River halbwegs anpassungsfähigen Leuten eine immer seltener werdende Gelegenheit, die Natur zu erleben und neue Bekanntschaften zu schließen, ohne daß sie sich den Wechselfällen und Risiken der »wirklichen« Welt aussetzen mußten – etwa den gelegentlich umherstreifenden Motorradbanden, die für gewöhnlich so vernünftig waren, daß sie die von Bullen infizierten Teile des Flußufers mieden.

All das erklärte nicht unbedingt, warum drei Sonderagenten des Rauschgiftdezernats auf der kalifornischen Seite des Colorado River, unmittelbar nördlich von Big Bend und etwa fünfzehn Meter vom nächsten, baumbestandenen Campingplatz entfernt, zwei Wellblech-*cabanas* gemietet hatten, vor denen sie es sich auf Liegestühlen bequem machten.

Abgesehen davon, daß den drei Männern die Ab- oder Anwesenheit von Motorradbanden, Polizisten, Frauen, Freundinnen, Kindern und sogar Rauschgiftsüchtigen gleichgültig war, warteten sie einfach. Und während sie warteten, nützten sie einen vom Dezernat bezahlten Flußausflug bestmöglich aus, indem sie die warme Sonne, das kühle fließende Wasser, die verlockenden Frauen und das eisgekühlte Bier rückhaltlos genossen.

Nachdem Charley Shannon sich ehrlich bemüht hatte, einen der nahen Eisschränke im Alleingang zu leeren, war er erstmals gezwungen, sich selbst in Bewegung zu setzen.

»Wohin gehst du?« fragte Ben Koda schläfrig unter seinem Strohhut hervor, als er hörte, wie sich der bereits überbeanspruchte Liegestuhl gegen die plötzliche Gewichtsverlagerung wehrte.

»Ich muß die Schraube kontrollieren«, brummte Charley gequält, während er sich auf seine muskulösen Beine hochhievte.

»Wir haben keine Schraube, du primitive Landratte«, murmelte Bart Harrington mit fest geschlossenen Augen, während sich die Sonne auf seinem sonnengebräunten, eingeölten Gesicht spiegelte. »*Spirit of Seventy* ist ein Turbopropboot. Du kannst an einem Turbopropboot keine Schraube kontrollieren.«

»Okay«, brummte Charley nachgiebig, während er vorsichtig auf Zehenspitzen durch die Steine und Kiesel zum Ufer ging. »Ich muß die Düse kontrollieren. Nachsehen, ob das Scheißding abgefallen ist.«

»Warne die Leute stromabwärts lieber«, riet Koda, der immer noch unbeweglich unter dem Strohhut lag. »Was meinst du, Bart? Soll er eine gelbe Fahne hissen oder dergleichen?«

»Nein. Er muß das richtige Marinesignal verwenden. ›Haltet euch in Bereitschaft, bin im Begriff, mein Bilgenwasser in eurem Gebiet abzulassen.‹ Oder so ähnlich.« Harrington hob vorsichtig ein Lid und beobachtete Charley Shannon, der unsicher in das hüfttiefe Wasser neben dem an Boje und Baum vertäuten, rot-weißblauen Boot watete. »Kann der Knabe überhaupt schwimmen?«

»Ungefähr so wie ein Außenbootmotor ohne Boot«, murmelte Koda.

»Mein Gott, vielleicht sollten wir ihm eine Wasserskileine um die Taille binden.«

»Sind die beiden Bräute aus Atlanta noch draußen?«

»Hm.« Harrington öffnete die Augen gerade so lange, daß er das ganze Ufer vor den *cabanas* überblicken konnte. »Du meinst die Mädchen, mit denen Charley gestern abend verschwunden ist? Ja, sie sind beide noch dort. Auch ihr alter Herr, der bösartig und häßlich wie eine alte Schildkröte aussieht. Apropos Frauen...«

»Ich habe nicht von Frauen gesprochen«, brummte Koda, während seine Hand mit einer tropfenden Bierdose aus dem Kühlschrank auftauchte.

»Was meinst du?«

Koda brummte wieder unverständlich, während er die Dose mit einer Hand öffnete und sie unter den Strohhut zog. Ein langes, gurgelndes Geräusch folgte, danach ein lauter Rülpser und ein erleichterter Seufzer.

»Sandy wird okay sein«, meinte Harrington. »Auf der Straße ist sie ziemlich vernünftig. Weiß auch, wie sie sich auf einem Boot verhalten muß. Verdammt auf Draht in Navigation und Funk. Der einzige Haken ist –«

»– sie ist nicht Kaaren Mueller«, schloß Koda hilfreich. »Was wahrscheinlich ganz egal ist, weil du das verdammte Boot sowieso schon am ersten Tag auf Grund setzen würdest«, fügte der schlanke, halbnackte Agent hinzu und hob den Strohhut an, so daß sein schwarzer Schnurrbart und sein grinsender Mund sichtbar wurden.

Harrington verzog nachdenklich das Gesicht. »Ja, wahrscheinlich hast du recht.« Er nickte zustimmend und griff nach einem weiteren Bier.

»Sandy ist okay, aber das Mueller-Mädchen wird uns Schwierigkeiten machen, ganz egal, wie gut sie angeblich ist«, prophezeite Koda und schob sich den schützenden Hut wieder über das Gesicht, während er es sich im Liegestuhl bequem machte.

»Ach, ich weiß nicht...« Harrington verzog das Gesicht. »Vielleicht sprechen nur meine alten Hoden aus mir, aber ich glaube nicht...«

»Genau.« Koda nickte unter dem Hut. »Ein alter Kerl wie du kommt in die Nähe von einem jungen, hübschen Käfer, der sich für eine Superfrau-Geheimagentin hält, und schon flippt er aus. Die Eier beginnen, in alle Richtungen Testosteron zu verspritzen. Wahrscheinlich wirst du anfangen, dich herauszuputzen wie Freddy, wenn du dich nicht zusammenreißt.«

Bart Harrington erstickte vor Lachen fast an seinem Bier.

»Und weil wir schon bei dem Thema sind: Wieso hast du als der zeitweise Boß dieses Teams die beiden gestern in San Diego übernachten lassen?« fragte Harrington, während er Charley Shannons Kopf und Schultern nicht aus den Augen ließ. Der Junge hatte sich bis ins halstiefe Wasser vorgewagt, um zu seinen frisch angelachten Freundinnen zu gelangen, die sich am Heck des Flachbootes ihres Vaters festhielten, sich treiben ließen und kicherten, während ihr Verehrer von der vergangenen Nacht sich vorsichtig näherte.

»Sie haben einen Auftrag zu erledigen.« Koda richtete sich langsam auf, zuckte zusammen, als er plötzlich der im Zenit stehenden Sonne ausgesetzt war, und seine Stimme verriet eine Spur von Unruhe. »Kaaren soll bei irgend so einem blöden Knaben, der für Raynee arbeitet, etwas kaufen. Er wird nur Squeek genannt. Sobald sie das erledigt haben, schwingen sie ihre Hintern in den Toyota und fahren nach Osten. Direkte Anweisungen.«

»Und du machst dir ihretwegen keinerlei Sorgen, stimmt's?«

»Wie du sagst, sie sind erwachsene Mädchen. Sie wollen Agentinnen sein, sie müssen die Arbeit machen.« Koda nahm noch einen langen Schluck aus der Bierdose.

»Deshalb hast du gestern abend Sanjo gesagt, er soll dort bleiben?«

»Der Kleine, den sie bearbeiten, ist nicht so wichtig, daß man sich seinetwegen Sorgen machen muß.« Koda zuckte mit den Schultern. »Sandy könnte ihm wahrscheinlich mit einer Hand die Arme ausreißen. Und wenn Kaaren Sanjo so lange im Zaum halten kann, dann verdammt noch mal...«

»Hauptsache, sie gehen Rainbow und Pilgrim aus dem Weg«, meinte Harrington und faßte damit Kodas unausgesprochene Sorge in Worte.

»Ja«, nickte er, und seine zusammengekniffenen Augen starrten auf einen fernen Punkt oberhalb von Charley Shannons Kopf und Schultern, »du sagst es.«

Nachdem Eugene Bylighter vom stundenlangen Gehen auf sein Zimmer, das er mit einem zweiten Mieter teilte, zurückgekehrt war, gönnte er sich erst einmal zehn Minuten Ruhe auf seinem schmutzigen, durchhängenden Bett, bevor er seinen unterernährten Körper wieder zur Arbeit zwang.

Ohne den Anreiz, der ihm von Lafayette Beaumont Raynee versprochen worden war, hätte Bylighter nie die notwendige Energie und Willenskraft aufgebracht, die ihm übertragenen Aufgaben zu Ende zu führen. So aber waren die erotischen Bilder, die durch seinen stets geilen Geist flackerten, gerade noch anregend genug, um seinen ermüdeten Körper in Bewegung zu halten.

Nachdem er zuerst seine Nerven mit einem miserablen Joint beruhigt hatte, stolperte Bylighter in die Küche, um die notwendigen Vorbereitungen für seinen Anruf bei Kaaren Mueller zu erledigen. Dabei erinnerte er sich plötzlich daran, daß er das in braunes Papier gehüllte Päckchen unvorsichtigerweise auf dem Küchentisch hatte liegenlassen.

Sehr unvorsichtig, wie sich herausstellte, denn das Päckchen lag nicht mehr auf dem Tisch. Statt dessen befand es sich auf dem Boden einer Schüssel, die auf dem Fußboden stand und mit schalem Wasser für die Katze seines Zimmergenossen gefüllt war.

»O mein Gott«, flüsterte er, während er niederkniete, das völlig durchweichte Päckchen aus dem Wasser fischte und zusah, wie es sich in seinen Händen auflöste. Bylighter schälte die Papierfetzen ab und legte die beiden kleinen, zugeschraubten braunen Glasphiolen frei, die mit einer pulverförmigen Substanz gefüllt waren. Er wischte sie mit einem schmutzigen Lappen trocken und schraubte dann beide vorsichtig auf. Zu seiner ungeheuren Erleichterung stellte er fest, daß die Deckel anscheinend fest genug verschlossen gewesen waren, um den Inhalt vor dem Wasser zu schützen.

Erst als er die durchweichten Reste der Verpackung in den Abfalleimer werfen wollte, entdeckte er die beiden kaum lesbaren Etiketten, die sich offenbar von den Phiolen abgelöst hatten. Bylighter schloß die Augen, schüttelte langsam und ratlos den Kopf, setzte sich wieder auf den Boden und begann über seine Alternativen nachzudenken.

Im Grunde lief es auf zwei Möglichkeiten hinaus. Er konnte Rainbow anrufen und zugeben, daß er wieder etwas vermasselt hatte, oder er konnte zwei neue Etiketten fabrizieren und sie auf die Phiolen kleben.

Bylighter sagte sich, daß ihm wirklich keine andere Wahl blieb, während er sorgfältig »THIOPEN« und »A-17« auf zwei Streifen weißes Heftpflaster schrieb. Wahrscheinlich spielte es ohnehin keine Rolle, versuchte er sich einzureden, während er das Etikett »THIOPEN« aufs Geratewohl auf eine Phiole klebte, denn das Pulver in beiden Phiolen sah gleich aus. Wahrscheinlich war es nur eine Art Verpackungsschema, nickte er und befestigte das Etikett »A-17« auf der anderen Phiole. Nachdem Eugene Bylighter den verhängnisvollen Entschluß gefaßt hatte, seinen mageren Hintern noch einmal zu retten, begann er sich für das Zusammentreffen mit Kaaren Mueller fertigzumachen und betete dabei, daß er Rainbow niemals würde erzählen müssen, was er getan hatte.

Eine Viertelstunde später ging er wieder die Treppe hinunter und auf die Straße, um von einer nahegelegenen Telefonzelle aus Kaaren anzurufen.

»Hier spricht Squee – äh – Eugene Bylighter«, begann er, als Kaaren abgehoben hatte. »Wahrscheinlich erinnern Sie sich nicht an mich, aber ich bin der Junge, mit dem Sie vorige Woche in dem

Schnellimbiß gesprochen haben. Erinnern Sie sich, als ich bei den Tischen saubermachte? Sie und Ihre Freundin saßen an dem Ecktisch. Dem mit dem Yuccabaum aus Plastik.« Bylighter brach ab und holte tief Atem, um sich zu beruhigen. »Sie sagten, Sie hätten gehört, daß ich vielleicht Verbindungen für prima Gras besitze?«

»Ja, klar. Squeek, der Junge, der Pfannkuchen mit dem flockigen, grünen Sirup verkauft. Ja, ich erinnere mich«, antwortete Kaaren Mueller freundlich und wählte ihre Worte sorgfältig. »Sie sagten, Sie könnten vielleicht eine Portion prima Stoff für mich auftreiben. Was gibt es also?«

»Ich hab's geschafft«, berichtete Bylighter stolz. »Echtes Maui Manna. Eine volle Unze. Und es wird – speziell für Sie – nur hundertfünfzig kosten. Ich dachte, vielleicht – also, wissen Sie – vielleicht könnten wir uns treffen – vielleicht bei Ihnen?« versuchte er es hoffnungsvoll. Obwohl er sich krampfhaft bemühte, kühl und ruhig zu wirken, erhob sich seine Stimme zu einem nervösen, gebrochenen Quieken.

»Meine Wohnung ist bestimmt keine gute Idee«, widersprach Kaaren. »Wie ich Ihnen neulich sagte, ich versuche nur, meinen Boss zu versorgen. Er wäre gar nicht glücklich, wenn ich Besuch in meiner Wohnung bekäme, denn er zahlt doch einen Teil der Miete. Ich muß also vorsichtig sein. Sie verstehen.«

»Klar«, pflichtete Bylighter ihr bei. »Hören Sie, ich weiß schon, daß Sie vorsichtig sind. Das ist natürlich gut«, fügte er rasch hinzu, weil er plötzlich Angst hatte, er könnte sie verscheuchen, wenn er zugab, daß er versucht hatte, ihre Wohnung zu finden. »Ich wollte nicht...«

»Aber nein, das ist kein Problem«, beruhigte ihn Kaaren in wieder freundlicherem Ton. »Vielleicht können wir etwas für nächste Woche ausmachen und dann das Geschäft abschließen.«

»Nächste Woche?« platzte Bylighter heraus. »Aber – ich wollte Sie wirklich treffen – ich meine, ich möchte das Gras wirklich loswerden – sobald wie möglich, wissen Sie, ich dachte, wissen Sie, vielleicht heute...« schloß er kläglich, und sein schwerfälliger Geist geriet in Panik, während er versuchte, die sich verschlechternde Situation zu retten.

Kaaren Mueller zögerte. Seit Sandy Mudd die Wohnung verlassen hatte, hatte sie versucht, Freddy Sanjanowitsch zu erreichen, aber ohne Erfolg. Sie hatte schon eine Nachricht auf seinem Anrufbeantworter hinterlassen, in der sie ihm mitteilte, daß sie allein sei und ihn morgen brauche, damit er sie mitnehme. Verdammter Dreckskerl, dachte sie und schüttelte dann den Kopf, denn sie sah ein, daß Freddy nicht unbedingt den Anrufbeantworter abhören würde, weil er annahm, daß sie und Sandy bereits auf dem Weg zum Colorado River seien, um die anderen dort zu treffen.

»Ich mache Ihnen einen Vorschlag«, meinte Kaaren rasch entschlossen. »Treffen wir uns doch im Schnellimbiß? Nur Sie und ich. Sagen wir, gegen eins? Sie können das Gras in eine der Papiertüten stecken. Einverstanden?«

»Ja, das ist in Ordnung. Um ein Uhr. Ich werde dort sein. Sie können sich darauf verlassen.«

»Wiedersehen, Squeek«, lachte Kaaren und legte den Hörer auf.

Sie probierte es noch einmal mit Freddy Sanjanowitschs Nummer, hörte wieder die lakonische Mitteilung: »Hallo, tut mir leid, ich bin nicht da«. Daraufhin wählte sie Sandys Nummer, auch wenn die Chance gering war, daß ihre Partnerin noch nicht unterwegs war. Nachdem sie auch bei Sandy keinen Erfolg hatte, blieb sie noch ein paar Minuten sitzen und trommelte mit den Fingern auf die Armlehne, während sie versuchte, ihre Entscheidung vernünftig zu begründen.

Kaaren wußte, daß Fogarty sich irgendwo draußen in San Diego befand und versuchte, eine nicht angezapfte Verbindung mit der lokalen Außenstelle herzustellen. Wahrscheinlich war er viel zu beschäftigt, um sich mit einem einfachen Rückendeckungsproblem zu befassen. Und außerdem, schüttelte sie plötzlich ungeduldig den Kopf, kaufte sie schließlich nicht ein Pfund Kokain von einem schweren Jungen wie Rainbow. Sie würde nur einem schwächlichen Teenager mit übermäßig aktiven Hormonen einhundertfünfzig Dollar für eine Unze hochwertigen Marihuanas übergeben. Heutzutage kaum genug, um wegen eines Vergehens verhaftet zu werden.

Nachdem sich Kareen mit rationalen Argumenten selbst abgesichert hatte, ging sie in ihr Schlafzimmer, schob die Hand unter die Matratze, zog die kleine 25er Baretta-Automatik hervor, die neben einer größeren 9-mm-Walther lag, kontrollierte Ladung und Sicherung und steckte die kleine Pistole in das Geheimfach ihrer Handtasche.

Im Gegensatz zu der schweren Walther, die eigentlich nicht zu dem Image einer Bürokraft paßte, die versuchte, ihre Firma mit Gras zu versorgen, konnte sie die kleine Baretta, wenn nötig, als Schutz gegen Vergewaltiger und Diebe erklären. Nicht, daß ein kleiner Knülch wie Squeek auch nur in die Nähe ihrer Handtasche gelangen würde, dachte Kaaren, während sie eine neue, modische Jeans, eine gestickte Bluse und einfache Schuhe anzog.

Nachdem sie drei Fünfzigdollarscheine aus ihrem Versteck in einer halb gefüllten Kaffeedose genommen hatte, ergriff Kaaren Mueller die Handtasche und ging zur Tür. Bevor sie mit Bylighter zusammenkam, wollte sie rasch Freddy Sanjanowitschs bevorzugte Schlupfwinkel abklappern.

Auf einer zweispurigen Landstraße acht Kilometer östlich von der US-Autobahn Fünf, die von Tijuana in Mexiko nach Vancouver in Kanada führt, und mindestens fünfundzwanzig Kilometer von der Wohnung seiner ungeduldig wartenden Freundin entfernt, stand Freddy Sanjanowitsch am Sonnabendnachmittag in seinem neuen Vierhundertdollar-Anzug neben seinem gemieteten MGB (Fogarty hatte widerstrebend zusätzliche Beträge für den Sportwagen und den Anzug bewilligt) und starrte verdrießlich auf den von einem Nagel durchbohrten Reifen.

So ärgerlich es war, die Reifenpanne war nur der letzte in einer Reihe von Vorfällen, die Freddy Sanjanowitsch an diesem Nachmittag mehr als frustriert hatten.

Zunächst war die Bürokratie in Washington bis jetzt außerstande gewesen, Geld auf die Bank- und Kreditkartenkonten ihrer Sonderagenten zu überweisen, die auf deren wirkliche Namen lauteten. Sanjanowitsch mußte deshalb, wie seine Kollegen auch, solange von den Resten seiner Barvorschüsse und anderen geheimen Konten leben.

Für Agenten wie Shannon und Koda – die ohnehin gewohnt waren, sich bei verdeckten Operationen als Leute niedrigen Einkommens zu geben –, war die Verzögerung nur eine geringfügige Unannehmlichkeit. Hamburger, Bier, Benzin und einfache Hotelzimmer waren verhältnismäßig billig und lagen innerhalb der Grenzen ihrer noch vorhandenen Geldmittel. Aber für einen Agenten wie Freddy Sanjanowitsch, der seinen aufwendigen Lebensstil voll bis zum äußersten genoß, bedeutete die plötzliche Einschränkung des Taschengeldes fast eine körperliche Züchtigung.

Freddy hatte auch entdeckt, daß im Gegensatz zu früheren Fällen, bei denen er mit einer Frau zusammenarbeitete, seine Partnerin diesmal ein entschlossener Profi war; sie hatte kein Interesse daran, im Ernst die Freund-Freundin-Rolle zu übernehmen. Kaaren Mueller hatte von Anfang an eines klargestellt: Sie habe eine Wohnung mit nur einem Schlafzimmer und einem Bett gemietet, und sie sei mit dieser Einteilung vollkommen zufrieden. Punkt.

Normalerweise hätte dies Freddy Sanjanowitschs Psyche nicht sonderlich belastet. Wenn er mit einer Agentin zugleich ein Verhältnis gehabt hatte, so hatte das gewöhnlich ohnehin, spätestens wenn die Operation vorbei war, in einem Desaster geendet.

In diesem Fall sah seine neue Partnerin freilich verdammt gut aus. Sie war fast unwiderstehlich verführerisch, und sie hatte keineswegs Hemmungen, beim Tanzen etwas zuzulegen – besonders bei langsamen Nummern, wenn die Körperwärme ihrer schöngeformten Oberschenkel verheißungsvoll durch ihr dünnes Kleid drang.

Und dann hatten er und Kaaren auch noch feststellen müssen, daß Jimmy Pilgrim aufgehört hatte, mit seinem Adjutanten Rainbow in den teuren Restaurants und Nachtklubs von San Diego aufzutauchen – wöchentliche Zusammenkünfte, die Kaaren Mueller und Sandy Mudd über drei Monate lang vor Sanjos Eintreffen durch Fotos aus sicherer Entfernung hinreichend belegt hatten.

Freddy und Kaaren machten sich sofort daran, hintereinander die komplette Liste der Nachtlokale abzuklappern. Gelegentlich trafen sie auch Raynee an, aber niemals mehr in Begleitung von Pilgrim. Sie erkundigten sich ein paarmal vorsichtig und unauffällig. Keine Spur von Pilgrim.

Auch aus den weniger vornehmen Nachtlokalen der Stadt, die sie anschließend durchkämmten, aus den Countrymusik-, Homosexuellen-, Rocker- und herkömmlichen Bars, aus den Striplokalen, Pornotheatern und Spielhallen kamen sie mit durchwegs negativen Ergebnissen zurück. Allem Anschein nach hielt sich Jimmy Pilgrim nicht mehr in San Diego auf.

Kein Wunder also, daß Freddy Sanjanowitschs geistiger Zustand vielleicht am besten als »emotionaler Zusammenbruch« bezeichnet werden konnte, obgleich die Formulierung »geiler als ein Affe im Zoo« ebenso zutreffend und vielleicht sogar bezeichnender gewesen wäre. Sanjanowitsch war entschlossen, diesen Zustand unbedingt zu beenden, bevor er sich mit den anderen Mitgliedern von Fogartys Spezialeinheit am Colorado River traf. Durch den zusätzlichen Ärger mit der Reifenpanne gründlich irritiert und frustriert, war ihm klar, daß ihm nur noch zwei vernünftige Möglichkeiten blieben. Die ihm am wenigsten zusagende war, den Reifen zu wechseln, auch wenn das Zeit kostete und er sich vielleicht Hose und Hemd mit Dreck und Öl versaute. Die andere Alternative bestand darin, sich per Anhalter und/oder zu Fuß auf den Weg zum nächsten Telefon zu machen – wie weit entfernt das auch immer sein mochte. Dann würde er den Tankwart einer Servicestation dazu überreden müssen, eine Kreditkarte, die auf seinen alten Decknamen lautete – und nicht ganz zu seinen derzeitigen Papieren paßte – als Zahlungsmittel für eine zweifellos teure Reparatur durch den Straßendienst zu akzeptieren. Sonst wäre er gezwungen, einen beträchtlichen Teil seines restlichen Bargelds anzugreifen, wonach er bei weitem zu wenig Geld haben würde, um seine neue Freundin standesgemäß zum Essen einzuladen.

Annähernd drei endlose Kilometer später hinkte Freddy Sanjanowitsch in die Reparaturwerkstätte einer kleinen Tankstelle und näherte sich dem schon älteren Tankwart.

»Entschuldigen Sie«, begann Sanjo.

»Sieht aus, als hätten Sie einen längeren Spaziergang hinter sich, junger Mann«, bemerkte der Alte mit einem Blick auf Freddys staubige Schuhe, während er seine runzligen Hände an seinem verschmierten Overall abwischte.

»O ja. Hören Sie, ich brauche jemanden, der mir einen Reifen wechselt…«

»Sie haben einen Platten, wie?« kicherte der Alte fröhlich.

»Stimmt«, nickte Sanjo und bemühte sich, sein freundliches Lächeln beizubehalten. »Ich bin ein wenig in Eile und habe ein kleines Problem mit dem Bargeld. Würden Sie eine Kreditkarte auf eine andere Firma akzeptieren?«

»Es wird Sie ungefähr sechzig Dollar kosten.«

»In Ordnung…«

»Aber bei uns ist der Kredit auf fünfzig Dollar beschränkt. Firmengrundsatz.«

»Ja, aber…«

»Und wir nehmen keine anderen Kreditkarten als die unseren an.«

»Wie steht es mit einem Bankscheck, wenn ich…«

»Wir nehmen auch keine Bankschecks an.« Der Alte schüttelte den Kopf. »Zu viele junge Burschen laufen heutzutage in Luxusklamotten herum und versuchen uns faule Schecks anzudrehen.«

»Sechzig Piepen, nicht wahr?« murmelte Sanjo und starrte den grauhaarigen Tankwart an, während er begann, langsam die Banknoten in seiner Brieftasche durchzublättern.

»In bar«, nickte der Alte verlangend. »Nur kann ich Ihnen nicht sofort helfen. Es wird noch eine kleine Weile dauern.«

»Eine kleine Weile?«

»Ja. Ich muß nämlich warten, bis der Boss mit dem Laster zurückkommt. Kann die Tankstelle nicht allein zurücklassen. Ein junger Mann wie Sie könnte…«

»Wie lang dauert die kleine Weile?« Sanjo stieß jedes Wort langsam und gepreßt zwischen den zusammengebissenen Zähnen hervor.

»Ich würde sagen, nicht mehr als drei oder vier Stunden.«

»Drei oder vier Stunden?«

»Ja.«

Sanjo zählte langsam bis zehn, bevor er sich soweit beruhigt hatte, um sprechen zu können.

»Könnte ich Ihr Telefon benützen?«

»Der Münzfernsprecher ist gleich gegenüber auf der Straße«, zeigte der Alte sich hilfsbereit. »Hören Sie«, rief er, während der wütende Agent ihm den Rücken zukehrte und zu der Telefonzelle marschierte, »ein junger Kerl wie Sie sollte versuchen, seine Reifen hie und da selbst zu wechseln. Tut einem Mann gut, seinen Kreislauf ein bißchen anzukurbeln.«

Kaaren Mueller klingelte viermal an Freddys Tür, bevor sie sich endlich ins Unvermeidliche fügte, auf die Uhr sah und feststellte, daß ihr keine zwanzig Minuten blieben, um ihre Verabredung mit Bylighter einzuhalten. Sie ging daher wieder zu ihrem Toyota hinunter, und als sie wenig später in den Parkplatz beim Schnellimbiß einbog, erblickte sie bereits Bylighter, der allein im Freien an einem der hinteren Tische saß. Nachdem sie sich vorsichtig nach bekannten Gesichtern in der Umgebung umgesehen und keine entdeckt hatte, stieg sie aus ihrem Wagen und näherte sich Bylighters Tisch.

»*Hi*, Squeek«, grüßte sie freundlich und setzte sich Bylighter gegenüber. »Wie geht es Ihnen?«

»Recht gut«, antwortete dieser schüchtern. »Ich dachte nicht – wissen Sie –, daß Sie wirklich auftauchen würden.« Sein Gesicht wurde rot, während seine Augen die engen Bluejeans und die fast durchsichtige weiße Bluse erfaßten, die die in seinem lüsternen Gedächtnis gespeicherten Bilder bestätigten. Verlegen schaute er weg, als sein Blick dem Kaarens begegnete.

»Natürlich bin ich aufgetaucht.« Kaaren lächelte fröhlich. »Mein Boss wäre wirklich verärgert, wenn ich mich nicht um seinen Geheimvorrat kümmern würde«, fuhr sie fort, während sie vorsichtig eine von Bylighters blassen, schwitzenden Händen tätschelte.

»Ja, klar«, nickte Bylighter eilig, fummelte auf seinem Schoß herum und förderte eine mittelgroße weiße Papiertüte zutage. »Hier. Ich habe Ihnen gesagt, daß ich für Sie etwas besorgen kann.« Er lächelte strahlend, während er ihr die Tüte reichte.

Kaaren öffnete sie ruhig, warf einen raschen Blick hinein, schloß sie wieder fest und legte sie ebenso ruhig neben sich auf die Tischplatte.

»Scheint in Ordnung zu sein, Squeek«, meinte sie. Dann dämpfte sie die Stimme ein wenig: »Der Preis ist doch noch immer hundertfünfzig – für mich?«

»Klar«, nickte Bylighter und grinste nervös. »Ich habe Ihnen auch ein Cola gekauft«, fügte er rasch hinzu und schob einen der Wachspapierbecher mit Plastikdeckel zu Kaaren hinüber, während diese nach ihrer Handtasche griff. »Wird nicht berechnet. Ist so wie eine – äh – Einladung.«

»Das ist nett von Ihnen, Squeek.« Kaaren lächelte und schob unauffällig die fest gefalteten Geldscheine in Bylighters schweißnasse Hand. »Und ich bin sicher, mein Freund wird nichts dagegen haben.« Sie zwinkerte ihm zu und trank einen Schluck. »Aber wir wollen es nicht zu einer ständigen Gewohnheit werden lassen. Er könnte es mißverstehen, wissen Sie.«

»Ja, das verstehe ich vollkommen.« Bylighter nickte und versuchte rasch, seine vermeintlich kühle Haltung zurückzugewinnen. »Ich möchte Ihnen keine Schwierigkeiten oder so was verursachen. Aber wenn Sie etwas anderes brauchen, werde ich gerne...«

»Sie meinen, Sie kämen auch an stärkeren Stoff ran?« fragte Kaaren und täuschte geschickt überraschte Neugier vor. »Vielleicht zum Beispiel echtes Kokain«, fügte sie hinzu und zwinkerte verschwörerisch, während sie noch einen kräftigen Schluck aus ihrem Becher nahm.

»O ja, klar. Alles, was Sie wollen.« Er zuckte großspurig mit den Schultern. »Rain- ich meine, mein – äh – Kumpel und ich«, er stotterte wieder und bemühte sich, die richtigen Worte zu finden, »er und ich, wir können so ziemlich alles besorgen, was Sie sich vorstellen können. Sogar Dinge, die Sie sich nicht vorstellen können«, flüsterte er, während seine Augen rasch und verstohlen über die Umgebung schweiften. »Wir bekommen einen neuen Stoff...«

»Ah ja, worum handelt es sich?« fragte Kaaren, der die südkalifornische, smoggeschwängerte Hitze allmählich den Schweiß aus den Poren trieb.

»Ich kann wirklich noch nicht darüber sprechen«, flüsterte Squeek vertraulich. »Strenge Anweisung. Aber es wird der heißeste Hit im Straßenhandel sein. Eine Art Analogon oder was Ähnliches.«

»Junge, es wird wirklich heiß hier draußen, nicht wahr?« unterbrach ihn Kaaren und wischte sich mit einer von Bylighters Servietten die Schweißperlen von der Stirn.

»Ja, das Wetter in Santa Ana schafft mich auch immer«, nickte Bylighter. »Jedenfalls, wie ich schon sagte...«

»Entschuldigen Sie mich nur eine Minute, Squeek«, unterbrach ihn Kaaren, die einen altbekannten Krampf in der Wagengrube empfand. Ein Gefühl, durch das sie benommen wurde und das ihr Brechreiz verursachte. »Ich muß mal kurz auf die Toilette...«

Mein Gott, dachte sie, während sie sich unsicher erhob, das ist wohl der ungünstigste Moment, um Menstruationsbeschwerden zu bekommen. Eigentlich sind sie noch gar nicht fällig, überlegte sie, doch dann stieg die Übelkeit in ihr hoch, und sie lief zur Hinterseite des Ziegelgebäudes. Sie griff nach dem Türgriff, versuchte ihn zu drehen und erblickte dann erst undeutlich die an der Tür befestigte Tafel:

WEGEN REPARATUR GESCHLOSSEN

»Ach verdammt, gerade jetzt...« Sie schüttelte benommen den Kopf und biß die Zähne zusammen, während sie sich von Panik erfüllt nach einem Abfalleimer oder einem Baum oder irgendeiner Deckung umsah – und plötzlich kam Bylighter mit einem Schlüssel in der Hand dahergerannt.

»Hier, ich schließe Ihnen auf«, keuchte er atemlos und versuchte ungeschickt, den Schlüssel ins Schloß zu stecken.

Als die Tür aufging, stürzte Kaaren an Bylighter vorbei hinein und hatte gerade noch Zeit, um neben der Muschel hinzuknien, bevor sie hemmungslos zu erbrechen begann. Sie blieb, von einem Krampf nach dem anderen gequält, auf den Knien liegen, bis ihre Magenmuskeln den Dienst verweigerten und sie auf dem kalten, schmutzigen Fußboden zusammenbrach. Sie fühlte sich elend und erschöpft und begann am ganzen Körper zu zittern. Sie bemerkte nicht, daß noch jemand in die enge Toilette getreten war und neben ihr hockte, bis sie seine Stimme hörte...

»Was ist los, Schwester? Haben Sie ein kleines Problem?«

...und durch die wirbelnden Farben in das kalte, gefühllose dunkle Gesicht von Lafayette Beaumont Raynee blickte.

5

Die Farben schienen von einer im Raum schwebenden Nadelspitze auszugehen und breiteten sich in unregelmäßigen, dreidimensionalen Bändern von grellem, vielfarbigem Licht aus.

Aber in Kaaren Muellers Verfassung war das Merkwürdigste an dem Lichtpunkt, daß er anscheinend versuchte, ihr etwas mitzuteilen.

Sie drehte den Kopf langsam, um festzustellen, woher das Licht kam, dabei versuchte sie sich ganz auf die Geräusche zu konzentrieren, die aus den farbigen Wirbeln drangen... sie zu einer logischen Sequenz zu ordnen.

Schließlich gab sie es auf, als ihr klar wurde, daß ihre Aufnahmefähigkeit auf nur drei Dimensionen begrenzt und somit total unzureichend war.

Sie streckte also die Hand aus, um die flimmernden Photone zu liebkosen, um das beruhigende Leuchten der rasch wechselnden Farbtöne in sich aufzunehmen, und reagierte verwirrt, als es ihr nicht gelang, ihre Hände voneinander zu trennen.

Sie versuchte sich zu erinnern, wann und warum sie hinter ihrem Rücken verschmolzen waren. Sie mußte sich doch erinnern können, überlegte sie. Das entsprach schließlich der Funktion des Gedächtnisses.

Sie versuchte mit aller Macht, sich auf ihre Hände zu konzentrieren, war aber außerstande, einen plötzlichen Schwall aufwallender Gefühle unter Kontrolle zu bringen, der dazu führte, daß ihr Gesicht von Tränen überströmt wurde. Sie konnte die Entschlossenheit der Tränen spüren, die sich verzweifelt bemühten, an ihrem steinernen Gesicht hängen zu bleiben, während die Schwerkraft sie schreiend hinunterzog...

Aus den verborgenen Tiefen ihres Bewußtseins stieg Schwärze auf und breitete sich beängstigend rasch aus.

»Nicht weinen, es ist alles okay«, sagte ihr der Lichtpunkt, während die farbgetränkten Bänder sich ausbreiteten und sie tröstlich umschwebten.

»Ich falle«, murmelte Kaaren, durch die Angst vor der Leere betäubt.

»Nein, du fällst nicht«, erwiderte die punktförmige Lichtquelle, ließ einen dicken warmen Fühler rötlich-orangefarbenen Lichts unter ihre geöffnete Bluse gleiten und über ihre Brüste fließen, worauf sich der runde Warzenhof vergrößerte und die Farbenergie gierig verschlang. Als sich die volle Brustwarze ausdehnte und weitere Energie absorbierte, bis sie dem Druck nicht länger standhalten konnte, setzte sie ein Paar heißer, weißer, alle Farben vermischender Bänder nach innen ab, deren eines emporschoß und in ihrem Gehirn als blendendes Lustbewußtsein explodierte, während das andere sengend heiß nach unten vorstieß...

Kaaren Mueller reagierte stöhnend auf die vordringende weiße Hitze, die sie als langsam aufsteigende rote Welle wahrnahm, die zur Lichtquelle zurückströmte und eine Wellenbewegung in dem Fluß von rötlich-orangefarbenem Licht verursachte, der sich nun in zwei getrennte Ströme gespalten hatte, die ihre entblößten Brüste mit leuchtender Wärme umgaben...

Weder sie noch Bylighter merkten, daß der Lieferwagen angehalten hatte.

»Habt ihr euren Spaß da hinten?« erkundigte sich Lafayette Beaumont Raynee und steckte den Kopf durch einen schwarzen Samtvorhang. Der Vorhang trennte die Fahrerkabine von dem weichgepolsterten, mit Teppich und Kissen ausgestatteten Laderaum eines großen Dodge-Lieferwagens, der in der letzten halben Stunde zielstrebig einer Nebenstraße im Norden des Bezirks San Diego gefolgt war. Das Innere des Lieferwagens war fast vollkommen verdunkelt, die einzige Lichtquelle stellten zwei 25 Watt-Lampen dar, die dem sinnlichen Interieur eine leicht unheimliche Note verliehen.

Bylighter erschrak über den unerwarteten Klang von Rainbows Stimme, fuhr herum und zog seine Hände in einer Art Schuldreflex aus Kaaren Muellers Bluse.

»Ah... ja, äh, klar. Sie ist doch wirklich bewußtlos, oder?« nickte Bylighter mit aufgerissenen Augen und fuhr sich mit der Zunge nervös über die Lippen, während er heimlich mit seiner verdeckten

Hand über die Bluse des leise stöhnenden Mädchens strich und dabei krampfhaft schluckte, als die Brustwarze sich wieder aufrichtete. »Was haben Sie – ich meine, ich ihr gegeben?«

»Experimentelle Gehirnnahrung«, kicherte Raynee, dessen Zähne in dem schwachen rötlichen Licht rosa glänzten. »Dünger. Erstklassiges Zeug. Genau das, was die kleine Dame brauchte, um ihren Biomotor in Gang zu setzen. Du mußt sie jetzt nur ein bißchen auf Touren bringen, Junge. Bist du sicher, daß du weißt, wie du das anstellen mußt?«

»O ja, ich weiß, was ich zu machen habe«, nickte Bylighter rasch, der sich seiner nervös krächzenden Stimme schämte und durch Raynees Einmischung, durch dessen strahlendes Lächeln und seine alles verschlingenden Augen eingeschüchtert war. »Ich hatte nur noch nie – so eine wie die, wissen Sie...«

Das Mädchen stöhnte wieder und preßte seine volle Brust an Bylighters schweißnasse, zitternde Hand.

»Klar hast du das noch nie gehabt.« Raynee nickte verständnisvoll, während seine an den Straßenstrich gewohnten Augen Kaaren Muellers teilweise entblößten Körper eingehend musterten. Das Mädchen war wirklich einsame Klasse, dachte Raynee, während er die klägliche Szene weiterhin beobachtete. Eine verdammte Vergeudung, einen solchen Leckerbissen einem kleinen Scheißer wie Bylighter zu überlassen.

Einen Augenblick lang überlegte Raynee, ob er sie Roy, seinem Kampftrainer, Leibwächter und Fahrer überlassen oder sie sich selbst zu Gemüte führen sollte. Aber er verwarf den Gedanken sofort. Dafür stand zuviel auf dem Spiel. Zuviel konnte zu rasch passieren. Außerdem entsprach es Raynees perversem Sinn für Humor, Bylighter seinen Lohn weiter genießen zu lassen.

»Du solltest dich besser daranmachen, mein Junge.« Raynee zeigte mit seinem dunklen Kopf auf das Mädchen. »Wir werden ziemlich bald am Ziel sein. Und du wirst nie wieder die Chance bekommen, in Rainbows Scheiß-Lieferwagen so eine Luxusbiene zu vernaschen. Also mach endlich Ernst. Fang doch an! Schnapp sie bei den Titten, worauf du ja aus bist, Junge!«

Bylighter schob gehorsam die zweite Hand wieder in Kaarens offene Bluse. Dann begann er auf Rainbows Drängen hin langsam die seidenglatten, prallen Brüste leicht zu kneten und spürte, wie sein ganzer Körper vor nervöser Erwartung krampfhaft zitterte, während das Mädchen laut stöhnte und an seinen Fesseln zerrte, um sich fest an seine liebkosenden Hände zu drücken.

»So ist's recht, Junge.« Raynee nickte beifällig. »Fühlen sie sich nicht gut an?«

»Ja«, flüsterte Bylighter, der bereits schwer atmete und verwirrt und hilflos auf die hemmende Anwesenheit Rainbows und auf den unwiderstehlichen Reiz des fieberheißen Körpers des Mädchens reagierte.

»O Gott, immer hab' ich davon geträumt...« keuchte er, endlich imstande, Rainbow zu vergessen, während sein lang unterdrückter Trieb seinen Geist überschwemmte. Bylighter preßte eine Hand fest um eine wogende Brust und zerrte an seinen schmutzigen Klamotten, riß sich das Hemd, die Schuhe, Hose und schließlich auch die fleckige Unterhose vom Körper, ohne zu merken, daß Rainbows rötlich getönter Afrohaarschopf verschwunden war und daß der Motor des Lieferwagens wieder lief. Dann begann er fieberhaft an Kaaren Muellers engen Jeans herumzufummeln.

»So ist's recht, reiß ihr das Zeug runter«, lachte Raynee laut auf der anderen Seite des Vorhangs, während Bylighter mit dem Reißverschluß kämpfte und dann vor irrer Lust zu wimmern begann, als er seine Finger unter den steifen, enganliegenden Jeansstoff bohrte, die Jeans und das Höschen Zoll für Zoll über Kaarens unglaublich warme, sinnliche Hüften und Schenkel und Knie hinunterzog.

Dann konnte sich Bylighter nicht länger beherrschen, warf sich auf den heißen, angespannten Körper des noch immer stöhnenden Mädchens, sein Mund umschloß eine der vollen Brüste, seine rechte Hand hielt noch immer die andere Brust umfaßt, und seine linke Hand glitt schnell über ihren festen, glatten Bauch.

Kaaren Mueller schaukelte langsam in einem schäumenden, rötlich-orangefarbenen Strom, jede Faser ihres Körpers badete in flüssiger sinnlicher Wärme, als Bylighters Hand über ihren bebenden Schamhügel glitt und sich dann zwischen ihre Beine schob.

Es war, als hätten Bylighters Hände einen elektrischen Stromkreis geschlossen, der eine ungeheure potentielle Energie besaß. Die rötlich-orangefarbenen Bänder verschwanden in einer schrecklichen Explosion von das Gehirn versengendem Weiß. In diesem Augenblick geschah zweierlei: Erstens erkannte Kaaren Mueller, daß sie gefesselt und nackt war, unter einem fremden, sich stoßend bewegenden nackten Körper lag, und zweitens erweiterte sich die Lichtquelle nach außen wie die Blende in einer Kameralinse und umrahmte das sabbernde, vor Wollust verzerrte Bild von Eugene Bylighter vor ihren langsam klar werdenden Augen.

Die Gefühle, die plötzlich Kaaren Muellers Bewußtsein überschwemmten, waren nicht zu bändigen. Verwirrte, wirbelnde, farbintensive, dreidimensionale Ströme einfarbiger Gefühle. Sie spürte, wie ihr Bewußtsein – eine unglaublich komplexe Fülle kribbelnder, bloßliegender Rezeptoren – von starken, einander entgegengesetzten und leicht unterscheidbaren Kräften bedrängt wurde: von Unglaube... Schock... Zorn (!)... Begierde (?)... Liebe (?)... und alles übersteigender rasender Wut!

Bylighter sah nicht, wie sich Kaaren Muellers Gesichtsausdruck blitzartig veränderte. Er war vollkommen davon in Anspruch genommen, fieberhaft die Stellung einzunehmen, in der er eine seiner unwahrscheinlichsten Traumphantasien mit einem tiefen, alles versengenden Stoß befriedigen konnte, und daher entging ihm das rasche Aufflackern von Angst und Verwirrung in ihren Augen, das jetzt entsetzter, rasender Wut wich, während sie versuchte, ihre Hände freizubekommen, und dabei auf unüberwindlichen Widerstand stieß.

Kaaren stieß ein tiefes gutturales Knurren aus, riß ihr rechtes Knie mit aller Kraft, die sie ihren drogengeschwächten Muskeln abringen konnte, hoch und stürzte sich mit wild entblößten Zähnen auf Bylighters nackten Hals.

Bylighters durchdringender Schrei hätte fast bewirkt, daß Roy Schultzheimer mit dem Lieferwagen von der Straße abkam. Als er das wild schleudernde Fahrzeug wieder unter Kontrolle und in einer ungeteerten Seitenstraße zum Stehen gebracht hatte, war Bylighters verzweifeltes Schreien in eine ununterbrochene Folge von Kreischen, Stöhnen und würgenden Lauten übergegangen.

Raynee und Roy stürzten fluchend und schreiend durch den Vorhang in den hinteren Teil des Wagens, wo sie feststellten, daß Kaaren sich in Bylighters Hals festgebissen hatte, während sie sich bemühte, ihm seine Geschlechtsteile in den Brustkorb hinaufzutreiben, indem sie ihm ihr rechtes Knie immer wieder in den sich windenden Unterleib rammte.

»Scheiße!« knurrte Raynee wütend und rümpfte die Nase über den scharfen Geruch nach Erbrochenem. Dann ging er daran, die um sich schlagenden Körper zu trennen. Während Roy Bylighters malträtierten Unterleib aus der Reichweite von Kaarens Knie zerrte, brauchte Raynee beide Hände, um deren fest zusammengepreßte Kiefer zu öffnen und den schwer verletzten Bylighter zu befreien. Der fiel auf den Boden des Lieferwagens, preßte beide Hände an den Unterleib und begann wieder, zu würgen und auf den dicken Wagenteppich zu erbrechen.

»Gottverdammte Hure!« brüllte Raynee und schlug dem sich aufbäumenden Mädchen mit der Faust ins Gesicht, daß es bewußtlos neben Bylighter auf den Boden zurückfiel.

»Du gibst auf sie acht und hältst sie ruhig, verstanden?« fuhr Raynee seinen blonden Leibwächter an.

Dieser nickte und zog eine Decke lose über Kaarens schlaffen Körper, bevor er sich mit untergeschlagenen Beinen auf den widerlich stinkenden Boden setzte; er hatte offensichtlich wenig Interesse an der nackten Frau direkt vor ihm.

Kopfschüttelnd und in sich hinein murmelnd, verschwand Raynee, der sich noch immer nicht um Bylighter kümmerte, hinter dem Vorhang, startete den Motor und fuhr weiter.

Raynee schloß die Tür zu Kaaren Muellers Wohnung mit Hilfe der Schlüssel auf, die er in ihrer Handtasche gefunden hatte.

Er hatte den Lieferwagen mit Roy in einer Seitenstraße abgestellt, nachdem er zuvor Kaaren sorgfältig mit Stricken an der Verankerung der Vordersitze festgebunden hatte. Selbst wenn das Mädchen wieder zu sich kommen sollte, bevor er wieder da war, würde sie ihm an diesem Abend keine Schwierigkeiten mehr verursachen. Er hatte andere Pläne.

Raynee machte sich keinerlei Sorgen wegen Bylighter – der glücklicherweise gleichfalls in Ohnmacht gefallen war. Was ihn beunruhigte, war die kleine 25er Automatik, die er in der Handtasche des Mädchens entdeckt hatte. Es gab jede Menge möglicher Erklärungen für die Waffe, aber eine dieser Möglichkeiten – daß das Mädchen irgendeinem Rauschgiftdezernat angehörte – konnte einen Haufen Schwierigkeiten zu ungelegener Zeit verursachen. Zu einer sehr ungelegenen Zeit.

Raynee durchsuchte die Wohnung eine halbe Stunde lang systematisch. Er fand die 9-mm-Walther und den Rest von Kaarens Geld im Versteck. Er registrierte auch den Anrufbeantworter. Und wieviel persönliche Sachen des Mädchens vorhanden waren.

Nachdem er weitere fünf Minuten stumm und beunruhigt überlegt hatte, beschloß Raynee, einen notwendigen Telefonanruf zu riskieren.

Als Freddy Sanjanowitsch endlich in seine Wohnung wankte, befand er sich genau in der Gemütsverfassung, die man am besten mit »saumäßig« bezeichnen kann.

Daß die Telefonzelle gegenüber der Tankstelle gestört gewesen war, hatte er beinahe erwartet. Nur das Bewußtsein, daß er wahrscheinlich eine schwere Körperverletzung begehen würde, hinderte Sanjo daran, zu der Tankstelle zurückzugehen und zu fragen, ob er telefonieren dürfe. Statt dessen murmelte er etwas Unfreundliches, holte seufzend tief Luft und machte sich in seinen inzwischen schmerzhaft engen Schuhen auf den langen Rückmarsch zu seinem fahrbaren Untersatz; bei jedem Schritt fragte er sich, warum er sich nur auf eine Laufbahn als Beamter des Rauschgiftdezernats eingelassen hatte.

Als er endlich wieder bei seinem Wagen angelangt war, zog er seine neue Jacke aus und begann den Reifen zu wechseln. Dabei brachte er es fertig, seine Hose an einer scharfen Kante des hinteren Kotflügels aufzureißen, sich drei Fingerknöchel aufzuschürfen, als der Schraubenschlüssel von einer Mutter abglitt, und sein neues elegantes Hemd mit Blut, Öl und Reifengummi zu beschmutzen.

Ungefähr fünfundvierzig lange, dunkle Minuten später war der treulose Reifen endlich gegen den Ersatzreifen ausgewechselt. Das Montageeisen schleuderte Sanjo in die Dunkelheit, und der Wagenheber folgte ihm unmittelbar.

Trotz Sanjos abgrundtiefem Pessimismus verlief der Rest der Heimfahrt ohne Zwischenfall. Er stampfte durch seine Wohnungstür, rief die Dame an, mit der er verabredet war, erhielt eine alles andere als höfliche Abfuhr, knallte den Hörer auf die Gabel, nahm ein wohlverdientes Bad und zog saubere Sachen an, und dann erst fiel ihm ein, seinen Anrufbeantworter abzuhören.

Er drückte auf den Knopf, um eventuell eingegangene Anrufe abzuspielen.

»...Freddy, hier spricht Kaaren. Ich habe beschlossen, noch einen Tag hierzubleiben, um einige Schreibarbeiten zu erledigen; Sandy ist schon zu den Jungs vorausgefahren. Die Arbeit macht mir keine Mühe. Ich werde in meiner Wohnung bleiben, vielleicht beschäftige ich mich näher mit meinem Kumpel vom Schnellimbiß. Wenn es klappt, gebe ich dir Bescheid. Morgen bräuchte ich allerdings jemanden, der mich im Wagen mitnimmt. Ruf mich an und sage mir, wann du fährst. Auf Wiedersehen.«

»Das ist ja prächtig«, murmelte Sanjo vor sich hin. »Genau das, was mir noch gefehlt hat. Eine vierstündige Autofahrt mit dieser Puppe.«

Er begann gerade zu begreifen, was Kaarens Nachricht eigentlich bedeutete, als der Anrufbeantworter eine weitere Nachricht abzuspielen begann.

»...Freddy, hier spricht Sandy. Nur für den Fall, daß Kaaren dich nicht erreicht hat: Sie wird heute nachmittag versuchen, mit Squeek ein Geschäft abzuschließen. Sie hält das für eine harmlose Sache, aber ich wollte sicher sein, daß du davon weißt. Ich – äh – dachte, daß du ihr vielleicht Rückendeckung geben möchtest, wenn du gerade frei bist. Sie will nicht, daß ich ihr helfe, also fahre ich voraus. Ich sehe euch Jungs morgen.«

»Verdammt noch mal«, murmelte Sanjanowitsch und schlug mit der Faust auf den Tisch. Kaaren hatte offenbar die Absicht, bei Bylighter etwas zu kaufen. Statt auftragsgemäß auf ihre Partnerin zu warten, wollte sie allein hingehen. Wenn sie nicht schon gegangen war, überlegte Freddy, als er auf seine Uhr blickte. Scheiße! Und die verdammte Schlange hatte nicht einmal angedeutet, daß sie versuchen würde, etwas zu kaufen. Er griff nach dem Telefon. Gott sei Dank hatte Kaarens kleine Busenfreundin mitgedacht...

Von Kaaren Muellers Anschluß kam das Besetzt-Zeichen.

Verdammt!

Freddy knallte zum zweitenmal an diesem Abend den Hörer auf die Gabel, schob eine 45er Automatik in seinen Hosenbund und rannte zur Tür.

»Hier spricht Rainbow. Verbinden Sie mich mit Jimmy. Aber schnell.« Er gab die auf dem Apparat stehende Nummer an und legte auf.

Lafayette Beaumont Raynee stand ungeduldig in Kaaren Muellers Wohnzimmer und hielt durch das Fenster Ausschau nach Anzeichen einer Observierung, während er auf den Rückruf des Mannes wartete, der sehr rasch eine wichtige Entscheidung treffen mußte.

Das Telefon klingelte, und er griff schnell danach.

»Ja.«

»Was ist los?« Die Stimme am anderen Ende der Leitung klang abweisend und kalt.

»Wir haben ein kleines Problem.« Raynee schilderte die Situation, während seine Augen immer wieder über die Straßen und den in der Nähe geparkten Lieferwagen strichen. »Wenn du mich fragst«, fuhr Raynee fort, »brauchen wir Gewißheit, so oder so. Sie muß mit jemandem in Verbindung stehen. Die Frage ist, mit wem?«

»Kannst du dort bleiben, wo du im Augenblick bist?« fragte Pilgrim.

Raynee blickte wieder aus dem Fenster und beobachtete unruhig den Menschenstrom, der sich die Straße hinauf und hinunter an dem Gäßchen vorbeibewegte. Es gab bessere Treffpunkte, aber es würde Zeit kosten, woanders hinzufahren. Außerdem war Raynee nicht unbedingt scharf darauf, mit den beiden Bewußtlosen im Laderaum seines stinkenden Lieferwagens weiter durch die Gegend zu fahren. Besonders da einer der beiden eine junge, nackte, weiße Frau war.

Ein sehr schlechtes Karma im konservativen nördlichen Bezirk San Diego, wo die Polizeistreifen nachts liebend gern verdächtige Autofahrer wie Lafayette Beaumont Raynee anhielten.

»Wie lange?«

»Zehn Minuten.«

»Ja, klar.«

Acht Minuten später griff Raynee wieder nach dem klingelnden Telefon.

»Ja.«

»Man hat mir nochmals versichert, daß von nationaler oder bundesstaatlicher Seite keine Untersuchungen gegen uns laufen«, erklärte Pilgrim ruhig. »Eine lokale Polizeioperation ist natürlich immer drin, aber sie würden bestimmt staatliche Geldmittel anfordern, wenn sie sich mit jemandem unseres Kalibers anlegen. Klar?«

»Ja«, bestätigte Raynee. »Also...?«

»Eher könnte Locotta dahinterstecken«, fuhr Pilgrim bestimmt fort. »Besonders angesichts von Lesters... Schwierigkeiten. Macht das Mädchen den Eindruck, daß es ein Profi ist?«

»Möglich«, nickte Raynee wieder, während seine Augen weiterhin wachsam blieben.

»Qualität Las Vegas?«

»Mühelos«, brummte Raynee. »Aber ich sage dir, ich blicke da nicht durch. Die Pistolen...«

Pilgrim schwieg eine Weile. »Du hast gesagt, sie habe einen Freund?«

»Sie ist ein paarmal mit demselben Kerl unterwegs gewesen«, sagte Raynee. »Ein Nachtvogel. Wie aus dem Modemagazin, aber auch kein Schwächling. Wenn du mich fragst, ich glaube nicht, daß sie mit Locotta in Verbindung steht. Sie ist nicht sein Stil.«

»Mit wem denn?« fragte Pilgrim.

»Da bin ich überfragt«, gab Raynee zu. »Ich kann mir nur vorstellen, daß einer unserer Pfund-Dealer sein Geschäft erweitern... oder vielleicht auf die sanfte Tour vorwärtskommen will, indem er Locotta hinten reinkriecht.«

»Denkst du an jemand Bestimmten?« Pilgrims Stimme war jetzt tödlich kalt.

»Da gibt es die verschiedensten Möglichkeiten. Mir fällt da zum Beispiel der General ein, besonders weil wir in seinem Gebiet arbeiten. Aber der Mann müßte doch ein verdammtes Arschloch sein, wenn er in seinem eigenen Hinterhof solche Spielchen triebe.«

»Wenn ich ihn mir so vorstelle, trifft das genau zu«, antwortete Pilgrim eisig. »Du wirst also folgendes tun...«

Freddy Sanjanowitsch war noch immer verärgert, als er endlich um die Ecke von Kaaren Muellers Wohnung einen Parkplatz gefunden und schnell über den Gehsteig und die Treppe zu ihrer Vordertür hinaufging. Die 45er Automatik-Pistole war unter seinem hastig herausgezogenen Hemdzipfel nur unzureichend verborgen, deshalb klopfte er nur ein paarmal mit der Faust an die Tür, bevor er den Türknopf herumdrehte. Als er entdeckte, daß nicht abgeschlossen war, stapfte er in die Wohnung, schlug die Tür hinter sich zu und rief: *»Kaaren? Bist du noch hier?«*

...und hatte überhaupt keine Zeit zu überlegen, als er seine Partnerin erblickte, die nackt auf der Couch des Wohnzimmers lag. Im selben Augenblick sprang nämlich schon der hochgewachsene, schwarze Kerl mit der Afrofrisur (Rainbow?) neben dem zerlegten Telefon auf dem Kaffeetisch mit einem kleinen blitzenden Messer in der Hand auf, während die geschmeidige Gestalt mit den hellblauen Augen und dem Kraushaar schnell wie eine Art riesige Katze auf ihn zukam...

Hätte Sanjo einfach aus einer Panikreaktion heraus gehandelt und seine Waffe ziehen wollen, hätte er kostbare Sekunden damit vergeudet, die tödliche 45er unter dem hinderlichen Hemdzipfel herauszuziehen, Roy Schultzheimer hätte ihn dann bereits in der Mangel gehabt, bevor er die Pistole auch nur aus dem Hosenbund gerissen gehabt hätte. Doch der erschrockene Agent besaß die Geistesgegenwart, einen von Kaarens Eßstühlen mit einem Tritt direkt in Schultzheimers Weg zu befördern... und sich dann nach hinten an die gegenüberliegende Wand zu werfen, während er blitzschnell unter sein Hemd langte, sich mit der gespannten 45er in den ausgestreckten Händen von der Wand wieder abstieß, sich zusammenkauerte und den Zeigefinger fest auf dem Abzug hielt.

»Keine Bewegung mehr!« schrie Sanjo warnend Schultzheimer zu, der sich bereits wieder gefaßt hatte. Dann richtete er die schwere Pistole auf den Mann, den er nun klar als Rainbow identifizierte, um ihn zum Stehen zu bringen: »Du auch, Sportsfreund... und laß sofort das Messer fallen!«

Gleich darauf richtete er die Waffe wieder auf die breite muskulöse Brust von Roy Schultzheimer, denn der pantherartige Leibwächter war ihm noch viel zu nahe und daher der gefährlichere Gegner, obwohl Rainbow das Messer noch nicht hatte fallen lassen.

»Langsam zurückgehen, Freundchen. Ja, so ist's recht«, knurrte Sanjo Schultzheimer zu und nickte zustimmend, als der ihn wild anstarrende Schlägertyp langsam und vorsichtig von dem hinderlichen Stuhl wegtrat.

Freddy Sanjanowitsch hatte von dem Augenblick an, als er zufällig auf die beiden Männer und seine nackte Partnerin gestoßen war, genau nach der Vorschrift gehandelt, die Vollzugsorgane in solchen Fällen beachten sollten. Er hatte also weder brutal das ganze Magazin auf Roy Schultzheimers Brust abgefeuert, noch hatte er Rainbow niedergeschossen, als dieser nicht gleich das Messer fallen ließ. Das hatte zwei vollkommen logische Gründe. Erstens, daß Freddy Sanjanowitsch nicht wußte, was, zum Teufel, hier vor sich ging. Und zweitens, daß er wirklich der Meinung war, er habe die Situation – wie immer sie sein mochte – unter Kontrolle. Aber es gab einen wesentlichen Unterschied zwischen vorschriftsmäßigem Reagieren und richtigem Reagieren.

Weder Ben Koda noch Charley Shannon, die wenig Vertrauen zu den »Vorschriften« besaßen und sich lieber auf ihre Instinkte verließen, hätten gezögert, den angreifenden Schultzheimer mit zwei Schüssen umzulegen und dann die nächsten vier Kugeln in Rainbows Körper zu pumpen, unabhängig davon, was der berüchtigte Rauschgifthändler mit dem Messer unternahm. Hauptsächlich, weil ihnen klar war, daß die »Vorschriften« keineswegs auf einen brutalen, eiskalten Killer wie Rainbow angewendet werden konnten. Aber auch, weil es viel vernünftiger war, einen hieb- und stichfesten Bericht über den Waffengebrauch zu schreiben, nachdem die Leichen weggeschafft worden waren, als Gefahr zu laufen, daß ein Sonderagent – sei es Anfänger, weiblich, nackt oder wie immer – als Geisel genommen wurde.

Aber Ben Koda und Charley Shannon waren auch zynisch genug, damit zu rechnen, daß eine offenbar mit Drogen vollgepumpte, verwirrend nackte Agentin wie Kaaren Mueller aufstehen, sich vor einen Killer wie Roy Schultzheimer stellen und unsinniges Zeug von sich geben könnte wie »...nein, tu ihm nichts...«

Freddy Sanjanowitsch war dagegen zu zivilisiert, um dergleichen zu erwarten. Infolgedessen beging er weiter den verhängnisvollen Fehler, sich gemäß seiner Ausbildung für den Gebrauch von Feuerwaffen zu verhalten und den Lauf der tödlichen 45er von den glasigen Augen seiner Partnerin abzuwenden und den Zeigefinger aus dem Abzugsbügel zu nehmen.

Es war ein verständlicher Fehler, der nur etwas über eine Sekunde dauerte. Aber eine Sekunde genügte bei weitem für einen Straßenkämpfer wie Rainbow, der sogleich das schwere, rasiermesserscharfe Wurfmesser in Freddys rechte Schulter schleuderte... wo es vom Schlüsselbein abglitt und die entscheidenden Ellen- und Speichennerven durchschnitt, die die rechte Hand des Agenten dirigierten.

Während die 45er geräuschvoll auf den Holzboden polterte, stolperte Freddy Sanjanowitsch zurück und schnappte, erschrocken und das Messer umklammernd, das in seiner Schulter steckte, nach Luft. Er befand sich noch in der Hocke und starrte mit offenem Mund auf die Pistole am Boden, als Roy Schultzheimer vorsprang, sich in der Luft drehte und ihm die Kante seines Tennisschuhs gegen das Kinn schmetterte. Der Aufprall war so hart, daß der bereits bewußtlose Sanjanowitsch krachend an die gegenüberliegende Wand der Wohnung geschleudert wurde, worauf er schlaff neben den nackten Füßen seiner Partnerin auf den Boden sackte.

6

In der Dunkelheit wirkte das Messer wie eine gewellte Glasscheibe, in der sich grelle Lichtstreifen spiegelten; der Lärm übermütiger Partys auf den Campingplätzen gegenüber von Big Bend drang weit in die Nacht.

»Los!«

Benjamin Koda und Bart Harrington hatten keine Lust, sich von ihren bequemen Liegen zu erheben und wieder ins Wasser hinauszuwaten, um das Ungeheuer mit der behaarten Brust zu retten, das jetzt schwankend in knöcheltiefem Wasser stand, einen Wasserski an einem erhobenen Fuß befestigt hatte und den Griff eines Seils mit seinen muskulösen Händen umklammerte.

»Ich sagte los!« brüllte Charley Shannon, dessen dröhnende Stimme über das Wasser hallte, während er bedenklich auf seinem baumstammdicken Bein schwankte.

»Charley, du blödes Arschloch, diesmal wirst du bestimmt ertrinken! Verdammt noch mal, es ist doch viel zu finster, um Wasserski zu fahren!« schrie Koda, der den letzten Bissen Steak noch im Mund hatte.

»Verdammt noch mal, ich kann doch sehen, wohin ich fahre!« brüllte Charley zurück.

»Was meinst du?« fragte Koda Bart Harrington.

»Hat der Hurensohn überhaupt eine Schwimmweste für seine Größe?« fragte Harrington, während er Koda noch einen Schuß Kahlúa in die Tasse goß.

Koda blinzelte über das dunkle Wasser hinaus.

»Ich glaube, er trägt eine auf dem Kopf. Er sieht damit aus wie so ein Zulukrieger.«

»Sie würde ihn wahrscheinlich ohnehin nicht über Wasser halten«, meinte Harrington und trank vorsichtig einen Schluck Kaffee.

»Na schön«, nickte Koda. *»Okay Mädchen«*, schrie er. *»Los!«*

Zwei fröhliche junge Frauen kicherten laut, doch das hohe Jaulen eines Düsenmotors, der voll aufgedreht wurde, übertönte sie. Die Schlingen des Schleppseils aus Nylon, die neben Charley Shannon im Wasser trieben, glitten rasch in die Dunkelheit hinaus. Als die letzte Schlinge verschwand, schnellte das Seil aus dem Wasser und straffte sich in Shannons Händen.

Plötzlich stoppte das kleine, düsenstrahlgetriebene Boot abrupt mit aufheulendem Motor, und die beiden kreischenden Mädchen fielen kopfüber ins Wasser, während Shannon fluchend und mit den Händen fuchtelnd durch den Ruck das Gleichgewicht verlor.

In dem Augenblick, als Charley Shannon kopfüber in das seichte Wasser stürzte, kam Sandy Mudd in ihrem kleinen Wagen über die steile Böschung zu den von gelben Lampen beleuchteten *cabanas* herunter.

»Fährt Charley immer so Wasserski?« fragte Sandy Mudd, während sie mit einem Beutel in einer und einem eng zusammengerollten Schlafsack in der anderen Hand zum Lagerfeuer kam.

»Nein, für gewöhnlich hat er beim Start mehr Schwierigkeiten«, bemerkte Koda grinsend und hob seine Kaffeetasse zum Gruß. »Er hat beschlossen, es diesmal mit einem Ski zu versuchen.«

»Wird langsam Zeit, daß alle eintrudeln, Partnerin«, sagte Harrington, griff in eine der Eisboxen und warf drei weitere dicke Steaks auf den zischenden Grill. »Leg dein Gepäck hin und setz dich. Wie möchtest du das Steak?«

»Alles, was ich koche, fällt innen roh und außen schwarz aus.« Sandy zuckte mit den Schultern. »Jetzt nehme ich so ziemlich alles, was ich kriegen kann. Halbdurch wäre gut.«

»Du bekommst es.«

»Wie geht es, Sandy?« fragte Koda, während sich das Mädchen müde auf eine Campingliege fallen ließ. »Willst du ein Bier oder setzt du deine Nieren Barts gefährlicher Version von Marinekaffee aus?«

»Bier klingt wirklich gut.« Sandy blinzelte schläfrig. »Man trocknet aus, wenn man allein durch die Wüste fährt.«

»Absolut richtig«, nickte Koda, langte in eine andere Eisbox und warf ihr eine feucht beschlagene Flasche zu. »Fang erst einmal damit an. Du kannst Nachschub haben.«

»Ahhh, das schmeckt gut«, seufzte Sandy dankbar, nachdem sie die halbe Flasche mit einem tiefen Zug geleert hatte. Dann blickte sie wieder auf den Strand hinunter. »Äh – wollt ihr Jungs ihn nicht rausziehen?« fragte sie.

Koda warf einen Blick auf seinen im Wasser liegenden Partner und dann wieder auf Harrington. »Wie lang ist er diesmal dringeblieben?«

Bart Harrington sah auf die Uhr. »Vielleicht vierzig Sekunden.«

»Wir sollten ihn mindestens eine Minute drinlassen.« Koda grinste die leicht verwirrte Sandy an. »Nichts wirkt besser als ein wenig Sauerstoffmangel, wenn man jemanden besänftigen will. Er trägt dazu bei, das Gehirn vom Alkohol zu befreien.«

»Natürlich wird er um so schwerer, je länger er liegenbleibt«, bemerkte Harrington.

»Ein gutes Argument«, nickte Koda. Er legte die Hände trichterförmig um den Mund und schrie: *»He, du Fettarsch! Hol dein häßliches Gesicht aus dem Schlamm. Wir haben Gesellschaft bekommen!«*

Langsam schob Charley Shannon seinen Körper aus dem Wasser und schüttelte einige Male den Kopf, bevor er zum Campingplatz hinaufblickte. Dann stand er auf und taumelte zum Feuer.

»Je, Muddy-Mädchen, wie geht's?« Charley blinzelte und grinste betrunken, während er ein Handtuch von der Wäscheleine nahm und sich den Kopf heftig abrieb.

»Gut«, nickte Sandy, in deren Wangen Grübchen auftauchten, als sie lächelte. Sie war froh darüber, daß sich ihr Arbeitsverhältnis zu Koda und Shannon in den letzten zwei Wochen merklich verbessert hatte.

Die erste Woche war schwierig gewesen. Man hatte sie und Kaaren davor gewarnt, wie Koda und Shannon reagieren würden. Die beiden hatten keinen Zweifel daran gelassen, was sie davon hielten, eine Geheimoperation mit weiblichen Partnern durchführen zu müssen. Sandy hatte das stillschweigend hingenommen und sich dann einfach bemüht, sich wie früher schon gegenüber ihren Brüdern und deren Freunden auch diesmal ruhig und unauffällig in dem Team durchzusetzen, indem sie ihre erprobten, zuverlässigen Methoden anwandte. Harte Arbeit, Toleranz und wieder harte Arbeit. Im Gegensatz zu Kaaren Mueller hatte Sandy Mudd gelernt, den eingefleischten Vorurteilen der dickköpfigen Hälfte der Menschheit gegenüber Geduld zu haben.

Es ist wahrscheinlich das Bier, überlegte sie, als sie von dem äußerst entgegenkommenden Ben Koda eine zweite Flasche annahm. Charley Shannon war von Anbeginn verhältnismäßig freundlich gewesen, aber das war das erste Mal, daß Ben einen freundlichen Kommentar in ihre Richtung gemacht hatte. Nicht gerade ein Hinweis auf bedingungslose Kameradschaft, das bestimmt nicht, aber auch keine gleichgültige Abfuhr. Begnüg dich mit dem, was du kriegen kannst, sagte sie sich, innerlich die Achseln zuckend. Sie hatte reichlich Zeit.

»Ich dachte schon, ich müßte hinauswaten und Lebensretter spielen«, sagte Sandy zu Shannon, nachdem sie aus der neuen Flasche getrunken hatte. »Deine Kumpel waren nicht besonders an dir interessiert.«

»Verdammt, ich kann mich nicht einmal darauf verlassen, daß die beiden Arschlöcher mein Bier retten, geschweige denn meinen Hintern«, knurrte Shannon unter dem Handtuch. »Ich habe es heute schon dreimal versucht und die Mädchen jedesmal unter Wasser gezogen.« Seine Augen blinzelten strahlend, als er aus dem Handtuch auftauchte und den Wasserski in eine Ecke schleuderte.

Währenddessen langte Koda mit einer Gabel zum Grill hinüber, um die Steaks anzustechen. »He«, sagte er und blickte Sandy an, als er plötzlich erfaßte, was ihre Bemerkung über ihre einsame Fahrt durch die Wüste bedeutete, »was ist eigentlich mit Kaaren los?«

Sandy schilderte ihr Gespräch mit Kaaren Mueller. Während sie sprach, saßen die drei Männer ruhig um das Feuer und verzehrten langsam das Essen, das Harrington ausgeteilt hatte. Sie ließen Sandy nicht aus den Augen und hörten ihr konzentriert und schweigend zu.

»Ich habe also Freddy eine Nachricht hinterlassen, für alle Fälle...« schloß sie und spürte einen Krampf im Magen, weil ihr mit einemmal klar wurde, wie schwerwiegend unter Umständen ihr Entschluß war, Kaaren Mueller sich selbst zu überlassen. Sie sah die drei Gesichter in der Runde an und wartete darauf, daß jemand etwas sagte.

»Glaubst du, daß sie versuchen könnte, etwas zu kaufen, ohne mit Freddy Kontakt aufzunehmen?« Koda brach das unbehagliche Schweigen.

»Es wäre möglich«, nickte Sandy. »Sie ist so. Arbeitet wirklich hart, aber irgendwie...«

»Dickköpfig?« meinte Shannon.

»Ja.« Sandy nickte wieder. »So ungefähr. Ich hätte nicht...«

Koda stand rasch auf.

»Ich werde versuchen, Sanjo zu erreichen«, sagte er zu den beiden Männern und griff nach einem Paar abgetragener Tennisschuhe. »Ihr beide macht hier schon mal alles klar – für alle Fälle.« Er wandte sich um und sah Sandy Mudd einen Augenblick nachdenklich an. »Du kommst am besten mit mir.«

Ben und Sandy kletterten schnell und wortlos die steile Treppe zu den oberen Felsen hinauf.

Während Shannon und Harrington das Lager abzubrechen begannen, steckte Koda Münzen in das Telefon an der Außenwand des kleinen Lebensmittelgeschäftes oberhalb der *cabanas.* Sandy Mudd stand neben ihm und fröstelte trotz der warmen Sommerluft.

Koda brauchte fast fünf Sekunden, um zu begreifen, daß er kein Amtszeichen hörte.

»Scheiße«, murmelte er, während er rasch die Ursache des Problems suchte. Irgendein halbbetrunkener Zeltbewohner hatte offensichtlich versucht, den Hörer vom Telefonapparat zu reißen, und hatte das fast geschafft. Der Hörer hing noch an ein paar dünnen Drähten, aber die Leitung zum Apparat selbst war vollkommen abgetrennt. Koda sah sich rasch um. Weit und breit kein anderes Telefon. »Kannst du das in Ordnung bringen?« fragte er.

Sandy Mudd warf einen Blick auf die verschiedenfarbigen dünnen Drähte und erkannte sofort, daß die Apparatur selbst beschädigt sein mußte.

»Nein, ich glaube nicht – aber warte eine Minute. Vielleicht kann ich etwas anderes tun«, rief sie nach hinten, während sie zur Treppe und zum Kofferraum ihres Wagens lief. Zwei Minuten später war sie wieder zurück und begann ruhig, einen teilweise zerlegten Kassettenrecorder an das demolierte Telefon anzuschließen, wobei ihr

Ben Koda mit einer Taschenlampe leuchtete. Nach fünf Minuten sah sie Koda an und nickte. »Es wird funktionieren. Du kannst die Wählscheibe benützen, mußt aber in den Recorder sprechen.«

»Kann ich damit das Signal zur Auslösung des Antwortsenders durchgeben?«

»Ja, sicherlich«, nickte Sandy. »Hier. Ich halte es dir hoch.« Koda langte über ihren Arm, um »0« zu wählen.

»Vermittlung, kann ich Ihnen helfen?«

»Das ist ein Kreditkartenanruf«, sprach Koda laut in den Recorder in Sandy Mudds Händen. Er leierte eine Reihe von Zahlen herunter. Das Sprechgerät klickte viermal zum Zeichen, daß die Verbindung hergestellt war. Als das Telefon am anderen Ende das erste Mal läutete, hielt Koda eine handtellergroße Metalldose an den Recorder und drückte auf den etwas vertieften Knopf. Bestimmte Töne veranlaßten ein zweites Relais am Ende der Leitung, die Verbindung herzustellen, die den Anrufbeantworter in Freddy Sanjanowitschs Wohnung einschaltete.

»...Freddy, hier spricht Sandy. Nur für den Fall...«

Koda hörte sich die ganze Aufzeichnung an und rief dann die nächste Nachricht ab.

»Ben, hier spricht Sanjo. Siebzehn Uhr fünfunddreißig. Ich kann es heute abend nicht schaffen. Habe die Verbindung mit Kaaren verloren. Typisch. Ich bin jetzt unterwegs zu ihrer Wohnung, um zu sehen, ob sie Hilfe bei dem Verkauf braucht. Rufe dich wieder an, wenn alles klar ist...«

»Er – klingt komisch«, flüsterte Sandy und schluckte nervös, während sich der Recorder aussschaltete.

»Er ist verärgert«, brummte Koda zerstreut, »und in Eile. Wahrscheinlich in einer Telefonzelle.« Er wählte noch einmal den Anrufbeantworter. Diesmal hörte er nur das Surren des leeren Bandes, das durch Sanjanowitschs Maschine lief.

»Wenn er inzwischen zurückgekommen wäre, hätte er die Nachricht gelöscht, nicht? Das ist doch die vorgeschriebene Vorgehensweise, oder?« fragte Sandy leise.

»Ja«, murmelte Koda mit einem Blick auf seine Uhr.

Schon dreiviertel zehn, stellte er fest. Über zwei Stunden, seit

Freddy die Botschaft auf seinem Gerät hinterlassen hatte. Reichlich Zeit, um sich mit Kaaren in Verbindung zu setzen und die Nachricht »Alles klar« zu hinterlassen. Reichlich Zeit auch, damit sich eine Menge ereignen konnte.

»Wie lautet Kaarens Nummer?«

»Äh –« Sandy schüttelte den Kopf und versuchte, einen klaren Gedanken zu fassen. »Zwei-zwei-fünf… neun-sieben-zwei-eins.«

Koda wählte wieder »0«.

»Dies ist ein Kreditkartenanruf«, begann Koda. »Vier-vier… ach, lassen Sie es. Was kostet ein Anruf nach San Diego?« Er lauschte einige Augenblicke der ein wenig hohl klingenden Stimme in dem Recorder. »Danke, ich melde mich sofort wieder.« Er legte auf und wandte sich an Sandy.

»Ist der Münzzähler noch mit diesem Ding verbunden?«

Sandy prüfte die Leitungen im Apparat rasch mit der Taschenlampe. »Ja, es dürfte funktionieren, aber ich kann es umgehen.«

»Wie lange?«

»Vielleicht zehn Minuten oder so. Ich muß neu verdrahten.«

»Wieviel Kleingeld hast du?«

»Ein paar Zehncentstücke, glaube ich, vielleicht…« Sie griff in die Taschen ihrer Jeans und fischte zwei Zehncentstücke und eine Fünfcentmünze heraus.

»Hol Charley und Bart. Sag ihnen, sie sollen Kleingeld fürs Telefon mitbringen. Und beeil dich!« Kodas Stimme klang scharf, und seine Augen wanderten von dem zerlegten Recorder zu dem noch kleineren Sender, den er in den Händen hielt, und wieder zurück.

Eine Minute später standen Shannon und Harrington um das Telefon herum und legten Münzen auf den Apparat, während Koda die Nummer bei der Telefonistin bestätigte.

»Was haben wir?« fragte Shannon, während er einen weiteren Vierteldollar in den Schlitz schob.

»Sanjo hat in seiner Abmeldenachricht vor zwei Stunden eine Umkehrung hinterlassen, ›Verkauf‹ statt ›Kauf‹. Er war im Begriff, in Kaarens Wohnung zu gehen. Anscheinend konnte er sie telefonisch nicht erreichen. Er hat sich nicht zurückgemeldet.« Koda hielt eine Hand über das Mikro des Recorders.

»Warum verwendet er die Kreditkartennummer nicht?« flüsterte Sandy Charley Shannon zu, während Koda den Sender an den Lautsprecher hielt.

»Weil es möglicherweise angezapft ist«, sagte Shannon und blickte auf den Sender. »Wir verwenden einen Umkehrungscode, um zur Vorsicht zu mahnen. Ein Kreditkarten-Anruf könnte uns in Schwierigkeiten bringen, weil unsere Kartennummer nicht sauber ist. Man könnte sie zu einer Regierungsstelle zurückverfolgen, wenn man die richtigen Verbindungen besitzt. Das würde die Lage komplizieren, falls sie in der Klemme sitzen sollte.«

»Scheiße«, flüsterte Sandy.

»Ja«, nickte Shannon.

Koda schaltete den Sender ein und hielt den Recorder so, daß alle mithören konnten. Die vier Agenten drängten sich zusammen und hörten, wie das Telefon zweimal läutete.

Der Schrei explodierte aus dem Lautsprecher des Recorders. Ein hoher, verzweifelter Schrei, der von den Bäumen widerzuhallen schien, die den dunklen Laden umgaben. Ein zweiter Schrei folgte – diesmal ein längerer, qualvoller Schmerzenslaut, der plötzlich abriß.

Die vier Agenten erstarrten entsetzt. Aus Sandy Mudds Kehle drang ein ersticktes Geräusch.

»Das war Freddy«, flüsterte Bart Harrington unnötigerweise. »Verdammt noch mal...« Dann brach er ab, als Koda rasch mit der freien Hand winkte.

Fast zehn Sekunden zischender Stille verstrichen, bevor der Recorder klickte. Dann lachte eine seidige Stimme.

»Klingt das nicht hübsch? Tut es bestimmt, was? Ja. Und weißt du, das ist noch gar nicht der beste Teil. Richtig, Baby... Wer immer du bist, hör dir das mal an.«

Der Recorder klickte wieder. Diesmal waren die aus dem Lautsprecher dringenden Geräusche weniger heftig. Leises, rhythmisches Stöhnen und Schreien, unterbrochen durch tiefes, kehliges Knurren und die Geräusche von quietschenden Matratzenfedern.

»Mein Gott, das ist Kaaren. Ich glaube... sie vergewaltigen sie«, flüsterte Sandy mit erstickter Stimme.

Die Geräusche gingen noch dreißig Sekunden weiter, dann klickte der Recorder zu der seidigen Stimme zurück.

»Das war doch wirklich hübsch, nicht wahr? Aber glaub ja nicht, daß es sich um Rassenschande handelt, Bruder. Ein weißer, niederträchtiger Junge hat diese Dame besprungen.« Die Stimme lachte wieder. Ein kicherndes, flüsterndes Lachen. »Also, wer immer du bist, zieh dich schön brav zurück. Verstanden? Denn wenn du's nicht tust...« Die Stimme brach in unheimliches Kichern aus. »Wir wollen keinen Verdruß, aber du weißt, wir werden nicht klein beigeben. Hörst du, was ich sage? Ihr müßt anfangen, uns mit ein bißchen mehr Achtung zu behandeln. Ja, recht so, hör jetzt gut zu, denn ich meine es ernst. Kapiert?« Eine Pause. »Ja, also, falls wir uns nicht klar genug ausgedrückt haben, wollen wir euch noch extra eine Kleinigkeit geben, über die ihr nachdenken könnt. Wird euch das nächste Mal helfen, euch zu erinnern.«

Aus dem Lautsprecher kamen drei Klickgeräusche in Abständen von je einer Sekunde. Dann war die seidige Stimme wieder da.

»Hast du die kleinen Klicks gehört? Na schön, jetzt hör wirklich gut zu, denn dein Anruf hat ein kleines Geschenk für deinen Mann hier aktiviert. Etwas, worauf er wirklich dringend gewartet hat. Und damit du's richtig verstehst, wirst du zuhören... sehen, wie glücklich er ist.« Die Stimme machte eine Pause, in der die Agenten das schnelle, erregte Atmen des Sprechers hören konnten.

»Du Hund...« flüsterte Koda fast unhörbar. Dann klickte der Lautsprecher wieder, und Freddy Sanjanowitschs heisere, von Panik erfaßte Stimme platzte aus dem Gerät.

»... Mein Gott Benji! Sie haben sie genommen... Torrey Pines... Leg den Scheißhörer auf! Der Dicke...«

Die Explosion, die Kaaren Muellers Wohnung zerfetzte, hallte in den Ohren der vier entsetzten Agenten Millisekunden lang nach, bevor die Telefonverbindung in Ben Kodas Hand abriß.

Professor David Isaac arbeitete wieder einmal spät abends in seinem Laboratorium und konzentrierte sich auf die Aufgabe, ein einfaches Rezept zu finden, das es erlauben würde, größere Mengen von Jimmy Pilgrims Thiopen-Analogon in einem Untergrundlabor herzustellen. Ein Rezept, das auf die Sachkenntnis eines durchschnittlichen Chemiestudenten abgestimmt war, rief sich Isaac ins Gedächtnis und zuckte bei dem Gedanken innerlich zusammen. Da klingelte in seinem Büro laut das Telefon.

»Isaac«, meldete er sich gähnend.

»Guten Abend, Professor.«

»Mr. Pilgrim! Es ist, äh, gut, wieder von Ihnen zu hören.«

»Ich wollte Ihnen mitteilen, daß wir Ihnen ein Computerprogramm, die entsprechenden Sicherheitscodes und die Telefonnummer schicken, mit der sie den Computer anwählen können. Dann können Sie über Ihren Laborcomputer direkt mit unserem Nachrichtenschaltsystem kommunizieren.« Pilgrim verzichtete auf Höflichkeitsfloskeln. »Sobald dieses System funktioniert, werden wir uns, außer in Notfällen, nicht mehr telefonisch unterhalten.«

»Das klingt ausgezeichnet«, nickte Isaac, der sich fragte, wieso Pilgrim wußte, welche Art von Programm in seinem Laborcomputer funktionieren würde. Ihn beeindruckte die bis ins letzte Detail sorgfältige Planung immer mehr, die offensichtlich für Jimmy Pilgrims Organisation charakteristisch war.

»Bis dahin rate ich Ihnen, die Nummer, die ich Ihnen gab, nur in dringenden Notfällen anzurufen. Ich meine das sehr ernst. Sehr ernst.«

»Ja, ich habe Sie verstanden.«

»Sehr gut. Ich rufe auch wegen der Anweisungen für das Verfahren an«, fuhr Pilgrim fort. »Unser Thiopen-Analogon hat bei unserer ersten Testperson zu einer akzeptablen Wirkung geführt. Ich möchte, daß Sie die Herstellungsanweisungen so schnell wie möglich fertigstellen. Wir wollen die Produktion in vollem Umfang aufnehmen, sobald die bestätigenden Untersuchungen beendet sind.«

»Ich kann das ›Rezept‹ mühelos fertigmachen, und ich freue mich, äh, über das Thiopen.« Isaac wußte nicht recht, wie er auf so wenig aufschlußreiche Neuigkeiten reagieren sollte. »Aber was ist mit der anderen Verbindung, die ich Ihnen geschickt habe?«

»Welche andere Verbindung? Wovon sprechen Sie?«

»Tut mir leid, ich dachte, Sie würden das Päckchen direkt erhalten«, erklärte Isaac eilig. »Ich habe eine Probe von der A-Reihe –

von der wir früher gesprochen haben – zu dem Thiopen hinzugefügt. Sie trug die Bezeichnung ›A-17‹. Ich – äh – wollte, daß Sie den Unterschied zwischen einem rohen Breitspektrum-Halluzinogen wie dem Thiopen und einem Analogon sehen, das auf einer viel spezifischeren Grundlage funktionieren sollte.«

Pilgrim blieb bedenklich stumm.

»Und natürlich«, fügte Isaac nervös hinzu, »sind die Testdaten überaus wertvoll, wenn wir eine nützliche Analogareihe entwickeln sollen.«

»Ich weiß nichts von einer zweiten Probe«, knurrte Pilgrim schließlich, den die plötzliche Eröffnung deutlich verärgert hatte. »Aber ich werde die Sache sofort überprüfen und mich wieder bei Ihnen melden. Zurück zum Handbuch...«

»Ich war eben im Begriff, ein paar gringfügige Details abzuschließen«, beruhigte ihn Isaac. »Ihre Klauseln bezüglich der Fähigkeiten Ihrer, äh, Chemiker erschweren das Ganze etwas mehr, als ich angenommen hatte.«

»Haben Sie ein Problem...?« Zu Isaacs Überraschung lag in Pilgrims Stimme deutliche Besorgnis.

»Nein, keineswegs«, versicherte Isaac. »Man muß nur einen längeren, aber weniger anspruchsvollen Weg einschlagen. Das chemische Ergebnis wird das gleiche sein.«

»Ausgezeichnet. Dann, was die Lieferung anlangt...«

»Und die Vergütung«, erinnerte ihn Isaac anzüglich.

»...da unser Nachrichtenschaltsystem noch nicht in Betrieb ist«, sagte Pilgrim, ohne die Bemerkung zu beachten, »müssen wir einen Austauschpunkt verabreden. Ich schlage vor...«

»Oh, ich nehme an, Sie wissen, wo ich meinen Wagen abstelle«, unterbrach ihn Isaac.

Stille.

»Ja, natürlich«, antwortete Pilgrim endlich, ohne zu versuchen, den eisigen Klang seiner Stimme zu verbergen.

Darauf kann ich wetten, nickte Isaac, der nicht ahnte, daß er sich auf gefährlichem Boden befand.

»Es ist jetzt einundzwanzig Uhr fünfundvierzig. Ich werde in genau einer Stunde die Anweisungen auf den Rücksitz meines Fahrzeugs legen«, sagte Isaac. »Die Bezahlung kann an derselben Stelle hinterlegt werden.«

Isaac machte eine kurze Pause, während der er vergeblich auf Pilgrims Reaktion wartete, dann fuhr er fort: »Ich nehme an, es ist für uns besser, wenn man uns nicht zusammen sieht.«

»Zweiundzwanzig Uhr fünfundvierzig paßt ausgezeichnet«, sagte Pilgrim und legte den Hörer mit einem scharfen Klick auf.

Dr. David Isaac brauchte weniger als dreißig Sekunden, um die Rezeptur für das Thiopen-Analogon aus dem riesigen Festplattenspeicher seines Computers abzurufen. Nachdem er seine Notizen zu Rate gezogen hatte, nahm er rasch die entsprechenden Korrekturen in dem Text vor, speicherte die verbesserte Version wieder in die Diskette und zog dann weiße Gummihandschuhe an, bevor er die erste von fünf Seiten Papier in den angeschlossenen Drucker legte.

Als der Drucker schließlich aufhörte zu rattern, entnahm Isaac die letzte Seite, überflog sie schnell, um sich zu vergewissern, daß die Syntheseschritte in der richtigen Reihenfolge angegeben waren, faltete die Papierbogen, schob sie in einen weißen Briefumschlag und ging zur Tür. Es war 22 Uhr 02.

Acht Minuten später befand sich Dr. David Isaac wieder in seinem verdunkelten Büro, wo er neben dem Fenster Stellung bezog und durch die Gardinen auf den beleuchteten Parkplatz und seinen unauffälligen VW-Käfer hinunterstarrte.

Um 22 Uhr 15 bog die erste von drei Limousinen neuester Bauart auf den Parkplatz neben der chemischen Fakultät ein. Während Isaac nervös und gespannt zusah, suchten die drei Fahrzeuge langsam mit ihren Scheinwerfern systematisch den ganzen Platz ab.

Nach eine Viertelstunde beendeten die drei Fahrzeuge die Suche. Sie fuhren zu drei vorausbestimmten Parkplätzen, die etwa hundert Meter voneinander entfernt waren und im Dreieck um Isaacs VW herumstanden, und schalteten mit chronologischer Präzision nacheinander ihre Scheinwerfer ab. Soweit Isaac feststellen konnte, befand sich in jedem Fahrzeug nur der Fahrer.

In diesem Augenblick bemerkte Isaac, der einen staubigen, zur Beobachtung von Vögeln bestimmten Feldstecher benutzte, die langsam rotierende runde Antenne von der Größe eines Tellers, die teilweise verdeckt auf dem Dach eines Campingwagens angebracht war, der in der hintersten Ecke des Parkplatzes abgestellt war.

David Isaac erstarrte.

Fünfundzwanzig endlose Minuten blieben die drei Fahrzeuge und der Campingwagen bewegungslos stehen. Isaac ließ die Szene nicht aus den Augen und zwang sich, die erschreckenden Möglichkeiten konsequent durchzudenken, die ihm in den Sinn kamen.

Der Campingwagen schien ein Überwachungsfahrzeug der Polizei mit Funkortungsgerät zu sein. Aber er konnte ebensogut Pilgrims Campingwagen sein, der den Funkverkehr der Polizei abhören sollte. Ebensogut konnten die Gestalten in den drei Limousinen Polizeibeamte wie auch Pilgrims Leute sein. Unmöglich zu sagen. Vermutlich gehörten alle vier Fahrzeuge zusammen, da der Campingwagen mehrmals im Scheinwerferlicht der drei Limousinen gestanden hatte. Es war logisch, daß Pilgrims Leute eine auffällige Überwachung durch die Polizei entdecken würden. Und doch...

Plötzlich setzten sich zwei der Limousinen, ohne das Licht einzuschalten, in Richtung auf den VW in Bewegung und blieben beiderseits von ihm stehen. Aus jedem der Wagen stieg eine dunkle Gestalt. Beide trugen etwas in der Hand – einen Briefumschlag aus Manilapapier –, öffneten jeweils auf ihrer Seite die Tür des VWs und beugten sich ins Innere.

Sekunden später befanden sich die Gestalten wieder in ihren Limousinen und rasten mit voll eingeschalteten Scheinwerfern in verschiedene Richtungen davon, während, wie Isaac immer verwirrter und besorgter beobachtete, die beiden anderen Fahrzeuge mit abgedrehtem Licht stehenblieben.

Isaac spürte, wie sich seine Kehle verengte, und sah auf die Uhr.

Eine Minute.

Zwei Minuten.

Drei Minuten.

Vier...

»Professor Isaac?«

Isaac fuhr vom Fenster zurück und starrte die sich im Türrahmen abzeichnende Gestalt mit aufgerissenen Augen an.

»Ist etwas nicht in Ordnung, Professor?«

»N-nein. Alles ist in Ordnung.» Isaac schüttelte den Kopf und kicherte gezwungen fröhlich, während er versuchte, das aufgeregte Pochen in seiner Brust zu unterdrücken. »Sie haben mich erschreckt. Ich habe nur... auf den Parkplatz hinuntergeschaut und darüber nachgedacht, ob ich bestimmte Unterlagen in meinem Wagen vergessen habe.«

»Und Sie machen sich über mich lustig, weil ich noch so spät arbeite«, neckte ihn Nichole Faysonnt und lächelte trotz ihrer müden Augen herausfordernd. »Ich gehe gerade auf ein paar Minuten hinunter. Da kann ich an Ihrem Wagen vorbeigehen und nach Ihren Papieren schauen.«

»Aber nein – es ist schon in Ordnung, Nichole. Ich –«

»Ich muß ohnehin einen Brief in den Postkasten werfen. Wollen Sie mir bitte die Schlüssel geben, Professor?« Sie streckte die Hand aus, während ihre Augen deutlich um eine Spur wärmer blickten.

»Ah...« Isaac schwankte unschlüssig zwischen einem unbestimmten Angstgefühl und angeborener Höflichkeit, dann folgte er seinem Überlebensinstinkt. »Die Tür ist offen«, sagte er. »Wer sollte schon etwas aus meinem Wagen stehlen wollen.«

»Ich bin sofort wieder da«, versprach Nichole, lächelte strahlend und verschwand durch die Tür.

Isaac trat zurück ans Fenster. Die Limousine und der Campingwagen hatten sich nicht von der Stelle gerührt. Isaac fluchte leise und wartete nervös und ungeduldig darauf, daß Nichole auf dem Gehsteig auftauchte. Dann sah er, wie sie über den schwarzen Asphalt ging und die Tür des Volkswagens öffnete.

Isaac ergriff den Feldstecher und suchte den dunklen Parkplatz ab. Außer Nichole bewegte sich nichts. Dann richtete er ihn wieder auf Nichole, während sie aus dem Wagen kroch, sich aufrichtete – mit leeren Händen! – und jetzt, viel langsamer als zuvor, über den Parkplatz zurückkam.

In diesem Augenblick leuchteten die Scheinwerfer der geparkten Limousine grell auf, und einer der beiden Wagen schoß über den Parkplatz dirkt auf Nichole zu, so daß die Scheinwerfer ihren weißen Mantel in blendendes Licht tauchten.

Schreckerstarrt beobachtete Isaac das Geschehen. Jetzt fuhr die Limousine an dem Mädchen vorbei, bog in die Hauptstraße ein und verschwand in der Dunkelheit.

Augenblicke später gingen die Scheinwerfer des Campingwagens an. Auch er verließ den Parkplatz – viel langsamer und irgendwie unheimlich –, während Isaac ihn mit dem Feldstecher verfolgte, und verschwand schließlich, während Nicholes Schritte gleichzeitig durch das kalte, stille Laboratorium hallten.

Hastig legte Isaac den Feldstecher weg, trat aus seinem Büro und stieß beinahe mit Nichole zusammen.

»Haben Sie das da gesucht, Professor?« Sie reichte ihm einen großen dicken Briefumschlag, und Isaac starrte seinen in Blockbuchstaben darauf geschriebenen Namen an. Er wußte genau, daß sich der Umschlag nicht in Nicholes Hand befunden hatte, als sie den Parkplatz verließ.

»Ich – ah – ja, ich glaube, das ist es. Wo haben Sie es gefunden?«

»Ich sagte Ihnen schon, daß Sie in letzter Zeit zuviel arbeiten.« Nichole zuckte mit den Schultern, und ihr Gesicht verzog sich zu einem, wie Isaac plötzlich unlogischerweise fand, ausgesprochen sinnlichen Lächeln. »Es lag die ganze Zeit hier auf dem Tisch.« Sie zeigte auf den Labortisch nebenan. »Unter diesem alten Skalpell.«

Isaac starrte auf den unbekannten Gegenstand, bis er endlich begriff, daß das altmodische chirurgische Instrument mehrere Jahrzehnte alt sein mußte. Er hatte in seinem ganzen Leben noch nie ein so grobes Instrument gesehen oder benutzt, jedenfalls nicht in seinem modernen Universitätslaboratorium.

Isaac nahm das Messer aus Nichols Hand und bemerkte erst jetzt, daß die schmale Stahlklinge funkelnd und rasiermesserscharf geschliffen worden war.

Tief in seinem Unterbewußtsein stellte Isaac überrascht fest, daß er plötzlich von einer alles umfassenden Angst erfüllt war, von einem Gefühl, bei dem sein Verstand kurzzeitig aussetzte. Plötzlich merkte er, daß er und Nichole einander anstarrten.

»Tut mir leid«, sagte Isaac kopfschüttelnd. »Ich habe nicht – ich meine, ich habe über etwas nachgedacht.«

Der unbeschwerte Ausdruck in Nicholes Augen verwandelte

sich plötzlich in Besorgnis. Sie war daran gewöhnt, daß ihr Lehrer gelegentlich zerstreut war, konnte jedoch das Entsetzen in seinem blassen Gesicht nicht begreifen. Da sie nicht wußte, was sie sagen sollte, streckte sie impulsiv die Hand aus, nahm Isaac das schwere chirurgische Messer aus den Händen, legte es auf den Labortisch und schloß dann seine eisigen Finger in ihre weichen warmen Hände.

Endlich blinzelte Isaac und wurde sich der Situation bewußt. Er zog seine Hand sanft aus der verlockenden Wärme, öffnete vorsichtig das Couvert und nahm langsam einen durchsichtigen Plastikumschlag heraus. Er enthielt ein einzelnes ausgefranstes, mit Wasser- und Fettflecken bedecktes Blatt aus altem Pergament, das mit kompakten Blöcken von Schriftzeichen in verblaßter Tinte bedeckt war, sowie einen separaten, maschinengeschriebenen Brief, der am Ende des kurzen Textes drei Unterschriften trug; außerdem fünf mit Klebebändern verschlossene Pakete. Handgeschriebene Etiketten besagten, daß jedes Paket fünfzig Hundertdollarnoten enthielt.

Isaac blinzelte mehrmals und trug das Pergament behutsam zu einem Projektor, der es vergrößert auf eine Leinwand warf. Wortlos starrten beide das Bild minutenlang an, während sie schweigend – Isaac schneller als Nichole – die griechischen Zeichen übersetzten.

»Maria?« fragte Nichole schließlich mit leiser, neugieriger Stimme. Sie wußte schon lange, daß Isaac von den Geheimnissen, die die legendäre Beherrscherin der Alchimie umgaben, fasziniert war. Nichole Faysonnt verstand unter Isaacs Studenten vielleicht am besten die Gefühle, die seiner Suche nach Informationen über die alten Alchimisten zugrunde lagen. Aber bis zu diesem Abend war Nichole immer der Meinung gewesen, daß diese Suche mehr ein unterhaltsames Hobby als eine alles verzehrende Leidenschaft war.

Doch wie Isaac konnte sich Nichole jetzt nicht der Faszination des Historischen entziehen, die diese außergewöhnlich schöne Reproduktion einer Seite aus einem alten Laboratoriumsmanual ausstrahlte. Wer immer die Reproduktion hergestellt hatte, hatte hervorragend gearbeitet. Die Nachahmung des Papiermaterials der Alten Welt war großartig gelungen. Vor allem die Abänderung der dicken Papierfasern – die scheinbar nachgedunkelt und durch unzählige Finger und zahllose Jahre transparent geworden waren – verlieh dem Dokument den Anschein eines unbezahlbaren Originals. Eine wunderschöne Arbeit, fand sie.

»Glaube ich jedenfalls«, antwortete Isaac leise, den die Aura verzauberte, die von dem Dokument ausging. Einige Augenblicke lang war er imstande, zu vergessen, daß derjenige, der den Briefumschlag – und das entsetzliche Messer – gebracht hatte, vor wenigen Augenblicken in seinem Labor, nicht einmal vier Meter hinter seinem Rücken gewesen sein mußte, daß er ohne das geringste Geräusch gekommen und gegangen war...

Er reichte Nichole das Gutachten, während seine Augen noch immer auf die Leinwand geheftet waren.

»Mein Gott«, flüsterte sie ehrfürchtig, während sie schnell das Zertifikat überflog. »Es ist – ein Original? Wie haben Sie – Wo? – Und dieses Geld?«

Isaac blickte noch einige Sekunden wie gebannt auf die Leinwand, unfähig, sich von der faszinierenden Geschichte auf dem dikken, vergilbten Stück Papier zu lösen.

»Sehen Sie sich die Seitenzahl an«, forderte er Nichole endlich auf.

»Zwölf«, las Nichole. »Ich verstehe nicht...«

»Das bedeutet, daß sie noch mindestens elf Seiten haben. Schauen Sie auf den linken Rand. Man kann genau erkennen, wo er abgeschnitten wurde... mit etwas Scharfem.« Isaac brach ab, plötzlich überwältigt durch die Vorstellung von scharfen Werkzeugen und Männern, die sie gefühllos handhabten, um etwas Heiliges, ein tatsächlich von Maria der Jüdin geschriebenes Handbuch zu zerschneiden. Ihm war, als hätten sie ihren Körper... ihre Seele zerschnitten.

»Wer hat noch elf Seiten? Wovon sprechen Sie?« fragte Nichole.

Isaac schwieg eine Weile, ehe er sich Nichole zuwandte und nachdenklich in ihre fragenden Augen blickte. Dann ergriff er sie sanft, aber entschieden am Arm und führte sie zu einem Laborschemel.

»Nichole«, sagte er und holte tief Luft, um sich zu beruhigen. »Setzen Sie sich bitte und hören Sie mir aufmerksam zu. Ich muß Ihnen etwas erzählen. Eine sehr lange, komplizierte Geschichte...«

Hoch oben auf den Klippen von Torrey Pines, von denen aus man die dunkle, weite Fläche des Pazifischen Ozeans nördlich von San Diego überblickte, ergriff Kaaren Mueller die narbige und feste Hand und machte den ersten vorsichtigen Schritt in das gefährliche Labyrinth gewundener und tief ausgewaschener Einschnitte, die steil zu der tief unten liegenden Küste hinabführten.

Trotz der verwirrenden Farbblitze, die ihre Denkprozesse weiterhin unterbrachen, verstand Kaaren – Roy, ihr Freund, Geliebter und Beschützer hatte unmißverständlich darauf hingewiesen –, daß ein falscher Schritt am Beginn leicht dazu führen konnte, daß sie hilflos über eine der scharfen Felskanten stolperte... und von dort hundert Meter tief in den leeren, dunklen Raum stürzte.

Während Kaaren sich den Einschnitt, in dem sie bis zum Kopf verschwand, hinuntertastete, fühlte sie, wie sich tief in ihrem Körper die ersten Wellen bildeten und die friedliche Ruhe ihrer Umgebung störten. Wellen, die sich in beinahe dem gleichen Rhythmus wie die Brandung, die sie hören, aber nicht sehen konnte, hoben und senkten.

Sie unterbrach den vorsichtigen Abstieg, um langsam einzuatmen und dabei ihren Körperrhythmus dem an- und abschwellenden Gefühl der Ruhe anzupassen. Sie wußte, daß die Wellen an Stärke zunehmen würden, bis sie sich in einer Folge von orgasmischen Zukkungen auflösen und Kaarens Versuch, sich über diese neue Dimension ihrer Sinnlichkeit klarzuwerden, wieder zunichte machen würden.

Kaaren spürte, wie Roy sie fest am Handgelenk nahm und sie sanft, aber beharrlich mit sich zog. Daraufhin zwang sie sich, sich auf ihre nackten Füße zu konzentrieren, die den beklemmend schmalen, kalten Pfad zwischen den massiven Felsen hinunterstiegen. Nur nicht die faszinierenden, leuchtenden Lichtmuster beachten, die sich in ihrem eingeschränkten Gesichtsfeld auf den nassen Sandsteinplatten spiegelten.

Dann blieb Roy stehen. Vor ihnen war ein grober, rauher Steinblock mitten in dem Abstieg festgekeilt; ein Felsen, der im Volksmund den schönen Namen »Der Dicke in Not« trug. Roy zog sich hinauf und half ihr dann zu sich empor. Während Kaaren kletterte, fühlte sie, wie sich die Pausen zwischen den beruhigenden Vibrationen merklich verkürzten.

»Geh jetzt vor«, befahl Roy barsch und machte ihr Platz, damit sie an ihm vorbeischlüpfen konnte. Dabei verspürte Kaaren ganz intensiv die Farbgefühle, die von jedem Quadratzoll ihres Oberkörpers ausstrahlten, als sie Roys warmen, gestählten Körper streifte.

Kaaren trat vor und bemerkte, daß die reflektierenden Farben nun mehr Raum zum Tanzen hatten, daß sie und Roy – und jemand anderer – sich nun auf einem flachen glatten Felsvorsprung befanden, der sich in unmittelbarer Nähe des Ozeans erstrecken mußte. Sie hörte das Geräusch der tosenden Wellen, schmeckte die salzige Luft, fühlte den Wind, die Kälte...

Kaaren fröstelte und bewegte sich vorsichtig zum Rand der Felsen, die in den Ozean abfielen. Sie empfand die Kälte der schäumenden, sich brechenden Brandung an ihren nackten Füßen, während sie in farbenerfüllter Faszination dem gedämpften Tosen des Salzwassers lauschte. Geräusche, die den stärker durch ihre Arterien pulsierenden Blutstrom nachahmten und dann steigerten – und zu der ersten krampfartigen Befreiung führten. Kaaren erschauerte vor Lust und Frösteln zugleich und wandte sich vor Verlangen nach der tröstlichen Körperwärme von Roys muskulösen Armen um. Ein paar Meter entfernt sah sie Roy in der Dunkelheit... und dann den anderen. Den seltsam Zurückhaltenden mit dem dunklen Gesicht, dem es gleichgültig war, daß sie auch ihn liebte.

Während Kaaren Mueller erstarrt, verwirrt und unglücklich auf dem kalten, glatten Felsen stand, konzentrierten sich die sich ausdehnenden, prismatischen Bänder aus vielfarbigem Licht auf den regenbogenähnlichen Mann mit dem furchteinflößenden dunklen Gesicht, bevor sie sich in der scharfen Schneide des glänzenden nassen Stahls in seiner Hand spiegelten.

7

Um 23 Uhr 10 lag Tom Fogarty in einem Hotelzimmer in San Diego noch halb wach im Bett und las in einem Stoß von Ermittlungsberichten, die von den sechs Mitgliedern seiner Spezialeinheit stammten, als die Rezeption Ben Kodas Anruf durchstellte.

Innerhalb der nächsten dreißig Minuten kam es überall in den Vereinigten Staaten zu einer Reihe scheinbar unzusammenhängender Geschehnisse.

Im Fairfax County, Virginia, verabschiedete sich der schlaftrunkene Direktor des Bundesrauschgiftderzernats von seiner Frau und fuhr dann um 2 Uhr 30 morgens zu seinem Büro in Washington, D. C., wo er über eine abhörsichere Leitung einen dringenden Anruf des leitenden Sonderagenten Thomas Fogarty entgegennehmen sollte.

In einem stillen, abgeschiedenen Raum im J.-Edgar-Hoover-Gebäude in Washington, D. C., setzte sich ein ranghoher Datenspezialist an ein Terminal und gab in das Computernetz des NCIC, des Nationalen Informationszentrums für Verbrechen, die »Dringende Meldung« ein, daß der Schwarze Lafayette Beaumont Raynee, alias »Rainbow«, im Zusammenhang mit dem Tod von Freddy Sanjanowitsch, einem bekannten Rauschgiftschmuggler, gesucht werde... Raynee lebe im Gebiet von San Diego... und habe vielleicht Kontakte zu einem gewissen James Pilgrim... einem gewissen Eugene Bylighter, alias ›Squeek‹... sowie einer Frau namens Kaaren Mueller. Alle diese Personen seien wahrscheinlich bewaffnet und gefährlich.

In Needles, Kalifornien, einer kleinen Wüstenstadt ungefähr achtzig Kilometer nördlich des Lagerplatzes bei Big Bend, saß Herby Dawson – ein altgedienter Spitzenpilot, der seine Militärpension aufstockte, indem er Leuten wie Thomas Fogarty für dringende Einsätze mitten in der Nacht zur Verfügung stand – in einem schnellen Kampfhubschrauber und ging hastig, aber genau den Startcheck durch, während ein zweiter Mann eine Menge Waffen und Munition hinter dem hinteren Passagiersitz verstaute.

Jeder dieser Vorgänge war von Fogarty veranlaßt worden, der – nachdem er eine weitere der mehreren hundert Telefonnummern in seinem Notizbuch für »Ermittlungsquellen« gewählt hatte – sofort wieder Koda anrief und ihm Weisungen für die restlichen Teammitglieder erteilte.

Weisungen, die kurz und bündig waren:

Außer der dringenden Meldung über das Computersystem des NCIC würden bezüglich des Todes von Freddy Sanjanowitsch und des Verschwindens von Kaaren Mueller keine – wiederhole keine – Kontakte mit den Vollzugsorganen in San Diego aufgenommen werden. Unter keinen Umständen seien Sanjanowitsch oder Mueller gegenüber Polizeibehörden als Bundesagenten zu bezeichnen, ganz gleich, wie die Lage sei.

Freddys und Kaarens Wohnungen sollten durch Bart Harrington und Sandy Mudd aus sicherer Entfernung observiert werden. Harrington und Mudd würden sich um drei Uhr morgens – in ungefähr dreieinhalb Stunden also – bei einer Tankstelle unmittelbar vor dem Nordtor des Luftwaffenstützpunktes March einfinden, um Einzelheiten der Observierung mit Fogarty zu besprechen.

Lage und Aufenthaltsort der Sonderagentin Kaaren Mueller sollten ermittelt werden. Höchste Dringlichkeitsstufe. Ben Koda und Charley Shannon, die bis auf weiteres in dem für die Ermittlungen vorgegebenen Rahmen operierten, wurden von der Leine gelassen.

Findet Mueller. Berichtet sofort.

Los.

Um 23 Uhr 35 pazifischer Ortszeit donnerten zwei Mietwagen – ein brandneuer Toyota und ein gebrauchter Lieferwagen – aus einer Sandstraße des Campingplatzes von Big Bend heraus und fuhren zu dem kleinen Verkehrsknotenpunkt Earp in Kalifornien; sowohl Koda wie Harrington beschleunigten die Fahrzeuge weit über die vorgeschriebene Höchstgeschwindigkeit hinaus.

Sie waren ungefähr fünfzehn Kilometer von Big Bend entfernt, und beide Fahrer waren wild entschlossen, den kleinen Flughafen bei Earp so schnell wie möglich zu erreichen, als die aufgestaute Belastung der letzten beiden Stunden Sandy Mudd endlich den Rest gab. Sie wandte sich verzweifelt, mit aschgrauem Gesicht an ihren Partner.

»Bart, bitte, bleib stehen. Sofort!«

Währenddessen war Ben Koda mit den Gedanken ganz woanders – bei einem Spielplatz aus seiner Jugendzeit mit gefährlich steilen Klippen und tiefen, gewundenen Schluchten... Es war daher sein Unterbewußtsein, mit dem er plötzlich registrierte, daß die Scheinwerfer im Rückspiegel mit einemmal abbogen, und das ihn den Lieferwagen bremsen ließ. Erst als das Fahrzeug schon beinahe stand, erfaßte er die Situation wieder wirklich bewußt und fragte sich endlich: »Warum?«

Sandy Mudd hatte die Beifahrertür aufgerissen und war aus dem Wagen gesprungen, bevor Bart Harrington den mißhandelten Toyota mit kreischenden Reifen zum Stehen bringen konnte. Sie stürzte in die Wüstennacht hinaus, stolperte über ein paar Meter knöcheltiefen Sand, bis sie endlich zitternd und weinend auf die Knie sank und krampfhaft würgend zu erbrechen begann.

»Verdammt... verdammt... o Gott...« Sie schüttelte schwach den Kopf und war nicht fähig, die unwillkürliche Reaktion unter Kontrolle zu bekommen, die plötzlich und unerwartet die geistigen Mauern niedergerissen hatte, die sie in der letzten Stunde aufgerichtet hatte. Dann wurde ihr Kopf von zwei großen, schwieligen Händen sanft hochgehoben und gestützt.

»Ruhig, Mädchen. Nimm es nicht so schwer. Du hast keinen Grund, dich zu schämen.« Charley Shannons rauhe Stimme klang merkwürdig ruhig und tröstend, während er ihr das Erbrochene und die Tränen vom Gesicht wischte und sich zerstreut die Hand am Hosenbein abrieb.

»Ich – ich habe ihn umgebracht«, schluchzte Sandy erstickt. »Sanjo ist tot, weil ich nicht... nicht gedacht habe... nicht...« Ihre Stimme brach, und sie schluchzte wieder bebend und unbeherrscht.

»Du hast niemanden umgebracht«, widersprach Shannon leise und hielt das zitternde Mädchen fest. »Du bist nur in etwas hineingeraten, das du nicht kontrollieren konntest. Du hättest nichts unternehmen können, um es zu verhindern.«

»Aber Ben – ist nicht dieser Ansicht«, flüsterte Sandy leise und versuchte noch immer, die Beherrschung über ihren keuchenden Atem und ihre bebende Stimme wiederzugewinnen.

»Im Augenblick denkt er nicht... er reagiert nur.« Charley Shannon schüttelte den Kopf. »Es wird eine Weile dauern, bis er sich wieder normal benimmt. Wahrscheinlich erst, wenn wir genau wissen, was Kaaren und Sanjo zugestoßen ist. Aber jetzt wartet in Earp jemand auf uns. Glaubst du, daß du bis zum Flugplatz durchhalten kannst?«

Sandy nickte verzagt, während sie blinzelte, um ihre Augen trokken zu bekommen, und zog sich an Shannons Arm auf die Füße. Sie blickte an sich hinunter und rümpfte entsetzt die Nase über ihre nasse, stinkende Bluse, doch dann zuckte sie mit den Schultern und ging zum Wagen zurück. Sie war dankbar dafür, daß weder Charley noch Bart ihr die Hand boten, um sie zu stützen, während sie nebeneinander durch den tiefen Sand, der bei jedem Schritt nachgab, zur Straße zurückstolperten. Erst als sie den Toyota wieder erreicht hatten, vermochte Sandy wieder ein Wort herauszubringen.

»Charley?« flüsterte sie.

Shannon ging bereits auf den Lieferwagen zu, in dem Ben Koda ungeduldig wartete. Als er ihre heisere Stimme hörte, blieb er stehen und wandte sich um.

»Sie werden versuchen, uns hineinzuziehen, nicht wahr?«

»Wieso?« Charley hatte die Hände in seine Jeanstaschen gesteckt und den Kopf belustigt und neugierig zur Seite geneigt.

»Kaaren. Wenn sie sie nicht zu – einem anderen – Zweck benutzen wollten, dann hätten sie sie vermutlich mit Sanjo in die Luft gejagt, nicht wahr?«

Shannon warf Bart Harrington einen kurzen Blick zu, bevor er wieder Sandy Mudd ansah. Dann nickte er langsam.

»Ja, das ist vermutlich richtig; außer sie wollen sie vielleicht, wie du schon erwähnt hast, als Köder verwenden. Vielleicht sind sie wirklich so dumm, daß sie es versuchen. Man darf die Hoffnung nie aufgeben.«

Koda war im Begriff, das Mikrophon wieder in seine Halterung im Armaturenbrett zu schieben, als Shannon in den Lieferwagen kletterte, die Tür zuschlug und seinen Partner fragend ansah.

»Der Hubschrauber wird in fünf Minuten auf der Rampe aufsetzen«, erklärte Koda. Dann ließ er den Motor an und fuhr zur Straße zurück. »Fogarty hat eindeutig seine Beziehungen eingesetzt. Er hat uns einen Sikorsky Black Hawk besorgt. Der Pilot ist ein ehemaliger Militärflieger und freier Mitarbeiter namens Herby Dawson.«

»Von dem hab' ich schon gehört«, nickte Shannon. »Soll ein wirklich verrückter Hund sein. Ist in Vietnam für Oberst Schroeder geflogen, bevor er ›Geisterflieger‹ wurde – oder was immer er jetzt treibt.«

»Klingt so, als wäre er genau der Mann, den wir brauchen«, sagte Koda, die Augen auf die Straße gerichtet, während der Tachometer auf hundertzwanzig kletterte. »Ist sie okay?« fragte er nach einigen Augenblicken des Schweigens.

»Es war eine Art Nervenzusammenbruch«, meinte Shannon. »Sie bildet sich ein, daß sie an Sanjos Tod schuld sei. Sie mußte sich erbrechen.« Shannon schüttelte bedauernd den Kopf, während er seine massige Gestalt in der engen Kabine des Lieferwagens in eine bequemere Stellung brachte, und warf dann seinem für sein Gefühl noch immer schweigsamen Partner einen Blick zu. »Ach ja, fast hätte ich es vergessen. Sie hält dich für einen echten Scheißkerl.«

Koda schnaubte, und einen kurzen Augenblick lang flog ein belustigtes Lächeln über sein Gesicht.

»Wahrscheinlich wird alles klargehen«, fügte Shannon nachdenklich hinzu, während er über die Lichtkegel der Scheinwerfer hinweg in die schwarze Wüste hinausblickte. »Sie wird vielleicht, wenn alles vorbei ist, mit mir zu den Keys fahren, meint sie. Ein bißchen Fischen und dergleichen, denn du würdest sie offenbar nicht mehr lieben.«

»Das Mädchen ist eine ausgezeichnete Menschenkennerin«, brummte Koda.

»Ja, das finde ich auch.« Shannon nickte, sah seinen alten Freund an und erkannte an seiner Haltung, daß dieser langsam wieder vernünftig wurde. »Sie könnte sogar eines Tages eine halbwegs brauchbare Agentin werden. Ist von selbst draufgekommen, was die anderen vorhaben.«

»Wirklich?« Koda zog die Brauen hoch. »Na ja, vielleicht wird sie aus dieser Scheiße doch noch heil herauskommen.« Dann wandte er seine volle Aufmerksamkeit wieder der Straße zu, als der Wegweiser zum Flugplatz im Scheinwerferlicht des Lieferwagens auftauchte.

Vor dem Hauptgebäude und dem Hangar des kleinen Flugplatzes stand bereits die Black Hawk, als die beiden Fahrzeuge neben der Wellblechhalle hielten.

Da sie keine Minute mehr verlieren durften, sprangen die vier Agenten aus ihren Wagen und liefen auf der Suche nach Herby Dawson in den Hangar. Sie fanden einen schlanken, etwa fünfzigjährigen, weißhaarigen Mann mit Bürstenschnitt und einem drei Tage alten Bart, der eine verbeulte metallene Thermosflasche mit reichlich Kaffee füllte.

»Dawson?« fragte Koda und streckte die Hand aus.

»Herby«, nickte der grauhaarige Pilot und erwiderte den festen Händedruck. »Sie sind vermutlich Ben, dann müssen die drei Charley, Bart und Sandy sein. Stimmt's?« fragte er, während er ihr zustimmendes Nicken zur Kenntnis nahm. »Okay, in Ordnung. Ich würde mich gern mit euch allen ein wenig unterhalten, aber Fogarty hat mir verraten, daß ihr ein kleines Problem mit der Zeit habt, also warum klettern wir dann nicht gleich in die Kiste? Zeit genug zum Plaudern, während ich rauszufinden versuche, wie ich die Kaffeemühle fliegen muß.«

Er machte kehrt, ging zum Hubschrauber-Landeplatz und pfiff vergnügt, während er und der mit Ausrüstungsgegenständen beladene Shannon mit langen Schritten unter den grellen Flutlichtlampen über die Rollbahn gingen.

Koda sah schnell auf die Uhr, dann wandte er sich an Harrington und Mudd.

»Ihr habt knapp drei Stunden Zeit, um eure Verabredung mit Fogarty einzuhalten. Ihr solltet lieber losfahren.«

»Wir werden im Hotel Circle Ramada absteigen. Benutz das als Kontaktadresse«, sagte Harrington.

»In Ordnung«, nickte Koda. Dann drehte er sich zu Sandy um,

die sich, nachdem der leutselige Herby Dawson verschwunden war, wieder in ihr Schneckenhaus zurückgezogen hatte. Ausdruckslos und unkonzentriert betrachtete sie den Betonboden.

»Bist du wieder in Ordnung?«

Sie schrak zusammen, nickte dann und sah Koda schließlich entschlossen und beherrscht an.

»Wenn du in dem Toyota erbrichst, mußt du ihn selbst saubermachen«, neckte Koda sie freundlich und wartete darauf, daß sich ihr Gesichtsausdruck änderte.

»Das nächste Mal werde ich eben nur in meine Handtasche kotzen.«

»Okay, du hast mich überzeugt«, nickte Koda, mußte aber wider Willen und trotz der ungeduldigen Wut, die ihn immer noch erfüllte, grinsen. Seine Augen blickten jedoch noch immer kalt und ernst. »Ihr beide gebt aufeinander acht, und geht nicht zu nahe ran«, betonte er ausdrücklich. »Verstanden?«

»Wenn Bart glaubt, daß er in den nächsten Stunden ohne mich irgendwohin gehen kann, ist er schwer im Irrtum«, versicherte Sandy ernsthaft.

»Rücken an Rücken und unauffällig«, bestätigte Harrington nüchtern. »Wir werden aufeinander achtgeben. Wenn jemand etwas über Freddy herausfindet, kann er ja eine Münze für Sandys Anrufbeantworter springen lassen.«

»Einverstanden«, sagte Koda. »Wir rufen an, wenn wir etwas haben.« Er machte kehrt und folgte Dawson und Shannon zu dem Hubschrauber, als Harrington ihm nachrief.

»Hey, Benji.«

»Ja?« Koda wandte sich halb um.

»Du und Charley, ihr gebt auch auf euch acht, okay?« Harrington wirkte dabei ziemlich verlegen, aber er versuchte gar nicht, den besorgten Ausdruck auf seinem faltigen, sonnenverbrannten Gesicht zu verbergen. »Es ist lange her, seit ihr beiden solche Spielchen getrieben habt.«

»Wird gemacht, Glucke«, nickte Koda und lief zu dem Hubschrauberplatz, während Dawson bereits den Rotor auf Touren brachte.

Koda hatte sich im vorderen Passagiersitz angeschnallt und griff nach den Kopfhörern, während Dawson die Sikorsky ein paar Meter senkrecht steigen ließ und dann geschickt über die Landebahn hinausschwebte. Er überprüfte sicherheitshalber die Kontrollfunktionen, blickte zuerst Koda und dann Shannon an, die beide die Daumen hochhielten, und stieg dann rasch in die Höhe.

Sobald sie sich hundertfünfzig Meter über dem Wüstenboden befanden und horizontal flogen, schaltete Dawson mit einem Fußpedal das Bordkommunikationssystem ein.

»Ihr beide habt euch angeblich vor ein paar Jahren bei der Luftwaffe als Fallschirmjäger herumgetrieben«, bemerkte Dawson in sein Kehlkopfmikrophon, während er die Black Hawk genau auf Kurs brachte.

»Dinh-Tuong-Provinz am Delta«, bestätigte Koda, während er zerstreut beobachtete, wie Dawson auf dem mit Instrumenten übersäten Armaturenbrett die Funkfrequenz regulierte. »Ist mit einer Menge unangenehmer Erinnerungen verbunden. Hat dich Fogarty übrigens über unser Problem informiert?«

»Er sagte, ich solle euch zu ein paar Felsen in Torrey Pines bringen, mich ein wenig umsehen, euch vielleicht absetzen und dann schleunigst abhauen. Hat etwas von einem eurer Leute, der vermißt wird, gesagt. Falls mir jemand Fragen stellt, hat mich eine Firma gechartert, die Luftverschmutzungsuntersuchungen durchführt und für die ich in der Nachtluft Proben sammle.«

»Es könnte ein bißchen komplizierter werden«, sagte Koda, starrte in die Dunkelheit hinaus und versuchte, sich die Felsengegend von Torrey Pines vorzustellen. Er hatte in seiner Jugend dort oft gespielt und hatte dafür regelmäßig Ärger mit seinem Vater bekommen. Die hohen, brüchigen Klippen seien ein verdammt gefährlicher Ort, hatte dieser gemeint, und zwei dumme dreizehnjährige Jungen besäßen entschieden zu wenig gesunden Menschenverstand, um sich dort herumzutreiben. Außerdem hatte sie sein Vater einmal knapp vor Einbruch der Dunkelheit, als gerade noch reichlich genügend Licht war, von dem Felsvorsprung abseilen müssen. Die Kindheitserinnerung war heute noch beschämend. Es würde interessant sein, sich mitten in der Nacht dort herumzutreiben.

»Das habe ich mir schon gedacht«, sagte Dawson. »Sonst hättet ihr euch wahrscheinlich einfach an eine lokale Behörde gewandt: an die Polizei, den Sheriff, den Zoll oder den Grenzschutz. Angeblich läßt sogar das Rauschgiftdezernat zwei Hubschrauber an der Grenze patrouillieren.« Dawson zuckte wieder mit den Schultern.

»Hört sich an, als wäre es dort ziemlich überlaufen.« Koda nickte nichtssagend.

»Wäre möglich. Wir werden uns natürlich nicht gerade anmelden, was? Dabei fällt mir ein, ihr Jungs solltet vielleicht Daunenjakken anziehen. In ein paar Minuten wird es hier oben ein bißchen kalt werden. Der günstigste Kurs führt uns über ein paar stattliche Gebirgszüge. Etwas über zweitausend Meter.«

Koda begann die Jacke überzuziehen, die Shannon ihm zuwarf. »Ich hoffe sehr, daß Fogarty dich für deine Mühe entschädigt.«

»O ja, ich und der alte Tom, wir sind uns bei diesen Geschäften einig«, meinte Dawson zufrieden, während der Hubschrauber in der kalten Nachtluft höherstieg. »Ich muß ihm wirklich nicht viel dafür bezahlen.«

Eine Stunde und vierzehn Minuten später überflog die Sikorsky Black Hawk die beleuchtete Brückeneinfahrt zu der Carlsbad Lagune unterhalb der Küstenstadt Oceanside und flog etwa einen Kilometer nach Westen auf den Pazifik hinaus. Dann bog Dawson nach Süden ab, wobei er unter Mißachtung aller Flugvorschriften die Lichter des Hubschraubers abschaltete.

Fünf Minuten später schwebten Dawson, Shannon und Koda, in fast vollkommene Dunkelheit gehüllt, weniger als hundert Meter vor der Küste über der schwarzen Ozeandünung und blickten auf die hohe, bröcklige Felswand im staatlichen Reservat Torrey Pines hinunter.

»Der Pfad führt rechts hinunter und beginnt unterhalb des gespaltenen Felsblocks links von der Wegmarke. Siehst du, wo er etwa sechs Meter tiefer verschwindet?« sagte Koda in sein Kehlkopfmikrophon und versuchte gleichzeitig konzentriert, das Gebiet optisch abzusuchen, während Dawson ein einziges Mal rasch und gefährlich tief an der Steilwand entlangglitt.

»Ich habe ihn«, bestätigte Dawson.

Sobald sie abgesprungen waren, mußten sie auf eine ganze Menge achtgeben, rief sich Koda ins Gedächtnis, während er seinen Sicherheitsgurt kontrollierte und seine Schutzbrille zurechtrückte. An erster Stelle stand Kaaren. Dann Bylighter und vielleicht sogar Rainbow, wenn sie Glück hatten. Andere um den Köder aufgestellte Fallen. Fahrzeuge. Vielleicht sogar die Polizei.

Der einzige wirkliche Vorteil, den die Männer in dem schwebenden Hubschrauber besaßen, war die fast vollkommene Finsternis – inzwischen war die Mondsichel durch dunkle Wolken verdeckt –, die vorübergehend alles außer dem surrenden Geräusch der Rotorblätter verbarg. Die Dunkelheit und die drei Nachtsichtbrillen, die Dawson, Koda und Shannon jetzt trugen. Nicht zu vergessen der Infrarot-Scheinwerfer an der Unterseite der Sikorsky, der einen für andere unsichtbaren grünlichen Lichtkegel mit einem Basisdurchmesser von sechs Metern unterhalb des Hubschraubers werfen würde. Beleuchtung für die infrarotempfindlichen Brillen.

»Bist du hinten soweit, Charley?« fragte Dawson in sein Mikrophon, während seine geübten Hände die ratternde und vibrierende Kriegsmaschine unbeweglich wartend über dem Wasser hielten.

Charley Shannon hatte die Seitentür der Black Hawk zurückgeschoben und saß im Tarnkampfanzug am Rand des Türrahmens. Seine obere Gesichtshälfte war durch die Nachtsichtbrille verdeckt, seine großen, in Kampfstiefeln steckenden Füße baumelten im Freien, an einer Schlinge in seinem Patronengurt war eine Sicherheitsreißleine befestigt, und er hatte eine geladene Schrotflinte Kaliber zwölf schußbereit über seine Oberschenkel gelegt.

»Alles klar«, knurrte Shannon in sein Mikrophon.

»Ben?«

Ben Koda trug die gleiche Tarnkleidung, nur statt der Stiefel Tennisschuhe mit gleitsicheren Sohlen und statt des schweren Kampfgurtes und der Schrotflinte eine 45er Automatik im Halfter unter seinem linken Arm und ein Messer mit nicht reflektierender Scheide an der Hüfte. Vor seinen Füßen lag ein Erste-Hilfe-Päckchen.

»Los«, sagte Koda. Seine Augen waren schon auf den ersten Suchpunkt gerichtet.

»Festhalten, Jungs«, knurrte Dawson, während er die Sikorsky zu den Felsen lenkte und wenig später in halsbrecherischem Tempo mörderisch nahe an den Klippen entlangfegte.

»Oben zwei Wagen, einer nahe an der Straße«, erklang Kodas Stimme kalt und beunruhigt über Funk.

»Zwei Mann, vielleicht drei. In den Felsen.« In Shannons Stimme lag die Vorfreude eines Raubtiers beim Anblick seiner Beute.

»Scheiße.« Dawson... seine Hände rissen reflexartig die Black Hawk vor einem plötzlich auftauchenden Vorsprung weg, bevor sein Bewußtsein überhaupt die Möglichkeit gehabt hatte, das Problem zu erfassen und zu überdenken.

»Ein Körper! Flutniveau!« schrie Koda in sein Mikrophon. »Herby, flieg zurück, großer Bogen, tief über dem Wasser an der Vorderfront... tief!«

»Verstanden.« Dawson schwenkte die Rotorblätter und drehte den vibrierenden Hubschrauber in einer gleichmäßigen Pirouettendrehung herum, so daß er nun, etwa zwanzig Meter vom Ufer entfernt und kaum zwei Meter über dem schwarzen, wogenden Salzwasser, an den Klippen entlangschwebte.

Koda hatte seinen Sicherheitsgurt bereits ausgeklinkt und stemmte sich neben Shannon gegen die hintere Türöffnung. Er hielt sich am Sicherheitsgriff an der Tür fest, hob das Mikrophon an den Mund, drehte sich um und blickte auf Dawsons Rücken.

»Herby, ich steige jetzt auf Charleys Seite aus. Sobald ich draußen bin, setzt du ihn auf dem Parkplatz ab, so schnell du kannst, und verschwindest dann sofort. Charley, hast du verstanden?«

Koda wartete, bis sowohl Dawson als auch Shannon die Daumen hochgestreckt hatten. Dann warf er das Sprechgerät beiseite, nahm die Nachtsichtbrille ab, griff nach dem Erste-Hilfe-Päckchen und kauerte sich in die Türöffnung.

Zwei Sekunden später schrie Shannon »Jetzt!« in sein Mikrophon, schlug Koda ans Bein, hielt sich dann selbst fest, während Dawson das hintere Rotorblatt des Hubschraubers zurück und zur Seite schwenkte, und beobachtete aufmerksam, wie sich sein Partner geduckt aus der Türöffnung warf und dann mit mächtigem Aufklatschen in das dunkle Wasser fiel.

Durch den Schock des Aufschlags und die Kälte benommen, blieb Koda einen Moment unter Wasser. Dann kämpfte er sich an die Oberfläche des schwarzen, wirbelnden Wassers, während er das Erste-Hilfe-Päckchen krampfhaft festhielt. Als er auftauchte, holte er rasch tief Luft. Doch bevor er noch das brennende Wasser aus Augen und Mund wischen und zu Atem kommen konnte, spürte er bereits, wie er von der Dünung schnell zum Strand getragen wurde. Unmittelbar darauf wurde das Grollen der sich brechenden Wellen lauter, und Koda merkte, daß das Wasser gegen etwas vor ihm brandete... Felsen?

Koda kämpfte gegen die gewaltige Kraft der anschwellenden Woge, die ihn trug, an, drehte sich so, daß seine Beine zur Küste zeigten, machte sich bereit... und dann hielt er sich das Erste-Hilfe-Päckchen vors Gesicht – eine instinktiv schützende Bewegung –, während seine Füße über die glitschige und unregelmäßige, mit Seetang und Muscheln bedeckte Oberfläche einer riesigen Felsmasse scharrten und dann abrutschten.

Das schwere, wasserdurchtränkte Erste-Hilfe-Päckchen fing den Großteil der Wucht des Aufpralls ab, mit der ihn die Woge erst gegen und dann über die Klippen schleuderte, aber Koda verlor das Päckchen aus den Händen, und er mußte sich daher nun das Gesicht mit den aufgeschürften Armen schützen, während ihn die Brandung an den nächsten und weitere Felsen schleuderte und seine Hände und Füße vergeblich um einen festen Halt kämpften.

Dann brach sich die Welle.

Ehe Koda reagieren konnte, schlug er auf eine Sandbank auf, die sich zwischen zwei Felsen gebildet hatte. Mehrere Sekunden lang überschlug er sich in der wirbelnden tiefen Brandung, die durch die endlose Reihe herankommender Wellen verursacht wurde. Dann berührte ein Fuß wieder kurz den Boden, und er begriff, daß das tobende, dem Strand zustrebende Wasser nur noch halstief war.

Kodas schwelende Wut hatte in ihm eiserne Entschlossenheit geweckt. Mit blutenden Händen versuchte er sich an einen der Felsen zu klammern, an denen er vorbeitrieb – kämpfte er um einen Griff, während er versuchte, seinen zerschundenen Kopf zu schützen –, bis die Gummisohlen seiner Schuhe endlich Halt fanden.

Sekunden später schleppte er sich mit letzter Kraft aus den Brechern und rettete sich über glitschige Steine auf einen Felsblock.

Es dauerte fast eine Minute, bis Ben imstande war, die etwa zwanzig Meter zu der Stelle zu kriechen, an der fast unsichtbar und regungslos die dunkle, nackte Gestalt von Kaaren Mueller lag.

Sie mußte einen entsetzlichen Tod erlitten haben. Ihre Handgelenke sowie beide Achillessehnen waren zerschnitten. Kaaren Mueller, die weder hatte stehen, gehen noch klettern können, hatte offensichtlich versucht, auf Knien und Ellbogen den Pfad wieder hinaufzukriechen. Sie hatte vor einem unüberwindlichen Hindernis gestanden und langsam auf dem kahlen, kalten Felsenriff ihr Leben ausgehaucht.

Die Worte, die Ben flüsterte, mochten vielleicht ursprünglich menschlich gewesen sein, aber die unter den Worten lauernde bösartige Gewalttätigkeit war etwas ganz anderes.

Er kniete noch neben Kaaren, ohne die nahezu lähmende Kälte und die quälenden Schmerzen zu spüren, die den letzten geringen Rest von Kraft in seinen mißhandelten Muskeln schnell erschöpften, als er das knarrende Geräusch eines Stiefels hörte, das durch das rhythmische Donnern der Brandung zu ihm drang.

Koda hob den Kopf. Aufmerksam lauschend versuchte er festzustellen, woher das Geräusch kam, und dabei wartete er gleichzeitig auf das nächste.

Da.

Diesmal war es ein klapperndes Geräusch, als stießen kleine Steine aneinander. Die Brandung der tosenden Wellen machte es schwierig, den Ort genau auszumachen. Bestimmt irgendwo oben. War es rechts?

Noch ein leises kratzendes Geräusch, nun leichter von den Meeresgeräuschen zu unterscheiden, weil Koda jetzt darauf vorbereitet war. Diesmal deutlich rechts. Vielleicht acht oder zehn Meter weiter oben?

Kodas rechte Hand umklammerte den Grifff der 45er Automatik, die überraschenderweise den Absprung ins Wasser überstanden hatte. Er begann die schwere Pistole aus dem sandigen, salzwasserdurchtränkten Halfter zu ziehen, obwohl er wußte, daß die Waffe wahrscheinlich nach dem ersten Schuß Ladehemmung haben würde. Dann erinnerte er sich an die tiefen, grausamen Schnitte an Kaaren Muellers Hand- und Fußgelenken, die unter seinen tastenden Fingern noch klebrig feucht gewesen waren...

Etwas in Ben Kodas Psyche – eine Art Selbstschutz, der schon vor langer Zeit begriffen hatte, daß zivilisiertes Verhalten eine Notwendigkeit war – schwand. Das animalische Wesen in ihm, das sofort diesen Platz einnahm, war nicht an modernen, schnell tötenden Feuerwaffen interessiert. Es verlangte etwas Primitiveres. Etwas Gefühlsmäßiges. Etwas wie gefletschte Zähne...

...oder eine Hand mit scharfen Krallen.

Koda steckte die Pistole wieder in das Schulterhalfter, griff zur Hüfte, öffnete einen Schappverschluß und zog ein Messer mit gekerbtem Griff hervor, dessen geschwärzte Klinge er flach mit der tödlichen Schneide nach innen vor sich hielt.

Dann vergaß er Kälte und Schmerz, kletterte über einen Felsblock und landete weich in halbgeduckter Stellung auf der anderen Seite. Tief unten hielt er das Messer vor sich, so daß er jederzeit aufwärts zustoßen konnte.

Kodas Mund stand halb offen, seine Zähne waren gefletscht, so daß er lautlos atmen konnte, als er sich langsam den einzigen schmalen Pfad, der nach oben führte, hinaufbewegte, während er auf weitere Geräusche wartete. Irgendein Geräusch. Irgendein Hinweis auf eine Bewegung.

Schritt um Schritt glitt Koda unhörbar über den steilen steinigen Pfad, während er mit der freien Hand zur Orientierung vorsichtig über die hohen engen Wände fuhr.

Klick-klick-klick.

Das plötzliche unerwartet laute und scharfe Geräusch tat Kodas überreizten Ohren weh. Er wich instinktiv zurück, drückte den ungeschützten Rücken fest an die Felswand, preßte den Arm mit dem Messer eng an den Bauch und spannte seine Muskeln an; doch dann riß der zivilisierte Teil seines Ichs die Kontrolle wieder an sich.

Klick-klick-klick.

Wieder. Oberhalb. Links. Lauter. Viel näher als die scharrenden Geräusche. Elektronik?

Dann wußte er es, und die nächtliche Dunkelheit – einst ein Verbündeter – wurde plötzlich dunkler und bedrohlicher.

Funkgeräusche.

Die Erkennungssignale, die die Nachtteams in den Dschungeln des Deltas in Vietnam verwendet hatten, wenn es zu gefährlich war, über Funk zu sprechen. Nur den Mikrophonhalter betätigen. Ein Klick: halt. Zwei Klicks: vorwärts. Drei Klicks: Zurückgehen. Wiederholen zur Bestätigung.

Scheiße.

Charley war oben auf dem Parkplatz abgesetzt worden. Kein Schuß war gefallen...

Ein schnelles, schlurfendes Geräusch – hoch oben, links, es dauerte nicht einmal vier Sekunden – drang an Kodas Ohren.

Kein Schrei.

Keine Schüsse.

Drei Klicks, wiederholt.

Eine weitere rasche Bewegung – diesmal seitlich, an der Vorderseite der Klippen – trieb Koda weiter.

Seine Finger leiteten ihn.

Tasten, weiter. Tasten, weiter. Anhalten, lauschen. Wiederholen. Weiter bewegen.

Wer immer sie waren, Bullen waren sie nicht.

Tasten, weiter. Tasten, weiter. Halt, lauschen.

Konnten keine Bullen sein.

Tasten, weiter.

Charley hätte sich jetzt schon die Seele aus dem Hals geschrien und laut auf seine Bürgerrechte gepocht...

Halt, lauschen.

Schlurfende Geräusche, schneller werdend... weiter entfernt. Scheißkerle!

Tasten, weiter, weiter.

...und einen Rechtsanwalt verlangt. Ausgeschlossen, daß sie Charley erwischt hätten, ohne daß er dabei einen Höllenkrach geschlagen hätte. Und Bullen wäre es auch egal, ob sie Lärm machen. Die hätten bestimmt Scheinwerfer, Hubschrauber und Sprechgeräte eingesetzt.

Konnten keine Bullen sein.

Tasten, weiter, weiter.

Koda grunzte unwillkürlich vor Anstrengung und unterdrücktem Schmerz, während er seine brennenden Muskeln zwang, den steilen Pfad hinaufzuklettern, und seine Ohren gespannt versuchten, außer den gedämpften Geräuschen des Ozeans und den lauteren seiner keuchenden Lunge noch etwas zu hören. Ein kleiner Teil seines Verstandes – sein Bewußtsein – konzentrierte sich darauf, das Messer festzuhalten, bereit für den Fall, daß die verborgene Gestalt, die vor ihm hinaufstieg, plötzlich zurückkam. Oder falls...

Kodas tastende Hand streifte die obere Kante der Schlucht und sagte ihm, daß er das Plateau erreicht hatte. Gleichzeitig forderten ihn lang vergessene Instinkte auf, innezuhalten und zu lauschen. Er ging zu schnell. Atmete zu laut...

Der Scheißkerl hatte ihr Hand- und Fußgelenke durchschnitten. Sie unten in der Dunkelheit verbluten lassen. Jetzt versuchte er abzuhauen. Versuchte wegzukommen, bevor...

Das leise Scharren eines Stiefels auf Sandstein erreichte Kodas Ohren in dem Augenblick, als eine Hand sich auf seinen Mund preßte, eine zweite Hand sich fest um das Gelenk seiner Messerhand schloß und ihn ein heftiger Stoß mit dem Gesicht voraus in eine nahe flache Mulde warf.

Koda wand sich bereits unter dem erdrückenden Gewicht, als seine Brust auf die festgepreßte Erde prallte. Er versuchte sich unter der erstickenden Last hochzustemmen, die Messerhand freizubekommen, kümmerte sich nicht um seine laut protestierende Lunge, die keine Luft mehr bekam, als eine vertraute Stimme scharf in sein Ohr knurrte.

»Unten bleiben.«

Gehorsam blieb Ben gute sechs oder sieben Sekunden lang mit dem Gesicht nach unten liegen und pumpte endlich Sauerstoff in seine noch immer empörte Lunge. Als er dann imstande war, wieder gleichmäßig zu atmen, kroch er langsam vorwärts und legte sich neben die dunkle Gestalt.

»Schau dir das an«, flüsterte Charley und reichte ihm die Nachtsichtbrille.

»Mein Gott«, flüsterte Koda und sah zu, wie die drei dunklen Gestalten im Zickzack über die Felskuppe liefen und sich systematisch zu den beiden Wagen auf dem Parkplatz zurückarbeiteten. Alle drei bewegten sich nach militärischer Vorschrift: zwei gaben Deckung, während einer zu einem kurzen Zickzacklauf aufsprang und dann wieder in Stellung ging, um dem nächsten Deckung zu geben.

Koda hatte sein Messer wieder in die Scheide gesteckt und griff nach der 45er im Halfter, als Shannon ihn zurückhielt.

»Vergiß es. Die Burschen haben Uzis. Außerdem einen Haufen Munition. Die können wir niemals aufhalten. Dazu bräuchten wir mindestens zwei 223er und einen Granatwerfer. Ich hätte einen von ihnen mit der Schrotflinte erledigen können. Vielleicht zwei, wenn ich wirklich Glück gehabt hätte. Danach wärst du wahrscheinlich hier draußen verdammt einsam gewesen. Diese Idee gefiel mir nicht, denn ich weiß, wie scheißwütend du wirst, wenn du ganz allein im Dunkeln bist. Vermutlich wärst du auf die Idee gekommen, daß du es mit ihnen allen allein aufnehmen kannst.« Shannon klopfte Koda herzlich auf die Schulter.

»Ja, kann sein«, krächzte Koda müde und beobachtete erschöpft und enttäuscht Jimmy Pilgrims Leute in einen der wartenden Wagen springen; dann rasten beide Fahrzeuge davon, ohne die Scheinwerfer einzuschalten. »Hast du Kaaren gesehen?«

»Ich habe sie mit Herbys Feldstecher entdeckt, als wir landeten. Konnte nicht viel sehen. Sah aus, als hätte man sie zerschnitten«, brummte Shannon scheinbar unbeteiligt.

»Die Sehnen – Handgelenke und Knöchel. Wahrscheinlich hat sie noch versucht wegzukriechen. Konnte aber nicht über den Felsen, der den Pfadeingang blockiert, kommen.«

»Ja?« Charley schwieg ein paar Sekunden. »Vielleicht«, brummte er schließlich, stand auf und half Koda auf die Füße, »ist es doch gut, daß wir nicht versucht haben, es mit den dreien aufzunehmen.«

»Warum?«

»Ich habe mir jeden einzelnen gut angesehen«, sagte Shannon und hob seine Schrotflinte auf. »Stiefel, enge Jeans, dunkle Pullover, blaue Mützen, Munitionstaschen, Uzis und kurzläufige Revolver. Keine Jacken. Nirgends habe ich Messer gesehen.«

»Das hat gar nichts zu besagen«, murmelte Koda. »Sie können ein Klappmesser, Rasiermesser oder dergleichen verwendet haben.«

»Ja, ich weiß«, knurrte Shannon, griff in eine der großen Hosentaschen in seinem Kampfanzug und zog ein kleines Taschen-Funkgerät heraus. »Es gibt da die verschiedensten Möglichkeiten. Aber ich muß immer daran denken, was Fogarty von diesem verdammten Scheißkerl Rainbow erzählt hat. Ich würde verdammt ungern meine Chancen vergeuden, indem ich die falschen Leute zerlege. Sanjo und Kaaren haben etwas Besseres verdient.«

»Verdammt wahr«, nickte Koda, der vor Erschöpfung mit den Augen blinzelte. »Willst du uns mit dem Ding ein Taxi rufen?«

»Prima Sache«, nickte Shannon. »Der alte Herby sagte, er würde erst wegfliegen, wenn ich ihm über Funk zum Abschied winke. Er hat sich einen Dreck um das gekümmert, was du und Fogarty gesagt haben.« Shannon zeigte mit dem Funkgerät auf den Rand der Klippen. »Wahrscheinlich treibt er sich jetzt noch dort draußen herum.«

»Hast du zufällig die Kennzeichen der Wagen notiert?«

»Klar.«

»Dann los, ruf ihn her.« In Kodas Stimme war die Erschöpfung deutlich zu hören. Er hockte sich auf den Asphalt des Parkplatzes. »Im Augenblick bin ich nicht gerade scharf darauf, weiterzumarschieren. Außerdem haben wir noch ein paar Dinge zu erledigen, bevor es hell wird – bevor irgendwer unten spazierengeht und Kaaren findet.«

8

Der wohlgeformte, hellbraune Frauenkörper, der Raynees Ideal sinnlicher Vollkommenheit so genau entsprach, gab sich am frühen Morgen knapp vor Sonnenaufgang Lafayette Beaumont Raynees zielstrebigen erotischen Phantasien hin und erwärmte sich allmählich unter den kräftigen Liebkosungen seiner zielsicheren Hände.

Geduld war der Schlüssel zum Erfolg.

Und wie jeder Künstler, der am äußersten Rand seiner Sinne arbeitet, besaß Lafayette Beaumont Raynee beinahe unendliche Geduld. So opferte er bereitwillig mehrere Minuten, um die weichen Rundungen des Unterschenkels zu liebkosen, der verführerisch auf dem weißen Seidenlaken lag; seine Finger forschten mit gleichbleibender Sanftheit nach dem Anzeichen einer Unvollkommenheit.

Erst als Raynee schließlich befriedigt war – wobei er sein Urteil auf seinen Tastsinn allein stützte –, erlaubte er seinen Fingern, über die etwas vorstehende Kniescheibe hinaufzugleiten und schließlich die seidige Fläche des Schenkels zu berühren…

Das schrille, mißtönende Klingeln des Telefons am Bettrand durchbrach brutal den sinnlichen Nebel, in dem Raynees Bewußtsein gefangen war, doch seine Konzentration war so groß, daß er fünfmal das Schrillen der Glocke ertrug, bevor er widerwillig nach dem Telefonhörer griff.

»Ja?« Raynees Stimme klang gefährlich ruhig. Er blieb beherrscht, denn er wußte, wer ihn anrief. Nur Jimmy Pilgrim – der einzige Mann, dem es je gelungen war, ihn einzuschüchtern – kannte die Rufnummer dieses Anschlusses.

»Ich höre, daß unsere Demonstration zufriedenstellend verlaufen ist«, stellte Pilgrim ohne weitere Einleitung fest. »Hast du eine Reaktion erhalten?«

»Nein, gar nichts. Vor allem nicht vom General. Vielleicht versteht der Mann mehr von Taktik, als wir annehmen.«

»Nichts in seiner Vergangenheit weist auf militärisches Talent hin«, antwortete Pilgrim kalt und unbeteiligt. »Er war ein mäßig qualifizierter, in Papiere vergrabener Bürokrat. Nicht mehr.«

»Dann sollten wir Locotta schärfer im Auge behalten«, bemerkte Raynee. »Es ist noch etwas zu früh, um unsere Hauptbrücke hinter uns zu verbrennen.«

»Einverstanden. Aber konzentrieren wir uns auf unseren Hauptverdächtigen. Sondieren wir ihn. Wir müssen seine Interessen genau kennen, bevor wir handeln. Müssen absolut sicher sein«, betonte Pilgrim noch einmal nachdrücklich. »Trotzdem haben wir nicht mehr viel Zeit.«

»Du sagst es.«

»Das erste Analogon«, fuhr Pilgrim fort. »Das Thiopen. Hast du weitere Auswertungen vorgenommen?«

»Nach der Reaktion der kleinen rothaarigen Kaaren würde ich annehmen, daß unser Professor sein Handwerk wirklich versteht«, antwortete Raynee. »Noch nie hab' ich jemanden so schnell und stark auf Schnee reagieren sehen. Besonders ohne Nadel. Die Kleine brauchte keine dreißig Sekunden, nachdem sie ein klein wenig von dem Zeug geschluckt hatte, und sie hing schon über der Klomuschel und kotzte, als hätte sie ein paar echte Kakteen geschluckt.«

»Peyote?«

»Genau das«, nickte Rainbow. »Hatte den Verdacht, daß unser Professor vielleicht versucht, seine Partner übers Ohr zu hauen, indem er ein bißchen Meskalin in sein Pulver mischt. Du weißt, was ich meine. Nur ist diese Dame nicht lang genug für richtiges Pillenzeug weggetreten gewesen. Ist glatt aufgewacht und hat das verdammte Arschloch von Bylighter beinahe fertiggemacht, bevor wir sie wieder schlafen gelegt haben.«

»Wie lange?« fragte Pilgrim. »So genau wie möglich!«

»Vielleicht eine Stunde«, sagte Raynee, der mühe- und reibungslos von einem Thema zum nächsten schaltete. »Höchstens anderthalb.«

»Vielleicht nur eine Frage der Dosierung?«

»Werde ich sofort nachprüfen«, versprach Raynee bereitwillig. »Bylighter hat ihr vielleicht eine schwächere Dosis gegeben und etwas von dem Stoff für sich behalten.«

»Prüf das sofort nach«, befahl Pilgrim. »Wenn er mit dem Thiopen Spielchen getrieben hat, dann könnten die Resultate bei dem anderen Analogon gleichfalls irreführend sein.«

»Wie war das?« platzte Raynee heraus, der über diese plötzliche, unverständliche neue Information wirklich erschrocken war.

»Ich sagte, du sollst beide Analoga nachprüfen...« begann Pilgrim mit gefährlich leiser Stimme zu wiederholen, als Raynee ihn unterbrach.

»Welche zwei Analoga? Soviel ich weiß, ist das Pulver, das Squeek dem Mädchen verabreicht hat, das einzige Zeug, das uns der Mann geschickt hat.«

»Isaac behauptet, daß er uns zusammen mit dem Thiopen noch ein zweites Muster geschickt hat. Etwas anderes. Er hat es angeblich mit A-17 bezeichnet«, knurrte Pilgrim. »Er will die Testergebnisse von beiden Mustern so bald wie möglich, damit er mit der Versuchsreihe weitermachen kann. Willst du mir einreden –«

»Ich weiß nicht, was ich dir einrede, Mann«, flüsterte Raynee, dessen Stimme plötzlich so eisig und tonlos wurde wie die Pilgrims, »außer daß ich niemals etwas von zwei Analoga von diesem Jungen gehört habe. Aber du kannst mir glauben, ich werde in kürzester Zeit alles über diese Geschichte herausfinden.«

»Tu das. Ich will noch heute abend eine Antwort«, krächzte Pilgrim und knallte den Hörer auf die Gabel.

Raynee setzte sich für einige Augenblicke schweigend und gedankenverloren auf sein Bett, und sein Gesicht spiegelte langsam seine anschwellende kalte Wut wider. Dann schrie er durch die offenstehende Tür seines weiträumigen Schlafzimmers.

»Roy? Bewege deinen beschissenen Hintern hier herauf!«

Leichtfüßig lief jemand in Tennisschuhen die Treppe herauf, und Roy Schultzheimer erschien im Türrahmen.

»Squeek«, flüsterte Raynee mit wütend blitzenden Augen. »Ich will mit diesem kleinen Mistkerl reden. Sofort.«

Eugene Bylighter hatte gar keine Zeit, sich von seinem alten Klappbett zu erheben und zu öffnen, als am frühen Morgen an seine Tür getrommelt wurde. Sekunden später gab nämlich bereits das primitive Schloß mit lautem Krach unter dem Aufprall von Roy Schultzheimers Fuß nach.

»Waaas –?«

Bylighters undeutliche Frage wurde mitten im Atemzug abgewürgt und ging sogleich in einen kurzen Schrei über, als sich Lafayette Beaumont Raynees Hand fest um seine Kehle schloß und ihn dann hochriß. Der Schrei war deshalb nur kurz, weil Bylighter in dem Augenblick bewußtlos wurde, als seine blaurot angeschwollenen, entsetzlich wunden Hoden dabei aneinander und auf die rauhe Matratze gedrückt wurden.

»Die Wohnung muß in ihre Bestandteile zerlegt werden«, befahl

Raynee und ließ den schlaffen Körper Bylighters auf die Matratze zurückfallen. »Ich übernehme das Schlafzimmer. Du beginnst in der Küche. Ich brauche dieses Pulver.«

Schon wenig später entdeckte Raynees Leibwächter die beiden Phiolen, als er in der Küche einen leeren Eiscremebehälter in dem verrosteten Kühlschrank öffnete.

»Ich habe sie«, rief Schultzheimer. Er lief ins Schlafzimmer und hielt die Phiolen triumphierend hoch.

Raynee untersuchte sie und stellte fest, daß die mit Thiopen beschriftete leer und in der mit dem Etikett »A-17« versehenen weniger als die Hälfte des weißgelblichen Pulvers vorhanden war. Dann zeigte er auf den bewußtlosen Bylighter und sagte nur ein Wort.

»Wasser.«

Eine Schüssel mit kaltem Wasser riß Bylighter wieder in die Wirklichkeit zurück – die aus Rainbows angsteinflößenden schwarzen Augen bestand, die auf ihn herunterstarrten, und aus dem Gefühl, daß eine Hand sein schmutziges Haar festhielt und seinen Kopf daran hochzog. »Hast du das dem Mädchen gegeben?« Raynee spuckte Bylighter die Worte ins Gesicht, während er die leere Phiole mit der Aufschrift »Thiopen« einige Zentimeter vor die glasigen, halboffenen Augen des Jungen hielt.

Bylighter versuchte zu nicken. »Ja«, flüsterte er schwach.

»Du hast ihr das da gegeben? Es in ihre Cola gemischt, wie ich es dir gesagt habe?« fragte Raynee und drückte die Phiole zwischen Bylighters glasige Augen.

Bylighter unternahm einen weiteren schwachen Versuch zu nikken und flüsterte ein Ja, während er versuchte, sich auf etwas zu konzentrieren, was er Rainbow mitteilen wollte, ihm unbedingt mitteilen wollte...

»Und was ist mit dem anderen Muster? Du hast mir nichts von dem anderen Muster erzählt – dem A-siebzehn-Zeug – nicht wahr, du kleiner, mieser Typ!«

...weil er Rainbow alles gestehen wollte. Ich muß Rainbow diesmal alles gestehen, sagte sich Bylighter und versuchte sich zu konzentrieren, während er sich gleichzeitig fragte, was ihn im Unterleib so schmerzte, weil...

»Verdammt noch mal, hör mir zu, du kleiner Scheißer! Ich will wissen, hast du dieses A-siebzehn an jemandem getestet?« fragte Raynee mit gefletschten Zähnen, während er Bylighters Kopf auf die Matratze hinunterfallen ließ. Dann sah er in hilfloser Wut zu, wie Bylighter die Augen verdrehte und ohnmächtig wurde, ohne zu ahnen, daß Squeek – sein ängstlich ergebener Laufbursche – versucht hatte, ihm etwas zu erzählen, was schrecklich, schrecklich wichtig war.

Um zehn Uhr fünfzehn an diesem Sonntagmorgen erhielt Paul Reinhart, Kriminalbeamter der Polizei von San Diego, den Anruf, den er schon befürchtet hatte, seit er sich vorgenommen hatte, im Badezimmer ein neues Waschbecken und in der Küche eine neue Spüle zu installieren, während seine Frau mit ihren Schwestern ausgegangen war.

Reinhart hatte gehofft, daß er heute keine unvorhergesehene Tatortbesichtigung würde vornehmen müssen. Also hatte er sich kurz nach neun Uhr im Geist den Daumen gedrückt, den Hauptwasserhahn abgedreht und begonnen, die Wasserrohre in der Küche zu zerlegen.

Er hob gerade das alte Waschbecken herab, als das Telefon läutete.

Der Anrufer erklärte, daß die Surfer sie wahrscheinlich viel früher gefunden hätten, wenn die Wellen nicht an diesem Morgen wirklich überaus niedrig gewesen wären. So aber seien die Surfer lieber in ihren Wagen geblieben, bis es wärmer geworden war. Später hätten die Jungen ihre Bretter erst auf die Klippen hinauftragen müssen, bevor sie die Polizeistation anriefen. Ja, so bald wie möglich. Tut mir leid.

Reinhart leistete sich den Luxus, die Augen zu schließen, den Kopf zu schütteln und zu seufzen. Dann befestigte er eilig Schilder mit der Aufschrift »WASSER NICHT AUFDREHEN« an jedem Wasserhahn und jeder Toilette im Haus, verschloß die Türen und rannte zu seinem Kombi. In diesem Augenblick war er darüber froh, daß seine Frau an derlei Überraschungen gewöhnt war.

Jake Locotta saß zusammen mit seinem Buchhalter Al Rosenthal in seinem Klubsessel auf der geräumigen Terrasse seines Landhauses in Palm Springs und sah hinüber zu dem Mädchen, das in einem hauchdünnen, enganliegenden Badeanzug verführerisch auf einem Sprungbrett über dem Swimmingpool stand und dann absprang, mit athletischer Perfektion mitten in der Luft eine Schraube drehte und fast ohne Spritzer in das glitzernde blaue Wasser eintauchte.

Locotta hob anerkennend seinen Wodka mit Eis, als der blonde Kopf des Mädchens auftauchte und dieses ihm neckisch zulächelte, bevor es geschmeidig zum Rand des Beckens schwamm. Während beide Männer schweigend und genießerisch zusahen, schwang sich das Mädchen aus dem Becken und ging dann langsam an ihren Klubsesseln vorbei. Das triefend nasse Schwimmtrikot wirkte fast vollkommen durchsichtig und zeigte deutlich die formvollendeten Kurven des Mädchens. Die Gestalt wirkte zugleich graziös, ästhetisch und unbestreitbar erotisch. Wie beabsichtigt.

»Wie gefällt sie dir, Rosey?« kicherte Locotta, der vorsichtig an seinem kalten Wodka nippte, während seine durchdringenden Augen den fließenden Bewegungen des gespannten Stoffes folgten, bis das Mädchen um den Holzzaun bei den Duschen verschwand.

»Wie bei einer Tausend-Dollar-Peepshow«, witzelte der ältere Buchhalter. »Nur gut, daß ich vergessen habe, was ich mit so was tun sollte«, fuhr er mit seiner heiseren Stimme fort und begann sich mit seinem Brunch zu befassen. »Schon beim Hinschauen braucht man beinahe eine Sauerstoffdusche.«

»Ich werde dir von Joe ein Bett mit einem Sauerstoffzelt darüber aufstellen lassen«, versprach Locotta gutgelaunt. »Du bekommst ein eigenes Kontrollpult und alles Drum und Dran, damit du die Sauerstoffzufuhr selbst regeln kannst.«

»Mir würde jetzt ein wenig friedliche Ruhe genügen«, stellte Rosenthal trocken fest.

»Ach ja, worin besteht also das Problem?« fragte Locotta merklich ernster. Er hörte ungern von Schwierigkeiten in seinem Machtbereich.

»Jimmy Pilgrim. Mir kommt aus dem Gebiet von San Diego allerlei zu Ohren, was mir nicht gefällt.«

»Erzähle«, brummte Locotta.

»Gestern nacht ist ein Mann in einer Wohnung in Chula Vista in die Luft gejagt worden. Die Wohnung hat einer Frau gehört. Groß, hübsch, rothaarig.«

»Ja, und?«

»Ein Mädchen, auf das diese Beschreibung paßt, wurde heute früh auf den Felsen unterhalb von Torrey Pines gefunden. Hand- und Fußgelenke durchgeschnitten. Es heißt, daß die Bombe mit unserem Rauschgifthandel zusammenhängt.«

»Haben die Bullen sie mit uns in Verbindung gebracht?«

»Wahrscheinlich noch nicht. Es ist noch ein wenig zu früh für die Polizei, Puzzleteile zusammenzusetzen, die nicht in ihren Zuständigkeitsbereich fallen. Soweit unsere Leute erfahren konnten, gibt es noch keine Verbindung zwischen dem Mädchen und der Wohnung. Sie wird bislang als unbekannte Tote geführt. Natürlich haben wir nicht vor, ihnen dabei unter die Arme zu greifen.«

»Scheiße«, knurrte Locotta und kniff die Augen zusammen, während er alle Möglichkeiten überdachte. »Sie sind nicht so dumm.«

»Ich kann dir nicht garantieren, daß Pilgrim oder Rainbow in die Sache verwickelt sind«, erinnerte Rosenthal seinen Boß.

»Wie sehen die Schnitte aus?« fragte Locotta, ohne sich um die Mahnung seines Finanzberaters zu kümmern.

»Dünn und tief. Vermutlich Rasiermesser«, gab Rosenthal zu. »Dennoch…«

»So etwas können wir nicht brauchen, Rosey«, murmelte Locotta unnötigerweise, während sein langjähriger Ratgeber verständnisvoll nickte.

Al Rosenthal wußte genau, wie sehr ihr Rauschgiftgeschäft von der öffentlichen Gleichgültigkeit oder sogar Billigung abhing. Bürger, die in ihr kompliziertes Netz von sozialen und wirtschaftlichen Problemen verstrickt waren, neigten dazu, den Rauschgifthandel nicht zu beachten. Die sinnlosen Gewalttaten eines Mannes wie Lafayette Beaumont Raynee – des verrückten Rainbow – waren dagegen etwas ganz anderes. Es würde einen allgemeinen Entrüstungssturm, Briefe an Zeitungsherausgeber und moralischen Druck auf die sonst lässig agierenden Politiker und Bürokraten geben, etwas zu unternehmen, und zwar rasch. Das konnten sie nicht brauchen.

Jake Locotta trommelte langsam und drohend auf die Tischplatte.

»Untersuche diese Angelegenheit persönlich, Rosey. Verschaffe mir vollständige Informationen.«

»Ich bin schon dabei, Jake.«

»Ja, das dachte ich mir.« Locotta nickte beifällig, ehe er fortfuhr: »Du nimmst mit Pilgrim Verbindung auf. Mach ihm klar, daß ich besorgt bin. Sehr besorgt.«

»Das wird er bereits wissen.«

»Ja, aber sorge dafür, daß er es kapiert. Es ist sehr wichtig, daß der verrückte Hund das begreift«, knurrte Locotta, der überaus verärgert war, weil geschäftliche Angelegenheiten ihn daran hinderten, die warme Sonne voll zu genießen. Jake Locotta hatte nicht die Absicht, sich seine Erholung durch Jimmy Pilgrim oder jemand anderen vermasseln zu lassen – es sei denn, die Geschäfte gerieten außer Kontrolle.

»Mach dir deswegen keine Sorgen, Jake«, flüsterte Rosenthal, während er sich aus dem Klubsessel erhob. »Ich werde mit Pilgrim sprechen. Reg dich nicht auf. Leg dich in die Sonne. Laß dir ein hübsches Abendessen servieren. Das soll doch ein Urlaub sein, hast du das vergessen?«

»Sprich mit Pilgrim, Rosey.« Locotta nickte zustimmend und erhob sich dann. »Und ich genieße die Sonne und vielleicht sogar ein nettes Abendessen.« Er wandte den Kopf in die Richtung des Holzzaunes am anderen Ende des Swimmingpools und lächelte gelöst. »Zuerst werde ich aber noch eine angenehme und lange Dusche einschalten.«

Theresa Sanchez, ein tragisch gealterte und ausgebrannte fünfzehnjährige Aussteigerin, die ihre früher hochgeschätzte Freiheit weiter beibehielt, indem sie für einen von Rainbows Zuhältern lethargisch Zwanzig-Dollar-Nummern abzog, wurde eigentlich zufällig zu Jimmy Pilgrims erstem Versuchskaninchen bestimmt.

Obwohl in Wirklichkeit weniger der Zufall als die Tatsache, daß sie immer verfügbar war, daran schuld war, daß Raynee an diesem Sonntagmorgen auf das ausgemergelte Straßenmädchen verfiel.

Theresa Sanchez war einmal schön, kindlich und unschuldig gewesen, aber dazwischen lag beinahe ein ganzes Leben. Jetzt, nur zehn Monate später, hing sie auf einem hohen Barhocker in einem verdunkelten Hinterzimmer in der »C«-Street-Bar. Sie sah leicht benommen, irgendwie verwirrt und vollkommen abgeschaltet aus, als sich ihre müden Augen auf das nur allzu vertraute Gesicht von Lafayette Beaumont Raynee richteten.

Rainbow.

»Hi, Bo«, flüsterte sie heiser, und ein Funke unbewußten Interesses – gemischt mit einem Schuß Vorsicht – huschte über ihr Gesicht. Wie jeder, der auf den Straßen und in den Bars von San Diego seinem Geschäft nachging, war sie klug genug, sich nicht mit Rainbow anzulegen.

Raynee übersah den kläglichen Versuch des Mädchens, ihn freundlich zu begrüßen. Er ging auf den Barhocker zu, packte ihr strähniges schwarzes Haar mit seinen kräftigen Händen und drehte ihr Gesicht zur einzigen leuchtenden Glühbirne an der Decke.

»Hast du was geschluckt, Mädchen?« knurrte er.

»Nein... überhaupt nichts, Mann.« Theresa Sanchez schüttelte schnell den Kopf, und in ihren Augen lag instinktive Entschlossenheit, um keinen Preis die Wahrheit zu gestehen. »Ehrlich, Bo, ich –«

Der Kopf des Mädchens prallte zurück, als Raynee ihm heftig ins Gesicht schlug, so daß es vom Stuhl stürzte und schwer auf dem Linoleumboden landete.

»Hiev deinen Arsch wieder auf den Stuhl, Mädchen«, befahl Raynee flüsternd.

Wortlos rappelte Theresa sich langsam auf die Füße und kletterte mühsam auf den Barhocker zurück; sie sah auf ihre verkrampften Hände hinunter, die zu zittern begonnen hatten.

»Schau mich an.« Die flüsternde Stimme war leise und heiser.

Sie blickte langsam, ängstlich und hilflos in die schwarzen, kalten Augen.

»Was hast du geschluckt, Mädchen?« Raynee sprach langsam und hielt dabei Theresas zitterndes Kinn sanft mit einer Hand fest.

»Gras«, flüsterte sie.

»Ist das alles?«

»Ja.« Sehr leise.

»Wann?«

»Heute morgen.« Die Worte waren jetzt kaum hörbar. »Vor ein paar Stunden.«

»Guter Stoff?«

Das Mädchen schüttelte wortlos den Kopf, und seine großen brennenden Augen drückten alle Hoffnungslosigkeit des Lebens aus.

»Bist du sicher, daß das alles ist? Sonst nichts?«

Das Mädchen wollte schon nicken, schüttelte aber dann den Kopf und starrte wieder auf die Hände, jetzt sowohl aus Verlegenheit als auch aus Furcht.

»Willst du etwas?«

Die leeren braunen Augen richteten sich rasch auf Raynees kaltes Gesicht. Eigentlich war sie überzeugt, daß er sich damit amüsierte, sie zu quälen, aber sie sah ihn doch an. Falls...

»Raus mit der Sprache, Mädchen«, knurrte Raynee. »Du willst etwas, damit du dich wohl fühlst, nicht wahr?«

»Ja...« flüsterte Theresa fast unhörbar, und die lange unterdrückten Tränen quollen hervor. »...bitte.«

Raynee drehte sich zu Roy Schultzheimer und dem jungen Zuhälter hinter ihm um, der wartend im Schatten neben der geschlossenen Tür stand. »Gib ihr eines von den Viertel-Päckchen.«

»Was ist –« begann der jugendliche Zuhälter, dann verstummte er und half schleunigst Schultzheimer, das ungewöhnlich saubere »Gerät« zusammenzusetzen, das der blaßäugige Leibwächter seinem Turnbeutel entnahm.

Die scharfe Injektionsnadel glitt leicht durch die narbige Hautschicht im linken Innenarm des Mädchens und in eine dünne Vene, die normalerweise mehrfach hintereinander verwendete, schmutzige »Stifte« mit stumpfen Spitzen gewöhnt war. Theresa Sanchez, Raynee und der Zuhälter sahen aus verschiedenen Gründen interessiert zu, während Schultzheimer ihr die leicht trübe Flüssigkeit einspritzte: Schultzheimer konzentrierte sich darauf, auf den Plastikkolben einen gleichbleibenden Druck auszuüben, den jugendlichen Zuhälter faszinierte der Stoß von gefalteten Papierpäckchen, die neben Schultzheimers sehnigem Arm lagen und die mit »A-17« bezeichnet waren, Theresa sah zu, wie die trübe Flüssigkeit langsam in ihrer erweiterten Vene verschwand, und Raynee starrte einfach in die Iris der stumpfen Augen des Mädchens.

Schultzheimer löste die Gummischlauch-Aderpresse. Fast dreißig Sekunden lang war der Raum von unheimlicher Stille erfüllt.

»Spürst du etwas, Mädchen?« krächzte Raynee.

»Ein wenig«, flüsterte Theresa. »Nicht viel.«

Weitere dreißig Sekunden Stille.

»Jetzt?« fragte Raynee, der immer noch ihre Augen beobachtete.

»Ja, ein bißchen«, nickte Theresa, ohne von ihrem Arm aufzuschauen. Dann blickte sie Raynee aus Augen an, die tiefe Brunnen voll Schmerz waren. »Bitte... kann ich noch mehr bekommen?«

An der Nordwestecke der Palm und Hawthorne Street in der Innenstadt von El Cajon, einem dicht bevölkerten Ort ungefähr fünfzehn Kilometer östlich von San Diego, übergab Lafayette Beaumont Raynee zehn dicke handgerollte Zigaretten, von denen jede eine deutlich mit Tinte geschriebene Zahl trug – einem mageren, achtzehnjährigen High-School-Dealer namens Alex... zusammen mit einigen sehr genauen Anweisungen.

Fünfundvierzig Minuten später drängten sich zehn abenteuerlustige High-School-Studenten, die normalerweise jeden Sonntagmorgen ein Päckchen hochgradiges Marihuana kauften, um einen Kaffeetisch in einer heruntergekommenen Wohnung, begierig, eine der neuen Mischungen von euphorisierendem Gras ausprobieren zu können. Zehn Varianten. Soeben von den Inseln eingetroffen. Ein Konsumenten-Testprogramm, absolut kostenlos, weil sie so gute, zuverlässige Kunden waren.

Daß sie zuverlässig dumm waren, wurde allerdings nicht erwähnt. Alex verteilte die Zigaretten einzeln, schrieb mit Tinte die dazugehörende Zahl auf die rechte Hand jeder Testperson, trug sorgfältig Namen und Zahlen in ein kleines Notizbuch ein und warf kleine Streichholzschachteln auf den Tisch.

Alex war ausdrücklich angewiesen worden, das Geschehen zu beobachten und sich Notizen zu machen. Man hatte ihm nicht verraten, daß alle Joints mit geraden Zahlen die gleiche Menge von mittelstarkem Marihuana enthielten. Er zeichnete einfach die Tatsache auf, daß die Testpersonen Nummer 2, 4, 6, 8 und 10 alle mäßig high waren, obwohl jeder von ihnen seinen Euphoriezustand mit sehr verschiedenen Ausdrücken beschrieb, wie etwa »klasse«... und »wüst«... oder »saumäßig«...

Alex ahnte auch nicht, daß alle Zigaretten mit ungeraden Zahlen entsprechende Mengen des gleichen Marihuanas enthielten, das mit immer stärkeren Konzentraten einer neuen Analogdroge durchtränkt worden war, die als »A-17« bezeichnet wurde. Alex notierte nur die Tatsache, daß die Versuchspersonen 1 und 3 eine sehr ähnliche Wirkung zeigten wie die Personen mit geraden Zahlen.

Während er weiterhin die Raucher beobachtete, bemerkte Alex zufällig den merkwürdig glasigen Ausdruck der Augen bei Testperson 5, einem athletischen Jungen mit Schmachtlocke. Und dann übersah Alex, weil er mit der Schreiberei beschäftigt war, das Zittern, das Nummer 7 – einen normalerweise lebhaften und stets breit grinsenden Schwarzen – veranlaßte, seinen halbgerauchten Joint auf die zerschrammte, brandfleckige Tischplatte fallen zu lassen: *»Nein! Es darf mich nicht kriegen! Nneeiinn!«*

Nummer 9 schließlich jagte allen im Raum – besonders Alex – entsetzliche Angst ein, als der Junge mit den semitischen Zügen plötzlich in die gegenüberliegende Ecke des kleinen Wohnzimmers tauchte und aus vollem Hals brüllte, während er wie verrückt mit Fäusten und Klauen versuchte, sich einen Weg durch die Gipsplattenwand zu bahnen.

In der Mädchentoilette einer Kirche in Escondido – unmittelbar nördlich von San Diego – drängten sich drei sechzehnjährige High-School-Studentinnen, die eigentlich an einem unerträglich langweiligen Treffen der Liga für Jugendaktivitäten teilnahmen, um eines der Waschbecken, während ein viertes Mädchen drei numerierte Papierpäckchen entfaltete und das darin enthaltene mattweiße Pulver in drei offene Orangensaftdosen schüttete.

Die drei stürzten rasch ihre Getränke hinunter und liefen dann in den Versammlungsraum zurück; überzeugt, daß der einstündige Vortrag dieses Mal nicht ganz so langweilig werden würde.

Er war es tatsächlich nicht.

Etwa zwanzig Minuten nach Beginn des Vortrags entschuldigte sich das Mädchen, das den Inhalt des Päckchens mit der Aufschrift »A-17-C« getrunken hatte, artig und stürzte, sobald es draußen war, zur Toilette. Ungefähr zehn Minuten später bemerkte »A-17-B« ein merkwürdiges Gefühl in Magen und Darm und beschloß, ihrer Freundin zu folgen. Aber erst als der Vortrag fast zu Ende war, begriff »A-17-A«, die unwissentlich eine viel kleinere Dosis getrunken hatte, daß die physiologische Wirkung des Stoffes eher abführender Natur als halluzinogen war.

All das führte zu beträchtlicher Wirkung und Verzweiflung in der Mädchentoilette, als die in Panik geratene »A-17-A« – viel zu spät – erkannte, daß der Raum nur zwei Kabinen besaß, die beide bereits für längere Zeit besetzt waren.

Während die Ärzte auf der Intensivstation des El Cajon Community Hospitals darum kämpften, einen Jungen mit semitischen Zügen, der längst aufgehört hatte zu schreien, wieder zu sich zu bringen, testete das »wissenschaftliche« Forschungsteam Lafayette Beaumont Raynees weiterhin die Wirkung von Dr. David Isaacs neuem Analogon in verschiedenen Dosierungen.

Im Lauf des Sonntagnachmittags meldeten die fünf Testgruppen Raynee ziemlich übereinstimmende Resultate, nämlich daß das Pulver in der Phiole mit dem Etikett »A-17« annehmbare halluzinogene Wirkungen hervorrief, wenn es in genau dosierten Mengen geraucht oder injiziert wurde; bei hohen Dosierungen jedoch war die Wirkung unberechenbar und erschreckend. Nach Ansicht aller Beteiligten war es dadurch äußerst gefährlich, das Pulver auf der Straße zu verkaufen, ob nun legal oder nicht.

All das stellte für Raynee keine Neuigkeit dar. Er war zu annähernd den gleichen Ergebnissen gelangt, nachdem er vollkommen skrupellos die effektive Giftigkeit der nur als »A-17« bezeichneten neuen Analogdroge festgestellt hatte.

Aber im Gegensatz zu den Bemühungen seiner teilweise schwer mitgenommenen Straßendealer waren Raynees Testmethoden sowohl systematisch als auch schlüssig. Er wußte genau, was Isaacs neues A-17 bewirken konnte und was nicht, und er wollte diese Ergebnisse möglichst umgehend Pilgrim und Isaac mitteilen – sobald er und Roy einem seiner entsetzten Zuhälter geholfen hatten, eine im Hinterraum einer Bar in der Innenstadt versteckte Leiche loszuwerden. Eine Leiche mit von Stricken aufgeschundenen Gelenken und acht frischen Einstichen; eine Leiche, in der einst die Seele eines schönen, fröhlichen Kindes namens Theresa gewohnt hatte.

9

Einhundertachtundfünfzig Pfund dicht komprimiertes, weißes, kristallinisches Pulver, das 86prozentiges Kokain im Wert von 8450000 Dollar ergab.

Ein verdammt großer Brocken für einen Sonntagnachmittag, von welcher Seite man es auch betrachtete, fand Bobby Lockwood, als er die Eingangstür zu dem Haus hinter sich schloß, das der General eigens neu gekauft hatte und das er nie wieder betreten würde, nachdem die Lieferung bestätigt worden war. Lockwood wußte, daß dem General diese achtzig Kilogramm am Herzen lagen, wenn auch nicht so sehr, daß er das Risiko eingegangen wäre, in ihrem Besitz erwischt zu werden. Das überließ er seinen gutbezahlten Mitarbeitern.

»Der letzte Ziegel, General«, rief Lockwoods Helfer Tim und warf das Paket geschickt zu José hinauf, der den Kiloziegel dann vorsichtig durch den offenen Türrahmen des Schlafzimmers warf. Der General fing ihn auf und legte ihn auf den letzten verbliebenen Platz in dem nunmehr symmetrischen Stapel.

»Achtzig – stimmt«, bestätigte er mit barscher Kommandostimme. Dann rief er etwas lauter ins Treppenhaus hinunter: »Kommen Sie doch bitte herauf, wenn Sie fertig sind, Mr. Lockwood.«

Bobby Lockwood, der immer noch wegen seiner kürzlichen Beförderung in eines von Jimmy Pilgrims höchstdotierten Verteilerteams in Hochstimmung war (obgleich er den gefürchteten Bandenboss nie kennengelernt oder gesehen hatte), schüttelte seine Müdigkeit ab und lief zu dem grauhaarigen Pfund-Dealer hinauf, der darauf bestand, daß seine Untergebenen ihn »General« nannten, obwohl sie den berechtigten Verdacht hegten, daß er diesen ersehnten Rang niemals tatsächlich innegehabt hatte.

Lockwood stand in angemessenem, respektvollem Schweigen neben der Tür und registrierte den Ausdruck auf dem Gesicht des Generals: Reine, unverhohlene Befriedigung.

Verständliche Befriedigung, fand Lockwood, denn wenn die Gerüchte, die ihm zu Ohren gekommen waren, stimmten, war der General vor nicht einmal elf Monaten in den Rauschgiftring eingestiegen, nachdem er sich bis dahin hauptsächlich der Selbstbedienung bei der militärischen Beschaffungsstelle, an der er achtundzwanzig Jahre lang tätig gewesen war, gewidmet hatte.

»Sieht richtig gut aus, General«, fand Lockwood.

»So ist es, mein Junge«, brummte der General zustimmend, während er sich vorbeugte, um sich eine Zigarre anzuzünden.

»Dann ist auf unserer Seite wohl alles gut gelaufen?« fragte Lockwood so beiläufig wie möglich, obwohl ihn das Bewußtsein nervös machte, daß er während seiner Probezeit genau beobachtet und beurteilt wurde.

»Könnte nicht besser sein.« Der General schüttelte lächelnd den Kopf. »Ich wollte Ihnen nur sagen, daß ich die gute Arbeit anerkenne, die Sie letzte Woche für uns geleistet haben. Verdammt gute Arbeit. Hat der Organisation alle Ehre gemacht. Wir können schließlich unmöglich mit kleinen Verbrechern wie diesem Mistkerl MacKenzie ein effizientes Netz aufbauen, nicht wahr?«

»Nein, Sir, ich glaube nicht. Ich freue mich jedenfalls, daß alles gut abgelaufen ist.« Lockwood zuckte verlegen mit den Schultern. Es ärgerte und erbitterte ihn noch immer, daß sein früherer Freund Jamie MacKenzie nach wie vor im Scripps-Krankenhaus lag und in Lebensgefahr schwebte, und das nur, weil es niemand für notwendig erachtet hatte, ihm beizeiten zu erzählen, wie streng Jimmy Pilgrim seine Leute bestrafen würde, wenn sie habgierig werden sollten. Lockwood erinnerte sich an das entsetzliche Band, das er sich hatte anhören müssen, und schauderte innerlich.

»In Ordnung.« Der General nickte wieder. »Hatten Sie und die Jungs Schwierigkeiten bei der Herfahrt?«

»Nicht daß ich wüßte.« Lockwood schüttelte den Kopf. »Eine reine Routineangelegenheit. Das Abholen von der Fabrik ging glatt. Wir haben alle Möbel abgeliefert, bevor wir herfuhren, und wir müssen noch ein Bett und vier Computerterminals liefern, bevor wir zurückfahren. Können wir noch etwas für Sie erledigen, General?« fragte er zögernd. »Wir müssen jetzt losfahren, wenn wir die letzte Lieferung planmäßig durchführen wollen.«

Der General entließ Lockwood mit einer Handbewegung und sah vom Schlafzimmerfenster aus zu, wie dieser mit seinen zwei Gehilfen den Transportkarren auf den Lastwagen lud und abfuhr.

»Wie ist es gelaufen?« fragte der General einen seiner drei schwer bewaffneten Leibwächter, die mit ihm im Schlafzimmer standen. »Hat der Junge es richtig gemacht?«

»Unserer Meinung nach hat er sauber gearbeitet, General«, antwortete der Leibwächter. »Kein Hinweis auf eine Überwachung. Der Junge hat sich eine wirklich gute Tarnung einfallen lassen, indem er sich den Job als Möbellieferant zulegte. Es müßte möglich sein, ihn mindestens ein paar Monate lang beizubehalten, solange die Ladenbesitzer nicht mißtrauisch werden.«

»Lockwood hat ein kluges Köpfchen, ist ehrlich und ein fleißiger Arbeiter«, sinnierte der General. »Jeder Geschäftsmann, der auch nur ein bißchen Grütze hat, würde sein linkes Ei dafür geben, seine Laster von so einem Jungen fahren zu lassen. Sie werden ihn so lange behalten, wie sie können.«

Der General betrachtete seine drei Leibwächter befriedigt. Er wußte, daß man solche Leute brauchte, wenn man sich in diesem Geschäft behaupten wollte: gegenüber dem Rauschgiftderzernat und seinen Spitzeln, gegenüber der Konkurrenz unabhängiger Dealer, gegenüber den eigenen Mitarbeitern, die allzuleicht der Versuchung, leicht zu Geld zu kommen, erlagen, oder schließlich gegenüber gewissen Ehrgeizlingen innerhalb der Organisation.

Dem General war sehr wohl bewußt, daß er nur einer von Jimmy Pilgrims neun Pfund-Dealern und nur einer von mindestens dreißig Pfund-Dealern Jake Locottas war. Drittrangig, von welcher Seite immer man es auch betrachtete. Wie bei seiner militärischen Karriere hatte der General sich längst mit der Tatsache abgefunden, daß die Chefetage außerhalb seiner Möglichkeiten lag. Er hatte zeit seines Lebens keine Schulterklappen mit drei oder vier Sternen getragen. Das war nun einmal das Blatt, das ihm zugeteilt worden war, und er akzeptierte es, ohne sich zu beklagen, wie ein Soldat.

Aber einer oder zwei Sterne – das war etwas ganz anderes. Soweit es den General betraf, wurde jeder Pfund-Dealer mit einem Stern bewertet. Das stand zweifelsfrei fest. Jimmy Pilgrim war daher ein Divisionskommandeur. Zwei Sterne.

Innerlich war der General davon überzeugt, daß er der erste Anwärter auf Jimmy Pilgrims Stellung war. Vielleicht sogar bald. Keine Frage, daß er besser dafür qualifiziert war, eine komplizierte Operation zu leiten, als ein billiger Zuhälter wie »Rainbow«, der keine Ahnung von dem taktischen Wert von Tarnkleidung und -verhalten hatte, ganz zu schweigen von dem Aufbau einer Kommandokette. Eine Stimme unterbrach seinen Gedankengang.

»Ich soll Ihnen noch etwas ausrichten, bevor wir gehen, General«, nahm der Leibwächter wieder einen Anlauf. Er war daran gewöhnt, daß der General regelmäßig in Tagträume versank. »Rainbow möchte Sie treffen. Wenn möglich, noch heute abend. Er schlägt eine Begegnung in einem reservierten Privatraum Ihres Klubs um neunzehn Uhr dreißig vor.«

Der General sah sich im Zimmer um und stellte befriedigt fest, daß seine drei Pulverabfüller bereits fleißig an der Arbeit waren und mit Waagen und Hitzeversieglern für die ersten Zwanzigpfund-Lieferungen herumhantierten.

»Teile ihm mit, daß es mir eine Freude sein wird, ihn zu einem Abendessen im Privatsalon der *Rusty Oar* einzuladen, Punkt neunzehn Uhr dreißig.« Der General blickte seinem Gegenüber starr in die Augen. »Ich möchte meinen guten Ruf im Klub nicht aufs Spiel setzen, indem ich mich mit einem Nigger und allem, was damit zusammenhängt, sehen lasse.«

»Soll ich auch das Rainbow sagen?« fragte der Leibwächter, während sich sein Gesicht langsam zu einem belustigten Grinsen verzog.

»Wort für Wort«, nickte der General, gleichfalls lächelnd, zwinkerte und setzte die Mütze mit einem einzigen verchromten Stern auf seine beginnende Glatze.

Es war knapp nach zwölf Uhr mittag – die heiße Sonne Südkaliforniens brannte vom Himmel –, als Paul Reinhart von der Kriminalpolizei auf den Felsen von Torrey Pines eintraf, wo die Untersuchungen bereits voll im Gang waren.

Von der Einfahrt zu dem weiträumigen Parkplatz aus machte das Ganze den Eindruck eines beinahe vollkommenen Chaos. Es dauerte immer einige Zeit, bis bei einem Mordfall die Dinge unter Kontrolle waren.

»Kann man irgendwo parken, ohne Spuren zu vernichten?« Reinhart steckte den Kopf aus seinem Wagenfenster und fragte einen der uniformierten Beamten, der die mutmaßliche äußere Umgrenzung des Tatorts mit hellgelbem Plastikband absperrte.

Der Beamte sah Reinhart an und zuckte mit den Schultern. »Sie können jetzt schon unter ungefähr zehntausend Fußabdrücken und Reifenspuren wählen.« Er zeigte auf den Parkplatz. »Auf ein paar mehr oder weniger kommt es nicht mehr an. Ich würde aber nicht allzu nahe am Rand parken«, fügte er mit einem müden Grinsen auf seinem mit Staub und Schweiß bedeckten Gesicht hinzu. »Es geht steil runter.«

»Wunderbar«, nickte Reinhart und fuhr seinen Wagen auf den Parkplatz. Dann stieg er aus und ging zu einer der Gruppen von Spurenschnüfflern hinüber.

»He, was macht unser Spitzenstar vom Labortisch hier draußen?« fragte Reinhart überrascht, als er die Kriminalbeamtin Tina Sun-Wang zwischen den beiden Spurensicherern und dem Polizeifotografen entdeckte.

Sun-Wang war eine überaus fähige Absolventin der Naturwissenschaftlichen Fakultät der Universität von San Diego, die erst vor kurzem angestellt worden war, um die Abteilung für analytische

Chemie des Kriminallabors auf den neuesten Stand zu bringen. Wegen ihrer Fachkenntnisse, auch was die Bedienung der höchst komplizierten Laborinstrumente anbetraf, ließ der Leiter des Labors nur äußerst ungern seine neue Chemikerin an Erhebungen am Tatort teilnehmen, obwohl Reinhart und die übrigen beteuerten, sie brauche weitreichende Erfahrung, um ihre Arbeit richtig zu machen. Um der Wahrheit die Ehre zu geben, alle arbeiteten gern mit der heiteren und überaus attraktiven jungen Frau zusammen.

»Mein wichtigstes Instrument ist gestern nachmittag ausgefallen.« Sun Wang zuckte mit den Schultern, und ihre dunklen Augen blinzelten in der grellen Sonne. »Ich kann die Ersatzteile frühestens am Montag bekommen. Der Boss hat daraufhin gemeint, daß ich endlich Gelegenheit erhalten sollte, mir nasse Füße zu holen.«

»Höchstwahrscheinlich werden bei dieser Untersuchung nicht nur Ihre Füße naß werden«, lächelte Reinhart grimmig, als er sich an die Beschreibung der Leiche durch den Streifenposten erinnerte. Kein schöner Beginn, dachte er, während er den Tatort noch einmal überblickte, ehe er endlich den Einsatzleiter der Mordkommission entdeckte. »Sind alle zu einer Einsatzbesprechung bereit, bevor wir hinuntergehen?«

Die beiden Spurensicherer und der Fotograf – alle mit reichlich Erfahrung in ihrer Sparte – verdrehten nur die Augen und nickten ergeben. Lediglich Tina lächelte freundlich.

»Okay«, meinte Reinhart, »fangen wir an.«

Tina Sung-Wangs Debüt auf dem Schauplatz eines Verbrechens begann an diesem Sonntagnachmittag damit, daß sie immer müder, verschwitzter und staubiger wurde, während sie sich am Klippenrand aufhielt und zwischendurch Reinhart und den Laborfotografen beobachtete, die sich gemeinsam mit zwei Beamten der Mordkommission, dem Untersuchungsbeamten des Leichenbeschauers und zwei Männern von einem nahe gelegenen Bestattungsinstitut bemühten, Kaaren Muellers böse zugerichtete Leiche vom Fuß des »Dicken in Not« wegzuschaffen.

Sie hatte keine Ahnung, wie sie gefühlsmäßig reagieren würde, als sie oben auf den Felsen stand und zusah, wie die acht Männer sich langsam um die auf der Erde liegende leblose Gestalt verteilten. Reinhart hatte ihr erklärt, sie solle achtgeben, wohin sie trete, denn es sei sehr gut möglich, daß der oder die Mörder genau dort entlanggegangen seien, wo sie jetzt stehe.

Sun-Wang wäre daraufhin am liebsten möglichst am Rand der Klippen stehengeblieben, um niemandem im Weg zu sein, hätte zugesehen, wie alle anderen arbeiteten, und gehofft, daß sie nicht bereits auf ein wichtiges Beweisstück getreten war. Aber leider war dies nicht möglich, weil es eine Menge Arbeit gab, die sehr rasch erledigt werden mußte, und dabei konnten selbst zwei unerfahrene Hände nützlich sein.

Außerdem konnte sie, auch wenn sie nicht genügend Erfahrung hatte, aufmerksam nach möglichen Beweisstücken Ausschau halten, die im Gebiet um den Tatort verstreut sein mochten. Oder auch nicht.

Das Problem bestand, wie Reinhart ihr eilig erklärt hatte, darin, daß sie erst mehrere Stunden – oder sogar mehrere Tage – nach der Untersuchung des Tatorts mit Sicherheit wissen konnten, was ein wichtiges Beweisstück war und was nicht; aber dann würde es natürlich viel zu spät sein, wieder zurückzukehren und die Beweisstücke einzusammeln, die sie entweder nicht beachtet oder einfach übersehen hatten.

Glücklicherweise hatte Reinhart die Klippen hinunterklettern müssen, bevor er weitere Anweisungen erteilen konnte. Also verbrachte Sun-Wang die ersten vier Stunden damit, daß sie auf den Klippen von Torrey Pines sehr behutsam umherging und einem der Spurensicherer half, Gruppen von anscheinend relativ frischen Schuh- und Fußabdrücken mit kleinen Holzpflöcken und Rollen von farbigem Plastikband zu kennzeichnen, während der zweite Spurensicherer fieberhaft jeden einzelnen der guterhaltenen Abdrücke mit einer Stativkamera mit Numerierungsvorrichtung fotografierte.

Um 16 Uhr 30 brachte man Kaaren Muellers Leiche in einem undurchsichtigen weißen Plastiksack mit Reißverschluß herauf und schob sie in den wartenden Leichenwagen. Sun-Wang sah bedrückt und neugierig zu, wie der Leichenwagen langsam davonfuhr.

Um 18 Uhr 45 kamen endlich alle wieder herauf; Erschöpfung und Enttäuschung zeichnete sich auf allen Gesichtern ab.

»In der Nähe der Leiche haben wir nichts gefunden«, murmelte Reinhart müde. »Wie steht es bei euch hier oben?«

»Wir haben neun gute Schuhabdrücke und ein paar riesige Stiefelabdrücke gefunden, die ziemlich frisch aussehen.« Tina zuckte mit den Schultern. »Die meisten von ihnen weisen schöne deutliche Sohlenprofile auf.«

»Habt ihr Spuren von Tennisschuhen mit starken Rissen im rechten Absatz gefunden?« fragte Reinhart.

»Ja, haben wir«, nickte einer der Techniker. »Gibt es unten brauchbare Spuren, um einen Abguß zu machen?«

»Vier möglicherweise interessante Abdrücke auf halbem Weg nach unten«, antwortete Reinhart. »Wir haben sie mit grünem Plastikband gekennzeichnet. Ihr könntet versuchen hinzukommen, bevor es dunkel wird. Macht euch keine Sorgen, wenn ihr es nicht schafft. Wir haben jede Menge Fotos.«

»Ich werde die unten zuerst ausgießen und später die restlichen hier oben«, erklärte der Spurentechniker. »Hier oben können wir notfalls Lampen aufstellen... oder morgen an ihnen weiterarbeiten«, fügte er vorsichtig hinzu. »Also, fahrt ihr Jungs jetzt zur Dienststelle?«

»Wir machen uns auf den Weg, sobald wir trockene Sachen auf dem Leib haben«, nickte Reinhart müde. »Die liebe Tina muß für ihre Mühe doch wenigstens etwas zu sehen bekommen.«

Der Privatsalon auf dem Oberdeck des *Rusty Oar* bot reichen und angesehenen Persönlichkeiten eine herrliche Umgebung. Hier konnten sie ungestört speisen, ohne daß sie Gefahr liefen, daß Reporter, konkurrierende Lobbyisten und andere Neugierige den Genuß störten. Die sechs privaten Speiseabteile waren auf dem halbkreisförmigen Deck so angeordnet, daß man von jedem Tisch ungestörten Ausblick auf den Ozean, und was noch wichtiger war, keinen Ausblick auf die Gäste an den fünf anderen Tischen hatte.

Genau der Rahmen, den Jimmy Pilgrim für die Eröffnungszüge seines neuen Spieles benötigte.

Da der General Raynees Vorliebe für billige Lokale kannte, war er früher eingetroffen – in der Erwartung, in dieser eleganten Umgebung mühelos die psychologische Überlegenheit gewinnen und behaupten zu können. Statt dessen wurde er vom Anblick des exquisit gekleideten Raynee überrascht, der ehrerbietig zum Tisch geleitet wurde.

Das vertraute Verhalten des Zuhälters Lafayette Beaumont Raynee war verschwunden. An seine Stelle war ein ruhiger, zurückhaltender Mann mit einer sorgfältig gepflegten Afrofrisur und manikürten Fingernägeln getreten, der genauso aussah und sich benahm wie ein verdammter Universitätsprofessor. Vom Scheitel bis zur Sohle gab Raynee das unwahrscheinliche Bild eines Menschen von gesellschaftlichem Rang, Geschmack und Blasiertheit ab.

Aber noch beunruhigender war für den General die Tatsache, daß er keine Ahnung hatte, ob der Leibwächter seine mutige Botschaft, die er jetzt bedauerte, wirklich weitergegeben hatte. Jedenfalls war in Raynees belustigten Augen oder in seinem freundlichen Lächeln kein Hinweis darauf zu finden, als er stumm nickte und zuließ, daß man ihm den Stuhl an dem kleinen Privattisch zurechtrückte.

Der General fühlte sich ausgesprochen unbehaglich, wandte den Blick von Raynees entwaffnendem Gesichtsausdruck ab und suchte nach einer passenden Gesprächseinleitung. Erst jetzt wurde ihm bewußt, daß einer der Kellner diskret ein drittes Gedeck auf den Tisch gelegt hatte. Der General wollte sich umdrehen, um eine Erklärung zu verlangen – und starrte plötzlich in die kalten, leidenschaftslosen Augen des Mannes, den er am meisten von allen fürchtete.

Eine bärtige Gestalt mit einer Hornbrille und gekleidet in einen Anzug mit Weste. Ein zu allem fähiger Mann namens Jimmy Pilgrim.

In den wenigen Momenten, die die aufmerksamen Kellner brauchten, um die drei Gäste mit Speisekarten und Cocktails zu versorgen, bemühte sich der General, seine verwirrten Gedanken wieder unter Kontrolle zu bringen.

»Ein ausgezeichneter Treffpunkt«, nickte Pilgrim beifällig, während er sein Glas erhob und auf den Panoramablick, auf die mit Lichtpünktchen übersäte Küste, zeigte.

»Es freut mich, daß es Ihnen gefällt.« Der General nickte unsicher.

»Sie sind doch mit der letzten Lieferung zufrieden?« erkundigte sich Pilgrim.

»Natürlich«, nickte der General wieder und versuchte zu ergründen, was es mit Rainbows unglaublicher Verwandlung und Jimmy Pilgrims gut inszeniertem Theaterauftritt auf sich haben mochte.

Die ganze Sache war wahrscheinlich wieder eines von Pilgrims intellektuellen Spielen, beruhigte sich der General, aber er mußte dennoch überaus vorsichtig und wachsam bleiben. Ihm war vollkommen klar, daß Jimmy Pilgrim und Lafayette Beaumont Raynee nichts anderes als ein paar außerordentlich bösartiger und gefährlicher Individuen waren, ganz gleich, wie sie sich nach außen hin geben mochten.

»Die Qualität scheint gleichbleibend zu sein, und die Gewichte stimmen haargenau. Was kann ich mehr verlangen?« Der General lächelte gewinnend.

»Vielleicht ein Produkt, das sich unserer Meinung nach besser verkauft?« schlug Pilgrim vor und bedeutete dem Kellner, daß er die Bestellung aufgeben wollte.

»Was?« Auf dem von Alkohol geröteten Gesicht des Generals zeichneten sich zugleich Belustigung, Verständnislosigkeit und Verwirrung ab. »Wenn es draußen auf der Straße etwas gibt, was sich besser verkauft als...« begann er und zögerte dann, weil sich der Kellner näherte.

»Sind die Herren bereit zu bestellen?«

»Ja, gewiß«, nickte Jimmy Pilgrim. Er ließ die Speisekarte geschlossen auf dem Tisch liegen. »Der pochierte Lachs war letzten Sonnabend ausgezeichnet.«

»Wir haben heute morgen eine frische Lieferung aus Anchorage erhalten«, pries der Kellner an. »Der Küchenchef versichert, daß die Qualität wieder hervorragend ist.«

Pilgrim und Raynee nickten schweigend.

»Und für Sie, Sir?« wandte sich der Kellner an den General.

»Meine Freund haben einen überaus verläßlichen Geschmack«, antwortete der General.

»Vielleicht könnten Sie dazu passenden Salat und Gemüse aussuchen«, schlug Pilgrim dem zuvorkommenden Kellner vor. »Und auch, wenn möglich, eine gute Flasche Wein. Sie sind natürlich meine Gäste, meine Herren.« Jimmy Pilgrim warf einen Blick über den Tisch und wischte mit lockerer Handbewegung den automatisch erfolgenden Protest des Generals weg, bevor er wieder dem Kellner zulächelte. »Wir haben heute etwas zu feiern.«

»Das freut mich, Sir.« Der Kellner verbeugte sich und verschwand.

»Wo waren wir stehengeblieben?« fragte Jimmy Pilgrim lächelnd. »Wie Sie wissen«, fuhr er dann fort, »befaßt sich der Vorsitzende unserer – Gesellschaft – seit einigen Monaten persönlich damit, unseren Verwaltungsapparat entscheidend zu verbessern.«

»Zum Vorteil aller Beteiligten«, stimmte der General zu, der instinktiv wieder zum subalternen Arschkriecher wurde.

»Genau«, brummte Pilgrim, den der leicht zu durchschauende Pfund-Dealer erheiterte. »Aber das war offenbar nur ein erster Schritt. Die nächste Phase der Reorganisation umfaßt anscheinend eine vollständige Neubewertung unserer Produktpalette. Eine Überprüfung, wenn Sie wollen, um sicher zu sein, daß wir die am besten verkäuflichen Artikel anbieten.«

Der General blinzelte, sah sich dann rasch um, um sich zu vergewissern, daß sie niemand hörte. »Hat Locotta denn den Verstand verloren?« flüsterte er. »Wenn es draußen etwas gibt, was sich besser verkauft als Kokain, dann trage ich Rainbow in meinem Golfclub Huckepack um alle achtzehn Löcher.«

»Eine schwere Versuchung für Bo«, lächelte Pilgrim kalt, während Raynees Augen boshaft amüsiert funkelten, »aber ich bezweifle, daß ihr euch leisten könntet, solche Aufmerksamkeit zu erregen. Denken Sie aber einmal über folgendes nach: Hätten Sie Lust, eine neue Ware anzubieten, die genauso gut verkäuflich ist wie *Lady*, zum gleichen Verkaufspreis, die aber nur halb soviel kostet?«

»Da hat jemand Halluzinationen«, erklärte der General rundweg und vergaß in seiner Verwirrung, daß es ihm normalerweise nicht einmal im Traum eingefallen wäre, so zu Jimmy Pilgrim zu sprechen.

»Die Gewinnspanne ist natürlich äußerst bemerkenswert«, fuhr Pilgrim unbeirrt fort, »aber es gibt da noch ein paar andere wichtige Überlegungen.«

»Wovon, zum Teufel, sprechen Sie?« flüsterte der General.

»Sie werden zugeben, daß es oft notwendig ist, sich beim Verkauf unserer Produkte weitgestreuten ›Umweltrisiken‹ auszusetzen. Von denen viele ernste rechtliche Folgen nach sich ziehen können?«

»Richtig.« Der General nickte langsam, abwartend.

»Warum dann nicht zu einem Warenangebot übergehen, das genauso wirkungsvoll und für unsere Kunden ebenso attraktiv ist, aber praktisch keinerlei Risiko mit der ›Umwelt‹ mit sich bringt?« fragte Pilgrim sachlich.

»Sie wollen mich auf den Arm nehmen«, antwortete der General, der kaum mehr daran dachte, seine Lautstärke zu dämpfen.

»Ach, sieh an, es interessiert Sie doch«, nickte Pilgrim. »Mich auch. Dann wollen wir einen Schritt weiter gehen. Nehmen wir einmal an, daß Sie ausgewählt wurden, das neue Produkt ein Jahr lang unter einer exklusiven, vorläufigen Konzession zu vertreiben. Im wesentlichen in einem Randgebiet des Marktes.«

»Sie sprechen von einem Produkt, das genauso aussieht...«

»Ja.«

»Mit der gleichen Wirkung...«

»Einer besseren.«

»Und es gibt keine... juristischen Probleme?« fügte der General noch immer ungläubig hinzu.

»Überhaupt keine.«

»Dann, was zum Teufel –« begann der General, dann zögerte er, als Raynee warnend die Hand hob.

Der Kellner räusperte sich und wartete auf Jimmy Pilgrims Zeichen, daß er sich dem Tisch nähern durfte.

»Ich habe einen hervorragenden Riesling zu dem Lachs ausgewählt«, meldete der Kellner, »aber ich dachte, die Herren würden vielleicht auch gern einen wirklich außerordentlichen Mondavi Chardonnay versuchen. Genau das Richtige für eine Geburtstagsfeier.« Er legte die Zweihundertdollarflasche vorsichtig und ehrfürchtig in Jimmy Pilgrims ruhige Hände.

Pilgrim hielt die staubbedeckte Flasche einen Augenblick in der Hand und las das Etikett mit sichtlichem Interesse. Dann blickte er durch seine schwarzgerahmte Brille zu dem Kellner auf – seine Augen ähnelten kalten schwarzen Steinen – und nickte.

»Ja«, bestätigte er, »das ist genau das, was ich mir heute abend für meinen Freund vorgestellt habe.«

10

In seinem Hotelzimmer in San Diego saß Tom Fogarty bei einer Flasche Bier und hörte zu, während Bart Harrington seinen Bericht abschloß.

»...Sanjos Leiche war zu stark verbrannt und verstümmelt, um ihn nach seinem Äußeren identifizieren zu können. Von den Resten seines Brieftascheninhalts war nichts verwendbar. Im Augenblick wird er auf der Liste für unbekannte Tote, Nummer siebenundzwanzig, geführt. Soviel ich weiß, haben sie noch nichts gefunden, durch das sie auf seine Wohnung stoßen könnten.«

Fogarty zog plötzlich die Brauen hoch. »Der Wagen...«

»Damit hatten wir Glück«, berichtete Harrington. »Sanjo hat ihn etwas abseits von Kaarens Wohnung geparkt. Sandy und ich entdeckten ihn erst bei unserer zweiten Runde. Sie konnte, umringt von einem Haufen von Gaffern aus der Nachbarschaft, die Zündung kurzschließen.«

»Die Kriminalbeamten werden Sanjos Schlüssel schließlich finden«, meinte Fogarty. »Wir sollten dafür sorgen, daß der Mietvertrag sauber ist – nur um auf Nummer Sicher zu gehen.«

Harrington nickte. »Wir haben gestern nacht seine Wohnung durchsucht. Seine Privatsachen mitgenommen, die Abfalleimer ausgeleert, alle Fingerabdrücke weggewischt und dann eine Nachricht für den Verwalter hinterlassen, daß er ausgezogen sei. Meiner Ansicht nach haben wir Sanjo vollkommen abgeschirmt. Das große Problem bleibt Kaaren.«

»Hat die Polizei sie schon identifiziert?«

»Glaube ich nicht.« Harrington schüttelte den Kopf. »Aber es ist nur eine Frage der Zeit, bis sie sie mit ihrer demolierten Wohnung in Verbindung bringen. Das war immer schon das Problem, wenn man ein Mädchen wie die Mueller bei einer Geheimoperation einsetzt. Die Leute können sich zu leicht ihr Gesicht merken, besonders wenn man bedenkt, wie lange sie und Sanjo in den Bars herumgezogen sind. Die Beamten des Sheriffs werden nicht lange brauchen, um die Beschreibung des Hausverwalters von Kaaren mit dem Plakat der unidentifizierten Leiche zu vergleichen, das die Polizei jeden Augenblick veröffentlichen wird. Besonders wenn sich einer der Beamten die Zeit nimmt, einmal Zeitung zu lesen, und dann über die zeitlichen Umstände nachdenkt.«

»Viel können wir da nicht tun. Wie steht es mit ihrer Familie? Freunde? Nachbarn?«

»Kein akutes Problem«, meinte Harrington und blickte von seinen Notizen auf. »Ihre Eltern unternehmen eine Europareise. Sie werden erst in drei Wochen zurückkommen. Was ihre Freunde betrifft, sie ist zwar in Sacramento aufgewachsen, war aber fast acht Jahre lang nicht mehr in Kalifornien, bis wir sie mit Sandy nach San Diego schickten. Natürlich wird die Polizei ihr Foto an andere Dienststellen schicken, wenn wir nicht...«

»Keinen Kontakt.« Fogarty schüttelte den Kopf. »Außer es läuft alles schief. Wir können es noch nicht riskieren. Wir müssen es einfach darauf ankommen lassen.«

»Es gibt noch eine Komplikation.« Harrington klappte eine der Mappen zu. »Unser Freund im J.-Edgar-Hoover-Gebäude macht sich in gewisser Hinsicht Sorgen...«

»Ach, verdammte Scheiße, die Computer-Suchmeldung«, murmelte Fogarty und schloß verzweifelt die Augen.

»Richtig«, nickte Harrington. »Kaaren hat im Mietvertrag ihren richtigen Namen angegeben. Sobald jemand im Büro des Sheriffs bei einer Kontrolle der Mietpapiere darauf stößt und ihn überprüft, wird das NCIC ihren Namen ausspucken. Sie müssen also erklären können, warum sich das Bundesrauschgiftdezernat für Lafayette Beaumont Raynee, Eugene Bylighter und eine Frau namens Kaaren

Mueller, die am Fuß von Torrey Pines tot aufgefunden wurde, interessiert.«

»Und ganz gleich, was wir sagen, sie werden Rainbow und Bylighter verhören, wodurch Pilgrim erfahren wird, daß es eigentlich um ihn geht. *Verdammt noch mal!«* Fogarty schlug mit der Faust auf die Armlehne seines Stuhls.

»Daß wir Ben und Charley hingeschickt haben, war nur ein Versuch«, meinte Harrington. »Die Einspeisung in den Fahndungscomputer war die einzige wirkliche Chance, die du ihr geben konntest. Du mußtest es tun.«

»Ich weiß, ich weiß. Aber mein Gott...« Fogarty konnte nicht zu Ende sprechen.

»Vielleicht haben wir noch eine Chance«, meinte Harrington.

Fogarty hob sofort den Kopf. »Und zwar?«

»Ben hat einen Freund, der hier im Büro des Sheriffs arbeitet und mit dem er zusammen aufgewachsen ist. Der Mann ist Beamter im Rauschgiftdezernat und heißt Martin DeLaura. Ben sagt, daß er wahrscheinlich bereit wäre, uns zu helfen. Noch besser, er versteht es, den Mund zu halten. Es wäre gar nicht so schwierig, die Untersuchung zu sabotieren, wenn wir einen Mann einschleusen. Du müßtest aber DeLaura über die Operation informieren. Ihm etwas geben, um seinen Hintern abzusichern.«

»Nur ihm?«

»Das wäre schön, aber DeLaura will bestimmt den Sheriff in die Sache einbeziehen. Es ist schließlich eine ernste Angelegenheit, bei einer Morduntersuchung ungefragt mitmischen zu wollen.«

»Weißt du, was für ein Risiko Ben und Charley eingehen, wenn etwas von dieser Operation bekannt wird? Ein einziges falsches...«

»Das wissen sie. Sie wollen es dennoch machen.«

»Und warum«, flüsterte Fogarty.

Harrison schwieg eine Weile und blickte nachdenklich auf die Aktenbündel.

»Ich glaube, du weißt, warum«, erklärte er schließlich.

»Ja, und genau das läßt mich nachts nicht schlafen. Ich kann es einfach nicht so laufen lassen.«

Harrington schwieg.

»Höre mal, Bart, ich will diese Hunde ebenso erledigen wie alle anderen von unserem Team auch«, fuhr Fogarty fort. »Wir werden sie fertigmachen, daran besteht nicht der geringste Zweifel, aber wir werden es sauber erledigen. Langsam infiltrieren – das ist die einzige Möglichkeit, wie wir Locotta kriegen können. Wir können nicht einfach hingehen und Pilgrim und Rainbow zusammenschießen.«

»Aber –«

Fogarty blickte auf und bemerkte den entschlossenen Ausdruck in Harringtons Gesicht. »Um Himmels willen, Bart, wir wissen gar nicht mit Sicherheit, daß sie es waren, die sie umgebracht haben!« Fogarty schlug wieder mit der Faust auf die Armlehne seines Stuhls und starrte den trotzigen Agenten an.

»Das stimmt«, gab Harrington zu. »Wir wissen es nicht. Vielleicht werden wir es nie erfahren. Aber die Indizien sind eindeutig. Die Telefonspielchen, eine an den Anrufbeantworter gekoppelte Zeitbombe, die Messerschnitte an Kaaren. Pilgrim und Rainbow können ebensogut ihre verdammten Unterschriften auf den Leichen hinterlassen haben.«

Plötzlich warf Fogarty den Kopf zurück und lachte.

»Mein Gott, Harrington«, stöhnte er, während sich seine müden Augen trübten, »ich wollte dich in diesem Team haben, weil ich jemanden brauchte, der eine Operation vorschriftsmäßig durchführen kann – und mir hilft, meinen Hintern abzusichern. Jetzt bist du derjenige, der den Einsatz der Artillerie fordert.«

»Ja, du hast vermutlich recht.« Harrington zuckte verlegen mit den Schultern. »Ich habe mich ein wenig hinreißen lassen. Hör zu, Tom, ich meine nicht, daß du Ben und Charley ermächtigen solltest, diese Hunde bei der ersten Gelegenheit umzulegen. Unser Ziel ist Locotta, das weiß ich, und das wissen sie. Wir werden uns zu Locotta vorarbeiten und uns dann auch Pilgrim und Rainbow vorknöpfen. Wenn sie Widerstand leisten, ihr Pech, dann kann man ihre Knochen in Säcken abtransportieren. Ich verstehe, wie die das Spiel aufziehen wollen. Nur...« Harrington schloß die Augen und schüttelte den Kopf. »Ach Scheiße, Tom, ich weiß nicht... das ist einer von den Fällen, bei denen ich keinen Sinn darin sehe, genau nach Vorschrift vorzugehen.«

»Genau das war der Grund dafür, daß Ben in Vietnam seinerzeit in Schwierigkeiten kam«, erinnerte ihn Fogarty nachdrücklich.

»Ja, das stimmt. Aber kennst du eigentlich die genaueren Umstände?«

»Nein. Die sind in seiner Akte nicht erwähnt. Ich habe angenommen, daß sie mich nichts angingen.«

»Die Vietcong überfielen damals die Stellung, in der Charley und Ben zusammen stationiert waren, und verschleppten Charley dabei. Ben hat ihn wieder rausgehauen, obwohl er den klaren Befehl hatte, die Finger davon zu lassen.«

»Kein Wunder, daß die beiden so eng befreundet sind.« Fogarty schüttelte ungläubig den Kopf.

»Das Beste hast du noch gar nicht gehört«, grinste Harrington. »Ben bekam nämlich einen irren Wutanfall, als ihm sein Oberstleutnant strikt verbot, die Verfolgung aufzunehmen. Dann setzte er einfach einem Hubschrauberpiloten eine Knarre an die Schläfe und jagte ihn hinter den zwei Viets, die Charley mit sich durch den Dschungel schleppten, her. Als sie das Guerillakommando im Dschungel ausgemacht hatten, landeten sie. Ben muß so entsetzt und aufgeputscht gewesen sein, daß er nicht einmal mehr geradeaus sehen konnte.

Charley zufolge hat Ben die Vietcong überrannt wie eine verdammte Grizzlymutter, die ihr Junges verteidigt. Er hat gebrüllt wie ein Verrückter und sein Gewehr wie eine Keule geschwungen, denn er konnte, da Charley in der Schußlinie war, nicht schießen. Er hat sein Gewehr an dem Kopf eines der beiden Viets zerschlagen und ist mit einem Messer auf den anderen losgegangen, der gerade versuchte, Charley die Kehle durchzuschneiden. Als es Charley schließlich gelang, sich wegzuwälzen, hatte Ben dem Burschen schon den Bauch aufgeschlitzt und schlug ihm das Gesicht mit einem Stein flach.

Als Ben und Charley nach fünf Tagen schließlich wieder bei ihrer Einheit zurück waren, wollte der Oberstleutnant ein Kriegsgerichtsverfahren gegen Ben einleiten lassen. Glücklicherweise sah sich jedoch jemand vom Generalstab die Lage aus der Nähe an und kam zu dem Schluß, daß Für und Wider sich die Waage hielten.«

»Eine kluge Entscheidung«, nickte Fogarty, dann sah er seinen langjährigen Freund an. »Aber das hilft uns bei unserem Problem nicht weiter, oder?«

»Vietnam liegt lange zurück, Tom.«

»Und du hältst Ben noch immer für fähig, auf saubere Art mit Rainbow und Pilgrim ins Geschäft zu kommen und sich dann zu Locotta vorzuarbeiten, ohne dabei auszuflippen und irgend jemanden umzulegen?«

»Wenn es ihm und Charley gelingt, in die Organisation reinzukommen, werden sie es schaffen. Die Situation liegt hier anders. Und, wie du gesagt hast, wissen die beiden nicht mit letzter Sicherheit, wer Freddy und Kaaren auf dem Gewissen hat.«

»Und wenn sie es herausfinden?«

Harrington zögerte ein wenig, ehe er antwortete. »Das weiß ich nicht«, gab er zu. »Ich weiß aber, daß der einzige Zugang zu Locotta über einen seiner leitenden Dealer führt. Bei Pilgrim haben wir schon etwas vorgefühlt. Wenn wir uns jetzt zurückziehen, müssen wir uns auf offizieller Ebene mit Freddy und Kaaren befassen und dann mit einem neuen Team von vorne beginnen – vorausgesetzt, daß du ein neues Team bekommst.«

»Die Antwort darauf kennst du«, brummte Fogarty.

»Wo also stehen wir jetzt?« Harrington gab zu, daß Fogartys Antwort stimmte, indem er das Thema wechselte.

»Für Donnerstag abend wurde ein kleiner Kauf vereinbart. Fünf Unzen Kokain. Der Dealer arbeitet für einen Mann, den sie den General nennen – einer von Pilgrims und Rainbows Pfund-Dealern. Es besteht die vage Möglichkeit, daß Rainbow auftaucht. Ich brauche ja nicht zu sagen, daß sich der Direktor für diese Aktion besonders interessiert. Er hat für all diese Geheimoperationen nicht viel übrig. Wahrscheinlich macht es ihn wirklich nervös.«

»Da ist er nicht der einzige«, bemerkte Harrington.

»Wir werden also übermorgen etwas herausfinden«, sagte Fogarty, nahm noch einen Schluck von seinem Bier und starrte wieder die Wand an.

»So oder so«, nickte Harrington und stand auf. »Ach ja, ich habe noch etwas vergessen.«

»So, was denn?« fragte Fogarty, dem man die Müdigkeit deutlich vom Gesicht ablesen konnte.

»Erinnerst du dich an den jungen Vietcong, von dem ich dir erzählt habe? Dem Ben den Kopf mit einem Stein zu Brei schlagen wollte?«

»Ja, was ist mit ihm?«

»Laut Charley merkte es Ben erst, als sie mit den Messern aufeinander losgingen. Es stellte sich heraus, daß der Kleine bedeutend jünger war, als er angenommen hatte, und auch irgendwie nett... Es war ein kleines Vietcongmädchen.«

Charley Shannon legte den teilweise gereinigten Schlitten zusammen mit dem Rest der zerlegten 45er Automatik wieder auf das fettige Hotelhandtuch und griff nach dem Telefon, bevor es ein zweites Mal klingelte.

»Shannon.«

»Charley, hier Sandy. Ich will mich nur vergewissern, daß ihr Jungs in Ordnung seid.«

»Ja, Sandy«, murmelte Shannon. »Es geht uns prima. Aber von zwei unserer Kumpel kann ich das nicht behaupten.«

»Ja, ich weiß. Harrington hat es erzählt«, flüsterte Sandy Mudd, dann zögerte sie. »Äh... Charley, Bart hat etwas erwähnt, daß Ben verletzt sei...«

»Nein, er ist nur ein wenig angekratzt. Gegen ein paar Felsen geprallt. Wird bald in Ordnung sein. Mach dir keine Sorgen.«

»Ich bin nicht...« begann Mudd zu protestieren, dann gab sie auf, weil Charley leise lachte. »Hör mal«, sagte sie rasch, um ihre Verlegenheit zu überspielen, »wir gehen aus, um eine Kleinigkeit zu essen. Wollt ihr zwei mitkommen?«

»Schreibt uns die Einladung für ein andermal gut«, antwortete Shannon. »Ben ist noch nicht ganz auf dem Damm. Ich lasse ihn lieber schlafen, solange er kann. Es könnte einige Zeit dauern, bis er wieder dazu Gelegenheit hat.«

»Okay, wir melden uns morgen wieder. Gebt auf euch acht.«

»Ach ja, wir werden schon aufpassen«, kicherte Charley Shannon. »Wir werden auf alles achtgeben.«

Zufrieden summend legte Shannon den Hörer auf die Gabel zurück, dann begann er wieder, sorgfältig mit dem Lappen die Salz- und Sandkruste von der Waffe seines Partners zu entfernen.

Neben dem Eingang zum großen Speisesaal von Chez Pierre, einem der teuersten französischen Restaurants in Palm Springs, trat ein ruhiger, selbstsicher wirkender älterer Mann zu dem *maître d'hôtel* und flüsterte einen Namen.

Der Empfangschef, der einen eleganten Smoking trug, reagierte sofort, respektvoll und unauffällig. Eine kaum merkliche Bewegung mit dem Finger, und die Blickrichtung seiner Augen bezeichnete den Tisch und den Auftrag an einen Kellner. Dieser nickte bestätigend, ging rasch zu dem abseits stehenden Tisch für zwei Personen, blickte einen Moment lang in die blauvioletten Augen von Jake Locottas hinreißender, blonder Begleiterin, bückte sich und flüsterte ihm leise etwas ins Ohr.

Kurz darauf entschwebte die bezaubernde Blondine mit den tiefblauen Augen graziös in Richtung Damentoilette, während Al Rosenthal auf ihren noch warmen Stuhl glitt.

»Was ist los?« erkundigte sich Locotta und forderte seinen Berater auf, von den gegrillten Garnelen und Kammuscheln zu kosten.

»Nicht viel«, murmelte Rosenthal, während er die zarten Meerestiere probierte. »Ich konnte Pilgrim nicht erreichen. Raynee übrigens auch nicht.«

»Versuchen sie etwa, dir aus dem Weg zu gehen?« knurrte Locotta.

»Sieht ganz danach aus«, nickte Rosenthal.

»Hast du eine Ahnung, weshalb?« fragte Locotta, dessen Mißtrauen erwachte.

»Nein. Ich habe Nachricht hinterlassen, daß wir eine Antwort von ihnen erwarten. In spätestens vierundzwanzig Stunden.«

Locotta dachte einige Momente darüber nach, dann nickte er zustimmend. »Ja, das ist richtig, aber warte nicht länger. Der verdammte Pilgrim muß straff an die Kandare genommen werden.«

»Der Mann schafft Geld für uns herbei«, erinnerte ihn Rosenthal sanft.

»Ja, aber ich traue diesem verschlagenen Hund nicht über den Weg. Habe ihm nie getraut. Behalte ihn im Auge.«

»Inzwischen«, fuhr Rosenthal fort, »habe ich bei einigen unserer Informationsquellen ein wenig nachgebohrt. Soweit wir wissen, gibt es keinen Zusammenhang zwischen den Morden und einem unserer Bezirke. Aber...« Rosenthal zögerte, »...es gehen ein paar sehr interessante Gerüchte auf der Straße um.«

»Zum Beispiel?« fragte Locotta.

»Erstens hatten der Junge und das Mädchen zweifellos mit Rauschgift zu tun. Das steht fest. Die wirkliche Frage ist aber, mit wem, wo und wie.«

»Arbeiten wahrscheinlich als Unabhängige«, murmelte Locotta, den Mund voll mit heißem Blumenkohl. »Drei zu eins, daß Pilgrim sie hat hochgehen lassen.«

Rosenthal nickte zustimmend. »Aber die andere Information ist ein wenig beunruhigender«, hakte er nach. »Jimmy Pilgrim soll eine neue Art von Rauschgift auf den Markt bringen. Ein chemisches Produkt, an dem die Bullen nichts aussetzen können.«

Jake Locottas Augen fixierten ihn scharf. »Weißt du etwas Näheres darüber?«

Rosenthal schüttelte den Kopf. »Es handelt sich wahrscheinlich um ein Zeug auf Koffeinbasis«, antwortete er heiser. »Aber dennoch...«

»Wahrscheinlich versucht der blöde Hund, in den Bubblegumhandel einzusteigen«, knurrte Locotta und spannte seine schweren Kaumuskeln an. »Wir wollen mit dem Dreck nichts zu tun haben. So dumm ist er nicht.«

»Soll ich mich darum kümmern?«

»Ja«, nickte Locotta, legte seine Gabel auf den Teller zurück und blickte seinen alten Freund an, »das erledigst du, Rosey. Laß Pilgrim und dem Niggerzuhälter Rainbow etwas ausrichten. Sag ihnen, sie sollen mich anrufen. Ich will wissen, was dort unten vorgeht, und zwar sofort!«

Locotta schüttelte verärgert den Kopf, während sein Berater sich erhob. »Sag ihnen, daß es mir damit ernst ist, Rosey. Wir haben eine Menge Geld in diese Sparte investiert. Ich bin nicht bereit, mir von einem Hund wie Jimmy Pilgrim jetzt unsere Geschäfte vermasseln zu lassen, weil er seine eigenen Spielchen treibt.«

Als Paul Reinhart und Tina Sun-Wang an diesem Sonntagabend um 19 Uhr 35 in der Leichenhalle ankamen, standen der leitende Kriminalbeamte und der Untersuchungsbeamte des Leichenbeschauers um einen der drei schweren, flachen Aluminium-Autopsietische herum und halfen dem Pathologen – einem Arzt mit beginnender Glatze und rotem Schnurrbart – vorsichtig, den mit Sand und Schmutz verkrusteten Sack mit Reißverschluß unter Kaaren Muellers blassem Leichnam hervorzuziehen.

Der Geruch traf Sun-Wang, sobald sie in den hell erleuchteten Kellerraum trat. Es war ein sehr starker und beunruhigender Geruch, der für sie als Neuling in der Gerichtsmedizin schwierig zu bestimmen war – ein Geruch, der ihr bald als der deutlich durchdringende Hauch des Todes vertraut sein würde.

Der Pathologe blickte von seiner Arbeit gerade so lange auf, daß er einen Blick auf Tinas blasses, ihm fremdes Gesicht werfen konnte.

»Gehören Sie herher, Miss?« fragte er, wandte sich aber eigentlich an Reinhart.

»Eine unserer neuen Kriminalbeamtinnen, Doc«, erklärte Reinhart, während er sich auf den linoleumbedeckten Boden hinkniete und seine Tragtasche öffnete. »Heißt Tina Sun-Wang. Sag guten Tag zu Doktor Jack-the-Ripper Carney«, wandte Reinhart sich an Sun-Wang und grinste Carney an. »Tina war soeben zum erstenmal bei einer Tatortbesichtigung dabei, deshalb ist es vielleicht an der Zeit, wenn sie auch Blut und alles übrige kennenlernt.«

»Tragen Sie sie ein«, nickte der Pathologe anscheinend zufriedengestellt. »Leider wird sie bei diesem Fall nicht viel Blut sehen. So eine Verschwendung...« Carney schüttelte den Kopf und betrachtete die Züge der Leiche mit den glasigen Augen, während er seine Geräte präparierte. »Aber wir werden sehen, was wir in bezug auf das übrige tun können, sobald Ihre Witzfigur von Fotograf draufkommt, wie man den Film in eine Kamera einlegt.«

Während der Pathologe wieder an seine Arbeit ging, machte der offenbar gegen Beleidigungen unempfindliche Polizeifotograf unter Dr. Carneys persönlicher Anleitung etwa dreißig großformatige Fotos von Kaaren Mueller – von verschiedenen Seiten und aus unterschiedlichen Blickwinkeln. Als der Fotograf dann zu einem in der Nähe aufgestellten Tisch ging, um seine Filme zu kennzeichnen und den nächsten Film einzulegen, trat Tina Sun-Wang näher und schaute unbehaglich zu, wie Reinhart und Carney zuerst Stückchen von den Fingernägeln abschnipselten, dann Abstriche von Mund, Anus und Vagina machten und schließlich Kopf- und Schamhaare kämmten und einzelne Härchen herauszupften.

Weder Reinhart noch Carney waren, wie die leicht benommene Tina undeutlich wahrnahm, durch die Anwesenheit einer Frau im Raum im mindesten irritiert oder behindert.

»Vermutlich vergewaltigt«, murmelte Carney vor sich hin. »Ich glaube aber nicht, daß Sie viel finden werden.«

Reinhart grunzte zustimmend und kennzeichnete das Etikett auf einem Glasröhrchen mit seinem Namen, Datum, Zeit und den Fall- und Beweisstücknummern.

Sun-Wang versuchte, Carneys und Reinharts Aktivitäten zu verfolgen, während die beiden systematisch die Proben in beschrifteten Phiolen und Umschlägen verwahrten. Ihre Augen wanderten immer wieder zu den Wunden an Kaaren Muellers Hand- und Fußgelenken zurück. Carney bemerkte es.

»Jemand hat sie ganz schön übel zugerichtet«, stellte er trocken fest, während er mit seinen in Plastikhandschuhen steckenden Händen die glatten Schnitte untersuchte.

Sun-Wang nickte stumm. Der einst schöne Körper hatte nichts wirklich Menschliches mehr an sich – er war nur noch ein Untersuchungsobjekt –, und sie fragte sich, an wie vielen Autopsien man teilnehmen mußte, um zu einer so distanzierten Einstellung zu gelangen. Bestimmt an mehr als einer.

»Wissen Sie was, Tina«, fügte Carney geistesabwesend hinzu, »Sie helfen dem alten, heruntergekommenen Kriminalbeamten dort drüben, den Kerl aufzustöbern, der das getan hat. Dann schnallen Sie ihn an diesen Tisch ordentlich fest. Und ich werde ihn gern kastrieren, völlig kostenlos. Wenn Sie wollen, dürfen Sie mir sogar dabei helfen.« Carneys kalter, ausdrucksloser Blick bohrte sich in Tina Sun-Wangs Augen.

Im Raum war es plötzlich vollkommen still, während Sun-Wang bewußt wurde, daß alle Anwesenden – Reinhart, der Fotograf, der »heruntergekommene« Kriminalbeamte, der Untersuchungsbeamte des Leichenbeschauers und Carney – sie beobachteten... und warteten?

Tina starrte noch einmal auf die Wunden, wobei es ihr eiskalt über den Rücken lief, wußte aber keineswegs, ob sie aussprechen sollte, was ihr auf der Zunge lag.

»Falls ich ein stumpfes Messer verwenden kann«, flüsterte sie schließlich, »mache ich es gern.«

Die lautlose Spannung im Raum löste sich in einer Explosion von kurzem, müdem Gelächter auf. Der leitende Kriminalbeamte grinste Carney und Reinhart an, zwinkerte Sun-Wang zu und kritzelte leise lächelnd weiter in seinem Notizbuch.

»Sie sind in Ordnung, Tina«, krächzte Carney. »Warum kommen Sie dann nicht näher, damit Sie genau sehen können, was geschieht, wenn jemand einem Menschen das Lebenslicht ausbläst.«

Wenn Sun-Wang geglaubt hatte, das tote Mädchen auf dem Tisch sei das Schrecklichste, was sie je zu Gesicht bekommen habe, wurde sie schnell anderer Meinung, als Carney mit ruhiger Hand die scharfe Klinge des Skalpells über die Brust des Mädchens hinunterführte und den üblichen »Y«-Schnitt legte. Während Tina zusah und die nervöse Übelkeit in ihrem Magen zunahm, glitten die Haut- und Fettschichten unter der systematisch weiterschneidenden Klinge zur Seite. Der Verwesungsgeruch wurde stärker und erfüllte den Raum.

»Sehen wir mal nach, ob der Hurensohn sie wirklich vollkommen entleert hat«, murmelte Carney, während er mit einem kurzen Knochenschneider mit gebogener Klinge die Vorderseite des Brustkorbs wegschnitt und dann das Ende eines kleinen Saugballons aus Plastik – der, wie die inzwischen arg von Brechreiz geplagte Sun-Wang fand, dem Apparat ähnlich sah, den ihre Mutter benützt hatte, um Truthühner mit Fett zu begießen – in einen kleinen Einschnitt ins Herz einführte.

»Na also.« Carneys Stimme klang befriedigt, als er ungefähr vier Teelöffel Blut in ein von Reinhart gehaltenes Röhrchen füllte, »wir werden ja sehen, was für toxisches Zeug ihr Burschen herausfiltern könnt.«

»Toxine?« flüsterte Sun-Wang schwach, die dankbar für jede Ablenkung war, mit der sie sich wenigstens einige Augenblicke lang beschäftigen konnte. »Sie meinen Gifte?«

»Genau das«, knurrte Carney.

»Aber ... ist nicht ... ich meine, ist es nicht klar, was die Todesursache war?« fragte Sun-Wang, die nicht begriff, was Carney meinte.

»Ich werde Ihnen etwas sagen, junge Frau.« Carney blickte von dem glänzenden Leberlappen auf, den er eben in beiden Händen hielt. »Bei diesem Geschäft müssen Sie vor allem lernen, daß Sie nie – niemals – voreilige Schlüsse ziehen dürfen.«

11

Wegen des ablenkenden Summens des gestörten Fernsehapparats hatten die auf den Betten lang ausgestreckten Bewohner von Zimmer 205 die drei unerwarteten Besucher nicht gehört, die dreißig Sekunden lang diskret an ihre Tür geklopft hatten.

»Zimmerservice.«

Ben und Charley blickten einander über den eineinviertel Meter breiten Zwischenraum hinweg an, der die beiden riesigen Betten in ihrer Luxussuite voneinander trennte. Im Gegensatz zu dem erst halb angezogenen Koda, der bis zum Anruf des Weckdienstes friedlich geschlummert hatte, hatte Shannon geduscht, sich rasiert und steckte seit halb sieben an diesem Montagmorgen in Jeans und einem leuchtend orange und braun gemusterten Hawaii-Hemd. Wenn jemand im Zimmer den Zimmerdienst gerufen hätte, hätte es Charley sein müssen.

Shannon zuckte mit den breiten Schultern, schüttelte den Kopf als Antwort auf die stumme Frage und holte dann unter seinem Kissen eine geladene 45er Automatik hervor, während Koda vorsichtig zu der mit einer Sperrkette gesicherten Tür ging, ohne sich um die zahlreichen schmerzenden Quetschungen und Kratzer zu kümmern, die sich purpurrot auf seinen nackten Armen, Schultern, Brust und Rücken von der gebräunten Haut abhoben.

Koda ging zur rechten Seite der Tür, gegenüber dem Türknopf, hielt sich am Türrahmen knapp über den oberen Angeln fest, winkelte dann seinen Oberkörper ab – um sich nicht in dem mutmaßlichen Zielgebiet eines Schützen um den Türknopf und die Sicherheitskette zu befinden – und warf einen kurzen Blick durch das Guckloch.

Er schüttelte amüsiert und ärgerlich den Kopf, löste rasch die Kette, öffnete die Tür, langte hinaus und nahm Bart Harrington eine der großen, noch warmen Papiertüten aus den Händen, ehe er zur Seite trat, um ihn, Sandy Mudd und Thomas Fogarty einzulassen.

»Morgen, Jungs«, grüßte Fogarty gutgelaunt, betrat als erster das Zimmer und schaltete sofort den Fernsehapparat ab. »Nett, daß ihr schon auf den Beinen seid... mehr oder minder«, fügte er anzüglich hinzu, während sein Blick von Kodas nacktem Oberkörper zu der allgemeinen Unordnung im Zimmer schweifte.

»Jemand muß dir endlich einen Vortrag darüber gehalten haben, wie man Menschen motiviert, Fogarty«, murmelte Koda, dessen Hand schon in die geöffnete Tüte langte, während er den Duft von frisch gebratenen Eiern und Speck einsog. »Man bringt sie in einem Luxusschuppen unter, läßt sie eine Zeitlang hungern und bringt ihnen dann einen Schlangenfraß. Wirkt immer.«

Während Fogarty sich in einem bequemen Polsterstuhl niederließ, steckte Charley die Pistole wieder unter sein Kissen. Bart und Sandy packten Sandwiches mit Spiegeleiern und Schinken, Orangensaft und Kaffee aus; Shannon zwinkerte anerkennend – und bekam keine Antwort –, als die immer noch ernste Sandy geistesabwesend vier Frühstücksportionen in Warmhaltepackungen neben sein Kissen legte.

Shannon wurde bewußt, daß sie sich so verhielt, seit er und Ben die Nachricht überbracht hatten, daß Kaaren tot war – er machte sich Sorgen um sie, denn trotz seiner Vorbehalte und im Gegensatz zu seinem Partner glaubte Charley wirklich, daß tüchtige Frauen bei Geheimoperationen am Platz waren und gebraucht wurden. Besonders Frauen wie Sandy Mudd.

Aber trotz Sandys tiefreichender Depression war es Shannon sofort klar, daß sie sich noch ablenken ließ. So hatte er zum Beispiel bemerkt, daß sie ständig versuchte, nicht jedesmal zusammenzuzucken, wenn ihr Blick über Ben Kodas purpurrote, schorfbedeckte Wunden glitt.

Charley Shannon überlegte noch, wie er diese interessante Information nutzen konnte, als ihm das Problem abgenommen wurde. Shannon war nämlich nicht der einzige Agent in dem Raum, der Sandys Gesichtsausdruck bemerkt hatte.

»Benji, du solltest vielleicht besser in dein Hemd schlüpfen«, meinte Bart Harrington, der auf einem der geradlehnigen Stühle am runden Frühstückstisch saß und die Füße auf den Tisch gelegt hatte. »Nicht daß einer von uns Jungs zimperlich ist, was Wunden angeht – solange sie der andere hat –, aber wenn du weiter so herumläufst, könntest du meine Partnerin anmachen. Und weiß Gott, was dann passiert.« Harrington verdrehte vielsagend die Augen.

Sandys Reaktion erfolgte erst nach einem Sekundenbruchteil; dann lächelte sie. »Wahrscheinlich keine Gefahr, so wie er aussieht.« Sie schüttelte mit einem enttäuschten Seufzer den Kopf und bekam von dem grinsenden Charley einen Klaps auf die Hand.

Wie Harrington und Shannon erwartet hatten, entdeckte Sandy rasch, daß es ihr verhältnismäßig leicht fiel, auf den neckenden Ton einzugehen. Wenn es zu sonst nichts anderem gut war, half es ihr doch, keine Notiz von dem dumpfen Gefühl zu nehmen, das sie anscheinend nicht loswerden konnte. Außerdem wußte sie, daß sie ohnehin bald über Kaaren sprechen mußten.

»Verdammt nett von dir, daß du das für uns tust, Fogarty«, brummte Koda kauend, während er ein T-Shirt überstreifte und sich dann vorsichtig auf sein ungemachtes Bett setzte. »Wirklich geradezu verdächtig anständig. Was ist denn los?«

»Ich wollte euch Jungs nicht dazu verleiten, ein kleines Amtsvergehen zu begehen, sobald die Zeit für die Abrechnung kommt. Zumindest nicht mehr als unbedingt notwendig«, meinte Fogarty trocken, der – ebenso wie die anderen – den rauhen Unterton in Bens Stimme zur Kenntnis genommen hatte. »Wenn man die Kosten dieses Zimmers von euren Tagesspesen abzieht, dürfte es doch höchstens noch für ein Stück trockenen Toast reichen.«

Fogarty sah sich im Zimmer um und schüttelte dann voll geheucheltem Widerwillen über die luxuriöse Einrichtung den Kopf. Wie die Spezialagenten, die unter seiner Aufsicht standen, war Tom Fogarty eher daran gewöhnt, in billigen Motelzimmern zu übernachten und den Rest des ihm zustehenden Tagessatzes für Essen und Bier zu verwenden. Außerdem funktionierten dort die Fernsehapparate für gewöhnlich besser.

»Mach dir nur keine Sorgen, Boss«, brummte Shannon, während er nach einer der Tüten griff. »Ich habe gestern schon seinen Tagessatz verbraucht, während er geträumt hat, daß er ein echter Samuraiheld sei. Außerdem tut er ohnehin nicht viel. Also hat er auch kein Recht darauf, wie ehrlich arbeitende Leute zu essen.«

Ben Koda streckte lächelnd die Hand mit hochgehaltenem Daumen aus, während er schweigend den Rest des ersten Sandwichs verdrückte und nach einem zweiten in die Tüte griff.

»Ich nehme nicht an, daß du ein Krankenhaus aufgesucht hast, wie ich es angeordnet hatte?« fragte Fogarty, der die Verbände an Kodas Händen und Füßen betrachtete und dann sofort seinen Fehler erkannte, als in Kodas Augen Zorn aufblitzte, bevor er sich wieder beherrschen konnte. Zu nahe an der offenen Wunde, begriff Fogarty. Viel zu nahe.

»Die lahmarschigen Unfallstationen«, bemerkte Koda gepreßt, halb scherzend, und deutete mit seinem struppigen schwarzen Kopf auf den liegenden Shannon. »Wir haben uns gedacht, daß wir besser keine Aufmerksamkeit erregen, und Charley ist in Erster Hilfe ganz brauchbar. Ich habe mir offenbar auch nichts gebrochen. Außerdem bin ich verdammt besser davongekommen als Sanjo und Kaaren«, fügte Koda unbeherrscht bitter hinzu, und seine Augen blitzten wieder gefährlich.

»Weder ihr noch einer von uns hätte etwas für die beiden tun können«, sagte Fogarty eindringlich. »Das wißt ihr.«

Ben Koda öffnete den Mund, um seinem aufgestauten Zorn und seiner Frustration Luft zu machen, doch dann nickte er halb entschuldigend. »Ja, das nehme ich auch an. Wie ist also die Lage?«

»Die Situation ist in bezug auf Sanjo und Kaaren im Augenblick stabil«, berichtete Fogarty, »wird aber wahrscheinlich nicht so bleiben. Wir müssen die Nachforschungen von uns ablenken, wenn wir unsere Bewegungsfreiheit erhalten wollen. Das ist vielleicht der richtige Moment für dich, Ben, dich mit deinem Freund DeLaura in Verbindung zu setzen. Wir werden interne Unterstützung von den lokalen Behörden brauchen. Glaubst du, daß er dafür zu haben ist?«

»Ja, sicherlich, kein Problem«, beruhigte ihn Koda.

»Der Direktor wird uns also nicht abziehen?« Charley Shannons Stimme klang ehrlich überrascht.

»Nein.« Fogarty schüttelte den Kopf. »Jedenfalls jetzt noch nicht. Er hat da irgendwelche Überlegungen, aber darauf komme ich gleich zu sprechen. Im Augenblick müssen wir uns darüber einigen, wie wir gegen Locotta vorgehen.«

»Durch die Hintertür«, meinte Bart Harrington über seinen Pappbecher mit dampfendem Kaffee hinweg. »Noch immer der einzig richtige Weg, wenn ihr mich fragt.«

»Du meinst Pilgrim und Rainbow, stimmt's?« fragte Koda, dessen eisige Stimme sein plötzlich erwachtes, heftiges Interesse verriet.

»Klar«, meinte Harrington, als wollte er sagen, »was denn sonst?«

»Wir sind schon dabei, an Pilgrim heranzukommen«, nickte Fogarty. »Wenn wir versuchen, uns über die anderen beiden – Laque oder Nogales – einzuschwindeln, verlieren wir Zeit, und uns bleibt eigentlich nicht mehr viel Zeit, um diese Sache durchzuziehen. Wir müssen schnell handeln. Immer noch vorsichtig«, fügte er hinzu, »aber dennoch sehr schnell.«

»Einverstanden«, nickte Koda. »Dann tun wir es also. Worin besteht das Problem?«

»Die entscheidende Frage ist, wie, Benjamin«, erinnerte ihn Fogarty.

»Wir schleichen uns unauffällig ein, wie wir es vorher besprochen haben«, schlug Sandy ruhig vor. »Wir hatten doch bereits eine gute Einschleusungsmöglichkeit ausgemacht. Warum benützen wir sie nicht?«

»Du meinst Bylighter?« fragte Fogarty und zog gespannt eine Braue hoch.

»Klar«, nickte sie. »Wenn wir als unabhängige Dealer hineinkommen wollen, warum nicht? Es würde bis jetzt in unseren Plan passen. Und wie Ben sagte«, fuhr sie entschlossen fort, als niemand sonst sich äußerte, »wenn sie Kaaren und Sanjo für Bundesagenten gehalten hätten, hätten sie nicht...« Sie zögerte bei dem Wort.

»Richtig«, warf Koda ein, »...sie hätten nicht. Punkt. Leute wie Locotta, Pilgrim oder Rainbow bringen einen Bundesagenten nicht um. Wenn es wirklich brenzlig wird, vielleicht, aber nicht schon im Anfangsstadium. Besonders wenn sie nicht wissen, was auf sie zukommt, stimmt's?«

»Klingt plausibel«, stimmte Fogarty zu. Koda sah sich um und wartete darauf, daß jemand widersprach. Keiner rührte sich.

»Okay«, fuhr Koda fort, »wenn wir annehmen, daß Sanjo und Kaaren umgebracht wurden, weil sie nach einer kleinen Absahnkonkurrenz aussahen, dann werden sie kaum eine weitere Annäherung aus derselben Ecke erwarten. Besonders nicht von Selbständigen, was uns gerade genügend Freiraum läßt, damit wir es schaffen. Wir werden nur ein wenig größer auftreten. Und wir wissen, daß Bylighter das schwache Glied ist. Ich denke, wir riskieren es.«

»Aber vielleicht sind wir nicht...« begann Shannon, doch Fogarty mischte sich ein, bevor Charley seinen plötzlich auftauchenden Verdacht äußern konnte, daß er genau wußte, worauf ihr ausgefuchster Häuptling hinauswollte.

»Ihr habt beide recht«, unterbrach ihn Tom Fogarty. »Bylighter ist noch immer der geeignetste Ansatz, den wir bisher aufgedeckt haben. Wir wissen, daß sie ihn genau überwachen werden, aber gerade das erleichtert unsere weitere Arbeit, wenn wir es schaffen, uns einzuschleusen. Das bedeutet, daß wir bei der ersten Annäherung äußerst vorsichtig vorgehen müssen. Aber es sollte dennoch nicht gar so schwer sein, sich in sein Vertrauen einzuschleichen.«

»Besonders da ich schon ein paarmal mit ihm gesprochen habe –

und zwar ohne Kaaren«, fügte Sandy rasch hinzu. »Squeek hat nur einmal gesehen, wie wir uns miteinander unterhielten, und da konnte man es für eine zufällige Begegnung halten, also wird er kaum mißtrauisch sein.«

»Blödsinn!« explodierte Koda, der mit funkelnden Augen aufstand. »Wer, zum Teufel, hat das gesagt...«

»... oder vor mir Angst haben«, fuhr Sandy fort, sprang mit geballten Fäusten auf und blitzte Koda herausfordernd an, »weil ich eine Frau bin und niemand erwarten wird, daß sich wieder eine Frau an sie heranmacht. Nicht nach Kaaren. Habe ich recht?« Sie spuckte die letzten Worte förmlich durch die gefletschten Zähne.

»Es kümmert mich einen Dreck, was sie erwarten...« begann Ben – wurde aber von Shannons dröhnender Baßstimme unterbrochen.

»Ben!«

Koda fuhr herum und stierte seinen Partner grimmig an, der auf dem Bett liegend den Kopf auf zwei Kissen gestützt hatte und traurig lächelte.

»Sag du es ihr«, verlangte Koda mit einer Handbewegung zu der herausfordernden Sandy. »Vielleicht hört sie auf dich. Los, sag ihr...«

»... daß sie recht hat?« fragte Shannon. »Das halte ich nicht für nötig. Sie weiß es. Ebenso wie alle im Zimmer außer dir, und das kommt wahrscheinlich daher, daß du ein verbohrter Macho-Chauvinist bist. Dagegen kann ich nichts unternehmen, du bist eben so.« Charley Shannon schüttelte mitleidig den Kopf.

»Um Himmels willen, Charley...« begann Koda mit einem fast flehenden Blick.

»Genauso ist es doch, Partner«, sagte Shannon. »Ich kann ebensogut mit dem Strom schwimmen. Außerdem ist es so ziemlich die einzige Methode, mit der du und ich jemals bei meinem Arschloch von Blutsbruder landen können. Und das will ich mir nicht entgehen lassen... du weißt, was ich meine?« Das freundliche Lächeln blieb auf Charleys Gesicht, aber der Ausdruck in seinen Augen hatte sich deutlich verändert. Er paßte gar nicht zu dem Lächeln.

Koda blieb einige Augenblicke ruhig stehen, die Augen auf einen Punkt in der Ferne gerichtet. Dann nickte er.

»Okay.« Er wandte sich sofort an Fogarty, wobei er bewußt dem anklagenden Blick der unbeweglich mit ausdruckslosem Gesicht dastehenden Sandy Mudd auswich. »Aber Charley und ich werden sie jede Minute bewachen, in der sie mit diesen Bastards auf der Straße ist«, erklärte er kategorisch. »Und ich meine jede einzelne Scheißminute.« Dann wandte er sich plötzlich um und blickte Sandy direkt in die Augen. »Etwas dagegen?«

»Keineswegs.« Sandys Ausdruck blieb bewußt unbeteiligt, denn sie war entschlossen, ihre tiefliegende Angst nicht zu zeigen. Sie war nicht bereit, irgend etwas einzugestehen, aber der Gedanke, Ben Koda und Charley Shannon in den nächsten Tagen als persönliche Leibwächter zur Verfügung zu haben, gefiel ihr wesentlich besser, als sie zuzugeben bereit war... besonders vor sich selbst.

»Es wird auch meine Gefühle keineswegs verletzen, falls das jemanden interessiert«, fügte Bart Harrington unschuldig aus dem Hintergrund hinzu, was ein befreiendes, die allgemeine Spannung lösendes Gelächter auslöste, dem sich auch Sandy Mudd und Ben Koda anschlossen.

»Wir würden es nicht anders haben wollen, Ben«, nickte Fogarty, der durchaus damit zufrieden war, wie die Stimmung im Zimmer umgeschlagen war. »Aber bevor wir uns allzuviel Sorgen um Harringtons empfindsames Gemüt machen, solltest du jetzt den Telefonanruf tätigen...«

Zum ersten Mal, seit Isaac sich entsinnen konnte, saß Nichole Faysonnt nicht an ihrem Arbeitsplatz, als er an diesem Montagmorgen in seinem Labor eintraf.

Beklommen und besorgt, ohne daß er sich die Gründe erklären konnte, setzte sich Professor David Isaac an seinen Schreibtisch und zwang sich, den immer gleichbleibenden endlosen Strom von Universitätsmemoranden, Berechnungen, Studien, Bestellungen und diversen Papieren, die ständig in sein Eingangskörbchen gelegt wurden, zu bearbeiten. Er hoffte, daß der von ihm verachtete Papierkrieg seine Gedanken von Nicholes beunruhigender Abwesenheit ablenken würden.

Das war aber nicht der Fall.

Er zuckte nervös mit den Schultern, legte den zentimeterdicken Stoß von zusammengehefteten, mit Büroklammern versehenen und mit Gummibändern zusammengehaltenen Papieren wieder in seinen Eingangskorb und begab sich in die vertraute Ruhe seines Laboratoriums, um sich in den nächsten zwanzig Minuten mit einer produktiveren Tätigkeit zu beschäftigen.

Um 8 Uhr 56 sah sich Isaac in dem leeren Forschungslabor ein letztes Mal um, dann schloß er die Rückseite eines defekten Analyseapparates, der noch immer repariert werden mußte. Enttäuscht seufzend trat der zerstreute Professor von dem Labortisch zurück, ergriff seine Vorlesungsmappe und ging durch den Korridor zu seiner für neun Uhr vorgesehenen Chemievorlesung.

Eine dreiviertel Stunde später merkte Isaac endlich, daß der gelangweilte Gesichtsausdruck eines normalerweise aufmerksamen und wißbegierigen Studenten in der ersten Reihe praktisch auf allen Gesichtern im Hörsaal lag. Isaac nickte verständnisvoll, beendete rasch seine lustlos gehaltene Vorlesung über Molekularverbindungen und verschwand dann durch die Tür neben dem Podium, bevor jemand eine Möglichkeit hatte, seinen merkwürdigen Mangel an Inspiration zur Sprache zu bringen.

Er war begreiflicherweise verzagt und wollte vor dem anhaltenden Gefühl von Einsamkeit, das den stillen Laborraum erfüllte, fliehen – und blickte plötzlich direkt in die großen, erwartungsvollen Augen von Nichole Faysonnt.

»Ich dachte...« begann Isaac, dessen Stimme merkwürdig gepreßt klang, und dann wurden seine Worte von einer sanften Hand unterbrochen, die sich fest auf seine Lippen legte und dann rasch von einem weichen, warmen Mund abgelöst wurde, der einige Momente lang, in denen die Zeit stillstand, mit dem seinen zu verschmelzen schien.

Schließlich löste sich Nichole von ihm, hielt seine Finger fest und hinderte seine Hände daran, an ihrem Labormantel emporzugleiten, trat jedoch nicht zurück. Nachdem sie sich gezwungen hatte, so weit zu gehen, wollte sie dazu stehen, obgleich sie innerlich bebte.

»Ich mußte nachdenken... über das, was du mir Sonnabendabend mitgeteilt hast«, flüsterte sie mit heiserer Stimme und blickte

Isaac ins Gesicht. Er sah zum ersten Mal, daß in ihren braungrünen Augen Goldpünktchen flimmerten.

Nichole war anscheinend durch ihre plötzliche, impulsive Handlung ebenso verwirrt und verunsichert wie Isaac.

»Ich war... heute morgen noch nicht soweit, daß ich mit dir sprechen konnte«, fuhr sie mit leiser, krampfhaft beherrschter Stimme fort. »Deshalb blieb ich in der Bibliothek, bis du zur Vorlesung gingst, und kam dann hierher... um auf dich zu warten...«

Isaac spürte noch die Wärme ihrer Lippen, die gleiche verführerische Wärme, die von ihren kleinen weichen und doch erstaunlich kräftigen Händen ausstrahlte. Er wußte, was es bedeutete, wenn man – aus tiefstem Herzen – etwas Verbotenes haben wollte, etwas, was man nicht haben konnte (oder vielleicht nicht haben sollte?). Aber diesmal verblaßten sogar die fehlenden Seiten von Marias Aufzeichnungen – Pilgrims unwiderstehlicher Köder – im Vergleich zu Nicholes goldflimmernden Augen.

»Du mußt wissen...« begann er zögernd, dann brach er ab, weil er nicht die leiseste Ahnung hatte, was er sagen sollte. Um Himmels willen, sie ist eine Studentin, machte er sich heftige Vorwürfe, obwohl er wußte, daß sie für ihn viel mehr bedeutete. Er schüttelte den Kopf, versuchte die verbotenen erotischen Vorstellungen zu verdrängen, die seinen Geist erfüllten, und wieder von vorne zu beginnen.

»Es ist für mich wichtig, daß du verstehst, was... warum...«

»Ich weiß«, nickte sie und drückte seine Hände fester, ohne seinem leidenschaftlichen Blick auszuweichen. »Deshalb will ich... dir helfen«, flüsterte sie. »Ich will es wirklich.«

Sie saßen fast drei Stunden nebeneinander in Isaacs persönlichem Forschungslabor, sprachen ruhig miteinander und berührten einander gelegentlich an Knien, Armen und Händen mit sanften Bewegungen, die langsam und vorsichtig waren und fast nichts andeuteten, weil beide noch merkwürdigerweise von einer beinahe jugendlichen Unsicherheit sich selbst und dem anderen gegenüber waren. Dann läutete das Telefon so laut, so daß sie schuldbewußt auseinanderfuhren.

Isaac hob den Hörer ab, dann sprach er fast fünf Minuten lang zurückhaltend und antwortete zumeist nur einsilbig, während seine Augen zwischen der fest verschlossenen Tür des Labors und dem neugierigen Ausdruck in Nicholes Augen hin – und herwanderten.

Während Nichole zusah und zuhörte, wurde Isaac zweimal durch eine Äußerung überrascht, die am anderen Ende der Leitung gemacht wurde. Beide Male blinzelte er, zögerte einige Augenblicke und dachte genau nach, bevor er antwortete. Etwas über den Bau eines Laboratoriums und das Testen von Analoga hörte Nichole aus Isaacs Äußerungen heraus. Schließlich legte Isaac den Hörer auf und blickte Nichole an.

»Es war Pilgrim, nicht wahr?« fragte sie.

Isaac nickte. »Sie haben bereits die ersten Analoga getestet, die ich ihnen gegeben habe – das Thiopen und A-siebzehn.«

»Du hast ihnen A-siebzehn gegeben? Aber das sollte doch das letzte Produkt der A-Serie sein. Warum...«

»Ich wollte die erste Gruppe rasch testen lassen, um zu sehen, ob wir den richtigen Weg eingeschlagen haben. Offenbar war das nicht der Fall.« In Isaacs Augen lag noch ein Rest von Unruhe. »Pilgrim berichtet, daß die halluzinogenen Wirkungen häufig unangenehm waren und bei den ersten Testpersonen sehr unterschiedlich verliefen, selbst bei gleichen Dosierungen.«

Nichole blinzelte genauso verwirrt wie Isaac, als er die Nachricht von Pilgrim erhalten hatte.

»Anscheinend«, fuhr Isaac fort, »sind die Dosierungen entscheidender, als wir ursprünglich angenommen haben. Ihren Tests zufolge war der Bereich der optimalen Dosierung äußerst eng begrenzt, etwa in der Größenordnung von plus minus fünf Milligramm.«

»Das ist merkwürdig.« Nichole schüttelte verständnislos den Kopf. »Ich hätte derartige Ergebnisse vom Thiopen erwartet, wenn auch nur, weil es dem PCP so ähnlich ist. Ich bin aber sehr... überrascht... daß A-siebzehn unangenehme Reaktionen verursacht hat. Die ganze Serie beruht auf zwei gut dokumentierten visuellen Rezeptorenstellen. Auf jeden Fall hätten die Resultate... ich weiß nicht... zumindest visuell angenehm sein müssen. Intensive Färbung und dergleichen. Vielleicht nichts Spektakuläres, aber zumindest etwas Erfreuliches. Du nimmst nicht an…«

»Eine zufällige Verwechslung?«

Nichole nickte.

»Ist sicherlich möglich«, meinte Isaac, »paßt aber keineswegs zu der Erfahrenheit und der Professionalität, die sie bis jetzt bewiesen haben. Logischerweise würde man annehmen, daß sie ihre Tests genau überwachen. Wenn wir nicht annehmen können, daß…«

»Es ist enttäuschend, nicht wahr?«

Isaac blickte auf. »Was meinst du damit, enttäuschend?«

»Ich weiß nicht«, sie schüttelte bedrückt den Kopf. »Es ist nur, daß… Du hast dich doch mit Pilgrim nur eingelassen, weil du hofftest, dadurch die ungeheure Gelegenheit zu bekommen, ganze Serien von psychotropen Analoga an Menschen zu testen, etwas, was die Regierung uns nie gestatten würde. Und nun stellt sich heraus, daß wir uns nicht einmal darauf verlassen können, daß sie die Daten richtig aufzeichnen.«

»Du mußt verstehen, Nichole, daß diese Leute überhaupt nicht an unserer Forschungsarbeit interessiert sind.« Isaac lächelte grimmig. »Pilgrim ist ein sehr praktisch denkender Mann. Er will Resultate. Solange wir brauchbare Analoga herstellen, wird er sie weiterhin für uns testen, aber er begreift den wissenschaftlichen Wert unserer Arbeit nicht, und außerdem ist er ihm egal. Das ist ein Umstand, mit dem wir bei unserer Arbeit fertigwerden müssen.«

»Was machen wir also mit dem Rest der A-Serien?« fragte sie. »Sollen wir acht bis sechzehn aussondern oder sie als nächste Testreihe abschicken?«

»Ich weiß nicht, ob es klug ist, die Serie fortzusetzen«, meinte er, nachdem er kurz überlegt hatte. »Es ist denkbar, daß Pilgrim genug von unserer Arbeit versteht, um sich darüber klar zu sein, daß alle Analoga in der A-Serie nahe verwandt sein müssen. Wenn eines mißlingt…«

»Aber es wäre überaus nützlich, wenn wir in bezug auf diese Rezeptorenstellen sicher sind, bevor wir zur nächsten Serie übergehen«, beharrte Nichole, die keineswegs bereit war, die Analoga aufzugeben, die sie persönlich auf ihrem Computerbildschirm entworfen hatte. »Die Berechnungen waren so vielversprechend. Und außerdem müßten sie nicht erfahren...«

»Nein, das müßten sie nicht.« Isaac nickte. »Nicht, wenn wir den Buchstaben von ›A‹ auf ›B‹ ändern. Sie würden es nie herausbekommen, nicht wahr?« Sein besorgter Gesichtsausdruck ging langsam in ein entspanntes, zufriedenes Lächeln über.

»Ich werde es heute abend machen«, bot Nichole zögernd an, »wenn nichts anderes vorliegt...«

»Es liegt etwas anderes vor«, erklärte Isaac. »Pilgrim war mit dem Thiopen sehr zufrieden. Eigentlich wollen sie sofort mit der Herstellung großer Mengen beginnen – fünfzig oder sogar hundert Pfund auf einmal –, und sie wollen, daß ich...« er lächelte, dann schüttelte er den Kopf bei dieser Vorstellung, während er auf seine fest zusammengepreßten Hände hinunterblickte, »...ein ›Untergrundlaboratorium‹ entwerfe. Kannst du dir das vorstellen?«

»Werden wir es tun?«

Isaac blickte erschrocken auf, als das Mädchen zum erneuten Male das »Wir« betonte. Ihm war klar, daß das ein neuer Ausgangspunkt war. Von nun an durfte es kein Zögern... keine Unsicherheiten mehr geben, denn sie konnten es sich nicht länger leisten, wenn sie es mit einem unberechenbaren Mann wie Pilgrim zu tun hatten... und seinem lautlosen Boten, erinnerte sich Isaac. Dennoch ließ er sich einige Momente Zeit, ehe er endlich antwortete.

»Ja.«

»Wird es... schwierig sein?«

Sie meint wahrscheinlich gefährlich, dachte Isaac, antwortete jedoch, »Nein, nicht wirklich«, und lenkte das Gespräch behutsam von seinen wirklichen Sorgen ab. »Die Chemie ist unkompliziert. Eine einfache Bromothiopen-Grignard-Reaktion mit Piperidin-Karbonitril – das wir selbst durch eine Reihe von Verbindungen herstellen müssen. Das Rauschgiftdezernat überwacht den Verkauf von Piperidin sehr sorgfältig, um Laboratorien ausfindig zu machen, die PCP herstellen.«

»Stellt das ein Problem dar?«

»Nein.« Er schüttelte den Kopf. »Jedenfalls nicht für uns. Schwierig könnte es höchstens werden, das herkömmliche Syntheseverfahren – besonders bei den Phasen im Zusammenhang mit der Zyanidlösung und dem Äther – so abzuändern, daß auch ein Student mit wenig Erfahrung sicher damit umgehen kann.«

»Ich verstehe noch etwas nicht«, sagte sie. »Warum verwendet man unerfahrene Studenten dazu? Bei dem vielen Geld, das in diesem Geschäft steckt, würde man doch annehmen, daß sie ihre Labors mit erstklassigen Chemikern besetzen können.«

»Das möchte ich auch gerne wissen«, gab Isaac zu. »Die idealistische Antwort würde lauten, daß sie Schwierigkeiten haben, gute, fachlich qualifizierte Chemiker für diese Arbeit zu finden; aber...« Er ließ den Rest des Satzes in der Luft hängen und sprach die Ironie nicht aus.

»Du glaubst also, daß sie niemand anderen haben?«

»Sie müssen noch andere Chemiker an der Hand haben«, meinte Isaac kopfschüttelnd, »nur will Pilgrim sie aus irgendeinem Grund nicht einsetzen...«

»Deshalb wirbt er also Jungens aus dem College an?«

»Anscheinend«, nickte er.

Nicholes Augen weiteten sich plötzlich. »Glaubst du, es könnte einer von unseren Studenten sein?«

»Nein«, lachte Isaac. »Ich hoffe jedenfalls, daß es nicht so ist. Pilgrim hat mir versichert, daß ihre, äh, Laborleute von auswärts kommen werden. Dennoch werden wir Vorsichtsmaßregeln treffen müssen, damit keiner von uns je erkannt wird, während wir aktiv an diesem Projekt arbeiten. Ich glaube nicht, daß wir uns darauf verlassen können, daß Pilgrim und seine Leute...« Isaac erschauerte bei dem Gedanken an die unbemerkte Ablieferung des scharfen Skalpells, »...sich übertriebene Sorgen um unser Wohlergehen... oder unsere Zukunft machen.«

12

Natürlich war es naiv von Dr. Isaac, wenn er es für logisch hielt, daß Jimmy Pilgrim keinen Grund haben würde, sich – in der einen oder anderen Weise – für das langfristige Wohlergehen zweier Chemiker der Universität zu interessieren...

...was wahrscheinlich gut war, weil der Professor unweigerlich vor Angst gestorben wäre, wenn er wirklich verstanden hätte, was es bedeutete, wenn sich Jimmy Pilgrim ernstlich für einen anderen Menschen zu interessieren begann. Und wahrscheinlich war für einen zivilisierten Menschen wie Isaac auch die seltsame Skala von Pilgrims Aufmerksamkeit für seine Mitmenschen überhaupt nicht zu verstehen – eine Skala, die mit erschreckender Deutlichkeit seine absolute Gleichgültigkeit dem Wohlergehen anderer menschlicher Wesen gegenüber dokumentierte.

Am unteren Ende der Wertskala stand die milde Gleichgültigkeit, mit der Pilgrim fast alle Menschen betrachtete, zu denen notwendigerweise die überwiegende Mehrzahl seiner Mitarbeiter gehörte. Wenn einer von diesen Leuten etwas besaß, das Jimmy Pilgrim haben wollte – Geld, Einfluß oder Macht –, war er durchaus bereit, ein gewisses Interesse zu zeigen. Sonst spielte ihre Existenz für ihn nicht die geringste Rolle. Überhaupt keine.

Die nächste Stufe war für jene unglücklichen Seelen reserviert, die dauernd von der beunruhigenden Furcht erfüllt waren, daß sie versehentlich aus geringfügigen Gründen Jimmy Pilgrims Mißfallen erregen könnten. Dabei handelte es sich um im Grunde unlogische Befürchtungen, weil Pilgrim die Existenz seiner untergeordneten Mitarbeiter selten zur Kenntnis nahm, die sich für gewöhnlich sehr bemühten, so wenig wie möglich aufzufallen. Aus dem einfachen Grund, wie es ein untergeordneter Angestellter ängstlich formulierte, weil es schön und gut war, wenn sich Jimmy Pilgrim aus jemandem nichts machte, wogegen es etwas vollkommen anderes war, wenn er ganz bewußt beschloß, sich nichts aus einer Person zu machen.

Wieder eine Stufe weiter oben auf Pilgrims Wertskala befand sich dann der Übergang zwischen passivem und aktivem Mangel an Interesse von seiten des Verbrecherbosses, ein Übergang, der möglicherweise im Bereich von Dr. David Isaacs logischem Verstand lag.

Einfach ausgedrückt, um den Status der dritten Stufe auf Pilgrims Wertskala zu erreichen, mußte das Anstoß erregende Individuum ihm auf eine Weise in die Quere kommen, daß er es tatsächlich bemerkte, es ihm aber gleichgültig war, auf welche Weise das Individuum gemaßregelt wurde; das Ausmaß reichte von einer gespaltenen Lippe bis zu einer Kugel in der Kniescheibe. Wichtig war, daß es Pilgrim einfach gleichgültig war.

Tatsächlich begann Pilgrim erst dann ernsthaftes Interesse zu zeigen, wenn eine Person die vierte Stufe erreichte, und das ging schließlich so weit, daß er die Strafe bestimmte – für gewöhnlich zum Nutzen anderer, für die sie eine Warnung, eine Lehre sein konnte. Aber selbst bei diesem höheren »Interessensstadium« war es Pilgrim meist gleichgültig, wie – oder wie lange – das Individuum bei dem »Strafvollzug« zu leiden hatte; wichtig war nur, daß alle anderen es kapierten.

Professor Isaac hätte diese Unterscheidungen vielleicht nicht verstanden, aber Freddy Sanjanowitsch und Kaaren Mueller hatten sie erfaßt. Sie hatten von Jimmy Pilgrim dieses Maß an Aufmerksamkeit erhalten, bevor sie starben.

Verständlicherweise war also die vierte Stufe auf Jimmy Pilgrims Skala von einem Grad an Grausamkeit gekennzeichnet, der das Begriffsvermögen der meisten zivilisierten Menschen weit überstieg, die die Gemeinheiten des Lebens nicht aus erster Hand in einer militärischen Kampfzone erlebt hatten. Aber eigentlich war es die fünfte und letzte Stufe – der Punkt, bei dem Pilgrim ernsthaft daran lag, einem Individuum quälende, unerträgliche Martern zuzufügen – die für einen zivilisierten Menschen wie Dr. David Isaac vollkommen unverständlich bleiben mußte.

Es gab natürlich Leute, die Pilgrims kranke Persönlichkeit verstanden. Opfer wie Ralph Barreno, der verkrüppelte staatliche Rauschgiftfahnder, oder Jamie MacKenzie, der nun stumme, gelähmte Gramm-Dealer. Mitarbeiter wie Bobby Lockwood oder der General. Und natürlich Rainbow. Sie alle verstanden ihn. So wie viele seiner Verfolger wie Ben Koda und Charley Shannon, die sich längst daran gewöhnt hatten, in eine Unterwelt von Verrat und Gesetzlosigkeit hinabzutauchen, in der Angst und Gewaltätigkeit einfach Waffen waren, denen man sich stellen und die man umgekehrt auch selbst benützen mußte. Auch sie verstanden Jimmy Pilgrims Wahnsinn nur allzu gut.

Aber das einzige Individuum innerhalb von Pilgrims Machtbereich, dem lebhaft, absolut bewußt war, was es bedeutete, in ständiger Angst zu leben – der einzige Mensch, der einfach alles unternehmen würde, um dem schrecklichen Verhör durch Jimmy Pilgrim und seinen gefürchteten Helfer Rainbow zu entgehen –, war ein weitaus unbedeutenderes Individuum als alle bisher genannten: Es war Squeek, der im Dienst seines Arbeitgebers bereits einen unverzeihlichen – und vorläufig noch unentdeckten – Fehler begangen hatte und an diesem Dienstagmorgen im Begriff stand, einen weiteren zu begehen.

Eugene Bylighter lebte mittlerweile in einem Zustand fast unerträglicher geistiger und körperlicher Qual.

Nicht einmal zweiundsiebzig Stunden nachdem er die erbarmungslosen Kniestöße in den Unterleib erhalten hatte, kroch Bylighter vor Morgengrauen mühsam aus seiner verwüsteten Wohnung und kehrte zu seiner Arbeit in der Imbißstube zurück.

Nicht weil er in diesem Job, wo er mit Grammpäckchen Kokain dealte, während er gleichzeitig Tabletts wusch, Kaffee kochte, Krapfen glasierte, den Abfall ausleerte und die Metalltische vor dem von Ganoven betriebenen Laden abwischte, unersetzlich gewesen wäre. Sondern weil Bylighter von der unerträglichen Angst erfüllt war, daß Rainbow oder Pilgrim einen billigen Mistkerl namens Squeek endgültig für vollkommen unzuverlässig... oder noch schlimmer, für einen Passivposten halten könnten. Er ahnte nicht, daß Rainbow schon vor langer Zeit zu genau diesem Schluß gelangt war.

Bylighter durfte nur deshalb noch für Jimmy Pilgrim weiterarbeiten, weil dieser beschlossen hatte, daß es sich lohnen könnte, den gelegentlich ganz nützlichen Pechvogel – der unerklärlicherweise im Brennpunkt des noch immer ungeklärten Infiltrationsversuchs durch Kaaren Mueller und ihren Freund gestanden hatte – wieder auf die Straße zu schicken... und dann abzuwarten, wer oder was sich erneut dem Köder nähern würde.

Bylighter ahnte zum Glück nicht, wie bedeutsam das Ereignis war, als sich – während er sich vorsichtig und unter Schmerzen zwischen zwei am Boden festgeschraubte Tische aus emailliertem Stahl schob und einen schmierigen Knäuel aus benütztem Wachspapier und halbgeleerten Kaffeetassen einsammelte – eine warme, feste Hand auf sein dünnes, zitterndes Handgelenk legte.

»Squeek?«

»Oohhh –!« Bylighter reagierte auf die plötzliche, unerwartete Berührung, indem er zurückfuhr. Sein Gesicht wurde blaß, und auf seiner Stirn tauchten Schweißperlen auf, als sich seine Beine viel zu fest aneinander drückten. Beinahe wäre er bei dem stechenden Schmerz in Ohnmacht gefallen. Trotz fest zusammengebissener Zähne konnte er ein gequältes Stöhnen nicht unterdrücken, während er sich an dem Tisch festhielt, um nicht umzufallen.

»O Gott, Squeek, sind Sie okay?« Der Ausdruck in Sandys Augen spiegelte nur unmittelbare Sorge wider, die in Wirklichkeit ihr selbst galt. Bylighter sah aus, als würde er erbrechen oder jeden Augenblick in Ohnmacht fallen – höchstwahrscheinlich auf ihrem Tisch.

»O ja«, flüsterte er schwach und zwinkerte den milchigen Schleier vor seinen Augen weg, bis er das Gesicht des Mädchens klar erkannte –.

»Gott, Sie sehen ja schrecklich aus. Warum setzen Sie sich nicht für eine Minute hin und ruhen sich aus?« Mudd stützte den zitternden Jungen, während er vorsichtig auf dem Metallstuhl ihr gegenüber Platz nahm.

»Ich glaube – ich fühle mich im Augenblick nicht allzu gut«, gab Bylighter, der noch immer blinzelte und unter der Nachwirkung des Schmerzes zitterte, zu, während er versuchte, sich an den Namen der Frau zu erinnern. Susan? Oder Sue? Oder... »Sandy?« fragte er schließlich.

»Ja, richtig«, nickte Sandy freundlich lächelnd und beschloß zu übersehen, daß Bylighter sich wie ein mißhandelter Hund benahm, ein äußeres Erscheinungsbild, das, soviel sie wußte, gefährlich irreführend sein konnte.

Tom Fogarty hatte sich eine Kopie des vorläufigen Autopsieberichts von Kaaren Mueller verschafft und hatte dafür gesorgt, daß Sandy und der Rest des Teams jede Übelkeit erregende Seite lasen, bevor sie darangingen, den Kontakt mit Bylighter aufzunehmen.

Sandy hatte den Bericht mehr als anschaulich gefunden. Der Pathologe hatte nicht nur die tiefen Aufschürfungen durch Stricke an beiden Handgelenken, die tiefen, offenbar mit einem Rasiermesser zugefügten Schnitte und das Ausmaß der unübersehbaren Vergewaltigung beschrieben, sondern auch das Vorhandensein von vermutlich menschenähnlichen Hautpartikelchen zwischen vier von Muellers Vorderzähnen festgestellt und die Vermutung ausgesprochen, daß mindestens einer ihrer Angreifer bei der schweren Mißhandlung wahrscheinlich sichtbare Wunden davongetragen hatte.

Von ihrem günstigen Platz gegenüber dem in sich zusammengesunkenen Jungen aus glaubte Sandy Spuren von Zähnen an Bylighters Hals zu erkennen, der fast vollkommen von seinem hochgeschlossenen Hemd verdeckt war. Der Anblick der vermutlich frischen Wunden genügte beinahe, die relative beherrschte Sonderagentin über den Tisch stürzen zu lassen, um die Rechnung für ihre ehemalige Zimmergenossin und Partnerin zu begleichen. Einzig die Tatsache, daß sie nicht glauben konnte, daß ein unterernährter junger Mann wie Squeek körperlich imstande war, eine ausgezeichnet geschulte und motivierte Sonderagentin wie Kaaren zu überfallen, zu vergewaltigen und zu ermorden, hielt sie zurück.

»Sie sind diejenige, mit der ich vor ein paar Tagen gesprochen habe«, unterbrach Bylighter ihre Gedankenkette. »Die ein bißchen Hasch für... einen Bootsausflug haben wollte, nicht wahr?« Bylighter versuchte, seine lückenhafte Erinnerung an ihr früheres Gespräch zu rekonstruieren. Etwas von einer Jacht draußen in Newport Harbour und einem älteren Freund, erinnerte er sich vage.

»Ja, das stimmt«, nickte Sandy, »aber als ich wiederkam, um mehr zu erfahren, konnte ich Sie nicht finden.«

»Ja, also – ich – äh – war mit hartem Stoff beschäftigt«, stotterte

Bylighter beklommen, den es nervös machte, daß er sich auf äußerst gefährlichem Boden bewegte. »Haben Sie noch Interesse daran?« fragte er unsicher und zugleich hoffnungsvoll, denn ein paar gute Kontakte konnten genau das sein, was er brauchte, um von Rainbow wieder in Gnade aufgenommen zu werden. »Ich könnte vielleicht –«

»Nein, eigentlich nicht.« Sandy schüttelte den Kopf. »Zumindest kein Hasch.«

»Ach, wissen Sie, Gras ist nicht schwierig –«

»Nein, Squeek, das auch nicht.« Wieder schüttelte Sandy den Kopf. »Um Ihnen die Wahrheit zu sagen, ich weiß selbst nicht genau, was ich suche. Ich dachte vielleicht – Sie wissen ja ziemlich gut, was sich hier so abspielt. Jedenfalls meinen hier alle, daß es so ist...«

»Tatsächlich?« Bylighter schluckte, grinste einfältig und versuchte erfolglos, den männlichen Stolz zu verbergen, dank dem es ihm beinahe gelang, die Wellen von Schmerz zu vergessen, die noch immer von seinen geschwollenen Hoden ausgingen. »Also, ich meine – ja, wenn Sie mir sagen könnten, worauf Sie – aus sind«, stotterte er, »ich meine – ich habe einige recht gute Verbindungen. So gut wie kaum ein anderer in der Gegend. Ich müßte imstande sein, Ihnen zu besorgen, was immer Sie wollen«, schloß er lahm.

»Das ist es eben. Squeek, ich weiß eigentlich nicht, was ich will. Sehen Sie, die Sache ist die...« Mudd senkte den Kopf ein wenig und flüsterte geheimnisvoll, obwohl niemand an den Tischen ringsum saß, »die drei Kerle, mit denen ich zusammenlebe...«

»Drei Kerle?« Bylighter sperrte die Augen ungläubig auf.

»Nun ja, wissen Sie«, Sandy zuckte scheinbar verlegen mit den Schultern, »es läuft prima.« Sie zögerte, nicht ganz sicher, wohin diese Improvisationen führen würden, aber noch immer fest entschlossen, Bylighters Schwäche auszunützen. Sie und Kaaren hatten während der letzten Wochen mehrere mögliche Varianten von Annäherungsversuchen durchgespielt. »Schließlich habe ich ihnen versprochen, daß ich etwas besorgen würde – das besser ist als Hasch, um uns – sie verstehen doch, in Schwung zu halten –«

»Ach, Sie meinen...?« Trotz seiner langsamen Auffassungsgabe hatte Bylighter angebissen.

»Ja, klar.« Sandy errötete tatsächlich. »Das meine ich. Ich dachte vielleicht, daß Kokain...?«

»O ja, mit Kokain schafft man so ziemlich alles«, nickte Bylighter fachkundig. »Ich meine, es bringt einen wirklich in Schwung, und ich kann Ihnen bestimmt Stoff verschaffen, aber –« und er konnte einfach nicht anders, »– wissen Sie, ich könnte Ihnen vielleicht etwas besorgen, das noch besser hinhaut.«

»Besser als Kokain?« flüsterte Sandy, verblüfft über die plötzliche Wendung, die ihr Gespräch nahm.

»Ja. Ich kann Ihnen sagen, dieser Stoff schafft es wirklich.« Er zwinkerte mit schamloser Deutlichkeit.

»Haben Sie es versucht?«

»O ja, ein paarmal«, log Bylighter. »Aber wissen Sie, was das Beste daran ist? Es ist nicht einmal verboten.«

»Was ist es überhaupt? Ich meine, es ist doch nicht die Spanische Fliege oder etwas Ähnliches, nicht wahr?« fragte Sandy schnell, die jetzt zutiefst frustriert war, als ihr klarwurde, daß sie sich soeben selbst um einen illegalen Kauf herumgeredet hatte. Mist, murmelte sie im stillen. Ihr war klar, daß sie das Gespräch irgendwie wieder in die gewünschte Richtung lenken mußte.

»Nein, so etwas nicht... Es ist eher wie... Jedenfalls, ich dachte, vielleicht könnten wir eine Art von... äh... Abmachung treffen, wissen Sie«, fügte Bylighter hinzu und stolperte schleunigst auf festen Boden zurück. Er hatte schon ein paar maßlos übertriebene Gerüchte von einer jungen rothaarigen Puppe gehört, die jemand bei den Torrey Pines abgeladen hatte. Er hatte soviel gehört, daß er den gerechtfertigten Verdacht hegte, es könne sich um dasselbe Mädchen handeln, das er letzten Sonnabend gemeinsam mit Rainbow und Roy entführt hatte. Sicherlich würde jemand vorbeikommen und dumme Fragen stellen, und obwohl er ziemlich sicher war, daß er dieses Mädchen Sandy, lange bevor er mit Kaaren zu tun gehabt hatte, kennengelernt hatte, war es immerhin möglich...

»Hören Sie«, fuhr Bylighter rasch fort, »ich habe noch ein paar Gramm von dem neuen Stoff, die ich gern mit Ihnen teilen würde, wenn vielleicht – wissen Sie – Sie und ich – irgendwie –« Aus einem Grund, den Bylighter nicht richtig begreifen konnte, hatte Sandy

Mudd etwas Mütterliches an sich; etwas, was die Möglichkeit beinhaltete, daß sie vielleicht bereit wäre, ihr einem Spaß nicht abgeneigtes Quartett mit Bylighter zu ergänzen, wenn er seine Chance nutzte. Aber der Trumpf, den Bylighter absichtlich ausspielte, gab Sandy Mudd die Gelegenheit, die sie gesucht hatte.

»He, Squeek, das von dem Stoff klingt aber gut«, stieg sie ein. »Und mir gefällt auch Ihr Angebot, aber wissen Sie, es wird eine lange Bootsfahrt werden. Mindestens eine Woche. Wir werden mindestens zwei Unzen brauchen...«

»Unzen?« Bylighter sah niedergeschlagen aus.

»Ja, mindestens«, nickte Mudd. »Aber hören Sie, wenn Sie meinen Freunden ein paar Unzen gutes, hartes Kokain verschaffen, könnten wir beide vielleicht später noch ein anderes Geschäft tätigen – verstehen Sie – mit dem neuen Stoff.«

Sie dachte nervös, daß so ziemlich alles, was sie sagte und das auch nur im entferntesten auf Intimitäten hindeutete, auf einen geilen kleinen Burschen wie Bylighter anmachend wirken konnte. Ich muß irgend etwas sagen, überlegte sie und ließ bewußt das blasse, fleckige Gesicht des Jungen nicht aus den Augen – und was noch wichtiger war, sie blickte nicht zu einem bestimmten Lieferwagen mit dunkel getönten Fenstern hinüber, der zwischen mehreren ähnlichen Lieferwagen im Hof eines Gebrauchtwagenhändlers auf der gegenüberliegenden Straßenseite versteckt war.

»Mehrere Unzen sind eine zu große Menge für mich«, gestand Bylighter und schüttelte hilflos den Kopf. »Aber hören Sie, ich kann Sie mit einem Verbindungsmann zusammenbringen. Sie kommen mit ihm zusammen, und er wird –«

»Oho, ich nicht.« Mudd hob lachend die Hände. »Ich bin zu feige, um solche Mengen Stoff hier in der Gegend herumzutragen. Zwei von meinen Freunden können das Geld bringen. Sie können das Geschäft abschließen, und später einmal...« erinnerte Mudd freundlich.

»Ah ja.« Bylighter strahlte. »Hören Sie, wir werden es so drehen. Sie sagen mir, wie die Jungs aussehen, wie sie gekleidet sind, dann kann ich meinem, äh, Verbindungsmann erklären, daß sie in Ordnung sind, wissen Sie.«

»Klar, kein Problem«, meinte Mudd gleichgültig. »Ich würde sagen, Ben ist ungefähr einsachtzig oder so. Langes schwarzes Haar, blaue Augen, Schnurrbart. Stark sonnengebräunt. Er wird wahrscheinlich enge blaue Jeans tragen und...« Sandy Mudd spürte, wie sie errötete, während sie sich an den kleinen Mikrochip-Sender erinnerte, den sie selbst in ihrer Gürtelschnalle angebracht hatte. Fogarty hatte nur widerwillig zugestimmt, weil er das für zu gefährlich hielt. Sogar Bylighter bemerkte ihre plötzlicher Verlegenheit.

»Er ist wohl so was wie Ihr Favorit?« fragte Squeek vorsichtig.

»Was? Ach – ja, so was Ähnliches.« Sandy preßte die Worte hervor, fest entschlossen, am Ball zu bleiben, und hoffte verzweifelt, daß Charley den Rekorder abhörte. Bitte, lieber Gott, nicht Ben, hoffte sie.

»Und was ist mit dem anderen Knaben?«

»Wer – ach, Charley?« fragte Sandy Mudd etwas geistesabwesend.

»Ja«, nickte Bylighter, der auf Grund der offensichtlichen Verwirrung des Mädchens plötzlich selbstsicherer und sogar ein wenig neugierig wurde. »Wie sieht also dieser Charley aus?« fragte er. »Ich meine, woran sollen wir den Knaben erkennen?«

»Ach, ich glaube nicht, daß es euch schwerfallen wird, Charley zu erkennen.« Plötzlich lächelte Sandy, ihre Augen blinzelten erwartungsvoll, während sie sich auf den vorhersehbaren Gesichtsausdruck Bylighters freute. »Er unterscheidet sich nur wenig von Ben...«

»Sieht aus, als würden sie diesmal halten«, murmelte Charley Shannon von seinem Posten am Heckfenster des Überwachungslieferwagens.

Von den beiden Vordersitzen des Lieferwagens mit dunkel getönten Scheiben, der – zwischen siebzehn ähnlichen Wagen – gegenüber von Bylighters Imbißstube geparkt war, beobachteten Ben Koda und Martin DeLaura den Fahrer des Lieferwagens, der blinkte und dann langsam auf den Parkplatz einbog. Derselbe schäbige weiße Lieferwagen war in den letzten fünfundvierzig Minuten bereits viermal langsam an der Imbißstube vorübergefahren.

Während die drei Beamten schweigend zusahen, stiegen zwei glattrasierte Männer in weißen Overalls aus der Beifahrertür des nun schon vertrauten Lieferwagens. Sie gingen ruhig an Bylighter und Sandy vorbei – die noch an ihrem Tisch im Freien saßen und sich miteinander unterhielten – und blieben vor dem Schalter, an dem man bestellte, stehen.

Der Fahrer blieb in dem mit Eimern und Leiter beladenen Fahrzeug sitzen, ohne sich für die fünf Paare und zwei Vierergruppen zu interessieren, die essend und plaudernd an den Tischen im Freien saßen. Er ahnte offenbar nichts von den drei Männern, die mit stoischer Geduld seit vier Uhr dreißig morgens gewartet hatten.

»Was meint ihr?« fragte Koda.

»Entweder sind diese Burschen genau das, wonach sie aussehen, oder sie sind verdammt gut«, bemerkte DeLaura, während er sein Fernglas nacheinander auf jeden der drei Männer richtete. »Sie sehen wie eine Gruppe ordentlicher Leute aus, die sich vor der Arbeit mit Kaffee und Semmeln vollstopfen.«

»Bist du einem von ihnen schon mal begegnet?« fragte Koda.

DeLaura setzte das Fernglas auf dem Gestell in der Mitte des Wagens ab und nahm dann einen kleinen Schluck aus einer Kanne mit warmem Zitronentee, während er über die Frage sorgfältig nachdachte. Als Veteran, der während seiner fünfzehnjährigen Dienstzeit bei der Polizei – die letzten sechs in der Sitten-Rauschgift-Einheit von San Diego – unzählige Einsätze mitgemacht hatte, war DeLaura so vernünftig, seine empfindliche Blase im Laufe einer langdauernden Observierung nicht zu früh zu überfordern. Die einzige »Toilettenanlage«, die für vielleicht noch eine Stunde den drei Männern zur Verfügung stand, bestand aus vier Plastikkrügen, die hinten im Wagen für eventuelle Notfälle verstaut waren, zusammen mit einem Zweitagevorrat an Speisen und Getränken sowie einer Rolle Toilettenpapier.

Ein Observierungsteam konnte nur selten voraussehen, wie lange es während eines bestimmten Einsatzes an einer Stelle bleiben mußte. Es konnte sich um zwei langweilige Stunden handeln, in denen ihnen die Füße einschliefen, aber genausogut um ebenso viele Tage.

»Die Gesichter kenne ich nicht«, gab der Detektiv mit der beginnenden Glatze zu, »aber ich würde keinen von ihnen anheuern, mein Haus anzustreichen.«

»Und warum nicht?« fragte Koda, der leicht auf den Schlüsselbund klopfte, der vom Zündschloß herunterhing, während er die beiden athletisch aussehenden »Anstreicher« beobachtete, die den Bestellschalter verließen, sich zwei Tische von Sandy und Bylighter entfernt hinsetzten und anscheinend auf frischen Kaffee zu den bestellten Brötchen warteten. Kodas Hand senkte sich zu der gefütterten Tasche, die rechts vom Fahrersitz hing, vergewisserte sich, daß sich die geladene und gesicherte 45er Automatik an ihrem Platz befand, und bewegte sich dann zurück zum Schlüsselring im Zündschloß.

»Schau dir mal die Overalls und dann die Stiefel an«, schlug DeLaura vor.

Koda stellte das Fernglas scharf ein, das auf dem Gestell im Wagen befestigt war.

»Die machen sich nicht sehr schmutzig, was?« fragte Koda und nickte plötzlich verstehend.

»Ich habe noch nie einen Anstreicher gesehen, der nicht überall auf dem Overall Farbflecken hat. Verdammt, ich kann nicht mal den Deckel einer Farbdose abnehmen, ohne mich mit dem Zeug vollzukleckern«, murmelte DeLaura, während er Datum, Zeit und Kennzeichen des Lieferwagens in ein bereits halbvolles Notizbuch mit der Aufschrift *»Fotos«* kritzelte. Dann griff er nach einer 35-Millimeter-Kamera mit Teleobjektiv.

»Ich habe gehört, daß dein spezieller Freund Pilgrim drei Teufelskerle als Babysitter beschäftigt«, fügte DeLaura nachdenklich hinzu, während er das Objektiv auf dem Armaturenbrett aufstützte, die durch Filter geschützte Linse dicht an das getönte Fenster schob und den Focus auf den Hinterkopf des wartenden Fahrers einstellte. »Könnten gut mit deinen Spielkameraden draußen auf den Klippen neulich nachts identisch sein.«

»Ja, das wäre möglich«, nickte Koda, während er mit dem Fernglas langsam von einem Gesicht zum anderen schwenkte. »Charley, willst du dir diese Burschen einmal von hier ansehen?«

»Eine Sekunde, ich komme gleich«, brummte Shannon, wartete, bis von DeLauras Kamera keine rasch aufeinanderfolgenden Klick-Summ-Geräusche mehr kamen, und kam dann vorsichtig nach vorne, um keine von außen sichtbare Schaukelbewegung des Wagens zu verursachen.

Shannon kniete zwischen den beiden Vordersitzen nieder, reichte die an den Funkempfänger angeschlossenen Kopfhörer für das Tonbandgerät seinem Partner hinüber und ergriff dann DeLauras Fernglas. Er betrachtete jede Gestalt durch das von dem getönten Fensterglas des Lieferwagens verdunkelte Gesichtsfeld, dann legte er das Fernglas wieder neben DeLaura.

»Wäre möglich«, murmelte Shannon, während er die gepolsterten Kopfhörer wieder von Koda übernahm. »Ich habe in jener Nacht nicht viel von den Gesichtern gesehen. Der Kleine, der in unsere Richtung blickt, könnte ganz gut einer von ihnen sein. Was Körpergröße und -form betrifft, könnten sie es beide sein. Was den Fahrer anbetrifft, so muß ich passen.«

»Du kannst es also nicht mit Sicherheit sagen?«

»Nein, aber ihr dürft diese Kerle nicht für harmlos halten«, knurrte der bärtige Agent grimmig und schüttelte den Kopf, während er die Kopfhörer wieder aufsetzte und das Gespräch zwischen Sandy Mudd und Bylighter weiter abhörte. Die Schrotflinte und DeLauras weitreichendes Automatikgewehr lagen geladen und schußbereit hinter den Vordersitzen, beide in unmittelbarer Reichweite von Koda und DeLaura – die wachsam und bereit waren, ihrer Partnerin Nah- oder Fernschutz zu bieten, sobald Charley Shannon es verlangte.

»Sie erheben sich«, flüsterte DeLaura, als der größere der beiden Männer aufstand und hinüberging, um die bestellten Brötchen zu holen, während der Kleinere lässig um das Gebäude schlenderte und offenbar eine Toilette suchte.

»Er hat den längeren Weg zu den WCs genommen«, bemerkte Koda. »Vielleicht überprüft er das Gebiet.«

»Ja, da kommt er auf der anderen Seite wieder zurück«, fügte DeLaura hinzu, schwenkte die Kamera rasch und schoß noch eine Aufnahme, als das Gesicht des Mannes voll in Sicht kam. »Es ist gut, daß wir uns nicht auf den Parkplatz gestellt haben. Die Hunde hätten uns im Nu entdeckt. Schau nur, wie der Kerl die Wagen absucht, ganz unauffällig.«

Als die beiden Männer mit teilnahmslosen Gesichtern an der Ecke der Imbißbude zusammentrafen und dann zu ihrem Transporter zurückkehrten, kamen sie dicht an Sandy und Bylighters Tisch vorbei. Charley Shannons Finger glitten nachlässig über das Griffende der Automatik in seinem Hüfthalter. Zugleich versuchte er in Eugene Bylighters Stimme Anzeichen von verräterischer Nervosität zu entdecken, eine schwierige Aufgabe, denn Bylighter sprach immer, wenn er sich in Gesellschaft einer Frau befand, als wäre er im Begriff, in die Hosen zu machen. DeLaura hatte in aller Ruhe seine Kamera gegen einen nützlicheren langläufigen 357er Magnum-Revolver eingetauscht, während sich die Finger von Ben Kodas rechter Hand um den Zündschlüssel des Lieferwagens legten.

»Sie fahren weg«, flüsterte Koda, während er und DeLaura beobachteten, wie der Transporter aus der Parklücke herausfuhr.

»Beschatten wir sie?« fragte DeLaura, während er die geladene Handfeuerwaffe mit einem leisen Seufzer der Erleichterung wieder in ihren verborgenen Schulterhalfter schob, als der Transporter mit scheppernden Eimern aus dem Parkplatz bog.

»Kommt nicht in Frage«, schüttelte Koda entschieden den Kopf. »Von mir aus können die Kerle geradewegs zurück zu Locotta fahren oder wo immer sie sonst herkamen. Wir bleiben bei Sandy, bis sie wieder mit Bart zusammen ist. Wir haben später noch Zeit genug, uns mit diesen Typen zu beschäftigen.« Er drehte sich auf seinem Sitz herum und sah seine Partner an. »Klingt es nach einem Deal?«

»Ich glaube, sie ist gerade dabei, ihn festzunageln«, murmelte Shannon und nickte langsam, während er weiter den lautlos laufenden Recorder abhörte.

Um ungefähr 8 Uhr 30 an diesem Morgen erhielt Jimmy Pilgrim einen Anruf von Rainbow.

»Bist du sicher, daß sie sauber war?« fragte Pilgrim, nachdem

Raynee fast fünf Minuten lang alle Einzelheiten von Bylighters jüngster Heldentat als Köder geschildert hatte.

»Nein, nicht sicher«, antwortete Raynee. »Die Jungs hatten nicht Zeit, eine Peilung nach einem eventuellen Sender durchzuführen. Optisch haben sie die Umgebung aber ziemlich gut kontrolliert und ein paar Fotos von dem Mädchen geschossen. Sie haben keinerlei Observierungstätigkeit ausmachen können, sind ihr zurück nach Newport gefolgt und haben bestätigt, daß sie draußen im Hafen mit einem Kerl auf einem Boot haust. Der Kahn sieht nach viel Geld aus. Laut Hafenmeister heißt der Bursche Bart Harrington. Ist vor ein paar Wochen hier aufgetaucht. Der Anlegeplatz ist seit langem vermietet. Wir überprüfen jetzt die Anmeldung. In ein paar Tagen besorgen wir dir mehr Auskünfte über die ganze Gruppe.«

»In Ordnung, bleib selbst an der Sache dran«, ordnete Pilgrim an. »Wenn der Kontakt durch Bylighter zufällig erfolgt ist und das Mädchen und ihr Freund sauber sind, reichen wir sie an den General weiter. Aber ich will sicher sein, daß sie in keiner Form mit der Mueller in Verbindung stand. Absolut sicher.«

»Kapiert. Du bleibst noch eine Weile auf Tauchstation?«

»Bis wir sicher sind, mit wem wir es zu tun haben«, antwortete Pilgrim kalt.

»Wie ich höre, ist der alte Locotta nicht allzu glücklich. Er will dich oder mich wirklich dringend sprechen. Besonders dich.«

»Was will er?« brummte Pilgrim gleichgültig.

»Er hat davon gehört, daß wir mit einem neuen Stoff herauskommen wollen. Es ist wirklich schwierig, etwas vorzubereiten, ohne daß der Mann es erfährt, was?«

»Das haben wir doch erwartet«, erinnerte ihn Pilgrim. »Wir verfügen über Köder. Es wird Zeit, sie zu verwenden.«

»Ich höre es mit Freuden«, kicherte Raynee. »Gibt es irgendwelche Probleme mit dem Verkauf an dieses Mädchen Mudd?«

»Wieviel?«

»Ein paar Unzen.«

»Nein, geht in Ordnung, aber beobachte es genau. Verwende einen von den Dealern des Generals, wenn nötig, aber sorge dafür, daß Bylighter sich als einziger dabei das Genick brechen kann.«

»Verstanden.«

»Inzwischen werden wir mit dem Prototyp-Labor weitermachen. Du hast doch unseren Alchimisten entsprechend benachrichtigt?«

»Der Mann wurde verständigt. Ich weiß aber nicht, ob er wirklich kapiert hat.« Raynee kicherte zufrieden, weil ihm sein jüngstes Ablenkungsmanöver einfiel.

»Ich bin sicher, daß er begreifen wird«, antwortete Pilgrim kalt. »Laß es mich wissen, wenn er nicht richtig reagiert. Inzwischen werde ich Mike Theiss mitteilen, daß wir sehr bald eine solide finanzielle Absicherung brauchen werden. Der Moment, wo wir unsere finanzielle Deckung konsolidieren müssen, rückt näher. Möglich, daß Theiss auch mit dir sprechen will. Bemühe dich dann, ihn zu beruhigen.«

»Er wird verärgert sein«, prophezeite Raynee. »Was die mit ihm befreundeten Bankiers letzte Woche gehört haben, hat ihnen nicht gefallen.«

»Wir werden ihn daran erinnern, daß es zeitlich allmählich kritisch wird. Wenn sie weiterhin einträgliche Geschäfte tätigen wollen, dann müssen sie sich entscheiden. Und zwar sofort.«

»Und wenn sie beschließen, sich an unserer Aktion nicht zu beteiligen, was dann?« fragte Raynee vorsichtig.

»Dann werden wir sie unter Druck setzen«, antwortete Pilgrim eisig. »Theiss sollte inzwischen begriffen haben, daß es nur eine Möglichkeit gibt. Er und seine Freunde haben keine andere Wahl.«

Dienstag morgen um 8 Uhr 45 läutete das Telefon in Jake Locottas Suite in Palm Springs viermal, bevor der Bandenchef imstand war, sich aus dem Bett hochzurappeln und den Schalter an dem rechteckigen Kasten unter dem Telefon zu erreichen. Er betätigte einen zweiten Schalter, um die Verzerrvorrichtung einzuschalten, und wartete dann, bis sich die Tür zu dem anstoßenden geräumigen Badezimmer hinter der geschmeidigen Gestalt der blonden Frau schloß und er nach einigen Sekunden das gedämpfte Geräusch von rinnendem Badewasser hörte.

»Locotta.«

»Jake... hier Al. Tut mir leid, dich so früh zu stören.«

»Macht nichts«, brummte Locotta, den wie immer die undeutlichen Töne störten, die von dem durch Computerchip gesteuerten Sprachverzerrgerät verursacht wurden. Er verachtete den »Scheißkasten«, wie er ihn nannte, schätzte aber zugleich seine Nützlichkeit. Angesichts von ungefähr dreihundertsiebzig Milliarden möglicher Codes, die man brechen mußte, gehörten Locottas frühere Sorgen, von der Bundespolizei abgehört zu werden, der Vergangenheit an. Er hoffte jedenfalls, daß es klappte. »Was gibt's, Rosey?«

»Es heißt, daß die gesamte Aktion mit diesem Mist von ›neuem Stoff‹ aus dem Bezirk des Generals kommt.«

»Ja? Und was hat Pilgrim dazu zu sagen?«

»Ich konnte ihn noch nicht erreichen, habe aber ein interessantes Gerücht aufgeschnappt. Es ist immerhin möglich, daß der General auf eigene Faust arbeitet.«

»Willst du mir vielleicht einreden, daß ein idiotischer Stiefellekker mit Blechsternen wie der General den Mut hat, sich von Jimmy Pilgrim unabhängig zu machen?« Locottas Stimme ging in kehliges Gelächter über. »Erzähle mir keinen solchen Quatsch, Rosey. Der verdammte Pilgrim würde den speckarschigen Bürokraten mit bloßen Händen in der Luft zerreißen, wenn er so etwas täte. Oder er würde den verrückten Nigger auf ihn loslassen.«

»Ja, ich weiß, aber jeder, mit dem ich gesprochen habe, behauptet, daß Pilgrim untergetaucht ist. In letzter Zeit hat ihn niemand gesehen.«

»Du sagst seinen Leuten, daß ich bis morgen zehn Uhr Jimmy Pilgrims Anruf erwarte«, erklärte Locotta ruhig. »Wenn ich bis dahin keinen Anruf erhalte, schicke ich Tassio hinunter, damit er mir die Antworten beschafft, wobei ihm die Methode freigestellt ist. Das sagst du ihnen, Rosey. Und du untersuchst die Angelegenheit weiter, verstanden? Ich will Antworten haben.« Der Verzerrer gab bei dem scharfen Aufschlag des Hörers, der die Verbindung unterbrach, einen nervös summenden Ton von sich.

Als Dr. David Isaac erwachte, empfand er eine merkwürdige, strahlende Wärme in seiner Nähe; er konnte das Gefühl nicht genau erklären, es war ihm jedoch – aus einem unerklärliche Grund – vertraut und köstlich. Möglicherweise war es sogar verboten, obwohl er sich nicht vorstellen konnte, aus welchem Grund.

Während Isaac weiterhin träge in einem Zustand zwischen Schlafen und Wachen dahintrieb, versuchten die wachen Teile seines Gehirns die von den Nerven übermittelten Daten einem erkennbaren Muster zuzuordnen... bis plötzlich der wärmeausstrahlende Körper sich bewegte, so daß nackte Beine, Hüften und ein Rücken sich an Isaac schoben... und die Daten der Nerven sich plötzlich zu einer Reihe von flimmernden erotischen Bildern von...

Nichole?

Isaac verstärkte den Druck seiner linken Hand für einen Moment ganz leicht, ließ sofort wieder los, führte seine Hand dann nach oben, streifte ganz leicht über die weiche, warme Haut, bewegte sie langsam abwärts über den sanft gewölbten Bauch und dann den unglaublich weichen, lieblich gerundeten Hügel hinauf, der...

Während Isaac ganz langsam seine Hand immer stärker auf die wundervoll glatte kleine Kugel der linken Brust des Mädchens drückte und das zarte Gewebe des Brustwarzenhofs an seiner Handfläche spürte, stöhnte Nichole Faysonnt leise. Und während Dr. David Isaac spürte, wie die Brustwarze sich langsam verhärtete und sich unter dem stetigen sanften Druck seiner Hand aufrichtete, wurde ihm – ebenso wie der erwachenden Nichole – klar, daß gewisse Teile seines Blutkreislaufs sich selbständig machten.

In den folgenden Minuten lagen die beiden Wissenschaftler – Professor und Studentin – schweigend und praktisch bewegungslos auf der dicken, nachgiebigen Matratze, denn keiner von beiden wollten das langsame, stetig ansteigende Gefühl der Lust und des Sichhingebenwollens unterbrechen.

Während die morgendliche Wärme im Zimmer allmählich zunahm und dazu führte, daß die einander berührenden Oberflächen der beiden Körper durch eine dünne Schweißschicht getrennt wurden, glitt Isaacs Hand mit leisem Druck über Nicholes aufgerichtete Brustwarze, dann weiter hinunter... und die junge Studentin verlor schließlich mit einem plötzlichen lauten Aufstöhnen der vollkommenen Preisgabe ihre Selbstbeherrschung...

»Nein...«, bat sie, schüttelte ihr langes, dunkles Haar wild über ihre geröteten Wangen und ihre vor Verlangen geweiteten Augen und war kaum imstande, die Worte hervorzustoßen, während Isaac nach ihr griff: »...laß mich.«

...und schob sich mit zischendem Atemholen auf Isaacs Hüften; mit einem kaum unterdrückten Schrei reiner sinnlicher Lust stützte sie schnell die Hände auf Isaacs Schultern, stemmte ihren Oberkörper von seiner schwer atmenden Brust weg und sah ihm in die Augen...

»Nein, nicht bewegen«, flüsterte die junge Frau, während sie sich bemühte, ihren Körper unter Kontrolle zu halten und ihn daran zu hindern, zu rasch in den unvermeidlichen Orgasmus zu stürmen, während sie über ihm schwebte – ihre Arme und ihr Oberkörper bildeten einen rechten Winkel, der sich an ihren bewegungslosen Lenden vereinigte – weil sie wollte, daß es dauerte. »Nicht bewegen«, flüsterte sie. »Bitte laß...«

...und dann schloß sie die Augen und wimmerte unbeherrscht, ihr unerfahrener Körper zitterte und drängte vorwärts, während Isaacs tastende Hände ihre anschwellenden Brüste fanden, liebkosten und streichelten...

»Ja...«

...eine Flamme, die drohte...

»Ja, da, das ist es! Genau so! Nicht aufhören, nicht...!«

...Nichole Faysonnts ganzer Körper in einer rasch aufwallenden Woge der Lust zu verschlingen, die sie nicht aufhalten konnte, während ihr Körper sich den krampfhaften Empfindungen überließ, bei denen sie den Kopf zurückwarf und Augen und Mund immer weiter öffnete... bis sie in höchster Lust aufschrie.

Dann richteten sich ihre Augen auf den – genau über ihrem Kopf – durch ein geschliffenes Bowiemesser fest an die Wand gehefteten Briefumschlag, und sie schrie wieder, diesmal laut, lang und von Entsetzen erfüllt.

13

Der verbeulte, verrostete Lieferwagen, der tief in einer Baumgruppe in der Nähe von alten Hohlziegelhäusern aus dem Zweiten Weltkrieg geparkt war, sah verlassen aus. Der Wagen war unbeleuchtet, keine Bewegung war zu sehen, keine Spur von einem Fahrer.

Der Fahrer stand allerdings seit über einer Stunde nur ein paar Meter weiter im Dunkeln an einen Baum gelehnt und nippte geduldig an einer Tasse Kaffee, während er die Vorderseite eines bestimmten Hauses auf der anderen Seite beobachtete.

Das leise knirschende Geräusch eines Stiefels, der auf getrocknete Fichtennadeln trat, machte ihn darauf aufmerksam, daß eine schattenhafte Gestalt zwischen den hohen Fichten näher kam. Die Gestalt bewegte sich beinahe lautlos auf den Fahrer zu.

»Ein Glück, daß deine Füße nicht größer sind.« Ben Koda begrüßte seinen Partner kopfschüttelnd. »Die Leute in dem Haus glauben sicher schon, daß ein Elefant in ihrem Hinterhof herumstapft.«

»Ich müßte durch das Wohnzimmer gehen und den Fernseher mit einem Tritt umwerfen, bevor die was merken«, kicherte Shannon. »Die Sicherheitsvorkehrungen sind ein bißchen lückenhaft.«

»Jemanden gesehen?«

»Mindestens drei Mann im Haus. Einer von ihnen ist der Wachhund. Keine anderen Gesichter gesehen. Videomonitore am Vorder- und Hintereingang. Hochempfindlich, keine Vergrößerung, soviel ich feststellen konnte. Konnte niemanden draußen auf dem Gelände sehen. Vielleicht sitzen noch welche in einem der anderen Häuser«, berichtete Charles Shannon.

»Was hältst du also davon?« fragte Koda.

»Ungefähr wie wir es erwartet haben. Der Unzen-Dealer und mindestens ein Wächter. Wenn wir Glück haben, könnten wir vielleicht sogar den General sehen.«

»Und nicht Rainbow?«

»Nein.« Shannon schüttelte den Kopf. »Wäre unlogisch. Der Handel ist zu unbedeutend. Ein Mann wie Rainbow wird wegen ein paar Unzen nicht sein Gesicht zeigen. Es müßte zumindest ein Pfund sein, bevor er neugierig wird.«

»Oder ein Karton Gras.«

»Ja, das wäre natürlich auch eine Möglichkeit«, gab Shannon zu, »aber wie Fogarty sagt, wir müssen solche Überlegungen ausschließen. Einfach vergessen. Wir müssen nur in das Haus hineingehen und unseren Spruch aufsagen, einen kleinen Kauf von ein paar Unzen Pulver tätigen, den nächsten Treff verabreden, schön höflich ›Besten Dank, meine Herren‹ sagen und uns dann verdrücken. Das wäre alles, bis auf eine Kleinigkeit: Wenn wir das vermasseln, mein Junge, sind wir draußen. Punkt.«

»Ja, ich weiß« seufzte Koda verzweifelt. »Ganz cool bleiben und den Hund spazieren führen, wie befohlen. Ich versuche es ja, Charley, ich versuche es ehrlich.«

»He, Mann, es ist ja nur ein Spiel, hast du das vergessen?« kicherte Shannon. »Wir haben die Show Hunderte Male abgezogen. Der leichteste Job von der Welt. Nur daß diese Burschen diesmal versuchen werden, uns vor dem Geschäft ein bißchen auszuquetschen. Wir müssen nur mit den Blödmännern im gleichen Takt mittanzen und dann mit einer Handvoll Koks abhauen. Immer einen Schritt nach dem anderen. Vorsichtig anfangen, bis wir an den General herankommen, und von ihm aus direkt auf Rainbow und Pilgrim übergehen. Wenn wir mit unserer Arbeit fertig sind, wird der alte Locotta statt einer Organisation einen Haufen Scheiße haben.«

»Okay, *compadre*«, nickte Koda, »du hast mich davon überzeugt, daß wir die Guten in dieser gräßlichen Blutoper sind. Gehen wir hinüber, bevor ich meinen Text vergessen habe.«

Koda wendete den Lieferwagen auf die Hauptstraße, bog dann in die schwach beleuchtete Seitenstraße ein und fuhr zu dem Haus, das sie beobachtet hatten. Soweit beide sehen konnten, stand niemand am Fenster oder an der Tür. Koda fuhr an dem Haus vorbei bis zum Ende der Straße, wendete und fuhr in dem gleichen gemächlichen Tempo die Straße zurück.

»Ist jemand rausgekommen?«

»Nein, aber es sah so aus, als hätte uns jemand auf dem vorderen Monitor entdeckt«, antwortete Shannon.

»Dachte ich mir schon«, nickte Koda, während er den Lieferwagen gegenüber von dem Haus abstellte. »Sehen wir also nach, ob wir sie ein wenig aus dem Gleichgewicht bringen können.« Er stieg aus dem Wagen, während Shannon auf den Fahrersitz hinüberwechselte. »Willst du was Originelles als ›Geht-nicht‹-Signal?«

»Bleiben wir bei einem der üblichen«, schlug Koda vor. »Wenn alles glattgeht, schicke ich den Gorilla mit meiner Uhr heraus. Zeiger stehen auf sechs Uhr. Bei neun Uhr komm vorsichtig rein. Zwölf heißt, sitze tief in der Scheiße«, bestätigte Koda. »Wie wär's mit einer raschen Kontrolle der Kanone? Wir können uns ja ebensogut an die Vorschrift halten.«

Charley Shannon zog die 45er Automatik und prüfte sie. »Geladen und gesichert«, sagte er ruhig. »Also los.«

Kodas Klopfen wurde von einem Mann beantwortet, der alle charakteristischen Merkmale eines gegen seinen Willen pensionierten Schleifers der Marine an sich hatte. Koda musterte das breite Gesicht und suchte optimistisch nach einem – wenn auch noch so schwachen – Anzeichen von Gefühl oder vielleicht sogar nach einer Spur von Humor. Keine Rede davon.

»Ja?«

»Mein Name ist Ben. Ich habe eine Verabredung.«

Der Wärter mit dem Bürstenhaarschnitt und dem finsteren Gesicht blickte Koda in die Augen. »Kommen Sie rein«, knurrte er dann. Während er die Tür scharf zuschlug, packte er Koda am Arm und drehte ihn mit dem Gesicht zur Wand.

»Was, zum –«

»Immer mit der Ruhe«, brummte der Wächter und stieß Koda an die Wand. »Bevor ich Sie dort reinlasse, muß ich sicher sein, daß Sie sauber sind. Der Chef sieht es nicht gern, wenn Besucher Schießeisen bei sich tragen«, erklärte der Bursche im freundlichen Plauderton, während er Koda fachmännisch mit der freien Hand abtastete. »Aber es sieht nicht so aus, Sportsfreund, als würden Sie viel mit sich herumtragen.« Der Wächter kicherte, während er mit seiner suchenden Hand zwischen Kodas Beinen herumtastete und über das mühsam beherrschte Stillhalten seines Opfers grinste.

»Schade«, seufzte er. »Ich habe irgendwie gehofft, daß ich was finde. Damit hätte ich einen Vorwand gehabt, Ihnen den verdammten Schnurrbart vom Milchgesicht zu reißen.« Der Wächter grinste boshaft, klemmte ein Ende von Kodas Schnurrbart zwischen zwei seiner dicken Finger und riß kräftig daran.

»Schon gut, Bruder. Um Ihnen die Wahrheit zu sagen, es hat mir irgendwie Spaß gemacht.« Koda zwinkerte freundlich, während er den Wächter ungefähr fünfzehn Zentimeter unter dessen Gürtelschnalle mit Globus und Anker mit dem Handrücken tätschelte und mit befriedigter Belustigung den Ausdruck von Überraschung, Unglauben und schließlich Zorn beobachtete, der über das Gesicht des Mannes huschte.

»Hören Sie, Arschloch«, fauchte der Ex-Marine und fuchtelte mit seiner geballten Faust vor Kodas Gesicht herum, »vielleicht halten Sie das alles nur für Spaß und Spiel.«

»Ohoo, Vorsicht, Freund«, warnte Koda kopfschüttelnd und blickte dann bedeutungsvoll auf die Videokameralinse, die nur zum Teil in einem massiven hängenden Blumentopf verborgen war, »Sie wollen doch nichts sagen, was Sie später bedauern würden. Ihr Boß hat vielleicht kein Verständnis für soviel Begeisterung. Sie wissen, was ich meine?«

»Sie sind sauber, Freund«, knurrte der Bodyguard, der sich noch immer bemühte, seinen unregelmäßigen Atem unter Kontrolle zu bringen. »Schwingen Sie Ihren Arsch dort hinüber. Durch den Korridor, die erste Tür links«, zeigte er mit einem Ruck seines kantigen Kopfes und trat zurück.

»Besten Dank«, nickte Koda freundlich. Er ging durch den Korridor, blieb vor der Tür stehen und wandte sich zu dem Wächter um, der ihm gefolgt war. »Also, Mann, nichts für ungut, okay? Vielleicht können wir uns einmal zu ein paar Gläsern Bier treffen, wenn dieses Geschäft gelaufen ist. Und über die prima Marines plaudern, die wir gekannt haben.« Er warf einen vielsagenden Blick auf den Unterleib des Wächters und zwinkerte wieder.

»Verlaß dich drauf, Arschloch«, flüsterte er wütend, während er an Koda vorbeilangte, die Tür öffnete und den Agenten widerwillig in den Raum treten ließ.

Kodas Augen richteten sich zuerst auf die beiden Männer, die vor dem Kamin, etwa drei Meter von einer riesigen Couch entfernt, standen, die den Tisch mit der Rotholzplatte teilweise umgab. Fünf kleine versiegelte Plastikpäckchen lagen auf dem Tisch, und jedes enthielt vermutlich eine genau abgemessene Unze weißes kristallines Pulver, ein klarer Hinweis, daß der Handel im Gang war.

Der Mann, der näher bei den Kokainpäckchen stand, war der Unzen-Dealer, den Koda und Charley bereits durch Mittelsleute kennengelernt hatten.

Der zweite Mann hatte einen Spitzbauch und trug eine Mütze mit einem Bronzestern, die seine graumelierten Haar im Bürstenschnitt fast vollkommen bedeckte.

Da soll mich doch der Teufel holen, dachte Koda, der General persönlich. Sieht aus, als hätten wir nun doch die großen Tiere an der Angel.

»He, Mann, wir haben Sie viel früher erwartet«, empfing ihn der Unzen-Dealer des Generals höflich und winkte Koda, an einem Ende der Couch Platz zu nehmen. Der Dicke hatte die Hände tief in den Hosentaschen vergraben und blieb vor dem Kamin stehen.

»Sie und Ihren Kumpel, wie heißt er noch? Der Schwarze?«

»Sie meinen Charley?« fragte Koda ruhig. »Er ist draußen.«

»Sagen Sie ihm, er soll hereinkommen«, befahl der Mann mit dem graumelierten Haar.

»Nein, das werde ich nicht tun.« Koda schüttelte langsam den Kopf. »Zumindest erst, wenn mir die Stimmung hier drinnen ein wenig freundlicher vorkommt«, fügte er anzüglich hinzu.

»Sie machen sich Gedanken darüber, ob wir Sie freundlich behandeln?« fragte der ältere Mann, den Kodas Bemerkung anscheinend überrascht hatte. »Wie kommen Sie auf die Idee...?«

»Sehen Sie, die Sache ist die«, unterbrach ihn Koda. »Ich habe neulich mit Ihrem Partner gesprochen und ihm gesagt, daß wir daran interessiert sind, heute abend zu einem Abschluß zu kommen. Aber wissen Sie, er hat nie erwähnt, daß er einen verdammten Brigadegeneral zum Partner hat. Ich versuche Ihnen also klarzumachen, daß ich wissen möchte, wer, zum Teufel, Sie sind – und was Sie hier tun –, bevor wir ein Wort weiterreden. Es ist nur vernünftig von mir, da es sich schließlich um mein Geld handelt.«

»Ich würde sagen, Mr. Koda, damit sind wir quitt, denn ich weiß auch nicht viel über Sie. Ich weiß auf keinen Fall genug über Sie oder Ihren Freund, um ernsthaft in Erwägung zu ziehen, Ihnen einen Handel anzubieten...«

»Oh, ich möchte nicht unhöflich sein, General«, unterbrach ihn Koda wieder, und der Sarkasmus in seiner Stimme war nicht zu überhören, »aber ich habe nichts darüber verlauten lassen, daß ich für Sie arbeiten will. Verstehen Sie, General, ich sehe das so«, fuhr er fort, nachdem er keine Antwort erhalten hatte, »Charley und ich haben uns an Sie gewandt, weil wir die Absicht haben, selbständig ins Geschäft einzusteigen, und gehört haben, daß Sie in diesem Gebiet das Monopol auf den Großhandel haben. Aber, General, Charley und ich haben keine Lust, mit einem Haufen von Verrückten zu arbeiten. Das ist zu verdammt gefährlich, wenn Sie wissen, was ich meine.«

Der Ausdruck der rotgeränderten Augen – die ihn mißtrauisch unter der Mütze beobachteten – wechselte zwischen Zorn und Verwirrung, dann entschloß er sich zu einer Art verwunderter Belustigung.

»Vielleicht waren wir ein wenig zu voreilig, Mr. Koda.« Der Spitzbauch zuckte lässig mit den Schultern. »Wir nahmen an, daß Sie und Ihr Partner an einem langfristigen Abkommen interessiert wären. Etwas in dem Rahmen von fünf Unzen pro Woche – mit einem großzügigen Kreditsystem. Aber angesichts Ihrer Besorgnisse würde vielleicht ein weniger, äh, festes Abkommen auch möglich sein.«

»Eigentlich dachten wir an etwas Solides«, antwortete Koda. »Zum Beispiel etwas in der Größenordnung von zwanzig Pfund im Monat, beginnend mit heute abend. Barzahlung, zehn Prozent im voraus, der Rest bei Lieferung. So etwas würde für uns genau das Richtige sein.«

Der Graumelierte blinzelte wieder.

»Ihr Jungs habt hundertzwanzigtausend Dollar hierher mitgebracht?« flüsterte der Unzen-Dealer des Generals ungläubig.

»Hundertdreißig«, stellte Koda ruhig richtig. »Wir bieten euch fünfundsechzig pro Pfund, fünftausend Barbonus für garantierte

Lieferung. Wir sind keinesfalls daran interessiert, am hinteren Ende der Lieferschlange zu stehen, wenn ihr Leute zufällig in einem Monat in Lieferschwierigkeiten kommt.«

Der Unzen-Dealer war sichtlich aus der Fassung geraten. Er sah seinen Boß ungläubig, mit weit aufgerissenen Augen an. Der General starrte Koda noch einige Augenblicke lang schweigend an, als sich eine laute tiefe Stimme aus dem angrenzenden Eßzimmer einmischte.

»Stehen Sie nicht herum, General«, forderte die Stimme, »antworten Sie dem Mann. Sagen Sie Mr. Koda, daß wir ihn gern von seinem Geld befreien werden.« Die Tür zum Speisezimmer ging langsam auf, und ein Mann mit tiefdunklem Ebenholz-Teint trat ins Wohnzimmer.

Unter normalen Umständen hätte einiges geschehen müssen, um Ben Koda von dem beunruhigenden Grinsen des Neuankömmlings und seinen funkelnden, anscheinend drogenberauschten Augen abzulenken. Aber in diesem Fall wirkte die ausgefallene Aufmachung seiner Kleidung stärker.

Der Mann war ein lebendes Farbspektrum... von der grellroten Schottenmütze, die schräg auf seiner Afrofrisur saß, hinunter über die allmählich wechselnden Töne von Orange, Gelb, Grün und Blau seines Halstuchs, des gemusterten Hemdes, der Bermudashorts und der langen Socken bis zu dem Burgunderrot seiner auf Hochglanz gebrachten Alligatorschuhe mit hohen Absätzen.

»Verraten Sie es mir nicht«, bat Koda, der langsam den Kopf schüttelte, während er in das dunkle Gesicht mit den Grübchen blickte. »Sie müssen Rainbow sein.«

»Stimmt«, nickte der bedeutungsvoll lächelnde Neger spöttisch. »Obwohl ich noch nicht recht weiß, wer Sie eigentlich sind, stimmt's, Mr. Ben-ja-min Koda?«

»Nein, das wissen Sie nicht«, bestätigte Koda.

»Und da Sie die ganze Zeit versucht haben, meine Aufmerksamkeit zu erregen, ist es wohl an der Zeit, daß wir einander kennenlernen. Was halten Sie davon?«

»Ich habe nichts dagegen«, meinte Koda vorsichtig, der die steigende Spannung im Raum spürte.

»Das trifft sich gut«, sagte der schwarze Dealer gedehnt. »Denn wir werden unsere kleine Vorstellung damit beginnen, daß der General einen kleinen Muntermacher auf Ihren Kopf richten wird. Ja, so ist es recht, genauso«, nickte er.

Koda sah bei einem Blick zur Seite, daß der General den kurzläufigen Revolver direkt auf seine Schläfe gerichtet hatte, doch er konzentrierte seine Aufmerksamkeit auf die Augen, die gefährlich unter der flotten Schottenmütze funkelten.

»Also dann, Mr. Ben-ja-min Koda«, krächzte der noch immer lächelnde Rainbow, »habe ich gehört, daß Sie etwas von hundertdreißigtausend Dollar erwähnten?«

»Ganz richtig«, gab Koda zu, dessen Brust- und Armmuskeln sich unwillkürlich verkrampften.

»Ich möchte dieses Geld sehen, wenn es Ihnen nichts ausmacht.«

»Aber es macht mir etwas aus«, antwortete Koda ruhig. »Wenn Sie über Geschäfte sprechen wollen, sollten Sie Ihrem kleinen Spielzeugsoldaten vorschlagen, daß er sich die Waffe in den Arsch schiebt.«

Die bösartig funkelnden Augen weiteten sich merklich, dann ging das breite, höhnische Grinsen in plötzliches Lachen über.

»Mann, Sie stecken nicht leicht zurück, was?« Rainbow schüttelte den Kopf. »Es ist nur so, daß ich Ihnen nicht ganz traue. Zumindest noch nicht«, fügte er bedeutungsvoll hinzu. »Ihr Mann wartet mit dem Geld vermutlich draußen. Richtig?«

»Das stimmt.«

»Gut, ich mache gern mit einem Mann Geschäfte, der wirklich sorgfältig plant.« Der Dealer warf einen Blick zu seinem Leibwächter. »Jack, mein Guter, warum gehst du nicht hinaus und bittest –« Der schwarze Dealer zögerte und warf Koda einen fragenden Blick zu.

»Charley.«

»Ja, richtig. Du gehst hinaus und sagst Mr. Charley, er soll seinen schwarzen Hintern hereinverfrachten, bevor wir anfangen, mit Mr. Ben-ja-min Koda ernsthaft zu sprechen. Und du sorgst dafür, daß er meine Einladung annimmt.« Der schwarze Dealer grinste.

»Ist mir ein Vergnügen«, erwiderte Jack mit einem boshaften Lächeln. Er wandte sich zur Tür, blieb aber stehen, als er Kodas Stimme hörte.

»Werden Sie diesen blöden Affen später noch brauchen?«

»Was meinen Sie damit?« fragte Rainbow.

»Ihren Eisenfresser dort drüben«, antwortete Koda mit einer Kopfbewegung zu dem Wächter.

»Es wäre durchaus möglich«, nickte der schwarze Dealer langsam. »Meinen Sie, daß der Mann Probleme bekommen könnte?«

»Das hier könnte ihm helfen.« Koda nahm seine Armbanduhr ab und stellte die Zeiger auf neun Uhr. »Andererseits kann er natürlich auch versuchen, Charley auf seine persönliche Art zu überreden. Ehrlich, mir ist das mehr oder minder scheißegal.«

Rainbow blinzelte nachdenklich. »Nimm die Uhr von dem Mann«, befahl er schließlich.

Der Wächter schlich verdrießlich zu der Couch, riß Koda die Uhr aus der Hand und verschwand durch die Tür.

Kaum vier Minuten später trat »Eisenfresser« wieder in den Raum. Er stellte sich zwischen die Tür und die Couch, Schulter an Schulter mit Shannon, der den drohenden Blick des Leibwächters ignorierte. Charley Shannon erfaßte die Situation mit einem einzigen schnellen Blick, dann starrte er Rainbow an.

»Verdammt, das schlägt ja alles«, grinste er und schüttelte den Kopf über den in allen Regenbogenfarben schillernden Dealer. Dann wanderte sein Blick zu dem beunruhigten General und dem kurzläufigen Revolver, bevor er sich endlich an seinen Partner wandte. »Ich sehe, du hast immer noch Verständigungsschwierigkeiten mit diesen Leuten.«

»Sieht ganz danach aus, was?« nickte Koda, nahm langsam zwei der in Plastik gewickelten Päckchen und hob eines hoch, damit Shannon es sah. »Ich habe den Leuten gutes Geld für diesen Stoff geboten. Sieht aber nicht so aus, als wären sie an dem Handel interessiert«, fügte er hinzu, drehte das Paket in der rechten Hand und musterte das klumpige Pulver genau. »Soviel ich feststellen kann...«

Das Schnappen der mit einem Federmechanismus versehenen Stahlklinge rief bei Kodas Nerven eine sofortige Reaktion hervor;

er erstarrte, während die rasiermesserscharfe Schneide die straff gespannte Seite des Plastiksäckchens in seiner Hand durchschnitt.

Das zusammengepreßte, scharf riechende Pulver quoll aus dem Säckchen heraus und ergoß sich über Kodas bewegungslose Hand und Beine sowie auf den Tisch und den Fußboden.

Ehe Koda reagieren konnte, packte ihn Rainbow vorn am Hemd und riß ihn auf die Füße, so daß ihre schweißbedeckten Gesichter nur Zentimeter voneinander entfernt waren, während er die kalte flache Messerklinge an die Seite von Kodas Hals drückte.

»Das Problem ist nur«, flüsterte Rainbow, »daß etwas mit euch nicht ganz stimmt. Sie wissen, was ich meine?«

»Sie sind nicht ganz bei Trost«, antwortete Koda ruhig und blickte tief in die irr funkelnden Augen.

»Ich weiß nicht, was es ist«, fuhr der schwarze Dealer fort, »aber etwas an euch stimmt einfach nicht, weil es Sie überhaupt nicht interessiert, wie ich mein Pulver verschneide.«

»He, Mann, Sie machen einen Fehler. Halten Sie sich zurück«, warnte Charley Shannon und machte einen Schritt auf Rainbow zu, doch plötzlich blockierte ihm »Eisenfresser« den Weg.

Rainbow kümmerte sich nicht um Shannons Ausbruch.

»Der einzige Kerl bisher, dem es egal war, wie das Pulver verschnitten wird, ist dieser Mann«, fuhr er fort, ohne den kalten Ausdruck in Ben Kodas Augen zu beachten. »Will nur seinen Kauf tätigen und abhauen. Hörst du, was ich sage, Freundchen?« Die Messerschneide durchtrennte mühelos die Fäden des obersten Hemdknopfes.

»Ich sage Ihnen, Mann, Sie gehen zu weit«, wiederholte Shannon, ohne auf »Eisenfressers« Bewegung zu reagieren – der plötzlich dicht an ihn herangetreten war und seine fleischige Hand um Shannons rechtes Handgelenk schloß.

Niemand im Raum rührte sich, und der General mit dem Stern auf der Mütze sah ebenso verwirrt und unsicher aus wie sein Unzen-Dealer.

»Und du weißt, was wir mit dem Mann tun, nicht wahr?« flüsterte der schwarze Dealer, der Ben Koda in die Augen starrte. »Auch mit kleinen rothaarigen Damen, die meinen, sie könnten mitmischen. Wir bringen sie einfach zum Wasser hinunter...« Die Klinge schnitt den zweiten Knopf ab.

»Er will dich testen, Ben – gib auf!« brüllte Charley und machte wieder eine Bewegung.

»Halt dein Maul, Niggerjunge!« knurrte »Eisenfresser«, drückte eine Handfläche gegen Shannons Brust und stieß ihn zurück.

»– und dann beginnen wir zu schneiden«, Rainbows Stimme ging in ein irres Kichern über, während die Klinge den dritten Knopf abtrennte – und das in Kodas Gehirn lauernde Wesen sprang zu.

»Ben, nicht!«

Ben Koda setzte seine aufgestaute Wut mit einem langen kehligen Schrei frei, drehte sich gegen den Uhrzeigersinn und drückte das Messer mit der offenen rechten Hand und dem Unterarm von seiner Brust weg. Ehe der erschrockene, aus dem Gleichgewicht geratene Dealer reagieren konnte, riß Koda den rechten Arm zurück und knallte dem Mann mit einem kraftvollen Schlag die geballte Faust in das ungeschützte Gesicht, zerbrach ihm den Nasenknorpel und spaltete ihm beide Lippen, so daß hellrotes Blut hervorschoß. Der schwarze Dealer stürzte, und das Messer flog ihm aus der Hand.

»Hört dort drinnen auf!«

»Ben, hör auf – Accch!« stöhnte Shannon, als ihn »Eisenfressers« Faust hart in den Magen traf.

Shannon stolperte gebückt vorwärts, kam dann – bösartig knurrend – wieder hoch und sprang seinem Gegner mit dem Kopf voran gegen die krachenden Rippen, so daß beide auf der Couch landeten und den in Panik geratenen Unzen-Dealer sowie den ungläubig starrenden General in einem Gewirr von Armen, Beinen und zersplitternden Möbeln zu Boden rissen.

»Du verdammter, dreckiger...« knurrte Rainbow durch die blutigen Lippen, in seinen Augen lag nicht mehr wilder Wahnsinn, sondern eine andere Art Zorn, während er sich auf Koda stürzte, wütend nach seinen Genitalien trat, ihn verfehlte und vor Schmerz aufschrie, als die verstärkte Spitze von Kodas Tennisschuh scharf gegen sein linkes Knie schlug. Im nächsten Augenblick streckte ihn ein verheerender, fürchterlich schmerzvoller *Ki-yi*-Karateschlag in seine untere Brusthälfte zu Boden.

Der schwarze Dealer, der vor Schmerz stöhnte und heftig aus Mund und Nase blutete, spürte, wie die Knöchel seiner rechten Hand gegen die offene Klinge des Messers streiften... als die momentane Stille des Raumes von wütendem Gebrüll und einer Explosion von zerberstendem Glas und Holz zerrissen wurde, während sich Charley Shannon aus dem wirren Knäuel von Körpern erhob, »Eisenfresser« hochstemmte und den sich noch immer wehrenden Leibwächter durch das Vorderfenster des Hauses schleuderte.

Shannon hörte das Geräusch eines Hahnes, der gespannt wurde, drehte sich um und sah, wie Rainbow sich mit dem Messer in der Hand auf ein Knie hochstemmte, um sich auf Koda zu stürzen, der keine drei Meter von ihm entfernt kauerte und den gespannten Revolver des Generals mit ausgestreckten Armen umklammerte.

Bevor sich Shannon bewegen oder schreien konnte, dröhnte das markerschütternde, ohrenbetäubende Krachen eines 38er Polizeirevolvers zweimal in dem geschlossenen Raum... und dann ein drittes Mal, als Koda die Waffe von der Brust des schwarzen Dealers wegschwenkte, zwischen dessen von Panik und Schmerz geweitete Augen zielte und zum dritten Mal abdrückte.

»Feuer einstellen, verdammt noch mal!« Die laute Stimme brüllte wieder über den Lautsprecher. *»Koda, hier spricht Fogarty. Hören Sie mich? Feuer einstellen!«*

»O Gott«, flüsterte der Mann mit den blutigen, gespaltenen Lippen, der eingeschlagenen Nase und der zerfetzten roten Schottenmütze, die schlapp an einer Seite der verschobenen Afro-Perücke hing, während er ungläubig den Lauf der mit Platzpatronen geladenen Pistole in Kodas Händen anstarrte.

Charley Shannon erreichte als erster seinen Partner und entriß ihm die rauchende Pistole in dem Augenblick, als die ersten Männer aus den Nachbargebäuden, dem Trainingszentrum für Vollzugsorgane, in den Raum stürzten.

Während die fünf Sonderagenten in dem abgesicherten, schalldichten Konferenzraum saßen und schweigend auf den flimmernden TV-Monitor starrten, spielte das Videoband die Vorfälle ab, die sich vor weniger als einer Stunde in einem der Gebäude für praktische

Übungen am äußersten Ortsrand des Trainingscamps in Glynco, Georgia, abgespielt hatten.

Shannon schüttelte den Kopf und murmelte etwas Unverständliches, als das flimmernde Videobild des falschen Leibwächters – in Wirklichkeit ein kürzlich pensionierter Ausbilder der Marines – in einem Schauer von zersplitterndem Glas und Holz durch den nur allzu wirklichen Fensterrahmen verschwand.

Dann war es Koda, der mitfühlend bestürzt zusammenzuckte, als der waffenlose Kontrollausbilder des Trainingszentrums, der freiwillig Rainbows Rolle übernommen hatte, nacheinander Kodas Messerabwehr mit der offenen Hand, den betäubenden Handkantenschlag ins Gesicht, den lähmenden Tritt auf sein ungeschütztes Knie und den letzten verheerenden Faustschlag auf sein ungedecktes Zwerchfell einsteckte.

Ben Koda wandte während der letzten Momente des Videobandes den Blick ab, denn er wollte das sichtlich entsetzte, schockierte Gesicht des blutbesudelten Beamten nicht sehen, der unter dem imaginären Aufprall der Projektile aus dem mit Platzpatronen geladenen 38er zusammenbrach.

Das einzige Geräusch im Raum war der geflüsterte Fluch des DEA-Training-Leiters.

»Es ist Ihre eigene gottverdammte Schuld, Thornton!« brüllte Shannon, sprang auf und schlug mit der geballten Faust auf den schweren Konferenztisch.

»Ich gebe zu, daß wir nicht rechtzeitig eingegriffen haben«, fuhr Trainingsleiter Jim Thornton Shannon zornig an. »Das bedeutet jedoch nicht, daß es kein stichhaltiger Test war. In der Tat…«

»In der Tat wissen Sie, daß die Mitwirkenden an einer dieser Inszenierungen ebenso leicht ausflippen können wie die Schauspieler«, schloß Sandy an Shannons Stelle. »Es ist in Glynco mindestens in einem Dutzend Fällen vorgekommen, von denen ich weiß. Vielleicht würden Sie sich einmal einen Ihrer alten Trainingsfilme ansehen. Zum Beispiel den, auf dem Sie dabei waren, die Nutte zu erwürgen, die versucht hat, Ihnen in die Eier zu treten, weil…«

»Also gut«, nickte der Trainingsleiter und hob die Hände, um widerwillig klein beizugeben, während sich der noch immer murrende

Shannon wieder hinsetzte. »Vielleicht hat sich Jackson von seiner Rolle ein wenig hinreißen lassen. Sie haben recht, es ist schon früher vorgekommen. Aber es ist nicht unbedingt seine Schuld. Wir haben ihm befohlen zu übertreiben. Er hat nur...«

»Es war das Messer, das die Reaktion ausgelöst hat, Jim«, unterbrach Bart Harrington ruhig. »Nicht Jacksons Schauspielerei. Es war unvermeidlich, sobald er das Kokainsäckchen in Bens Hand zerschnitt. Von meinem Standpunkt aus war es einfach eine Fehlentscheidung, Jackson ein wirkliches Messer verwenden zu lassen.«

»Ja, das mag sein«, gab Thornton zu, »aber vergessen Sie nicht, daß Rainbow ein Messerstecher ist. Und er spielt nicht mit Gummimessern. Außerdem war das der Sinn der Übung. Wenn einer von euch die Vorstellung, von jemandem wie Rainbow Rauschgift zu kaufen, nicht verkraften kann«, Thornton blickte Koda an, »müssen wir es jetzt erfahren.«

Thorntons laute Stimme riß Ben endlich aus seinem tranceähnlichen Zustand. Er schüttelte leicht den Kopf und sah den Trainingsleiter an. »Wird Jackson wieder in Ordnung kommen?« fragte er ruhig.

»Er wird eine Zeitlang das Squashspielen aufgeben müssen«, antwortete Thornton sarkastisch, dann schüttelte er verärgert den Kopf. »Tut mir leid, das war eine unfaire Bemerkung. Sie machen gerade die Röntgenaufnahmen. Wahrscheinlich ist sein Nasenbein kaputt, und die Seitenbänder im Knie sind gerissen.«

»Scheiße«, flüsterte Koda.

»Der Mann hat es sich selbst zuzuschreiben«, mischte sich Charley ein. »Ein kaputtes Knie ist bei weitem besser als eine 38er Patrone zwischen den Augen, was er im Ernstfall abbekommen hätte. Vielleicht hat er daraus etwas gelernt und wird dadurch ein besserer Ausbilder werden. Aber im Augenblick ist Jacksons Knie nicht das Problem, sondern wir sind es. Was werden wir jetzt tun?«

»Das hängt von Fogarty ab«, antwortete Thornton. »Wenn er glaubt, daß ihr einen sauberen Kauf bei Rainbow und Pilgrim hinkriegen könnt...«

»Verdammt noch mal, Jim!« Koda sprang mit blitzenden Augen auf. »Sie haben mit diesem lahmarschigen Einsatz einen Dreck bewiesen, und das wissen Sie genau! Charley und ich haben bei so verdammt paranoiden Kerlen gekauft, die ihrer eigenen Mutter nicht über den Weg getraut hätten. Wir werden im Ernstfall nicht den Kopf verlieren. Wir werden uns wie geplant wegen ein paar Unzen an den General wenden. Wenn wir beginnen, in Pfunden zu handeln, muß uns der General notgedrungen mit Rainbow und Pilgrim zusammenbringen. So funktioniert ihr System. Wir kaufen uns in ihr Unternehmen ein...«

»Und dann werdet ihr sie erledigen, bevor wir eine Chance erhalten, uns Locotta zu schnappen?« spottete Thornton.

»Unsinn!« Charley sah Thornton wütend an, während einer der Elektrotechniker des Trainingszentrums mit einem Bandgerät hereinkam, unmittelbar gefolgt von Tom Fogarty.

»Also gut, das reicht«, sagte Fogarty sarkastisch. »Bevor jemand noch etwas sagt oder tut...« er blickte Koda, Shannon und dann Mudd scharf an, »...was er oder sie später bereuen könnten, möchte ich, daß alle den Mund halten und sich dieses Tonband anhören. Hat jemand Schwierigkeiten, ein paar Minuten seine Klappe zu halten?« Alle Anwesenden schwiegen.

»Gut. Jetzt hört mal zu. Wir haben dieses Tonband vor ungefähr drei Stunden von jemandem erhalten, den wir eine vertrauliche Regierungsquelle nennen wollen«, fuhr Fogarty fort. »Zur allgemeinen Klarstellung, weder die beteiligten Personen noch der Ort, an dem das Gespräch abgehört wurde, ist uns bekannt gegeben worden, vermutlich, weil das Abhören ohne Genehmigung erfolgt ist.«

»Willst du damit sagen, daß das Band offiziell nicht existiert?« fragte Koda.

»Ja, so ungefähr«, nickte Fogarty. »Obwohl ich glaube, daß die Frage der Legalität in unserem Fall keine wirkliche Bedeutung besitzt. Hört selbst.« Er drückte auf den *Play*-Knopf des Bandgerätes, und ein heiseres, gedämpftes Gespräch erfüllt den Raum.

»Hallo, Rainbow, hier spricht Mike Theiss.«

»Ja, Mann, wie geht's?«

»Wirklich gut. Hören Sie, ich habe Ihre Nachricht erhalten, daß ich Sie anrufen soll. Kann ich Ihnen eine Nummer geben?«

»Tun Sie es.«

»Zwei-zwei-sieben... fünf-fünf-neun-zwei.«

»Verstanden. Geben Sie mir fünfzehn.«

Klick.

Das Band lief ein paar Sekunden lautlos weiter. Ein Telefon klingelte einmal, dann wieder ein Klicken, und das Gespräch ertönte wieder im Raum.

»Bo?«

»Ja, Mann. Nur zu. Wir sind sauber.«

»Eine doppelte Telefonzellenanzapfung?« Koda zog die Brauen hoch. »Wie zum Teufel haben sie...« Fogarty bedeutete ihm zu schweigen.

»Hören Sie, Rainbow. Es handelt sich um das Geschäft, von dem Jimmy und ich neulich abends sprachen...«

»Ja, was ist damit? Klingt zu verdammt gut, kaum zu glauben, nicht wahr?«

»Ihr redet von einer verdammten Menge Bargeld an der Front, mein Freund.«

Gelächter.

»He, Bo, hören Sie, ich mache Ihnen nichts vor. Es ist so, wie ich Jimmy gesagt habe. Ich kann ein paar Millionen allein locker machen, ohne jede Mühe. Aber was, zum Teufel, soll ich unseren übrigen Hintermännern über so ein Geschäft erzählen?«

»Legen Sie es ihnen offen dar, Mann. Sagen Sie ihnen die Wahrheit, rundheraus. Sie sind so gescheit, daß sie den Mund halten werden. Wir reden schließlich davon, daß wir den Rauschgiftmarkt auf den Kopf stellen werden. Richtig auf den verdammten Kopf!«

»Ja, ich verstehe, was Sie meinen, Bo. Das ist es ja eben. Ich meine, habt ihr Jungs euch wirklich auf euren Hintern gesetzt und darüber nachgedacht, was geschehen wird, wenn Sie und Pilgrim tatsächlich diese Theorie ausprobieren...?«

»Die Analoga sind keine Theorie, Mann. Sie sind Tatsachen. Wir sprechen eiskalt über legalen Stoff. Sie können damit handeln, ihn rauchen... ihn sich in Ihr Ohr stopfen, was immer Sie wollen. Sie können ihn sogar einem Rauschgiftfahnder verkaufen, solange Sie nur darauf achtgeben, was Sie sagen. Es spielt einfach keine Rolle. Kapiert ihr das nicht? Der Mann kann euch nichts anhaben. Solange wir es richtig anfassen, ist das Pulver einfach legal.«

»Ja, aber hören Sie zu, Bo. Sind Sie sicher, daß es nicht nur eine andere Methode ist, mit gefälschten Rezepten zu handeln? Sie wissen ja, Stoff, der legal aussieht, aber die Kapseln sind mit gefälschtem Speed, wie etwa Koffein oder etwas Ähnlichem, gefüllt?«

»Nein, keineswegs. Hören Sie mir jetzt einmal zu. Der Mist, von dem Sie reden, ist nur billigster Stoff. Für Kinder. Leute auf der Straße fallen auf so was rein. Wir sprechen von dem richtigen Stoff. Ordentliches Männerzeug. Echtes Rauschgift, das das Bewußtsein erweitert, Halluzinationen erzeugt. Der einzige Unterschied besteht darin, daß es einwandfrei legal ist. Werdet ihr Kerle denn niemals begreifen, was wir euch erklären wollen?«

»Wir begreifen schon, Bo. Und hören Sie, verstehen Sie mich nicht falsch, es klingt auch gut. Besonders das Geld... es klingt verteufelt gut. Aber bei Gott, Bo, das, wovon Sie und Jimmy reden, klingt verdammt gespenstisch. Sie reden doch nicht nur davon, die Bullen mit der Nase hineinzustoßen?«

»Nein, das tun wir nicht. Das haben Sie richtig kapiert, Bruder.«

Neuerliches Gelächter.

»Ja, aber das bedeutet große Schwierigkeiten auf der Straße. Sie sprechen davon, daß Sie das organisierte Verbrechertum ausschalten wollen! Die Familie allein hat Milliarden in Kokain und Heroin investiert. Milliarden! Es ist vollkommen ausgeschlossen, daß sie sich bei solchen Investitionen einfach ausbooten lassen. Und wenn sie herausfinden, daß wir dahinterstecken... O Gott, daran will ich gar nicht denken.« Die Stimme zitterte. »Hören Sie, Bo. Wir müssen noch ausführlicher mit Jimmy darüber sprechen...«

»Ausgeschlossen, Mann. Hören Sie jetzt einmal genau zu. Pilgrim hat schon seine Fäden gezogen. Wir haben uns einen Spitzenmann von der Chemie geschnappt, der den Stoff herstellt, und er ist auch keine dreckige Mißgeburt wie Drobeck. Der Mann hat ein Hirn, das seiner Zeit um Lichtjahre voraus ist, Sie verstehen doch, was ich meine? Und er stellt für Pilgrim einen ganzen Berg von Analoga her. Wissen Sie noch, was wir Ihnen gesagt haben? Sie sind alle genauso gut wie der echte Stoff, nur daß jeder chemisch ein ganz klein wenig anders ist als das wirkliche Zeug, und das bedeutet, daß sie legal sein müssen. Wir müssen sie also nur testen und herausfinden, welche wirklich die gewünschte Wirkung haben. Und lassen Sie mich Ihnen eines versichern, Mann, einige von ihnen schaffen es wirklich. Sogar besser als *Lady*.«

»Na, na, Bo...«

»Ich sage Ihnen, Mann, ich habe es persönlich gesehen. Und lassen Sie mich Ihnen noch etwas stecken. Unser erstes weibliches Versuchskaninchen hat sich wie eine aufgeputschte, geile Biene aufgeführt. Wir werden also die Analoga, die es bringen, in Kiloportionen herausschieben... immer nur eine Sorte auf einmal. Wenn die Bullen das Zeug verbieten wollen, müssen sie das Gesetz ganz speziell abändern, jedes neue Analogon für illegal erklären. Wir können also vielleicht ein Jahr lang mit jedem handeln. Und von wem, glauben Sie, werden die Leute auf der Straße die ganze Zeit kaufen? Von Leuten, die Mist verkaufen, für den sie ins Gefängnis wandern können, oder von Leuten, die hochwirksamen Stoff verkaufen... wie wir? Stellen Sie sich nur diese Masse Geld vor, Mann!«

»O Gott!« Es klang beinahe wie ein geflüstertes Gebet.

»Wenn das nicht das Wahre ist, und vergessen Sie nicht, wenn das Gesetz einmal geändert wird, müssen wir nur das Labor anzünden und ins nächste übersiedeln – keine Spur von etwas Illegalem zurücklassen. Keine große Sache, denn wir werden ohnehin eine Menge Labors haben. Stimmt's?«

»Konzessionen, genau wie bei McDonalds«, bestätigte die Stimme verwundert.

»So ist es. Wir machen es schon richtig, sag' ich Ihnen, und es gibt nichts, was das FBI oder die Bullen oder sonst jemand unternehmen können, um uns daran zu hindern, solange uns nicht Locottas Leute in die Quere kommen, bevor wir soweit sind... und das werden sie nicht, denn wir werden in Deckung bleiben. Richtig?«

»Aber was ist mit Lester...?«

»Hat Jimmy denn Lester nicht ausgeschaltet, wie ich versprochen habe?«

»Ach ja, schon... aber was ist mit diesem Chemiker? Ich meine, wer ist das? Wieso haben wir noch nie von ihm gehört?«

»Das weiß ich nicht. Er ist einer von den Eierköpfen an der Universität. Ich weiß nur, daß Pilgrim den Mann seinen Alchimisten nennt.«

»Ein Alchimist? Ein moderner Alchimist, der legales Rauschgift herstellt? Mein Gott, das haut hin, Bo. Das ist wirklich in Ordnung. Ein Alchimist, um Himmels willen...!«

Tom Fogarty stellte den Recorder ab. Im Konferenzraum herrschte Stille. Er unterbrach schließlich das Schweigen und fragte: »Meinst du immer noch, Ben, daß du und Charley wieder auf die Straße hinausgehen und von Jimmy Pilgrim ein Pfund Kokain kaufen können?«

14

Auf Grund der Zeitverschiebung von drei Stunden zwischen dem hochgelegenen Wüstengebiet in Südkalifornien und dem in der Tiefebene liegenden Sumpfgebiet von Glynco in Georgia standen in der südwestlichen Mojave-Wüste immer noch leuchtende, von der untergehenden Sonne orangerot gefärbte Federwolken am Himmel, als David Isaac und Nichole Faysonnt endlich am Ende ihrer langen anstrengenden Wüstenfahrt auf dem Berggipfel anlangten.

Obwohl es in Wirklichkeit gar keine so lange Fahrt gewesen war. Nur hundertfünfzig Kilometer, die letzten dreißig auf einer gewundenen, steinigen Bergstraße, die eine wunderschöne Aussicht auf die mit Josuabäumen bestandene Wüstenebene bot und den charakteristischen Hochgebirgsgeruch der immergrünen Kiefern, den scharfen kühlen Duft von sauberer Luft und die ruhige Einsamkeit des Berges verbreitete.

Die zweieinhalbstündige Fahrt hätte ein entspannendes, erfreuliches Erlebnis für zwei verliebte Menschen sein sollen. Und sie wäre es gewesen, wären die beiden Liebenden nicht durch eine Vielzahl einander widerstrebender Gefühl abgelenkt worden... wie etwa Lust, Habgier, Ehrgeiz, Neugierde, ganz zu schweigen von dem wachsenden Bewußtwerden ihrer amateurhaften Unsicherheit, die sich allmählich in reine, echte Angst verwandelt hatte.

Statt zweier heißblütiger Liebender, die sich auf ihre Ankunft in einer abgeschiedenen Berghütte freuten, waren es zwei müde, verkrampfte, schwitzende, zerstreute und gefühlsmäßig erschöpfte wissenschaftliche Verschwörer, die auf dem Gipfel des Eagle Montain aus dem kleinen Volkswagenkäfer stiegen und sich dankbar streckten, während sie die kühle Bergluft in tiefen, belebenden Zügen einatmeten.

Sie gingen Hand in Hand zu dem Rand des hohen Felsüberhangs, wo sie schweigend beobachteten, wie die feuerfarbigen Wolkenstreifen allmählich verblaßten und schließlich in Grautöne übergingen, die von dunkler werdendem Blau umgeben waren.

»Den besten Teil haben wir wohl versäumt«, flüsterte Nichole, die sich mit beiden Händen an Isaacs Arm festhielt, während sie in die tiefer werdende Dunkelheit hinausblickte und vermied, ihm ins Gesicht zu schauen. Sie hatte Angst vor einer erstarrten Maske der Besorgnis, die ihr eigenes Gefühl widerspiegelte.

»Nein.« Isaac schüttelte den Kopf. »Es war die ganze Zeit vorhanden. Wir haben nur nicht darauf geachtet.« Er wandte den Kopf, küßte Nichole und lächelte dann ermutigend. »Es wird noch viele Sonnenuntergänge geben. Die ebenso schön sein werden.«

»Ich hoffe es«, flüsterte sie inbrünstig.

»Du darfst nicht vergessen, daß sie nicht ganz so schlau sind, wie sie uns einreden wollen.« Isaac versuchte nicht nur Nichole, sondern auch sich zu beruhigen. »Sie sind gefährlich, bösartig und überheblich. Das steht außer Frage. Und sie verstehen es offenbar sehr gut, mitten in der Nacht umherzuschleichen und mit... Leuten wie uns ihre kleinen Spielchen zu treiben.«

Er schüttelte den Kopf, als er sich daran erinnerte, wie sich sein Magen vor Entsetzen zusammengekrampft hatte, als er begriff, daß Nicholes Schreie, die sich ständig steigerten, von Ekstase zu einem Ausdruck übergingen, der panischem Entsetzen ähnelte. Wie er dorthin geschaut hatte, wo Nicholes weit aufgerissene Augen die lange Klinge des entsetzlichen Messers erblickt hatten, die kaum einen Meter über seinem Kopf in der durchbohrten Wand geblitzt hatte. Wie er später zu einer Erektion außerstande gewesen war und es irgendwie immer noch war…

»Aber das ist in Ordnung«, fuhr Isaac schnell fort. »Wir können mit ihren Spielchen fertigwerden, weil wir wissen, daß sie Fehler machen, genau wie jeder andere – ihr Test des A-17-Analogons ist ein eklatantes Beispiel dafür.«

Isaac machte eine Pause, in der er sorgfältig überlegte, was er sagen wollte, dann fuhr er fort. »Wir müssen also auf der Hut und bereit sein, jeden Fehler, den sie begehen, sofort auszunutzen. Wenn wir das zustande bringen, wird alles gut enden. Sind wir uns einig?«

Nichole atmete tief und nickte zitternd.

»Gut«, sagte er, die wachsende Nervosität war in seiner Stimme deutlich zu merken. »Also machen wir uns jetzt an die Arbeit und bringen sie hinter uns, dann können wir von hier verschwinden.«

In einem Kellergeschoß – in Wirklichkeit eine bunkerähnliche Reihe von Büros und Arbeitsräumen unterhalb von seinem teuren Landhaus an einem Berghang in Del Mar mit Blick auf den Pazifischen Ozean – saß Lafayette Beaumont Raynee allein und ruhig in einem sechs mal zwölf Meter großen Raum, der fast vollkommen dunkel war, und dachte über die verflochtenen Wege des Schicksals nach, die sein höchst erfolgreiches Leben beeinflußten – Vergangenheit, Gegenwart und Zukunft –, während er darauf wartete, daß Simon Drobecks Geschenk erschien.

Es war ein Geschenk, daß Rainbow noch mehr schätzte als die Dutzende alter Waffen, die an den Wänden seines höhlenartigen unterirdischen Büros hingen. Die Geschichten über gewaltsame Todesarten, die für jede einzelne der geschliffenen Klingen dokumentiert waren, faszinierten ihn – die Geschichten von schweißtreibenden, mühsamen Anstrengungen, die plötzlich durch einen furchtbaren, raschen Hieb oder Stoß beendet worden waren, doch er schätzte Simon Drobecks Geschenk noch mehr… weil Drobecks Geschenk etwas Besonderes darstellte.

Es war der Tod selbst. Ein lebender, gleitender, lautloser Tod, dessen sagenhafte Fähigkeit, Entsetzen einzuflößen, nicht ihresgleichen hatte, ganz gleich, wie fürchterlich oder furchtlos er anderen Menschen vorkommen mochte.

Bei den Waffen konnte Raynee nur mit den Fingern über die haarscharf geschliffenen Schneiden streichen und sich vorstellen, welchen Schrecken sie ausgelöst hatten. Aber mit Drobecks Geschenk konnte er tatsächlich die aufwühlende Angst vor einem bevorstehenden Tod erleben... und er sehnte sich nach diesem Gefühl mehr als nach allem, was er sich vorstellen konnte.

Die einzige Lichtquelle in dem nachtschwarzen Raum war eine purpurrote Glühbirne, die hoch oben angebracht war, fast unsichtbares, tiefrotes Licht ausstrahlte und dort helles, sichtbares Licht hervorrief, wo sie auf fluoreszierendes Material traf. Die Lampe war der einzige Schutz, den Lafayette Beaumont Raynees gefürchtete, »Rainbow« genannte Seite seiner Persönlichkeit sich gestattete, wenn er seinen unwiderstehlichen Drang befriedigte, immer wieder das Gefühl des herannahenden Todes auszukosten.

Und dennoch, rief er sich ins Gedächtnis, konnte das Licht jeden Moment verlöschen...

...denn abgesehen von ein paar Fäden in seiner Kleidung, gab es nur zwei Gegenstände in diesem Raum, die imstande waren, die tief purpurrote Strahlung zu absorbieren und das unheimlich strahlende orangegelbe Glühen auszusenden, wenn...

Dort!

Ein einziger orangegelber Punkt erschien in der gegenüberliegenden Ecke des Raumes. Er stieg langsam in die Höhe, drehte sich von einer Seite zur anderen, so daß Raynee gelegentlich sehen konnte, daß es sich in Wirklichkeit um zwei leuchtende Punkte handelte. Zwei orangegelbe Punkte, die sich als zwei wild glühende, fluoreszierende Augen entpuppten...

...und Nadja, der Königin der Schlangen, gehörten...

...Die Kreatur glitt in der Dunkelheit weiter und suchte das Geschöpf, das es wagte, in der Dunkelheit zu beobachten, wie sie näherkam, obwohl es nie wirklich imstande war, die Entfernung genau abzuschätzen, während sich die unsichtbare lange Kobra streckte...

Das Telefon im Büro nebenan klingelte laut und zerriß Raynees angespannte, konzentrierte Aufmerksamkeit. Widerwillig langte er nach dem Schalter und knipste das Licht an, das den Raum plötzlich in ein sanftes blaues Leuchten tauchte, in dem die Augen der Kobra noch glänzender fluoreszierten, während sie sich zu einem Drittel ihrer mehr als fünf Meter betragenden Länge erhob, ihren Hut entfaltete und bewegungslos gespannt zusah, wie Raynee den unbenutzten Schlangenhaken ergriff und dann den Raum durch die einzige, schmale Tür verließ.

Als er nach dem Telefon auf seinem Schreibtisch griff, streifte seine Hand das Paket, das die zehn zugeschraubten Glasphiolen – die zehn neuen Analoga – enthielt, die von B-7 bis B-16 numeriert waren und die er eben von Isaac erhalten hatte. Jede enthielt ungefähr zehn Gramm eines weißen kristallinen Pulvers, die möglicherweise Zukunft – und Machtposition – von Jimmy Pilgrim und Rainbow darstellten. Zehn neue Analoga, von denen mindestens eines der künftige Ersatz für Heroin und Kokain oder zumindest der sofortige Ersatz für das Thiopen-Analogon sein konnte... das nicht ganz das gehalten hatte, was er und Pilgrim sich erhofft hatten, das aber sicherlich für einen Probelauf genügen würde.

»Rainbow«, flüsterte er.

»Pilgrim«, krächzte die heisere Stimme. »Schieß los!«

Gehorsam beschrieb Raynee detailliert den Stand seiner Tätigkeiten. Michael Theiss, ihr Bankier und Finanzberater an der Westküste, war nun fest beauftragt, das gesamte Kapital für die Labors aufzutreiben. Er war natürlich noch immer sehr nervös, würde aber trotzdem mitmachen.

Die neuen Analoga waren eingetroffen.

Das Prototyplabor für die Produktion des Thiopen-Analogons wurde von Isaac und seiner Freundin eben jetzt errichtet. Es würde termingerecht fertig sein.

Beim Testprogramm der Analoga hatten sich einige Probleme ergeben.

»Was hat's gegeben?« fragte Pilgrim.

Raynee erklärte, wie er den Test von Isaacs A-17-Analogon mit einigen bereitwilligen Schülern aus einer von den oberen Kreisen frequentierten High School begonnen hatte – deren einflußreiche Eltern es nicht im geringsten schätzten, zu Intensivstationen gerufen zu werden... nur um von den Polizeibeamten zu erfahren, daß ihre geliebten Sprößlinge beinahe eine Überdosis eines noch unbekannten Rauschgifts eingenommen hatten.

Das Ergebnis war intensiver politischer Druck auf ein paar Polizeichefs in Kleinstädten gewesen – die keineswegs besonders motiviert werden mußten, um gegen Menschen, die High-School-Schülern Rauschgift verkauften, scharf vorzugehen. Zwei von Raynees Adjutanten waren gezwungen gewesen, rasch aus Südkalifornien zu verschwinden. Die Auswahl der Testpersonen mußte sorgfältiger vorgenommen werden.

»Arbeite es aus und teste weiter«, befahl Pilgrim. »Wir brauchen diese Daten.«

»Du bekommst sie.«

»Und was ist mit Locotta?« fragte Pilgrim.

»Noch ein paar von Jakes Leuten haben in letzter Zeit hier herumgeschnüffelt«, antwortete Raynee. »Der alte Rosey hat selbst bekanntgegeben, daß Locotta es wirklich ernst damit meint, daß er vor morgen zehn Uhr von dir hören will.«

»Das wußten wir schon«, brummte Pilgrim.

»Aber anscheinend wird Locotta ein wenig ungeduldig«, kicherte Raynee. »Ich habe gehört, daß Joe Tassio in der Stadt ist.«

»Oh?« Pilgrims Stimme bekam einen leicht belustigten Klang.

»Meinst du nicht, es wäre Zeit, daß wir uns mit ihm ein wenig unterhalten?« schlug Raynee vor.

Es entstand eine Pause, während Pilgrim über die gerade vernommene Nachricht nachdachte. »Ja«, entschied er schließlich, »es ist ein ausgezeichneter Moment, unseren Freunden zur Ablenkung einen Köder hinzuwerfen. Ihnen etwas zum Nachdenken zu geben, während wir unsere Vorbereitungen in Ruhe zu Ende führen.«

»Wir werden den Jungs eine Menge zum Nachdenken geben«, kicherte Raynee zufrieden vor sich hin und entdeckte, wie gewöhnlich, daß sein Gesprächspartner längst nicht mehr in der Leitung war.

Nachdem Lafayette Beaumont Raynee aufgelegt hatte, blieb er

noch eine Weile sitzen, betrachtete die kristallinische Schönheit des glitzernden weißen Pulvers in den Phiolen und fragte sich, welche – wenn überhaupt – es sein würde. Seine sensiblen Hände griffen vorsichtig nach einem der präzise zusammenpassenden Wurfmesser mit flachem Griff auf seinem Schreibtisch und liebkosten es. Seine geschickten Finger prüften die dünne Schneide, suchten den Schwerpunkt. Dann fuhr seine Hand in einer Bewegung, der der Blick nicht folgen konnte, vor... und schleuderte das Messer mit einem satten Aufschlag in die Brust der schwarzen, an der Wand befestigten Scheibenfigur. Dann griff er wieder nach dem Telefon.

»Skylight und Squeek«, flüsterte er. »In meinem Büro. In einer Stunde.«

Bylighter wurde grob geweckt, gewaltsam in ein fleckiges T-Shirt und schmutzige Jeans gesteckt, und als er dann von Roy Schultzheimer beim unterirdischen Eingang zu Rainbows Büro abgeliefert wurde, war die zitternde Hilfskraft einer Imbißstube kurz davor, hilflos in Tränen auszubrechen.

Schließlich mußte Schultzheimer Bylighter aus dem Rücksitz des Wagens helfen und ihn durch die unterirische Garage hinüber zu der Stahltür führen. Der schweigende Leibwächter drückte auf einen Knopf, nickte der über ihm hängenden Videokamera zu und schob Bylighter mit einem ungeduldigen Knurren weiter, als die elektronisch gesteuerte Tür mit einem lauten Klick aufging.

Während Bylighter weiterstolperte, hörte er die schwere Tür hinter sich zuschlagen und entdeckte, daß er allein an einem Ende eines merkwürdigen, kastenähnlichen, hölzernen Gestells stand, das sich etwa zweieinhalb Meter nach vorne erstreckte und dann in einen dunklen offenen Raum mündete, in dem Rainbow und eine Person mit blondem, lockigen Haar an einem Schreibtisch saßen. Den Rest des Raumes nahm eine große Ringkampfmatte ein. Bylighter war sofort klar, daß er den Raum nur betreten konnte, indem er durch das merkwürdig drohende Gestell ging.

»Komm hierher, Junge«, befahl Raynee, während Bylighter sah, wie er das Wurfmesser in der erhobenen Hand wog.

Bylighter blieb stehen, seine Augen traten ihm vor Angst aus den

Höhlen. In diesem Augenblick ging über seinem Kopf eine Lampe an, die sein Gesicht in ein grünliches Licht tauchte.

»Beweg deinen Arsch hierher und setz dich, Junge«, knurrte Raynee.

Bylighter schritt zögernd vorwärts und nahm dann wie befohlen Platz. Er zuckte mit einem entsetzten Schrei zusammen, als Raynees Hand plötzlich nach vorne fuhr und das Messer an Bylighters Kopf vorbeischleuderte, das in der Stirn der schwarzen Scheibenfigur auf der korkgepolsterten Tür steckenblieb.

Durch die wirbelnde Klinge wurden die hochempfindlichen Metalldetektoren in dem Gestell aktiviert und ließen eine Lampe über der Tür hellrot aufleuchten.

Bylighter war nur halb bewußt, daß er in die Hose uriniert hatte, kümmerte sich aber nicht weiter darum. Sein Gesicht war aschgrau, er zitterte unbeherrscht vor Angst und konnte seine Augen nicht von den beiden vollkommen gleichen Wurfmessern abwenden, die zwei Zentimeter von Rainbows rechter Hand entfernt auf der Schreibtischplatte lagen.

»Mach kein Gesicht, als hättest du etwas ausgefressen«, flüsterte Raynee drohend.

»Wa-warum –? O Gott, nein, tu – ich nicht«, stotterte Bylighter und schüttelte heftig den Kopf, seine Hände auf den Stuhllehnen wirkten wie festgefroren. »Warum sollte ich –? Ich meine, o Gott, Rainbow, ich würde nicht – niemals.«

»Ich weiß, Junge. Ich habe es auch gar nicht angenommen«, fuhr Raynee fort, ohne sich um Bylighters verzweifelte Beteuerungen zu kümmern. »Aber da ich jetzt weiß, daß du es nicht getan hast...« Raynee legte eine beredte Pause ein, »...kannst du jetzt ebensogut deine neue Partnerin kennenlernen.« Raynee deutete mit seinem Kopf auf das Mädchen. »Skylight, Schatz, dieser Junge ist Squeek. Ich hab' dir schon von ihm erzählt.«

Zum ersten Mal, seit Bylighter Raynees dunkles Büro betreten hatte, gelang es ihm, seinen Blick von der furchterregenden Sammlung von Messern, Schwertern und Streitäxten an der Wand abzuwenden und die kleine blondhaarige Gestalt anzublicken, die etwa zwei Meter von ihm entfernt ruhig auf einem Stuhl saß.

Das erste, was dem noch immer reichlich mitgenommenen Bylighter gelang, war die Feststellung, daß das Mädchen nicht wirklich sein konnte. Es war zu sanft. Zu ... vollkommen. Irgendwie war es Rainbow gelungen, einen Engel zu fangen; er hatte ihn in ein dünnes seidiges Spinnennetz von Kleid gesteckt und angeordnet, er solle einfach in dem beängstigenden unterirdischen Büro sitzen und leuchten.

Das Mädchen – und es war wirklich – war das absolut schönste Geschöpf, das er in seinem ganzen Leben zu Gesicht bekommen hatte. Viel erotischer als alle Phantasiegestalten in seinem Vorrat an zerfledderten Magazinen von *Playboy* und *Penthouse*. Bylighter bewunderte die hellblonden Locken, die sanft auf die weichen, glatten, bloßen Schultern des Mädchens fielen, betrachtete den wohlproportionierten Körper, der durch den dünnen Stoff des langen Kleides keineswegs verhüllt wurde. Dann sah er, wie die vollen, sinnlichen Lippen sich zu einem breiten, liebevollen, merkwürdig amüsierten Lächeln öffneten, sah die Grübchen in den Wangen und das kleine Stupsnäschen.

Aber als sein Blick die beiden tiefen, wissenden, leuchtend blauen Teiche erreichte – Augen, die eine nie endende Nacht voll aggressiver erotischer Lust versprachen –, begriff der Junge endlich, daß die kleine, engelhafte Skylight von einem Engel so unendlich weit entfernt war, daß man es sich nicht einmal vorstellen konnte.

Nachdem Dr. David Isaac und Nichole Faysonnt mit der Arbeit an dem »Untergrund«-Labor begonnen hatten, verblaßten die furchterregenden Erinnerungen des vorangegangenen Morgens allmählich, genau wie die veränderlichen, orangeroten Töne der Federwolken, in denen sich der Sonnenuntergang spiegelte.

Obwohl der Vergleich mit dem Sonnenuntergang nicht besonders tröstlich war, sagte sich Isaac, während er sich auf Hände und Knie niederließ, um den rostverkrusteten Haupthahn unter dem Waschbecken im Keller zu untersuchen. Er wußte, daß die Ursache ihres Entsetzens am frühen Morgen sie nicht lange in Frieden lassen würde.

David Isaac begann endlich zu verstehen, wie Jimmy Pilgrims

bösartiger Verstand arbeitete, und das, was er begriff, konnte ihm nicht gefallen.

Zu Isaacs Glück lieferten jedoch die engen Begrenzungen des als Standplatz für ein sicheres, funktionelles, wenngleich gesetzwidriges Drogenlabor vorgesehenen Kellers reichlich Probleme zur Ablenkung. Die meisten waren mechanischer Art; verstopfte Ventilationsschächte, verstopfte Abflußrohre, durchgebrannte Sicherungen und Glühbirnen. Die immer gegenwärtige Wüste hielt noch einige zusätzliche, natürliche Gefahren bereit, nicht zuletzt Schmutz, Sand, Käfer und Spinnen... und eine neugierige kleine Känguruhratte, die sich weder fangen noch aus ihrem Schlupfloch im Keller vertreiben ließ. Nichole beschloß, sie nach dem rassigen britischen Sportwagen ihres Vaters »Mini-Cooper« zu nennen.

Die beiden arbeiteten fast zwei volle Stunden ohne Pause, um den Keller einigermaßen in Ordnung zu bringen, dann machten sie eine halbstündige Pause, um sich zu waschen und etwas zu essen, bevor sie sich an die weit anspruchsvollere Aufgabe heranwagten, die komplizierten chemischen Apparaturen zusammenzusetzen.

Wie Isaac war Nichole Faysonnt im Grunde eine fachkundige und begeisterte Laborchemikerin, der die Herausforderungen, die ein schwieriges Problem mit sich brachte, großes Vergnügen bereiteten. Trotz der Angst und Unruhe, die sich in ihre neue Beziehung mit Isaac gemischt hatten, fand sie in ihrer Funktion als Teil eines Teams Befriedigung.

Nachdem alle Glasgefäße an ihrem Platz standen, reinigten die beiden kritische Reaktionsflächen mit destilliertem Wasser, befestigten Klammern und Stützstäbe neu und legten das Verpackungsmaterial ordentlich hin, bevor sie zur nächsten Arbeitsphase übergingen.

Als die großen, kugelförmigen, gläsernen Reaktionsgefäße an ihrem Platz standen, wurde jedes wieder mit Dichtungsfett mit den komplizierten aus Glas geblasenen Rückflußkondensatoren verbunden – die ihrerseits durch durchsichtige Plastikrohre mit der Wasserleitung und dem Abfluß im Keller verbunden waren.

Dickwandige Unterdruckleitungen aus Gummi verbanden die Pumpe und die gleichfalls dickwandigen Glasbehälter, um die kristallisierten Verbindungen aus der Mutterflüssigkeit herauszufiltern.

Ein kleiner vorfabrizierter Dunstabzug wurde zusammengesetzt, dann mit Einsätzen und Trockenapparaten versehen, die später die reinen, gefilterten Kristalle zu Häufchen von flockigem, weißem Pulver trocknen würden.

Schrittweise begann der schmutzige, mit Spinnweben überzogene Keller des abgeschiedenen Hauses auf dem Berg in der Wüste – zu Isaacs und Nicholes großem Vergnügen – auszusehen wie das Kerkerlabor eines Alchimisten.

In nicht ganz drei Stunden hatten die beiden Chemiker die wichtigsten »Kochgeräte« für die Herstellung von Fünf- und Zehn-Kilogramm-Mengen des Thiopen-Analogons aufgebaut. Sie nahmen sich ein paar Minuten Zeit, um die Schönheit der verflochtenen glitzernden Pyrex-Struktur zu bewundern und ihr Werk nochmals zu überprüfen. Während Isaac dann die elektrischen Verbindungen kontrollierte, ging Nichole zum Wagen hinaus und kam mit einem weniger hochentwickelten chemischen Apparat zurück.

Als Isaac fünf Minuten später vor einer komplizierten Vakuumpumpe kniete und im Geist durchging, wie er eine Erdleitung zu einem der nahen Wasserrohre ziehen konnte, begann das belebende Aroma von frisch zubereitetem Kaffee den Keller zu durchziehen.

Sobald Isaac sich davon überzeugt hatte, daß die Vakuumpumpe vorschriftsmäßig geerdet war, legten er und Nichole eine willkommene zwanzigminütige Kaffeepause ein, und Isaac – der mühelos in die gewohnte Rolle des Mentors schlüpfte –, erklärte Nichole, warum der teure Satz Dampfkondensatoren von wesentlicher Bedeutung für den Erfolg des Projekts war.

»Aus Sicherheitsgründen müssen wir verhindern, daß es zur Bildung von Zyanid oder Äther kommt«, begann Isaac seine Erklärung, während er dankbar den heißen Kaffee trank.

»Klar, grundlegende Sicherheitsregeln im Labor«, nickte Nichole ungeduldig. »Das alles verstehe ich, aber warum lassen wir nicht einfach die Dämpfe ins Freie abziehen, statt sie an den Reaktions- und Trockenstellen zu binden?« fragte sie logisch. »Diese Kodensatoren müssen ja eine Menge gekostet haben.«

»Sag mir nicht, daß du plötzlich Skrupel hast, Pilgrims Geld auszugeben«, neckte Isaac sie vergnügt grinsend.

»Nein, natürlich nicht.« Nichole schüttelte müde den Kopf. »Es ergibt nur keinen Sinn. Warum macht man sich die Mühe, alle Luftabzüge durch Kondensatoren zu führen, wenn wir damit nur die Gefahr einer Explosion vergrößern? Dank der Ventilatoren, die wir eingebaut haben, wird man dem Zyanid nur minimal ausgesetzt. Und du hast die gesamte elektrische Anlage geerdet, so daß also kaum ernsthafte Gefahr besteht, daß es zu einem Ätherbrand kommt – es sei denn, ihr Chemiker ist so verrückt, daß er hier unten eine offene Flamme verwendet; in diesem Fall...« Sie zuckte mit den Schultern und sah sich in dem Keller um.

»Du denkst immer noch wie ein ›sauberer‹ Chemiker.« Isaac schüttelte den Kopf. »Du vergißt einen entscheidenden Faktor. In einem illegalen Labor kann Tarnung genauso wichtig sein wie Sicherheit... und wenn unsere Annahmen zutreffen, ist sie noch wichtiger. Auf keinen Fall kann Pilgrim es sich leisten, daß jemand den Standort dieses Labors entdeckt. Und du weißt, wie leicht auch nur Spuren von Äthyläther oder Zyanid in der Luft im Umfeld eines Chemielabors festgestellt werden können.«

»Wir richten also ein in sich geschlossenes System ein, durch das ein Chemiestudent das Risiko eingeht, daß seine Lunge durch eine Stichflamme versengt wird oder sein Stoffwechsel durch Zyanid zum Stillstand kommt, nur damit...?«

»Aber wir sind es nicht, die diese Person gefährden«, erinnerte Isaac sie ruhig. »Wir haben uns bereiterklärt, Pilgrim ein System zu liefern, das so funktioniert, wie er es verlangt hat. Danach können wir nur annehmen, daß der ›Chemiker‹, den sie einsetzen, genügend von seinem Fach versteht, um häufig Kontrollen nach undichten Stellen durchzuführen...«

»Und genug von Äther versteht, um bei der Arbeit nicht zu rauchen«, fügte Nichole hinzu.

»Das auch«, nickte er. »Aber davon abgesehen, können wir einfach nicht die Verantwortung für die unüberlegten Handlungen anderer übernehmen.«

»Aber –« wollte sie widersprechen.

»Mit den Analoga ist es das gleiche«, fuhr er eindringlich fort. »Die Menschen werden weiterhin Rauschgift nehmen, ganz gleich, wer es herstellt, und immer wird jemand den Gewinn aus dieser Produktion einstreichen. Zufällig haben du und ich jetzt die einmalige, faszinierende Gelegenheit, eine Gruppe von Analoga zu entwickeln und zu testen, die unseren derzeitigen Vorstellungen von neurologischer Chemie unter Umständen drastisch verändern werden.«

»Aber auf Kosten –« versuchte es Nichole wieder, die entschlossen war, den Advocatus Diaboli zu spielen, bis sie ihr Unbehagen über ihr illegales Projekt überwunden hatte.

»– von ein paar Individuen, die sich ohnehin mit größter Wahrscheinlichkeit mit Heroin oder PCP umbringen würden«, vollendete Isaac. »Eine sinnlose Vergeudung ihres Lebens.«

»Damit dürftest du recht haben.«

»Du weißt, daß es stimmt«, fuhr Isaac entschieden fort. »Der ethische Aspekt von Versuchskaninchen irgendeiner Spezies – einschließlich des *Homo sapiens* – ist sicherlich etwas, worüber man streiten kann. Aber seien wir doch uns selbst gegenüber ehrlich. Wo würden wir – als Wissenschaftler – in bezug auf den wissenschaftlichen Fortschritt stehen, wenn wir die Verwendung von Versuchskaninchen ablehnten?«

»Ich weiß, aber –«

»Nichole«, unterbrach sie Isaac, »du und ich können Hunderte Computer-Hochrechnungen machen. Wir können berechnen, abschätzen und Theorien aufstellen. Aber erst dann, wenn wir diese Analoga an einem großen Kreis menschlicher Individuen testen, werden wir genau wissen, welche Wirkung sie haben. Und bei den derzeitigen strengen Auflagen und Vorschriften der Regierung würde es Jahre – vielleicht sogar Jahrzehnte – dauern, bis wir auch nur beginnen könnten, ein einzelnes Analogon richtig zu testen. Und da es so viele Möglichkeiten, so viele entwicklungsfähige Strukturen gibt«, Isaac schüttelte seufzend den Kopf, »könnten weder du noch ich zu unseren Lebzeiten auch nur die Oberfläche ankratzen. Zumindest nicht... auf legalem Weg.«

Nichole schwieg nachdenklich, erhob jedoch keine weiteren Einwände mehr. Sie hatte nur einen verzweifelten Wunsch: daß alles wieder so sein würde wie zu der Zeit, als die Maria-Dokumente Isaac noch nicht verändert hatten – die Dokumente und das fürchterliche Messer, dachte sie schaudernd. Aber es war jetzt zu spät zum Umkehren. Viel zu spät. Um als Forscher und als Liebespaar zu überleben – um überhaupt zu überleben –, konnten sie nur weitermachen.

»Wir kommen also unvermeidlich zum Ausgangspunkt zurück«, meinte Isaac. »Pilgrim hat uns ungeheure Möglichkeiten verschafft. Ich behaupte, daß es – beruflich, historisch und vielleicht sogar ethisch – unvernünftig wäre, wenn wir auf diese einmalige Chance, mit Hilfe der Chemie die Tiefen des menschlichen Geistes zu erforschen, verzichten.«

»Und dem Beispiel Marias nicht folgten?« flüsterte Nichole und blickte offen in Isaacs gequältes Gesicht.

»Ja, das auch«, nickte Isaac. »Aus ihren Aufzeichnungen geht klar hervor, daß sie uns allen etwas von grundlegender Wichtigkeit mitteilen wollte. Wir sind es ihrem Vermächtnis – und uns selbst – schuldig, ihr sehr aufmerksam zuzuhören.«

»Verdammt noch mal, du kleiner Scheißer! Hörst du überhaupt, was ich dir sage?« fragte Rainbow drohend, schlug mit der flachen Hand auf die Schreibtischplatte und sah Bylighter an, dessen Aufmerksamkeit sich wieder auf das Mädchen gerichtet hatte.

»Äääähh –« Bylighter drehte sich ruckartig um, sein Mund war plötzlich trocken vor Angst. »J-Jaaa, klar, Rainbow – ich habe zugehört, wirklich!«

»Dann wiederhol es!« knurrte Raynee und zeigte mit einem Wurfmesser auf den entsetzten Jungen. »Sag es mir!«

»Äh, ich und Skylight«, stotterte Bylighter hilflos, »wir – wir sollen die n-neuen Analoga t-t-testen. Sie den Nutten geben und einigen anderen Kunden. Sehen, welche davon –«

»Und du wirst ihr helfen, von der Imbißbude aus, genau wie ich's dir gesagt habe. Und du wirst alles tun, was sie dir aufträgt. Und diesmal wirst du es nicht verpfuschen. Du verstehst, was ich sage, Junge?«

Bylighter nickte krampfhaft, denn er konnte nicht sprechen, seine Augen quollen vor Angst aus den Höhlen, während er die Spitze der dicken zweischneidigen Messerklinge beobachtete, die auf seine magere Brust gerichtet war.

»Also?«

»Ich... habe verstanden«, quiekte Bylighter mühsam, denn seine Kehle war vor Angst zusammengeschnürt. »Mein Gott, Rainbow, ich m-meine – ich werde nicht –«

»Ich weiß, daß du nicht wirst. Jetzt erzähl mir noch einmal von diesem Mädchen und ihren Freunden. Von der du gesagt hast, daß sie dich wegen der Unzen angegangen ist.«

»Äh – äh – ich glaube, sie sind noch interessiert – vermutlich. Ich habe ihnen gesagt – ihnen gesagt, ich werde sie morgen treffen, gegen Mittag. Ich werde sehen, ob ich etwas – etwas auftreiben kann. Dann, schätze ich –«

»Raus mit dir«, knurrte Raynee, »und zieh eine frische Hose an, bevor du sie auch noch vollscheißt.«

»Aber was ist mit dem –«

»Raus mit dir!«

Während Raynee und Skylight mit unverhohlener Belustigung zusahen, sprang Bylighter auf und verschwand durch die sich öffnende Tür.

»Nicht zu glauben, er hat wirklich in die Hose gepißt.« Skylight schüttelte verwundert den Kopf.

»An dem Jungen ist nicht viel dran«, gab Raynee zu und warf das Messer angewidert auf die Tischplatte. »Da, ich möchte, daß du diese Analoga nimmst«, sagte er und schob das Päckchen mit den zugeschraubten Phiolen Skylight zu. »Teile sie in Zehntelgramm-Portionen auf. Bezeichne sie mit Zahlen, damit wir sie verfolgen können.« Raynee schüttelte gereizt den Kopf. »Ich traue dem kleinen Scheißer nicht mehr zu, auch nur das Einfachste zu erledigen.«

»Ich habe noch nie eine so traurige Figur gesehen«, antwortete Skylight und steckte die Phiolen in ihre Handtasche. »Ich verstehe noch immer nicht, warum du ihn weiter beschäftigst. Es sieht dir nicht ähnlich«, fügte sie vielsagend hinzu.

»Es gibt Zeiten, da will ein Jäger ein Wild ganz nahe heranholen«, flüsterte Raynee, »und dann muß er einen Lockvogel finden, der eine Menge Lärm macht und die ganze Aufmerksamkeit auf sich zieht. Aber der Mann will nicht etwas wirklich Gutes einsetzen... nur ein Stück Dreck, das man wegwirft. Weißt du, was ich meine? Hier in der Gegend werden viele Leute demnächst auf die Jagd gehen.« Raynee lächelte. »Es wird schwierig werden festzustellen, wer wen jagt. Wirst du alles schaffen können?«

»Du meinst Squeek?« Skylight lachte, so daß sich Grübchen in ihren Wangen bildeten.

»Squeek, die Mädchen, die Heinis... den ganzen Scheißkram. Es wird in der Gegend ziemlich turbulent zugehen. Du mußt vielleicht, wenn es darauf ankommt, so tun, als hättest du den Jungen gern.« Raynee lächelte weiter, aber seine Augen blieben ernst.

Skylight erwiderte seinen Blick, und ihre Augen waren ebenso kalt und gleichgültig, dann flüsterte sie, während sie langsam die Hände vor der Brust kreuzte: »Du weißt, daß ich mein Gewerbe verstehe.«

Die kleine Känguruhratte, die unter einer nach Öl riechenden neuen Installation in ihrem Kellerrevier kauerte, spürte beunruhigt, daß die Vibrationen des Zementbodens – und die Geräusche in dem hallenden Raum – sich verändert hatten. Statt der beiden riesigen Geschöpfe, die ihr unterirdisches Heim mit mysteriösen Gegenständen vollgestellt hatten, bewegten sich nun zwei andere Geschöpfe im Keller – beide gleichfalls groß und laut, aber dennoch anders in der Art.

Dem Instinkt seiner Gattung folgend, war der kleine Nager neugierig. So sehr, daß er bereit war, sein unaufhörliches Knabbern zu unterbrechen und den blendenden Lampen zum Trotz nachzusehen, welche Schätze die neuen Geschöpfe herbeischaffen würden.

Vorsichtig hüpfte er unter der schützenden Vakuumpumpe hervor – und erstarrte, als er die Gefahr spürte...

Er sprang hoch in die Luft und stieß ein kurzes entsetztes Quieken aus, als der dreieckige Kopf der riesigen Schlange genau unter seine winzigen, federnden Beinchen stieß.

»Mini-Cooper« hatte nur Sekundenbruchteile Zeit, bis die Schlange mit wütendem Zischen wieder die Ausgangsstellung einnahm, um erneut zuzuschlagen. Der kleine Wüstennager vergeudete diese Zeitspanne beinahe, indem er vergeblich auf dem Betonboden scharrte – er versuchte instinktiv, nicht vorhandene Sandkörnchen dem gräßlichen Geschöpf zur Blendung in die Augen zu werfen –, bevor er in einen Berg zerlegter Pappkartons sprang, der bestenfalls als vorübergehende Zufluchtsstätte dienen konnte.

Die kleine Känguruhratte wühlte sich tief unter die Kartonstücke und zerknülltes Papier, hielt schließlich inne und duckte sich, während ihre kleinen Lungen fieberhaft pumpten, um ihre Energiereserven wieder aufzufüllen. Dann entdeckte sie, daß ihr wichtigster Verteidigungsmechanismus – ihre Fähigkeit, mit ihren großen Ohren schwache, ganz leise Geräusche wahrzunehmen – durch Wellen von sinnlos kichernden Lauten ausgeschaltet wurde.

In der Mitte des Kellerraums kicherte Simon Drobeck weiter in sich hinein, amüsierte sich über die Mätzchen seines aufgeregten Haustieres und begann alle Details in Isaacs Labor mit einer Polaroidkamera zu fotografieren; er genoß den Gedanken daran, daß die winzige Känguruhratte entsetzt auf erste Geräusche einer Annäherung der großen hungrigen Schlange horchen würde, die nun ihr früher so sicheres Heim teilte.

15

Alle Bullen nannten sie die Friedhofsschicht, womit sie die Vorstellung eines einsamen Streifenwagens verbanden und wahrscheinlich auskosteten, der in den Stunden zwischen Mitternacht und Morgengrauen langsam und still durch nebelverhangene Reihen von Marmorgrabsteinen fuhr.

Es war eine Illusion, die dadurch um so faszinierender wurde, daß die damit verbundene Nervosität, das Unbehagen und das Kribbeln einer überall lauernden Gefahr eigentlich auf einer Wirklichkeit beruhten, die mit den Geistern der Unterwelt sehr wenig zu tun hatte.

Ihre Wirklichkeit bestand statt dessen selbst im wärmsten Klima aus frostiger Nachtluft, aus grellen Straßenlampen, in deren Licht die dunklen Seitengäßchen noch einsamer und gefährlicher erschienen, aus einsamen, isolierten Streifengängen, bei denen nur gelegentlich das Geplapper im Sprechfunkgerät etwas Unterhaltung bot, und aus den Mördern, Vergewaltigern und Einbrechern, die ihre Tätigkeit am liebsten während dieser dunklen, ruhigen Stunden ausübten.

All das sagte viel über die Polizeibeamten und stellvertretenden Sheriffs aus, die übereifrig der Friedhofsschicht zugeteilt werden wollten. Besonders jene, die wirklich Spaß daran fanden, in den fast menschenleeren Straßen geduldig auf verstohlene Bewegungen in der schattenhaften Dunkelheit zu warten – auf Einbrecher, Brandstifter, Rauschgifthändler und all den Abschaum der Menschheit. Darauf zu warten, daß einer der ersehnten Alarmrufe kam, die selbst den Adrenalinspiegel des abgebrühtesten Veteranen wieder in die Höhe jagten. Wie Rainbows Straßenhändler hingen auch diese Polizisten an ihren Gewohnheiten.

Worum es sich dabei im einzelnen handelte, war den Friedhofsbullen gleichgültig. Raub, Vergewaltigung, Überfall oder Einbruch... alles lief aufs gleiche hinaus. Denn eigentlich wollten sie nur, daß einer der Verbrechertypen lang genug ins Freie kam, um eine einzige unerlaubte Handlung zu begehen. Dann würde der Spaß beginnen...

... was vermutlich die Erklärung für Rainbows Entschluß war, im Dunkel eines fast leeren Parkplatzes in der Innenstadt von San Diego zu warten, bis der suchende Scheinwerfer des im Schrittempo fahrenden Streifenwagens weiterglitt. Raynees Wahl mochte auch durch das Bewußtsein beeinflußt sein, daß der Name Lafayette Beaumont Raynee, alias Rainbow, in den Computerlisten der Polizei an führender Stelle aufschien, mit einem Codevermerk, der jeden nachforschenden Streifenbeamten darauf aufmerksam machte, daß er soeben fündig geworden war. Rauschgift und Prostituierte. Totschlag. Eventuell Mord. Höchstwahrscheinlich mit mindestens zwei Messern bewaffnet. Ganz bestimmt gefährlich. Hundertprozentig wert, gefaßt zu werden. Kopfzerbrechen, daß man seine Gefühle verletzen könnte, waren unangebracht. Er hat keine.

Raynee hatte nicht die geringste Angst davor, sich einem Polizeibeamten im Bezirk San Diego zu stellen, war aber auch nicht scharf darauf, sich um 3 Uhr 25 mit einer Funkstreife in einer Seitengasse der Innenstadt von San Diego anzulegen... aus dem ganz einfachen, logischen Grund, daß es nicht sehr lang bei einer Auseinandersetzung einer gegen einen bleiben würde.

Nicht bei der Überprüfung eines Mannes mit dem Spitznamen Rainbow.

Das war eine der ersten Lektionen, die Rainbow in den Straßen im Ghetto von Harlem gelernt hatte; daß es bei einem Ärger mit einem Bullen nie bei dem Verhältnis eins zu eins blieb, wenn sie auch nur vermuteten, du könntest ein schwerer Junge sein.

Wenn man sich mit einem Bullen anlegte, der ein Sprechfunkgerät bei sich hatte, standen die Chancen sehr bald drei, fünf oder zehn zu eins. Das heißt, man hatte drei, fünf oder zehn rabiate Friedhofsbullen gegen sich – von denen kein einziger das geringste Interesse daran hatte, sich mit einem verrückten, messerwerfenden schwarzen Kerl wie Rainbow auf einen Nahkampf Mann gegen Mann einzulassen. Bestimmt nicht, wenn sie sich ebensogut auch aus einiger Entfernung mit ihm befassen konnten. Zum Beispiel aus sechs Metern Entfernung mit ein paar 357er Hohlmantelgeschossen oder einer tiefgehaltenen Schrotladung.

Raynee wußte, daß das rasiermesserscharfe Nahkampfmesser, das er an seinen Schenkel drückte, unter den richtigen Umständen einen einzelnen Polizeibeamten mit Leichtigkeit zur Strecke bringen konnte, aber bei zwei Beamten lag der Fall schon anders. Und außerdem war die scharfe Waffe, die Raynee liebevoll in der rechten Hand hielt, für jemand anderen bestimmt.

Für einen Mann namens Joe Tassio.

Locottas Mann.

Lafayette Beaumont Raynee war bereit, Geduld zu haben, und wartete im Dunkel, bis er durch das scharfe Klicken an der Hintertür für seine Ausdauer belohnt wurde.

Der erste Mann, der aus der Tür trat, war einer von Tassios angeheuerten Leibwächtern – ein schlaksiger, kräftiger Berufskiller, der aufblickte und sofort langsam und vorsichtig in das dunkle Büro zurückging, während das beängstigend scharfe Messer fest gegen eine seiner pulsierenden Halsschlagadern gepreßt wurde.

Wenige Momente danach saß der erschütterte Revolverheld an einem Schreibtisch in dem nun wieder beleuchteten Büro, hatte die Hände flach und bewegungslos auf die Tischplatte gelegt und sah beunruhigt zu, wie Raynee die amtlich zugelassene Pistole zuerst entlud und sie dann dem rotgesichtigen Arbeitgeber des Leibwächters zuwarf.

Joe Tassio fing die Pistole mit einer Hand auf, warf seinem hochbezahlten Wächter einen angeekelten Blick zu und schleuderte die Waffe knurrend und scheinbar völlig gleichgültig auf den Boden neben dem Tisch.

»Nett, dich wieder mal zu sehen, Rainbow«, brummte Tassio und sah auf das Messer in Raynees Hand, während er sich behutsam wieder auf den Stuhl setzte und darauf achtete, daß seine narbenbedeckten Hände zu sehen waren – obwohl alle drei Männer in dem Raum genau wußten, daß Joe Tassio nie eine Schußwaffe bei sich trug. Er benutzte viel lieber seine kräftigen bloßen Hände.

Über einen zweiten Punkt herrschte ebenfalls allgemeines Einvernehmen: daß Joe Tassio kaum Grund hatte, sich um sein Wohlergehen Sorgen zu machen... zumindest im Augenblick. Es war klar – besonders für seinen Leibwächter –, daß Joe Tassio, falls Rainbow es darauf angelegt hätte, längst eine von zwei Leichen gewesen wäre, die blutüberströmt auf dem Boden lagen.

Die Tatsache, daß Tassio noch am Leben war – Raynee hatte ja seinen Überraschungsvorteil aufgegeben und war zurückgetreten, so daß er eine minimale, wenngleich noch immer wirkungsvolle Kontrolle ausübte –, machte ihm klar, daß es, zumindest in dieser speziellen Lage, unüberlegt wäre, die zermalmende Kraft seiner Hände gegen die bekannte Schnelligkeit und Gefährlichkeit von Raynees Messer zu testen. Es würde bessere Gelegenheiten geben... später einmal.

Joe Tassio war neugierig. Er war nach San Diego geschickt worden, um Jimmy Pilgrim zu finden und gewisse Informationen einzuholen. Wenn man alles in Betracht zog, und dazu gehörte Tassios uneingestandener Respekt vor Raynees Ruf auf der Straße, schien es vernünftig, sich anzuhören, was der grinsende Zuhälter zu sagen hatte. Fragen wie Geltungsbedürfnis, gebührender Respekt, konnten immer noch zu dem gewissen späteren Zeitpunkt geklärt werden.

»Ich höre, du hast dich nach mir erkundigt«, begann Raynee, dessen breites Lächeln zwei Reihen glänzender weißer Zähne enthüllte.

»Nach dir und Jimmy«, brummte Tassio. »Locotta hat eine Menge Gerüchte über eure Operation hier gehört. Er möchte sich mit euch beiden sehr bald und ernsthaft unterhalten. Besonders mit Pilgrim.«

Tassio zögerte, weil er nicht sicher war, wie weit er auf Raynee Druck ausüben sollte. »Es geht darum, daß ihr in letzter Zeit schwer zu finden wart«, fügte er vorwurfsvoll hinzu.

»Wir waren in letzter Zeit nicht daran interessiert, mit Leuten zu reden«, kicherte Raynee. »Es braut sich hier unten allerlei zusammen. Ernste Sachen. Muß mir alles erst zurechtlegen, bevor ich mit dem großen Boß über das Geschäft rede. Hast du kapiert, was ich meine?«

Tassio blinzelte. Er hatte die erste Information erhalten.

»Seit wann hat dich Jimmy Pilgrim zu seinem Sprecher gemacht?« fragte Tassio.

»Mein Chef mag in letzter Zeit ungern Kontakte.« Raynee zuckte, noch immer freundlich lächelnd, mit den Schultern. »Deshalb kümmere ich mich um das Geschäft, so gut ich kann.«

»Wie ungern, Rainbow?« flüsterte Tassio mit einer leisen Drohung in der Stimme.

»Sehr, sehr ungern, Mann«, grinste Raynee grimmig. »Verstehst du, was ich meine?«

Tassio überdachte diese Information.

»Soll ich diese Nachricht an Jake weitergeben?«

»Dafür wäre ich dir dankbar«, nickte Raynee langsam und wandte den Kopf einen Augenblick zur Seite, um dem nervösen Leibwächter freundlich zuzulächeln. »Der Boß will vermutlich hier unten keine Schwierigkeiten haben. Zumindest nicht, solange ich dafür sorgen kann, daß die Moneten in seine Tasche wandern. Ich kann keinen Sinn darin sehen, daß du und ich uns über eine kleine Aktion in meinem Gebiet aufregen, denn du hast wahrscheinlich oben im Norden genügend Dinge, die dich beschäftigen. Konkurrenz kann richtig eklig sein. Weißt du, was ich meine?«

»Ja, da könntest du recht haben«, nickte Tassio nachdenklich und lächelte Rainbow ruhig zu, bevor er seinem nervösen Leibwächter einen vielsagenden Blick zuwarf.

»Du und ich können vernünftig miteinander sprechen, so von Mann zu Mann«, kicherte Raynee. »Du warst immer bereit, dir mein Niggerblabla ruhig anzuhören.«

»Ich werde Jake berichten«, murmelte Tassio, der nicht auf Raynees beißenden Sarkasmus einging. »Sonst noch was, worüber wir reden sollten?« Tassio stand langsam und vorsichtig auf. Sein Leibwächter blieb sitzen.

»Nein. Ich möchte deine Zeit nicht länger in Anspruch nehmen.« Raynee schüttelte den Kopf und ging langsam und ruhig rückwärts aus der Tür. »War nett, mit dir zu plaudern.«

»He, Raynee«, rief Tassio und beobachtete wachsam die Augen des schwarzen Zuhälters, während Raynee in den dunklen Korridor zurücktrat. »Hör mal, sag Jimmy, ich hoffe, daß alles in Ordnung kommt. Ich hätte es nicht gern, wenn er bei dem Mist zu Schaden käme.« Tassios letzter Versuch, eine Bestätigung zu bekommen.

»Mach dir nur keine Sorge wegen Jimmy Pilgrim«, beruhigte ihn Raynee vom Korridor aus. »Es geht ihm dort, wo er ist, sehr gut. Ihm fehlt dort gar nichts«, lachte Raynee, dann verschwand er in der Dunkelheit.

Um 4 Uhr 30 war es zu Simon Drobecks Freude seiner hartnäckigen Pythonschlange gelungen, die verängstigte Känguruhratte in einem kleinen Haufen von zerrissenem Zeitungspapier in einer staubigen Ecke des Kellers in die Enge zu treiben. Die verzweifelten, scharrenden Geräusche des eingeschlossenen Nagers kamen Drobecks perverser Natur so entgegen, daß er aufhörte, Dr. David Isaacs neu eingerichtetes Untergrundlabor zu besichtigen, und die letzten Augenblicke des vor Angst gelähmten Nagers beobachtete. Die lüsterne Erwartung wurde durch die Ankunft Bobby Lockwoods unterbrochen.

»Drobeck?« rief Lockwood, während er durch die Tür trat, nachdem ihm Schultzheimer seine Augenbinde abgenommen hatte. »Wir sind soweit – *ach Scheiße!*« schrie er auf, als er die Pythonschlange auf der gegenüberliegenden Seite des unterirdischen Raumes erblickte. »Verdammt noch mal, Drobeck, ich habe Sie gewarnt...«

»Ruhig!« zischte Drobeck.

Bobby Lockwood starrte einen Augenblick voller Abscheu auf den hin und her pendelnden Kopf der riesigen Schlange, der den ruckweisen Bewegungen unter dem zerrissenen Papier folgte. Dann explodierte er.

»Also gut, verdammt noch mal!« brüllte Lockwood, so daß Drobeck entsetzt auf seinem Hocker herumfuhr, als das scharfe metallische Schnappen einer Patrone, die in die Kammer einer 38er Automatik geschoben wurde, durch den Keller hallte.

»Was –? Nein, warten Sie!« schrie Drobeck, als er die Waffe in Lockwoods Hand erblickte. Drobeck sprang vom Hocker auf den Boden und kam mit dem wütend zischenden Kopf in einer Hand und dem Körper der sich windenden Schlange in der anderen auf die Beine. Er sah den kraushaarigen Jungen, der gebracht worden war, um ihm beim Fotografieren, Skizzieren und Vermessen des streng geheimen Labors zu helfen, anklagend an.

»Wie können Sie es wagen!«

»Ich habe Sie schon früher gewarnt, Drobeck.« Bobby Lockwood schüttelte den Kopf, seine Stimme zitterte, während er die auf Drobecks vorstehenden Bauch zielende Pistole wegdrehte, da ihm klarwurde, daß er nicht wagen würde, Drobeck zu erschießen, weil Jimmy Pilgrim und Rainbow diesen miesen Typen brauchten. »Verdammt noch mal, ich habe Sie gewarnt«, wiederholte er.

»Ich führe hier das Kommando«, zischte Drobeck. »Sie wurden hergebracht, um genau das zu tun, was ich...«

»Blödsinn!« knurrte Lockwood. »Sie wissen, daß ich diese verdammte Schlange nicht leiden kann. Wenn Sie wollen, daß ich und

Tim Ihnen in diesem Schuppen helfen, dann bringen Sie das verdammte Viehzeug weg. Sofort! Ich meine es ernst«, fügte er mit einer drohenden Bewegung der gesenkten Pistole hinzu.

»Ich werde sie wegbringen… zumindest vorläufig«, knurrte Drobeck mit einem Blick auf Lockwood. Dann stapfte er mit seinem um sich schlagenden Haustierchen die Treppe hinauf, um sich bei Schultzheimer zu beschweren, ohne sich um Lockwoods Gehilfen Tim zu kümmern, der ihm entgegenkam.

»Mein Gott, der Kerl ist vielleicht verrückt«, bemerkte Tim.

»Ja, und das ist so ziemlich alles, was man von ihm sagen kann«, nickte Lockwood, während er die unerlaubt mitgeführte Pistole in sein Schenkelhalfter steckte. »Leider mag Rainbow diesen widerlichen Kerl.«

»Und was sollen wir tun, das ganze Zeug hier wegschaffen?«

»Nein.« Lockwood reichte seinem Assistenten seine Polaroidkamera und eine Tasche mit Filmen und Blitzlichtern. »Wir sollen Drobeck helfen, Fotos zu machen und in groben Zügen darzustellen, wie all dieses Glaszeug zusammenhängt. Laut Roy sollen wir anderswo genauso ein Labor einrichten. Genau gesagt: sechs Labors.«

Tim schüttelte angewidert den Kopf. »Hast du nicht gesagt, daß sie dieses hier eben erst eingerichtet und noch nicht einmal benützt haben?«

»Ja, soviel ich weiß.«

»Was soll das Ganze dann? Sind alle in diesem Laden genauso verrückt wie Drobeck?«

»Keine Ahnung.« Lockwood zuckte mit den Schultern und beobachtete die kleine Känguruhratte, der er unbeabsichtigt das Leben gerettet hatte, als sie plötzlich mit kleinen Sprüngen über den Betonboden des Kellers hüpfte. »Ich arbeite nur für diese Leute und habe längst gelernt, daß es keinen Sinn hat, den Mund aufzureißen oder eine Menge Fragen zu stellen«, fügte er hinzu, während er wieder an das Schicksal seines Exkumpels, des Gramm-Dealers Jamie MacKenzie, dachte.

Raynee lag träge ausgestreckt auf seinem ausladenden Bett, als das rote Telefon auf dem Nachttisch klingelte. Genau sechs Uhr. Pünktlich.

»Ist das mein Donnerstagmorgen-Weckruf?« gähnte Raynee.

»Soviel ich höre, hast du ein kleines Gespräch mit Tassio geführt«, krächzte Pilgrim ins Telefon.

»Ja, ich habe erfahren, daß der Bursche die Kneipen abgeklappert und sich nach uns bösen Jungs erkundigt hat. Und richtig, so war es«, lachte Raynee. »Was passiert ist? Ich und er, wir hatten vor etwa zwei Stunden eine nette kleine Konversation. Nett und freundlich, mehr oder minder.«

»Und?«

»Jemand wird demnächst den alten Locotta aufscheuchen und ihm erzählen, daß Jimmy Pilgrims verrückter Neger seinen Boß hereingelegt hat.«

Pilgrim reagierte auf eine Weise, die Raynee überraschte. Er lachte. Zumindest klangen die gutturalen Geräusche, die Lafayette Beaumont Raynee einen Schauer über den Rücken jagten, wie Gelächter. Es war nicht immer leicht, sich mit Pilgrim auszukennen.

»Sie werden ungeduldig«, kicherte Pilgrim. »Locotta wird unsere Telefone anzapfen, wenn er es nicht schon getan hat. Wir sollten, sobald es geht, damit beginnen, unser Nachrichten-Schaltsystem zu verwenden.«

»Es ist beinahe funktionsbereit«, berichtete Raynee. »Wir müssen noch ein paar Terminals anschließen, dann ist es soweit.«

»Ausgezeichnet – aber inzwischen habe ich eine ziemlich schwierige Aufgabe für dich«, flüsterte Pilgrim, während das fast menschlich klingende Lachen in seiner Kehle erstarb; ein Vorgang, der Raynee wieder Unbehagen bereitete.

»Ja?«

»Wir müssen die Verkaufschancen der Analoga testen«, erklärte Pilgrim. »Mach einen Probelauf.«

»Klingt gar nicht so schwierig. Übersehe ich vielleicht etwas?«

»In diesem Fall wird es nützlich sein, einen Käufer zur Verfügung zu haben, der das Schicksal herausfordert. Einen entbehrlichen Käufer«, fügte Pilgrim erklärend hinzu.

»Du willst dich nach beiden Enden absichern«, stellte Raynee fest. »Bei einer solchen Transaktion gibt es eine Menge Möglichkeiten. Welche Menge stellst du dir denn vor?«

»Unzen. Höchstens Pfunde. Drobeck wird in dem neuen Labor ein Testpaket von einem Pfund Thiopen-Analogon herstellen. Das Pulver sollte am Sonnabend zur Verfügung stehen.«

»Ich fürchte für unseren guten Ruf, wenn wir ein Pfund von diesem Zeug auf den Markt werfen«, erklärte Raynee ruhig.

»Die Wirkungen werden keine Rolle spielen«, brummte Pilgrim, dessen Stimme zu ihrem normalen kalten, gleichgültigen Tonfall zurückfand. »Wenn das Geschäft richtig durchgeführt wird, kommt das Pulver gar nicht auf die Straße.« Pilgrim machte eine Pause. »Was ist mit dem Mädchen und ihren Freunden aus Newport? Die letzte Woche versucht haben, von Bylighter Kokain zu bekommen. Läuft das Geschäft noch?«

»Läuft noch«, antwortete Raynee. »Squeek soll sie heute gegen Mittag treffen, nachdem er und Skylight ihre Aktion mit unseren weiblichen Versuchskaninchen erledigt haben. Bin aber auch nicht sicher, ob es mir gefällt.«

»Du glaubst, sie sind heiß?«

»Das weiß ich nicht«, gab Raynee zu. »Ihr Umfeld sieht bisher sauber aus. Keine Verbindung zu dem Rotfuchs. Aber ich bin doch nicht richtig überzeugt. Ich möchte sie jedenfalls an den General weitergeben. Willst du es mit ihnen ausprobieren?«

»Ja«, antwortete Pilgrim. »Auf die eine oder andere Art werden sie sich als Erfolg erweisen.«

Am Donnerstag um neun Uhr arbeitete Eugene Bylighter wieder in der Imbißbude. Er war wegen seines Schlafmankos erschöpft und steckte bis zu den Ellbogen in schäumendem, lauwarmem Spülwasser, als ihm plötzlich bewußt wurde, daß jemand vor ihm stand. Jemand mit lockigem Goldhaar und leuchtend blauen Augen. Ein unwiderstehlicher Körper, der unvorstellbare sexuelle Freuden versprach. Der gleiche Körper, der ihn fast ständig, seit er an diesem Morgen aufgewacht war, in Tagträumen verfolgt hatte.

Der anmutige, verlockende, verführerische Körper von Skylight.

»Bist du bereit, mit der Arbeit zu beginnen?« fragte die zierliche junge Frau mit ruhiger, fester Stimme.

Bylighter nickte stumm.

»Dann setz dich in Bewegung. Wir müssen heute vormittag eine Menge Leute besuchen.«

Für Bylighter entsprachen die nächsten drei Stunden seines Lebens seiner Vorstellung vom Paradies. In seinem Fall bestand das Paradies aus dem Beifahrersitz eines Zwanzigtausend-Dollar-Porsche in Blaumetallic, Hi-Fi-Musik aus einer Stereoanlage mit fünf Lautsprechern, einer Menge Knöpfe, Schalter und Drehknöpfe und einem Zustand geistiger Ekstase am Rand eines Orgasmus und war auf das körperliche Vergnügen zurückzuführen, neben Skylight in dem cockpitartigen Inneren des Sportwagens sitzen zu dürfen.

Bylighter lieferte gehorsam ein Dutzend Portionen von je fünf Päckchen der neuen »B«-Serie an die ersten zwölf Mädchen, deren Adressen Skylight im Kopf hatte.

Es fiel Bylighter nie ein, die naheliegende Frage zu stellen: Warum wollte Rainbow, daß er eine wichtige Funktion übernahm, die Skylight ebensogut allein hätte erledigen können, oder warum bemühte sie sich bei jeder Abgabestelle, sich und ihren auffälligen Porsche außer Sichtweite zu halten? Bylighter war mit seinem Los zufrieden und ahnte glücklicherweise nicht, daß er bald im Zentrum eines sehr ernsten und tödlichen Spiels stehen sollte.

Seltsamerweise bot seine kindliche Naivität Skylight auch eine gewisse Unterhaltung – und sie beschloß, nicht nur seine lang frustrierte Libido zu stimulieren, sondern ihm auch eine Einführung in den Mechanismus der organisierten Prostitution zu geben.

Unter anderem lernte Bylighter schnell, daß es beträchtliche Unterschiede zwischen dem Lebensstil der überarbeiteten Ausreißerinnen gab, die in seiner Wohngegend an den Straßenecken und in den Bars auf eilige Freier warteten, und dem der sehr gut bezahlten, nebenberuflichen Callgirls, die auf Skylights Lohnliste standen.

Was zum Beispiel die Kleidung betraf, hatten die Dirnen, die Bylighter kannte, eine Vorliebe für den fast uniformmäßigen Stil; ein grellfarbiges, hautenges Trikot mit einem kontrastierenden äußerst kurzen Rock und einem Paar sehr hochhackiger Schuhe. Während die Wirkung fraglos ordinär und geschmacklos war, war das angebotene Produkt leicht auf größere Entfernung zu erkennen, ein wesentliches Element für das Anlocken eines liebeshungrigen Heinis, der auf der Suche nach einer schnellen Nummer war.

Rainbows kostspielige Callgirls hatten für solche direkte Werbung nichts übrig. Sie verließen sich darauf, daß Skylight den ersten Kontakt herstellte. Das Wiederholungsgeschäft hing dann von ihren Bemühungen und ihrem Einsatz ab. Deshalb sorgte Skylight auch dafür, daß ihre Mädchen eine große Auswahl an teurer Garderobe erhielten, die von eleganten Abendkleidern bis zu durchsichtigen Babydoll-Nachthemden reichte. Skylight und ihre Mädchen wußten, daß die Illusion persönlichen Engagements und die Qualität ihrer Dienste – und nicht die billige Erregung durch rasch gekauften Sex – ihre Kunden zu weiteren Erlebnissen wiederbrachte.

Und bei den Kunden war es wieder eine Frage der Qualität statt Quantität. Unter Skylights Leitung mußten ihre Mädchen selten mehr als einen Kunden pro Nacht »bedienen« – das heißt, einen gesunden, frisch gebadeten, kräftigen und oft sogar zärtlichen Kunden. Natürlich in einem teuren Hotelzimmer. Das alles stand in direktem Gegensatz zu den Arbeitsbedingungen von Bylighters durchgebrannten Freundinnen, die versuchten, an einem einzigen Abend so viele Kunden wie möglich abzufertigen.

Und dann gab es natürlich auch die Preisfrage.

Bylighter, der in etwa ahnte, daß die Straßenmädchen für gewöhnlich bereit waren, zwanzig – und gelegentlich auch zehn Dollar – für »fundamentale« Dienste zu akzeptieren, war sprachlos, als er erfuhr, daß das Engagement von Skylights Callgirls hundert Dollar im voraus für die erste Stunde kostete, wobei auch Kreditkarten als Zahlungsmittel akzeptiert wurden.

Die nächste Frage hätte ebensogut in Blockbuchstaben auf Bylighters aknenarbigem Gesicht stehen können.

»Du willst natürlich wissen, wie hoch meine Taxe ist, Squeek«, sagte Skylight nüchtern, während sie den schnittigen Porsche die Auffahrt zur Autobahn hinaufjagte.

»Äh – äh, also«, stotterte Bylighter. »Ich – ich nehme an, ich denke nicht –«

»Was denkst du nicht? Daß ich es für Geld mache?« Skylight blickte Bylighter an, und ein Ausdruck leichten Unglaubens lag auf ihrem lächelnden Gesicht mit den Grübchen.

»Glaubst du das wirklich?«

»Äh, ja – ich schätze – äh, ich meine, ich dachte, du wärst mehr – äh – ich meine –«

»Wählerischer?« schlug Skylight vor, und ihre Augen zwinkerten scherzhaft.

Bylighter konnte nur nicken, spürte aber, wie sein Magen sich in einem, er konnte es nicht anders beschreiben, überwältigenden Anfall von Eifersucht zusammenkrampfte. Irgendwie hielt er es, aus einem unlogischen Grund, für unrecht, daß er sie, kaum daß er sie gefunden hatte, mit anderen teilen sollte.

»Du kapierst wirklich nichts, was?« Skylight schüttelte verwundert den Kopf.

Bylighter sah sie fragend an.

»Squeek, du hast eine Dame vor dir, die so wählerisch ist, wie sie nur sein kann, und dennoch für Geld bumst. Und das tue ich, Squeek, glaube mir – mit so ziemlich jedem, der meinen Preis bezahlen kann.«

»J-j-jedem?« Bylighter wollte seinen Ohren nicht trauen.

»Solange er die Moneten und die Eier hat«, nickte Skylight sachlich.

»Sogar mit mir?« Er erstickte fast an den Worten.

Skylight wandte kurz den Kopf. »Ja, vielleicht sogar mit dir, Squeek«, sagte sie. »Wenn du meinen Preis bezahlen kannst – fünfhundert die Stunde, fünfzehnhundert die Nacht – gehöre ich dir.«

»Fünfhundert Dollar?« flüsterte Bylighter schwach, sein Mut sank. »Ich - ich habe keine fünfhundert Dollar«, würgte er hervor und bemühte sich sehr, den verzweifelt flehenden Tonfall aus seiner Stimme zu verbannen. »Aber ich habe... ich habe etwas, das – leicht – fünfhundert wert ist.«

»Wirklich? Was ist das?«

»Ungefähr fünf Löffel voll von dem heißesten Pulver im Straßenhandel.«

»Du versuchst, mich mit Jimmy Pilgrims neuem Stoff abzuspeisen?« Skylight warf Bylighter einen entsetzten Blick zu. »Du lieber Gott, Squeek, was zum Teufel hast du statt eines Hirns im Kopf? Weißt du, was Rainbow mit dir tun würde, wenn ich ihm das erzähle?«

»Nein, nein«, Bylighter schüttelte wild den Kopf. »Ich meine nicht den neuen Stoff. Es ist etwas anderes ... etwas Besonderes, das ich – äh – irgendwie von den ersten Tests zurückbehalten habe. Es ist wirklich Dynamit, sag' ich dir –« Bylighter zögerte, denn er wußte nicht, wie er Skylight den Fehler mit dem A-17 und dem Thiopen-Analogon erklären sollte, ohne die ganze Geschichte erzählen zu müssen. Eine Geschichte, die sicherlich Rainbow zu Ohren kommen würde.

»Nichts zu machen, Squeek, nur Bargeld. Nur so klappt es. Du kommst mit fünf Scheinen, und wir reden weiter. Inzwischen haben wir noch einige Lieferungen zu machen, aber es ist schon fast zwölf. Solltest du nicht zu Mittag wieder in der Bude sein?«

»Ich – ich werde das Geld bekommen«, versprach Bylighter mit einer merkwürdigen Entschlossenheit, die er noch nie im Leben empfunden hatte.

»Squeek, hör mal für eine Minute auf, ans Bumsen zu denken, und hör mir zu. Willst du in die Bude zurückfahren?« wiederholte Skylight geduldig.

»Nein«, flüsterte er und schüttelte verzweifelt den Kopf. Er würde sie schließlich doch nicht kriegen. Es war nicht fair. »Nein«, flüsterte er, »ich will nicht zurückfahren. Bringen wir die Lieferungen an deine äh – äh – zu Ende«, stammelte er ratlos. »Und dann können wir zu den Straßenmädchen fahren. Das geht schneller«, versprach er, »denn ich – ich kenne sie besser. Weißt du.« Er ertrug es nicht, Skylight zu verlassen. Noch nicht.

Das Mädchen zuckte mit den Schultern. »Dein Begräbnis, Kleiner«, meinte Skylight, dann bog sie von der Autobahn ab und auf die Straße zu dem nächsten Apartmenthochhaus auf ihrer Liste.

16

Der junge Mann, der an der Theke saß, war damit beschäftigt, ein zerfetztes Comicbuch zu lesen, während er gleichzeitig seine laufende Nase mit dem Handrücken abwischte und dann mit derselben Hand einen Berg fetter Krapfen nacheinander in eine Schüssel mit schwach gefärbtem Zuckerguß tauchte. Er blickte ängstlich auf, als die beiden müden, gereizten Männer das Hinterzimmer der Imbißstube betraten.

»Kann ich – äh – Ihnen helfen?«

»Wir suchen einen Jungen namens Bylighter«, antwortete Koda, der gewaltsam die plötzliche, unappetitliche Erkenntnis verdrängte, daß er und Charley vor etwa einer Stunde zwei ebensolche glasierte, fettriefende Krapfen gegessen hatten.

»Sie meinen Squeek? Er ist nicht hier.«

»Ja, das sehen wir«, nickte Koda. »Wir sollten ihn mittags hier treffen.«

»Ich glaube nicht, daß er kommen wird«, meinte der Junge. »Möchte einer von Ihnen einen frischen Krapfen?«

»Vielleicht ein andermal.« Koda schüttelte den Kopf und fragte dann rasch, bevor sein ebenfalls angewiderter Partner etwas sagen konnte: »Vielleicht könnten Sie uns sagen, warum Sie glauben, daß er nicht kommen wird?«

»Vor allem, weil er so gegen neun Uhr heute morgen mit dem tollsten Erste-Klasse-Hintern von hier abschwirrte, den ich je gesehen habe.« Der schnüffelnde Junge begann Skylight zu beschreiben, so gut er konnte, wurde jedoch von dem sofort mißtrauischen, ungläubigen Koda unterbrochen.

»Sind Sie sicher, daß wir von demselben Bylighter sprechen?«

»Leicht bescheuert, etwa achtzehn, von oben bis unten voller Pickel?« Der Junge biß kräftig von dem Krapfen ab. »Hat nicht genug Grips, um seinen –«

»Das... klingt nach Bylighter«, unterbrach ihn Koda schnell. »Ich nehme an, daß Sie nicht wissen, wohin die beiden gefahren sind?«

»Ich an seiner Stelle wäre…«

»O ja. Mit anderen Worten, Sie sind nicht wirklich sicher, stimmt's?« unterbrach ihn Koda wieder.

»Nein, eigentlich nicht«, gab der Junge zu. »Aber vielleicht macht er die Runde, bringt einigen Mädchen Stoff. Ihr beiden müßt die Burschen sein, mit denen er eine Transaktion mit Kristall abschließen will, ha?«

Koda blinzelte. »Was meinen Sie damit?«

»Sie wissen ja, Mann, das Kristall. Kokain.« Das Gesicht mit der laufenden Nase blickte Koda und Shannon fragend an. »Ach, kommt schon, ihr Jungs wißt doch, wovon ich spreche. Squeek hat mir heute morgen erzählt, daß er mit einem großen Niggerarsch ein Geschäft –«

Dem jungen Verkäufer wurde plötzlich bewußt, was er gesagt hatte, er blickte rasch zu Charleys boshaft grinsendem Gesicht hinauf, dann kramte er hastig in seinem begrenzten Wortschatz, »– äh, mit einem schwarzen Kerl und einem anderen mit schwarzem Haar und Schnurrbart«, fuhr er rasch fort und warf Charley noch einen flinken, unsicheren Blick zu. »Das müßt ihr doch sein, oder?«

»Squeek hat Ihnen erzählte, daß wir vorbeikommen würden, um Kokain zu holen?« Koda traute seinen Ohren nicht. Oder besser gesagt, er konnte nicht glauben, daß Jimmy Pilgrim und Rainbow sich auf solche Leute verließen, um Jake Locotta und seinen erstklassig organisierten Berufsverbrechern das Geschäft mit dem Rauschgifthandel abzujagen. Den Burschen mit den Fleischerhaken, den Fünfundfünfzig-Gallonen-Ölfässern und dem Beton. O Gott, dachte er, das Ganze klingt vollkommen unwahrscheinlich.

»Ja, klar. Kein Grund zur Aufregung. Verstehen Sie, Squeek kann einfach nicht den Mund halten. Ihr Jungs habt das eben nicht gewußt.« Der Junge blickte die sprachlosen Agenten an, bis er begriff. »Ich sollte vermutlich nichts von dem Kokain sagen, wie? Ich meine, ihr Burschen könntet ja vom Rauschgiftdezernat – oder so etwas sein, ha?«

Charley Shannon verdrehte die Augen, dann wandte er sich zur Tür und murmelte etwas in sich hinein.

»Ha, Mann, wissen Sie – es tut mir leid«, entschuldigte sich der

Junge, dessen schmutziges Gesicht einen gekränkten Ausdruck annahm. »Ich habe nicht gewußt –«

»Lassen Sie sich keine grauen Haare wachsen«, beruhigte ihn Koda. »Es ist nichts passiert. So wissen Sie wenigstens, daß wir keine Bullen sind. Stimmt's?«

Der Junge begann erleichtert zu lächeln, doch dann wurde aus dem Lächeln verwirrtes Blinzeln. »Wieso weiß ich das?«

»Ganz einfach«, meinte Koda. »Wie viele Bullen kennen Sie, die einen kostenlosen Krapfen ablehnen würden?«

Die komplizierte holzgerahmte Digitaluhr neben Rainbows Bett zeigte genau 15 Uhr 16 am Donnerstag an, was bedeutete, daß Roy Schultzheimer an seinem Telefon auf Weisungen wartete.

»Bist du bereit, harte Arbeit zu leisten?« fragte Raynee ohne Umschweife.

»Klar, Boß. Was gibt's?« Roy Schultzheimer war immer bereit, für Rainbow zu arbeiten. Er verstand nicht unbedingt alle Warums und Weshalbs, aber das kümmerte ihn auch nicht sonderlich. Vor allem, weil Rainbow und Jimmy Pilgrim ihn mit allem versorgten, was er sich vom Leben erwartete: Geld für seine grundlegenden Lebens- und Unterhaltungsbedürfnisse, stets verfügbare, gefällige Frauen, tägliches Training mit Raynee in den Nahkampfmethoden, die er liebte, und vielleicht das Wichtigste, die ständige Gelegenheit, einem Individuum, das es verdiente, körperlichen Schmerz zuzufügen. Praktisch jede mögliche Motivation, die sich ein brutaler, gewalttätiger Mann wie Roy Schultzheimer nur wünschen konnte. Sicherlich genug Gründe, um sicherzustellen, daß er sich jederzeit bei Tag oder Nacht für Raynees Aufträge bereit hielt.

»Ich will, daß du Bylighter auftreibst.«

»Das dürfte nicht allzu schwierig sein«, kicherte Schultzheimer.

»Normalerweise nicht«, stimmte Raynee zu, »aber ich will nicht, daß du mit dem Jungen selbst Kontakt aufnimmst. Benutze ein öffentliches Telefon, um dich zu erkundigen. Irgendeines. Du weißt, wie du es machen mußt. Ich möchte wissen, was mit seinem kleinen Geschäft mit der Puppe aus Newport los ist. Die den Geldonkel mit dem Boot hat.«

»Die angeblich mit den drei Kerlen zusammenwohnt?«

»Genau die«, antwortete Raynee. »Ich will wissen, ob sie noch Interesse an ein paar Unzen Kristall haben. Melde dich rasch wieder, hörst du?«

»Könnte verdammt viel schneller gehen, wenn ich dem kleinen Arschloch die Tür eintreten könnte«, schlug Schultzheimer vor.

Raynee kicherte leise. »Nein, nein, Mann. Das kann ich dir nicht erlauben. Wir haben unseren kleinen Squeek jetzt prima eingesetzt. Ich möchte nicht, daß jemand durch diesen Jungen auf unsere Aktion stößt. Kapiert?«

»Ich melde mich bei dir«, versprach Schultzheimer.

»Tu das.«

Schultzheimer brauchte fast zwei Stunden, um Bylighter in der gemeinsamen Wohnung von zwei jungen Nutten ausfindig zu machen. Die beiden waren gerade im Begriff, den ihnen zugedachten Teil des Analogonpulvers in Empfang zu nehmen – hocherfreut, denn keines der Mädchen konnte sich erinnern, wann es das letzte Mal von Rainbow, oder überhaupt von jemandem, kostenlos Rauschgift erhalten hatte –, als sie Schultzheimers Anruf erhielten. Bylighter sollte in der Wohnung der Mädchen Rainbows Anruf abwarten. Etwa zwei Minuten später klingelte erneut das Telefon.

»Hat Roy dir gesagt, was ich wissen will?« fragte Raynee, als der erschrockene Junge sich endlich meldete.

»Äh, ja. Ja, er – er hat es mir gesagt«, stotterte Bylighter herum, »aber ich bin nicht – ich meine, ich war damit beschäftigt, Skylight zu helfen, deshalb habe ich nicht – ich meine, ich habe irgendwie vergessen –«

»Versuchst du mir auf die Nase zu binden, daß du mit den Leuten nicht zusammengekommen bist, wie ausgemacht war?« fragte Raynee drohend und bösartig.

»Ich kann sie jederzeit erreichen, wenn ich will«, versprach Bylighter eilig, ohne zu ahnen, ob es wirklich möglich war. »Sie können den Abschluß gleich vorbereiten. Wann immer Sie –«

»Sonntag.«

»W-was?« stotterte Bylighter.

»Das Geschäft wird Sonntag abgeschlossen«, knurrte Raynee. »Thiopen-Analogon. Ein halbes Pfund.«

»Aber sie haben nicht –« wehrte sich Bylighter verzweifelt.

»Thiopen-Analogon – ein halbes Pfund – am Sonntag«, flüsterte Raynee drohend. »Hast du Probleme mit deinen Schweinsohren, Junge?«

»Nein – nein.« Bylighter schüttelte den Kopf. »Es ist nur – ich meine – ich brauche Geld, um den Abschluß zu tätigen«, winselte er. »Ich brauche fünfhundert Dollar –«

»Wofür brauchst du so viel Geld?« fragte Raynee.

»Für Skylight«, platzte Bylighter, ohne zu überlegen, heraus. »Ich – ich meine –«

Raynee schloß die Augen und fragte sich noch einmal, ob Bylighter als Köder all die Mühe und Komplikationen wert sein konnte. Aber wenn Jimmy Pilgrim der Meinung war...

»Du glaubst wirklich, daß ein kleiner Schmierfink wie du einfach hingehen und sich so was Exquisites wie diese Skylight kaufen kann?« Raynee konnte sich gerade noch so weit beherrschen, daß er nicht in krampfhaftes Gelächter ausbrach.

»Sie hat gesagt, sie würde –« flüsterte Bylighter unglücklich.

»Herrgott«, seufzte Raynee. »Ich sollte dir gleich jetzt die Eier abschneiden, damit hätte dein Elend ein für allemal ein Ende.«

»Aber – aber –« Bylighters quiekende Stimme überschlug sich fast.

»Hör mir zu, du kleines quäkendes Arschloch«, knurrte Raynee ins Telefon. »Wenn du dir eine Mieze beibiegen willst, dann sorg dafür, daß das Geschäft am Sonntag steigt, wie ich es dir befohlen habe. Hast du mich verstanden, Junge?«

Bylighter würgte verzweifelt zustimmende Laute hervor.

»Das wollte ich nur hören«, nickte Raynee, dessen Stimme sich zu einem tröstenden, fast mitfühlenden Ton senkte. »Und hör zu, was ich dir noch zu sagen habe. Wenn du die Kohle für Skylight willst, mußt du anfangen, mit deinem Kopf zu denken, nicht mit deinen nichtsnutzigen Eiern.«

»Aber –«

»Gebrauche deinen Kopf, Junge«, wiederholte Raynee nachdrücklich. »Hör mir gut zu. Du bist es, der das Geschäft abschließt – nicht wahr? Und wenn einer die ganze Arbeit besorgt, sollte er doch für sich einen gottverdammten Finderlohn für seine Mühe rausschlagen. Verstehst du, was ich meine?«

»Äh – ja, Rainbow, ich – ich verstehe. Mein Gott, das ist richtig. Vielleicht kann ich einen Finderlohn rausschlagen«, flüsterte Bylighter.

Nach dem verschlüsselten Arbeitsplan in Raynees Notizbuch mußte er noch zwanzig Minuten warten, bis der General bei seinem mit einem Verzerrer versehenen Telefon stehen würde – einem der Telefone, die Jimmy Pilgrim als vorübergehendes Kommunikationssystem angeschafft hatte, bis sein viel sichereres, von einem Computer verschlüsseltes Nachrichten-Austauschsystem eingerichtet war.

»Hallo?«

»Wie geht's, General?«

»Ich bin einigermaßen ungeduldig«, tadelte er vorsichtig. »Ich habe schon auf Ihren Anruf gewartet. Wir haben ein Geschäft zu tätigen.«

»Sie meinen die Analoga?«

»Ja, genau«, bestätigte der General. »Ich habe mich gefragt, wann ich die Lieferung der ersten Sendung erwarten kann.«

»In ein paar Tagen«, versprach Raynee. »Pilgrim richtet die Fertigungsstraße eben jetzt ein. Inzwischen sollten wir aber ein wenig Marktforschung betreiben. Nachsehen, was für eine Reaktion wir von den Leuten auf der Straße bekommen, bevor wir zuviel von dem Stoff herstellen. Es hat keinen Sinn, unsere Stammkunden zu verärgern, wenn er nicht ankommt.«

»Das klingt plausibel«, gab der General zu. »Was stellt ihr euch so vor?«

»Einer von unseren Straßendealern ist über ein paar Leute gestolpert, die in Ihrem Gebiet auf der Suche nach ein paar Unzen Kokain sind.« Dann beschrieb Raynee Bylighters Kontakt zu Sandy Mudd und ihren drei »Freunden«.

»Nehmen Sie an, daß sie mit einem Wechsel einverstanden sind?«

Raynee lächelte und war froh, daß er diesen Teil der Operation über ein Telefon abwickeln konnte. Er war nicht sicher, ob er imstande gewesen wäre, ernst zu bleiben, wenn er dem General direkt gegenüber gestanden hätte. Allerdings, rief er sich ins Gedächtnis, durfte man dem General gegenüber nicht zu leichtsinnig sein. Der Mann war vielleicht ein dämlicher Bürokrat gewesen, aber man konnte schließlich nicht zwanzig Jahre lang in Washington mitmachen, ohne etwas darüber zu lernen, wie man es dem anderen heimzahlt.

»Gut möglich«, meinte Raynee. »Wir haben vor, den Leuten ein halbes Pfund zum Preis von zwei Unzen anzubieten. Wenn es ihnen zusagt, was wir mit Sicherheit annehmen, dann werden sie wahrscheinlich weiterverkaufen, was sie nicht selbst verwenden können. Es sollte nicht allzu schwierig sein, das Ergebnis dieser Aktion einige Tage lang im Auge zu behalten. Eventuelle Schwierigkeiten, die sich ergeben, sollen sie selbst ausbaden.«

»Mit anderen Worten«, stellte der General fest, »wenn es Ärger gibt, fällt er denen auf den Kopf. Und wenn sich der Stoff gut verkauft, wie Sie annehmen, sind wir die einzige Bezugsquelle.« Der General machte eine kurze Pause, dann nickte er. »Gefällt mir. Gefällt mir wirklich sehr.«

»Ich war davon überzeugt, daß Sie es so sehen würden«, kicherte Raynee. »Und wir nehmen an, daß Sie Ihren besten Verkäufer einsetzen werden, um sicherzugehen, daß diese Leute auf das neue Programm eingehen. Von diesem Kauf hängt verdammt viel ab. Es wäre der ungeeignetste Augenblick, um dumme Fehler zu begehen.«

»Ich werde mich persönlich damit befassen«, beruhigte ihn der General. »Wie sieht es mit dem Umfeld dieser Leute aus?«

»Keine Garantien, aber bis jetzt ist alles in Ordnung. Wir ziehen derzeit Erkundigungen über das Boot ein. Sollte aber kein Problem darstellen – solange Sie den Stoff richtig anbieten –, da er ja vor allem legal ist. Aber ich würde dennoch Vorsicht walten lassen. Es muß nicht sein, mit dem Zeug allzu leichtsinnig umzugehen.«

»Da stimme ich Ihnen zu. Wie spielt es sich also ab?«

»Ich habe dem Jungen gesagt, er soll das Geschäft für diesen

Sonntag ansetzen. Wir werden Ihnen am Abend vorher das Pulver schicken. Sie bestimmen den Ort und erledigen alle lokalen Einzelheiten. Ach ja«, fügte Raynee hinzu, »das soll ich Ihnen noch ausrichten... Pilgrim nimmt an, daß Sie die Transaktion selbst erledigen werden. Er meint, daß ein Mann wie Sie imstande ist, ein Geschäft über ein halbes Pfund blind abzuwickeln.«

»Sagen Sie Jimmy, ich schätze sein Vertrauen, werde aber diesmal dennoch die Augen offen halten«, grinste der General und stimmte in Raynees Gelächter ein, während das Telefon klickte.

Donnerstag um 18 Uhr 30 hatten Joe Tassio und Al Rosenthal ihren Bericht über die undurchsichtige Situation in Jimmy Pilgrims Bereich von San Diego beendet. Sie saßen in dem riesigen Wohnzimmer von Locottas Schlupfwinkel in Palm Springs, lehnten sich nun zurück und warteten darauf, daß der schweigende, nachdenkliche Bandenboß seine fünfte Zigarre an diesem Tag anzündete. Ein bedenkliches Zeichen.

Endlich blickte Locotta von dem glimmenden kubanischen Tabakstengel auf und richtete die kalten, prüfenden Augen auf Tassio.

»Du meinst, er ist tot?«

»Nein.« Tassios geknurrte Antwort kam sofort und bestimmt.

Locotta richtete den Blick auf seinen langjährigen Buchhalter, Berater und persönlichen Freund. »Rosey?«

»Ich glaube nicht, Jake. Klingt nicht plausibel. Nicht bei all dem Gerede über neuen Stoff im Straßenhandel. Paßt nicht zusammen.«

»Ihr glaubt nicht, daß Raynee fähig ist, Jimmy Pilgrim umzulegen?« Locotta richtete die Frage an beide Berater, aber Tassio erteilte die einleuchtende Antwort.

»Ich kenne nur einen oder zwei Leute, die sich Jimmy stellen und lebend davonkommen könnten«, knurrte der brutale Schlägertyp. »Aber Rainbow ist einer von ihnen. Ich glaube jedoch nicht, daß ihm das klar ist. Auf jeden Fall versteht es Jimmy verdammt gut, diesen Nigger in Zaum zu halten.«

»Raynee ist vielleicht imstande, Pilgrim umzulegen«, fügte Rosenthal hinzu, »aber die wesentliche Frage lautet: Würde er dazu bereit sein? Ich glaube es nicht. Ich kann mir einfach nicht vorstellen, daß ein Straßendealer wie Raynee die Nummer eins werden will. Liegt nicht auf seiner Linie.«

»Und das heißt...« Locotta sah die beiden Männer an.

»...daß Pilgrim uns hereinlegen will«, schloß Tassio. »Ich sehe keine andere Erklärung.«

»Rosey?«

Der Buchhalter zuckte mit den Schultern. »Wir müssen uns zu der Annahme bequemen, daß es Jimmy Pilgrim möglich wäre, sich mit uns in Verbindung zu setzen und auf unsere Warnung zu reagieren. Er will nur nicht.«

»Dann wirst du folgendes tun«, brummte Locotta und sah wieder Tassio an, »du wirst Jimmy Pilgrim eine Warnung verpassen! Etwas, was er bestimmt beachten wird!«

Zufällig war Donnerstag ein flauer Abend für größere Stofflieferungen im Stadtgebiet des Generals in San Diego.

Die im letzten Augenblick erfolgte Bestellung, die Bobby Lockwood an diesem Abend um acht Uhr an einen Unzen-Dealer in Mission Beach liefern sollte, stand auf der Liste des Generals als nicht besonders dringend. Es war nur ein Ziegel von einem halben Pfund 86prozentigem Kokain für 30000 Dollar. Kein großes Geschäft. Im sorgfältig organisierten Kontrollsystem des Generals bedeutete das, daß nur drei Leute die Auslieferung durchführen würden: der kraushaarige, mit seinem automatischen 38er Browning bewaffnete Lockwood, sein Assistent Tim mit dem Pferdeschwanz und seinem mit Blei verstärkten Baseballschläger und der mexikanische Einwanderer José, der je ein scharf geschliffenes Springmesser in jedem seiner sorgfältig polierten Stiefel trug, ein drittes an seinem rechten Handgelenk festgeschnallt hatte und eine abgesägte Schrotflinte im Lieferwagen in Reserve hielt. Bobby, Tim und José. Drei gut bewaffnete und vertrauenswürdige Mitarbeiter, die alle die Fähigkeit und die Bereitschaft, den Stoff ihres Bosses zu verteidigen, bereits bei mehr als einer Gelegenheit bewiesen hatten. Der General fand, daß dieser Schutz für eine Sendung von acht Unzen Kokain weitaus reichte.

Und natürlich hatte er recht. Die drei bewaffneten jungen Leute sollten bei weitem genügen, denn in den letzten drei Jahren – seit Jimmy Pilgrim und Rainbow nach San Diego »versetzt« worden waren, um den Schießereien unter den erbittert konkurrierenden Pfund-Dealern innerhalb der Stadt rasch ein Ende zu bereiten – war im Gebiet von San Diego kein größerer Transport von Stoff mehr überfallen worden. Kein einziger.

Das erklärte, warum sich Bobby Lockwood an diesem Abend um 20 Uhr 25 überhaupt keine Gedanken machte, als er die lange Einfahrt hinaufging und entdeckte, daß die von dem Unzen-Dealer angegebene Adresse ein verlassenes Haus am Ende einer engen, versteckten Zufahrtsstraße war.

Lockwood nahm vernünftigerweise an, daß er sich beim Abschreiben der Adresse geirrt hatte, drehte sich zu dem Lieferwagen um und sah José bei der Hecktüre stehen, wo er hingehörte. Nur stand er zwischen zwei dunklen Gestalten und hatte die Hände erhoben.

»Was, zum Teufel...!« wollte Lockwood schreien, als plötzlich ein grauhaariger Mann vor ihm stand, den er noch nie gesehen hatte.

»Mach keinen Blödsinn, Junge, halt nur den Mund und hör zu«, brummte Joe Tassio, dessen muskulöse Arme scheinbar lässig herabhingen.

»Wer, zum Teufel, bist – *Uuuuuuuhhhhh*!«

Eine geballte Faust knallte gegen Lockwoods ungeschütztes Kinn, als er genau den hoffnungslosen Versuch unternahm, den Tassio vorausgesehen hatte, und nach seiner Pistole griff.

Zu Lockwoods Pech hatte sich seine rechte Hand schon um den Griff der kleinen Automatik geschlossen, als er nach Tassios Schlag aus Mund und Nase blutete und benommen hinfiel. Und obwohl er schwer getroffen war, versuchte er sinnloserweise, wieder auf die Füße zu kommen, ohne daß ihm bewußt war, daß er die Waffe noch in der Hand hielt. Das Ergebnis war, daß Lockwood laut aufschrie und dann glücklicherweise ohnmächtig wurde, als Tassio unbeeindruckt vortrat, mit einer seiner durch die Arbeit mit Ziegel und Mörtel gehärteten Hände den Lauf der Automatik packte und die Waffe Lockwood aus der Hand wand, bis seine Gelenkknochen knirschend brachen.

Tim, Lockwoods Assistent mit dem Pferdeschwanz, erwies sich als ebenso selbstsicher und noch glückloser.

Zunächst bemerkte Tim gar nicht, daß etwas Ungewöhnliches vorging, bis die schattenhafte Gestalt in der Einfahrt vor Lockwood trat. Er sah, wie Lockwood unter dem fürchterlichen Schwinger zusammenbrach. Während er, den bleigefüllten Schläger umklammernd, aus dem Lieferwagen stieg, zerriß Lockwoods Schrei die Stille der Nacht.

Joe Tassio sah den Jungen kommen und wartete lächelnd, daß der Schläger in einem Bogen von oben auf seine Stirn heruntersauste. Er stimmte seine Bewegung in der Dunkelheit zeitlich genau ab, griff mit den Handflächen hinauf, fing den Aufprall des Schlägers ab – und riß ihn dem Jungen aus den Händen. Tim konnte gerade noch einen Knurrlaut von sich geben, bevor Tassio ihm den Griff des Schlägers tief in die Magengrube rammte, worauf der Junge schlagartig erbrach und mit dem Gesicht nach vorne hilflos zu Boden stürzte. Dann packte Tassio eines von Tims schlaffen Handgelenken, zog es hoch und schlug das dicke Ende des Schlägers hart gegen den muskulösen Oberarm. Das krachende Geräusch des brechenden Knochens war deutlich zu hören.

Die normale Vorgehensweise hätte bei Tassio darin bestanden, mit dem Ellbogen zu beginnen – mit einem oder beiden, je nach der Größe des verursachten Ärgers – und dann zu den Knien überzugehen.

In dieser Situation jedoch waren Bobby Lockwood, Tim und José nicht die Übeltäter; sie waren nur die Unglücklichen, die dazu bestimmt waren, Locottas Botschaft eingehämmert zu bekommen. Und da Joe Tassio Aggressivität und Mut bei seinen Mitarbeitern schätzte, hatte er bereits beschlossen, die drei Mitglieder von Jimmy Pilgrims Lieferteam nicht für immer zu Krüppeln zu schlagen. Komplizierte Knochenbrüche würden genügen.

Aber Joe Tassio kam nicht dazu, José seinen Entschluß zu erläutern, der die normale Vorgehensweise nur allzugut verstand und sah, wie Tassio nach Tims zweitem Arm griff – wobei er mit dem tödlichen Schläger zu einem weiteren knochenzermalmenden Schwung ausholte. José fand, daß ihm seine Ellbogen und Knie so gefielen, wie sie waren. Der ihm am nächsten stehende Wachhund Tassios hörte und erkannte gerade noch rechtzeitig das Schnappen des am Handgelenk verborgenen Springmessers und fing den Stoß der doppelschneidigen Klinge mit der offenen Fläche seiner ausgestreckten Hand statt mit seinem Nabel ab.

Keuchend vor Schmerz umklammerte der erfahrene Schläger Josés Messerhand mit seiner unverletzten Hand und brachte die tödliche Waffe so lange unter Kontrolle, daß sein Partner den Kolben seines Revolvers José an die Schläfe schmettern konnte.

Nachdem Joe Tassio einige Augenblicke lang stumm überlegt und dabei die verwundete Hand seines Gehilfen geschickt mit einem sauberen Taschentuch verbunden hatte, griff er nach Josés rechtem Arm und zerschlug dann das Ellbogengelenk mit einem einzigen Hieb des schweren, bleigefüllten Schlägers.

Als die Polizei im Verlauf ihrer Routine-Friedhofsstreife auf den Lieferwagen stieß, entdeckte sie drei schwer zusammengeschlagene junge Männer, die besinnungslos in der Einfahrt zu dem dunklen, leeren Haus lagen.

Die Beamten durchsuchten den Wagen und fanden ein paar Möbelstücke und einen blutbeschmierten Baseballschläger. Sie fanden aber weder eine Schrotflinte noch eine 38er Browning Automatik, noch eines von den drei Springmessern, und sie fanden schon gar nicht einen acht Unzen schweren »Halbziegel« aus 86prozentigem Kokain...

Der Besitzer des Möbelgeschäftes kam zur Polizeistation, identifizierte seinen Lieferwagen, bestätigte, daß Bobby Lockwood in dieser Nacht keine Lieferungen durchzuführen hatte, und meinte, daß die ganze Angelegenheit höchstwahrscheinlich mit der Gewerkschaft zusammenhinge. Er gab zu, daß er mit einem ähnlichen Vorfall mehr oder weniger gerechnet hätte, seit er den aggressiven, unabhängigen Jungen angestellt hatte. Er teilte den Polizeibeamten auch mit, daß er Lockwood wahrscheinlich wegen unerlaubter Benützung des Lieferwagens feuern würde.

Mit dieser nicht sehr aufschlußreichen Information versuchte der Kriminalbeamte vom Nachtdienst das einzige Opfer, das bei Bewußtsein war – Bobby Lockwood – zu verhören, nachdem der Arzt der Unfallstation ihm einen Gipsverband um das gebrochene Handgelenk angelegt hatte. Während der Beamte immer wieder auf die offensichtlich wesentlichen Punkte zu sprechen kam, fiel es Lockwood immer leichter, sich entsprechend betäubt, verblüfft und ahnungslos zu stellen – vor allem ahnungslos.

Dadurch erfuhr Lockwood ziemlich viel darüber, was mit seinem Lieferteam passiert war, und der Beamte erfuhr absolut gar nichts, was genau den Absichten von Jake Locotta und Joe Tassio entsprach.

17

Um genau 8 Uhr am nächsten Morgen kam eine Frau, die sich als Elizabeth Lockwood auswies, in Bobby Lockwoods Krankenzimmer, benahm sich entsprechend besorgt und betulich, half ihrem Sohn beim Anziehen, verstaute ihn bequem in dem obligaten Rollstuhl und lauschte aufmerksam den warnenden Verhaltensmaßregeln des Arztes.

Nachdem Elizabeth Lockwood die Krankenhausrechnung ihres Sohnes bar bezahlt hatte, erhielt sie eine Quittung dafür und unterschrieb das von dem Arzt der Unfallstation vorgelegte Blatt mit den Empfehlungen für die weitere Behandlung; dann begaben sich Mutter und Sohn langsam zu dem Lincoln Continental neuesten Modells hinaus und verließen in mäßigem Tempo den Parkplatz.

In den nächsten fünfzehn Minuten lenkte Mrs. Lockwood den Lincoln ebenso langsam durch die Straßen von Linda Vista – einer kleinen, aus Zweitwohnsitzen bestehenden Gemeinde im Norden von San Diego. Dabei blickte sie ungefähr alle dreißig Sekunden sorgfältig in den Rück- und den Seitenspiegel. Während der ganzen Zeit sprachen weder sie noch Bobby Lockwood ein Wort.

Dann warf Mrs. Lockwood einen letzten Blick in die Spiegel, bog an der nächsten Straßenecke rasch ab, danach sofort wieder nach rechts, und dann fuhr sie in eine unterirdische Garage. Dort wartete sie einige Augenblicke und vergewisserte sich, daß keines der »verdächtigen« Fahrzeuge, die sie in den letzten fünfzehn Minuten bemerkt hatte, ihnen dorthin gefolgt war. Darauf wandte sie sich ihrem »Sohn« zu.

»Gang sieben. Dodge-Lieferwagen weiß mit blau«, sagte sie und knipste ihr Lächeln aus. »Frag nach Sam.«

»Danke vielmals, Mom«, murmelte Bobby Lockwood undeutlich wegen seines empfindlichen, geschwollenen Kinns, während er vorsichtig aus dem Fahrzeug stieg.

»Gern geschehen, Sohn«, antwortete sie gleichgültig, zerknüllte das Papier mit den Empfehlungen für die weitere Behandlung sowie die Quittung und warf sie in den nächsten Abfalleimer, bevor sie zum Hinterausgang fuhr.

Fünfundvierzig Minuten und zwei Fahrzeugwechsel später saß Bobby Lockwood auf einem bequemen Sofa, nippte vorsichtig an einem Glas kaltem Bier und versuchte dem General zu erklären, was in den letzten zwölf Stunden vorgefallen war. Oder genauer gesagt, seiner Ansicht nach vorgefallen war.

»Und du bist sicher, daß die Bullen das Kokain nicht gefunden haben?« fragte der General, als Lockwood seine Geschichte zum zweiten Mal erzählt hatte.

»Hören Sie, es ist so, wie ich Ihnen gesagt habe... vielleicht haben sie es mitgenommen.« Lockwood zuckte mit den Schultern und fuhr sofort vor Schmerz zusammen, die durch die heftige Bewegung seines Kinns verursacht wurde. »Vielleicht haben Tim oder José mitgekriegt, was geschehen ist, aber ich habe es bestimmt nicht gesehen.«

In diesem Augenblick wollte Bobby Lockwood eigentlich nur nach Hause fahren und sich für eine Woche hinlegen, bis sein Handgelenk und sein Kinn aufhörten zu pochen. Aber er wußte, daß dieser Wunsch nicht in Erfüllung gehen würde. Nicht, wenn eines der hochgeschätzten Lieferteams des Generals zusammengeschlagen worden war. Und besonders nicht, wenn bei der Aktion ein halbes Pfund hochprozentigen Kokains verschwunden war, sprich dreißigtausend Dollar von dem schwer verdienten Geld des Generals.

Lockwood, der fand, daß er die Hauptpunkte der intensiven Befragung durch den General beantwortet hatte, fragte: »Weiß jemand, wie es Tim und José geht? Im Krankenhaus wollten sie mir nichts sagen.«

»Tim ist okay. José war vor einer halben Stunde noch bewußtlos«, murmelte der General zerstreut und trommelte mit den Fingern auf den Tisch, während er noch einmal alle Möglichkeiten durchging und versuchte, mehrere der einander scheinbar widersprechenden Einzelheiten im Geist auf einen Nenner zu bringen. Schließlich griff er nach dem Telefon.

Raynee meldete sich schläfrig, wurde aber rasch hellwach, als die Erläuterungen des Generals einen Sinn zu ergeben begannen.

»Hat jemand eine Beschreibung?« fragte Raynee, nachdem der General die Zusammenfassung der Lage beendet hatte.

Der General wiederholte die Beschreibung des Mannes, der Lockwood angegriffen hatte, und sah dabei ein paarmal zu dem nikkenden Jungen hinüber, um Details bestätigt zu bekommen.

»Wissen Sie, wenn ich's mir recht überlege, klingt diese Beschreibung wie –« begann der General, als Raynee ihn unterbrach.

»Hat er Tassio jemals gesehen?«

»Nein. Ich glaube nicht.« Der General schüttelte den Kopf und spürte, wie sich sein Magen zusammenkrampfte, als Rainbow die von ihm nicht ausgesprochene Befürchtung in Worte faßte. Der General blickte zu dem schwer zusammengeschlagenen Lockwood hinüber und wiederholte Raynees Frage, dann fühlte er sich noch unbehaglicher, als er das bestürzte Entsetzen in Bobby Lockwoods Augen sah. Klar, soweit Lockwood wußte, hatte er Joe Tassio nie von Angesicht zu Angesicht gesehen, aber er hatte von dem Mann gehört.

»O Gott, Sie meinen, es war Tassio?« fragte der General Raynee nervös und versuchte, den betroffenen Ausdruck auf Bobby Lockwoods Gesicht zu ignorieren. »Warum, zum Teufel, sollten sie –«

»Nein, es sieht Tassio nicht ähnlich, hier herumzutrampeln, ohne uns zu verständigen. Wahrscheinlich sieht irgendein Scheißkerl diesem häßlichen Itaker-Bastard ähnlich«, kicherte Rainbow. »Machen Sie sich deswegen keine Sorgen, General. Wir vertragen uns mit dem obersten Chef. Es handelt sich wahrscheinlich nur um einen verfluchten Unabhängigen. Jimmy und ich werden uns ein wenig umsehen und uns um die Kerle kümmern. Wir lassen niemanden in Jimmy Pilgrims Gebiet herumpfuschen, verstehen Sie?«

»Ja, klar.« Der General nickte zerstreut. »Hören Sie, apropos Konkurrenz – wir werden vermutlich mit den Lieferungen ein wenig in Verzug geraten, bis ich ein anderes Lieferteam auf die Beine gestellt habe.«

»Machen Sie sich auch darüber keine Sorgen«, beruhigte ihn Raynee. »Sorgen Sie nur dafür, daß der Stoff versandbereit verpackt wird. Ich werde Ihnen einige Jungs hinüberschicken, die Ihnen aushelfen. Außerdem vergessen Sie nicht, daß es nicht lange dauern wird, bis Sie mit dem neuen Analogonzeug der Stoff-Kaiser in der Gegend sein werden. Dann werden Sie sich nicht mehr wegen der Konkurrenz Sorgen machen müssen, denn im Bezirk San Diego werden *wir* das Geschäft schmeißen, verstanden? Und wenn das Jake Locotta nicht dazu bringt, aufzustehen und Ihren verdammten Silberstern zu küssen, fress' ich einen Besen.«

»Ja, es wird wirklich sein größter Tag werden, wenn wir endlich die Konkurrenz in dieser Gegend ausschalten«, nickte der General und fühlte sich etwas weniger unbehaglich, wenn er an seine Starrolle in Pilgrims Analogon-Testprogramm dachte. Raynee hatte recht. Es ergab keinen Sinn, daß Joe Tassio einen seiner Spitzenmänner in die Mangel nahm, während das neue Projekt anlief. Es mußte einer der konkurrierenden Außenseiter sein, den der Hafer gestochen hatte. Es würde diesen Typen schon recht geschehen, wenn Jimmy Pilgrim und Rainbow ihnen mal kräftig auf die Finger klopften, dachte der General, sich selbst tröstend.

»Es wird tatsächlich ein unvergeßlicher Tag für den Chef werden«, lachte Raynee zustimmend. »Hören Sie, verteilen Sie jetzt die letzten der achtzig Ziegel. Wie besprochen, was Sie nicht losschlagen können, nehmen wir im Verhältnis zwei zu eins gegen den neuen Stoff zurück. Inzwischen werden Jimmy und ich uns um den anderen Dreck kümmern.«

»Einverstanden«, nickte der General.

»Ach ja, noch etwas«, fügte Raynee hinzu, der immer noch lächelte, »warum schicken Sie diesen Lockwood nicht zu mir? Per Eilboten. Ich möchte mich mit dem Jungen ein wenig unterhalten.«

»Bist du sicher, daß sie nicht gesagt haben, wann sie zurückkommen?« Eugene Bylighter blickte von dem unbarmherzigen Telefon auf, nachdem er einmal mehr mit Sandy Mudds Anrufbeantworter verbunden worden war. Er hatte seit sieben Uhr morgens die Nummer jede halbe Stunde gewählt. Also seit vier Stunden.

»Hör zu, Mann, es ist so, wie ich dir schon den ganzen verdammten Morgen lang beizubringen versuche«, wiederholte der noch immer verschnupfte Verkäufer, »die Burschen haben nicht gesagt, wann und wohin oder auch nur ob sie wiederkommen. Und wenn du mich fragst... werden sie nicht wiederkommen. Nicht, nachdem du sie gestern hast hängenlassen.«

»Nein, ausgeschlossen.« Bylighter schüttelte den Kopf. »Sie werden wiederkommen. Ich meine, o Gott, es ist doch nicht, als ob ich...« Bylighters Stimme wurde schwächer und verstummte schließlich. Er war noch nicht soweit, daß er in Tränen ausbrach, aber es fehlte nicht mehr viel.

»Und außerdem, was für einen Sinn hat es, daß du immerfort die Wohnung des Mädchens anrufst?« fuhr der Verkäufer fort. »Es ist doch Freitag, nicht? Du weißt, daß sie in so einem Büro arbeitet. Was soll sie um elf Uhr an einem Freitagvormittag zu Hause tun? In ihrer Wohnung darauf warten, daß du zehnmal anrufst? Verdammt noch mal.« Er schüttelte den Kopf.

»Ich sage dir, Mann, ich muß sie finden, ich muß das Geschäft abschließen.« Bylighter biß nervös auf seinem fast kaum mehr vorhandenen Fingernagel herum. »Wenn ich's nicht schaffe...«

Das Telefon läutete.

»Ja, hallo, Sandy«, platzte Bylighter hoffnungsvoll heraus und wand sich dann innerlich, als er die deutlich keinem weiblichen Wesen gehörende Stimme erkannte.

»Ich warte darauf, daß du dich meldest«, knurrte die Stimme. »Was ist los?«

»Äh – sie, ich meine, sie mm-muß mich jetzt jede Sekunde anrufen«, stotterte Bylighter.

»Es wäre für dich besser, wenn sie es bald täte«, schnaubte Raynee. »Weißt du noch, was ich dir gesagt habe? Thiopen-Analogon. Ein halbes Pfund. Sonntag, zweiundzwanzig Uhr dreißig. Hotel Clairmont. Klar?«

»Äh – j-ja, r-richtig, ehrlich, Sie können sich verlassen –«

»Hast du noch die Nummer, die ich dir gegeben habe?«

»Äh – äh –« Bylighter durchwühlte wild die Papierfetzen auf dem Schreibtisch. »Ja, ja – hier ist sie.« Er hob das mit Schweißflecken bedeckte Papier zitternd hoch. »Zwei-sieben-fünf-«

»Wenn du das Geschäft abgeschlossen hast, rufst du diese Nummer an«, befahl Raynee. »Der Mann wartet darauf, etwas von dir zu hören.« Dann knallte er den Hörer auf die Gabel, bevor er sich Bylighters verängstigtes Gestotter weiter anhören mußte.

»Manchmal ist der gottverdammte Schweinehund nicht einmal wert, daß man ihn anpißt.« Raynee schüttelte verärgert den Kopf und blickte an dem kahlen, faltigen Schädel Drobecks vorbei auf das vor Nervosität blasse Gesicht Bobby Lockwoods. »Du sollst mir und Drobeck alles über Chemie erzählen, was du an der Universität gelernt hast.«

Freitag um 13 Uhr 45 hatte der sich immer verrückter aufführende Eugene Bylighter genau achtzehnmal versucht, Sandy Mudd von der Imbißstube aus telefonisch zu erreichen. Er hatte es längst aufgegeben, Botschaften auf ihrem aufreizend monotonen Anrufbeantworter zu hinterlassen. Vor allem deshalb, weil ihm nichts Neues einfiel, was er sagen konnte.

»Verdammt noch mal, auf wie viele Arten kann man ein Mädchen bei einer dreißig Sekunden langen Aufzeichnung auffordern, zurückzurufen?« fragte Bylighter das gleichgültige Telefon. Doch diesmal reagierte das Telefon zu seiner Verblüffung, indem es laut klingelte.

»Äh – äh – hallo!« plärrte Bylighter atemlos in den Hörer, versuchte seine Stimme zu dämpfen, seine Hände ruhig zu halten, ohne daß es ihm gelungen wäre. »Äh – ich m-meine – hallo, Sandy?«

»Was, zum Teufel, treibst du?« schrie Raggedy Annie ins Telefon, so daß Bylighters Trommelfell beinahe platzte.

»Ach, Scheiße, es – äh – tut mir leid«, stotterte Bylighter unsicher, »ich dachte –«

»Und ich bin auch nicht Sandy, wer, zum Teufel, das auch immer sein mag«, keifte das Straßenmädchen. »Hier spricht Annie. Erinnerst du dich?«

»Ach, ja – klar, Annie – ich – hör zu – tut mir leid, aber weißt du – ich meine, ich muß auflegen. Ich erwarte einen Anruf –«

»Du solltest bei mir lieber nicht auflegen, du kleiner Trottel«, warnte Raggedy Annie. »Oder willst du, daß ich Rainbow stecke, wie du den Test von seinem neuen Stoff verpfuschst?«

»Was soll das heißen?« Bylighters Magen krampfte sich merklich zusammen. »Ich – ich bin –«

»Skylight hat gesagt, wir sollen die Ergebnisse durchgeben, sobald wir sie haben. Deshalb rufe ich an.«

»Ja, aber – aber solltest du nicht Skylight anrufen? Mir hat nämlich niemand gesagt –«

»Ich kann Skylight nicht erreichen«, erklärte Raggedy Annie. »Und weil du diese Woche ihr Lieferant Nummer eins bist, rufe ich dich an und gebe dir die Ergebnisse durch, damit du sie Rainbow selbst weiterleitest. Kapiert?«

»Oh – äh, ja, klar«, erwiderte Bylighter nervös. »Okay, hör zu, ich werde sie aufschreiben – nur mußt du dich beeilen, weil –«

»Du sagst Rainbow, daß Ann und ich alle B-Vitamine ausprobiert haben, die er uns gegeben hat. Das ganze verdammte Zeug. B-dreizehn, vierzehn, fünfzehn und sechzehn.«

»Mein Gott, ihr habt sie alle genommen? Ich meine, solltet ihr sie nicht bei euren Freunden ausprobieren?«

»Komm schon, Kleiner«, lachte Raggedy Annie, »Ann und ich werden unseren Freunden doch nichts geben, was wir nicht zuerst an uns selbst ausprobiert haben. Außerdem ist das der Grund, weshalb ich anrufe. Ich will nämlich, daß du und Skylight uns mehr von dem B-sechzehn besorgen.«

»Ihr wollt – mehr davon?«

»Und ob wir mehr wollen, Süßer! Hör zu: Dreizehn hat nicht besonders gewirkt. Es reicht, um ein bißchen aufzumuntern, aber nicht mehr. Bei vierzehn siehst du vielleicht ein paar Farben. Nicht gerade Spitze, aber man merkt, daß man was genommen hat. Fünfzehn ist auch nicht so übel. Ungefähr eine dreifache Dosis von vierzehn mit einer Spur Kokain dabei, verstehst du? Schnell wirkender Stoff. Aber laß dir eines sagen, Kleiner.« Raggedy Annie klang am Telefon lebhafter, als Bylighter sie je zuvor persönlich erlebt hatte, »das sechzehn, das war wirklich etwas. Verdammt noch mal, die Farben waren irre! Als würde man auf einem Regenbogen leben, weißt du. Und ich mach' dir nichts vor, Süßer«, sie kicherte wieder, »dieser Stoff hat mich und Ann so aufgegeilt, daß wir es sogar dir umsonst machen würden, aus reinem Spaß an der Sache. Und ich sage dir was, Süßer, wenn sie mit dem nächsten in der Serie kommen – B-siebzehn oder was immer –, dann mußt du unbedingt dafür sorgen, daß ich und Ann diesen Regenbogenstoff als erste bekommen.«

»Äh ... ja, sicherlich, Annie.« Bylighter nickte. Er nahm nur die Hälfte auf, was das Mädchen ihm mitteilte, weil ihm immer deutlicher bewußt wurde, wie die Zeit verrann. Er mußte Schluß machen. Sandy konnte jeden Moment versuchen, ihn anzurufen. Möglicherweise gerade in diesem Augenblick.

»Verdammt, Annie«, sagte er, ohne zu überlegen. »Ich kann euch wahrscheinlich etwas von dem Siebzehn verschaffen, mühelos. Im Augenblick bin ich nur irgendwie –«

»Du hast das Siebzehn!« explodierte Raggedy Annie geradezu am Telefon.

»Also, irgendwie – ich meine, äh – nur ein wenig, aber –« Annies Worte hatten in Eugene Bylighters Kopf etwas ausgelöst, was er noch nie erlebt hatte. Er versuchte tatsächlich zwei und zwei zusammenzuzählen – versuchte zu denken. Und bekam eine Heidenangst. Die Farben. Regenbogenfarben. Dieses Mädchen, Kaaren, hatte gelacht und geweint und geflüstert von ... Farben. Unzählige Farben. Regenbogen von Farben, erinnerte er sich. Das waren genau ihre Worte gewesen.

O Gott!

Bylighter konnte plötzlich sogar Schlüsse ziehen – und kam auf die Siebzehn. Die Nummer auf der Phiole, die Rainbow und Roy in jener Nacht aus seinem Kühlschrank genommen hatten. Das Pulver, das sie später ausprobiert und von dem sie behauptet hatten, daß es keine große Wirkung habe. Ihnen war das Thiopen lieber gewesen. Das er dem Mädchen hätte geben sollen – Kaaren. Nur – sie wußten nicht... Sie wußten nicht, daß ihm die Phiolen ins Wasser gefallen waren.

Sie wußten nicht, daß er später keine Ahnung mehr hatte, was das eine und was das andere war, nachdem er die neuen Etiketten aufgeklebt hatte, deshalb hatte er sie sicherheitshalber je zur Hälfte in den Koks gemischt. Die Hälfte von einer Phiole und die Hälfte von der anderen.

Sie wußten nicht, daß er den größten Teil der anderen Hälfte des Pulvers aus der mit »Thiopen« beschrifteten Phiole versteckt hatte, und dann ein klein wenig – nicht sehr viel – von dem A-17 für sich abgezweigt hatte.

Nur, wenn B-14, 15 und 16 immer leuchtendere Farben erzeugten, wie Raggedy Annie behauptete, dann hieß das doch, daß A-17 – das wirklich strahlende Regenbogenfarben erzeugte – das nächste in der Reihe nach dem B-16 sein mußte. Vielleicht hatte er noch einen Fehler begangen? Ein »A« statt eines »B« geschrieben, als er die Phiolen neu beschriftete? Bylighter schüttelte verwirrt den Kopf, in dem so viele Zahlen und Gedanken herumwirbelten. Gedanken, von denen er wußte, daß er sie aus irgendeinem Grund zu Ende führen mußte, weil...

»Verdammt noch mal, antworte mir! Hast du wirklich das Siebzehn? Sag mir die Wahrheit – haben sie wirklich etwas von diesem Super-Regenbogenzeug hergestellt?« schrie Raggedy Annie.

...wegen Rainbow. Er wußte von den Farben. Er hatte auch gehört, wie das Mädchen Kaaren von den Regenbogenfarben geflüstert, gelacht und geweint hatte. Er hatte es damals komisch gefunden. Wenn er herausfand –

»Verdammt noch mal, du miese, kleine Ratte!« diesmal brüllte Raggedy Annie wirklich.

– daß Raggedy Annie Farben sah –

»Du gibst mir etwas von diesem Siebzehn, oder ich gehe geradewegs zu Rainbow –«

– und ihm klarwurde, was Bylighter getan haben mußte, ihm klarwurde, daß Bylighter die Phiolen vertauscht oder sonst etwas getan haben mußte, wodurch er den Test vermasselt hatte, weil Kaaren zusammen mit dem Thiopen auch A-17 bekommen haben mußte –

»... und erzähle ihm, daß du uns hinhältst...«

– und herausfand, daß Bylighter etwas von dem Pulver für sich abgezweigt hatte. Nur daß er nicht nur ein klein wenig von dem A-17 besaß...

»... und uns nichts von dem guten Stoff geben willst!«

... sondern fast eine halbe Phiole von einem Stoff... der womöglich noch besser war als das B-16, das – was hatte sie bloß gesagt? – Raggedy Annie und Raggedy Ann so aufgegeilt hatten, daß sie...?

»Mein Gott!« sagte er laut.

»Also gut, du kleiner Scheißer –«

»Nein – nein, warte!« schrie Bylighter völlig außer sich. »Hör zu – bitte«, flehte er, »hör mich nur an.« Er flüsterte jetzt, fast wieder den Träumen nahe. »Du brauchst nicht zu Rainbow zu gehen. Ich werde dir etwas von dem Siebzehn besorgen.«

Um 19 Uhr 30 an diesem Freitagabend begann Bobby Lockwood sich zu fragen, ob sein Leben nicht ein wenig allzu interessant – oder sogar gefährlich – wurde.

Weniger als vierundzwanzig Stunden, nachdem er die schlimmsten Prügel seines Lebens bezogen hatte, hatte er einen weiteren großen Schritt in seiner kriminellen Laufbahn gemacht.

Aber diesmal war die Arbeit ein wenig anders. Statt Grammpäckchen Kokain auf den Straßen von La Jolla zu verkaufen oder als geheimer Qualitätskontrolleur für den General zu arbeiten oder unvorstellbar große Mengen erstklassigen Rauschgiftes für Jimmy Pilgrim und Rainbow auszuliefern, befand sich Lockwood jetzt mit Simon Drobeck, einer in einen Käfig gesperrten, fünf Meter langen Pythonschlange, einer verwirrenden Vielfalt von Laborgläsern, einem brandneuen Computerterminal, der noch nicht arbeitete, und einem Rezeptbuch für die Herstellung eines Stoffes, der »Thiopenanalogon« hieß – was immer das sein mochte – im Keller einer alten Berghütte.

Vom Rauschgifthändler zum Kopfjäger und Maultier... und

schließlich zum Untergrundchemiker. Oder genauer gesagt, zum Gehilfen des Untergrundchemikers, fiel Lockwood ein, während er zusah, wie Drobeck die erste brodelnde Partie eines trüben, flüssigen Zwischenproduktes in eines der glänzenden, sauberen Bechergläser goß. Er und Drobeck wußten, wie wenig er wirklich während des katastrophalen Chemielaborkurses an der Universität von San Diego gelernt hatte. Lockwood mußte annehmen, daß Pilgrim und Rainbow knapp an Chemikern waren, um jemanden wie ihn auf diesem Posten zu verwenden. Entweder war das der Grund, oder es handelte sich um etwas anderes, von dem er nichts wußte, was natürlich auch möglich war.

Trotz seiner minimalen Qualifikationen als Rauschgift-Chemiker hatte Bobby in den letzten paar Tagen größere Fortschritte in seiner Untergrundkarriere gemacht. Aber die Frage war, hatte er sich nun vorwärts, rückwärts oder seitwärts bewegt?

Lockwood richtete seine Aufmerksamkeit auf die ihm zugeteilte Aufgabe, sorgfältig abgemessene Mengen der in Flaschen aufbewahrten Chemikalien in einem altmodischen Mörser mit dem Stößel zu mischen, wobei er ungeschickt versuchte, die etwas über einen Liter fassende, keramische Schüssel mit der in einem Gipsverband steckenden Hand festzuhalten. Er blinzelte, da er noch nicht an die Äthylätherdämpfe gewöhnt war, die – trotz Dr. David Isaacs sorgfältiger Vorsichtsmaßnahmen – den Raum erfüllten, da Bobby es aufgrund seiner eingegipsten Hand nicht vermeiden konnte, kleine Mengen der rasch verdunstenden Lösung zu verschütten, während er eine Dosis nach der anderen in die Behälter goß.

Vorwärts, rückwärts oder seitwärts. Wie ihm sein unternehmungslustiger waghalsiger Vater immer gepredigt hatte, mußte man in eine dieser Richtungen gehen, wenn man überhaupt irgendwohin gelangen wollte, was einigermaßen plausibel klang. Lockwood hätte nur verdammt gerne gewußt, auf welchen dieser Wege er diesmal gestolpert war.

18

Am Sonnabendmorgen um 6 Uhr 45 beobachtete Bobby Lockwood, etwas über vierzehn Stunden, nachdem sie sich in dem kalten, feuchten Keller der Hütte auf dem Eagle Mountain eingeschlossen hatten, mit roten, geschwollenen Augen, wie der halb betäubte Simon Drobeck die dreihundertvierzig Gramm nasser, glitzernder, schokoladenbrauner Kristalle abwog, die sie aus dunklen, verkrusteten Glasbehältern gekratzt hatten.

Sie waren fast fertig.

Drobecks Berechnungen nach konnten sie mit ungefähr zweihundertfünfzig Gramm Endprodukt rechnen. Ein halbes Pfund von Eins-eins-zwei-Thienyl-Cyclohexylpiperidin, dem einfachen Thiopen-Analogon von PCP. Genau das Produkt, das Pilgrim verlangt hatte.

»Sind wir soweit?« fragte Bobby Lockwood, der neben Drobeck vor dem leise dröhnenden Dunstabzug stand, während der ältere Chemiker die Kristalle auf eine große Metallfolie schüttete und dann den Haufen mit einem breiten Metallspachtel gleichmäßig unter den Warmluftströmen zweier auf Ständern befestigter Haartrockner verteilte.

»Der letzte Schritt«, nickte Drobeck und gähnte müde, während er weiterhin die trocknenden Kristalle mit dem Spachtel durchrührte, um die Verdunstung des Lösungsmittels aus der salzkristallisierten Verbindung zu beschleunigen.

»Wie kommt es, daß es noch immer schmutzig aussieht?« fragte Lockwood. »Der Stoff sollte doch weiß ausfallen.«

»Die meisten rein organischen Verbindungen sind auch weiß«, nickte Drobeck, während er weiter die langsamen, methodischen, schiebenden und wendenden Bewegungen mit dem Spachtel ausführte, »und auch diese wäre weiß, wenn sie chemisch vollkommen rein wäre, was sie natürlich nicht ist.«

»Sie meinen, wir haben es nicht richtig hingekriegt?« fragte Lockwood, dessen von Müdigkeit gezeichnetes Gesicht plötzlich einen besorgten Ausdruck annahm.

Während der letzten vierzehn Stunden hatte Lockwoods Meinung über Simon Drobeck eine langsame, bemerkenswerte Veränderung durchgemacht, größtenteils zu dessen Gunsten. Obwohl er Bobby Drobeck mit seiner Leidenschaft für Schlangen noch immer für geistesgestört hielt, bewunderte er jetzt beinahe die Hingabe des alten Chemikers an seinen Beruf.

Vielleicht war Drobeck nicht genügend intelligent, sich auf eigene Faust die Herstellung des Analogons auszudenken, aber er arbeitete hart, trotz der gut hundert Pfund an überflüssigem Speck, die er unter seinem straff gespannten Gürtel herumschleppte. Drobeck überprüfte außerdem ihre Arbeit immer ein zweites Mal, um ganz sicher zu sein, daß alles richtig gemacht wurde. Deshalb war Lockwood nie auf die Idee gekommen, daß dem Chemiker bei der Herstellung des Analogons ein Fehler unterlaufen sein könnte.

»Es ist einwandfrei gelaufen«, meinte Drobeck kopfschüttelnd. »Bei diesem Verfahren muß man mit acht bis fünfzehn Prozent Verunreinigung rechnen – zumeist nicht in den Reaktionsprozeß einbezogene Substanzen. Diese Werte haben wir bestimmt nicht überschritten. Wir könnten natürlich das Zeug noch weiter reinigen, aber das würde viel mehr Zeit erfordern, als uns zur Verfügung steht. Außerdem wird diese Portion für unsere Zwecke durchaus ausreichend sein.«

»Sind Sie sicher?« fragte Lockwood nervös, denn er war keineswegs scharf darauf, auf Jimmy Pilgrims Abschußliste zu geraten.

»Ja, natürlich«, nickte Drobeck ungeduldig. »Hier, rühren Sie weiter.« Er übergab Lockwood den Spachtel. »Ich muß telefonieren.«

Drobeck, auf dessen fleischigem Gesicht mit den tiefen Furchen die Wirkung der durchgearbeiteten Nacht deutlich sichtbar war, schlurfte ans andere Ende des unterirdischen Labors.

Zu Bobbys Entsetzen beugte sich Drobeck dort vor, öffnete den Käfig und nahm die kalte, ruhige und – aus Lockwoods hoffnungsvoller Sicht – anscheinend tote Pythonschlange heraus. Nachdem er sich das schwere, gummiartige und jetzt bewegungslose Tier wie einen Patronengurt um die Brust gewickelt hatte, flüsterte Drobeck eine Weile seinem Liebling allerlei zu, während er mit einer seiner blassen, dicken Hände über die glänzende, schuppige Haut des Reptils strich; Lockwood erschauerte, als sich die dicken Windungen, die auf die plötzliche Wärme von Drobecks Körper reagierten, zu bewegen begannen.

Drobeck lächelte glücklich, als sich die Schlange fest an seinen weißgekleideten Körper schmiegte. Er langte hinauf und wählte eine Reihe von Nummern auf dem Wandtelefon.

»Drobeck«, meldete er sich, nachdem er geduldig ein paar Augenblicke gewartet hatte. »Nachricht übermitteln. Sagen Sie Rainbow, daß alles glatt gelaufen ist. Das Pulver ist in einer Stunde abholbereit«, fügte er hinzu, und seine Stimme hallte in dem Kellergewölbe wider, während er die Schlange weiterhin streichelte.

An den anderen Seiten des Geheimlabors wandte Bobby Drobeck den Rücken zu und konzentrierte sich darauf, das Lösungsmittel aus den langsam trocknenden Kristallen zu verdampfen, weil er die immer lebhafteren Bewegungen des grausam gleichgültigen Tieres und seines Herrn nicht beobachten konnte; sie erinnerten ihn an das entsetzliche Reptil, das er unwissenderweise auf seinen Freund Jamie MacKenzie losgelassen hatte.

In San Diego, wo Simon Drobecks Nachricht Rainbow übermittelt wurde, fand eine Metamorphose anderer Art statt.

So unwahrscheinlich es klang, so zeigte sich doch immer klarer, daß Eugene Bylighter erwachsen wurde. Obgleich der Ausdruck »erwachsen« seinen Zustand ein wenig übertrieb. Möglicherweise war die Aussage zutreffender, daß er sich veränderte. Ob diese Veränderung zum Besseren oder zum Schlechteren erfolgte, würde sich erst herausstellen.

Wenn es irgendein Anzeichen für die Veränderung Eugene Bylighters gab, dann war es zweifellos sein Widerstand einer schrecklichen Versuchung gegenüber: den Rest des A-17-Pulvers, das er Kaaren gegeben hatte, selbst zu schlucken und dann auf das Erlebnis zu warten, von dem er wußte, daß es der phantastischste »Trip« seines Lebens sein würde.

Es war eine Versuchung, der der »alte« Bylighter längst erlegen wäre, wenn er nicht davon überzeugt gewesen wäre, daß das Pulver, das er auf Rainbows Befehl in Kaaren Muellers Drink gemischt hatte, so etwas wie Gift war. Nur Kaarens übertriebene Reaktion auf ein paar Schluck der stark verdünnten Drogenmischung und insbesondere ihre geflüsterten Phantasien über Farben hatten Bylighter davon überzeugt, daß er ihr eine Überdosis des Halluzinogens verabreicht hatte; und das hinderte ihn daran, den Rest des »Thiopen«-Pulvers in den Ausguß zu schütten.

Aber jetzt... jetzt, da er sicher war, daß das Pulver, das er von der frisch beschrifteten »THIOPEN«-Phiole abgezweigt hatte, das A-17-Analogon war – die Droge, auf die Kaaren Mueller ausgeflippt war, ebenso wie das B-16 bei Raggedy Annie und Ann ihren »Regenbogen-Trip« ausgelöst hatte –, konnte Bylighter sich gerade nur soweit beherrschen, daß er das versteckte Päckchen nicht aufriß, um den Trip selbst mitzumachen.

Aber Bylighter konnte sich jetzt beherrschen, weil er sich wirklich verändert hatte. Zum erstenmal in seinem Leben begann er vorauszudenken. Er hatte sich sogar einen Plan zurechtgelegt – obgleich es eine kindisch schwärmerische Vision von einer unwahrscheinlichen Ekstase war –, der zum Mittelpunkt seiner Existenz geworden war.

Aber es gab einen kleinen Haken: Um seinen Plan in die Tat umzusetzen, brauchte Bylighter seinen gesamten versteckten Vorrat an »Regenbogen-Stoff«. Er war bereits gezwungen gewesen, die Hälfte seines kostbaren Bestandes Raggedy Ann und Raggedy Annie zu geben, und es war ihm nur mit Mühe gelungen, den Rest für sich zu retten, und erst dann, als er gedroht hatte, es Rainbow zu erzählen. Deshalb wagte er nicht einmal, ein klein wenig von dem Wundermittel zu versuchen, weil er keine Ahnung hatte, welche Dosis er brauchen würde...

...und weil er wußte, wenn er auch nur ein wenig davon versuchte, würde er mehr wollen. Er hatte immer mehr gewollt.

Konzentriere dich auf deinen Plan, sagte er sich immer wieder vor. Er mußte sich auf seinen Plan konzentrieren – und auf Skylight! –, wenn er genügend A-17-Pulver haben wollte, um es zu schaffen. Den Plan...

...und fünfhundert Dollar, fiel ihm plötzlich mit flauem Magen ein, als er Rainbows erschreckende Stimme im Geist wieder hörte. Es war schon Sonnabendmorgen, und er sollte den Thiopen-Handel für Sonntag einfädeln. Aber er wußte, daß er den Handel nie zuwege bringen und nie eine Chance haben würde, seine fünfhundert Dollar zu bekommen, wenn er nicht...

»Höchste Zeit, daß Sie hier auftauchen, Squeek«, sagte eine Stimme von der Tür her.

Bylighter wirbelte herum.

»Sandy! O Gott, es – ich meine, verdammt noch mal, ich habe versucht Sie zu erreichen – mich so schrecklich bemüht – ich – ich –« Er brauchte seine ganze Selbstbeherrschung, um das Mädchen nicht zu packen, es zu umarmen und zugleich zu heulen.

Es war sein Glück, daß er sich beherrschte, denn der glimmende Funke, der plötzlich in Sandy Mudds Augen aufleuchtete – ein Blick, der zu ihrer geballten Faust paßte –, drückte blanken Haß aus. Und das wegen eines Glieds in der Beweiskette.

Die beiden obersten Knöpfe von Bylighters Hemd standen nämlich offen. Von ihrem Standpunkt am anderen Ende des Raumes aus konnte Sandy mühelos die bereits verblassenden – aber noch deutlich erkennbaren – Spuren von Zähnen auf seinem blassen, mageren Hals sehen. Bißspuren, die mit Sicherheit von Kaaren stammten. Von ihrer Partnerin, die vergewaltigt, zerschnitten und in der kalten, salzig-nassen Dunkelheit zurückgelassen worden war, wo sie mit einem Stückchen Haut zwischen den Zähnen gestorben war.

In diesem Augenblick wollte Sandy Mudd Bylighter umbringen, seine Kehle mit bloßen Händen aufreißen und dann ohne einen Blick zurück fortgehen. Sie wußte, daß sie dazu fähig war. Sie hätte es wahrscheinlich sogar rechtfertigen können, wenn sie mit Bedacht vorging: zuerst den Sender stillegen, dann alles so arrangieren, daß es nach Notwehr aussah...

Nur konnte sie es nicht tun, weil sie jetzt begriff, daß sie recht hatten. Bylighter genügte nicht. Wie Ben Koda, Charley Shannon und alle anderen wollte Sandy Mudd die ganze Bande.

»Sie haben sich nicht sehr bemüht, uns letzten Donnerstag zu finden, was, Freundchen?« sagte Mudd anklagend und starrte Bylighter an.

»Oh – ja, äh, o Gott, ich m-m-meine, es tut mir wirklich leid«, stotterte er. »Hören Sie, ich habe wirklich alles versucht –«

»Ja? Nun, Sie dürften sich nicht sonderlich angestrengt haben«, fuhr Mudd fort. »Meine Freunde haben mir erzählt, daß sie ein paar Stunden hier gewartet haben, Sie aber nicht aufgetaucht sind.«

»Ich – ich weiß.« Bylighter schluckte nervös und suchte verzweifelt nach einem Weg, um von dem Mädchen wieder gnädig akzeptiert zu werden. Er brauchte es so dringend. »Hören Sie, ich – ich habe wirklich versucht Sie anzurufen, ich weiß nicht, ich könnte wetten, gestern mindestens zwanzigmal. Ich habe Nachrichten hinterlassen und so. Sie müssen wohl mit dem Boot unterwegs gewesen sein.«

»Nein. Meine Freunde waren so sauer, weil sie den Koks nicht bekommen hatten, daß sie nicht einmal mit dem Boot hinausfahren wollten. Sie können sich vorstellen, wie glücklich mich das macht!« Mudd wartete gute fünf oder sechs Sekunden, während Bylighter hilflos vor sich hinstarrte.

»Jedenfalls haben sie gemeint«, fuhr sie etwas leiser fort und blickte dabei Bylighter direkt in die Augen, »daß wir nächste Woche hinausfahren könnten, wenn ...« Sie ließ den Rest des Satzes in der Luft hängen.

Bylighter brauchte ein paar Sekunden.

»Ach – Sie meinen, wenn ich ...«

Sandy nickte langsam. »Ja, stimmt. Ich habe sie überredet, es noch einmal mit Ihnen zu versuchen.«

»Ah ja«, nickte Bylighter, holte tief Luft und versuchte sich zu erinnern, wie er alles geplant hatte. Daß er sie überreden wollte, statt des Kokains ein halbes Pfund Thiopen zu nehmen. »Wissen Sie, erstklassiges Kokain steht derzeit hoch im Kurs ...«

»Sie meinen, daß Sie nach dem vielen Herumgerede nicht einmal ein paar verdammte Unzen liefern können?« fragte Sandy Mudd ungläubig. »Mein Gott, was sind Sie denn für ein Verbindungsmann, Squeek?«

»Die Angelegenheit hat sich bis jetzt nicht allzugut entwickelt.« Bylighter sah Sandy an und erkannte, daß er nahe daran war, es bei ihr zu verspielen. »Aber – aber die Sache ist die«, fuhr er schnell fort,

»ich war wirklich eifrig für Sie tätig und habe versucht, Ihnen etwas von dem neuen Stoff zu besorgen, auf den alle Leute so wild sind.«

»Sie meinen den Stoff, von dem Sie letzten Donnerstag gesprochen haben? Hören Sie, Squeek, ich habe Ihnen ja schon gesagt, daß meine Freunde kein Interesse...«

»Ja, ich weiß, aber – erinnern Sie sich noch an den Preis, zu dem ich Ihnen das Kokain angeboten habe?«

»Klar. Zweitausendfünfhundert die Unze. Fünf Scheine für beide, mit eventuell zehn Prozent Skonto, wenn wir Kunden bleiben. Ein phantastisches Geschäft«, fügte sie sarkastisch hinzu. »Was ist also los?«

»Also – äh, sehen Sie, ich habe meinen Boß dazu überredet, Ihnen und Ihren Freunden ein wirkliches Sonderangebot zu machen, weil ich Sie ja, wissen Sie, letzte Woche ein wenig enttäuscht habe. Er wird Ihnen über mich ein halbes Pfund von dem neuen Thiopen-Analogon verkaufen, mit dem er diesen Monat herauskommt, und zwar zu – äh – beinahe dem gleichen Preis. Wissen Sie, eine Art – Einführungsangebot.« Bylighter lächelte hoffnungsvoll.

»Sie versuchen uns für fünf Riesen ein halbes Pfund von einem Stoff zu verkaufen, von dem wir bisher nie gehört haben?« Sandy Mudd starrte Bylighter ungläubig an.

»Äh – er wird auf fünftausendfünfhundert zu stehen kommen, weil – äh – ich muß fünfhundert auf die Hand bekommen; wissen Sie, um das Geschäft in Gang zu bringen, weil der Stoff was ganz Besonderes ist...«

»So, und jetzt wollen Sie noch fünfhundert auf die Hand. Ist das Ihre Provision?« fragte Sandy Mudd argwöhnisch.

»Äh, nein – o nein, eigentlich nicht – ich meine, irgendwie, wissen Sie. Ich muß ja den Verkauf mit meinem Boß regeln. Sie wissen, wie das so ist...« versuchte es Bylighter wieder.

Sandy Mudd schüttelte den Kopf. »Ich weiß nicht, Squeek. Ich glaube nicht, daß das meine Freunde sonderlich interessieren wird. Wie ich Ihnen schon erklärte, wir nehmen gern Kristall. Außerdem, was sollen wir mit einem halben Pfund von diesem Thiopen anfangen, auch wenn es was taugt? Wir sind ja nur zu viert.«

»Ach, hören Sie, sobald das Thiopen auf den Markt kommt, werden Sie mindestens doppelt so viel dafür bekommen wie für Kokain… weil, wie sie behaupten, es lange Zeit legal sein wird. Ich meine, stellen Sie sich das vor? Ein phantastisches Rauschgift, für das man nicht eingelocht werden kann? Ihr könnt an dem Rest, den ihr nicht verwendet, ein Vermögen verdienen.«

»Der eigentliche Grund ist doch, daß Sie das Kokain nicht auftreiben können, stimmt's?« Sandy Mudd schüttelte ärgerlich den Kopf.

»Ja, ich meine – zumindest nicht auf die schnelle, wissen Sie, vielleicht – in einer, höchstens zwei Wochen. Aber ehrlich, Sandy, ich sage Ihnen, dieser Stoff ist doppelt so gut wie Kokain.«

»Also gut. Ich rufe meine Freunde an und warte ab, was sie dazu sagen.«

»Ja, klar, benützen Sie ruhig mein Telefon.«

»Ist schon gut, Squeek.« Sandy schüttelte den Kopf. »Draußen gibt es eine Telefonzelle. Ist ein persönliches Gespräch, verstehen Sie?«

»Ja, klar – ja, ich verstehe«, nickte Bylighter nervös. »Ich habe nur gedacht…«

»Bleiben Sie hier, und ich erledige meinen Anruf«, erklärte Sandy sehr bestimmt. »Wenn meine Freunde nichts einzuwenden haben, machen wir das Geschäft. Okay? Wenn nicht«, sie zuckte mit den Schultern, »dann lassen wir es eben bleiben.«

»Ja, okay.« Bylighter sah aus wie ein junger Hund, den man soeben zum ersten Mal ausgesetzt hat. Sandy verließ die Imbißstube. Sie überquerte rasch die Straße, trat in die Telefonzelle, schloß die Tür, steckte einen Vierteldollar in den Schlitz, blickte sich um, um sich zu vergewissern, daß die Luft rein war, und begann dann sehr schnell, eine auswendig gelernte Nummernfolge zu tippen.

Tom Fogarty stand am offenen Fenster seines Hotelzimmers im zweiten Stock und schaute schweigend auf den Ozean hinaus.

»Warum kaufen wir es eigentlich, wenn es nicht illegal ist?« fragte ihn Harrington.

»Erstens ist Bylighter noch immer der einzige brauchbare Kontakt, den wir zu diesen Gangstern haben, zweitens werden wir erst wissen, ob dieser Dreck legal ist oder nicht, wenn wir eine Probe bekommen, und drittens kann der Dreckskerl ohnehin kein Kokain auftreiben.«

»Zumindest stellt er es jetzt so dar.« Harrington nickte. »Aber wenn der Stoff legal ist, sind wir doch von vornherein in einer Sackgasse. Was machen wir dann?«

»Ich weiß nicht«, gab Fogarty zu. »Viel können wir nicht tun... es sei denn, die Lage ändert sich, wenn Locotta beschließt, sich persönlich einzuschalten.«

»Es gibt meiner Meinung nach nur eine Alternative, wenn wir zuerst ins Spiel kommen wollen.« Harrington zog gedankenvoll an seiner Pfeife.

»Und das wäre?« fragte Fogarty.

»Den Druck verstärken.«

Sandy kam zurück, schloß energisch die Tür und blickte dem nervösen Bylighter direkt in die Augen.

»Nichts zu machen.« Sie schüttelte heftig den Kopf.

»Aber – aber –« protestierte Bylighter, und seine Stimme überschlug sich.

»So ist es nun mal, Squeek. Die Jungs wollen keine fünf Riesen für einen Stoff hinblättern, von dem sie noch nie gehört haben. Wenn Sie mit uns ins Geschäft kommen wollen, müssen Sie uns Kokain verschaffen.«

Bylighter sah aus, als würde er in Tränen ausbrechen. »Aber ich sage Ihnen doch, dieser neue Stoff –« begann er in flehendem Ton.

»Sie hören mir nicht zu, Squeek«, unterbrach ihn Sandy. »Fünf Riesen für zwei Unzen Kokain, sonst geht nichts – und damit basta.«

Bylighter begann am ganzen Körper unkontrolliert zu zittern. Er suchte noch verzweifelt nach einem Ausweg... irgend etwas, was sie umstimmen könnte.

»Okay«, die Agentin zuckte mit den Schultern, »bis später.« Sie wandte sich ab, um die Tür zu öffnen, und Bylighters neuer, auf ein Ziel ausgerichteter Verstand trat in Aktion.

»Nein, warten Sie!« brüllte er. »Hören Sie –« er versuchte, ruhiger zu werden, sein Herz pochte wild, und seine Hände zitterten noch, »- hören Sie, ich – ich werde Ihnen das Kokain besorgen. Irgendwie, ich weiß nicht, wie, aber ich werde es für Sie beschaffen. Aber ich muß diese fünfhundert haben –«

»Und da ist noch ein Punkt«, sagte Sandy, die Gefallen daran fand, daß Bylighter sie förmlich auf den Knien anflehte, »kein Geld im voraus. Wenn Sie zum Beispiel eine Viertelunze oder so von dem neuen Stoff bringen wollen, geben wir Ihnen fünf Hunderter unter dem Tisch, wenn Sie es dahaben. Aber nichts im voraus. Also, wo wickeln wir das Geschäft ab?«

»Äh – sie haben gesagt, wir sollen vor dem Hotel C-Clairmont p-parken«, stotterte Bylighter mit Tränen in den Augen. »Z-zweiundzwanzig Uhr dreißig...«

»Okay, wir parken vor dem Clairmont. Zweiundzwanzig Uhr dreißig, übermorgen«, bestätigte Sandy und behielt Bylighter dabei aufmerksam im Auge.

»Also...?«

»Ja, – okay, zweiundzwanzig Uhr dreißig, übermorgen.« Bylighter nickte, während er sich über Augen und Nase wischte. »Vergessen Sie nur meine fünfhundert nicht«, bat er flehentlich, während Mudd die Tür hinter sich schloß; er redete sich ein, daß am Sonntag irgendwie alles in Ordnung gehen würde, wenn er nur dieses Kokain in die Finger bekommen konnte...

Erst später, als er sich Mut machte, um Rainbow anzurufen, wurde ihm bewußt, daß übermorgen Montag war.

Dr. David Isaac und Nichole Faysonnt befanden sich allein im Labor und waren eifrig damit befaßt, die nächste Analoga-Reihe für Jimmy Pilgrim zu erarbeiten, als sie einen Telefonanruf erhielten.

Diesmal war es Isaac, der auf den dunklen Parkplatz hinausging, um den Umschlag aus seinem schäbigen Volkswagen zu holen, während Nichole ihn nervös von dem Fenster im ersten Stockwerk beobachtete. Aber bis auf Isaacs Käfer und das Motorrad des Nachtwächters war der Parkplatz leer.

Isaac nahm langsam zuerst die gefalteten Papierblätter heraus und dann – noch viel langsamer – die versiegelte, durchsichtige Plastiktasche, die das zweite der einzelnen vergilbten Pergamentblätter mit Marias handgeschriebenen Notizen enthielt.

Während Isaac am Labortisch stand und wortlos das alte, geschichtsträchtige Dokument betrachtete, überflog Nichole rasch das Blatt mit den handgeschriebenen Notizen.

»Wir hatten recht«, flüsterte sie, »schau, hier...« Sie hielt eines der linierten Blätter Isaac vor die Augen und zeigte mit dem Finger auf die betreffende Stelle. »Schau, es beginnt mit B-Elf und geht bis Sechzehn. Sieh dir die Ergebnisse an. ›Leicht *high*‹; ›netter Trip, aber zu kurz‹; ›grelle Farben‹; ›Raumverzerrung‹; ›reiner Sex‹; ›Dynamit‹!« Nichole las nacheinander die von Skylights Testpersonen gelieferten Angaben vor.

»Und was ist mit B-Zehn?« sagte Isaac. »Vier Testpersonen: ›gestorben‹, ›Krämpfe und Koma‹, ›schwere Vaginalblutungen‹, und... ›gestorben‹.«

»Ja, ich weiß, ich... habe es auch gelesen«, flüsterte Nichole, wurde aber dann wider Willen wieder lebhaft. »Aber schau, besonders die Serie zwölf bis sechzehn... hier, schau her, sieh doch, wie es zunimmt!«

»Und die Farben«, nickte Isaac, der, ohne es zu wollen, ein wenig von Nicholes wiedergewonnener Begeisterung empfand. »Genau, wie wir vorausgesagt haben.«

»Stimmt.« Nichole nickte. »Schau, was sie hier noch geschrieben haben.« Sie reichte Isaac ein weiteres der handgeschriebenen Blätter.

»Unser Computernachrichtensystem ist jetzt in Betrieb. Vernichtet sofort alle Aufzeichnungen über Analoga«, las Isaac. »Klingt vernünftig.« Er nickte. »Sie machen sich daran, mit der Produktion zu beginnen.«

»Fällt mein Labornotizbuch auch darunter?« fragte Nichole betroffen über die Zumutung, ihre peinlich genau geführten Aufzeichnungen den Flammen zu übergeben.

»Nein, wir können das Labornotizbuch behalten, ohne damit allzuviel Schaden anzurichten«, entschied Isaac. »Ich halte es sogar für wichtig, daß wir etwas zurückbehalten... für alle Fälle.«

»Aber wenn sie –?«

»Keine Sorge.« Isaac lächelte beruhigend, »sie werden nie erfahren, daß wir es besitzen.«

»Sie wollen so bald wie möglich auch eine Herstellungsanleitung für B-sechzehn«, las Nichole vor, während Isaac sich wieder dem in Plastikfolie eingeschweißten Maria-Dokument zuwandte.

»Ja, sie wollen damit beginnen.« Isaac nickte zerstreut. »Das sollte uns keine Schwierigkeiten bereiten.«

»Sämtliche Arbeitsprozesse sind in den Speichern erfaßt«, meinte Nichole. »Sie haben uns einen Zugangscode zu ihrem Computersystem gegeben, ich kann es also, wenn du willst, gleich jetzt eingeben. Aber da ist noch etwas. Sie wollen wissen, ob B-sechzehn im selben Labor – mit derselben Ausrüstung und denselben Geräten – wie das Thiopen hergestellt werden kann.«

Isaac dachte einen Augenblick nach und ging im Kopf die Verfahren für die A/B-16-Analoga durch.

»Antworte ihnen mit Ja«, nickte er schließlich. »Wir werden eine geringfügige Änderung in der Rücklaufstufe vornehmen. Das ist einfacher, als ein weiteres Labor für unsere... Freunde einzurichten.« Er schüttelte den Kopf, während er weiter auf das alte Pergamentstück starrte und versuchte, die historischen Details in den eng gekritzelten Aufzeichnungen der längst verstorbenen Alchimistin zu verarbeiten.

»Ja, aber...« Nichole zögerte, hob ihre Hand, rieb sie sanft an Isaacs Wange und spürte, wie seine Muskeln sich – unwillkürlich? – anspannten, »... vergißt du nicht etwas?«

Isaac riß seine Gedanken und Augen von dem alten Pergament los und blickte Nichole an. »Ich vergesse etwas?«

Nichole nickte und sah Isaac in die Augen, während sie weiter seine Wange streichelte, damit sich seine Muskeln – und zugleich seine Gedanken – entspannten. »A-siebzehn«, flüsterte sie. »Wenn sechzehn so gut war, wie sie sagen, so farbenfreudig und... erotisch«, sie zögerte bei dem Wort, »kannst du dir dann vorstellen, wie A-siebzehn sein muß?«

»Man wird richtig neugierig darauf, nicht wahr?« Er nickte ernst.

»Was?« Sie blinzelte, nicht ganz sicher, ob sie verstanden hatte, was Isaac meinte.

»Analogon siebzehn«, stellte er ruhig fest. »Man muß sich fragen, ob sie wirklich wissen, was wir ihnen da in die Hand gegeben haben.«

Die drei Leute in Jimmy Pilgrims Organisation, die wirklich über die Wirkungen des A-17-Analogons Bescheid wußten, hatten keinerlei Interesse daran, ihr Wissen mit ihrem Auftraggeber zu teilen.

Zwei dieser Leute – Raggedy Annie und Raggedy Ann – waren seit fast sechs Stunden in einer schweißtreibenden, ekstatischen Umarmung vereint, ohne daß ein deutliches Abklingen der Wellen von unaufhörlich wechselnden, heftig erregenden Farben, die jede Nervenzelle in ihren Körpern erfaßten, in Sicht war, während sie stöhnend und erschöpft, aber noch immer unter den unbekannten Tiefen der Leidenschaft zitternd, einander in den Armen lagen.

Der Dritte im Bunde hatte Dinge im Sinn, die im Augenblick viel wichtiger waren als seine Loyalität seinen gefürchteten Auftraggebern gegenüber. Sein Problem bestand darin, so leise wie möglich durch das Erdgeschoß eines dunklen Hauses in einer erstklassigen Wohngegend zu schleichen, dabei verzweifelt darauf zu achten, nicht über ein Hindernis zu stolpern, das den Mann in der Etage darüber wecken könnte, und vor allem: in dem dunkelsten Haus, das er je kennengelernt hatte, etwas zu finden – irgend etwas –, wofür ein Hehler fünfhundert Dollar ausspucken würde.

Bylighter hatte eigentlich nie bewußt den Entschluß gefaßt, in ein Haus einzubrechen, um das Geld für Skylight aufzutreiben. Irgendwann, nachdem ihm klargeworden war, daß er wieder mal einen Auftrag von Rainbow total verpfuscht hatte, beschloß er nur, etwas zu unternehmen... und eigentlich spielte es keine Rolle, was es war.

Bylighter verstand nichts von Schußwaffen, Messern oder Schlössern, also schlich er einfach etwa drei Stunden lang in den dunklen Villenvierteln im Süden von San Diego durch die Straßen, bis er ein Haus mit einem offenen Fenster im ersten Stockwerk und einem Hinterhof ohne Hund fand.

Er benutzte eine alte Holzleiter aus dem Nachbarhof und verbrachte dann zehn Minuten damit, mit angehaltenem Atem über den teppichbelegten Boden des Schlafzimmers und Korridors im ersten Stock zu robben und dann langsam die Treppe hinunter und in das im Dunkel liegende Wohnzimmer... den Salon... und das Hobbyzimmer zu schlüpfen, wo er endlich fand, was er suchte.

In der Dunkelheit brauchte Bylighter geschlagene zwanzig Minuten, um alle Drähte und Anschlüsse abzuklemmen und zu verstauen, die Fernsehapparat, Stereoanlage, Videorecorder, Antennen und Lautsprecher verbanden. Dann stellte er, so sorgfältig er konnte, die Geräte übereinander, hob die ungefähr siebzig Pfund schweren, teuren, elektronischen Geräte mit seinen dünnen, zitternden Armen hoch... und stolperte zur Tür, als die immer wachsamen, boshaften Schicksalsgöttinnen beschlossen, daß es an der Zeit war, ihm wieder mal einen Denkzettel zu verpassen.

Während er an der Wand entlangschlich, blieb eines der baumelnden Kabel an einem Lichtschalter hängen, worauf der Raum sofort in blendendes Licht getaucht war. Darauf schrie der erschrockene Bylighter auf und riß die Hände hoch... wodurch der Fernseher mit dem Bildschirm voraus gegen die Ecke eines mächtigen Eichenschreibtisches, die Stereoanlage gegen zwei der plötzlich blendenden Lampen auf dem gleichen Schreibtisch und der Videorecorder gegen einen chromglänzenden Servierwagen mit einem liebevoll zusammengestellten Angebot von teuren Alkoholika flogen.

Implosion und Explosion erfolgten praktisch gleichzeitig, Glas zersplitterte krachend, und kleine Feuer flackerten auf, als Funken von den zwei zerbrochenen Lampen mit dem Dunst des hochprozentigen Alkohols in Kontakt kamen; das Ergebnis war die Verwüstung des Raumes und eines Großteils seines Inventars.

Ben Koda, Charley Shannon, Bart Harrington und Sandy Mudd saßen in Ben und Charleys Motelzimmer und besprachen die neuesten Ergebnisse bei ihrer Jagd auf Jimmy Pilgrim und Rainbow, als das Telefon klingelte.

»Ja?« meldete sich Shannon und reichte dann den Hörer Koda. »Es ist DeLaura.«

»Ja, Marty, was ist los?« fragte Koda.

»Weißt du noch, der Junge, von dem wir neulich in der Imbißstube versetzt wurden?«

»Bylighter? Ja, klar. Was ist mit ihm?«

»Setz dich auf deinen Hosenboden, Sportsfreund, denn du wirst es nicht glauben...«

19

Angesichts der Einmaligkeit und der Bedeutung des Vorfalls und der köstlichen Ironie der daran Beteiligten dauerte es ungefähr fünfzehn Minuten, bis sich die Nachricht in der gesamten Nachtschicht des Bezirks-Sheriffs von San Diego verbreitet hatte – dank der Bemühungen der beiden Beamten, die als erste am Tatort erschienen waren und rasch entdeckten, daß es nicht notwendig war, auch nur eine Einzelheit in ihrer Meldung zu übertreiben.

Als Bylighter schließlich vernommen, bis auf die Haut durchsucht, geduscht, entlaust, in einen ausgebeulten Overall gesteckt und fotografiert worden war – auch seine Fingerabdrücke waren ihm natürlich abgenommen worden –, war der tiefbetrübte Junge zu einer Berühmtheit in seinem Zellenblock geworden.

Infolgedessen fand jeder Beamte im Nachtdienst, der sich zufällig in der Nähe des Gefängnisses aufhielt, einen Vorwand, zu Bylighters Zelle zu pilgern und kopfschüttelnd den erbärmlich aussehenden Jungen anzustarren, der die Frechheit besessen hatte, in der Wohnung von Richter Harold »Henker Roy« Beene einzubrechen.

Die voraussehbare Folge war, daß schließlich Teile dieser Nachricht über die verschiedenen Gerüchtebörsen und Telefonverbindungen Lafayette Beaumont Raynee am Sonntagmorgen kurz nach acht Uhr in seinem Haus erreichten.

Nachdem Rainbow den Telefonhörer aufgelegt hatte, war sein erster Gedanke, daß er Eugene Bylighter den dürren Hals umdrehen würde, selbst in Gegenwart von Richter »Henker Roy« Beene.

»Was meinst du dazu?« fragte Raynee, nachdem er Jimmy Pilgrim über die Lage informiert hatte.

»Dieser Typ Bylighter ist so unglaublich unfähig und blöd, daß es eine Schande… und auch eine Verschwendung… wäre, ihn gerade jetzt ins Jenseits zu befördern«, flüsterte Pilgrim kühl. »Er erledigt die Arbeit viel besser, als wir es jemals erhofft hätten. Was ist mit dem Thiopen? Steht es zur Verfügung?«

»Ich habe es heute morgen abgeholt. Auch das Rezept für das B-16-Analogon. Wir dürften in etwa zwei Tagen die Produktion aufnehmen können.«

»Ausgezeichnet. Je eher, desto besser. Du besprichst die Einzelheiten mit dem General. Ich werde die erforderlichen Absprachen mit den Anwälten treffen.«

»Hör mal, Mann«, flüsterte Raynee in Vorfreude auf die bevorstehenden Gewalttätigkeiten, »sag mir die Wahrheit, es wird doch klappen, oder nicht?«

»Ja, mein Freund«, krächzte Pilgrim, »alles wird klappen… einfach großartig.«

Der General saß im Freien auf der weitgeräumigen Terrasse an der Rückseite seiner Villa in La Jolla, nahm sein Frühstück zu sich, das aus Erdbeeren, Daiquiri und Rühreiern bestand, und las die Morgenzeitung, als das Telefon klingelte.

»Guten Morgen.« Der General lächelte gutgelaunt, als er Raynees Stimme erkannte. »Ich nehme an, Sie haben gute Nachrichten.«

»Die Sache ist so gut wie startklar«, meldete Raynee mit entwaffnender Fröhlichkeit. »Wir müssen noch ein paar kleine Unebenheiten glattbügeln, aber voraussichtlich geht's Sonntagabend gegen zweiundzwanzig Uhr dreißig über die Bühne. Parken Sie vor dem Clairmont Hotel im Lemon Grove, okay?«

»Abgemacht«, nickte der General. »Haben Sie weitere Erkundigungen über den Bootsbesitzer eingeholt?«

»Der Bursche scheint nichts dabei zu finden, seine kleine Freundin mit anderen zu teilen«, kicherte Raynee, »aber das bedeutet in der Gegend von Newport nicht viel. Die Finanzen des Mannes sind wirklich beruhigend. Die Leute, die ihn kennen, nehmen an, daß er nur das Geld seines Vaters verpulvert. Andererseits scheinen die beiden Jungs, mit denen er und seine Lady herumziehen, ausgesprochen schwere Burschen zu sein. Roy wird Ihnen ein paar Fotos bringen, die Loot von den Jungs geschossen hat. Da können Sie sich mal ansehen, mit wem wir es zu tun haben, bevor Sie auf dem Parkplatz herumkurven.«

»Okay«, sagte der General. »Was ist mit dem Stoff?«

»Sobald Roy da ist, bekommen Sie ein wenig Thiopen«, kündigte Raynee an. »Genau gesagt, ungefähr ein halbes Pfund.«

»Und die Hauptmenge?«

»Wir werden in ein paar Tagen mit der Produktion beginnen, sobald dieser Test abgeschlossen ist. Es wird ein schönes Gefühl sein, im Geld zu wühlen. Ich habe mir noch gar nicht überlegt, wie ich das viele Geld unter die Leute bringen soll«, seufzte er kichernd.

»Ich bin sicher, daß es uns allen irgendwie gelingen wird«, kicherte auch der General.

»Zweifellos. Hören Sie, General, am Montag müssen Sie aufpassen. Ich kann es mir nicht leisten, einen Mann wie Sie bei diesem Stand des Spieles zu verlieren.«

»Sie können sicher sein, daß ich die ganze Zeit bestens auf meine Interessen achten werde«, betonte der General und stimmte in Rainbows Lachen ein, während er den Hörer auflegte.

Der General blieb auf seiner Terrasse sitzen, genoß die Aussicht auf den Ozean und dachte, wie interessant es doch war, daß Raynee während des ganzen Gesprächs mit keinem Wort das Schicksal Eugene Bylighters erwähnt hatte.

Wirklich sehr interessant, überlegte er. Einem achtzehnjährigen, dämlichen Jungen wie Bylighter dürfte es wahrscheinlich Schwierigkeiten bereiten, seinen Teil einer Rauschgifttransaktion im Ausmaß von einem halben Pfund von dem nicht gerade günstigen Standort einer zweieinhalb mal drei Meter großen Gefängniszelle aus durchzuführen.

Bylighter hatte soeben sein tiefgefrorenes, im Mikrowellenherd aufgewärmtes Frühstück hinuntergewürgt und war hoffnungslos in seine chaotischen Gedanken versunken, als der an der Decke befestigte Lautsprecher seinen Namen brüllte.

»Bylighter. Sie haben Besuch.«

Die Nachricht beeindruckte den entmutigten Jungen wenig, denn er kannte eigentlich niemanden, der sich so sehr um ihn sorgte, daß er die Unannehmlichkeiten eines Gefängnisbesuches auf sich nahm. Er vermutete, daß es sich um einen Irrtum oder bestenfalls um einen Priester handelte.

Als der Gefängniswärter kam, um seine Zelle aufzuschließen und ihn zu einem der Besucherräume zu führen, stellte Eugene Bylighter nicht einmal die naheliegende Frage.

»Sieht ja aus, als hättest du einen Rechtsanwalt, der auf Draht ist.« Der Wärter grinste, als er die Tür zum Besuchszimmer mit einem übergroßen Schlüssel öffnete. »Viel Glück.«

»Ha?« Bylighter hätte plötzlich sehr gern Fragen gestellt, doch es war zu spät, denn die Tür fiel hinter ihm laut ins Schloß. Dann sah er sich um und erblickte einen durchaus distinguiert aussehenden, grauhaarigen Herrn in einem Nadelstreifenanzug mit Weste, der auf der gegenüberliegenden Seite des kleinen Besuchertisches saß.

Der Mann blickte Bylighter ruhig und anscheinend sogar freundlich an und bedeutete ihm dann, sich zu setzen.

»Sind Sie sicher, daß Sie mit mir sprechen wollen?« fragte Bylighter, der jetzt davon überzeugt war, daß hier ein Irrtum vorliegen mußte. Selbst für Bylighters schwach entwickelten Scharfblick wirkte der Mann keineswegs wie der typische, überanstrengte und entmutigte Pflichtverteidiger.

»Sie sind Eugene Bylighter, nicht wahr?«

»Äh – ja.«

Der grauhaarige Mann nickte. »Ich bin Alberton Cahoon, Rechtsanwalt«, stellte er sich vor, ergriff Bylighters schlaffe Hand für einen Augenblick und drückte sie, bevor er auf einen der leeren Stühle wies. »Bitte nehmen Sie Platz.«

Bylighter setzte sich und sah sich nervös um, als erwarte er, jeden Augenblick von jemandem angeschrien zu werden. Der Mann beobachtete einige Sekunden lang den nervösen Bylighter, dann sagte er freundlich: »Falls Sie befürchten sollten, daß jemand unser Gespräch mithört, beruhigen Sie sich. Im Gegensatz zu dem, was Sie vielleicht gehört haben, achtet der Sheriff die gesetzlich geschützte Beziehung zwischen Anwalt und Klient.«

»N-nein, das ist es nicht – äh, ich – ich meine, ich kann mir keinen Anwalt leisten.« Bylighter zuckte mit gesenktem Blick hilflos mit den Schultern.

»Mr. Bylighter«, lächelte Alberton Cahoon, »Ihre Möglichkeiten, mein Honorar zu bezahlen, stehen hier nicht zur Debatte. Die Anwaltskosten werden von Ihrem Arbeitgeber bestritten.«

»Wie?« Bylighter blickte ungläubig auf.

»Offenbar hat er eine sehr hohe Meinung von Ihnen«, meinte der grauhaarige Anwalt. »Schließlich hat man heute morgen wie versprochen meinem Büro einen Scheck über fünftausend Dollar als Vorschuß auf mein Honorar übergeben.«

Bylighters Mund klappte auf.

»Aber vergeuden wir unsere Zeit nicht mit Dingen«, fuhr Alberton Cahoon ruhig fort, »die unwichtig sind. In Ihrem Fall gibt es bestimmt eine Anzahl vielversprechender Möglichkeiten für eine erfolgreiche Verteidigung. Vielleicht kann ich das mit Ihnen später, nach Ihrer Freilassung, im Detail besprechen.«

»Freilassung?« Bylighter erstickte fast an dem Wort, denn er war absolut davon überzeugt, daß er an einer Sinnestäuschung litt.

»Natürlich gegen Kaution«, schränkte Cahoon ein, als würde das alles erklären. »Ich habe mir heute morgen die ersten Protokolle über den Fall angesehen. Beim derzeitigen Stand der Dinge haben wir gute Chancen, morgen früh bei Ihrer Vorführung zum Verhör durch den Untersuchungsrichter Ihre Freilassung zu erreichen.«

»A-a-aber – der Richter.« Bylighter schüttelte den Kopf. »Er – er hat gesagt –«

»Ja, ich bin sicher, daß Richter Beene einiges geäußert hat.« Cahoon lächelte ruhig.

»Ihnen ist bestimmt inzwischen klargeworden, daß Richter Beene ein auffallend leicht erregbarer Mensch ist. Dennoch bin ich davon überzeugt, daß wir – wie soll ich es nennen? – ein für beide Seiten akzeptables Übereinkommen erreichen können.«

»Ich glaube kein Wort davon.« Bylighter schüttelte den Kopf. »Tut mir leid, aber ich verstehe einfach nur immer Bahnhof.«

»Ach ja, natürlich«, nickte Cahoon, der plötzlich begriff. »Sie verstehen den Vorgang wirklich nicht, nicht wahr?«

»Nein – ich kann einfach nicht –« flüsterte Bylighter und schüttelte bedauernd den Kopf.

»Sehen Sie, bei einem solchen Arrangement«, erklärte Alberton Cahoon freundlich, als hielte er eine Vorlesung vor Studenten im ersten Semester, »ist es üblich, daß Ihre Auftraggeber von Ihnen erwarten, daß Sie dafür auch etwas für sie tun. Sozusagen, einen Gefallen erweisen.«

»Einen Gefallen? Sie wollen, daß ich ihnen einen Gefallen erweise?«

»Genau das stellen sie sich vor«, bestätigte Cahoon, während er aus seiner Aktentasche einen Notizblock hervorholte.

»Vielleicht sollte ich Ihnen die Situation genauer erläutern.«

In einer Wohnung, die in der Nähe des Campus der Universität von Kalifornien in San Diego lag, löste eine junge Frau eine sorgfältig abgemessene Portion des A-17-Analogons in zwei Tassen frisch gebrautem Kaffee auf und trat dann auf ihren Balkon im ersten Stockwerk hinaus, von dem aus sie einen großen Park mit Gras und Bäumchen überblickte.

David Isaac sah von dem in Plastikfolie eingeschweißten Dokument auf, das angeblich ein Teil der Notizen von Maria der Jüdin über ihre Versuche war, als Nichole Faysonnt eine der dampfenden Tassen vor ihren Mentor und Geliebten stellte.

»Fühlst du dich gut, Nichole?« erkundigte sich Isaac und runzelte besorgt die Stirn. »Du wirkst in letzter Zeit sehr... zerstreut.«

Sie lächelte verständnisvoll. Sie war tatsächlich sehr zerstreut, seit sie vorsätzlich eine sehr geringe Dosis des A-17-Analogons eingenommen und daraufhin Farbhalluzinationen in abgeschwächter Form erlebt hatte, während sie ruhig die plötzlich sehr klaren und verständlich gekritzelten Notizen Marias gelesen hatte.

Aus Gründen, die sie nicht erst erklären wollte, hatte Nichole nun das Gefühl, daß sie die Qualen, die Ängste und die Enttäuschungen verstand, mit denen die entschlossene Maria zu kämpfen hatte, als sie in das verbotene Territorium der männlichen Alchimisten eindrang. Aber nun, da sie es wußte...

»Mir fehlt nichts.« Nichole lächelte ihrem Geliebten zu, denn sie wußte, daß er es auch verstehen würde... sehr, sehr bald. »Trink deinen Kaffee«, forderte sie ihn auf. »Es wird alles gut werden, davon bin ich jetzt überzeugt.«

Wilbur Hallstead begann plötzlich den Äußerungen des ihm gegenübersitzenden distinguierten, grauhaarigen Mannes genauer zuzuhören. Wirklich äußerst genau, denn Sergeant Hallstead vom Rauschgift- und Sittendezernat war seiner Sache zwar nicht sicher, glaubte aber, daß er soeben die magischen Worte vernommen hatte, die seine Beförderung bedeuteten.

Nachdem er dann dem Rechtsanwalt noch einige Minuten sehr genau zugehört hatte, entschuldigte sich Sergeant Hallstead, ging eilig durch etliche bewachte Türen zum Gefängnisbüro und wählte dann die Büronummer des Kriminalbeamten Martin DeLaura.

»Rauschgiftdezernat.«

»Martin, hier spricht Hallstead. Ich bin drüben im Gefängnis. Besucherraum. Verfrachte deinen Hintern hierher. Pronto.«

»Was –«

»Ich glaube, wir haben den General an der Angel«, äußerte Hallstead sich kryptisch und legte auf, bevor DeLaura die Möglichkeit bekam, seinen Vorgesetzten zu fragen, wovon er sprach.

Zwei Minuten später betrat der gereizte, aber dennoch neugierige Martin DeLaura den Besucherraum und blieb plötzlich stehen, als er den sehr vornehm wirkenden Mann erblickte, der Sergeant Wilbur Hallstead gegenübersaß.

»Komm herein, Marty.« Hallstead lächelte freundlich und winkte DeLaura zu dem dritten Stuhl. »Das ist Mr. Alberton Cahoon von der Anwaltsfirma Jason, Saul und Cahoon. – Martin DeLaura, einer meiner leitenden Rauschgiftfahnder«, stellte er vor, worauf DeLauras Brauen in die Höhe gingen, eine Reaktion, die Cahoon mit unterdrückter Belustigung zur Kenntnis nahm.

»Ach ja, Detektiv DeLaura, uns – ich meine damit die verschiedenen Teilhaber meiner Firma – ist Ihr Ruf gut bekannt«, begann Alberton Cahoon. »Auf die Gefahr hin, überheblich zu wirken, möchte ich hinzufügen – allen Ernstes, das versichere ich Ihnen –, daß Sie uns bei mehreren Gelegenheiten gezwungen haben, uns unser Geld schwer zu verdienen. Obwohl ich glaube, daß wir im Augenblick pari stehen, acht zu acht, wenn meine Zahlen stimmen.«

»Mag sein«, meinte DeLaura gelangweilt. Er hatte in seiner dreizehnjährigen Dienstzeit bei der Polizei zu oft mit Rechtsanwälten wie Cahoon zu tun gehabt. Keiner von ihnen war angenehm gewesen. »Ich nehme an, Sie sind der Anwalt des Generals, Mr. Cahoon.«

»Eigentlich nicht«, kicherte Cahoon, dessen blaugraue Augen blinzelten. »In Wirklichkeit wurde meine Firma beauftragt, die Interessen von Mr. Eugene Bylighter zu vertreten.«

DeLaura blinzelte und blickte dann den Rechtsanwalt mit dem Pokergesicht an. »Sie verarschen mich wohl«, sagte er schließlich grob.

»Marty –« knurrte Hallstead warnend.

»Nein, nein, das ist ganz in Ordnung.« Mr. Alberton Cahoon hob die Hand und schüttelte leicht den Kopf. »Martin hat durchaus das Recht, ein wenig – na, sagen wir – überrascht zu sein.«

»Verwenden Sie besser den Ausdruck mißtrauisch«, schlug DeLaura vor. »Sie werden uns vermutlich nicht verraten, wer ihr Honorar bezahlt?«

»Nein, damit kann ich leider nicht dienen. Schweigepflicht des Anwalts, et cetera, et cetera. Sie wissen doch, wie das Spiel läuft, Martin. Aber ich bin berechtigt, Ihnen mitzuteilen, was ich bereits Sergeant Hallstead gesagt habe. Und zwar, daß mein Klient bereit ist, einen Vergleich zu schließen.«

»Einen Vergleich? Sie haben den weiten Weg hierher auf sich genommen, um mir mitzuteilen, daß Bylighter einen Vergleich schließen will? Mein Gott, Cahoon, ich bitte Sie, verdammt noch mal, in aller Form um Entschuldigung, aber Sie müssen verrückt sein.« DeLaura schüttelte den Kopf. »Abgesehen von der Nebensächlichkeit, daß Bylighters Fall überhaupt nichts mit Rauschgift zu tun hat, ist Ihnen denn nicht klar, was Henker Roy für diesen mickrigen Jungen auf Lager hat?«

»Soviel ich weiß, sind die Anschuldigungen, nun, sagen wir, nicht von der Hand zu weisen.« Cahoon nickte und lächelte weiterhin. Ich darf aber im Namen meiner Klienten darauf hinweisen, daß wir uns in der ausgezeichneten Lage befinden, einen Vergleich vorzuschlagen. Vielleicht wäre allerdings das Wort ›Tauschhandel‹ angebrachter.«

»Wer, zum Teufel –« begann DeLaura, dann blieb ihm der Mund offen stehen, als ihm schlagartig alles klarwurde. »O Gott…« flüsterte er.

»Ja, genau«, nickte Cahoon. »Mr. Bylighter – mein Klient«, erinnerte er unnötigerweise, »im Austausch für einen Mann, den Sie den General nennen.«

DeLaura brauchte einige Augenblicke, um seiner Verblüffung Herr zu werden, dann wandte er sich an seinen grinsenden Vorgesetzten.

»Um Himmels willen, Wilbur, was ist denn mit dir los?« protestierte DeLaura, »du weißt doch, daß wir keinen solchen Vergleich schließen können, der Staatsanwalt –«

»Ich glaube, daß Sergeant Hallstead bereits mit dem Bezirksstaatsanwalt Verbindung aufgenommen hat, Martin«, unterbrach ihn Cahoon. »Ihnen ist doch sicherlich bewußt, daß eine große Anzahl von, äh, einflußreichen Persönlichkeiten nichts lieber sehen würde, als daß dieser schändliche General aus dem Verkehr gezogen wird. Besonders jetzt –« fügte Cahoon kopfschüttelnd mit traurigem Lächeln hinzu, »…da wir uns mit Riesenschritten einem Wahljahr nähern.«

»Du meine Güte«, flüsterte DeLaura, blickte auf den Tisch und schüttelte wieder den Kopf, während er mehrere der wahrscheinlichsten zugrunde liegenden Winkelzüge durchdachte. Er sah Alberton Cahoon an. »Können Sie manchmal nachts nicht schlafen?«

»Manchmal – ja.« Der ältere Mann nickte ernst. »Aber dann tröstete ich mich mit der Gewißheit, daß meine Bemühungen als Anwalt vielleicht ab und zu die Notwendigkeit von gewaltsamen Lösungen ausschließen. Sicherlich ein egoistischer Gedanke, aber er hilft, Martin. Denn das kann ich Ihnen versichern.«

Martin DeLaura schloß einen Moment die Augen und nickte langsam. »Also –, wie stellen Sie es sich vor?«

»Mr. Bylighter wird nach seiner Entlassung seinen Anweisungen gemäß mit einer gewissen jungen Dame und ihren Freunden Kontakt aufnehmen, die offensichtlich bereit sind, Ware – angeblich Kokain – direkt oder indirekt vom General selbst zu kaufen. Die Transaktion wird morgen abend gegen zweiundzwanzig Uhr dreißig im Park gegenüber dem alten Clairmont Hotel in Lemon Grove stattfinden.« Cahoon griff in seine Brieftasche und entnahm ihr einige Schwarzweißfotos.

»Das hier sind Fotos von der erwähnten Frau und ihren beiden Freunden«, fügte Cahoon hinzu und reichte sie dem plötzlich verstummten Kriminalbeamten.

»Vorausgesetzt, daß alle Beteiligten wirklich den General haben wollen«, fuhr Alberton Cahoon verbindlich fort, »werden wir – das heißt natürlich, meine Klienten – die erforderlichen Vorkehrungen treffen, damit Mr. Bylighter genau nach Plan handelt.«

»Und Richter Beene?« fragte DeLaura ruhig, während er weiterhin fassungslos die Fotos anstarrte.

»Ich bin bereit, gemeinsam mit dem Bezirksstaatsanwalt den Richter davon zu überzeugen, daß mein Klient alles in allem eine viel kleinere Bedrohung für die Gesellschaft darstellt als ein Mann vom Kaliber des Generals. Ich habe alle Ursache, anzunehmen, daß ihn mein Argument überzeugen wird. Vermutlich wird es in Ihre und Sergeant Hallsteads Kompetenz fallen, sich mit allen… sich daraus ergebenden Konsequenzen zu befassen.«

In seinem Büro griff der schwer erschütterte DeLaura rasch nach dem Telefon auf seinem Schreibtisch.

Während das Telefon im Motelzimmer klingelte, arbeitete DeLauras Gehirn fieberhaft und versuchte, sämtliche miteinander verflochtenen Probleme in eine Art von logischem Zusammenhang zu bringen.

Beim vierten Läuten war ihm bereits klar, daß nur eines bei dem ganzen Durcheinander feststand: Es war viel zu spät, um den Sheriff von seiner kleinen Abmachung mit Ben Koda zu informieren. Es war vollkommen unmöglich, vor allem, weil er imstande sein würde…

»Hallo?«

»Ben, hier spricht Marty.«

»Ja, alter Freund, wie geht es –«

»Hör zu. Kannst du Sandy ganz schnell erreichen und sie auf einen Anruf in ihrer Wohnung vorbereiten?«

»Kein Problem«, versprach Koda. »Was zum Teufel ist jetzt wieder los?«

»Du weißt doch, welches Geschäft Bylighter für euch eingeleitet hat? Die zwei Unzen Kokain?« fuhr DeLaura hastig fort.

»Ja«, knurrte Koda angeekelt, »was ist damit?«

»Setz dich lieber, Partner. Sonst haut es dich um.«

20

Am nächsten Montagmorgen um neun Uhr hörte Eugene Bylighter seinem Anwalt, der für gewöhnlich sechzehnhundert Dollar Honorar pro Tag kassierte, verwundert zu, wie er dem ebenfalls ungläubigen, aber sichtlich beeindruckten Richter eine kurze, aber präzise Beweisführung vorlegte.

Es war in der Tat eine überragende Leistung der angesehenen Anwaltsfirma Jason, Saul und Cahoon, die dazu führte, daß der Richter, nachdem er dem total verstörten Bylighter ein paar Fragen gestellt hatte, einen Augenblick wie in stummem Gebet seine Hände betrachtete, den Kopf schüttelte und seufzte, bevor er fortfuhr: »Ihre Verhandlung wird auf den zwölften September in der Abteilung acht dieses Gerichts festgesetzt. Der Antrag auf eine bedingungslose Entlassung wird abgelehnt. Die Kaution wird mit fünfzigtausend Dollar festgelegt.« Der Richter blickte von den Gerichtsakten auf und sah Bylighters Verteidiger an. »Gehe ich recht in der Annahme, Mr. Cahoon, daß Sie bereit sind, die Kaution für die Entlassung Ihres Klienten zu entrichten?«

»Ja, Euer Ehren«, bestätigte Cahoon höflich.

»Mr. Bylighter«, fragte der Richter, »ich gehe davon aus, daß Sie sich der Folgen bewußt sind, falls Sie bei Ihrer Verhandlung nicht erscheinen sollten?«

»Äh – äh, jawohl, Sir.« Bylighter nickte.

»Ich kann dem hohen Gericht versichern, daß mein Klient über seine Verantwortlichkeit in dieser Angelegenheit voll informiert werden wird«, bestätigte Cahoon.

»Ja, Mr. Cahoon, davon bin ich überzeugt.« Der Richter nickte mit müdem Sarkasmus, während er dem Protokollführer die Gerichtsakten übergab. »Der nächste Fall.«

Nachdem Eugene Bylighter einen beängstigenden Stoß von Gerichtsdokumenten unterschrieben hatte, wobei er nicht einmal so tat, als verstehe er sie, und dann den Empfang seiner Kleidung, der Schlüssel und des Taschengeldes quittiert hatte, verließ er zusammen mit seinem Anwalt das Gerichtsgebäude.

»Sie verstehen doch, was Sie heute abend zu tun haben?« fragte Alberton Cahoon und sah ihn geduldig an. »Vor allem werden Sie heute um genau siebzehn Uhr Detektiv DeLaura in dem McDonald-Restaurant gegenüber vom Clairmont-Hotel treffen... klar?«

»O ja, Sir.« Bylighter nickte und schluckte nervös, während er die Straße überblickte.

»Darf ich Ihnen noch einen guten Rat mit auf den Weg geben, bevor ich mich von Ihnen verabschiede, Eugene?«

»Ja, Sir?« flüsterte Bylighter und sah sich nervös um.

»Tun Sie, was man Ihnen sagt, mein Sohn. Tun Sie genau, was man Ihnen sagt, und kommen Sie gar nicht auf die Idee davonzulaufen. Die anderen nehmen das alles sehr, sehr ernst, das kann ich Ihnen versichern. Wirklich todernst.« Damit machte Alberton Cahoon kehrt und ging ins Gerichtsgebäude zurück.

Bylighter brauchte fast zehn Minuten, bis er eine freie Telefonzelle fand. Wie ihm aufgetragen, rief er als ersten Rainbow an. Er stotterte sich verhaspelnd, hörte aufmerksam zu, nickte mehrmals nervös und legte dann auf, als es im Hörer laut summte. Dann wählte er eine zweite Nummer, die er sich auswendig gemerkt hatte.

»H-hallo, Skylight?«

Die verführerische Stimme am anderen Ende der Leitung zögerte, dann brach sie in gutgelauntes, überraschtes Lachen aus. »Squeek, sind Sie es?«

»Äh – ja, ich bin es«, stotterte Bylighter glücklich, dessen Herz laut klopfte.

»Von wo rufen Sie an?«

»Ach, von einer Telefonzelle in der C-Street. Sie haben mich rausgelassen. Wissen Sie, ich –«

»Ja, ich weiß, Rainbow hat mir davon erzählt. Mein Gott, Squeek, Sie sitzen ja ganz schön in der Tinte.«

»Ich weiß –«

»Warten Sie eine Minute«, unterbrach ihn Skylight, »Sie müssen mir jetzt die Wahrheit sagen. Haben Sie wirklich in der Wohnung von Henker Roy eingebrochen, nur um diese fünfhundert zu kriegen?«

»Also – ja – irgendwie schon.«

»Gott, Sie sind wirklich ein geiler Bock, was?«

»Ja – das nehme ich an«, gab Bylighter verzagt zu. »Aber das wichtigste ist, ich habe das Geld.«

»Was?« Skylight lachte ungläubig. »Ich habe geglaubt, daß man Sie erwischt hat, bevor –«

»Ja, aber wissen Sie – äh, ich habe mit gewissen Leuten eine Abmachung getroffen. Rainbow hat es Ihnen vielleicht ohnehin gesagt...?«

Skylight zögerte. »Ja, ich weiß, was heute abend beim Clairmont vor sich geht. Also?«

»Wissen Sie, da ich sozusagen der Mittelsmann bei diesem Geschäft bin, werde ich eine Provision erhalten. Fünfhundert Dollar«, sagte Bylighter stolz. »Und, äh, meine – äh, Freunde, sie werden mir ein Zimmer im Hotel mieten, verstehen Sie, mit Blick auf den Park. Also dachte ich mir, vielleicht...« fuhr Bylighter hastig fort, bevor sein wild pochendes Herz den Brustkorb durchschlug, »...vielleicht könnten Sie dorthin kommen, um zu sehen, wie ich das Geschäft abwickle, und dann nachher könnten wir vielleicht gleich dort oben bleiben und beobachten, wie die Sache läuft, und dann, äh, vielleicht... feiern, wie Sie gesagt haben?«

Einige Augenblicke lang blieb der Hörer in Bylighters schweißnasser Hand stumm, während Skylight über ihre Weisungen nachdachte.

»Okay, Squeek!« lachte sie dann. »Wenn du so auf mich stehst, daß du in das Haus eines Richters einbrichst... dann hast du dir eine Belohnung verdient.«

Jake Locotta blickte von seinem Liegestuhl am Swimmingpool in Palm Springs auf, als sich Al Rosenthal neben ihn setzte.

»Nun?«

»Angeblich«, krächzte Rosenthal, »wird unser Freund, der General, heute abend ein Geschäft abschließen. Ein halbes Pfund von dem neuen Zeug. Das Interessante daran ist, daß er es möglicherweise persönlich durchführen wird.«

»Sie haben also unsere Warnung nicht ernst genommen?«

»Sieht nicht so aus.« Rosenthal zuckte mit den Schultern.

»Du mußt dieses Geschäft mit einer Kamera festhalten, Rosey«, befahl Locotta. »Ich möchte mit eigenen Augen sehen, was sich dort unten abspielt, bevor ich Pilgrim aus dem Verkehr ziehe.«

»Glaubst du, daß sie ein Spielchen laufen haben?«

»Ich weiß es nicht, Rosey.« Locotta zuckte mit den eingeölten, sonnengebräunten Schultern. »Vielleicht Pilgrim oder Raynee oder der General. Vielleicht alle drei. Ich weiß es nicht. Es ist mir auch egal. Welches Spiel auch immer in meinem Gebiet läuft –«

»...du willst die Spieler kennen«, beendete Rosenthal den Satz für seinen Boß.

»Jeden einzelnen von ihnen, Rosey«, flüsterte Locotta drohend. »Jeden einzelnen verdammten Narren!«

Minuten, nachdem Lafayette Beaumont Raynee das Gespräch mit Bylighter beendet hatte, sprach er mit Jimmy Pilgrim.

»Squeek hat soeben angerufen.«

»Und?«

»Der Bezirksstaatsanwalt hat das Angebot angenommen. Es hat so geklungen, als wären die Leute schon lange darauf aus, den General abzuschießen. Ich habe doch gewußt, daß diese Nieten einem kleinen Köder nicht widerstehen können.«

»Was ist mit Bylighter?«

»Der Junge hat jede Menge Babysitter«, lachte Raynee. »Sie und uns. Aber keine Sorge, ich werde nicht zulassen, daß diesem Jungen auch nur das geringste passiert, bevor unser Schäfchen im trockenen ist. Ich werde mich persönlich um alles kümmern.«

»Ausgezeichnet«, lobte Pilgrim. »Hast du einen Hinweis darauf, daß der General von Bylighters Schwierigkeiten weiß?«

»Wäre immerhin möglich«, meinte Raynee, »ist aber nicht wahrscheinlich. Er hat keinen Grund, sich mit so einem kleinen Scheißkerl wie Squeek zu befassen.«

»Wie steht es mit den Zeitungen?«

»Ein paar Zeilen über den Einbruch in Henker Roys Haus. Es heißt, daß der Verdächtige ein Jugendlicher ist. Kein Name. Außerdem hat der General keine Ahnung, wer das Geschäft einfädelt. Und selbst, wenn er es wüßte, ist er noch immer viel zu sehr damit beschäftigt, den Schlag von Tassio zu verdauen.«

»Und er weiß auch, daß das Pulver nicht illegal ist«, fügte Pilgrim hinzu. »Das müßte sehr interessant sein. Sind die Mudd und ihre Freunde immer noch die Käufer?«

»Klar.«

»Wie sieht es mit ihrem Umfeld aus?«

»Wir haben nichts herausgefunden. Wie du selbst gesagt hast, spielt es ohnehin keine große Rolle, wenn sich herausstellt, daß sie vom Rauschgiftdezernat sind, was?«

»Es wäre sogar aufschlußreicher, wenn sie vom Dezernat wären«, meinte Pilgrim. »Dann fiele unser Test überzeugender aus, und es könnte sehr gut eine Erklärung für das andere Mädchen und ihren Freund sein.«

»Es wird ein wenig kompliziert, nicht?« kicherte Raynee.

»Ja«, flüsterte Pilgrim kalt. »Deshalb werden wir diesen Handel sehr sorgfältig überwachen. Wir müssen Michael Theiss und unseren anderen Hintermännern die Theorie über die Analoga beweisen, aber wir müssen dabei äußerst vorsichtig vorgehen. Locotta wird sich nicht länger damit zufriedengeben, Warnungen zu erteilen. Wir müssen jeden Augenblick darauf gefaßt sein, daß er Tassio von der Leine läßt.«

»Ich habe verstanden.« Raynee nickte. »Ich habe alles vorbereitet.«

»Das freut mich«, krächzte Pilgrim zustimmend. »Aber im Augenblick geh Tassio aus dem Weg, wenn es sich machen läßt...« Er hatte aufgelegt.

Auf der Terrasse seines Hauses mit Blick auf den Ozean war der Mann, der in den letzten Tagen plötzlich in den Brennpunkt etlicher entscheidender Karriere-Entschlüsse geraten war, in ein Gespräch mit einem seiner verläßlicheren Dealer vertieft. »Sie haben also ganz genau verstanden?« fragte der General geduldig.

»Ich warte mit laufendem Motor im Wagen, bis Sie das Zeichen geben.« Lennie Orrson nickte und lächelte ruhig hinter seiner Sonnenbrille. »Sobald ich das O.K.-Zeichen erhalte, stelle ich den Motor ab, komme heraus und erledige meine Aufgabe. Die leichtesten fünf Riesen, die ich jemals verdient habe.«

»Möglich«, meinte der General.

»Sie glauben wirklich an einen faulen Trick?« Orrson legte den Kopf neugierig schief, während er mit dem von einem Gummiband zusammengehaltenen Päckchen von fünfzig Hundertdollarscheinen auf den Tisch des Generals klopfte.

»Nein, eigentlich nicht.« Der General schüttelte den Kopf. »Oder sagen wir, ich sehe niemanden in der Organisation, der sich gegen Pilgrim oder Rainbow stellen würde. Aber trotzdem –«

»– wollen Sie lieber Ihren Hintern absichern«, grinste Orrson.

»Eine langjährige Gewohnheit.« Der General nickte. »Ich habe sogar Vorkehrungen getroffen, um das Pulver vor dem Verkauf sicherheitshalber testen zu lassen –«

»– falls sich diese Leute als Beamte des Rauschgiftdezernats erweisen sollten?«

»Ob sie Rauschgiftfahnder sind oder nicht, sollte uns nicht ernstlich beunruhigen.« Der General zuckte gleichmütig mit den Schultern. »Aus dem einfachen Grund, weil wir nichts Ungesetzliches verkaufen. Das ist die Grundidee, die hinter dem Absatz der Analoga steht, haben Sie das vergessen?«

»Wir können also ganz ruhig sein, ganz gleich, mit wem oder womit wir zu tun haben – solange wir bei dem ›Ersatz-Verkauf‹ wirklich vorsichtig sind, richtig?«

Der General nickte. »Und dann sollten uns auch unsere ›Außenposten‹ während des Austausches mit nützlichen Informationen versorgen.«

»Es läuft also darauf hinaus, daß Sie mir eine Prämie von fünftausend Dollar nur dafür bezahlen, daß ich Ihnen den Rücken decke. So ist es doch ungefähr, General?« grinste Orrson.

»Eines der ersten Dinge, die ich gelernt habe, als ich für die Regierung gearbeitet habe, Lennie.« Der General lächelte. »Und meiner Meinung nach ist dieses Geschäft von meiner früheren Tätigkeit nicht sehr verschieden.«

»Wieso?«

»Das ist einfach zu erklären. Jedesmal, wenn ein Geschäft zwischen zwei oder drei Beteiligten – Leuten, Organisationen – ausgehandelt wird, können Sie annehmen, daß mindestens zwei oder drei Strategien mit entgegengesetzter Zielsetzung ausgearbeitet werden, damit jemandem der Schwarze Peter zugespielt wird. In diesem Fall«, erklärte der Schreibtischstratege, »will ich nur sicher sein, daß nicht ich dieser Jemand bin.«

Hätte Detektiv Martin DeLaura Kenntnis von dem Gespräch zwischen Lennie Orrson und seinem fast krankhaft mißtrauischen Arbeitgeber gehabt, so hätte er zu seiner Überraschung festgestellt, daß er und der General einander sehr ähnlich waren ... zumindest in ihrer Einstellung zu beruflicher Paranoia. DeLaura merkte, wie auch der General, daß er plötzlich in die Gegenströmungen mehrerer einander entgegenwirkender Geheimmanipulationen geraten war, eine Situation, für die er nicht viel übrig hatte. Besonders, wenn er seine Verletztlichkeit auf zwei unangenehm zusammenhängenden Gebieten bedachte: seine immer engere Verbindung zu Koda und Shannon und die anhängige Untersuchung eines Mordfalles.

Er sah seinen karrieresüchtigen Vorgesetzten und den auf seine Wiederwahl bedachten stellvertretenden Bezirksstaatsanwalt an und warnte die beiden: »Ich sage euch, ihr könnt diesem kleinen Arschloch nicht trauen. Er wird eine linke Tour machen.«

»Aber Sie behalten ihn doch noch immer im Auge, nicht wahr?« erkundigte sich der Bezirksstaatsanwalt.

»Zum Teufel, der Junge kann nicht einmal in einem öffentlichen Klo scheißen, ohne daß wir hinterher das Toilettenpapier nachzählen«, knurrte DeLaura. »Wenn wir ihn aus den Augen verlieren, stellt Henker Roy direkt vor unserem Büro einen Galgen auf. Aber das meine ich ja nicht.«

»Wir haben das alles schon gehört, Marty –« begann Sergeant Hallstead.

»Ja, aber ihr hört nicht zu. Ich sage euch, es gibt nicht die geringste Möglichkeit, daß ein Bursche wie Bylighter mit den Gangs von Südkalifornien seine Spielchen treiben kann, und es ist mir egal, was dieser verrückte Richter ihm angedroht hat.«

»Was, zum Teufel, ist nur mit dir los, Marty?« fragte Hallstead. »Wir haben uns einen bequemen Zugriff auf den General verschafft, und du –«

»Ich sage dir, dieser verdammte General wird nicht selbst ein kleines Zwei-Unzen-Geschäft abwickeln!« DeLaura schlug mit der Faust auf den Tisch. »Besonders wenn jemand wie Bylighter den Verkauf einfädelt. Es ist verrückt. Darauf setzt der General doch höchstens einen Unzen-Dealer an.«

»Bylighter wird nur dafür sorgen, daß ein bereits abgesprochener Handel in unserer Anwesenheit stattfindet, Martin«, erinnerte ihn der Staatsanwalt. »Er nimmt niemanden dazu mit. Und er hat nicht gesagt, daß der General bestimmt dort sein wird. Nur daß er dabei sein könnte.«

»Und Sie halten diesen ganzen blödsinnigen Verkauf nicht für eine abgekartete Sache?« meinte DeLaura ungläubig fragend.

»Warum sollten wir das annehmen?« fragte der stellvertretende Staatsanwalt neugierig, von DeLauras Argumenten nicht im geringsten beeindruckt.

»Wer glauben Sie, verdammt noch mal, hat Cahoon angeheuert... Bylighters Pate, die gute Fee?« explodierte DeLaura.

»Marty!« warnte Hallstead.

»Und was ist mit der Kaution?« fuhr DeLaura fort, dessen Gesicht vor Wut verzerrt war. »Wer zum Teufel, glauben Sie, hat fünfzigtausend Dollar für die Kaution dieses kleinen Scheißers hingeblättert?«

»Ich weiß nicht, wer Mr. Cahoon angeheuert oder wer Bylighters Kaution bezahlt hat«, erklärte der Staatsanwalt geduldig, »und um ganz ehrlich zu sein, es ist mir wirklich egal.«

»Was?« DeLaura sprang mit leichenblassem Gesicht auf.

»Das Ganze ist vollkommen logisch, Martin«, beruhigte ihn der Staatsanwalt. »Sehen Sie es einmal von dieser Seite. Selbst wenn es sich um eine intern abgekartete Sache handelt, wie Sie annehmen, was haben wir schon dabei zu verlieren, wenn wir das Geschäft abwickeln lassen?«

»Ich werde Ihnen sagen, was –«

»Denn wir werden die gesamte Transaktion zwischen diesen drei noch nicht identifizierten Individuen und dem General... oder seinem vorgeschobenen Dealer mit einer Videokamera aufnehmen«, fuhr der Staatsanwalt fort. »Wenn der General selbst erscheint und das Geschäft durchführt, werden Sie und Ihre Leute ihn an Ort und Stelle verhaften. Und wenn er nicht kommt, werden wir das Geschäft einfach ablaufen lassen, die Käufer verfolgen und sie dann, wie ihr es ausdrückt, ›umdrehen‹, damit sie mit uns arbeiten – andernfalls kommen sie hinter Gitter. Dann werden wir mit Hilfe dieser, äh, ›kooperativen Mitbürger‹ den Einsatz so lange erhöhen, bis wir endlich einen Kauf arrangieren können, der den General dazu verleiten wird, selbst in Erscheinung zu treten.«

Martin DeLaura konnte nur den Kopf schütteln.

»Sie sehen also, Martin«, fuhr der Staatsanwalt fort, »selbst wenn jemand statt des Generals auftritt, was macht es schon aus? Wir werden ihn auf die eine oder andere Weise am Wickel kriegen. Und es ist uns auch egal, ob die Gangs ihn erledigen. Er würde eben durch jemand anderen ersetzt werden. Begreifen Sie denn nicht, was wir meinen, Martin? Es spielt wirklich keine Rolle.«

»Außer natürlich, daß Sie auf diese Weise vielleicht einmal Ihr Foto in den Zeitungen bewundern können«, murmelte DeLaura finster.

Der Staatsanwalt lächelte belustigt.

»O ja, und noch eine Kleinigkeit«, fügte er hinzu. »Wie Sie wissen, hatten wir ursprünglich vorgesehen, daß Bylighter sich zurückzieht, sobald die Hauptakteure beisammen sind. Ich habe es mir inzwischen überlegt und mich entschlossen, das Ganze aufzuzeichnen. Wir wollen, daß er einen Sender an sich trägt und in der Nähe bleibt, um von dem Gespräch so viel wie möglich mitzukriegen.«

»Das wollen wir tatsächlich!« brummte DeLaura.

»Ja, Martin.« Der Staatsanwalt nickte. »Sergeant Hallstead und ich glauben, daß eine Bandaufzeichnung überaus nützlich sein könnte, um unsere drei, äh, ›kooperativen Mitbürger‹ davon zu überzeugen, daß sie mit uns zusammenarbeiten müssen.«

»Der Staatsanwalt meint, Marty«, erklärte Hallstead, »daß du dem Jungen die Situation klarlegen solltest. Ihn dazu überredest, mitzumachen. Ihm deutlich machst, daß es seiner Sicherheit dient... oder so etwas.«

»Sehen Sie, Martin«, fügte der Staatsanwalt vertraulich hinzu, »aufgrund unserer früheren Gespräche mit Bylighter bezweifle ich, daß er allzu gern einen Sender mit sich herumschleppen will. Vielleicht können Sie ihn dazu bringen, die Angelegenheit von einer anderen Warte zu sehen, zu begreifen, daß es wirklich nur zu seinem Wohl geschieht.«

Montag um 12 Uhr 30 lehnte DeLaura seinen schmerzenden Kopf auf das Kissen von Ben Kodas Motelbett und wartete geduldig, bis Koda, Shannon und Sandy Mudd sich beruhigt hatten, bevor er wieder einen Schluck von seiner Cola nahm und seine Kurzinformation beendete.

»Ich sage euch«, erklärte DeLaura und unterstrich seine Worte mit der fast geleerten Dose, »ich besitze keinerlei Kontrolle über dieses Geschäft. Der Staatsanwalt behandelt Bylighter wie seinen persönlichen Spitzel. Es ist schlimm genug, daß der Junge einen Sender umgeschnallt bekommt, aber der wirkliche Gag ist, daß Bylighter behauptet, der General selbst könnte bei dem Geschäft auftauchen.«

»Also –« begann Sandy Mudd.

»Was ich euch sage«, beharrte DeLaura, »ist, wenn der General persönlich den Stoff übergibt, wird es zu einer Festnahme kommen, ihr müßt also verdammt vorsichtig sein, damit ihr nicht eine blaue Bohne verpaßt bekommt.«

DeLaura trank den letzten Schluck und warf die leere Dose in einen Abfallkorb neben dem Bett.

»Irgendwelche Vorschläge?« fragte Ben Koda, während er, Charley und Sandy einander anblickten.

»Wenn es zu einer Festnahme kommt, werde ich versuchen, euch drei auch zu verhaften. Mehr kann ich nicht tun«, meinte DeLaura. »Außer ihr wollt, daß ich sofort das Geschäft aufdecke.«

»Danke vielmals«, brummte Charley leise, »aber wir haben andere Pläne.«

»Wir brauchen den General viel mehr als sie«, fügte Sandy Mudd hinzu. »Wir wollen höher hinaus.«

»Verdammt, bei der derzeitigen Lage«, meinte DeLaura, »solltet ihr eigentlich hoffen, daß der General diesmal nicht in Erscheinung tritt. Denn wenn er kommt, läßt es sich nicht vermeiden, daß ihr verliert.«

21

Am Montag um 17 Uhr 30 war der neugierige Mann an der Rezeption in dem veralteten Clairmont Hotel davon überzeugt, daß irgendwo in der Umgebung des Hotels ein bemerkenswertes Ereignis stattfinden würde.

Natürlich hatte er keine Ahnung, was, wann, wo oder ob überhaupt etwas stattfinden würde. Aber ganz gleich, was es war, es mußte wichtig sein, sagte sich der neugierige Angestellte, während er ungeduldig darauf wartete, daß die vierte Gruppe von Männern mit schweren Ausrüstungsgegenständen und Stativen an diesem Nachmittag ihre Anmeldekarten ausfüllten. Schließlich trafen nicht jeden Nachmittag Kamerateams von vier Fernsehstationen in einem zweitklassigen, etwas heruntergekommenen Hotel wie dem Clairmont ein.

Es war alles sehr aufregend – und zugleich wieder sehr frustrierend –, weil bisher keiner der Gäste bereit gewesen war, etwas über den Grund ihres Aufenthaltes im Clairmont zu verlauten, was nur den Verdacht des Mannes bestätigte, daß etwas Wichtiges im Gang war.

Aber bisher hatte er nur ermitteln können, daß es etwas mit dem verwahrlosten Park nebenan zu tun hatte, denn jede der mit Ausrüstungsgegenständen beladenen Gruppen, die an diesem Montagnachmittag eingetroffen waren, hatte ein Zimmer mit Blick auf den Park verlangt. Und das fand er vollkommen unverständlich. Er hegte den Verdacht, daß es der überwiegenden Mehrzahl der Stammkunden des Clairmont Hotels nicht einmal aufgefallen wäre, wenn die Fenster in ihren Zimmern mit Brettern vernagelt gewesen wären. So ein Hotel war es.

Natürlich wußte er noch etwas. Die beiden ersten Gruppen waren von ABC und CBS, denn sie hatten auf allen Gepäckstücken Aufkleber mit den bekannten Symbolen.

Als sich das CBS-Team eingetragen hatte, hatte er sogar versucht, ihnen behilflich zu sein, indem er dem Leiter des Teams – natürlich ganz im Vertrauen – zugeflüstert hatte, daß das ABC-Team vor etwa einer Stunde eingetroffen sei. Es war eine gezielte Indiskretion, die ihm aber nur ein gleichgültiges Schulterzucken und ein Grunzen von dem Chef von Jimmy Pilgrims aus drei Mann bestehendem Begleitschutz für das Drogengeschäft eingetragen hatte, und nicht den erwarteten Dank in klingender Münze, den der Hotelangestellte erwartet hatte.

Und als sich dann eine halbe Stunde später das am professionellsten aussehende Team einstellte, das eine erstaunliche Sammlung von anscheinend funkelnagelneuen Ausrüstungsgegenständen ohne irgendwelche Aufkleber hereinrollte, reagierte Al Rosenthal auf die Bemerkung des Angestellten, daß »ihr die Jungs vom NBC sein müßt, denn die von ABC und CBS sind schon da«, leicht verwirrt mit einem unsicheren Blick, erlegte rasch mit einer Handvoll brandneuer Fünfzigdollarnoten den Preis für zwei benachbarte »Penthouse«-Suiten mit Blick auf den Park, worauf der dreifach frustrierte Angestellte noch wütender wurde.

Als dann die vierte Gruppe (sichtlich von einem finanziell schwachen Lokalsender, urteilte der Hotelangestellte aufgrund ihrer abgeschundenen Apparate und des unglaublich elend aussehenden, rotznasigen Assistenten) ins Foyer stürmte und drei Zimmer mit Ausblick auf den Park verlangte, hatte der Portier nicht die geringste Lust, sich hilfreich zu erweisen.

Er erklärte von oben herab, daß während der Hauptsaison die meisten Gäste ihre Zimmer lang im voraus reservieren ließen, und bot dem ungeduldigen und überaus anmaßenden Mann – er hatte keine Veranlassung, in ihm einen der ehrgeizigen stellvertretenden Bezirksstaatsanwälte zu erkennen – drei Zimmer im vierten Stockwerk mit dem denkbar schlechtesten Ausblick auf den Park an und fügte schnippisch hinzu, daß sich die einzigen sonst noch freien Zimmer auf der anderen Seite des Hotels mit einer viel schöneren Aussicht auf den fernen Ozean befanden.

Die Eintragung der vierten Gruppe verzögerte sich weiter, als sich herausstellte, daß eine der zur Zahlung angebotenen MasterCards vor drei Wochen abgelaufen war, was dem Hotelangestellten die Möglichkeit gab, mit einem selbstzufriedenen Grinsen hinter dem Pult zu stehen, während die Männer darüber stritten, wer auf wessen Kreditkarte bezahlen sollte, ohne es allzu deutlich zu machen, daß die Zahlungsmodalitäten wie eine typische Verrechnung unter Bundesbeamten aussah.

Als die letzte Gruppe endlich genügend Bargeld zusammengekratzt hatte, um ihre Zimmer voll zu beladen, sah der Angestellte keine Notwendigkeit, sie zu der einzigen funktionierenden Fahrstuhlgruppe am anderen Ende des Hotels zu schicken. Er machte sich auch nicht die Mühe, den sichtlich zweitklassigen Zeitungsschmierern auf die Nase zu binden, daß ihre Konkurrenz bereits an Ort und Stelle und wahrscheinlich schon längst auf die kommenden Ereignisse vorbereitet sei. Über diese kleinliche Rache war der Hotelangestellte gute fünfzehn Minuten lang befriedigt, bis die erotischste blonde junge Frau, die er je in seinem Leben gesehen hatte, durch die Vordertür hereinschwebte, das Foyer durchquerte und nach der Zimmernummer eines Mr. Eugene Bylighter fragte – ein Name, von dem der verdutzte Portier sofort wußte, daß er zu dem unglaublichen Jammerlappen von Assistenten der letzten Gruppe gehörte. Dem mit dem Aknegesicht und der laufenden Nase.

Um 21 Uhr 30 – nachdem der müde Martin DeLaura endlich dem desorganisierten Überwachungsteam des stellvertretenden Bezirksstaatsanwalts geholfen hatte, dessen größtenteils veraltete Ausrüstungsgegenstände aufzubauen, und durch den Korridor zu Bylighters Zimmer unterwegs war – hatte der sexhungrige Junge längst ein paar grundlegende Lebensweisheiten zur Kenntnis nehmen müssen. Trotz Bylighters berühmter Bemühungen, fünfhundert Dollar mit harter Arbeit zu verdienen, und trotz der Tatsache, daß er – wie versprochen – ein Päckchen »Regenbogen«-Pulver mitgebracht hatte, hatte Bylighter gelernt, daß bei gewissen Transaktionen den wichtigen Anliegen immer Vorrang eingeräumt werden mußte.

Wichtig waren in Skylights Fall die fünfhundert Dollar, die in ihrer Handtasche landen mußten, bevor Bylighter auch nur daran denken konnte, ihr mit seinen Händen nahezukommen. Obwohl Skylight in Wirklichkeit überhaupt nicht daran dachte, ihr lockendes Versprechen Bylighter gegenüber einzulösen. Rainbow hatte sie diesbezüglich bereits beruhigt. Ihre Hingabe würde keineswegs erforderlich sein.

Müde, verärgert und mit mehr Sorgen am Hals, als ihm lieb war, schloß DeLaura Bylighters Zimmertür auf, trat ein, schloß die Tür, wandte sich um und hatte bereits den Raum halb durchquert, als er plötzlich Skylight erblickte, die sich auf dem Doppelbett räkelte. Eine Sekunde lang stand DeLauras Mund offen.

»Wer, zum Teufel, sind Sie?« brachte er endlich heiser heraus.

»Äh – äh, das ist – äh, Skylight«, stotterte Bylighter, während die sanften, lockenden Augen des Mädchens mit dem Engelsgesicht DeLaura gelassen abschätzten.

»Sie müssen Detektiv DeLaura sein«, flüsterte Skylight schließlich, fuhr sich fast unmerklich mit der Zunge über die vollen, weichen, lächelnden Lippen, während sie ihre in Seidenstrümpfen steckenden Beine langsam über das breite Bett gleiten ließ, bis sie mit dem Rücken am Kopfteil lehnte.

Detektiv Martin DeLaura kämpfte plötzlich den unsinnigen Wunsch nieder, Bylighter aus dem Fenster im vierten Stockwerk zu werfen und sich dann über das Mädchen herzumachen, bei dessen Anblick ihm das Wasser im Mund zusammenlief.

»Stimmt«, nickte DeLaura, der sich an seine Berufsethik erinnerte. »Ich darf Sie doch fragen...«

»Äh – Skylight ist gewissermaßen meine, äh, Freundin«, stotterte Bylighter.

DeLaura blinzelte ein paarmal. »Du hast eine –«

»Es ist nicht wirklich – oder zumindest noch nicht offiziell, was Sie vermutlich denken, Inspektor«, unterbrach ihn Skylight fröhlich grinsend. »Schließlich hat er das Geld nicht gebracht, das er versprochen hat.«

»O doch, ich habe es getan«, mischte sich Bylighter heftig ein. »Ich, äh – ich meine, ich werde es haben, sobald er es mir gibt.« Bylighter zeigte auf DeLaura und versuchte verzweifelt, die sichtlich zweifelnde Skylight zu beruhigen.

»Sobald wer es dir gibt?« fragte DeLaura ungläubig, keineswegs sicher, ob er die Worte richtig verstanden hatte. »Du glaubst, ich bezahle –«

»Sie haben es mir versprochen!« quiekte Bylighter. »Sie haben gesagt, daß Sie mir fünfhundert Dollar geben, wenn ich –«

»Fünfhundert Dollar? Du willst dieser Nutte fünfhundert Dollar geben, nur um...?« DeLaura konnte nicht weitersprechen.

»...um sich die genußreichste Stunde seines Lebens zu verschaffen?« ergänzte Skylight zuvorkommend und schaffte es tatsächlich, bescheiden zu klingen. »Obwohl –, wenn ihr beide wollt...«

»Ich will kein Wort davon hören.« DeLaura schüttelte entschlossen den Kopf. »Ich will nicht einmal daran denken. Du«, knurrte er und sah Bylighter drohend an, »verfrachte deinen Arsch hierher.« Er hielt eine kleine Metalldose mit einer langen, daran befestigten Antenne und eine elastische Binde in die Höhe.

»W-w-was ist das?« brachte Bylighter heraus, während er gehorsam vortrat.

»Es ist der Sender, den du tragen wirst, weil der verdammte Staatsanwalt es haben will«, erklärte DeLaura, während er Bylighters Hemd hochzog und den Sender am Rücken des Jungen befestigte.

»A-aber – Sie, Sie haben nie gesagt«, wimmerte Bylighter.

»Hör mir zu, du kleiner Scheißer«, knurrte DeLaura drohend,

drehte Bylighter herum, packte ihn mit beiden Händen am Kragen und starrte direkt in seine Triefaugen. »Du willst diese fünf Scheine...« DeLaura griff in seine Hemdtasche und hielt ein Bündel mit zusammengefalteten Banknoten hoch, »...dann wirst du dort draußen stehen und als Mikrophon fungieren, während der Handel abgewickelt wird.«

»Aber – aber –!«

»Klappe!« brüllte DeLaura.

»A-aber –« wimmerte Bylighter.

»Du willst das Geld haben, du Miststück?« flüsterte DeLaura heiser.

»Ja.« Bylighter nickte mehrmals.

»Dann wirst du um genau zweiundzwanzig Uhr zwanzig deinen Hintern dort hinaus in den Park verfrachten, wie ich es dir befohlen habe. Sonst bringe ich dich zu dem Haus zurück, das du ausgeraubt hast, und übergebe dich persönlich Henker Roy. Verstehst du mich?«

»Aber – aber –«

»Aber was?« fragte DeLaura.

»Ich – ich habe keine Uhr!«

»Du liebe Zeit...« murmelte DeLaura und begann seine Uhr abzunehmen, als Skylight sich einmischte.

»Schon gut, Inspektor«, sie hob ihr mit einer Uhr geschmücktes Handgelenk hoch. »Ich werde dafür sorgen, daß er rechtzeitig hinausmarschiert. Schließlich habe auch ich ein Interesse daran. Und außerdem«, fügte sie schüchtern hinzu, »möchte ich nicht, daß Sie Ihre Uhr holen müssen... später... und uns stören.«

Skylight lachte schadenfroh, als Detektiv Martin DeLaura rasch die Tür hinter sich zuschlug.

22

Um 22 Uhr 20 trat Eugene Bylighter ängstlich durch die Vordertür des Clairmont Hotels und überquerte die Straße zu dem dichtbelaubten, schwach erleuchteten benachbarten Park wie auf Gummibeinen, die aus purer Angst unter ihm einzuknicken drohten.

Angesichts seiner geistigen Verfassung – die größtenteils daher kam, weil ihm nervös bewußt war, daß der verräterische Sender an seinem mageren Rücken befestigt war – war es sehr gut, daß Bylighter nicht ahnte, daß mindestens achtundzwanzig interessierte Beobachter gesehen hatten, wie er das Hotel verließ. Und dabei war der noch immer neugierige Hotelangestellte nicht mitgerechnet, der seit über einer Stunde allein auf einer kalten, feuchten Bank mitten in dem dunklen Park saß und darauf wartete, ob etwas Sensationelles passieren würde, und auch nicht Skylight, die zugesehen hätte, aber damit beschäftigt war, Bylighters Zimmer nach dem versprochenen Päckchen »Regenbogen«-Pulver zu durchsuchen.

Es war sicher besser, daß er nichts davon wußte, weil der Umfang – an kostspieliger Ausrüstung wie auch an Arbeitskräften – der aktiven Bewachung eines Nichtsnutzes wie Bylighter in ihrem Ausmaß erschreckend war und sein Begriffsvermögen bei weitem überstiegen hätte.

In den auf verschiedenen Stockwerken befindlichen Räumen, in denen Jimmy Pilgrims und Jake Locottas Überwachungsteams untergebracht waren, setzten jeweils zwei hochbezahlte Techniker ihre teuren, mit Tele- und Nachtsichtobjektiven ausgestatteten Videokameras in Betrieb, wobei jedes Team unabhängig voneinander Bylighters unsichere Schritte aufzeichnete. Als sie zu drehen begannen, erprobten beide Teams ihren Funkkontakt mit insgesamt fünf bewaffneten Männern, die in und um den Park Position bezogen hatten.

In einem Zimmer zwei Stockwerke unterhalb und ein Fenster weiter rechts von Jimmy Pilgrims Überwachungsteam verfolgten die beiden von dem etwas sparsameren General für die Aufzeichnung des Thiopen-Verkaufs ausgewählten Männer Bylighters Bewegungen mit zwei Nachtfeldstechern, von denen einer an einem halbautomatischen Gewehr mit einem zwanzigschüssigen Magazin befestigt war. Auch sie standen in Funkkontakt mit einem Beobachter im Park, der, falls ein Anschlag auf seinen Boß verübt werden sollte – ausgenommen war eine Razzia der Ordnungshüter –, den Feuerbefehl zu erteilen hatte.

Alles in allem waren die Überwachungsmethoden der verschiedenen, unter dem Oberbegriff »organisiertes Verbrechertum« tätigen Akteure außerordentlich gut organisiert und in fast jeder möglichen Hinsicht professionell – mit der einzigen Einschränkung, daß bis jetzt keines der drei mehrfach verteilten Teams die Anwesenheit der beiden anderen entdeckt hatte.

An dem weniger raffinierten Ende der Überwachungsskala sah die Geschichte jedoch ganz anders aus. Dort waren DeLaura und der bereits fluchende stellvertretende Bezirksstaatsanwalt darauf beschränkt, ihren angstgeschüttelten Spitzel mit fast unbrauchbaren Ferngläsern zu beobachten, während Sergeant Hallstead Bylighters stoßweisen Atem über einen knisternden Empfänger abhörte. Währenddessen versuchten zwei »freiwillige« Assistenten des Staatsanwalts, die über keinerlei fachliche Erfahrung verfügten, aufgeregt herauszubekommen, warum zwei noch aus dem Vietnamkrieg stammende Nachtgläser und eine acht Jahre alte Schwarzweiß-Videokamera es fertiggebracht hatten, innerhalb einer halben Stunde beinahe gleichzeitig den Geist aufzugeben.

Selbstverständlich hatte das Überwachungsteam des Bezirksstaatsanwalts keine Ahnung davon, daß drei weitere Kamera- und Überwachungsteams in und um das Clairmont Hotel im Einsatz waren. Und wenn man den unaufhörlich fluchenden DeLaura und den zunehmend besorgteren stellvertretenden Staatsanwalt in Betracht zog, hätten sie, wenn es den durch ein Wunder noch immer funktionierenden Sender nicht gegeben hätte, bezüglich Bylighter gar nicht sicher sein können.

Der einzige, der eine ziemlich genaue Vorstellung von der Anzahl von Menschen hatte, die mit der Überwachung des geplanten Rauschgiftgeschäftes des Generals befaßt waren, war Tom Fogarty, der sich um zehn Uhr vormittags in einem Hotelzimmer im obersten Stock, schräg gegenüber vom Clairmont und direkt gegenüber von dem Park, eingemietet hatte.

Dank eines ununterbrochenen Stroms von Berichten von einem gut verborgenen Außenposten, der mit Bart Harrington besetzt war, und der Späherfähigkeiten von Sandy Mudd, Charley Shannon und Ben Koda besaß Tom Fogarty genaue Beschreibungen der acht »bösen Jungen«, die sich noch irgendwo im Hotel befanden, der fünf, die auf dem Gelände verteilt waren, des Teams des Staatsanwalts im Hotel, von mindestens drei Unbekannten auf dem Gelände, die noch keinen Kontakt aufgenommen hatten und somit auf jeder Seite stehen konnten, sowie von dem Hotelangestellten, der zitternd mitten im Park saß.

»Sieht aus, als würde alles nur darauf warten, daß das Feuerwerk losgeht«, bemerkte Shannon, während er weiterhin mit einem Nachtglas die gelegentlichen Standwechsel einer Motorrad-Truppe – Teamzugehörigkeit unbekannt – beobachtete.

»Mir ist der Gedanke unsympathisch, daß ihr beide hinausgeht«, sagte Fogarty ruhig.

»Du meinst doch ›ihr drei‹, nicht wahr?« erkundigte sich Sandy zwanglos, während sie ein Auge auf den Sucher ihrer Nachtobjektiv-Kamera preßte und versuchte, ein Bild von einem blondhaarigen Kopf zu schießen, den sie vorher in einem der entfernten Hotelfenster entdeckt hatte.

Fogarty wollte schon sagen, daß es gerade für sie doppelt gelte, überlegte es sich aber anders. »Dann ist es an der Zeit, daß ihr verschwindet«, stellte er mit einem Blick auf seine Uhr fest. »Genau zweiundzwanzig Uhr dreißig. Wir haben die Bestätigung von Bart, daß Bylighter sich dort draußen befindet. Er scheint mitten im Park auf euch zu warten.«

»Dann machen wir uns auf die Socken«, sagte Koda, während er die geladene 45er Automatik aus dem Gürtel seiner Jeans zog und sie auf eines der Betten warf. »Seid ihr bereit?«

»Ja«, flüsterte Sandy, stellte die Kamera auf den Tisch und holte tief und ruhig Atem.

»Höchste Zeit, daß wir für dieses feudale Leben etwas leisten«, grunzte Shannon.

Charleys 45er aus dem Schulterhalfter und Sandys 9-mm-Kanone flogen zu der Pistole auf der Matratze. Die drei unbewaffneten Agenten hatten beinahe die Tür erreicht, als...

»He, Leute...« Fogarty wollte ihnen etwas mitteilen, zögerte aber dann.

»Ja, Chef? Willst du uns sagen, wir sollen nicht zu lange ausbleiben?« kicherte Koda übermütig in der Dunkelheit.

»Um Mitternacht seid ihr zu Hause«, brummte Fogarty. »Gebt gut auf euch acht – Augenblick noch«, der Einsatzleiter hob schnell die Hand und preßte in der fast völligen Dunkelheit das kleine Funkgerät fest ans Ohr.

Dann stellte er den Empfänger auf den Tisch.

»Das war Bart«, erläuterte er, und seine Stimme hallte in dem dunklen Raum seltsam wider, als er sich an die drei Agenten wandte. »Er glaubt, daß er soeben Rainbow entdeckt hat.«

Eugene Bylighter hatte seit fast fünf Minuten nervös unter einer schwach leuchtenden Parklaterne gewartet, als er endlich die vertrauten Umrisse von Sandy Mudd und ihren beiden Freuden erblickte. »He, Sandy!« rief der zitternde Junge und stotterte, während ihm die Zähne klapperten. »I-ich bin hier d-drüben!«

»Was ist los, Squeek, ist Ihnen kalt?« fragte Sandy, als sie zu dem nervös mit den Füßen scharrenden Bylighter trat, und zwang sich, sich auf ihre Rolle zu konzentrieren, während Ben und Charley weiterhin die Baumstämme und Schatten rundum sorgfältig musterten und auf den bösartigen Killer warteten, auf den sie es alle abgesehen hatten.

»Nein, nur – wissen Sie, ich möchte nur irgendwie dieses Geschäft in Gang bringen«, meinte Bylighter, der dem kurzen, durchdringenden Blick Charley Shannons auswich.

»Squeek, das sind meine Freunde, von denen ich Ihnen erzählt habe«, stellte Sandy Mudd vor. »Ben und Charley.«

»Ach ja – äh, hallo!« Bylighter nickte nervös und behielt seine zitternden Hände tief in den Jackentaschen.

»Wo ist Ihr Mann?« fragte Koda, ohne Bylighters gequältes Lächeln zu beachten.

»Äh – äh, ich schätze, er ist –«

In diesem Augenblick fuhren zwei Fahrzeuge in einander entgegengesetzter Richtung auf den entgegengesetzten Seiten des Parks vorbei und schwenkten plötzlich beide zum Gehsteig ein. Während Koda, Shannon, Sandy, Bylighter und ungefähr dreißig andere interessierte Zuschauer von verschiedenen versteckten Beobachtungspunkten rund um den dunklen Park zusahen, ging die Tür des Wagens an der vom Clairmont abgewandten Seite des Parks auf, und ein dicker Mann mit einer Mütze mit einem deutlich sichtbaren schwarzen Stern trat auf den Gehsteig.

»Da hol' mich doch der Teufel«, flüsterte Ben Koda, während er, Bylighter, Charley Shannon und Sandy Mudd beobachteten, wie der Mann sich in ihre Richtung in Bewegung setzte.

Die Worte »Er ist es!« hallten von den Wänden in fünf verschiedenen Hotelräumen wider, vier im Clairmont und einer in dem Hotel schräg gegenüber auf der Straße.

Mit Ausnahme des auf dem Gewehr montierten Nachtsichtgerätes, das weiterhin die Umgebung um Koda, Shannon, Sandy Mudd und Bylighter abtastete, und des gestörten Gerätes, das von dem Team des Staatsanwalts fieberhaft zerlegt wurde, richtete sich jedes optische Gerät im Clairmont Hotel augenblicklich auf den General, während der sich den vier dunklen, schemenhaften Gestalten näherte und die Hände – wie Bylighter – tief in den Taschen vergraben hatte.

»Guten Abend.« Der Rauschgiftdealer nickte ruhig, während er auf das stumme Quartett zuging. »Wir haben leider einen eher ungünstigen Ort für unser Treffen vereinbart, aber Sie werden sicher verstehen, daß er auch gewisse Vorteile bietet«, bemerkte er, blickte in die sie umgebende Dunkelheit und nahm die Aktentasche in Charley Shannons linker Hand zur Kenntnis.«

»Ich kenne natürlich Squeek«, fuhr der grauhaarige Mann fort und nickte Bylighter freundlich zu, »und ich nehme an, Sie müssen Sandy sein«, lächelte er der Agentin zu, »aber ich glaube nicht –« wandte er sich an Koda und Shannon.

»Ben«, sagte Ben Koda, der die Hände – entspannt und bereit – in die Hüften stemmte, weil der General keine Anstalten traf, die Hände aus dem Trenchcoat zu ziehen. »Das ist Charley.« Koda zeigte mit dem Kopf auf seinen Partner.

»Ben und Charley.« Der General nickte. »In Ordnung.«

»Was halten Sie davon, wenn wir das Licht der Parklaterne mit einem ruhigen Ort vertauschen, an dem wir ungestört sprechen können?« schlug Koda vor.

Mit Shannon und Koda an der Spitze begaben sich die fünf zu dem aus metallenen Parkbänken gebildeten Halbrund, blieben stehen und blickten auf den zitternden Hotelangestellten hinunter.

»Wir möchten uns hierhersetzen«, erklärte Koda einfach.

»Tut mir leid«, erwiderte der Hotelangestellte hochmütig, obwohl ihm Böses schwante, »aber ich war vor Ihnen hier –« So weit kam er, bevor er plötzlich hochgezogen wurde und direkt in die funkelnden weißen Augäpfel eines ansonsten tiefschwarzen Mannes starrte.

»Zieh Leine, aber verdammt rasch«, zischte Shannon, während er den nun total verängstigten, eingeschüchterten Hotelangestellten losließ, der danach sofort in die Dunkelheit verschwand.

Charley Shannon zwinkerte dem General zu, brummte: »Die Bank gehört Ihnen«, und ging dann die etwa zehn Meter zu der Laterne zurück. Dort stellte er die Aktentasche ab, so daß sie in dem fahlen Licht deutlich zu sehen war. Dann verschwand er in dem schwarzen Schatten der Bäume.

»Sie befürchten offensichtlich nicht, daß jemand Ihre Aktentasche stehlen könnte?« bemerkte der General.

»Dazu besteht kein Grund«, meinte Koda. »Charley würde sie zurückbringen.«

»Sehr interessant«, sagte der General. Ein solcher Mann ist sicher sehr nützlich... bei allem was Sie tun.«

»Er ist auch im Haus sehr gut zu gebrauchen.« Koda nickte ungeduldig. »Wenn es Ihnen nichts ausmacht, Herr General, würden wir gern zum Geschäft kommen.«

»Ja, sicherlich. Soviel ich weiß, sind Sie daran interessiert, eine Probe unseres neuesten Produkts zu kaufen.«

»Eigentlich interessieren uns Ihre alten Produkte viel mehr. Genau genommen, zwei Unzen Koks«, stellte Sandy Mudd richtig. »Ich habe Squeek bereits gesagt –«

Der General brach in diskretes, leises Kichern aus und schüttelte den Kopf. »Meine Liebe Miß Mudd, wenn Sie mit Koks die verbotene Droge Kokain meinen, wurden Sie überaus falsch informiert. Bylighter hätte Ihnen erklären müssen, daß ich ein Geschäftsmann bin, der die Gesetze einhält. Ich verkaufe einfach keine Kontrabande.« Der General lächelte Bylighter so zu, daß sogar dieser begriff, er müsse den Mund halten.

»Aber Sie verkaufen doch... Produkte, nicht wahr?« Ben Koda lächelte verständnisvoll.

»Selbstverständlich, deshalb bin ich hier«, erwiderte der General. »Wie Sie wissen, ist die Konkurrenz in unserer Branche geradezu mörderisch...« Der grauhaarige Dealer beobachtete jetzt die Hände der anderen, denn er konnte in dem schwachen Lichtschein der Parklaternen, der Beleuchtung der fernen Hotels und der Scheinwerfer gelegentlich vorbeifahrender Autos keinen Gesichtsausdruck erkennen.

Ben hielt seine Hände regungslos vor seinem Körper, aber der General glaubte zu bemerken, daß die Finger von Sandy Mudds rechter Hand zuckten, gerade als der angebliche Hörapparat – in Wirklichkeit ein sehr empfindlicher Empfänger – den Klang einer überaus besorgten Stimme in sein Ohr übertrug.

Drei der versteckten Späher, mit denen der verängstigte Hotelangestellte in seiner Eile, aus dem verdammten Park zu entkommen, beinahe zusammengestoßen wäre, ließen ihn laufen, weil sie alle wichtigere Sorgen hatten, wie zum Beispiel Al Rosenthals beziehungsweise Jimmy Pilgrims leitendem Sicherheitsexperten sowie der Schutzgarde des Generals, lauter Scharfschützen, Bericht zu erstatten. Der vierte Späher – auch einer von Locottas Leuten – hätte den Angestellten gleichfalls passieren lassen, wenn der nicht gegen das ausgestreckte Bein des versteckten Revolvermanns geknallt wäre, so daß der blindlings stolpernde Angestellte mit dem Kopf voran gegen einen sehr großen, soliden Baum geflogen wäre.

Plötzlich lag der benommene Mann auf Händen und Knien, seine Nase schmerzte, sie pochte und blutete, und er starrte verwirrt auf einen Schatten zurück, der aussah wie – eine Leiche? Er holte tief Luft, um laut loszubrüllen … dann plumpste er schlaff auf den Boden, als das Ende eines Totschlägers ihn genau hinter dem linken Ohr traf.

Die beinahe geräuschlose Ausschaltung des Hotelangestellten wäre wahrscheinlich im Geräusch des vorbeiflutenden Straßenverkehrs unbemerkt geblieben, hätte nicht der oben im Hotel postierte Scharfschütze des Generals das Stolpern und den Sturz des Angestellten am Rand des Gesichtsfeldes seines Nachtglases mitbekommen. Er nahm eine weitere Bewegung wahr und begann das Gebiet sehr sorgfältig abzusuchen, als der Angestellte hinter dem hell schimmernden grünen Gebüsch nicht wieder auftauchte.

Er stellte sein Gerät neu ein, machte schließlich einen der in schweren Schuhen steckenden Füße des Angestellten aus und den zweiten … und einen dritten? Worauf der General rasch die halb erwartete Warnung über den Empfänger des Scheinhörgeräts erhielt: »Sie sollten vorsichtig sein, Boß. Sie haben Gesellschaft.«

»Äh – verzeihen Sie.« Der General schüttelte entschuldigend den Kopf. »Ich habe den Faden verloren.«

»Wir sprachen über die mörderische Konkurrenz im Geschäftswesen im allgemeinen«, erinnerte ihn Ben ruhig. »Wahrscheinlich werden wir uns bald darüber unterhalten, wie stocksauer wir Geschäftsleute werden, wenn jemand versucht uns aufs Kreuz zu legen.«

»Ach ja, sicherlich.« Der General nickte wieder lächelnd. »Und deshalb …« Er zögerte einen Moment und blickte Koda seltsam belustigt und nachdenklich an.

»Ben«, sagte er schließlich, »wir kennen uns nicht gut genug, um einander persönliche Fragen über unsere Geschäfte zu stellen, nicht wahr?«

»Nicht genug, um ehrliche Antworten zu erwarten«, gab Koda zu.

»Ja, genau.« Der General nickte. »Also bitte verstehen Sie, daß ich Sie nicht aus Wißbegier ausfrage, sondern nur meine Besorgnis ausdrücken will.«

»Schon gut«, nickte Koda. »Nur zu.«

»Also gut. Aufgrund Ihres Aussehens... Ihres Auftretens, wenn Sie wollen, gewinne ich den Eindruck, daß Sie eine nicht allzu weit zurückliegende militärische Vergangenheit haben.«

»Möglich.«

»Außerdem machen Sie und Ihre Freunde – und da schließe ich Sandy ebenso ein wie... Charley«, der General lächelte, als er an dessen eindrucksvolles Verschwinden dachte, »mir wirklich nicht den Eindruck, als wären Sie Geschäftsleute, die einen übermäßig hohen Betrag ihrer Einnahmen für ihren höchst persönlichen Gebrauch abzweigen würden.«

»Auch möglich.« Koda nickte ruhig. »Sogar wahrscheinlich.«

»Das veranlaßt mich natürlich zu der Frage...«

»...wer wir wohl sein könnten.« Ben Koda lächelte. »Ein paar höchst seriöse Geschäftsleute, die bei Fremden gern vorsichtig sind... oder Bullen.«

»Ja, genau.« Der General nickte. »Wie Sie vielleicht wissen, ist es sehr schwierig, sie zu unterscheiden.«

»Ein Problem, das sich uns wie Ihnen stellen könnte?«

»Äh... ja, das ist richtig.« Der General nickte nachdenklich. »Irgendwelche Vorschläge?«

»Ich verstehe zufällig ein klein wenig von Polizeipraktiken aus Gründen, die Sie nichts angehen«, sagte Koda langsam, »und kann vielleicht etwas tun, um Ihre Neugierde zu befriedigen. Nehmen Sie zum Beispiel die Aktentasche dort drüben.«

»Ja?«

»Sie gehört Ihnen.«

»Wie bitte?«

»Sie gehört Ihnen«, wiederholte Koda. »Sie enthält fünfundfünfzig Hundertdollarscheine, Vorauszahlung für einen Gegenwert, den wir dafür erwarten.«

»Eines meiner Produkte.«

Koda nickte. »Wenn Sie wollen, können Sie jetzt einfach dort hinübergehen, sie an sich nehmen und zu Ihrem Wagen tragen.«

»Und... Charley?« fragte der General.

»Er wird nichts dagegen haben«, versprach Koda. »Die Polizei nennt es ›Vorausbezahlung‹.«

»Interessant«, sagte der General, legte den Kopf überrascht schief und lächelte dann.

»Wenn ich ein Bulle wäre«, fuhr Koda fort, »hätte ich bestimmt nicht die Befugnis zu dieser Vorgehensweise, weil...«

»...mich nichts daran hindern könnte, das Geld an mich zu nehmen und Ihnen dafür ein minderwertiges Produkt zu liefern, zum Beispiel Rohrzucker«, schloß der General. »Sie hätten keinen gesetzlichen Regreßanspruch, weil wir nicht wirklich festgelegt haben, was Sie für Ihr Geld haben wollen.«

»Ich hätte gar keinen Regreßanspruch... wenn ich ein Bulle wäre«, flüsterte Ben kalt, und der Ton seiner Stimme jagte Sandy einen Schauer über den Rücken, während der schweigende Bylighter beinahe in die Hose pinkelte.

»Ich bin kein Bulle«, fuhr Koda viel sanfter fort. »Und um Ihnen die Wahrheit zu sagen, General, ich halte Sie nicht für einen Menschen, der sich für den Rest seines Lebens mit der Frage abquält, auf welche Weise oder wo Charley, Sandy und ich unsere Abende verbringen.«

»Ja, ich verstehe«, flüsterte der General – fast wie im Selbstgespräch. Er blickte Koda und Sandy Mudd noch einige Momente lang an. Dann stand er plötzlich auf, ging vorsichtig um Sandys übereinandergeschlagene Beine herum zum Laternenpfahl, blieb dort stehen, blickte zuerst auf die Aktentasche und dann zurück zu Ben Koda.

Dann hob der ehemalige Offizier die Finger seiner rechten Hand an den Rand seiner Militärmütze, lächelte noch einmal, langte nach unten, ergriff die Aktentasche und begann zu seinem Wagen zurückzugehen.

Der plötzliche, unerwartete Entschluß des Generals löste bei vielen Leuten Verblüffung aus – besonders beim Team des Bezirksstaatsanwalts.

»O Gott, er geht weg«, stieß der Staatsanwalt ungläubig hervor. Bevor Hallstead oder jemand anderer in dem Hotelzimmer etwas äußern konnte, ertönte eine flüsternde, unsichere Stimme über das tragbare Funkgerät. »Sam-fünf an Sam-eins«, drang die krächzende Stimme durch die Störungsgeräusche. »Sollen wir ihn uns schnappen?«

Der Staatsanwalt wandte sich mit weit aufgerissenen Augen an Hallstead, der den Sender abhörte, den Bylighter trug.

»Sam-fünf an Sam-eins«, meldete sich die von Nebengeräuschen überlagerte Stimme wieder. »Verdammt noch mal, was sollen wir tun? Er geht... in diesem Augenblick fährt er weg!«

»Nein«, Hallstead sah den verzweifelten Staatsanwalt kopfschüttelnd an, »es hat weder ein Angebot noch einen Austausch gegeben. Wir haben noch nichts.«

»Mist«, sagte der Staatsanwalt wütend und hob das Funkgerät an den Mund. »Sam-eins an alle Sam-Einheiten. Keine Festnahme. Wiederhole, keine Festnahme. Laßt ihn gehen!«

»Heiliger Strohsack«, stöhnte Wilbur Hallstead, »was sollen wir jetzt –«

»Warten Sie«, unterbrach ihn der Staatsanwalt, der noch immer mit dem Fernglas aus der Fensterecke starrte. »Werfen Sie einen Blick hinaus...«

»O verdammte Scheiße, nein...« jammerte Eugene Bylighter in der Finsternis, als der General in den Wagen stieg, den Motor startete und wegfuhr, »...was tut er?«

»Halt's Maul«, knurrte Ben Koda, sprang auf und bewegte die Finger, während er gespannt auf jeden Laut, jedes Geräusch lauschte, die auf Rainbows heimliches Anschleichen hindeuteten.

Ben bemerkte, daß auch Sandy aufgestanden war und daß ihre Schulterblätter leicht seine angespannten Rückenmuskeln streiften.

Das laute, metallische Geräusch einer sich öffnenden und schließenden Wagentür am anderen Ende des Parks ging Koda auf die überreizten Nerven.

Eine schemenhafte Gestalt, die einen Gegenstand in der Hand hielt, verließ den zweiten Wagen – der an der Straße zwischen dem Clairmont Hotel und dem Park geparkt hatte – und ging langsam auf die Mitte des Parks zu, wo sich Koda plötzlich in Bewegung setzte, um ihr den Weg abzuschneiden.

Der einzige Umstand, der dem sich vorsichtig nähernden Lennie Orrson das Leben rettete, als er und der heranstürzende Koda einander gegenüberstanden, war die – selbst im dunklen Schatten des Parks – offensichtliche Tatsache, daß Lennie Orrson ein Weißer war.

Dem überaus erschrockenen Unzen-Dealer blieb nur der Bruchteil einer Sekunde – in dem er glücklicherweise starr stehenblieb und erschrocken den Mund aufriß –, um auf das plötzliche Auftauchen der dunkelhaarigen Gestalt mit dem haßglühenden Ausdruck in den dunklen Augen zu reagieren. In diesem Augenblick trat anstelle von Kodas Zorn der Schock des Nichterkennens, so daß er seine zuschlagende Hand wenige Zentimeter vor Orrsons ungeschützter Kehle abbremste.

Die beiden Männer – der eine zitterte vor gerade noch unterdrückter Wut, der andere vor Angst – standen einander regungslos gegenüber, bis Koda vorsichtig zurücktrat.

»Ich hatte jemand anderen erwartet...«, krächzte Koda eine halbe Entschuldigung, und seine Augen wanderten unruhig zu den ihn umgebenden Bäumen, während er an Harringtons Warnung dachte...

»Sie müssen der Mann sein, der Ben heißt«, sagte Orrson und schluckte nervös und erleichtert, während er sich einen flüchtigen Augenblick lang fragte, wieso er sich vom General zu dieser Arbeit hatte überreden lassen. »Ich soll Ihnen etwas übergeben.« Er hielt das straff eingewickelte, ziegelgroße Päckchen hoch, damit Koda es sehen konnte. »Ich wollte nicht...«

»Gehen wir dorthin zurück.« Koda zeigte mit dem Kopf zu der Stelle, an der Sandy im selben Moment Bylighter wieder auf eine der Parkbänke schob... worauf Hallstead und der Staatsanwalt zusammenzuckten, als das Gerät unvermittelt ein elektronisches Geheul ausstieß, aber dann erstaunlicherweise weiterhin übertrug.

»Etwas muß durcheinandergeraten sein...« begann Orrson, als er, Koda, Mudd und Bylighter in dem Halbkreis der Bänke einander gegenübersaßen.

»Das Durcheinander betrifft nur das, was wir kaufen«, sagte Sandy. »Wir hatten ein paar Unzen Kokain erwartet.«

»Sie bekommen etwas viel Besseres...« lobte Orrson seine Ware und wurde sofort von dem zornigen Ben Koda unterbrochen.

»Das haben wir alles schon durchgekaut. Wir wollen wissen, worum es sich handelt, zum Teufel? Mathedrin? Kokain, Morphium?«

»Nein, nein.« Orrson schüttelte den Kopf. »Nichts so Primitives. Ich versuche, Ihnen begreiflich zu machen...«

»Dann sag es uns endlich!« brüllte Hallstead den Empfänger an. Er und der Staatsanwalt hatten praktisch zu atmen aufgehört, während sie jedem halbwegs erkennbaren Wort lauschten, das aus dem kaum noch funktionstüchtigen Gerät auf Bylighters Rücken drang. Sie ahnten nicht, daß sich im dunklen Park vier weitere Beobachter befanden, die sich vorsichtig an die Gruppe im Halbkreis herangeschlichen hatten, um ähnliche Gesprächsfetzen aufzuschnappen.

»Hören Sie, Freundchen«, sagte Sandy, »Sie können doch nicht erwarten, daß wir fünfundzwanzig Riesen für ein Pulver ausspucken, das wir noch nie im Leben gesehen oder probiert haben. Niemand macht so ein Geschäft.«

»Sie können es gern ausprobieren.« Orrson hielt ihr das Päckchen hin.

»Hier etwa? Verdammt noch mal«, schnaubte Koda kopfschüttelnd.

»Können Sie uns nicht wenigstens einen Hinweis darauf geben, was wir da kaufen?« fragte Sandy. »Man könnte glauben, ihr Jungs habt herausbekommen, wie man Cannabinol synthetisch herstellt oder so etwas Ähnliches.« Sie verwendete den Straßenslangausdruck für Tetrahydrocannabinol oder THC, den aktiven Bestandteil im Marihuana.

»Sie könnten es so bezeichnen.« Orrson lächelte.

»Sie wollen sagen, daß dieser Stoff Cannabinol ist?« fragte Koda und versuchte sich daran zu erinnern, was einer der DEA-Chemiker bei ihrer letzten Schulung darüber vorgetragen hatte – wie schwierig es sei, THC synthetisch herzustellen.

»Im wesentlichen«, nickte Orrson.

»Aber ich habe geglaubt –« begann Koda.

»Daß es unmöglich ist, es in einem Labor zusammenzubrauen? Es ist keineswegs unmöglich. Was Sie vor sich haben, meine Freunde«, Orrson hatte sein Selbstvertrauen wiedergewonnen, »ist der authentische Stoff, denn wir haben uns einen phantastischen Alchimisten zugelegt...«

»Das ist es, wir haben ihn!« schrie der stellvertretende Staatsanwalt und griff nach dem Funkgerät.

»Aber... sind Sie sicher...?« zögerte Hallstead.

»THC... Tetrahydrocannabinol.« Der Staatsanwalt lachte. »Eine verdammt verbotene, gefährliche Droge.«

»Ja, ich weiß, aber er hat nicht gesagt, daß es Cannabinol ist«, sagte Hallstead, der verwirrt die Stirn runzelte.

»THC, Cannabinol.« Der Staatsanwalt zuckte mit den Schultern, »das gleiche verdammte Dreckzeug.« Sein Gesicht war von der Vorfreude über den bevorstehenden Sieg gerötet, und er hob das kleine Funkgerät zum Mund. »Sam-eins an alle Sam-Einheiten«, rief er. »Tango-Delta. Wiederhole, Tango Delta. Nehmt sie fest!«

Während die Überwachungsteams Locottas, Pilgrims und des Generals belustigt zusahen, wurde der Park gegenüber dem Clairmont-Hotel plötzlich von einem Rudel von acht Streifenwagen mit flackernden Blaulichtern umstellt.

Während die Video-Kameras weiterliefen, sprangen insgesamt fünfzehn Beamte in Uniform und Zivil aus den Wagen und rückten mit kugelsicheren Westen, Schrotflinten und gezogenen Waffen vor, um die Verhaftung im Auftrag des stellvertretenden Bezirksstaatsanwalts vorzunehmen – der zusammen mit Hallstead und den beiden Assistenten sofort zur Treppe gelaufen war, um an der Aktion teilzunehmen, so daß die kleine elektronische Schachtel an Bylighters Rücken ins Leere sendete. Als die drei ersten der demselben Ziel zustrebenden Beamten des Sheriffs – darunter der keuchende Detektiv DeLaura – in der Parkmitte eintrafen, standen Ben, Sandy und Lennie Orrson ruhig und mit hocherhobenen Händen in dem fahlen Licht der Laterne.

»Bleibt stehen und rührt euch nicht!« schrie DeLaura, mehr für die übrigen herankommenden Beamten als für Koda, Sandy und Orrson, die keineswegs die Absicht hatten, auch nur einen Finger zu rühren.

Bylighter wählte diesen ungünstigen Moment, um aus dem Schatten hervorzuspringen und zu schreien: »Ich gebe auf!«, während er auf DeLaura zurannte... und von fünf erschrockenen Sicherheitsbeamten beinahe erschossen worden wäre.

»Was, zum Teufel, glaubst du –!« schrie DeLaura Bylighter an.

»Mein Geld!« kreischte Bylighter schrill, »Sie haben mir versprochen...«

»So eine Scheiße...« murmelte DeLaura, griff mit zitternder Hand in seine Hemdtasche und beobachtete, wie sechs uniformierte Beamte die laut protestierenden Koda, Mudd und Orrson verhafteten.

»Da, du verdammtes Arschloch.« DeLaura warf Bylighter die zehn Fünfzigdollarscheine zu. »Ich hoffe verdammt, daß du es genießt«, fügte er sarkastisch hinzu, während er Bylighter den Rücken zudrehte und hinüberging, um die Verhaftung zu überwachen.

Weil er den vorsichtigen Widerstand von Ben Koda und Sandy Mudd realistisch erscheinen lassen mußte, war er etwas abgelenkt, und merkte nicht, wie Bylighter sich in Richtung Clairmont-Hotel verzog. Er konnte also nicht wissen, daß der atemlose Junge nur ein paar Dutzend hastige Schritte durch die einander ablösenden Licht- und Schattenflecken gemacht hatte, als plötzlich der harte Griff einer Hand ihm den Mund zuhielt...

Er schrie in stummem Entsetzen, als er mit aufgerissenen Augen über die Schulter in die grausamen weißen Augäpfel von Rainbow blickte, während die Schneide des Rasiermessers tief in seinen Hals drang.

23

»Was meinen Sie damit, Sie wissen nicht, was es ist?« fragte Sergeant Hallstead und blickte die Gerichtsmedizinerin an, die an ihrem überladenen Labortisch mit Kummer gewohntem Gesichtsausdruck saß, der ahnen ließ, daß sie ähnliche Fragen schon oft gehört hatte.

»Ich meine, Hallstead«, erklärte die blonde Kriminalistin geduldig, »daß Ihr Säckchen mit einem halben Pfund Pulver weder PCP noch LSD noch Kokain noch Heroin noch irgendein anderes verbotenes, gefährliches Rauschgift auf der Suchtgiftliste enthält. Okay?«

»Was wäre, wenn wir es woanders untersuchen ließen, Tracy?« schlug der stellvertretende Bezirksstaatsanwalt mit leichter Bitterkeit in der Stimme vor.

»Das Labor der Polizeibehörde ist innerhalb von fünfzehn Minuten von hier zu erreichen«, schlug die blonde Frau vor. »Ich habe überhaupt nichts dagegen. Wenn ihr Massenspektrometer heute funktioniert, könnten sie in der Lage sein, Ihnen genau anzugeben, um welchen Stoff es sich handelt. Es wird aber keine große Rolle spielen, denn was immer es sein mag, verboten ist es jedenfalls nicht.«

Der Staatsanwalt schloß die Augen und seufzte verzweifelt. »Na schön... verdammter Mist«, fluchte er schließlich. »Wir können jedenfalls Silo-Anklage erheben.«

»Sie wollen bei diesem Fall eine ›*Sales-in-lieu-of*‹-Anklage erheben?« fragte Tracy Nokes, deren Interesse ein wenig zunahm, obwohl man sie um drei Uhr früh aus dem Bett geholt hatte, um die Probe zu analysieren.

»Viel anderes bleibt uns nicht übrig, außer Sie überlegen es sich noch«, murmelte der Staatsanwalt ärgerlich.

»Als was wurde es denn angeboten?« fragte Tracy, die noch nicht ganz bereit war, die Probe wegzugeben. Sie hatte ein ungutes Gefühl, denn die Analyse hatte immerhin dem PCP ziemlich ähnliche Werte ergeben.

»Cannabinol«, sagte der Staatsanwalt und versuchte, den Ton eines erfahrenen Rauschgiftfahnders zu treffen. »Das gute alte THC.«

»Ah – ich glaube nicht, daß meine Antwort Sie erfreuen wird.« Tracy Nokes schüttelte bedächtig den Kopf.

»Was wollen Sie damit sagen?«

»Sie haben recht, Cannabinol ist ein Slangausdruck für THC«, erklärte Tracy Nokes freundlich. »Zufällig ist es aber auch der Name einer chemischen Verbindung, die man erhält, wenn sich Tetrahydrocannabinol auflöst. Eine vollkommen andere und damit legale Verbindung«, fügte sie hinzu.

Der Staatsanwalt sah aus, als würde er auf der Stelle einen Herzinfarkt bekommen. »Sie meinen, wir können nicht –«

»Leider nicht.« Die Frau schüttelte bedauernd den Kopf. »Sie würden sich in ernste Schwierigkeiten bringen, wenn der Bursche einen halbwegs cleveren Anwalt hat.«

»Dieser gottverdammte Bylighter!« fluchte der Staatsanwalt und wandte sich an Hallstead. »Richten Sie DeLaura aus, er soll diesen kleinen Stinker sofort auftreiben!« verlangte er, schlug mit der Faust auf die Tischplatte und stürmte aus dem Labor. Sergeant Hallstead folgte ihm entmutigt auf dem Fuß.

Tracy Nokes wartete, bis die beiden fort waren, dann wählte sie noch einmal die ihr vertraute Nummer des in der Nähe gelegenen Kriminallabors der Polizei von San Diego. Diesmal kam kein Besetzt-Zeichen.

»Labor, hier spricht Sun-Wang«, meldete sich eine fröhliche Stimme.

»Hallo, hier spricht Tracy.«

»Hallo, Trace, was ist los? Sag mir ja nicht, daß du dich morgen abend drücken und mich mit zwei Begleitern sitzen lassen willst!«

»Nein, wenn du mir versprichst, daß er seine Hände im Zaum hält, vertraue ich dir«, lachte Tracy Nokes. »Aber ich habe dich nicht deshalb angerufen. Hast du ein paar Minuten Zeit?«

»Klar. Ich ackere gerade ein paar hundert Fotos durch, um die Schuhgröße bei Fußabdrücken herauszubekommen, die wir bei einer aufgefundenen Leiche gefunden haben«, meinte Tina. »Einer von ihnen muß ein sehr großer Gauner sein – Stiefelgröße etwa fünfzehn.«

»O Gott, klingt ja nach dem Ungeheuer mit den großen Füßen.«

»Ja, schon möglich«, lachte Tina. »Also, was hast du?«

»Eine Kleinigkeit«, antwortete Tracy Nokes. »Nur ein Problem, das ich mit einer verrückten Droge habe, die wir heute morgen bekommen haben.«

»Verrückt...?« begann Tina Sun-Wang, deren wißbegieriger analytischer Verstand plötzlich aufwachte.

»Ja... ein wirklich unheimlicher Stoff. Ich kann ihn nicht identifizieren. Hellbraunes Pulver. Deckt sich auf dem Bildschirm fast mit PCP, aber –«

»Trace«, unterbrach sie Sun-Wang. »Hast du ungefähr bei zweidreißig-zwei eine steile UV-Spitze bekommen?«

»Ja, tatsächlich –«

»Trace, hör mir gut zu«, sprudelte die Chemikerin hastig hervor. »Geh damit nirgendwohin. Ich bin schon unterwegs zu dir.«

Unten im Vernehmungsraum des Bezirksgefängnisses von San Diego waren Detektiv DeLaura und Ben Koda dabei, einander vorsichtig geflüsterte Fragen zu stellen, als Sergeant Hallstead und der stellvertretende Staatsanwalt den Raum betraten.

»Ich möchte ein wenig mit Ihnen plaudern, Koda... oder wie immer Sie heißen mögen«, brummte der Staatsanwalt, dessen Gesicht nach seinem ergebnislosen Gespräch im Kriminallabor noch deutlich gerötet war.

»Okay«, erwiderte Ben Koda. »Worüber wollen wir also sprechen?«

»Ich möchte Ihnen ein kleines Geschäft vorschlagen«, eröffnete ihm der Staatsanwalt und bemühte sich, deutlich zu zeigen, wie sehr ihn die Sache anekelte. »Brief an den Richter, das Übliche. Sie müssen nur wieder auf die Straße hinausgehen und für Sergeant Hallstead ein paar Käufe tätigen.«

»Möchten Sie wissen, wohin Sie sich Ihr kleines Geschäft stecken können?« fragte Koda ruhig.

»Hören Sie, Sie –« knurrte der Staatsanwalt.

»Was wollen Sie eigentlich, Sie toller Hecht? Mir eine Geschichte darüber erzählen, daß sich dieses Scheißpulver als THC herausgestellt hat?« spottete Koda, der sich im Vorteil befand, weil ihn DeLaura, der an diesem Morgen rasch im Labor angerufen hatte, bereits über die ersten Testresultate informiert hatte.

»Kommen Sie doch!« Koda schüttelte ärgerlich den Kopf, als der Staatsanwalt kein Wort erwiderte. »Ihr wißt genau, daß die ganze Sache ein Reinfall war. Wahrscheinlich habt ihr den blöden Kerl dazu gebracht, uns aufzutun, um euren Arbeitsnachweis für den Monat erbringen zu können.«

Der stellvertretende Staatsanwalt starrte Koda an, während er versuchte, sich ein anderes Argument auszudenken. Irgendeines.

»Also, was soll es sein, Herr Staatsanwalt?« fragte Koda sarkastisch, immer noch beunruhigt, weil DeLaura weder von Charley noch von Tom Fogarty gehört hatte. Er hatte den stellvertretenden Staatsanwalt absichtlich provoziert, um die schrecklichen Bilder zu verscheuchen, die ihm durch den Kopf gingen. Bilder von seinem Partner, der mit dem Gesicht nach unten in der Dunkelheit lag. Bilder eines pervers grinsenden Gesichts, das zu der verrückten Stimme paßte, die aus dem Telefon in Kaaren Muellers Wohnung erklungen war. »Sie wollen uns also eine Anklage anhängen, etwa Beihilfe zur Übertretung durch einen Minderjährigen?«

Es gab keine anderen Argumente, das war allen vier Männern im Raum klar. Schließlich entschloß sich der Staatsanwalt für das Naheliegendste. Er hatte keine Wahl.

»In Ordnung, verdammt noch mal, lassen Sie ihn laufen«, wies er Hallstead an.

»Sehr entgegenkommend von euch«, sagte Koda ätzend. »Ich hoffe nur, daß ihr eine gute Versicherung für eine rechtswidrige Festnahme habt.«

»Rechtswidrige Festnahme, daß ich nicht lache!« explodierte der Staatsanwalt. »Hören Sie mir einmal zu, Sie rauschgifthandelnder Hund!« Er zeigte mit dem Finger auf Koda. »Wir haben alle denkbaren Gründe, die wir brauchen. Ich muß nur Ihren kleinen, mickrigen Freund in den Zeugenstand stellen und ein kleines Tonband abspielen –«

»Meinen Sie damit Bylighter?« fragte DeLaura, der von der aufreizenden Stimme des Staatsanwalts genug hatte.

»Natürlich meine ich Bylighter«, fuhr ihn der rotgesichtige Staatsanwalt an.

»Sie werden aber einige Schwierigkeiten haben, Ihr Vorhaben zu realisieren – ihn in den Zeugenstand zu stellen«, sagte DeLaura.

»Nicht, wenn Sie sich endlich in Bewegung setzen und den Pintscher suchen.« Der Staatsanwalt brüllte jetzt beinahe.

»Nicht notwendig.« DeLaura zuckte finster mit den Schultern. »Er ist bereits gefunden worden, vor etwa einer Stunde... mit dem Gesicht nach unten, im Park gegenüber vom Clairmont; seine Kehle war von einem Ohr bis zum anderen durchgeschnitten.«

Die letzten flackernden Funken von Eugene Bylighters Leben verloschen an demselben Abend, an dem das Notsignal des Monitors der Intensivstation in Jamie MacKenzies Zimmer das letzte Mal ertönte.

Dieses traurige, morbide Zusammentreffen hatte nur für ganz wenige Leute im Bezirk San Diego eine Bedeutung, von denen zwei im Keller eines alleinstehenden Hauses am Rand der Anza-Borrego-Wüste arbeiteten. Sie benützten eine Ansammlung von Listen, Skizzen und Polaroidfotos, um ein Duplikat von Dr. David Isaacs Musterlaboratorium zu bauen, als das Telefon klingelte.

Rainbow berichtete Drobeck, einem Mann, der einen ähnlich makabren Sinn für Humor besaß wie er, die amüsante Neuigkeit über MacKenzie und Bylighter. Und dem Chemiker bereitete es besondere Freude, die Nachricht brühwarm an Bobby Lockwood weiterzugeben.

»Da sieht man, was jemandem zustoßen kann, der zuviel nachdenkt. Er wird zwangsläufig von einer Schlange gebissen.« Drobeck kicherte boshaft, während er den schweren Holzkäfig seines Haustiers tätschelte und Lockwood hinterhältig anlächelte, eine Drohung, die Bobby Lockwood gerade im falschen Augenblick traf.

Einige Augenblicke später entschloß sich Bobby endlich – zweifellos die leichteste Entscheidung, die er je in seinem Leben getroffen hatte.

»Ja, so ist es!« Der kraushaarige Junge erwiderte das Lächeln des schwitzenden Chemikers. »He, Simon, ich wollte Sie schon längst danach fragen, haben Sie nicht erwähnt, daß Pilgrim noch ein paar Chemiker sucht, die in den Labors arbeiten sollen, die wir einrichten?«

»Wir werden noch viele brauchen.« Drobeck nickte. »Pilgrim hat angeblich vor, mindestens hundert kleine Filialen allein in Kalifornien zu errichten.«

»Sie meinen auf Gewinnbeteiligung? So ähnlich wie eine Burger-Ketter oder so?«

»Vermutlich«, meinte Drobeck. »Es klingt absolut vernünftig, wenn man etwas darüber nachdenkt. Es hebt die Arbeitsmoral und verteilt das Risiko. Wahrscheinlich verwendet er die Computerterminals, um Formeln und Bestellungen von einer zentralen Datenbank abzurufen. Warum, haben Sie etwa die Absicht, sich dafür zu bewerben?« fragte der ältere Chemiker zynisch.

»Nein, bei dem, was ich von Chemie verstehe, ist es ein Wunder, daß ich uns beide nicht schon in die Luft gesprengt habe.« Lockwood grinste, ohne auf Drobecks höhnische Bemerkung einzugehen. »Besonders, weil ich eine Hand aus Stein habe«, fügte er hinzu und hob seinen schmutzigen Gipsverband.

»Ich habe aber einen Freund, der die Uni in San Diego besucht hat«, fuhr er unbefangen fort. »Er ist letztes Jahr ausgestiegen und gammelt jetzt herum. Jedenfalls hat er mich neulich abends angerufen und wollte wissen, ob ich jemanden kenne, der einen fleißigen Arbeiter sucht. Der Junge war im Chemielabor ein Genie. Meinen Sie, daß er eine Chance hat?«

»Sie sind natürlich bereit, für ihn zu bürgen?«

»Ich vertraue ihm ebenso wie Ihnen«, erwiderte Lockwood grinsend, dann blinzelte er, als er die hochgezogenen Brauen des sichtlich belustigten Drobeck bemerkte. »Jedenfalls wird der Junge heute nachmittag im Studentencenter der Uni sitzen. Ich könnte vielleicht hinübergehen und ihm den Vorschlag unterbreiten, wenn Sie mich für ein paar Stunden entbehren können.«

»Ich komme ohne weiteres allein zurecht«, brummte Drobeck. »Gehen Sie nur, aber geben Sie acht, daß Sie ihm nicht zu viel erzählen. Wenn Sie den Eindruck haben, daß er sich dafür interessiert, lassen Sie es mich wissen, und ich werde mit Rainbow sprechen. Es wäre nett, zur Abwechslung einen fachkundigen Helfer zu haben«, fügte Drobeck sarkastisch hinzu und wandte seine Aufmerksamkeit wieder voll der Montage eines Rückflußapparates zu.

»Ja, okay.« Lockwood nickte. »Genau das werde ich tun.«

Der Gefängniswärter blickte auf die große Wanduhr.

»Zehn Uhr dreißig und ein schöner, sonniger Dienstagmorgen«, sagte er freundlich, während er das Formular für die Rückgabe des persönlichen Eigentums ausfüllte. »Eine angenehme Zeit, um dieses Haus zu verlassen.«

»Wird den Tag entschieden verschönern.« Ben Koda nickte liebenswürdig, durchaus bereit, auf den Ton einzugehen.

»Sie wissen vermutlich nicht, wann sie meine, äh, Freundin rauslassen werden?« fragte er, als er das Formular unterschrieb.

»Das wäre wohl Sandy Mudd, nicht wahr?«

»Ja, die meine ich.«

»Vorausgesetzt, daß sie nicht wieder eine unserer Gefangenenaufseherinnen auseinandernimmt, würde ich sagen, in etwa zehn Minuten.« Der Wärter kicherte.

»Äh, sie hat doch niemandem etwas getan, oder?« fragte Koda, der plötzlich besorgt war, daß seine Partnerin zu weit gegangen sein könnte, und zugleich bei der Vorstellung einer empörten Sandy Mudd grinste, die von einer nicht leicht einzuschüchternden Gefängniswärterin splitternackt ausgezogen und gefilzt wurde.

»Nein, sie hat sich nur ein bißchen aufgeplustert.« Der Wärter schüttelte den Kopf. »Ich darf doch sagen, daß das Mädchen Ihnen zu Hause allerhand zu tun gibt.« Der Wärter zwinkerte, während er die mehrfachen Durchschläge des Formulars auseinandernahm und einen davon Koda übergab.

»Ich kann Ihnen kaum widersprechen.« Koda nickte belustigt. »Wenn ich es mir richtig überlege, sollte ich sie eine Weile hier lassen, bis sie sich beruhigt hat.«

»Nein, danke«, kicherte der Wärter, während er ein paar entsprechende Eintragungen in seinem Tagesjournal machte. »Ich habe den

Eindruck, daß die einzige Wärterin, die mit Ihrer Freundin allein fertig wird, um sechs Uhr morgens nach Hause gegangen ist.«

Koda steckte seine Brieftasche grinsend ein und setzte sich dann hin, um seine Tennisschuhe anzuziehen; dabei streiften seine Finger über den Riß, den er sich am rechten Absatz zugezogen hatte, als ihn die Brandung bei Torrey Pines in der Dunkelheit mit den Füßen voran gegen den Felsen geschleudert hatte.

»Habe ich hier sonst noch etwas zu erledigen?« fragte er, stand auf und blickte durch das Drahtgitter auf den noch immer freundlich lächelnden Wärter.

»Gehen Sie nur zu der Tür hinüber ...« Der Wärter schüttelte lächelnd den Kopf und drückte auf einen versenkten Knopf, worauf die Tür hinter Koda ein lautes »Klack« von sich gab, »und versuchen Sie, sich einen schönen Tag zu machen.«

Ben Koda trat ins Freie und verbrachte volle zwei Minuten damit, sehr sorgfältig zu überprüfen, wie viele Leute in der unmittelbaren Umgebung sich übermäßig für seinen Verbleib interessierten.

Als Koda mit seiner Bestandsaufnahme zufrieden war, setzte er sich unter eine Palme, schloß die Augen und genoß die Wärme der Sonnenstrahlen auf seinen Prellungen, während er geduldig darauf wartete, daß die nahe Ausgangstüre der Frauenabteilung des Gefängnisses das vertraute Geräusch von sich gab.

... was schließlich nach weiteren zehn Minuten geschah.

Ben fühlte sich nach langer Zeit wieder entspannt und sorgenfrei und blieb mit geschlossenen Augen an die sanft raschelnde Palme gelehnt, bis er plötzlich merkte, daß sich etwas vor die angenehmen Sonnenstrahlen geschoben hatte.

Er öffnete die Augen und blickte zu Sandy Mudd auf, deren blitzende Augen, zusammengepreßter Mund und wild geballte Fäuste auf den geradezu überwältigenden Drang hinwiesen, daß sie etwas – oder jemanden in der Luft zerreißen wollte.

»Du wolltest mich drinnen lassen, bis ich mich beruhigt habe?« fragte sie ungläubig.

»Hallo, Knastschwester«, grüßte Koda freundlich, während er aufstand. »Ich habe gehört, daß du deinen Aufseherinnen gestern Schwierigkeiten gemacht hast.«

»Dieses verdammte schikanierende Miststück!« knurrte Sandy Mudd wütend, die schon ihrer aufgestauten Aggression in für sie untypischen Flüchen Luft machen wollte, als sie plötzlich merkte, daß ihr Kopf sanft von zwei sehr kräftigen Händen festgehalten wurde und Ben Koda sich leicht vorneigte, um ihr einen handfesten, unerwarteten Kuß aufzudrücken.

Sandy riß vor Schreck die Augen weit auf. Dann merkte sie, daß ihre Arme sich unwillkürlich fest um Bens schlanken, muskulösen Rücken schlangen und ihr Körper zuerst einer unbeholfenen Umarmung nachgab... aus der sehr rasch etwas ganz anderes wurde... bis sie sich schließlich voneinander lösten, aber einander immer noch an den Armen festhielten, während Ben versuchte, nicht an die verführerische Wärme ihres festen, weichen Körpers zu denken, und Sandy fassungslos vor ihm stand.

»Was...?« begann sie.

»Oh, ich vermute, du hast dich nur ungern von einer dieser Gefängniswärterinnen ausziehen lassen«, sagte Koda, während ein merkwürdiger Ausdruck in seine dunklen Augen trat und er den Kopf sichtlich belustigt schüttelte.

»Du Mistkerl!« fauchte Sandy und fand endlich einen Befreiungsmechanismus für ihre Frustrationen, als sie die geballte Faust tief in den Solar plexus des ahnungslosen Koda rammte und jede Unze ihrer beträchtlichen Körperkraft in den Schlag legte, so daß beide ringend, um sich schlagend, lachend und schreiend in einem Wirrwarr von sich umschlingenden Armen und Beinen hinfielen... bis schließlich Koda auf dem Rücken lag, mit den Armen Sandy wegstemmte, während sie einen Augenblick lang den Versuch einstellte, ihren noch immer lachenden Kollegen zu erwürgen.

»Du erweist dich... als verdammt gute... Schauspielerin, Partnerin«, keuchte Koda, während er versuchte wieder zu Atem zu kommen, obwohl er deutlich spürte, wie sich Sandys feste Brüste rhythmisch gegen die Innenseite seiner Unterarme preßten.

In Sandys tränenden Augen flackerte einen Augenblick lang empörte Verwirrung auf. »Hol dich der Teufel, Ben Koda«, ihre Stimme war nur ein bebendes, ersticktes Flüstern. »Wer hat gesagt, daß ich dir was vorgespielt habe?«

»Kein Theatertalent, wie? Dann gestehe ich dir ungern...« Koda ließ langsam die Arme sinken, bis ihr noch immer wogender Oberkörper sanft, aber fest auf seiner Brust ruhte...

»...daß ich auch nicht gespielt habe.«

...was diesmal zu einem noch längeren Kuß führte, den keiner von beiden beenden wollte. Besonders Koda nicht, dem es immer schwerer fiel, die Wärme nicht zur Kenntnis zu nehmen, die von Sandys Beinen und Hüften ausging, die sich fest an die seinen schmiegten.

Als sie endlich den Kuß unterbrachen, um tief Luft zu holen, stellte Koda bedauernd fest: »Leider sieht uns im Augenblick eine Menge Leute zu, die nicht nur spazierengehen und sich einen guten Tag machen«, und erinnerte so Sandy plötzlich daran, daß sie in einem öffentlichen Park in unmittelbarer Nähe des Bezirksgefängnisses auf dem Gras lagen.

»Schau dich nicht um«, flüsterte Koda, während er den Kopf seiner Partnerin zart zwischen den Händen hielt, damit sie ihn nicht bewegte.

»Verdammt«, flüsterte Sandy, die noch immer von einem Wirbel widersprechender Gefühle erfaßt war, zu denen ganz entschieden auch Enttäuschung zählte. »Was sollen wir jetzt tun?«

»Nachdem wir zur Zufriedenheit aller unsere Beziehung ziemlich überzeugend demonstriert haben«, erklärte Koda, der seine Gefühle mit aller Gewalt unterdrückte, um seine Stimme ruhig und gelöst klingen zu lassen, »können wir vermutlich hier draußen kaum noch etwas tun, ohne wegen Erregung öffentlichen Ärgernisses wieder festgenommen zu werden.«

»Aber...«

»Und da einer dieser Voyeure Charley ist«, Koda gab Sandy noch einen kurzen, aber sehr zärtlichen Kuß, bevor er ihr auf die Füße half, »sollten wir zwei oder drei Blocks zu Fuß gehen und uns dann mitnehmen lassen, bevor der kichernde Halunke vergißt, daß er uns hier abholen soll.«

In der sicheren Ruhe seines Ferienhauses in Palm Springs lehnten sich Jake Locotta und Joe Tassio zurück und betrachteten aufmerksam das Videoband, das Al Rosenthal auf einem Monitor mit großem Auflösungsvermögen abspielte.

Die hellen Gestalten auf dem Bildschirm gerieten in Bewegung, Eugene Bylighter betrat nervös den Park, traf mit Koda, Sandy Mudd und Shannon zusammen, der General kam und ging, dann tauchte Lennie Orrson auf, und schließlich wurden alle verhaftet.

»Wann wurden sie genau entlassen?« fragte Locotta, nachdem Rosenthal den Monitor abgeschaltet hatte und das Band zurückspulte, während Tassio die Zimmerbeleuchtung einschaltete.

»Heute morgen um zehn Uhr dreißig«, antwortete Rosenthal.

»Könnte ein Trick sein«, meinte Joe Tassio.

»Oder eine Bestätigung«, nickte Locotta nachdenklich. »Und der Junge... wie heißt er noch? Bylighter? Der aus dem Bild lief, nachdem er das Geld erhalten hatte...?«

»Den halte ich nicht für wichtig«, meinte Rosenthal. »Ich habe den Jungs befohlen, sich auf die Verhaftung zu konzentrieren. Die Bullen haben ihn ungefähr auf halbem Weg zwischen den Bänken und der Straße gefunden. Ein einziger Schnitt, wirklich tief, quer durch die Kehle.«

»Rainbow...« flüsterte Locotta, auf dessen sonst grimmigem Gesicht ein leises Lächeln auftauchte.

»Wer zum Teufel sonst?« knurrte Tassio.

»Durchaus plausibel.« Locotta lächelte. »Sie verwenden einen Wegwerf-Jungen, um einen Probelauf zu machen, um zu bestätigen, daß der Stoff legal ist...« er schüttelte ruhig den Kopf, »...und dann trennen sie sich von ihren Verbindungen. Hübsch. Wirklich hübsch.« Er bekam vor Wut schmale Augen. »Ich habe Orrson erkannt. Erzähle mir von den anderen drei, Rosey. Das Mädchen, der weiße Bursche und der Schwarze. Wer sind sie?«

»Wahrscheinlich nur ein paar Fixer auf der Suche nach Stoff, die zufällig zur Stelle waren«, meinte Rosenthal. »Ich habe einigen unserer Informanten eine Kopie des Bandes vorgespielt, um die drei zu überprüfen. Niemand hat einen von ihnen je in der Gegend gesehen. Sie tauchen auch in unseren Bundes-, Staats- oder lokalen Akten nicht auf. Nach der Behandlung bei ihrer Festnahme zu schließen, würde ich annehmen, daß sie nicht zur Polente gehören. Ein wenig zu realistisch.« Rosenthal lächelte.

»Den großen Schwarzen haben sie nie am Wickel bekommen, was?« bemerkte Locotta.

»Verschwunden«, bestätigte Tassio. »Gibt vermutlich immer noch Fersengeld.«

»Ja, wahrscheinlich.« Locotta nickte. Ihn beschäftigte viel mehr die Tatsache, daß er in seinem südlichen Gebiet mit den Burschen, die da einfach ihr eigenes Spielchen trieben – wer immer sie auch waren –, sehr bald fertigwerden mußte. Es war der ungünstigste Zeitpunkt, wenn sich jetzt herumsprach, daß Jake Locotta die Kontrolle über seine jüngst erst konsolidierte Organisation verlieren könnte. Ein sehr ungünstiger Zeitpunkt.

»Genau das werden wir auch tun müssen, wenn wir diese Angelegenheit nicht bald in den Griff bekommen«, fuhr Locotta fort und sah dann Rosenthal an. »Wie steht es jetzt, Rosey? Wieviel haben wir in Drogen?«

»Einundachtzig Prozent«, antwortete Rosenthal ruhig. »Verdammt nahezu alles, was wir flüssig haben.«

»Und der Rest wartet dort draußen«, grollte Locotta. »Sie warten wie verdammte Haie, um uns zu zerreißen, sobald sie glauben, daß wir in Schwierigkeiten stecken.«

»Rauschgift ist nun mal gefährlich, Jake«, erinnerte ihn Rosenthal unnötigerweise. »Du weißt, wie ein großer Teil darüber denkt...«

»Hol sie doch der Teufel«, schnarrte Locotta. »Wenn sie es für zu gefährlich halten, können sie ja auf dem Nebengleis sitzen bleiben. Auf meinem Gebiet lasse ich mir nicht so einen Haufen Geld durch die Finger gehen, ohne meinen Anteil davon zu kassieren. Die Kerle, die ihr Spielchen treiben, statt sich um das Geschäft zu kümmern, werden in ernstliche Schwierigkeiten geraten.«

»Du willst sie erledigen?« fragte Tassio ruhig.

Locotta schwieg einige Augenblicke, und seine Augen blickten ins Leere. »Noch nicht«, flüsterte er schließlich, und seine Stimme klang kalt und unbeteiligt. »Erst wenn ich genau weiß, *was* für ein Spiel sie treiben.« Er blickte seine beiden Mitarbeiter an, denen er voll vertraute. »Sagt es weiter. An alle, die mit Pilgrim oder Rainbow oder dem General zusammenarbeiten. Sagt ihnen, daß Jake Locotta Informationen haben will... und zwar sofort!«

Während Tracy Nokes gespannt zusah, injizierte Tina Sun-Wang einen mikroskopischen Tropfen von Kaaren Muellers Blut in den Gas-Chromatographen... wo er durch ein fünfundzwanzig Meter langes, haardünnes, temperaturkontrolliertes Glasröhrchen zu dem Detektor am anderen Ende wanderte. Wie erwartet, führten die beiden wichtigsten Verunreinigungen in Kaaren Muellers Blut – die sich mit leicht unterschiedlicher Geschwindigkeit fortbewegt hatten und sich daher auf dem langen Weg durch das mikrodünne Röhrchen allmählich getrennt hatten – zu zwei charakteristischen Spitzen auf dem Diagrammpapier.

»Das ist es.« Sun-Wang nickte und trat zur Seite, so daß ihre Kollegin vom Büro des Sherrifs mit ihrer Probe an das mit zahlreichen Meßanzeigen ausgestattete Instrument herankonnte. »Ich habe es schon ein paarmal probiert und bin immer zu dem gleichen Ergebnis gekommen.«

Während Tina und ein Beamter der Mordkommission, den sie zum Mitkommen überredet hatten, Tracy Nokes genau über die Schulter sahen, injizierte die Kriminalbeamtin eine verdünnte Lösung von Hallsteads Pulver in das Instrument.

Diesmal verzeichnete die Feder auf dem langsam laufenden Diagrammpapier nur eine Spitze, aber, wie Tina vorausgesagt hatte, bestätigte ihre Form auf dem Diagramm, daß der Hauptbestandteil in Hallsteads Pulver das dünne Glasröhrchen mit genau der gleichen Geschwindigkeit durchlief wie eine der Verunreinigungen im Blut des Mordopfers. Mit anderen Worten, es handelte sich sehr wahrscheinlich um die gleiche chemische Verbindung.

Zwei kongruente Spitzen auf einem GC-Diagramm waren noch nicht Beweis genug, aber fünfundvierzig Minuten später erhöhten zwei übereinstimmende Dünnschicht-Punktmuster die Wahrscheinlichkeit beträchtlich. Der übermüdete Beamte der Mordkommission ging hinaus, um sich eine Tasse Kaffee zu holen, während die wieder euphorischen Kriminalbeamtinnen weitermachten.

Eine weitere Stunde später legten die beiden Beamtinnen, die ihrer Sache nun absolut sicher waren, sich aber zur Vorsicht zwangen, zwei Infrarot-Diagramme übereinander... und bemerkten sofort die fast volle Deckungsgleichheit von siebenunddreißig größeren Spitzen auf den sechzig Zentimeter breiten Diagrammstreifen.

Treffer! Was bedeutete, daß um 12 Uhr 30 Tina Sun-Wang und Tracy Nokes den chemischen Namen der Droge in Sergeant Hallsteads Halbunzen-Päckchen mit Pulver noch immer nicht kannten, aber worum es sich auch handelte – es war fraglos eine der beiden Drogen, die irgendwie in den vergewaltigten, zerschnittenen Körper einer jungen Frau gelangt waren, den man vor acht Tagen am Fuß der Torrey Pines gefunden hatte.

Das erklärten sie dem plötzlich sehr munteren Beamten der Mordkommission, der sofort zum Telefon griff, um einen seiner Kollegen von der SO-Mordkommission anzurufen.

»Bill, hier spricht Frank. Ja, ich bin noch in eurem Labor. Hör zu, du solltest am besten gleich herkommen. Ja, sie haben eine Übereinstimmung entdeckt. Schnapp dir euren Rauschgift-Experten... wie heißt er noch? Ja, Hallstead... und schlepp ihn mit hierher.«

Detektiv Martin DeLaura war im Begriff aufzustehen, um mit Hallstead zu dem abgelegenen Kriminallabor zu fahren, als das Telefon auf seinem Schreibtisch klingelte.

»Ja, DeLaura«, seufzte der Beamte.

»Ich habe jemand besonders Anständigen für Sie an der Strippe, DeLaura«, hörte er die gutgelaunte Stimme eines Kollegen sagen. »Er will sein gottloses Leben aufgeben und jeden Dealer in Süd-San-Diego anzeigen.«

»Warum sagen Sie ihm nicht, er soll sich zum Teufel scheren«, schlug Martin DeLaura vor, langte in seine Schreibtischlade und suchte die Schachtel mit dem Aspirin.

»Das überlasse ich Ihnen. Er wartet auf vier sechs.« Klick.

DeLaura blickte einen Moment auf das leise summende Telefon, dann schluckte er drei Aspirintabletten mit dem kalten, bitteren Satz in seiner Kaffeetasse und drückte auf den leuchtenden Knopf 46 auf seinem Apparat.

»DeLaura«, brummte er nicht gerade begeistert.

»Äh – sind Sie vom Rauschgiftdezernat?« fragte die gedämpfte Stimme.

»Nein, ich bin der verdammte Hausmeister«, knurrte DeLaura. »Stopfen Sie sich immer eine Rolle Toilettenpapier in den Mund, bevor Sie telefonieren?«

»Oh –« sagte die gedämpfte Stimme, und dann viel deutlicher. »Äh, hören Sie mich jetzt besser?«

»Ja, viel besser.« DeLaura nickte. »Okay, ich bin also vom Rauschgiftdezernat. Worüber wollen Sie mit mir sprechen?«

»Äh –« Die Person am anderen Ende der Leitung holte tief Luft. »Ich... ich will Ihnen ein Labor verraten.«

»Sie wollen ein Labor verraten«, wiederholte DeLaura langsam. »Ich nehme an, daß Sie keinen Namen haben?«

»Äh – Bobby.«

»Haben Sie auch einen Zunamen, Bobby?« fragte DeLaura mit mühsam beherrschter Ungeduld.

»Äh – ja.«

»Okay, Bobby«, fuhr DeLaura fort, »vielleicht könnten Sie mir endlich verraten, von was für einem Labor Sie sprechen?«

»Äh – es ist ein Drogen-Labor.«

»Ein Drogen-Labor. Das ist gut, Bobby.« DeLaura nickte und hielt die Augen noch immer geschlossen. »Um Ihnen die Wahrheit zu sagen, ich hoffte eigentlich, daß es ein Rauschgift-Labor sein würde. Vielleicht –«

»Hören Sie –« Bobby Lockwood wurde nervös. »Ich – äh, ich will darüber wirklich nicht am Telefon sprechen, okay?«

»Ja – klar.« DeLaura zeigte etwas mehr Interesse, als er die nicht gespielte Nervosität in »Bobbys« Stimme erkannte. »Sie wollen mich irgendwo treffen, um über dieses Labor zu sprechen?«

»Ja, das möchte ich wirklich. Hören Sie, ich, äh, weiß, daß Sie wahrscheinlich das Ganze für eine Art Scherz halten, aber mir ist es wirklich ernst damit. Haben Sie jemals von einem Jungen namens Jamie MacKenzie gehört?«

»Ich habe den Namen ein- oder zweimal gehört«, gab DeLaura zu. »Warum?«

»Wissen Sie, wie er gestorben ist?«

»Ja, der blöde Hund ist aus einem Fenster gesprungen, nachdem ihn eine seiner Lieblingsschlangen gebissen hatte. Also...?«

»Also, Jamie hat in seinem ganzen Leben keine Schlange besessen«, erklärte Lockwood. »Ich weiß bestimmt, daß er vor den Viechern eine Todesangst hatte.«

»Habe ich auch. Verdammt ekliges Viehzeug.«

»Okay«, sagte Lockwood, »und wenn ich Ihnen nun verrate, daß die Burschen, die die Schlange in Jamies Zimmer versteckt haben, die gleichen waren, die dieses neue Analogon-Rauschgift auf der Straße an den Mann bringen, was dann?«

»Sie wollen mich wohl auf den Arm nehmen?« brummte DeLaura und richtete sich jäh auf, jetzt war er plötzlich sehr interessiert.

»Nein, keineswegs«, wehrte Lockwood ab.

»O Gott...« flüsterte der Rauschgiftfahnder.

»Ja... nun wissen Sie also, wie ernst es mir ist. Hören Sie, können Sie mich – äh, beim Scripps-Aquarium in der Universität treffen?«

»Wann?«

»In ungefähr einer Stunde. Ich werde in einem blauen Datsun sitzen.«

»Welches Kennzeichen?« fragte DeLaura und kritzelte in sein zerfetztes Notizbuch.

»Äh – eins-Ce-Ge-Be, äh, zwei-sieben-neun.«

»Ich werde pünktlich zur Stelle sein«, murmelte DeLaura, legte den Hörer auf und langte dann in seine Schreibtischlade nach seinem 357er im Schulterhalfter.

24

Während DeLaura die Treppe zum Parkplatz hinunterlief, stellten Sergeant Hallstead und zwei seiner aufgeregten Kriminalbeamtinnen fest, daß die merkwürdige Rauschgiftaktion eines wohlbekannten Pfund-Dealers aus San Diego mit den zerfetzten Leichenresten eines Unbekannten zusammenhängen könnte, der durch etwa acht Stäbe Dynamit in die Luft gesprengt worden war – in einer von einer schönen, rothaarigen Frau namens Kaaren Mueller gemieteten Wohnung, wobei an demselben Abend eine schöne rothaarige Unbekannte am Fuß des Torrey Pines Felsens ins Jenseits befördert worden war.

Die einzige Schwierigkeit bestand darin, daß es keinen Sinn ergab, denn niemand konnte einen vernünftigen Grund dafür nennen, daß drei Menschen – wenn man den unglückseligen Bylighter mitzählte – wegen eines noch nicht analysierten Stoffes ermordet worden waren, den man vollkommen legal besitzen durfte. Daher machten sich Tracy Nokes und Tina Sun-Wang plötzlich mit Feuereifer daran, die chemische Zusammensetzung der unbekannten Verbindung herauszufinden, wobei sie das viele Zacken aufweisende Diagramm eines Infrarot-Spektralphotometers verwendeten, das zu keinem der unbekannten Diagrammbilder in ihrer Computerdatenbank paßte... was bedeutete, daß sie den Aufbau schrittweise unter Verwendung komplizierter mathematischer Analysen ableiten mußten. Ihre gekritzelten Berechnungen begannen bereits, die Tischplatten um sie herum zu bedecken.

Als das übermüdete, verdreckte Team, das die letzten vier Stunden im Park gegenüber dem Clairmont Hotel am Schauplatz von Bylighters Tod gearbeitet hatte, endlich in das Gerichtslabor stolperte, die Arme mit Ausrüstungsgegenständen, Tüten mit Beweismaterial und Gipsabdrücken beladen, waren alle Tische und Pulte mit Notizen, Diagrammen, Berichten, Tatortfotos und halbleeren Kaffeetassen übersät.

»Tracy«, stöhnte einer der Männer von der Spurensicherung, der mitten im Untersuchungsraum stand, einen Karton mit der Aufschrift ›Gipsabdrücke‹ in beiden Händen und je eine Papiertüte mit Beweisstücken unter den verkrampften Armen hielt, »könnt ihr uns nicht irgendwo Platz machen?«

»O ja, entschuldige, klar.« Der müde Kriminalbeamte nickte, während sie und Tina rasch aufstanden, um den hereinkommenden Labortechnikern zu helfen. »Gib mir diese Schachtel –« erbot sie sich und sank dann unter der plötzlichen, unerwarteten Last beinahe in die Knie.

»Mein Gott, wieviel Tonnen Gips habt ihr denn für diesen Plattfuß verwendet?« Tracy Nokes stellte die Schachtel vorsichtig auf dem nächsten Tisch ab.

»Einen ganzen Eimer.« Der Spurensicherer grinste müde. »Die größten Fußabdrücke, die ich jemals abgenommen habe. Muß mindestens Größe fünfzehn sein«, fügte er kopfschüttelnd hinzu.

»Was haben Sie gesagt?«

Er wurde plötzlich am Arm gepackt, herumgedreht und starrte in die weit aufgerissenen Augen und den offenen Mund der Kriminalbeamtin Tina Sun-Wang.

Bobby Lockwood hatte fast zwanzig Minuten im Vordersitz seines Datsuns gesessen und fühlte sich auf dem öffentlichen Parkplatz vor dem Scripps-Aquarium sehr unbehaglich. Das Gebäude lag an einer kurvenreichen Straße, die über die Klippen zu dem vornehmen südkalifornischen Seebad La Jolla – unmittelbar nördlich von San Diego – führte. Endlich trat ein Mann in einer blauen Windjacke aus dem Gebäude und kam zur Fahrerseite seines Wagens.

»Sind Sie Bobby?« fragte der Mann.

»Äh, ja. Und Sie...?«

»Detektiv Martin DeLaura. Warum parken Sie nicht auf der Hinterseite? Treffen wir uns drüben auf der Bank hinter den Bäumen.«

»Okay, aber...« begann Lockwood, während er nervös um sich blickte.

»Machen Sie sich keine Sorgen, Junge«, brummte DeLaura beruhigend. »Ich habe Sie beobachtet, als Sie einparkten. Niemand hat sie verfolgt. Wir sehen uns drüben«, schloß er und marschierte zur Seitenfront des Gebäudes.

Vier Minuten später zeigte der noch immer nervöse Bobby Lockwood dem nun überaus interessierten Rauschgiftfahnder eine Handvoll Polaroidfotos.

»Ist das das Labor, in dem sie diese Analog-Drogen herstellen?« fragte DeLaura.

»Ja, eines von ihnen.«

»Es gibt also mehr als eines?«

Lockwood nickte. »Mindestens zwei, soviel ich weiß. Angeblich sollen später noch weitere eingerichtet werden, so gegen hundert.«

»Mein Gott!« DeLaura schüttelte den Kopf. »Wo befindet sich dieses da?« fragte er, während er die Fotos durchging.

»Es liegt in der Nähe der Anza-Borrego-Wüste...« antwortete Lockwood. Er nahm an, daß es keine Rolle spielte, daß die Fotos von dem Labor auf dem Berg stammten. Die Anlage war praktisch die gleiche, und da er mit verbundenen Augen dorthin gebracht worden war, wußte er ohnehin nicht, wo sich das Berg-Labor befand »... aber ich würde mich lieber noch nicht genau festlegen...«

»Komm schon, Bobby!« fuhr DeLaura auf, beruhigte sich jedoch gleich wieder. »Okay, ich verstehe, was Sie meinen. Kein Problem, ich richte mich ganz nach Ihnen. Aber hören Sie, ich muß eines wissen... und das ist sehr wichtig. Der Stoff, den sie erzeugen – haben Sie eine Ahnung, ob das Zeug verboten ist?«

»Ich bin nicht ganz sicher. Um die Wahrheit zu sagen, ich weiß bei keinem Stoff, den wir herstellen, worum es sich handelt. Ich helfe nur dem Chemiker. Ich habe nur überlegt«, fuhr Lockwood fort, weil er befürchtete, DeLaura könnte das Interesse verlieren, »ob ich nicht jemanden dorthin bringen könnte, der etwas davon versteht...«

»Sie könnten jemanden dorthin bringen?« fragte DeLaura überrascht. Diese Möglichkeit hatte er nicht erwartet.

»Ja, sicherlich – ich glaube es zumindest.« Lockwood erklärte DeLaura, daß Pilgrim, Raynee und Drobeck Chemiker suchten, und welchen Vorschlag er unterbreitet hatte.

»Jimmy Pilgrim und Rainbow.« DeLaura blickte Lockwood kopfschüttelnd an. »Sie verkehren mit sehr schweren Jungs, mein Lieber.«

»Ja, wem sagen Sie das«, nickte Lockwood und fuhr sich nervös mit der Zunge über die Lippen.

»Und wie wollen Sie aus dem Geschäft aussteigen?« fragte DeLaura scharf.

Bobby versuchte, es ihm zu erklären; er begann damit, wie er an Jamie MacKenzies Untergang beteiligt gewesen war, und schloß mit einer Beschreibung von Simon Drobeck und den Schlangen, dem Überfall auf sein Lieferteam und der Erkenntnis, daß seine Beteiligung am Rauschgiftgeschäft viel weiter gegangen war, als er je vorgehabt hatte.

»Es ist kein Spiel mehr«, flüsterte Lockwood und blickte auf den Pazifischen Ozean hinaus. »So wie sich alles entwickelt, ist es jetzt die letzte Gelegenheit auszusteigen. Außerdem finde ich, daß ich Jamie etwas schuldig bin.« Er atmete tief. »Deshalb bin ich zu Ihnen... gekommen.« Er hob den Kopf und blickte DeLaura offen in die Augen, »... um zu versuchen, das Konto wieder auszugleichen.«

»Haben Sie sich Gedanken darüber gemacht, welchen Schutz Sie brauchen werden, wenn diese ganze Sache auffliegt?« fragte DeLaura.

»Ich – ich glaube nicht, daß ich ihn brauchen werde.« Lockwood schüttelte den Kopf. »Sobald ich einen von Ihren Leuten ins Labor eingeschleust habe, nehme ich das nächste Flugzeug nach Alaska. Wenn ich erst in Anchorage bin, wo ich einige Bekannte habe, ist alles in Ordnung. Es gibt dort eine Menge Orte, wo man für ein paar Jahre untertauchen kann.«

»Wie Sie meinen.« DeLaura stand auf. »Ich muß jetzt nur noch einen Freiwilligen finden.«

»Habt ihr euch wenigstens gut unterhalten?« erkundigte sich Bart Harrington beiläufig, nachdem Ben und Sandy das Zimmer im Mission Bay Hotel betreten und gegenüber von Harrington, Fogarty und Charley Shannon auf dem Bett Platz genommen hatten. Sandy Mudd hatte sich unbewußt so gesetzt, daß ihr Knie Ben Kodas Bein streifte, was in einem Raum voll Männern wie Harrington, die geschult waren, auch kleinste Details zu beobachten, nicht unbemerkt bleiben konnte.

Zum Glück für die beiden zuletzt eingetroffenen Agenten verfügte nur Charley über die wirklich belastenden Informationen, da er dem überraschten Paar zuvor mitgeteilt hatte, daß sie genau zwei Stunden Zeit hätten, um ein Nickerchen zu machen oder sich am Strand hinzulegen oder sonst was zu treiben. Auf diese Weise konnte er selbst sich zum Strand verkrümeln und eine Zeitlang den Volleyballspielern zusehen, bevor er ins Zimmer hinaufging und sich bei Fogarty zurückmeldete.

»Leute, die gerade aus dem Gefängnis entlassen wurden, brauchen ein bißchen Zeit, um in ihr Leben wieder Ordnung zu bringen«, hatte Charley gescherzt. »Richtet es nur so ein, daß ihr um halb zwei wieder hier seid.«

Seinem Versprechen getreu, hatte Shannon die nunmehr entspannt lächelnden Agenten um genau dreizehn Uhr dreißig am Mietwagen wieder getroffen.

»Uns ist es wunderbar ergangen«, brummte Koda und zwang sich, sein gleichgültiges Poker-Gesicht aufzusetzen; er hoffte, daß es Sandy ebenfalls gelingen würde – was sie zu ihrer eigenen Überraschung schaffte. »Natürlich läßt sich der Zimmerdienst mit dem hier nicht vergleichen«, fügte er mit einem Blick auf die luxuriöse Pracht der erst kürzlich gemieteten Kommandozentrale hinzu.

»Ich habe euch ja gesagt, daß er verweichlicht ist«, erklärte Charley von einem der riesigen Polsterstühle aus, in dem er lümmelte. »Der Mann läßt sich von ein paar Dutzend Hilfssheriffs in den Knast stecken und beschwert sich dann über das Essen. Als nächstes wird er einen Überstundenzuschlag verlangen.« Shannon schüttelte bekümmert den Kopf.

»Was hat der Kerl eigentlich gemacht, außer mir auf den Wecker zu fallen?« fragte Koda Fogarty.

»Wir waren alle ziemlich beschäftigt«, bemerkte Fogarty trokken. »Sogar Charley. Ich überlasse es Bart, euch zu informieren.«

»Während du und Sandy im Park für Aufsehen gesorgt habt«, begann Harrington, der dabei seine Pfeife stopfte, »gelang es Charley und mir, unserem Freund, dem General, zu dem Gebäude zu folgen, das wir für seinen Wohnsitz halten. In Wirklichkeit lebt er zwei Häuser weiter unten an der Straße.«

»Würdest du mir das noch einmal erklären?« ersuchte Ben.

»Ich konnte dir auch nicht ganz folgen.« Sandy schüttelte den Kopf.

»Soweit wir feststellen konnten, fährt der General seinen Wagen in die Garage eines Hauses, geht hinein und erscheint dann – auf geheimnisvolle Weise – zwei Minuten später in einem Haus weiter unten auf der Straße, ohne dazu die Straße zu benutzen«, erklärte Harrington. »Diesen Trick haben wir entdeckt, als Charley endlich auftauchte und den kleinen Sender in Gang setzte, den Sandy in dem Aktenkoffer mit dem Geld versteckt hatte. Nicht ganz leicht, einen Mann in einem Haus auszumachen, wenn er gar nicht mehr dort ist.«

»Kann es einen Tunnel zwischen dem ersten und dem dritten Haus geben?« fragte Ben Koda.

»Das ist möglich«, nickte Harrington. »Ich habe heute morgen rasch die Besitzverhältnisse überprüft und festgestellt, daß alle drei Häuser auf der Ozeanseite sowie die drei Häuser auf der gegenüberliegenden Straßenseite derselben ›Investmentgesellschaft‹ gehören. Es ist mehr als wahrscheinlich, daß der Mann ein ganzes Netz von Tunnels angelegt hat.«

»Nett«, nickte Koda. »Wir müssen uns also damit vertraut machen, daß der General mindestens aus sechs verschiedenen Löchern verduften kann.«

»Genau«, nickte Fogarty. »Und das läßt die Vermutung zu, daß Pilgrim und Raynee ähnliche Vorsichtsmaßnahmen getroffen haben.«

»Schade, daß ihr nicht statt dessen dem verdammten Rainbow eine Wanze angehängt habt«, murmelte Koda.

»Ich konnte nicht nahe genug an ihn herankommen«, knurrte Shannon, »aber ich habe etwas anderes Interessantes herausgefunden. Erinnert ihr euch an die beiden Wagen auf den Felsen?«

»Ja«, nickte Koda hoffnungsvoll.

»Der Scheißkerl ist ein paar Blocks vom Park entfernt in einem der beiden Wagen davongefahren. Dasselbe Kennzeichen.«

»Sehr gut«, flüsterte Koda, dessen Augen vor kaum verhohlener Erwartung leuchteten.

»Ich habe auch mehr oder weniger gesehen, wie er Bylighter umgebracht hat«, fuhr Charley Shannon fort. »Zu verdammt schade...« fügte er wütend hinzu.

»Er war mit ziemlicher Sicherheit bewaffnet, und du warst es nicht«, beruhigte ihn Fogarty, der sichtlich schon früher diesen Punkt besprochen hatte. »Und selbst wenn du nahe genug herangekommen wärst, um ihn niederzuschlagen, hättest du die ganze Operation geschmissen. Der Junge hatte eben Pech – das kommt vor.«

»Der kleine Mistkerl hatte von allem Anfang an nie viel Glück«, murmelte Ben Koda. »Was machen wir jetzt?«

»In ein paar Stunden wird Bart mit dem Boot die Küste entlang fahren, so daß es aussieht, als hätte er es mit der Angst zu tun bekommen, nachdem er von eurer Verhaftung gehört hat. Dadurch wird eure Glaubwürdigkeit als Amateurdealer unterstrichen...«

»Das Beste scheinst du dir für den Schluß aufzuheben«, meinte Koda.

»So ungefähr.« Fogarty zuckte mit den Schultern. »Auf Grund unseres Informationsstandes über Jimmy Pilgrims Unternehmen – der nicht gerade überwältigend ist – muß ich Bart zustimmen: Es gibt nur eine Möglichkeit, diese Operation durchzuführen.«

»Nämlich...?« fragte Sandy Mudd mißtrauisch.

»Die wenigen Fäden, die wir in Händen halten, ausnützen und den Druck verstärken«, erklärte Fogarty, griff in seinen Koffer und übergab seinen Agenten ihre Waffen.

»Den Druck verstärken?« flüsterte Sandy und blickte auf die kleine, aber tödliche Walther-Automatik, die sie noch nie aus Angst oder Zorn abgefeuert hatte.

»Wann legen wir also los?« fragte Koda und schob die 45er hinten in den Gürtel seiner Jeans.

Fogarty blickte Koda ein paar Augenblicke lang an, dann überlegte er sich, daß es wohl nicht der richtige Moment war, sich über den verträumten, entrückten Ausdruck Gedanken zu machen, den Sandys Augen alle paar Minuten annahmen.

»Meiner Meinung nach sofort«, erklärte er.

Jake Locotta hörte schweigend zu, während Rosenthal die Verlesung seiner Notizen beendete und die Fülle von sachlichen, aber auch unpräzisen Nachrichten zusammenfaßte, die in seinem Anrufbeantworter gespeichert worden waren, sobald die Unterwelt von San Diego erfahren hatte, daß Jake Locotta Informationen brauchte.

»Was folgt für uns daraus, Rosey?« fragte Locotta finster, lehnte sich zurück und griff nach einer Zigarre.

»Es wird Zeit, daß wir eingreifen«, antwortete Rosenthal. »Auf der Straße wird viel über diese ›Regenbogen‹-Droge geredet, mit der der General diese Woche auf den Markt kommen will.«

»›Regenbogen‹-Droge?« knurrte Locotta. »Kein Witz?«

»So nennen sie es«, bestätigte Joe Tassio und nickte belustigt.

»Dieser gottverdammte Raynee.« Locotta schüttelte langsam den Kopf. »Wenn sich ein Mann schon wie ein Papagei anzieht...«

»Jake, solche Sachen können wirklich leicht außer Kontrolle geraten«, warnte Al. »Diese ›Regenbogen‹-Droge soll wie Dynamit wirken. Laut Laque bringen einige Pfund-Dealer im Norden ihre Leute nur mit Mühe dazu, die volle Lieferung Koks abzunehmen... weil angeblich alle den neuen Regenbogen-Scheißdreck probieren wollen, von dem sie im Süden so viel hören. Eine Menge Leute behaupten, sie kennen jemanden, der es schon versucht hat.«

»Ja, hirnverbrannte Idioten, die alles versuchen, wenn es nur jemand in ein Päckchen abfüllt. Wie sehr schadet uns dieser Mist?« knurrte Locotta.

»Noch ein bißchen früh, um über Zahlen zu sprechen«, meinte Rosenthal. »Aber so, wie es aussieht, würde ich meinen, daß wir bis Ende des Monats ungefähr vier Punkte verlieren werden.«

»Vier Prozent!« Locotta spuckte beinahe seine Zigarre aus, als er sich mit hervorquellenden Augen aufrichtete. »Du meinst –«

»Und das ist noch eine vorsichtige Schätzung, Jake«, betonte Rosenthal. »Könnte bis zu fünf Prozent ausmachen. Wenn du mich fragst, so glaube ich, wir sollten etwas unternehmen, bevor wir ernstlich in Schwierigkeiten geraten.«

»Ja, ich habe dich verstanden.« Jake Locotta nickte und lehnte sich wieder zurück, aber seine Augen waren glasig vor unterdrückter Wut. »Du rätst mir sozusagen, die Quelle zu verstopfen.«

»Blechstern?« fragte Joe Tassio.

»Ja«, brummte Locotta giftig. »Schnapp ihn dir.«

Ein verkehrserprobter Hilfssheriff brauchte nicht einmal zehn Minuten, um Tina Sun-Wang quer durch die Stadt zum Kriminallabor der Polizei von San Diego zu fahren. Dort sammelten sie, Paul Reinhart und der Hilfssheriff eilig die Tatortprotokolle, Fotos und Abdrücke von dem Fall der Unbekannten von Torrey Pines zusammen... und rasten zum Labor zurück.

Sun-Wang, Reinhart, Tracy Nokes, Hallstead, das ursprüngliche Spurensicherungsteam und fünf zusätzliche uniformierte Beamte brauchten weitere anderthalb Stunden, um zu dem Park gegenüber vom Clairmont Hotel zu fahren und sorgfältig das ganze Gelände abzusuchen, in dem der Handel stattgefunden hatte, bis sie genau die Spuren fanden, nach denen sie suchten: Drei weitere Abdrücke von den charakteristischen Stiefeln Größe fünfzehn und von einem Tennisschuh mit einem ebenso charakteristischen Riß im rechten Absatz.

Von da an ging alles viel rascher. Das vereinigte Laborteam machte sich über die Fotos und die Schuhabdrücke her, während die Kriminalbeamten den Gefängniswärter, der Koda, Orrson und Sandy Mudd in Empfang genommen hatte, den stellvertretenden Staatsanwalt, seine beiden Assistenten und Sergeant Hallstead gründlich verhörten – um festzustellen, wer welches Schuhwerk in dem Park auf der anderen Seite des Clairmont Hotels während des geplatzten Handels getragen hatte.

Als Martin DeLaura lächelnd wieder auf dem Parkplatz hielt und zum Rauschgiftdezernat hinauflief, fand er sich einem äußerst aufgeregten Sergeant Hallstead gegenüber, der an seinem Schreibtisch saß und in sein Telefon brüllte: es schien um einen Haftbefehl zu gehen – für eine Gruppe von Leuten, die soeben erst entlassen worden waren. Sie wurden beschuldigt, eine schöne rothaarige junge Frau namens Kaaren Mueller vergewaltigt und ermordet zu haben.

25

Da der General viele ihn befriedigende Gewohnheiten besaß, ließ er selten zu, daß seine festgelegten Abendstunden ihn beim Genuß rein sinnlicher Vergnügungen störten – zu denen außer Trinken, Golf und Sex auch Sonnenuntergänge an der Westküste gehörten.

An diesem besonderen Dienstagabend hatten der leicht bewölkte Himmel und der tiefhängende Dunst zu einer wunderbaren Symphonie von Rot- und Orangetönen geführt, die von dem dunklen Goldbraun am Horizont zum hellen Lodern einer Feuersglut hinter den halbdurchsichtigen Wolken reichte. Es war vermutlich der schönste Sonnenuntergang des Jahres.

Der General ließ seinen Computerterminal und dessen im Vergleich farblosen Bildschirm im Stich und lief auf die Terrasse, um die letzten Augenblicke des Übergangs des Tages in die Nacht zu genießen, während das flammenfarbene Leuchten am Himmel langsam zu ersterben begann und zur Schwärze hinüberwechselte.

Er lehnte sich neben einem seiner Leibwächter an das hüfthohe Geländer und betrachtete den glühenden, spiegelnden Glanz des glatten Ozeans, als eine vage, vertraute Stimme seine Ohren reizte.

»Ist doch ein hübscher Anblick, nicht wahr?«

»Was –!« keuchte der General und wirbelte herum, während sein Leibwächter – viel zu spät – nach der Pistole im Halfter griff.

»Laß das«, warnte Ben Koda und winkte die Hand des Leibwächters mit seiner geladenen und gespannten 45er Automatik zurück. »Hände auf den Kopf. Los!«

Während der Mann gehorsam die Hände hob, kam Koda heran und entwaffnete ihn.

»Sie erinnern sich doch an uns, General...?« fragte Koda, während er den kurzläufigen Revolver des Gorillas über das Geländer warf und hörte, wie er in das dichte Gebüsch fiel; inzwischen durchsuchte Sandy Mudd den General, während sie ihre kleinere Pistole dicht an der Hüfte hielt. »... die Leute, die Sie nicht reinlegen wollten, weil Sie nicht sicher waren, wann sie auf Ihrer Veranda auftauchen konnten?«

»Hören Sie, Sie können nicht wissen –« setzte der General zum Sprechen an, während er zusammen mit seinem nervösen Leibwächter zu dem Kreis von Liegestühlen dirigiert wurde.

»Ich werde Ihnen sagen, was ich wirklich weiß, General«, begann Ben, während er und Sandy sich so setzten, daß sie dem gedämpften Rauschen des Ozeans den Rücken zuwandten, ihre Waffen auf den Schoß legten und die Rückfront des weitläufigen, aus Holz und Glas bestehenden Hauses sowie die beiden eingeschüchterten Männer vor sich hatten. »Ich weiß, daß Sie mit fünfundfünfzig Hundertdollarscheinen von uns abgezogen sind, und ich weiß auch, daß wir nichts dafür bekommen haben – abgesehen von einer verdammten Verhaftung.«

»Es tut – mir leid wegen des Zwischenfalls mit der Polizei«, entschuldigte sich der General unsicher, er atmete jetzt ruhiger, weil er glaubte, daß die beiden mit sich reden ließen. »Bitte verstehen Sie, daß ich das, was sich gestern abend abgespielt hat, nicht voraussehen konnte. Ich –«

»Sie versuchen, uns weiszumachen, daß *Sie* hereingelegt wurden?«

»Genau das meine ich«, nickte der General. »Anscheinend wurde Bylighter von der Polizei umgedreht. Wir hatten den Verdacht, daß dieser Fall eintreten könnte, deshalb ...«

»Deshalb haben Sie es so arrangiert, daß Sie das Geld bekommen und wir in die Röhre schauen. Das wollen Sie uns doch erklären?« fragte Sandy Mudd, die keine Schwierigkeiten hatte, wieder in ihre Rolle zu schlüpfen.

»Ich versuche nur, Ihnen klarzumachen, daß das Geld, das Sie verloren haben, unerheblich ist«, beteuerte der General mit fester werdender Stimme. »Sie wurden getestet, und der Test geriet außer Kontrolle. Ich kann Ihnen das Geld, falls Sie es wünschen, auf der Stelle zurückerstatten, aber ich fürchte, die anderen Probleme, die, äh –« er sah sich um und dann – als er an Charley Shannons merkwürdiges Verhalten am vorhergehenden Abend im Park dachte – nickte er plötzlich verstehend, »Sie drei jetzt am Hals haben, sind weit ernsterer Natur.«

»Wenn Sie versuchen wollen, uns Angst einzujagen, General,

vergeuden Sie Ihre Zeit«, unterbrach ihn Koda und deutete vielsagend auf den Leibwächter, der beide Hände deutlich sichtbar auf die Armlehnen seines Liegestuhls gelegt hatte.

»Ich habe Ihre rechtlichen Probleme gemeint.« Der General war verärgert, weil sein gesamtes Sicherheitssystem offenbar versagte. Der andere Leibwächter hätte längst...

»Rechtliche Probleme, daß ich nicht lache«, knurrte Koda. »Die Bullen haben uns freigelassen, weil der Stoff ein Schwindel war. Was, zum Teufel, sollte man uns anhängen können?«

»Ich weiß, daß die Anklagen wegen Besitz und Verkauf von Drogen fallengelassen wurden.« Der General nickte. »Ich meine den Haftbefehl, der für Sie drei erlassen wurde... für zwei Morde – nein drei, wenn Sie den Jungen, Bylighter, hinzuzählen.«

»*Was!*« schrien Koda und Mudd einstimmig.

»Der Haftbefehl erwähnt eine junge Frau namens Kaaren Mueller und einen Unbekannten«, begann der General zu erklären, als alle vom anderen Ende des Hauses undeutliche Geräusche wahrnahmen... und dann einen überraschten, gedämpften Schrei, der plötzlich durch das entsetzliche Geräusch von knirschenden Knochen abgeschnitten wurde, während Charley Shannons laute Stimme die Nachtluft erschütterte.

»*Vorsicht!*«

Ben war bereits im Begriff, aus dem Liegestuhl zu hechten, als ihm klar wurde, daß Sandy sich nicht rührte und ungläubig auf den General starrte – der ebenso wie sein Gorilla den Kopf in die Richtung, aus der das Geräusch zweier schnell laufender Füße ertönte, gedreht hatte und den anderen Leibwächter erwartete...

Ohne sich um seine alarmierten Überlebensinstinkte zu kümmern, stürzte sich Ben auf seine nicht reagierende Partnerin und packte ihre Schultern, als sich vor dem hellen Hintergrund des Fensters im Arbeitszimmer die Silhouette einer Gestalt abzeichnete. Eine schattenhafte Gestalt, die plötzlich zögerte, als sie vier Personen statt der erwarteten zwei auf der Terrasse erblickte.

Koda konnte nichts tun, weil seine 45er an Sandys verspannten Rücken gepreßt war. Er warf seinen Körper heftig herum, so daß er und Sandy krachend auf die Holzbohlen der Terrasse stürzten, während die Welt über ihren Köpfen in Scherben und Splitter zerbarst. Noch während seine linke Schulter und Hüfte hart auf den Holzboden aufschlugen, schob Ben Sandy in die Ecke der Terrasse und drehte sich zur Seite... dabei vollführte seine rechte Hand einen engen Bogen, und er feuerte instinktiv eine ohrenbetäubende Salve aus der 45er auf die heranstürmende Gestalt ab, die eine Art schwarzen Zylinder in Gürtelhöhe hielt.

Bevor sich Koda von dem ohrenbetäubenden Lärm, dem Mündungsfeuer und dem Rückstoß der 45er erholen und erneut auf die nach hinten wirbelnde Schattengestalt zielen konnte, fiel der schlaffe Körper des Leibwächters, aus dem das Blut strömte, auf den zertrümmerten Tisch und von dort auf Kodas ausgestreckte Arme und seine noch rauchende Pistole.

Koda kämpfte sich keuchend auf die Füße und stürmte über die Holzterrasse, wobei er den noch immer zuckenden Körper des Wächters als Deckung fest an seine Brust drückte; Sandy Mudd lag noch flach auf dem Bauch und suchte im Halbdunkel verzweifelt in den blutigen, scharfen Glas-, Steingut- und Holzsplittern und anderen nicht mehr identifizierbaren Trümmern nach der kleinen 9mm Walther, die ihr durch den Sturz aus der Hand geschlagen worden war.

Endlich entdeckte sie den unter einer Mütze mit dunklen Flecken und einem einzigen glänzenden Stern hervorragenden Griff der kleinen Pistole. Sie griff nach der Waffe – in ihren Ohren dröhnte noch der scharfe Knall von Bens 45er –, und dann sah sie im selben Augenblick eine Bewegung am Rande ihres Gesichtsfeldes. Als sie den Kopf drehte, um hinzuschauen, schob sich ein armdicker zylindrischer Gegenstand – das lange Schalldämpferrohr einer Schnellfeuer-Maschinenpistole – unter dem unteren Querbrett, zwei Zentimeter über dem Terrassenboden, herein.

In dieser Schreckenssekunde erkannte Sandy, daß sie die Walther nie rechtzeitig erreichen würde, schnellte sich daher verzweifelt in die Höhe und warf sich dann auf den drohenden Lauf, als er in ihre Richtung schwenkte.

Die von Panik erfaßte Frau konnte das obere Ende des schweren Zylinders nur mit der voll ausgestreckten Hand erreichen, doch dann gelang es ihr, den rauhen Lauf unter ihre Brust zu schieben. Die Gestalt mit der schwarzen Kapuze gab einen kurzen Feuerstoß ab und jagte ein Dutzend Patronen mit gedämpftem Dröhnen über die Terrasse, während ein Dutzend heiße, leergeschossene Hülsen aus der Waffe spritzten und um Sandys zuckendes Gesicht flogen. Sie war vor Angst betäubt und kämpfte nur aus reinem Überlebensinstinkt. Verzweifelt warf sie sich erneut mit dem ganzen Körper auf die schreckliche automatische Waffe und versuchte, den Schalldämpfer festzuhalten. Dann schrie sie entsetzt auf, als die fluchende Gestalt mit der schwarzen Kapuze ihr die Waffe aus den Händen riß.

Sie lag schutzlos auf der offenen Terrasse, ihren Körper gegen den erwarteten Schmerz des gewaltsamen Todes gespannt, als der Kopf mit der Kapuze plötzlich von einer riesigen schwarzen Faust nach vorne gegen den soliden Geländerpfosten geschlagen wurde.

Die Aufschlaggeräusche wurden von Charley Shannons gutturalem Wutschnauben teilweise übertönt. Er drehte seinen muskulösen Oberkörper, und nun fuhr seine harte Faust in das untere Rückgrat des betäubten Killers. Der Aufprall zerriß das Rückenmark des Mannes. Die Gestalt mit der Kapuze fiel wie eine Stoffpuppe auf den Rasen vor der Terrasse.

»Ruhig, Mädchen«, flüsterte Shannon beschwörend, während er sich mit der schußbereiten 45er Automatik in der Linken über das Geländer schwang.

»Ben... wo ist er?« Sandy Mudd versuchte zu flüstern, während sie vor Schreck zitternd noch einmal bemüht war, nach der Walther zu greifen... und merkte, daß sie sich kaum auf Händen und Knien halten konnte.

»Bleib unten... ihm ist nichts passiert. Er ist im Haus. Es ist ziemlich sicher, daß sie insgesamt vier waren. Ich habe zwei erledigt und Ben...« Shannon brach mitten im Satz ab, als Kodas geduckte Gestalt über die Terrasse auf sie zulief.

»Seid ihr zwei okay?« krächzte Ben, dessen blutbeschmiertes Gesicht und Arme merkwürdig glänzten, als er neben der immer noch zitternden Sandy niederkniete.

»Uns geht es gut«, brummte Charley. »Wir müssen nur unsere

Shorts wechseln. Treibt sich sonst noch jemand in der Gegend herum?«

»Eine dieser verdammten Maschinenpistolen hat den Burschen erledigt, den ich niedergeschossen habe.« Koda schüttelte den Kopf. »Ein weiterer Kerl ist über die Straße gerannt... in einen Wagen gesprungen und abgehauen. Sonst befindet sich niemand mehr im Haus. Was, zum Teufel, wird hier eigentlich gespielt?«

»Ich weiß es nicht.« Shannon schüttelte den Kopf und suchte die dunkle Umgebung nach verdächtigen Bewegungen ab. »Sie sind durch das Seitentor hereingekommen und haben den anderen Gorilla des Generals aus dem Verkehr gezogen. Die Hunde teilten sich auf, bevor ich euch warnen konnte.«

»Sie tragen offenbar einen richtigen Bandenkrieg wegen dieses Analogon-Zeugs aus«, flüsterte Koda.

»Oder der General hat sich einen Haufen bösartiger Feinde eingehandelt«, knurrte Shannon. Die Männer blickten einander an, als sie plötzlich die Lage erkannten, dann drehten sie sich um und sahen Sandy Mudd, die unsicher über die Glasscherben zu der verkrümmten Gestalt des Pfund-Dealers kroch.

»Jetzt hat er keine mehr«, rief Sandy Mudd ruhig und strich mit ihren zerschnittenen, blutigen Fingern über die starren Augenlider – so ziemlich der einzige Teil des blutüberströmten, zerschmetterten Kopfes und Oberkörpers, der von der ersten Salve von Schnellfeuergeschossen verschont worden war.

»Ach, Scheiße...« Ben Koda schloß müde und enttäuscht die Augen, weil er begriff, daß alle ihre Bemühungen, in Jimmy Pilgrims Organisation einzudringen, durch den gewaltsamen Tod Bylighters und des Generals erfolgreich vereitelt worden waren. Dann fiel ihm ein, was er im Hause gesehen hatte.

»Hört zu«, sagte Koda, während Sandy zu der Stelle zurückkroch, an der er und Shannon auf der Terrasse knieten, »hat einer von euch hier draußen noch etwas anderes gehört – zum Beispiel aufgeregte Nachbarn, Polizeisirenen oder dergleichen?«

»Die Maschinenpistolen mit Schalldämpfer hört man nie auf mehr als fünfzehn Meter Entfernung«, meinte Shannon. »Bei den Brandungsgeräuschen hier ist es nicht wahrscheinlich, daß jemand deine Schüsse mitbekommen hat. Wahrscheinlich hat er angenommen, daß es eine Fehlzündung war...«

»Ich hoffe nur, daß du recht hast.« Koda ging hinüber und packte den schlaffen Leichnam des Generals unter den Achseln.

»Was hast du vor?« brummte Shannon.

»Wir müssen die Leichen ins Haus bringen«, knurrte Koda, während er den General zu der Glasschiebetür schleppte. »Drinnen gibt es etwas, was Sandy sehen muß.«

Dienstag abend um 19 Uhr 15 saß Jake Locotta auf seiner Terrasse in Palm Springs, als Al Rosenthal die Glastür aufschob und zu ihm hinaustrat.

»Erzähle mir etwas Angenehmes, Rosey«, brummte Locotta, obwohl er aus dem Gesichtsausdruck seines Ratgebers ablesen konnte, daß es nicht der Fall sein würde.

»Ich habe soeben Nachricht von Joe erhalten«, flüsterte Rosenthal mit rauher, heiserer Stimme, während er sich neben Locotta setzte. »Der General ist erledigt.«

Locotta nickte bedächtig, und seine Augen waren kalt wie der Tod. »In Ordnung, nun können wir –«

»– aber wir haben dabei drei der Jungs verloren, die wir hingeschickt haben«, schloß Rosenthal.

Locottas Augen weiteten sich, und sein Blick wanderte zu seinem alten Buchhalter. »Scheiße«, murmelte er. »Hat Joe sie rausgeholt?«

»Nein«, krächzte Rosenthal kopfschüttelnd. »Er konnte nicht. Erinnerst du dich an die drei, die dem General den Stoff im Park abkaufen wollten?«

»Ja, sie sind doch von den Bullen geschnappt worden, oder?«

»Die sind heute morgen freigelassen worden«, sagte Rosenthal. »Anscheinend hielten sie sich im Haus des Generals auf. Joe weiß nicht, was sie dort getrieben haben, aber sie haben drei von den vier, die er hineingeschickt hat, in den ersten dreißig Sekunden erledigt, wie ein paar Profis. Tassio behauptet, er hätte einen richtigen Krieg ausgelöst, wenn er versucht hätte, noch einmal hineinzugehen.«

»Okay, macht nichts.« Locotta nickte. »Wenn wir nur diesem verdammten Pilgrim das Handwerk legen.«

»Das ist der springende Punkt, Jake«, seufzte Rosenthal müde. »Ich bin nicht sicher, daß uns das gelungen ist. Es heißt, daß Jimmys Unzen-Dealer soeben die erste Lieferung der neuen Regenbogen-Droge erhalten haben. Sie soll heute abend auf der Straße verkauft werden.«

»Der Hund«, flüsterte Locotta und starrte in die Dunkelheit. »Vielleicht reagieren wir auf diesen Mist zu heftig, Rosey«, fuhr er etwas ruhiger fort. »Vielleicht läßt es sich gar nicht verkaufen. Hast du auch schon daran gedacht?«

»Nach den Berichten von 18 Uhr werden die Koksbestellungen für diesen Monat um sieben Punkte zurückgehen. Es wird sich verkaufen, Jake. Sieben Prozent... Das habe ich noch nie erlebt –«

»Du rufst sofort Tassio an!« knurrte Locotta. »Sag ihm, ich will wissen, woher dieser Stoff kommt! Den Ort, die Leute, alles. Ich will das alles wissen, dann werde ich sie aus dem Geschäft werfen. Sag ihm, alles, was er braucht... was immer er verlangt... er bekommt es. Sag ihm das, Rosey, und sag ihm noch etwas...«

»Ja, was denn?«

»Pilgrim und Rainbow. *Die* will ich auch haben!«

Fünfzig Kilometer südlich von Palm Springs am Rande einer wegen ihrer unwirklich schönen Wüstenlandschaft berühmten Gegend mühten sich zwei ungleiche Chemiker in schweißdurchtränkter Kleidung ab, Pilgrims letzte Bestellung auf weitere fünfundzwanzig Pfund von dem B-16-Analogon, der Regenbogen-Droge, fertigzustellen.

»Hast du mit deinem Freund sprechen können?« fragte Simon Drobeck, der völlig erschöpft aussah, als er sich auf einen Laborstuhl setzte und sein schweißnasses Gesicht abwischte.

»Ja, er ist daran interessiert. Er will mit jemandem sprechen.« Bobby Lockwood nickte, schloß die Augen und wünschte sich sehnlichst, daß Drobeck sich beeilen würde, damit sie zu einem Ende kommen und er verschwinden konnte, bevor Jimmy Pilgrim wegen einer weiteren Bestellung anrief. Er glaubte nicht, daß er noch eine sechsunddreißigstündige pausenlose Arbeit durchstehen konnte. Sein Kopf schmerzte noch von dem vielen Äther.

»Wann?« fragte Drobeck. Ihre verbissene Drei-Tage-Marathon-Arbeit im Anza-Borrego-Labor, um die beiden Lieferungen von je fünfundzwanzig Pfund herzustellen, hatte sie beide total erschöpft.

»Ich habe ihm versprochen, daß ich ihn am nächsten Freitag mit jemandem zusammenbringen werde«, antwortete Lockwood. »Geht das in Ordnung?«

»Ausgezeichnet.« Drobeck nickte. »Je früher, desto besser.«

»Was ist denn mit all den anderen Labors, die sie angeblich einrichten wollten?« fragte Lockwood. »Können uns nicht wenigstens einige von diesen Leuten bei der Produktion von dem Stoff helfen? Ich meine –«

»Pilgrim will mit diesem Analogon erst die volle Produktion aufnehmen, wenn er die Reaktion des Marktes darauf kennt«, erklärte Drobeck. »Anscheinend ist bei den ersten Tests etwas schiefgegangen. Wenn die Verkäufe von B-16 aber so laufen, wie sie erwarten, wird er noch ein paar Labors auf Konzessionsbasis eröffnen. Den Rest hebt er sich für die nächsten Analoga auf.«

»Und inzwischen …?« fragte Lockwood, der wußte, was er als Antwort hören würde.

»Inzwischen tun du und ich, was man uns sagt«, murmelte Drobeck. »Übrigens, hast du daran gedacht, den Koks zu holen, den wir von den Dealern zurückgenommen haben? Den wir auf Lager legen sollen?«

»Ist im Kofferraum des Wagens.« Lockwood nickte müde. »Zweiundzwanzig Ziegel. Soll ich sie irgendwohin bringen?«

»In den Kofferraum meines Wagens«, brummte Lockwood. »Ich werde sie morgen hinauf ins Berg-Labor schaffen.«

»Soll ich sie hinaufbringen?« fragte Lockwood hoffnungsvoll, dem einfiel, daß, wo immer dieses Labor lag, die Gebirgsluft wundervoll kühl gewesen war. Nicht wie diese Wüstenhitze, dachte er verdrießlich. Wenn er Drobeck dazu bringen konnte, ihm zu verraten, wo das Musterlabor lag, hätte er außerdem DeLaura wirklich etwas anzubieten.

Drobeck schüttelte den Kopf. »Ich fahre ohnedies hinauf«, lehnte er ab. »Außerdem habe ich hier unten Arbeit für dich.«

»Ach wirklich, was denn?« fragte Lockwood argwöhnisch.

»Rainbow hat heute morgen angerufen, als du gerade weg warst. Sie haben die erste Lieferung von B-16 bereits verteilt, und wir sollen sofort mit weiteren fünfundzwanzig Pfund beginnen.«

An diesem Abend um 19 Uhr 15 verließ Detektiv DeLaura seinen verzweifelten Vorgesetzten mit dem Hinweis, daß er sich eventuell mit einigen Informanten in Verbindung setzen würde, um zu erfahren, ob der eine oder andere von ihnen einen Hinweis auf die drei Mordverdächtigen geben konnte.

Fünfzehn Minuten später meldete er sich an der Hintertür des durch Videokameras abgesicherten Kriminallabors des Sheriffs.

DeLaura hatte darauf gehofft, daß er einen Kriminalbeamten antreffen würde, der Überstunden machte, war aber nicht darauf gefaßt gewesen, daß zehn Beamte des Sheriffs und der hinzugezogenen Kriminalpolizei in weißen Mänteln fieberhaft Proben von etwa zwanzig Fällen miteinander verglichen. Es handelte sich dabei um toxikologische und Pulver-Analysen von Mord-, Selbstmord-, Überdosis- und ähnlichen Fällen, die nun mit einer einzigen, nichtidentifizierbaren Rauschgiftverbindung verglichen wurden.

»Es handelt sich um ein Thiopen-Analogon«, verkündete die glückliche Tracy Nokes, deren Lächeln die Müdigkeit in ihren Augen überstrahlte, DeLaura. »In der Struktur sehr ähnlich dem PCP. Tina, wie lautet gleich die präzise chemische Bezeichnung?« Sie wandte sich ihrer Kollegin vom Polizeilabor zu.

»Eine Sekunde. Eins-eins-zwei-Thienyl-Cyclohexylpiperidin«, antwortete Tina Sun-Wang nach Zuhilfenahme einer ihrer Notizen. »Was wirklich seltsam ist, weil die Synthese...«

Nach einigen Minuten gelang es DeLaura, die Aufmerksamkeit des Laborleiters auf sich zu lenken, der gerade in ein Gespräch mit Paul Reinhart vertieft war. Der Rauschgiftfahnder versuchte, die Gespräche um ihn – die für ihn ohnehin größtenteils nur Fachchinesisch waren – zu ignorieren, und erklärte rasch sein Problem.

»Ich weiß wirklich nicht, Marty.« Der Laborleiter schüttelte den Kopf. »Ich habe derzeit jeden Mann durch diese Fälle blockiert. Außerdem ist es ziemlich gefährlich, so etwas zu tun.«

»Ja, wir stehen vor dem gleichen Problem«, pflichtete Reinhart verständnisvoll bei. »Wir würden gern helfen, besonders wenn Sie das Labor gefunden haben, das diesen Stoff erzeugt. Aber ich bin nicht sicher, ob einer von uns heil davonkäme, wenn er diese Rolle übernimmt. Jeder Dealer würde uns mühelos erkennen, denn wir treten ja immer als Zeugen vor Gericht gegen sie auf.«

»Ja, ich nehme an –« begann DeLaura niedergeschlagen, als plötzlich eine der weißgekleideten Gestalten zu ihnen trat.

»Entschuldigen Sie«, mischte sich Tina Sun-Wang in das Gespräch ein, »ich weiß, daß es mich eigentlich nichts angeht..., aber ich glaube nicht, daß einer der Dealer mich erkennen würde, denn ich habe noch nie vor Gericht gegen jemanden ausgesagt.«

26

Die unvollständige Nachricht auf dem Computerschirm des Generals lautete:

AN: RAINBOW
VON: GENERAL
BETRIFFT: CLAIRMONT-PARK-VERKAUF
MITTEILUNG... ALLE WÄHREND DES VERKAUFS DES THIOPEN-ANALOGONS VERHAFTETEN PERSONEN WURDEN MANGELS BEWEISEN FREIGELASSEN... OFFENBAR FUNKTIONIERT ANALOGON-THEORIE... WEITERE MITTEILUNG: GERICHTSQUELLE GIBT AN, HAFTBEFEHL WEGEN MORDES FÜR ALLE DREI PERSONEN AUSGESTELLT, DIE AN KAUF BETEILIGT WAREN... SACHDIENLICHE INFORMATION FOLGT:

»Mein Gott«, flüsterte Sandy Mudd kopfschüttelnd, als sie mit Ben Koda und Charley Shannon vor dem Bildschirm stand, die Mitteilung las und in Gedanken alle Möglichkeiten durchging.

»Mach dir deswegen keine Sorgen«, beruhigte Shannon sie, »sie werden nicht –«

»Oh, das meine ich nicht.« Sandy setzte sich vorsichtig vor den Computerterminal. »Wir können in das Programm hinein.«

»Was?« Ben war zum Fenster gegangen, um die Vorhänge vorzuziehen und die Umgebung des Patios noch einmal zu überprüfen. Erschrocken wandte er sich mit der gespannten 45er in der blutverschmierten Hand vom Fenster ab und sah Sandy an.

»In ihr Computersystem.« Sandys Augen suchten den Raum nach dem Handbuch ab, das sich hier befinden mußte... irgendwo. Sie zog die Schublade unter dem Terminal auf, dann nahm sie lächelnd ein mit Folie überzogenes Ringhandbuch heraus und blätterte es durch.

»Wovon, zum Teufel, sprichst du?« fragte Koda.

»Der General und Rainbow. Sie verwenden Computer, um Nachrichten über das Telefonnetz auszutauschen. Wahrscheinlich benützen sie sie auch, um sich über eine Menge anderer wissenswerter Tatsachen auf dem laufenden zu halten. Zum Beispiel Namen von Dealern, Lieferstellen, Aufzeichnungen über Geld. Vielleicht sogar Angaben über ihre Labors...«

»Das alles soll hier in diesem Apparat stecken?« fragte Charley skeptisch.

»Nein, bestimmt nicht.« Sandy schüttelte den Kopf. »Das ist nur ein Zweigterminal. Die Hauptanlage – mit der großen Speicherbank – befindet sich anderswo. Vielleicht sogar in einem anderen Bundesstaat, das kann man nicht feststellen. Aber es spielt keine Rolle, solange alle Terminals an das Telefonnetz angeschlossen sind. Wahrscheinlich haben sie mindestens einen für jeden Pfund-Dealer. Auf diese Weise haben die Dealer mit ihrem Code Zugang zu der Speicherbank. Damit können sie alle Daten abrufen, die sie für ihre Operationen brauchen. Und was noch wichtiger ist, sie können in etwa einer Sekunde den ganzen Dateninhalt löschen, wenn jemand versuchen sollte, den Code zu knacken.«

»Und du meinst, du kannst durch diese Apparatur Einblick in ihre Aufzeichnungen bekommen?« fragte Koda, der allmählich den vollen Umfang ihrer Entdeckung begriff.

»Genau das, ich glaube, wir sind schon drinnen«, flüsterte Sandy, deren Augen vor Erregung leuchteten, als sie endlich die Stelle in dem Handbuch fand, die sie suchte: Das Kapitel über die Operation-Codes.

»Das ist immer das Hauptproblem bei Computern«, versuchte sie zu erläutern, während sie rasch die Übersichtsliste der Befehlscodes überflog. »Um an den Zentralspeicher heranzukommen, mußt du mit dem richtigen Eingangscode und dem Paßwort kommen. Sonst fliegst du einfach raus – oder löschst unter Umständen sogar das System –, was mir leicht passieren könnte, wenn ich was falsch mache.« Ihre Augen überflogen dabei die Seite.

»Aber es sieht so aus, als hätte der General sich schon eingeschaltet«, fügte sie hinzu und blickte von dem Handbuch zu Koda auf. »Er muß im Begriff gewesen sein, Rainbow die Nachricht zu übermitteln, als er gestört wurde oder –«

»Bedeutet das, daß wir sofort an ihre Daten herankommen?« fragte Koda hoffnungsvoll, ohne wirklich anzunehmen, daß es so leicht sein würde.

»Vielleicht«, nickte Sandy. »Solange ich keinen Fehler mache...« Sie hielt die zitternden Finger zögernd über die Tastatur, bevor sie begann, die Hauptprogramme abzurufen; sie wußte, wie leicht sie das System zusammenbrechen lassen konnte, indem sie den falschen Code eingab. Wenn das geschah, war die Chance vertan. Sie würde nie wieder in die Datenbank hineinkommen, weil sie den Eingangscode und das Paßwort des Generals nicht kannte.

Aber wenn ihre Vermutungen richtig waren...

Wenn das von den Dealern verwendete Sicherheitssystem ihnen erlaubte, je nach Wunsch ein neues persönliches Paßwort zu wählen...

Mudd tippte den in dem Handbuch verzeichneten, aus fünf Buchstaben bestehenden Befehl ein und hielt dann den Atem an, während sie die verschlüsselte Anweisung in den Computerprozessor eingab. Im nächsten Augenblick erschien das Wort »Hauptprogramm« auf dem Bildschirm, unmittelbar gefolgt von einer Liste bestehender Möglichkeiten... von denen eine lautete »PASSWORT ÄNDERN«.

Sandy schloß die Augen und seufzte erleichtert auf. Dann wählte sie die Möglichkeit »PASSWORT ÄNDERN«, überflog die darauffolgende Bildschirminformation zweimal, um absolut sicher zu sein, und gab dann das Wort »GENERAL« ein.

»Das wär's.« Sie nickte und atmete tief ein und aus. »Ihr Eingangscode in das Hauptsystem war – und ist noch – ›ALCHIMIE‹. Der General hat es in sein Handbuch eingetragen...« Mudd zeigte auf das säuberlich mit Bleistift an den Rand des Abschnitts »Operationscodes« geschriebene Wort, »... wahrscheinlich, um es nicht zu vergessen. Ich weiß nicht, was sein persönliches Paßwort war – es ist so programmiert, daß es nicht auf dem Bildschirm erscheint –, also habe ich es einfach auf ›*General*‹ abgeändert... was man sich leicht merken kann.«

»Was bedeutet das alles?« fragte Koda.

»Es bedeutet, daß ich jederzeit in das System eindringen kann«, grinste Sandy glücklich. »Es spielt keine Rolle mehr, wenn ich jetzt herausfliege. Ich muß das Programm nur wieder wählen, ›ALCHIMIE‹ und ›GENERAL‹ eingeben, und wir sind wieder drin. Also sehen wir mal nach, was wir finden können.«

Sandy ging auf »HAUPTPROGRAMM« zurück, begann die Zwischenspeicher abzusuchen... und entdeckte sofort, was sie beinahe erwartet hatte.

»Es ist alles hier erfaßt«, flüsterte sie, preßte die Lippen nachdenklich zusammen und deutete auf den Bildschirm. »Namenslisten von all ihren Gramm-, Unzen- und Pfund-Dealern. Vorgesehene Abhol- und Lieferzeiten. Bankkonten. Adressen. Telefonnummern. Labors. Sogar etwas, das ›Analogon-Formeln‹ heißt. Wahrscheinlich die Anweisungen zur Herstellung ihres neuen Rauschgiftes.«

»Allmächtiger... sie bewahren tatsächlich all diese Daten in einem Computer auf, wo sie jeder anzapfen kann?« fragte Koda ungläubig.

»Sie sind vermutlich in dem Computer sicherer aufgehoben als auf Papier«, meinte Mudd. »Wir können zwar die Programmlisten lesen, aber nicht in sie hineinkommen. Alles ist so abgesichert, daß wir nur an die Daten des Generals herankommen. Namen und Adressen seiner Dealer und derlei. Alle wichtigen Angaben über die Labors oder die anderen Pfund-Dealer sind mit Paßwörtern auf höherer Ebene geschützt. Wahrscheinlich mit Pilgrims oder Rainbows Paßwörtern.«

»Könntest du Pilgrims oder Rainbows Paßwörter ändern, Sandy, wie die des Generals?« fragte Charley Shannon, der allmählich begriff.

»Das könnte ich, aber ich müßte zuerst ihr derzeitiges Paßwort kennen, um an ihre Daten zu gelangen.«

»Scheiße«, murmelte Charley.

»Wir haben aber noch eine Menge anderer Möglichkeiten, die wir ausschöpfen können«, erklärte Mudd. »Paß auf.« Als Beweis rief sie die Liste der Dealer-Namen für das Gebiet des Generals in San Diego ab. Der Bildschirm zeigte sofort die zwanzig ersten Namen samt Telefonnummern in alphabetischer Reihenfolge an.

»Ich muß sofort Fogarty anrufen und ihm das mitteilen«, flüsterte Koda, den die verblüffenden Möglichkeiten des elektronischen Gerätes tief beeindruckten. »Hör mal, Sandy, kannst du die Daten des Generals ausdrucken?«

»Sobald ich die richtigen Codes gefunden habe.« Sandy nickte, schaltete den Punkt-Matrix-Drucker ein und kontrollierte dann den Stapel Endlospapier. »Ich müßte alles ausdrucken können, wozu ich mit dem Paßwort des Generals Zugang bekomme. Soll ich gleich beginnen?«

»Ja, los«, forderte Koda sie auf. »Alles, woran du in den nächsten fünfzehn bis zwanzig Minuten leicht herankommen kannst. Während du damit beschäftigt bist, werde ich Fogarty anrufen. Sieh nach, Charley, ob du hier irgendwo Briefumschläge und Briefmarken findest... und behalte die verdammten Türen im Auge.«

»Verstanden.«

Koda war schon unterwegs aus dem Zimmer, als Sandy rief: »Ben, warte eine Minute! Ich – ich glaube, uns eröffnet sich vielleicht eine weitere Möglichkeit.«

Zehn Minuten später telefonierte Koda mit Fogarty vom Apparat im Obergeschoß aus, schilderte ihm den Überfall, den Tod des Generals und den wunderbaren Fund des voll programmierten Computerterminals.

»Herrlich«, flüsterte Fogarty. »Verdammt noch mal, es ist auch allmählich an der Zeit, daß wir einen Durchbruch erzielen. Was ist also mit diesem ›Alchimisten‹? Dem Mann, der das Analoga-Giftzeug herstellt? Hat Sandy in dem Computer etwas über ihn herausgefunden?«

»Wenn sein Name eingespeichert ist, dann wahrscheinlich in einem besonders abgesicherten Programm«, versuchte Koda, so gut es ihm möglich war, das Problem der Paßwörter auf höherer Ebene zu erklären.

»Scheiße«, seufzte Fogarty. »Aber warte mal. Wie wäre es, wenn man versuchte, dieses Netz mit einem unserer Computer zu verbinden? Fragen Sie Sandy –«

»Sie hat schon daran gedacht«, sagte Koda. »Anscheinend ist aber eine Art Zerwürfler in den Computer des Generals eingebaut. Sie kann ohne ihr Werkzeug nichts ausrichten. Ich habe ihr geraten, die Finger davon zu lassen.«

»Ja, du hast recht. Wahrscheinlich sind jetzt auch schon eine ganze Menge Leute unterwegs. Okay, macht euch keine Gedanken wegen der nichtangezapften Programme. Holt einfach raus, was geht, und verschwindet, bevor jemand –«

»Hör mal, Tom«, unterbrach ihn Koda. »Ich glaube, wir können doch in Pilgrims Terminal hineinkommen.«

Fogarty schwieg einen Augenblick. »Wovon redest du? Gerade hast du mir gesagt –«

»Ja, ich weiß, aber hör mir nur eine Minute zu...« Koda begann die Idee zu erläutern, die Sandy in den letzten zehn Minuten mit anscheinend unwiderlegbarer Logik verfochten hatte.

»Mir gefällt das nicht«, wandte Fogarty ein.

»Mir auch nicht«, gab Koda zu, »aber ich glaube, sie hat recht.«

»Du weißt, was geschieht, wenn es ihr gelingt, und die Kerle sie dann in die Finger bekommen?«

»Während der letzten zehn Minuten habe ich ausschließlich darüber nachgedacht. Deshalb werden wir ein geteiltes Paßwort verwenden. Auf diese Weise müssen sie uns alle drei schnappen.«

Fogarty dachte über die verbleibenden Möglichkeiten nach. Es gab keine mehr. »Wie lange wird es dauern?« fragte er schließlich.

»Sie schätzt, daß es zwei Stunden dauert, um das Programm einzugeben. Im äußersten Fall drei.«

»Werdet ihr dort draußen so lange in Ruhe gelassen werden?«

»Es gibt nur eine Möglichkeit, das herauszufinden.«

»Und du glaubst wirklich, daß sie es durchziehen kann?« fragte Fogarty.

»Ja.«

Fogarty zögerte. »Ben, mein Hauptproblem ist der Direktor, der einen unheimlichen Druck auf mich ausübt, damit ich den Hund aufspüre, der das Analogon-Giftzeug herstellt. Unser Geheimdienst hat soeben erfahren, daß angeblich ein Stoff mit der Bezeichnung ›Regenbogen‹-Droge – wahrscheinlich eines von Pilgrims neuen Analoga – heute abend in Südkalifornien in den Straßenhandel kommen soll. Vermutlich stammt es aus dem Operationsgebiet des Generals.«

»Locotta wird inzwischen eine Mordswut im Bauch haben.« Koda schüttelte den Kopf. »Kein Wunder, daß der General abgeschossen wurde. Wahrscheinlich hat Locotta es auch auf Pilgrim und Rainbow abgesehen.«

»Genau... und ihr werdet zwischen zwei Fronten geraten«, warnte Fogarty. »Wenn ihr euren Plan durchbringt, werdet ihr, ohne es zu wollen, Pilgrim und Rainbow vor Locotta schützen, während Sandy versucht, den ›Alchimisten‹ zu finden.«

Diesmal war es Koda, der einige Augenblicke lang schwieg. »Wunderbar«, flüsterte er schließlich. »Und wie steht es mit den Haftbefehlen?«

»Ich kann euch nicht befehlen, ein solches Risiko einzugehen«, erklärte Fogarty. »Eine Verkehrskontrolle durch einen schießwütigen Anfänger würde genügen...« Er ließ den Rest unausgesprochen. »Aber wenn wir den Sheriff und das Morddezernat benachrichtigen –«

»Ja, das wissen wir. Wenn die Haftbefehle zurückgenommen werden, können wir ebensogut unsere Dienstabzeichen anstecken. Hör zu, wir haben ja bereits darüber gesprochen. Soweit es uns betrifft, könntest du unsere Enttarnung für einige Zeit aufschieben.«

»Bist du sicher?«

»Sicherer werden wir nie sein«, kicherte Koda mit erzwungener Fröhlichkeit. »Außerdem, wie die Dinge jetzt liegen, stellen ein paar Haftbefehle wegen Mordes vermutlich das geringste Problem dar.«

»Ich weiß nicht.« Detektiv DeLaura schüttelte den Kopf. »Ich kann mir etwa zwanzig verschiedene Möglichkeiten vorstellen, wie die Angelegenheit unglaublich schnell in die Hose gehen könnte.«

Er saß mit Paul Reinhart und Tina Sun-Wang seit über einer Stunde in seinem Büro und besprach die unzähligen Möglichkeiten und Schwierigkeiten, die das Einschleusen einer unerfahrenen Kriminalbeamtin in ein größeres illegales Drogenlabor-Netz mit sich brachte. Insbesondere in ein Netz, das von Männern wie Jimmy Pilgrim und Lafayette Beaumont Raynee kontrolliert wurde. DeLaura war jetzt womöglich noch skeptischer als zu Beginn des Gesprächs.

Und außerdem wußte er als einziger in dem Zimmer – oder in der ganzen Abteilung des Sheriffs –, daß Pilgrim und Rainbow bereits zwei Exekutivbeamte sadistisch ermordet hatten und keinen Moment zögern würden, einen weiteren zu töten.

»Angenommen, ich –« nahm Tina Sun-Wang wieder einen Anlauf, deren Begeisterung für das Projekt durch DeLauras Besorgnisse nicht beeinträchtigt wurde.

»Hören Sie, es ist schlimm genug, daß der Junge einen Mann einschleusen soll«, unterbrach DeLaura sie. »Wir könnten das vielleicht noch hinkriegen ... sagen, daß Sie eine Freundin des Freundes sind oder etwas ähnliches. Aber wir haben nichts davon, wenn wir Sie einfach in das Anza-Borrego-Labor bringen und dadurch einen einleuchtenden Grund für einen Haussuchungsbefehl bekommen. Was wir brauchen, ist die Identifizierung dieses verdammten Alchimisten. Und die einzige Art, wie Sie in seine Nähe gelangen können, besteht darin, daß Sie sich hinaufarbeiten ... was bedeutet, daß Sie diese Gangster davon überzeugen müssen, daß Sie eine verdammt gute Drogenchemikerin sind. Glauben Sie wirklich, daß Sie das schaffen?«

Tina Sun-Wang schwieg einen Moment und dachte darüber nach, wie gering ihre Kenntnisse über Rauschgift-Chemie in einem illegalen Labor waren. Doch dann fielen ihr die bleichen, angstverzerrten Gesichter bei den beiden Autopsien ein, denen sie vor kurzem beigewohnt hatte – das Gesicht einer schönen, unbekannten Rothaarigen und das eines kleinen mexikanischen Mädchens namens Teresa.

»Ja.« Tina Sun-Wang nickte entschieden. »Ich weiß, daß ich es kann.«

Dienstag um 22 Uhr 35 blickte Sandy Mudd endlich vom Computerterminal des Generals auf und nickte.

»Es ist soweit«, sagte sie zu Ben und Charley, »ich habe zwei Probedurchläufe mit den Testpaßwörtern gemacht. Das Programm ist jedesmal tadellos gelaufen.«

»Und was bedeutet das?« fragte Ben Koda, dem unangenehm bewußt wurde, daß Charley, Sandy und er im Begriff waren, in die Geheimnisse einer bedeutenden Unterweltorganisation einzudringen... wobei sie sich nur auf das blinde Vertrauen zu einer Maschine stützen konnten. Der Gedanke gefiel ihm nicht sonderlich.

»Wenn niemand den Computer abschaltet, sobald wir weggehen, und die Telefonverbindungen nicht unterbrochen werden und ungefähr zwanzig andere Dinge nicht schiefgehen, bedeutet es, daß wir es vielleicht schaffen können«, antwortete Mudd und blickte Koda direkt in die dunklen, besorgten Augen. »Mit anderen Worten, eine glatte Sache.« Sie lächelte müde.

»Verdammt, es ist unsere einzige Chance«, knurrte Shannon. »Was ist also unser nächster Schritt?«

Sandy erhob sich von dem Terminal und zeigte auf den leeren Stuhl. »Du kommst als erster dran, Charley. Gib ein Wort ein – welches Wort du willst –, solange es nicht aus mehr als acht Buchstaben besteht. Laß es nur keinen von uns sehen«, erinnerte sie ihn und ging zu Ben ans andere Ende des Raumes, während Shannon sein geheimes Lösungswort mühselig eingab.

»Okay, was kommt jetzt?« fragte er und drehte sich um.

»Drück auf die Taste in der unteren rechten Ecke.« Shannon befolgte die Anweisung und stand dann auf, während die Schrift auf dem Bildschirm verschwand.

Sandy drehte sich zu Ben um, denn er mußte in den nächsten Minuten die endgültige Entscheidung treffen – weitermachen oder aufhören.

»Du bist an der Reihe, Partner«, erklärte sie mit erzwungener Fröhlichkeit. »Such dir was Nettes aus.«

Am Dienstag um 22 Uhr 45 tastete sich Charley Shannon gerade vorsichtig durch die Dunkelheit zu einem entfernten Postkasten, als der Computer in Lafayette Beaumont Raynees unterirdischem Büro folgende Nachricht ausdruckte:

AN: RAINBOW
VON: GENERAL
BETRIFFT: CLAIRMONT-PARK-VERKAUF
MITTEILUNG... ALLE WÄHREND DES VERKAUFS VON THIOPEN-ANALOGON VERHAFTETEN PERSONEN WURDEN MANGELS BEWEISEN FREIGELASSEN... OFFENBAR FUNKTIONIERT ANALOGON-THEORIE... WEITERE MITTEILUNG: GERICHTSQUELLE GIBT AN, DASS HAFTBEFEHLE FÜR ALLE DREI PERSONEN AUSGESTELLT WURDEN, DIE AN HANDEL BETEILIGT WAREN: KODA, BEN... SHANNON, CHARLEY... MUDD, SANDY... QUELLE GIBT AN, HAFTBEFEHL BETRIFFT VIELLEICHT ERMORDUNG VON POLIZEIBEAMTEN... EVENTUELL REKRUTIEREN?... ENDE

Um 00 Uhr 15 am Mittwoch, genau neunzig Minuten nachdem die geänderte Version der letzten Mitteilung des Generals an Rainbow hinausgegangen war, wurde die zweite Nachricht übermittelt.

AN: RAINBOW
VON: KODA, SHANNON, MUDD
BETRIFFT: ALARM
DER GENERAL IST TOT... WIR MÖCHTEN MIT IHNEN SPRECHEN...

27

Mittwoch um 1 Uhr 30, eine Stunde nach Erhalt der schockierenden Computernachricht, schlichen sich Lafayette Beaumont Raynee und sein katzengewandter Leibwächter vorsichtig auf die auf den Ozean gehende Terrasse des Generals. Währenddessen liefen Raynees drei als Rückendeckung dienende ehemalige Söldner und Bewacher von Rauschgifttransporten geduckt im Zickzack zu vorher festgelegten Positionen, die Straße, Hof und Hügel im Dreieck einschlossen.

Die Leichen des Generals, seiner Leibwächter und der von Locotta bezahlten Killer waren verschwunden, aber Raynee sah, wo sich sechs Schleifspuren zu einem dicken, blutigen Streifen vereinigt hatten, der sich durch die gläserne Schiebetür in das Wohnzimmer des Generals zog.

Sobald sich die Truppe zur Rückendeckung an Ort und Stelle befand, ergriff Raynee zwei Wurfmesser mit schweren Klingen und nickte Roy Schultzheimer zu, der sich eng an die Außenwand neben der Glastür drückte und eine Schrotflinte mit zusammenklappbarem Schaft in den Händen hielt.

»Jetzt«, krächzte Raynee und folgte dem losstürzenden Schultzheimer durch die Glastür ins Wohnzimmer.

Ben, Sandy und Charley saßen auf dem Sofa des Generals und hielten die leeren Hände so, daß sie deutlich zu sehen waren – ihre Waffen und die drei Maschinenpistolen lagen auf dem Kaffeetisch – ungeladen, denn weder Ben noch Charley trauten sich zu, ihre Überlebensinstinkte unterdrücken zu können –, als Schultzheimer und Rainbow in den Raum stürmten.

In den ersten Augenblicken tödlicher Stille registrierten Rainbows wieselflinke Augen die drei regungslosen Gestalten auf der Couch, die gefüllten Magazine neben den ungeladenen Waffen auf dem Kaffeetisch und die sechs wachsbleichen zerfetzten Leichen, die nebeneinander auf dem Teppich in der Mitte einer dickflüssigen glänzenden Lache aus rasch gerinnendem Blut lagen.

Als Ben und Charley Rainbow zum ersten Mal persönlich sahen, erkannten beide sofort, daß ihr schmerzhafter Entschluß, keine geladene Waffe – schon gar nicht eine Maschinenpistole – in Reichweite ihrer Hände zu lassen, richtig gewesen war.

Raynee stand in der vollen Pracht seiner bunten Kleidung im Türrahmen, seine weißen, blitzenden Zähne, das dichte schwarze Kraushaar, die ausgestreckten Hände mit den langen, wie Krallen wirkenden Messern... das alles war zu einem wie eine Stahlfeder gespannten Körper verschmolzen, der nach Freisetzung seiner Kräfte verlangte.

Es war bestimmt die richtige Entscheidung gewesen, denn hätten Koda und Shannon die Chance – auch nur die geringste Chance – besessen, so hätten sie jetzt nach ihren Waffen gegriffen, wissend in diesem Augenblick, daß ihnen keine andere Wahl blieb, als den skrupellosen Verrückten, der vor ihnen stand, auszulöschen.

Raynee war der erste, der sprach. Der Gegensatz zwischen seiner barbarischen Wildheit und den unerwartet sanften, beruhigenden Worten zerrte an Kodas und Shannons Nerven.

»Ich wollte euch schon lange persönlich kennenlernen«, flüsterte er lächelnd, während er die beiden Wurfmesser vorsichtig neben die ungeladenen Feuerwaffen legte. Roy Schultzheimer blieb neben der Tür stehen und kontrollierte den Raum mit schußbereiter Schrotflinte.

Charley spürte, wie Sandys Beinmuskeln sich neben ihm spannten. »Nur ruhig«, sagte er leise, und sein Blick wanderte von der tödlich kalten Drohung in Raynees Augen zu dem lässig gespannten, aktionsbereiten Schultzheimer. Seine Hand streifte beschwichtigend die Schulter des Mädchens, bereit, sie zur Seite zu stoßen und nach einer der Maschinenpistolen zu greifen – und nach einem der vollen Magazine, wenn er noch dazu kam...

...und er hoffte verdammt, es würde nicht der Fall sein, denn nachdem sie Raynee in Fleisch und Blut gesehen – das Grausame, Böse in diesem Mann erahnten –, verstand Charley, was Ben Fogarty die ganze Zeit gewußt – und gefürchtet hatte: daß er und Ben doch nicht imstande sein würden, mit Rainbow fertig zu werden.

»Ich habe von Ihnen auch schon gehört«, erwiderte Koda mit eisiger Ruhe. Aus Gründen, die ihm nicht bewußt waren, hatte sich die rachedurstige Entität in seinem Unterbewußtsein durch die körperliche Anwesenheit des Verrückten, den er um jeden Preis vernichten wollte, beruhigt.

»Habt ihr das alles angerichtet?« fragte Raynee.

»Zum Teil.« Koda nickte und blickte in Raynees kalte dunkle Augen. »Die drei mit den Kapuzen. Sie haben ein Gespräch unterbrochen, das wir mit dem General führten... über Geld, das er uns noch schuldet.«

»Wirklich? Wie kommt es, daß der General euch Geld schuldet?« fragte Raynee, den die Antwort nicht interessierte – die kannte er bereits –, sondern Koda selbst oder etwas an ihm. Etwas, das er spüren konnte...

»Das ist eine lange Geschichte«, antwortete Koda, der die Intensität der forschenden Augen des Straßendealers fühlte. »Das Ende vom Lied ist, daß wir den Mann für etwas bezahlt haben, was wir nicht bekommen haben. Und weil wir uns jetzt auch ein wenig in Schwierigkeiten befinden – dank dem General –, brauchen wir das Geld, um mehr Bewegungsfreiheit zu haben.«

»Was sind das für Schwierigkeiten?« fragte Raynee.

Koda zögerte und blickte nachdenklich in Raynees unruhige schwarze Augen.

»Es hängt mit einem kleinen Mißverständnis mit den Gesetzeshütern aus der Gegend zusammen«, antwortete er schließlich. »Wir haben den Eindruck, daß unsere Darstellung der Geschichte sie nicht besonders interessiert, deshalb wollen wir für einige Zeit aus der Stadt verschwinden. Nur haben wir leider ein kleines Transportproblem.«

»Der Mann mit dem Boot hat euch also sitzenlassen?« sagte Raynee und lächelte, als er die verschiedenen Abstufungen offensichtlicher Überraschung auf den drei Gesichtern bemerkte.

»Möglich«, sagte Koda vorsichtig.

»Und darüber wolltet ihr mit mir sprechen?« bohrte Raynee.

»So in etwa«, nickte Koda. »Wir dachten, Sie könnten –«

»Wie seid ihr denn an den Computer gekommen?« unterbrach ihn Raynee.

»Sandy hat schon mit Computern gearbeitet«, erklärte Koda.

»Sie hat ein paar Fernschreiben auf dem Drucker gesehen. Eine Zeitlang hat sie dann mit dem Computer des Generals gespielt und dann auf einer Art ›Briefkasten‹-Liste Ihren Namen gefunden, was nicht sehr für euer Sicherheitssystem spricht. Nach dem Verlustgeschäft mit dem General dachte ich mir, hol's der Teufel.« Koda zuckte mit den Schultern.

»Ist das richtig, Mädchen?« Raynee richtete den Blick auf Sandys blasses Gesicht, die – sichtlich verkrampft und nervös – zwischen den beiden Männern saß.

Sie nickte stumm.

»Sie sind ganz einfach in unser System eingebrochen?«

Sandy nickte wieder wortlos.

»Haben Sie Angst vor mir?«

»Ja«, flüsterte Sandy Mudd und fand trotzdem den Mut, Raynee direkt in die irren Augen zu blicken.

»Das ist gut.« Raynee lächelte plötzlich. »Klingt so, als hätten Sie mehr Verstand als die beiden Kerle zusammen.«

»Hören Sie, Sie mögen zwar ein verrückter Hund sein ... so sagt man zumindest«, erklärte Koda ruhig, »aber im Augenblick sehen unsere anderen Chancen auch nicht gerade rosig aus.«

Diese Antwort schien Raynee zu gefallen. Er nickte und blieb mehrere Sekunden lang gedankenverloren sitzen.

»Von wieviel Geld sprechen wir?« fragte er schließlich.

»Wir haben dem General fünfundfünfzig Hunderter übergeben. Das ... und was immer diese Bescherung wert ist.« Koda zeigte auf die Leichen.

»Sie meinen, ich schulde euch etwas für die drei Kerle?« fragte Raynee neugierig.

»Was uns der General erzählt hat, bevor diese Typen auftauchten, klang so, als wären Sie das nächste Ziel. Wir haben Ihnen vermutlich etliche Unannehmlichkeiten erspart.«

»Wäre möglich.« Raynee nickte nachdenklich. »Vielleicht sollte ich euch eine Chance geben, dieses Geld endgültig zu verdienen und noch eine Menge mehr. Was halten Sie davon?«

»Wir sollen hier in San Diego arbeiten?« knurrte Charley Shannon.

»Stimmt«, nickte Raynee. »Was ist los, gefällt dir der Gedanke nicht?«

»Klingt wie purer Blödsinn, wenn du mich fragst«, sagte Shannon.

»Ja, ich bin nicht sicher…« begann Koda, als ihn Raynee wieder unterbrach.

»Ich weiß alles über euer Problem mit der Polizei.« Er lächelte. »Spielt keine Rolle, jedenfalls was mich betrifft… solange ihr die Augen offenhalten könnt und es euch nichts ausmacht, noch ein bißchen mehr von dieser Arbeit zu verrichten.« Er deutete auf die sechs Leichen.

Koda warf Shannon einen Blick zu – der einige Zeit zögerte und dann gleichgültig nickte – und sah dann Sandy an, die beträchtlich weniger begeistert zustimmte.

»Okay, wenn Sie ohnehin wissen, was los ist. Wann fangen wir an?« fragte Koda.

Raynee schnaubte amüsiert, während er die Messer mit einer Hand aufnahm, aufstand und zu der zusammengesunkenen Leiche des Generals hinüberging. »Sieht aus, als hättet ihr schon begonnen.«

Am Mittwoch um 2 Uhr 30 hatten schätzungsweise mindestens fünfzigtausend junge Männer und Frauen zwischen sechzehn und fünfundzwanzig Jahren eines der Viertelgramm-Päckchen mit dem hellen Regenbogen-Muster des Analogons B-16 gekauft und ausprobiert… die neue Droge, die die Straßenhändler als »Regenbogen«-Droge bezeichneten.

Es war der Wirklichkeit gewordene Traum jedes Marketingmanagers, der Rückkoppelungseffekt der Mundpropaganda, der praktisch jeden von Pilgrims fünfundsiebzig Unzen- und etwa fünfhundert Gramm-Dealern in Lobeshymnen wie »wahnsinnig« oder »bewußtseinserweiternd« oder – am häufigsten – »unglaublich« erreichte.

Und das Gerücht breitete sich aus wie ein sturmgepeitschtes Buschfeuer.

Es dauerte nicht lang, bis die lokalen Telefongesellschaften merkten, daß etwas Großes im Gang war, besonders als die Leute begannen, die wichtigsten Fernleitungen aus San Diego, Riverside und San Bernardino mit ihren Gesprächen zu blockieren. Und es waren nicht nur Konsumenten, die nichts Eiligeres zu tun hatten, als ihren Freunden den wunderbaren Farbenrausch, den der neue Stoff hervorrief, zu beschreiben. Es waren auch ungefähr fünfhundert Gramm-Dealer, die sich schleunigst bei ihren Unzen-Verteilern meldeten und weitere Lieferungen der Regenbogen-Droge verlangten.

Viel mehr.

In ganz Südkalifornien gab es nur eine negative Reaktion auf das B-16-Analogon, und die stammte von Raggedy Ann und Raggedy Annie, die gemeinsam mit einem liebeskranken Bettgefährten jeden einzelnen von Jimmy Pilgrims Dealern anriefen und sich mit schriller Stimme darüber beschwerten, daß der neue Stoff nicht der bombige Regenbogen-Trip war, auf den alle drei so verzweifelt gewartet hatten.

Roy Schultzheimer brauchte fast eine Stunde, um auf Umwegen zu Raynees unterirdischem Büro zu gelangen, das – jetzt aus dringender Notwendigkeit – vor Jake Locottas ausschwärmenden Killern sicher versteckt war. Jimmy Pilgrims drei ehemalige Söldner und Rauschgift-Bewacher folgten unmittelbar dahinter in einem zweiten Wagen.

Für Sandy Mudd – sie saß mit Rainbow, Ben und Charley hinten in dem Kombi – war es die fürchterlichste Stunde ihres ganzen Lebens. Viel schlimmer als ihr Zusammentreffen mit Locottas maskiertem Mordkommando. Im Gegensatz zu Ben und Charley – die Besseres zu tun hatten, als an alle Möglichkeiten zu denken, die jetzt vollkommen ihrer Kontrolle entzogen waren –, hatte die Agentin Mudd nie wirklich gelernt, mit der Angst vor dem Unbekannten umzugehen.

Als der Wagen endlich hielt und die Hintertür geöffnet wurde, befanden sich Ben, Charley und Sandy in einer unterirdischen Garage.

Schultzheimer führte sie zu einem verborgenen Treppenschacht, durch einen langen unterirdischen Tunnel und schließlich in Raynees höhlenartiges Büro. Zwei Leibwächter folgten ihnen auf dem Fuß. Raynee und der Leiter des militärisch gedrillten Schutzteams waren bereits durch eine andere Verbindungstür zur Garage verschwunden.

Während sie hintereinander den dunklen, hallenden Raum betraten, erkannte Sandy Mudd die Ansammlung von Detektoren für elektronische Impulse und Metall und dankte im stillen Fogarty, weil er darauf bestanden hatte, daß die drei Agenten »sauber« waren. Ihr Gürtel mit dem verräterischen Sender in der Schnalle wäre an Raynees Sicherheitskontrolle niemals vorbeigekommen.

Sie standen schweigend in der Dunkelheit, bis Roy Schultzheimer einen Lichtschalter betätigte und die drei zum ersten Mal Raynees mit Schneiden und Klingen überfülltes Privatreich erblickten.

»O Gott«, flüsterte Koda und blinzelte zu den blinkenden, an den Wänden befestigten Streitäxten, Schwertern und Messern hinauf...

»Der Mann liebt scharfe Sachen.« Schultzheimer grinste, als er zu den drei Agenten trat. »Er mag scharfe Damen auch«, fügte er kichernd und grinsend hinzu, während er mit dem Handrücken an Sandy Mudds Bluse entlangstrich.

»Nimm deine Pfoten weg, Mann«, knurrte Charley Shannon warnend... und versuchte gleich darauf – zu spät – dem peitschenden Handkantenschlag auszuweichen, der so schnell kam, daß man ihn nicht sehen konnte. Die Wucht von Roys schwieligen Knöcheln riß Shannons Kopf herum, während Blut aus seiner gespaltenen Unterlippe sprühte.

»*Du Schwein...!*«

Sandys Schrei wurde von Shannons Wutgebrüll übertönt, als der seine mächtige rechte Faust gegen das grinsende Gesicht des Leibwächters schwang (wenn der Schlag getroffen hätte, hätte er vielleicht Schultzheimers blondlockigen Kopf vom Hals gerissen) und dann gegen die nahe Wand stolperte, während der katzenhafte Schultzheimer dem gefährlichen Schwinger mit einem Ausweichschritt entging, seine Faust auf Shannons Nase niedersausen ließ... und einen kräftigen Fußtritt in Charleys Brustkorb anschloß... bevor er wie ein verspielter Kater auf die teure Ringermatte zurücktänzelte…

Bevor der benommene, wütende Shannon sich von der Wand abstoßen und sich auf Schultzheimer stürzen konnte, trat Koda zwischen seinen Partner und die Matte – und ging dann auf den grinsenden, helläugigen Leibwächter zu.

»Er hat dir gesagt, du sollst uns testen… darum geht es doch?« fragte Koda, der bemerkte, daß die beiden Wächter ihre Uzis gar nicht erst in Anschlag gebracht hatten.

»Möglich.« Der immer noch grinsende Schultzheimer nickte und schätzte instinktiv Kodas sorglos offene Haltung und seine geballten Fäuste ab. »Du glaubst, daß du jetzt dran bist?«

»Ich glaube, es ist an der Zeit, daß wir uns auf ein paar Grundregeln einigen, wenn wir zusammenarbeiten sollen«, schlug Koda kalt vor und ging in Boxerstellung, um einen harten rechten Haken anzubringen. Gleich darauf – in allerletzter Zehntelsekunde – wich er Schultzheimers Schlag aus, packte dessen Faust mit beiden Händen, zwang den verdutzten Nahkampfexperten auf die Knie und traf ihm mit dem rechten, in einem Tennisschuh steckenden Fuß geradewegs in das hübsche Gesicht.

Zur Verblüffung aller Anwesenden – mit Ausnahme der beiden Wächter – steckte Schultzheimer den wuchtigen, erbarmungslosen Tritt weg, ohne Wirkung zu zeigen. Er fiel zwar nach hinten und kam dann aber mit einem Grinsen im blutverschmierten Gesicht gleich wieder auf die Füße, so als hätte er endlich jemanden gefunden, der einen gleichwertigen Partner abgab.

Koda wurde in diesem Moment klar, daß Schultzheimer besser war als er, und ging daher in die klassische Verteidigungsstellung, die er stundenlang auf dem *dojo* seines Großvaters trainiert hatte. Er wartete auf den Angriff – und entspannte sich erleichtert, als Raynee in den unterirdischen Raum und auf die Matte stürmte.

»Ich habe dir gesagt, du sollst sie testen, nicht umbringen«, brauste Raynee auf und schob seinen noch immer blutenden, grinsenden Leibwächter aus dem Weg.

»Habt ihr euren Spaß gehabt?« fragte er und blickte zuerst den wütenden Shannon und dann Koda an.

»Dazu haben Sie uns doch angeheuert, nicht wahr?« fuhr ihn Koda an, der instinktiv wußte, daß jetzt nicht der Augenblick war, klein beizugeben.

»Stimmt, das habe ich tatsächlich getan.« Raynee grinste plötzlich. »Sieht so aus, als ob ihr zu gebrauchen wärt; es ist auch besser so für euch...« fuhr er fort, und seine Augen blitzten gefährlich, während er eine zerbrochene Elfenbeinfigur hochhielt. »Scheint, als hätten Jake Locottas Jungs soeben meine Wohnung auseinandergenommen.«

In diesem Augenblick steckte der Anführer von Jimmy Pilgrims Schutztruppe den Kopf zur Hintertür des unterirdischen Büros herein.

»Es geht los«, rief er Raynee zu. »Locottas Leute führen sich wie die Wilden auf. Sie holen sich unsere Gramm-Dealer von der Straße weg.«

Raynees Gesicht verzerrte sich. »Sieht so aus, als würde es in nächster Zeit hier dicke Luft geben«, flüsterte er. »Es könnte eine Weile dauern, bevor ihr und Roy wieder miteinander spielen könnt. Wird es Probleme mit der Zusammenarbeit geben?«

»Was mich betrifft, keine«, beteuerte Koda.

Raynees Blick wanderte zu Shannon.

»Ich kann warten«, antwortete der kräftige Agent.

»Das ist gut, Bruder«, nickte Raynee und schlug in Shannons zögernd ausgestreckte Hand ein. »Ich freue mich darauf, euch und Roy beim Training zuzusehen... um herauszufinden, ob der Mann wirklich so gut ist, wie er glaubt.« Raynee blinzelte Schultzheimer zu, der sich grinsend das Blut von den geplatzten Lippen leckte.

»Warum zeigst du den Leuten nicht inzwischen die Lokalitäten?« Raynee nickte seinem Leibwächter zu, dann schüttelte er den Kopf, als Sandy Mudd sich umwandte, um Koda und Shannon zu folgen.

»Du nicht, kleines Mädchen«, brummte er. »Du gehst sofort dort hinüber«, befahl er und zeigte auf den Terminal am anderen Ende des Büros. »Du mußt mir genau zeigen, wie du in mein Sicherheitssystem eingedrungen bist.«

28

Am Mittwoch um 3 Uhr 15 trank Jake Locotta die fünfte Tasse starken schwarzen Kaffee, während Al Rosenthal ihn über die beispiellosen Vorgänge informierte, die sich in seinem Einflußbereich in Südkalifornien abspielten.

»Es ist das Schlimmste, was ich jemals erlebt habe«, krächzte Rosenthal. »Alle wollen die verdammte ›Regenbogen‹-Droge haben. Du erinnerst dich doch an die sieben Prozent Verlust, die ich vorausgesagt habe. Du kannst sie vergessen, denn nach dem letzten Überschlag, den ich – vor einer halben Stunde – gemacht habe, haben wir zweiundzwanzig Prozent eingebüßt! Verdammt, kannst du das glauben? Zweiundzwanzig Prozent! Ich sage dir, Jake, wir haben ein saumäßiges Problem am Hals.«

»Es ist mehr als nur ein Problem, Rosey«, murrte Locotta mit unterdrückter Wut in der Stimme. »Diese Scheiße wird verdammt ernst. Gerade hat mich Mario aus Jersey angerufen. Es hat sich schon bis zur Ostküste herumgesprochen, New York, Boston, Miami, überall. Er hat sogar einen Anruf von Sanchez aus Kolumbien erhalten, der wissen wollte, was hier los ist.«

Rosenthal schüttelte verzweifelt den Kopf.

»Wo, zum Teufel, steckt Tassio?« knurrte Locotta und fegte die leere Kaffeetasse vom Tisch. »Verdammt noch mal. Ich habe ihm gesagt, er soll mir –« dann zögerte er, weil ein Wagen in der Einfahrt hielt. Gleich darauf stürzte Tassio herein.

»Nun?« fragte Locotta.

»Die Jungs unten in San Diego scheinen etwas entdeckt zu haben.« Tassio unterbrach sich, um zu Atem zu kommen. »Sie steigen in diesem Augenblick aus dem Hubschrauber und werden in ein paar Minuten hier sein.«

»Pilgrim?« Locottas Augen glänzten erwartungsvoll.

Tassio schüttelte den Kopf. »Nein, mit diesem Schweinehund hatte ich noch immer kein Glück. Aber eines unserer Teams glaubt allerdings, daß es Rainbows Lieferwagen im Gebiet von Del Mar gesehen hat. Es wäre möglich, daß er auf der Rückfahrt zu seinem

Unterschlupf war. Ich lasse auf jeden Fall das ganze Gebiet überwachen. Soll ich sie noch einmal zur Kontrolle hinschicken?«

»Warte noch«, brummte Locotta. »Wenn sich Rainbow in der Gegend befindet, wird sich Pilgrim auch dort herumtreiben – wenn er es nicht tut, ist er tot. Mir ist beides egal. Im Augenblick bin ich nur daran interessiert, das Scheiß-Labor zu finden, in dem sie die ›Regenbogen‹-Droge zusammenmixen, und es auszuschalten. Das betrifft auch ihren verdammten Chemiker. Wir nennen sie ihn noch?«

»Nur ›Alchimist‹.« Tassio zuckte mit den Schultern. »Mehr haben wir nicht herausbekommen. Keinen Namen.«

»Vielleicht können wir uns Rainbow schnappen, Jake«, schlug Rosenthal vor. »Und ihn zum Sprechen bringen...«

»Wir könnten den verdammten Rainbow eine Woche lang an seinen Eiern aufhängen, und er würde noch immer kein Wort reden«, knurrte Tassio. »Reine Zeitvergeudung. Wir sollten lieber versuchen, uns an den Hund anzuhängen.«

»Dann hänge dich an ihn an, verdammt noch mal!« Locotta schlug mit der Faust auf den Frühstückstisch. »Du beschattest Rainbow und treibst Jimmy Pilgrim auf, und du findest heraus, wo die Dreckskerle diesen Stoff herstellen!«

»Wenn Pilgrim und Rainbow das neue Pulver weiterhin vertreiben, müssen sie sich zwangsweise irgendwann mit ihrem Labor in Verbindung setzen«, beschwichtigte ihn Rosenthal. »Und wenn sie es tun...«

»Ziehen wir sie aus dem Verkehr«, nickte Joe Tassio ungeduldig. »Aber ich sage dir, Jake, du solltest dir lieber anhören, was die Mädchen...«

In diesem Augenblick zerriß ein Schwall von empörten weiblichen Flüchen die Morgenstille, darauf folgte ein klatschender Schlag – und dann trat Ruhe ein.

Kurz darauf schleppten Joe Tassios vier Pistolenhelden die verschreckten, aber laut protestierenden und um sich schlagenden Raggedy Annie und Raggedy Ann in Locottas Patio.

»So, ihr zwei«, brummte Tassio. »Ihr erzählt jetzt Mr. Locotta *genau* das, was ihr allen Leuten auf der Straße von dem Super-Regenbogen-Stoff erzählt habt.«

Um vier Uhr früh war Sandy bereits so sehr in ihrer Rolle aufgegangen, daß sie Rainbow fast locker erklärte, wie sein Computersystem besser vor unbefugten Benützern abgesichert werden konnte. Vor Leuten wie sie, hätte sie am liebsten hinzugefügt.

»Es ist nicht so, daß die Leute, die Ihr Programm gemacht haben, schlechte Arbeit geleistet hätten«, erläuterte sie, während sie versuchte, Raynee die Schwachstellen eines Computers zu erklären. Dies überstieg sichtlich sein Begriffsvermögen, er zeigte sich aber trotzdem überaus interessiert. »Sie hätten es nur wesentlich besser machen können. Es hätte wirklich nicht möglich sein dürfen, in das Programm des Generals hineinzukommen.«

»Ja. Das bestreite ich ja auch nicht«, nickte Raynee, der es keineswegs heiter fand, als er den Kontostand des Generals vor seinen Augen auf dem Bildschirm leuchten sah. »Aber du hast erwähnt, daß du unser ganzes System durcheinanderbringen kannst?«

»Ja, klar«, nickte Sandy wieder nervös, weil der Moment, vor dem sie sich gefürchtet hatte, gekommen war. »Das kommt daher, daß die Computer, die ihr gekauft habt, ein sogenanntes ›SANJO‹-Programm im Betriebssystem eingebaut haben.«

»Ein San-Joe-Programm? Wovon, zum Teufel, redest du?«

»Es ist wie ein Werkzeugkasten, den sie in die Computer einbauen«, log die junge Frau. »Die Programmierer verwenden ihn, wenn sie die spezifischen Funktionen für die Käufer festlegen, sollten ihn aber herausnehmen, wenn sie damit fertig sind.«

»Und das haben sie nicht getan?«

»Anscheinend nicht. Hier, sehen Sie...« sie gab schnell die Anweisungen ein, die – so hoffte sie! – ihr rasch zusammengestelltes Programm vom Computer des Generals abrufen würden, und betete, daß niemand seine Maschine ausgeschaltet hatte oder...

Der Bildschirm vor Raynee und Sandy flackerte, und dann erschienen die Worte »SANJO-PROGRAMM AKTIVIERT« auf dem Bildschirm.

»Sehen Sie, da ist es«, deutete Mudd auf den Schirm und zwang sich, bei dem Anblick ihres Scheinprogramms nicht vor Erleichterung laut herauszulachen. »Jetzt geben Sie acht.« Sie gab drei weitere Befehle ein, stand auf und trat weg.

»Was tust du, Mädchen?« fragte Raynee, der plötzlich mißtrauisch wurde.

»Ich führe Ihnen nur das vor, was ich Ihnen erklärt habe«, antwortete Sandy Mudd. »Ich bin nur aufgestanden, damit ich nicht sehen kann, wie Sie Ihr Paßwort eingeben. Versuchen Sie jetzt, in das System einzudringen.«

»Was meinst du, versuchen? Du meinst, ich kann nicht...?«

»Nur zu, versuchen Sie es.« Sandy zwang sich, selbstsicher zu lächeln.

Raynee sah sie einen Moment an, dann blickte er auf die Tastatur und gab sorgfältig mit einem Finger sein Paßwort ein.

Sofort erschienen auf dem Bildschirm die Worte: »FALSCHES PASSWORT.«

»*Was*!« brauste Raynee auf und fixierte Sandy drohend. »Was hast du mit dem Ding angestellt, Mädchen?«

»Nichts, ich habe nur ›SANJO‹ benutzt, um Ihr Sicherheitssystem zu stören.« Ihre Knie wurden weich. »Wenn Sie den alten Zustand wiederherstellen wollen, dann geben Sie nur die Worte ›SANJO STOP‹ ein.«

Raynee warf ihr einen Blick zu und tippte dann langsam die neun Buchstaben ein.

»Versuchen Sie jetzt, wieder einzusteigen«, forderte Mudd ihn auf.

Diesmal verzog sich Raynees Gesicht zu einem erleichterten Grinsen, als der Computer gehorsam die Auswahltabelle seiner persönlichen, besonders geschützten Daten vorlegte. Einige unangenehme Momente lang hatte Raynee befürchtet, daß er einen sehr gefährlichen Fehler begangen habe, als er dem Mädchen den Zutritt zum Terminal gestattet hatte.

»Vielleicht bist du doch recht tüchtig«, nickte Raynee.

»Ich kann noch wesentlich mehr.« Sandy preßte die Worte aus ihrer zugeschnürten Kehle hervor.

»Und zwar?« Raynee legte den Kopf mit der schwarzen Afrofrisur schief.

»Ich werde es Ihnen zeigen. Schalten Sie zuerst den Computer aus... damit Sie Ihr Paßwort löschen.«

Raynee tat es.

»Okay«, sie holte tief Luft. »Sie haben wahrscheinlich einige geschützte Daten im Hauptspeicher, die nur Ihnen und Ihrem Boß zugänglich sind. Nennen Sie mir ein Beispiel. Etwas, wozu der General mit seinem Paßwort keinen Zugang hatte.«

»Alle Dealer-Namen«, sagte Raynee und beobachtete dabei das Mädchen genau. »Pilgrim behauptet, daß nur er und ich alle Namen abrufen können. Pfund-Dealer können nur ihre eigenen abrufen. Du sagst, daß das auch nicht stimmt?«

»Schauen Sie zu.« Sandy ging wieder zum Terminal und tippte eine Reihe von Befehlen ein, von denen einer Raynees streng geheimes Paßwort heraussuchte, das von Sandys wartendem SANJO-Programm erfaßt und gespeichert worden war. Dann trat sie wieder vom Terminal zurück.

»Okay«, meinte sie, »ich habe die Befehle eingegeben. Und jetzt –«

Plötzlich erschienen die Worte »HAUPTDEALER-LISTE« auf dem Bildschirm, gefolgt von zwanzig Namen in alphabetischer Reihenfolge. Sandy drückte auf eine weitere Taste, wobei sie bewußt nicht den Bildschirm, sondern Raynees erschrockenes Gesicht beobachtete, als der Computer gehorsam die gesamte Liste von sechshundertdreiundvierzig Namen herunterspulte.

»Da hol mich doch der Teufel«, fluchte Raynee kopfschüttelnd. Er starrte der jungen Frau böse ins Gesicht – was ihr kalte Schauer über den Rücken jagte –, plötzlich glaubte er, sie durchschaut zu haben. »Du bist ganz schön gerissen, nicht wahr, Mädchen?« flüsterte er mit eiskalter Stimme.

»Warum, nur weil ich zu all Ihren Daten Zugang gefunden habe?« fragte Sandy, die das Gefühl hatte, gelähmt zu sein.

»Richtig«, krächzte Raynee, dessen Blick sich förmlich in Sandys Augen bohrte. »Du kannst das San-Joe-Programm jederzeit verwenden, wann immer du willst...«

»Ja, das könnte ich zwar, aber Sie vergessen zweierlei«, unterbrach ihn Sandy und kämpfte gegen die Panik an, die allmählich auch ihre Denkfähigkeit lähmte. Sie mußte noch unbedingt zwei Worte in ihr SANJO-Programm eingeben...!

»Erstens, daß wir jetzt für Sie arbeiten, und zweitens, daß ich SANJO jederzeit, wenn Sie es wünschen, löschen kann.«

»Stimmt das?« fragte Raynee mißtrauisch.

»Natürlich, Sie müssen nur –« Ihre Hand glitt zur Tastatur, doch plötzlich packten Raynees sehnige Hände ihre Handgelenke.

»Du sagst mir, wie es geht, und ich erledige es selbst«, Raynee ließ ihre Handgelenke los, hielt sie jedoch mit erbarmungslosen Augen in Schach.

»Tippen Sie nur ›SANJO LÖSCHEN‹ ein«, flüsterte Mudd, deren Hände vor hilfloser Angst zu zittern anfingen. Ben und Charley befanden sich mit Schultzheimer und den Sicherheitsleuten irgendwo in dem weitläufigen unterirdischen Komplex, und sie war mit Raynee mutterseelenallein. Wenn jetzt etwas schiefging...

»S-a-n-j-o l-ö-s-c-h-e-n«, murmelte Raynee vor sich hin, während er jeden Buchstaben sorgfältig eingab.

»Und jetzt die ›Return‹-Taste«, flüsterte Sandy und nahm erleichtert zur Kenntnis, daß Raynee die letzte Taste drückte, welche die verheerendste Funktion ihres hastig ersonnenen SANJO-Programms aktivierte und zugleich – ohne, daß sie es wußte – die Sicherheits-Kontrollmechanismen von Jimmy Pilgrims mit großem Geldaufwand programmiertem Computer drastisch veränderte.

Aber wie von Sandy vorgesehen, gab es keine äußeren Hinweise auf den Schaden, den SANJO – absichtlich oder unabsichtlich – verursacht hatte. Auf Raynees Terminal leuchteten nur die irreführenden beruhigenden Worte »SANJO-PROGRAMM AUS SPEICHER GELÖSCHT« auf.

»Da soll mich doch der Teufel holen.« Raynee schüttelte wieder den Kopf, ein breites Grinsen erschien auf seinem teuflischen Gesicht. »Ich habe mir eben eine eigene Alchimistin zugelegt.«

Raggedy Annie, die im Gegensatz zu ihrem sonstigen Verhalten weit mehr Verstand als Mut bewies, lag auf Jake Locottas Patio und zögerte keinen Augenblick, alles auszuplaudern, was ihr über den Super-Regenbogen einfiel...

Locotta und Rosenthal hörten immer erschrockener, entsetzter und ungläubiger zu, wie die Lesbierin anschaulich die »Trips« beschrieb, die sie, Raggedy Ann und Wee-Willy durch die Super-Regenbogen-Droge erlebt hatten.

Während Raggedy Annie weiterhin alle Menschen aufzählte, die ihrer Meinung nach mit dem Super-Regenbogen etwas zu tun haben könnten, schickte Joe Tassio seine Leute aus, um die einzige lebende Person aufzustöbern, die – laut Raggedy Annie – am wahrscheinlichsten eine Verbindung zu der Quelle der neuen Wunderdroge darstellte.

Sie brauchten nicht lange, um sie zu finden.

Mittwoch um 5 Uhr 50 holte einer von Joe Tassios Berufskillern diese Person – nach seinem Dafürhalten eine unglaublich schöne, junge Frau, wenn man von ihrem blutunterlaufenem, verschwollenem Auge absah – aus einem Hubschrauber, warf die gefesselte, geknebelte, halb bewußtlose Skylight vor Locottas Füßen auf den Boden des Wohnzimmers und übergab dem Gangsterboß ein gefaltetes Papierpäckchen, auf dessen Außenseite etwas gekritzelt war.

»Das habe ich in ihrer Handtasche gefunden«, meldete der junge Schläger respektvoll.

»A-Siebzehn?« las Locotta laut. »Was zum...«

»Das ist es!« Raggedy Annie sprang am anderen Ende des Raumes auf. »Das ist der Super-Regenbogen! Ich habe Ihnen doch gesagt...« begann sie zu kreischen, dann krachte sie nach einem brutalen Schlag von Joe Tassio hart zu Boden.

»Das ist es also, Rosey«, flüsterte Locotta, während er vorsichtig das kleine Papierpäckchen entfaltete und dann schweigend auf das dünne, zusammengepreßte Plättchen aus weißem, kristallinischem Pulver starrte. Rosenthal befeuchtete seinen Zeigefinger mit der Spitze seiner Zunge, tauchte den Finger vorsichtig in das Pulver und hob ihn an seine trockenen Lippen.

Einige Momente lang herrschte in Jake Locottas Wohnzimmer Totenstille, während alle auf den alten Buchhalter blickten.

Dann...

»Gütiger Himmel...« flüsterte Rosenthal und riß die alten, tränenden Augen weit auf.

»Was ist los?« fragte Locotta und sah seinem getreuen Ratgeber in die starren Augen. »Was zum Teufel siehst du, Rosey?«

»Farben«, flüsterte Al Rosenthal. »Massenhaft Farben, Jake. Du... du kannst sie fühlen... fast wie...« Rosenthals Stimme erstarb, während sich seine rotgeäderten Augen dem erschrockenen Gesicht von Raggedy Ann zuwandten.

»Komm her, Mädchen. Willst du etwas davon?« fragte Rosenthal.

»Ja... bitte«, flüsterte sie, während Rosenthal langsam den knochigen Finger in das Pulver tauchte und ihn dann an ihren geöffneten Mund hielt.

Während Locotta und Tassio ungläubig zusahen, leckte das Straßenmädchen jedes Körnchen des weißen Pulvers von Rosenthals Finger, dann kuschelte es sich langsam voll Dankbarkeit fest an die Beine des Buchhalters und sah genauso aus wie ein allzu zärtliches Kätzchen. Bevor Locotta oder Tassio sich dazu äußern konnten, stürzte eine zweite Gestalt an ihrem Wächter vorbei und kauerte sich neben Al Rosenthals Stuhl hin.

»Bitte«, flüsterte Raggedy Annie verzweifelt. »Bitte, Mister, kann... kann ich auch ein wenig davon bekommen?«

»Wie lang steckt er schon da drin?« fragte Locotta und starrte die geschlossene Schlafzimmertür an, hinter der sein einst impotenter Berater und die beiden Straßenmädchen noch immer lautstark miteinander beschäftigt waren.

»Fünfundvierzig Minuten«, stellte Joe Tassio ungläubig fest. »Soll ich mich um ihn kümmern?«

Locotta schwieg und blickte auf das geöffnete Päckchen mit weißem Pulver in seiner Hand. »Verdammt, ich kann es nicht glauben«, krächzte er und schüttelte langsam den Kopf. »Ich –«

»Jake –«

»Ja – äh, nein – nein, laß ihn in Ruhe.« Der Gangsterboß schüttelte zerstreut den Kopf, denn er konnte nicht glauben, was er mit eigenen Augen und Ohren sah und hörte.

»Verdammt nochmal, ich muß es selbst probieren«, murmelte er schließlich. Locotta tauchte entschlossen den Finger in das Päckchen mit dem Super-Regenbogenpulver und steckte sich einige von den klebrigen Kristallen in den Mund.

Am Mittwoch um 6 Uhr 45 beschloß der vollkommen zermürbte Tassio, nicht länger zu warten. Er platzte in Locottas Schlafzimmer hinein, kümmerte sich nicht um die ineinander verschlungenen Gestalten der beiden Frauen, bei deren Anblick einem absolut das Wasser im Mund zusammenlief – Skylight und Locottas blonde Gespielin mit den veilchenblauen Augen – und begann seinen schweißbedeckten, schnarchenden Boß zu schütteln.

»Jake, verdammt nochmal! Los, wach schon auf!«

Endlich wurde Locotta munter. Eine Stunde, nachdem der Boß der Westküste das Super-Regenbogenzeugs an sich ausprobiert hatte, war er körperlich, geistig und nervlich erschöpft. Selbst als er endlich die Augen aufschlug, war er noch nicht wirklich bei sich.

»Was – nein – nicht mehr«, murmelte er übersättigt mit flackernden Augen – und wurde hellwach, als sein Kopf nach einem Klaps von Joe Tassio zurückpendelte.

»Was zum Teufel«, knurrte Locotta. Dann wurden seine Augen klarer, er erkannte die verschlungenen Gestalten und erinnerte sich... »O Gott«, flüsterte Locotta schwach. »Wo – Joe, hol Al. Ich muß ihm etwas sagen –«

»Al ist tot, Jake.« Joe Tassio schüttelte den Kopf. »Herzschlag, nehme ich an...«

Locotta starrte Tassio einen Moment lang stumpfsinnig an, dann nickte er verstehend. »Bring mich hinaus, Joe«, flüsterte er schließlich, ließ sich von Tassio beim Anziehen helfen und in die Küche führen, wo er dankbar eine Tasse belebenden Kaffee schlürfte.

»Wir haben schon geglaubt, daß es dich auch erwischt hat«, sagte Joe Tassio. »Nachdem wir Al gefunden hatten...«

»Es ist kein Gift.« Locotta schüttelte den Kopf. »Das Zeug wirkt tatsächlich. Und wie es wirkt. Ich sage dir, ich habe in meinen ganzen Leben nichts Derartiges erlebt.«

»Jake, die Organisation. Wenn sich die Wirkung dieses Stoffs herumspricht –«

»Ja – ja, ich weiß«, krächzte Locotta. »Was hast du mit den beiden Nutten gemacht?«

»Du meinst die Rag-Zwillinge? Die sind auf Nummer Sicher. Willst du...?«

»Ja, begrabe sie... tief.« Locotta nickte. »Es wäre das allerletzte, was wir gerade jetzt brauchen, daß die beiden Huren auf der Straße weiter von diesem Stoff schwärmen.«

»Was ist mit...?« Tassio zeigte mit den Kopf auf Locottas geschlossene Schlafzimmertür.

In Jake Locottas Augen spiegelte sich die schmerzliche Erinnerung an die unglaublichen, leuchtenden, farbenprächtigen... Gefühlsexplosionen, die sie zu dritt auf dem breiten Bett vereinigt hatten. Einige Augenblicke zögerte der Gangsterboß, weil ihn unwiderstehliche – und einander vollkommen entgegengesetzte – Begierden hin und her rissen. Doch letzten Endes war der Überlebensinstinkt in ihm zu tief verwurzelt. Er nickte.

»Sie auch.«

Dann schlürfte Jake Locotta den Kaffee aus der Tasse in seinen zitternden Händen, während Joe Tassio zuerst einmal telefonierte.

»Erkläre mir eines, Joe«, krächzte Locotta. »Wenn Pilgrim, dieser Scheißkerl, dieses Aphrodisiakum von Super-Regenbogen entdeckt hat, warum wirft er es dann nicht statt der Regenbogendroge auf den Markt? Nach dem Geschwafel von Annie ist das bei weitem nicht so gut.«

»Ich weiß es nicht, Jake.« Tassio zuckte mit den Schultern, denn er hatte nicht die leiseste Ahnung, wovon sein Boß sprach. »Vielleicht hält er es nur zurück – will, daß die Süchtigen erstmal vom Koks umsteigen –, bevor er ihnen das wirklich heiße Zeug vorsetzt.«

»Eines kann ich dir flüstern«, sagte Locotta ernst, während er endlich wieder die Kontrolle über sein strapaziertes Gefühlsleben gewann, »wenn dieser Fall jemals eintritt, kann die Organisation einpacken, mit Gras, Koks und Heroin ist dann kein Geschäft mehr zu machen.«

»O Gott.« Joe Tassio schüttelte sich.

»Und weißt du, warum?« flüsterte Locotta. »Weil derjenige, der sich die Super-Regenbogenscheiße unter den Nagel reißt, den Rauschgifthandel allein in der Hand hat, denn niemand wird mehr etwas anderes kaufen wollen.«

Locotta konnte nicht weitersprechen, denn er wußte, daß er und Joe Tassio diesen Tag nie erleben würden. Lange bevor es soweit war, würde man sie für den Zusammenbruch eines milliardenschweren Geschäftes verantwortlich machen, wenn es ihnen nicht gelang, selbst an das Super-Zeug heranzukommen. Und genau das würden sie um jeden Preis tun, denn beide Männer wußten, was der Begriff »verantwortlich« beinhaltete. Sie hatten ihren redlichen Anteil an Leichen unter emporwachsenden Hochhäusern und Autobahnen begraben. Mehr als ihren Anteil.

»Joe, wir müssen diesen verdammten Alchimisten finden«, knurrte Locotta. »Ganz gleich, was es kostet…«

»Aber –«

»Eine Million Dollar«, fuhr sich Locotta mit der Zunge über die trockenen Lippen. »Laß es auf den Straßen weitersagen. Für den, der den Chemiker findet, der diesen Stoff hergestellt hat. Setze auch ein Dutzend Beschatter auf Rainbow an, wenn du willst, aber verdammt nochmal, *finde* diesen Alchimisten!«

»Du willst ihn tot haben?« fragte Tassio.

Locotta schüttelte den Kopf. »Scheiße, nein, *lebend*!« schrie er. »Er wird die Formeln für die Analoga ausspucken, und wenn wir sein Gehirn stückweise auseinandernehmen müssen, denn ich sage dir, Joe… wenn wir überleben wollen, müssen wir den Super-Regenbogen haben!«

29

Erst als Sandy Mudd Mittwoch um 7 Uhr 30 versuchte, eine der gesicherten Daten in Jimmy Pilgrims Computer abzurufen, um einen Hinweis auf Pilgrims Chemiker zu finden, entdeckte sie den Schaden, den sie unabsichtlich mit ihrem unzulässigen SANJO-Programm angerichtet hatte.

Sie wartete, bis sie endlich – bis auf einen Aufpasser auf der anderen Seite des unterirdischen Büros – allein war, dann benutzte sie

Raynees Paßwort, um die am stärksten abgesicherte Hauptliste der Paßwörter aufzurufen. Sie hoffte, daß sie den Namen von Pilgrims schwer faßbarem Chemiker in der vermutlich sehr langen Liste finden würde...

...und starrte dann verständnislos – zuerst erschrocken und verwirrt, dann mit langsam heraufdämmerndem Entsetzen – die einzige Kombination von Paßwort und Namen an, die auf dem Bildschirm erschien, es war Raynees Paßwort.

Ihr wurde sofort klar, daß sie beim Erstellen des SANJO-Programms den Computer irgendwie angewiesen hatte, den Rest der Hauptliste der Paßwörter zu löschen. Der Computer zeigte nun an, daß er nur noch Raynees Paßwort akzeptieren würde, was bedeutete...

O Gott, dachte sie benommen. Sie hatte soeben Jimmy Pilgrims gesamtes Datenübertragungsnetz abgeschaltet.

Sandy starrte noch immer auf den fast leeren Bildschirm und fragte sich, wieso sie einen so gravierenden Programmierungsfehler begangen hatte, als Ben Koda hereinkam und zu ihr zum Computerterminal trat. »Hast du den Halunken schon gefunden?« fragte er leise und massierte liebevoll Sandys Hals, wurde jedoch sofort wach, als er die Spannung in ihren Nackenmuskeln spürte und den erschrockenen Ausdruck in ihren Augen wahrnahm.

»Ich glaube, Ben, ich –« flüsterte sie, dann ging sie rasch zu einer technischen Beschreibung ihres »neuen« Sicherheitssystems für Pilgrims Computer über, als Raynee, Schultzheimer, Shannon und die drei Wächter hereinkamen und sich auf Raynees Anweisung an den Terminal stellten.

»Okay, Mädchen«, grinste Raynee, »du sollst den Burschen zeigen –«

»Was zum Teufel ist hier los?« fragte eine laute Stimme von der anderen Seite des Raumes.

Die acht Leute beim Computer – einschließlich Raynee – drehten die Köpfe ruckartig zu dem bärtigen Mann mit der Hornbrille und dem Anzug mit Weste um, der den Raum betrat.

»He, Mann, was willst du hier?« Raynee grinste breit. »Du hast doch gesagt, wir würden nicht –«

»Ich habe deine Nachricht über den General erhalten«, knurrte Pilgrim, »und habe vor einer Weile versucht, dich zu erreichen, konnte aber auf dem Nachrichtenaustausch nicht durchkommen.« Er überquerte die breite Matte. »Der verdammte Computer ist auf dem –«

Plötzlich wurden Pilgrims Augen zu eisigkalten schwarzen Steinen, als er Koda, Shannon und Mudd erblickte. »Wer sind diese Leute?« flüsterte er mit kaum unterdrückter Wut.

»He, Mann, alles ist okay. Der Computer funktioniert einwandfrei«, lachte Raynee. »Wir haben ihn nämlich in Ordnung gebracht.«

»Ihr habt – was?«

»Nur langsam, Mann«, wehrte Raynee beunruhigt ab. »Diese Leute sind in Ordnung. Sie haben die drei Kerle erledigt, die den General beseitigt haben.«

Raynee schilderte Pilgrim schnell die Vorgänge im Haus des Generals.

»Und dann hast du sie hier hereingelassen?« flüsterte Pilgrimm ungläubig.

»Ich sage dir ja, die sind in Ordnung«, beharrte Raynee. »Ben, Charley und Sandy haben Haftbefehl wegen Mordes am Hals, weil sie einen Bullen umgelegt haben...«

Plötzlich fügten sich die Nachrichten, die Pilgrim in den letzten achtundvierzig Stunden von seinen verschiedenen Zuträgern erhalten hatte, in seinem kühl analysierenden Hirn zu einem Ganzen zusammen. »Ben Koda und Charley Shannon...?« fragte er, während sich seine Augen ungläubig weiteten.

»Ja, richtig«, nickte Raynee, sichtlich verwundert. »Wieso weißt du –«

»Bullenkiller, daß ich nicht lache!« explodierte Jimmy. »Sie sind die Kerle, die sich in Torrey Pines herumgetrieben haben, wo du das Mädchen Kaaren abgeladen hast. Stiefel und Schuhabdrücke...« Pilgrims Blick glitt zu Charley Shannons großen Stiefeln und Ben Kodas zerrissenen Tennisschuhen, dann wandte er sich Sandy zu, als er plötzlich merkte, daß sie wie wild auf dem Computerterminal herumhämmerte.

Vor Wut außer sich stürzte sich Pilgrim auf sie – als sie gerade die Worte »SANJO II LADEN« getippt hatte und in Panik die »Return«-Taste drückte. Seine geballte Faust traf sie voll am Kinn und schleuderte sie bewußtlos an die Wand.

Pilgrim wollte sich umdrehen – um Raynee wütend anzuschreien –, da stöhnte er vor Schmerz auf und sank in die Knie. Koda hatte ihm einen kräftigen Tritt in den Unterleib versetzt... während zugleich Shannons schwingender Unterarm Raynee und den Computerterminal zu Boden fegte, wobei der Bildschirm in einem Schauer von Glassplittern explodierte.

In dem kurzen Chaos, das darauf folgte, stieß Roy Schultzheimer einen gellenden Schrei aus und knallte Koda seine Faust dicht unter das rechte Ohr, bevor Ben nach dem Tritt in den Unterleib einen tödlichen Schwerthandstoß auf Pilgrims ungeschützte Kehle führen konnte.

Koda brach zusammen, Shannon wirbelte herum und stürzte sich auf Schultzheimer, sein schwarzes, bärtiges Gesicht war eine Maske rasender Wut –

»*Aufhören oder ich schneide ihr den Hals ab*!« brüllte Raynee, und als Shannon sich umdrehte, sah er, wie der blutende, wütende Killer ein Rasiermesser an Sandy Mudds Kehle drückte... im nächsten Augenblick versetzte Schultzheimer Shannon einen tückischen Sprungfußtritt, so daß dieser neben seinem bewußtlosen Partner zu Boden taumelte.

Auf der schwarzen Wandtafel in David Isaacs Büro verglichen er und Nichole Faysonnt den Aufbau der drei wichtigsten bisher getesteten Analoga – Thiopen, B-16 und A-17 – und versuchten, sich über die wahrscheinlichsten Reaktionsstellen der Moleküle schlüssig zu werden.

Das Telefon läutete. Es war Isaacs Sekretärin, die ihm mitteilte, daß die Besucherin, mit der er für heute morgen acht Uhr verabredet war, fünfzehn Minuten früher gekommen war und bereits im Vorzimmer wartete.

»Danke, Michelle. Schicken Sie sie bitte herein«, sagte Isaac und drehte sich zu Nichole um, während er den Hörer auflegte.

»Warum machst du nicht weiter und bereitest inzwischen alles für die A-18-Synthese vor?« fragte er seine zärtlich lächelnde Geliebte. »Ich glaube nicht, daß die Unterredung lange dauern wird.«

»Du kannst es auch nicht erwarten, nicht wahr?« Das Mädchen mit den strahlenden Augen ergriff das Laborbuch mit dem roten Leineneinband und verschwand.

»Was wir heute erreichen, könnte sich als historische Tat erweisen«, flüsterte Isaac, denn wenn sich herausstellte, daß das A-18-Analogon auch nur eine geringfügige Steigerung des wunderbar stimulierenden 17 ist...

Er blickte auf, als seine Besucherin an die Tür klopfte.

»Ach ja«, nickte Isaac, ging um seinen Schreibtisch herum und streckte die Hand aus. »Miß... äh?«

»Sun-Wang, Tina Sun-Wang«, stellte sich die junge Frau vor. »Ich war letztes Jahr eine von Dr. Bacons Absolventinnen.«

»Ja, natürlich. Sie haben es gestern abend erwähnt«, nickte Isaac und forderte Sun-Wang auf, Platz zu nehmen, während er zu seinem Schreibtischstuhl zurückkehrte. »Sie müssen entschuldigen, daß ich ein wenig zerstreut bin. Wir hatten kürzlich einen unerwarteten... äh, Erfolg bei unserer Forschung zu verzeichnen.«

»Ich gratuliere.« Sun-Wang lächelte höflich. »Hoffentlich störe ich nicht –«

»Nein, nein.« Isaac schüttelte den Kopf. »Sie stören überhaupt nicht. Aber vielleicht könnten Sie etwas mehr ins Detail gehen und mir erklären, auf welche Weise ich Ihnen helfen kann. Sie haben sich ein wenig unklar...«

»Ja, ich weiß.« Sun-Wang nickte leicht verlegen, während sie in ihre Handtasche griff. »Leider konnte ich Ihnen am Telefon nicht mehr mitteilen, aber...« Sie legte das lederne Abzeichenetui und fünf Polaroidfotos auf Isaacs Schreibtisch. »Aber der Fall, an dem ich arbeite, ist als streng vertraulich eingestuft, deshalb konnte ich nicht – Dr. Isaac, fühlen Sie sich nicht wohl?«

Tina Sun-Wang war aufgefallen, daß Professor David Isaacs Gesicht plötzlich totenbleich geworden war...

»Wo haben Sie die her?« fragte Isaac, während er eines der Polaroidfotos ergriff; sein Blick wanderte zwischen den Fotos des Labors vom Eagle Mountain und dem Abzeichen der Kriminalbeamtin hin und her.

»Darüber wollte ich mit Ihnen sprechen«, sagte Sun-Wang. »Ich bin vor kurzem in die Polizeiabteilung von San Diego eingetreten – Kriminallabor – und ich habe mich freiwillig dazu gemeldet, mich in die Rolle einer Rauschgift-Chemikerin in ein geheimes Labor einschleusen zu lassen.«

»Sie arbeiten bei der Polizei...« wiederholte Isaac, als könnte er seinen Augen und Ohren nicht trauen.

»Ja, ich weiß, es klingt ein bißchen verrückt«, entschuldigte sich Sun-Wang, »aber da ich sehr wenig über die Herstellung von verbotenen Drogen weiß, habe ich Sie gefragt, ob ich Sie besuchen und mit Ihnen darüber sprechen könnte... vielleicht könnten Sie –«

»– Ihnen beibringen, wie man verbotene Drogen herstellt?« flüsterte Isaac ungläubig.

»O nein.« Sun-Wang lächelte verlegen, sie hatte noch viel zu wenig Erfahrung in ihrer Laufbahn als Kriminalbeamtin sammeln können, um den Ausdruck auf Isaacs Gesicht richtig zu deuten. »Eigentlich nicht. Ich meine, es wäre großartig, aber vor allem muß ich mir ein paar Tricks aneignen – wissen Sie, etwas Spektakuläres –, damit ich in meiner Rolle glaubwürdig wirke. Mir ist eingefallen, daß Sie in Ihren Klassen Vorträge über Alchimie gehalten haben, und deshalb dachte ich, daß Sie mir beibringen könnten –«

»Wie man Alchimistin wird?«

»Ja, so ungefähr.« Sun-Wang nickte unsicher und fragte sich, was sie gesagt oder getan hatte, was Isaac so plötzlich aus der Fassung gebracht hatte.

»Und das ist das, äh, Geheimlabor, in dem Sie arbeiten wollen?«

»Ich nehme an«, meinte Sun-Wang. »Um die Wahrheit zu sagen, wir wissen es nicht mit Sicherheit. Die Person, die mich einführen – für mich bürgen wird...«, sie lächelte wieder verlegen, »... hat uns die Fotos gegeben, aber uns noch nicht verraten, wo sich das Labor befindet. Ich soll Freitag, also übermorgen, mit ihm hinausfahren – vorausgesetzt, daß ich bis dahin vorbereitet bin.«

»Sie wissen also nicht einmal, wo sich dieses Labor befindet?« fragte Isaac, der ganz sichergehen wollte.

»Nein, das wissen wir nicht. Der mit dem Fall befaßte Beamte meint, daß es für einen, äh, Verräter typisch ist, nichts Genaues zu sagen. Auf diese Weise hat er noch eine Trumpfkarte, die er ausspielen kann.«

»Ich – verstehe.« Isaacs Herz klopfte fast hörbar laut.

»Wir wissen nicht einmal mit Sicherheit, daß es sich um ein Rauschgiftlabor handelt«, fuhr Sun-Wang fort. »Deshalb habe ich die Fotos mitgebracht. Vielleicht können Sie mir einen Hinweis darauf geben, was dort hergestellt wird.«

»Faszinierend«, Isaac tat, als würde er die Fotos genau betrachten, während er im Geist fieberhaft versuchte, alles zu durchdenken. Nach einigen Augenblicken legte er die Bilder weg und sah Sun-Wang an.

»Ich habe keine Ahnung, was in diesem Labor hergestellt wird«, erklärte er dumpf, und seine Stimme klang unnatürlich laut. »Ich kann nichts Ungewöhnliches an der Anlage finden, aber wir könnten uns ein paar, äh, Zaubertricks ausdenken, damit Sie wie eine – ›Untergrund‹-Chemikerin wirken.«

»Wunderbar.«

»Aber, bevor ich mich damit befassen kann«, fuhr Isaac fort, »muß ich das Einverständnis des Dekans einholen.« Er stand auf.

»Entschuldigung, Professor«, wandte Sun-Wang ein, die plötzlich sehr unsicher geworden war, »aber ich weiß nicht, ob Sie das tun können.«

»Warum denn nicht?« fragte Isaac, dessen betäubter Geist wieder erwachte.

»Diese Operation – soll vermutlich geheim bleiben. Man hat mir dieses Gespräch mit Ihnen erlaubt, weil ich gesagt habe, daß Sie an der Universität in hohem Ansehen stehen, aber –«

»Ich verstehe.« Isaac nickte, war aber nicht fähig, die lächerliche Möglichkeit zu akzeptieren, daß alles nur ein ironischer Zufall war. »Wenn ich vielleicht das Problem in groben Umrissen darstelle, ohne auf Einzelheiten einzugehen?«

»Ich nehme an – das dürfte in Ordnung gehen.« Sun-Wang war noch immer ein wenig verunsichert.

»Schön.« Isaac nickte flüchtig, griff in sein Bücherregal und entnahm ihm ein abgegriffenes Lehrbuch. »Wenn Sie das vielleicht durchsehen wollen, während ich die Angelegenheit mit der Verwaltung der Universität abkläre. Möchten Sie Kaffee, während Sie warten? Ich kann Ihnen von meiner Assistentin eine Tasse bringen lassen. Zucker oder Sahne?«

»Schwarz wäre er mir am liebsten.« Sun-Wang war über die freundliche Behandlung, die ihr zuteil wurde, erstaunt.

»Maria«, rief Isaac durch die offene Tür, »könntest du unserer jungen Besucherin eine Tasse Kaffee bringen?« Isaac wartete, bis Nichole Faysonnt geantwortet hatte, dann wandte er sich wieder Sun-Wang zu. »Bitte warten Sie, ich werde in wenigen Minuten zurück sein.« Er verschwand durch die Tür.

Professor Isaac bemühte sich in seinem Privatbüro fünf quälende Minuten lang erfolglos, in Jimmy Pilgrims Nachrichtensystem hineinzukommen.

Während wieder die rätselhaften Worte »FALSCHER ZUGANGSCODE« auf dem Bildschirm aufleuchteten, vernahm er ein leises Klopfen an der verschlossenen Tür.

»Ja, wer ist da?« fragte Isaac und versuchte verzweifelt, sich zu beruhigen – und nachzudenken –

»Ich bin es.«

Isaac eilte zur Tür, öffnete sie und winkte Nichole rasch herein, bevor er die Tür wieder schloß und verriegelte.

»Was ist los?« fragte Nichole.

»Polizei«, flüsterte Isaac, obwohl sein Büro – in dem Tina Sun-Wang vermutlich noch saß – gute zehn Meter entfernt war.

»Was?« Nicholes Augen weiteten sich.

»Miß Sun-Wang«, antwortete Isaac. »Eine von Allan Bacons Studentinnen, die letztes Jahr ihr Diplom bekommen hat. Jetzt arbeitet sie bei der Polizei von San Diego.« Isaac schilderte hastig sein beunruhigendes Gespräch mit der jungen Beamtin.

»Mein Gott«, flüsterte Nichole. »Es muß sich um eine Falle handeln, oder?«

»Das nehme ich auch an.«

»Was sollen wir dann –«

»Ich weiß es nicht«, gestand Isaac kopfschüttelnd, »aber wir müssen sehr schnell etwas unternehmen.«

Jimmy Pilgrim stand gekrümmt neben Raynees Schreibtisch im unterirdischen Büro und betrachtete wütend die beiden noch bewußtlosen Körper, Raynee und Schultzheimer waren damit beschäftigt, den mit Handschellen gefesselten Shannon, der halb bewußtlos war, zu durchsuchen, als das Telefon läutete.

»Wer?« fragte Pilgrim und blickte zu Raynee hinunter.

»Ich weiß es nicht.« Raynee blickte auf. »Du hast gesagt, daß niemand mehr hier anrufen wird, weil wir die Computer haben.«

»Bringt sie hinaus«, befahl Pilgrim.

Er ließ das Telefon noch viermal läuten, bevor er endlich abhob.

»Hallo?« knurrte er.

»Hier spricht Isaac.« Der nervöse Professor redete hastig. »Ich...«

»Was fällt Ihnen ein, warum rufen Sie hier an?« fragte Pilgrim wütend. »Ich habe Ihnen doch gesagt, Sie sollen den Computer benützen, wenn Sie –«

»Verdammt noch mal, ich habe es ja versucht«, flüsterte Isaac nachdrücklich und zwang sich, leise zu sprechen, »aber ich konnte nicht reinkommen. Jemand muß mein Paßwort geändert haben.«

»*Was*?« Pilgrim schrie beinahe. »Was meinen Sie –?« und dann erinnerte er sich, daß das Mächen wie wild auf den Tasten des Terminals herumgetippt hatte, bevor er zu Bruch ging. Und was hatte Raynee gesagt? Etwas, das so klang, als hätten sie den Computer »in Ordnung gebracht«, bevor...

»Verdammt noch mal –« begann Jimmy Pilgrim zu toben, als ihm Isaacs nächste Worte plötzlich zu Bewußtsein kamen. »Was haben Sie gesagt?« schrie er und hörte dann mit wachsendem Entsetzen zu, wie der Professor den unerwarteten, ihm völlig unverständlichen Besuch von Tina Sun-Wang meldete.

»Sind Sie sicher, daß die nicht wissen, wo sich das Labor befindet?« fragte Jimmy Pilgrim, als Isaac schwieg, und versuchte, sich ins Gedächtnis zu rufen, wer außer Raynee, Schultzheimer, Drobeck und seiner vertrauenswürdigen, aus drei Mann bestehenden

Leibgarde den Standort des Prototyp-Labors auf dem Eagle Mountain noch kannte.

Niemand. Das bedeutete, daß die Polizei nicht das Labor auf dem Berg im Visier haben konnte, folgerte Pilgrim. Und das erste seiner hundert geplanten Konzessions-Labors würde frühestens am Sonnabend betriebsbereit sein. Es blieb also...

»Ich... ich glaube nicht«, antwortete Isaac schließlich. »Die junge Dame sprach davon, daß man sie diesen Freitag zu dem Labor hinausbringen würde. Ein – Verräter will sie angeblich hinbringen.«

...Anza Borrego und Bobby Lockwood, nickte Pilgrim kalt lächelnd, während die Puzzle-Teile sich zu einem Ganzen zusammenfügten; jetzt fiel ihm ein, wie Lockwood auf die Nachricht von Jamie MacKenzies Bestrafung reagiert hatte. Und nun war MacKenzie gestorben...

Natürlich.

Jimmy Pilgrim war merkwürdigerweise beinahe stolz darauf, wie der Junge seinen Rachefeldzug geplant hatte. Daß er eine Polizei-Chemikerin in eines von Jimmy Pilgrims Labors einschleusen wollte, war ein eindrucksvoller, gut berechneter Akt der Herausforderung... der ihm, Pilgrim, sehr zustatten kam, weil er einen anderen Köder brauchte, um Locotta zwei oder drei Tage lang zu beschäftigen. Leider war Pilgrim klar, daß die Aufgabe des Anza-Borrego-Labors wahrscheinlich auch den Verlust von Drobeck bedeuten würde, aber das war das kleinere Problem. Es war viel wichtiger, daß Locotta seinen »Alchimisten« fand... oder zumindest glaubte, ihn gefunden zu haben...

Dann erinnerte sich Pilgrim an die zweiundzwanzig Ein-Pfund-Ziegel Kokain, die er von den Pfund-Dealern im Verhältnis zwei zu eins für das »Regenbogen«-Analogon zurückgenommen hatte. Die Drobeck in dem Versteck auf dem Eagle Mountain aufbewahren sollte.

»Rainbow«, rief Pilgrim und deckte mit der Hand die Sprechmuschel des Telefons ab, »setz dich mit Drobeck in Verbindung... auf der Stelle! Sag ihm, er soll das Koks nicht auf den Berg bringen. Er soll im Borrego-Labor bleiben und bei den Analoga Verwendung finden.«

»Und wenn er schon unterwegs ist?«

»Ist er nicht.« Pilgrim schüttelte den Kopf. »Er haßt es nämlich, früh aufzustehen.«

»Okay«, brummte Pilgrim, nachdem er die Hand von der Sprechmuschel genommen hatte. »Ich kümmere mich darum. Übrigens habe ich etwas von einem A-siebzehn-Pulver gehört, das ein einmaliges Aphrodisiakum sein soll. Was wissen Sie darüber?«

»Das Siebzehn-Analogon? Das war eines von den ersten zwei, die ich Ihnen geschickt habe. Erinnern Sie sich, das und das Thiopen«, erwiderte Isaac. »Ihre Leute haben es getestet… sie sagten, es sei nichts wert.«

»Ja… ich erinnere mich.« Pilgrim dachte daran, daß Bylighter als erster mit den Phiolen des neuen Analogons zu tun gehabt hatte… und daß sie wertvolle Produktionstage verloren hatten, weil es Verwirrungen bei den ersten Versuchen gegeben hatte. Statt einen Vorrat der B-16-Regenbogen-Droge auf Lager zu haben, um die erste Phase seines Spiels ablaufen zu lassen, mußte er jetzt alles vorantreiben und zusätzliche Risiken eingehen, und zwar zu einem Zeitpunkt, wo Jake und seine »Kopfjäger« unterwegs waren und verzweifelt Pilgrims Verbrecherteam… und seinen Alchimisten suchten. Besonders den Alchimisten.

Aber wenn erst die hundert Konzessions-Labors eingerichtet und die Analoga-Partien gebraut wurden, würde es zu spät sein. Wenn Jake Locotta im Rauschgiftgeschäft bleiben wollte, mußte er zu Jimmy Pilgrim kommen… genau wie alle anderen. Denn Jimmy würde der einzige sein, der zu Dr. David Isaac und seinen erstaunlichen Analoga Zugang hatte. Und es würde sein Monopol bleiben, selbst wenn er den Schöpfer der lang erträumten Chemikalien vernichten mußte.

Alles würde eine Frage des Timings sein, und es blieb ihm nicht mehr viel Zeit. Alles geschah viel zu rasch, besonders das Unerwartete, das, was er einfach nicht hatte vorhersehen können, ganz gleich, wie sorgfältig er die Karten verteilt hatte.

Jetzt stand er vor der Erkenntnis, daß das A-17-Analogon – das sie vor zehn Tagen in Händen gehalten hatten – möglicherweise der lang ersehnte »Alchimisten-Traum« war.

»Die Rezeptur für das A-siebzehn ... ist es verfügbar?« fragte Pilgrim.

»Das Verfahren ist im Computer eingespeichert«, wich Isaac aus. »Aber ich kann nicht ...«

»Wir werden den Computer in Ordnung bringen«, schnarrte Pilgrim. »Ich meine, jetzt sofort. Was ist mit Ihren Notizen?«

»Sie haben uns befohlen, sie zu vernichten ...«

»Ich weiß, was ich Ihnen befohlen habe«, zischte Pilgrim drohend. »Ich frage Sie ...«

»Wir führen ein Labor-Notizbuch, das ich unter Verschluß halte«, gab Isaac zu. »Dort ist das Verfahren aufgezeichnet.«

»Gut.« Pilgrim schloß für einen Augenblick die Augen, um einen klaren Kopf zu bekommen und jetzt nicht die Kontrolle zu verlieren. »Können Sie weggehen, ohne daß sie mißtrauisch wird?«

»Ich – ich nehme es an, aber ...«

»Ich muß Sie so schnell wie möglich in dem Labor treffen«, brummte Pilgrim, der fand, daß es entschieden an der Zeit war, Dr. David Isaac aus dem Verkehr zu ziehen. »Und bringen Sie unbedingt das Notizbuch mit«, fügte er nachdrücklich hinzu.

»A-aber ich dachte, Sie sagten – es wäre zu gefährlich für uns, zusammenzukommen«, stammelte Isaac.

»Wollen Sie auch die übrigen Maria-Dokumente haben?« fragte Pilgrim.

»Was?«

»Sie bringen mir das Notizbuch, dann bekommen Sie die restlichen Seiten. Es handelt sich um eine Fahrt von zweieinhalb Stunden. Sie sollten sich lieber auf den Weg machen«, flüsterte er bedrohlich.

Jimmy Pilgrim knallte den Hörer auf die Gabel, erledigte rasch zwei Anrufe, um seine Falle aufzustellen, und wandte sich an Raynee.

»Du und Roy, ihr bleibt hier«, befahl er. »Findet heraus, wer diese Spaßvögel sind, und schließt dann einen der Reserve-Terminals an. Ich werde mich vom Berg-Labor aus melden, sobald ich das kleine Luder dazu gebracht habe, mir zu gestehen, was sie mit dem Computer angestellt hat.«

Dann bedeutete er seinen drei mit Maschinenpistolen bewaffneten Leibwächtern, ihm zu folgen, ging in das hintere Büro, packte die noch bewußtlose Sandy Mudd vorn an der Bluse, schleppte sie zur Tür der unterirdischen Garage und rief nach hinten: »Und vergeßt nicht, Drobeck im Borrego-Labor festzuhalten.«

Professor David Isaac wandte sich an Nichole. »Er will, daß ich mich mit ihm auf dem Eagle Mountain treffe und die A-17-Formeln mitbringe. Er will uns den Rest der Maria-Dokumente im Austausch gegen dein Notizbuch übergeben.«

Nichole Faysonnt betrachtete das in rotes Leinen gebundene Notizbuch in ihren Händen und das Etikett, auf dem ihr Name durchgestrichen... und durch den Namen ersetzt worden war, bei dem Isaac sie jetzt rief. Maria.

»Das bedeutet, daß er dich nicht mehr braucht«, flüsterte sie. »Er wird – dich töten, wenn du dorthin fährst.«

»Du hast recht.« Isaac nickte. »Aber er begreift nicht, daß ich ihn auch nicht mehr brauche.« Isaac nahm das Gesicht des Mädchens zart in beide Hände und küßte es sanft. »Warum sollte ich Marias Notizbuch haben wollen... wenn ich Maria selbst habe?« Er küßte sie wieder, und sie hielten einander einen Moment lang umschlungen.

»Was sollen wir also tun?« fragte Nichole schließlich.

»Alles zusammensuchen, was wir brauchen, aber ohne Aufsehen zu erregen, um achtzehn herzustellen.« Isaac langte zu einem Regal hinauf und begann, kleine Phiolen mit teuren Chemikalien in seine abgewetzte Aktentasche zu packen.

»Dann wirst du nicht...?«

Isaac schüttelte den Kopf. »Es gibt nur eines, was uns übrigbleibt, wenn wir überleben... und mit unserer Arbeit fortfahren wollen.« Er sah Nichole an – die junge Studentin, die irgendwie zu seiner »Maria« geworden war. »Wir müssen fliehen.«

An diesem Mittwochmorgen trank Jake Locotta in seiner Küche Kaffee und ignorierte entschlossen die von Tassios Männern verursachten Geräusche, als sie die vier in Laken gehüllten Leichen in die

Kofferräume von zwei Fahrzeugen verfrachteten. Dann läutete das Telefon.

Tassio meldete sich, hörte einen Augenblick lang zu, dann blickte er Locotta mit einem breiten, hämischen Lächeln an. »Die Millionenprämie hat offenbar die Aufmerksamkeit einiger Leute erregt«, verkündete er. »Soeben haben wir einen Wink bezüglich Jimmy Pilgrims Labor erhalten.«

Tina Sun-Wang wartete fast fünfzehn Minuten lang in Dr. David Isaacs Labor, bevor sie genug von dem überaus »trockenen« Lehrbuch hatte und sich in dem mit Büchern und Aufzeichnungen gefüllten Büro des Professors umzusehen begann.

Sie entdeckte sehr wenig Interessantes und betrachtete die komplizierten chemischen Modelle auf der schwarzen Tafel hinter ihrem Stuhl. Sie wollte überprüfen, wieviel von der chemischen Nomenklatur in ihrem Gedächtnis hängengeblieben war, und fing an, die erste verzwickte Verbindung aufzulösen...

...und kam bis zu »eins-eins-zwei-Thienyl-Cyclohexyl«, als die Alarmglocken in ihrem Kopf schrillten.

Tinas Rücken und ihre Hände begannen zu prickeln – während sie die Formeln noch einmal durchging, weil sie sicher war, daß sie sich geirrt haben mußte.

»Eins-eins-zwei-Thienyl-Cyclohexyl-Piperidin. O Gott«, flüsterte sie.

Tina starrte noch weitere dreißig Sekunden die unglaublichen Zeichen auf der Tafel an, bevor sie aufstand und zur Tür des Hauptlabors ging.

Das Mädchen – wie war noch sein Name, Maria? – war nirgends zu sehen.

Sun-Wang, die noch nicht glauben konnte, daß das alles Wirklichkeit war, griff nach dem Telefonbuch auf Isaacs Schreibtisch, fand rasch die Nummer des Sheriffbüros von San Diego und wählte sie mit zitternden Fingern.

»Detektiv Martin DeLaura, und bitte schnell. Es handelt sich um einen dringenden Fall«, flüsterte sie, als sich der diensthabende Beamte meldete.

Es dauerte genau dreiundzwanzig Sekunden, bis Sergeant Wilbur Hallstead den Hörer von DeLauras Telefon abhob. Sun-Wang hatte jedes Vorrücken des langsam wandernden Sekundenzeigers der Wanduhr mitgezählt, während sie nervös auf das Geräusch sich nähernder Schritte lauschte.

»Hallstead.«

»Hier Tina Sun-Wang von der Polizei San Diego. Ich muß sofort mit Detektiv DeLaura sprechen.«

»Sagen Sie, sind Sie nicht die Chemikerin vom Polizei-Labor, die...«

»Ja, stimmt. Hören Sie bitte –«

»DeLaura ist vor kurzem weggegangen. Er wollte zum Campus, um Sie irgendwo zu treffen.

»O nein – hören Sie, können Sie ihn nicht über Funk erreichen?«

»Vermutlich. Ist es ernst?«

»Ja.« Sun-Wang nickte nervös. »Wenn Sie ihn erreichen, teilen Sie ihm mit, daß ich mich in Dr. David Isaacs Büro im Hauptgebäude des Instituts für Chemie, zweiter Stock, befinde, und er soll sich beeilen. Hier ist etwas Verrücktes im Gang... und ich glaube, ich habe etwas schrecklich falsch gemacht.«

Bobby Lockwood rannte müde und verschwitzt die Treppe zum Keller des Borrego-Labors hinunter und hob den Telefonhörer ab, als es zum viertenmal klingelte.

»Ja«, meldete er sich und wurde dann sofort hellwach, als er Rainbows wütende Stimme erkannte.

»Wo steckst du denn?« fragte Raynee. »Ich habe versucht, dich zu erreichen.«

»Ich bin nur für ein paar Minuten hinausgegangen. Diese Chemikalien...«

»Drobeck«, fauchte Raynee. »Wo ist er? Ich will mit ihm sprechen.«

»Er ist heute früh weggefahren... vor ein paar Stunden. Er hat gesagt, er fährt auf den Berg.«

»Hat er die Ziegel mitgenommen?«

»Ja, klar.« Lockwood nickte. »Sie haben ihm doch aufgetragen –«

»Scheiße!« schrie Raynee. »Du bleibst in dem Labor, damit ich dich jederzeit erreichen kann. Pilgrim und ich kommen heute nachmittag hinüber und schauen uns den nächsten Haufen an.« Er knallte den Hörer wieder auf die Gabel.

Bobby Lockwood blieb eine Weile nachdenklich in dem nach Äther riechenden, unterirdischen Labor stehen. Ob es Raynees laute Stimme oder die Dämpfe oder die Erkenntnis war, daß er sich auf ein höchst gefährliches Spiel eingelassen hatte, wußte Lockwood nicht, aber etwas in seinem Gehirn, eine leise, unruhige Stimme sagte ihm, er solle sich schnellstens aus dem Staub machen.

Er legte den Hörer auf, trat in die warme Morgensonne hinaus, stieg in seinen Wagen und fuhr auf der kurvenreichen Straße in Richtung des etwa hundertfünfzig Kilometer entfernten Flughafens von Palm Springs – fest entschlossen, sich in das erste Flugzeug zu setzen, das zumindest in die Richtung von Anchorage in Alaska startete. Lockwood fand, daß es wahrscheinlich der geeignetste Moment war, sich der nützlichen Ratschläge seines verstorbenen Vaters zu erinnern und von der Richtung abzuweichen, die sein Lebensweg genommen hatte – und zwar so rasch wie möglich.

Er schaffte es beinahe.

30

Als Jimmy Pilgrim seine Falle für Locottas Männer aufstellte, ging er von drei absolut vernünftigen Annahmen aus: erstens, daß die Information, Simon Drobeck, Bobby Lockwood und eine in Produktion befindliche Partie der Regenbogen-Droge befänden sich im Anza-Borrego Labor, die Aufmerksamkeit von Jake Locotta und Joe Tassio erregen würde. Zweitens, daß die Tatsache, daß er und Rainbow sich für diesen Nachmittag im Wüstenlabor angesagt hatten – um die neue Partie Regenbogen-Droge zu checken – Locotta ein paar Stunden an Ort und Stelle festhalten würde, ganz gleich, was Drobeck über das Labor am Eagle Mountain enthüllen mußte.

Und drittens, daß das Vorhandensein von zweiundzwanzig Ziegeln Koks im Borrego-Labor Locottas Lage mindestens für zwei oder drei Tage schwierig gestalten würde, sobald nämlich die Beamten des Sheriffs von San Diego eintrafen, um den neuesten anonymen Tip zu überprüfen – und mehr Zeit benötigte Pilgrim nicht.

Aber es klappte nicht ganz wie vorgesehen.

Locotta erspähte Bobby Lockwoods dahinrasenden Wagen aus der Luft und wies seinen Hubschrauberpiloten an, das Fluchtfahrzeug auf der Straße zu jagen, während Tassios Jeeps Pilgrims Labor zustrebten.

Zehn Minuten später saß der verängstigte Bobby Lockwood im Keller des Anza-Borrego Labors an einen Stuhl gefesselt und erzählte Jake alles, was er über die Analoga, Simon Drobeck und den »Alchimisten« wußte, der offenbar das Musterlabor entworfen hatte, das sich »irgendwo in den Bergen, etwa drei Fahrstunden von San Diego«, befand, und berichtete auch, daß Jimmy Pilgrim vorhatte, das Wüstenlabor zu inspizieren. Joe Tassio benützte inzwischen das Telefon im Labor, um die kleine Armee zu bremsen, die noch immer die südliche Hälfte von Kalifornien nach Jimmy Pilgrim und Rainbow absuchte.

Jake Locotta war im Begriff, sich – mit sorgfältig eingesetzter Folter – zu vergewissern, daß der weinende junge Mann wirklich nicht wußte, wo sich Pilgrims Berg-Labor befand, als Joe Tassio aufgeregt vom anderen Ende des Kellers schrie.

»Jake, sie haben Pilgrim entdeckt!«

»Wo?« fragte Locotta, überließ den bis dahin unverletzten Lockwood sich selbst und lief zum Wandtelefon.

»Eine Sekunde.« Tassio schüttelte den Kopf und horchte... dann wandte er sich mit breiten, bösartigem Grinsen Locotta zu. »Palomar-Flughafen, am Meer. Bei ihm befinden sich ein Pilot, drei Leibwächter und ein Mädchen. Er ist vor etwa einer halben Stunde in einem Hubschrauber mit Kurs nach Nordost abgeflogen. Wir haben jetzt ein Flugzeug über ihm.«

Locottas Augen glänzten vor kaum unterdrückter Wut und Erwartung. »Laß dieses Gebäude Stein für Stein auseinandernehmen«, befahl er und lächelte seinem Leibwächter zu. »Du und ich, wir werden uns mit diesem verdammten letzten Stück Dreck persönlich befassen.«

Als die später eintreffenden Beamten des Sheriffs – die Paul Reinhard begleitete – endlich auf Jimmy Pilgrims anonymen telefonischen Tip hin das Anza-Borrego-Labor durchsuchten, fanden sie daher nur wenig wirklich Interessantes – nur Rückstände in einem unordentlichen Haufen von schmutzigen Glasbehältern, fünf traditionsgemäß schweigende Gangster, die sich schnell ergaben, und einen überaus dankbaren Jungen namens Bobby Lockwood – den die offensichtlich abgelenkten Killer noch nicht umgelegt hatten.

Die körperliche Anstrengung, die für die Beförderung von zweiundzwanzig Pfundziegeln Koks in den Wohnraum der Hütte auf dem Eagle Mountain erforderlich war, war nicht nach Simon Drobecks Geschmack. Siebenmal mußte er vom Wagen zur Hütte und wieder zurück marschieren, bevor er das letzte der in Plastik eingeschweißten Pakete ins Haus befördert hatte.

Es war genau jene Art Arbeit, die Drobeck normalerweise, ohne lange zu überlegen, Bobby Lockwood zugewiesen hätte. Aber abgesehen von den Sicherheitsproblemen war es für Drobeck ein ganz besonderer Tag.

Heute war sein Geburtstag... und der Vormittag, an dem er ganz allein im Labor auf dem Eagle Mountain »spielen« wollte. Obwohl das nicht ganz korrekt war, denn Drobeck würde nicht ganz allein sein.

Als er zum achten Mal vom Wagen ins Labor ging, brachte er seine glitzernde Pythonschlange mit, die sich schützend um seinen Oberkörper und die Schultern geschlungen hatte. Es gab noch einen Umstand, der seine Geburtstagsfeier verderben konnte, dachte Drobeck, während er die Lampen anknipste und den Keller betrat, ohne den starken Äthergeruch zu beachten. Es war durchaus möglich, daß die schwer zu fangende Känguruhratte einen Weg aus dem unterirdischen Labor entdeckt hatte. Drobeck hatte zwar zwei Fluchtlöcher sorgfältig verstopft, die er in einem Fensterrahmen und in der Tür gefunden hatte, aber dennoch...

Als er dann die Tür schloß und sein geliebtes Tier auf den kühlen

Betonboden gleiten ließ, hörte er die kleinen Füßchen in einem Haufen von Papierfetzen scharren... und lächelte erwartungsvoll.

Drobeck hatte vorgehabt, sich mit dem neuen Computer-Terminal zu beschäftigen, während sein hungriger Liebling die Jagd begann, doch er stellte bald fest, daß der Computer sein Paßwort nicht mehr akzeptierte.

Drobeck war abgelenkt und in dem vollkommen abgedichteten Kellerlabor isoliert und hörte deshalb das dröhnende Geräusch der Rotorblätter nicht. Weil ihn das unerwartete Problem verwirrte und leicht verärgerte, versäumte er beinahe das Ereignis, auf das er so lange gewartet – von dem er sogar geträumt hatte.

Drobeck spürte die Spannung in der Luft und drehte sich langsam um, als die Pythonschlange gerade Kopf und Hals in die charakteristische S-Stellung brachte, während sie langsam vorwärtsglitt, die Augen auf den pelzigen, langschwänzigen Nager gerichtet, der sich wiederum auf ein neu entdecktes interessantes Futter konzentrierte: die schmackhafte Isolierung der von Professor David Isaac installierten elektrischen Drähte.

Während Simon Drobeck langsam tief Luft holte und dann erwartungsvoll den Atem anhielt, korrigierte die Schlange ihre gespannte Haltung um einen Millimeter... dann stieß der Kopf der Schlange blitzschnell vor und packte das kleine Säugetier.

Innerhalb eines Augenblicks ereigneten sich vier Dinge praktisch gleichzeitig.

Die kleine Känguruhratte merkte im allerletzten Augenblick, was ihr bevorstand, versuchte das Mäulchen zu öffnen, um protestierend zu quietschen, dann preßte die Schlange die Kiefer erbarmungslos zusammen – und die scharfen Zähne des Nagers bohrten sich tief in den isolierten Draht.

Durch die anschließende Drehbewegung des schweren, zurückweichenden Schlangenkörpers zerrissen die Zähne der Känguruhratte einige dünne Kupferfasern innerhalb des isolierten Kabels...

...und auf Grund des Kontakts zwischen dem »heißen« Draht der Vakuumpumpe und den Zähnen von Gejagter und Jägerin durchströmten einhundertdreizehn Volt die Nervengewebe der beiden höchst unterschiedlichen Tiere...

...worauf – weil die Känguruhratte längst den von Isaac vor vielen Tagen so sorgfältig installierten Erdungsdraht durchgekaut hatte – ein kurzer Funken erzeugt wurde, der die tiefliegenden Ätherdämpfe entzündete...

...und zwar in dem Augenblick, als Jimmy Pilgrims drei Wächter die Tür zum Kellerlabor eintraten und Drobeck ein letztes Mal befriedigt einatmete. Einen kurzen Moment lang hatte er das Gefühl, daß flüssiges Feuer in seine Lunge drang, dann explodierten die Kellerfenster unter den brüllenden Flammen.

Ben Koda gelangte halb zu Bewußtsein und fragte sich, warum jemand unablässig versuchte, seinen schlaffen Körper mit Fußtritten über einen Betonboden zu stoßen.

»Komm schon... ja, gut, wach auf«, zischte Charley Shannon und stieß seinen Partner noch einmal mit einem seiner riesigen Stiefel an.

»Wo...« flüsterte Koda schwach und griff nach seinem schmerzenden Kopf, als ihm undeutlich bewußt wurde, daß es stockdunkel war. Er versuchte den Kopf von dem kalten Boden hochzuheben, ließ ihn aber gleich wieder sinken, um nicht zu erbrechen. Irgendwo in seinem benommenen Gehirn tauchte das Wort »Erschütterung« auf, während er sich zu erinnern versuchte, wie und warum... und es dann schaffte.

»Sandy«, preßte Koda hervor und kämpfte gegen die Wogen von Übelkeit, die tief aus seinem Magen kamen. »Wo ist sie...«

»Pilgrim hat sie mitgenommen«, knurrte Shannon in der Finsternis. »Er hat gesagt, daß er zu einem Labor fährt. Er will sie dazu bringen, daß sie ihm verrät, wie er seinen Computer wieder in Ordnung bringen kann.«

Ben bewegte langsam den Kopf – er versuchte herauszufinden, wie schwer er verletzt war – und stellte schließlich fest, daß es sich größtenteils um gequetschte Muskeln und Nerven handelte. Nichts schien gebrochen zu sein. Er bemühte sich, nicht an Sandy... und Pilgrim... und Rainbow zu denken.

»Wo zum Teufel sind wir?« fragte Koda schließlich, nachdem er ein paarmal tief Luft geholt hatte.

»Im Raum neben Raynees Büro«, murmelte Shannon. »Sie haben uns vor wenigen Minuten hier hereingeworfen. Der verrückte Scheißkerl hat die ganze Zeit auch noch gelacht.«

»Bist du okay?«

»Meine Hände sind hinter meinem Rücken mit Handschellen gefesselt«, knurrte Shannon. »Ansonsten bin ich...«

»Unterhaltet ihr euch gut?« krächzte eine blecherne Stimme durch den Wandlautsprecher über ihren Köpfen.

»Warum kommst du nicht herein und findest es selbst heraus, du Arschloch?« brummte Koda laut, weil er annahm, daß Raynee Wanzen im Raum angebracht hatte.

»Ich weiß nicht, ob ich das tun werde.« Raynee lachte. »Aber vielleicht lasse ich euch heraus, sobald ihr mir alles über euch erzählt habt.«

Shannons Augen durchforschten inzwischen die Dunkelheit, und plötzlich entdeckten sie einen kleinen gelben Punkt, der... in die Höhe stieg.

»Charley und ich haben schon lange keine Angst mehr vor der Dunkelheit, Scheißkerl«, rief Koda, dessen Kopf jetzt, da er ihn leicht bewegt hatte, etwas weniger benommen war.

»Wirklich?« kicherte Raynee, während er und Schultzheimer die beiden Männer auf dem Fernsehmonitor beobachteten, der mit einer Infrarot-Videokamera in dem Raum verbunden war. Eine Infrarot-Glühbirne an der Decke lieferte das notwendige Licht für das ferngesteuerte Überwachungssystem.

»Vielleicht sollte ich das Licht wieder einschalten?« fuhr Raynee über das Mikrofon fort. »Natürlich könntet ihr dann der Meinung sein, daß euch die Dunkelheit besser gefallen hat. Seht ihr zum Beispiel die gelben Punkte dort drüben?«

»Auf der linken Seite«, murmelte Shannon.

»Ja, ich sehe sie«, gab Koda zu. »Sieht aus wie ein Halloween... Scheiße!«

Raynee hatte den Lichtschalter betätigt, und der Raum, in dem Koda und Shannon sich befanden, war in schwaches blaues Licht getaucht; die Beleuchtung reichte aus, damit die beiden Agenten und die fünf Meter lange Königskobra einander sehen konnten. Die

Schlange ragte gut anderthalb Meter über den Boden empor und blähte keine sechs Meter von Ben und Charley entfernt ihren Hut mit warnendem Zischen auf. Die beiden Männer sprangen sofort auf und wichen zur Wand zurück, um eine möglichst große Distanz zwischen die Schlange und sich zu legen.

»Wie gesagt, wenn ihr rauskommen wollt, müßt ihr nur anfangen zu plaudern«, kicherte Raynee und sah zu, wie die beiden Männer an der Wand entlang glitten, während die Schlange vorwärts kroch, um ihr Territorium aggressiv zu verteidigen.

»Wir haben dir gesagt, wer wir sind, du verrücktes Arschloch!« schrie Koda der nun sichtbaren Kamera entgegen, während er und Charley versuchten, sich in einem Raum, der plötzlich viel zu klein war, nicht von dem langsam näherkommenden Reptil in die Enge treiben zu lassen.

»Okay, ihr wollt es so...«

»...vielleicht werde ich herausfinden, wie groß eure Angst vor der Dunkelheit wirklich ist«, kicherte Raynee und bediente den Lichtschalter, so daß der Raum wieder in einem Meer von Finsternis versank. Nur zwei bösartige gelbe Augen, die mitten in der Luft schwebten und langsam näherkamen, blieben sichtbar...

Schultzheimer lud seine Schrotflinte, und das Geräusch lenkte Raynee für einen Augenblick – so daß er nicht sah, wie sich Koda vor seinen Partner hinkniete – von Shannon ab, der sich noch immer bemühte, seine Arme hinter dem Rücken freizubekommen.

»Beobachte die Augen und rühre dich nicht!« flüsterte Koda, während er verzweifelt seine tauben Finger bearbeitete. »Sag mir, wenn sie ganz nahe ist.«

»Scheiße, sie ist schon nahe«, antwortete Shannon unsicher. »Was immer du vorhast, beeil dich!«

»Wie nahe?« fragte Koda und versuchte die raschelnden Geräusche des über den rauhen Fußboden gleitenden Schlangenkörpers zu ignorieren.

»Sie ist ganz nahe, Mann. Wirklich ganz nahe«, flüsterte Charley Shannon, der das Gefühl hatte, von den wiegenden Bewegungen der wütend funkelnden gelben Scheiben, die immer größer... immer deutlicher wurden... hypnotisiert zu werden.

»Jetzt weiß ich, daß ihr dort unten nicht betet...« hallte Raynees lachende Stimme durch den Raum, während er versuchte, die Kamera hinunterzuschwenken... und der gleichfalls amüsierte Schultzheimer seine Schrotflinte an den Schreibtisch lehnte und näher herantrat, um den Video-Bildschirm besser zu sehen.

»Heb deinen Fuß, *jetzt*!« schrie Koda, sprang auf, drehte sich herum und schlug seine durch den Stiefel geschützte Hand in dem Moment gegen die funkelnden Augen, als sie vorstießen und die Schlange mit einem zischenden Geräusch die Luft aus dem weit geöffneten Maul stieß. Ben spürte förmlich den Schlag, als die Königskobra in der Dunkelheit gegen die Stiefelsohle prallte. Im selben Moment stieß Shannon ein dröhnendes Gebrüll aus, das das metallische, reißende Geräusch der gesprengten Handschellen fast gänzlich übertönte. Koda, der einer totalen Panik nahe war und handelte, bevor er darüber nachdenken konnte, was er tat, packte etwas Schwarzes dicht unterhalb eines wild leuchtenden gelben Auges... und wurde plötzlich auf dem Betonboden herumgeschleudert, während er den dicken, sich windenden Hals der unglaublich kräftigen, fünf Meter langen Schlange mit beiden Händen festhielt und verzweifelt bemüht war, das wütend suchende Maul – mit den tödlichen Giftzähnen – von seinem Körper wegzuhalten.

»Was zum Teufel...?« schrie Raynee. Er starrte noch auf den um sich schlagenden grünen Körper auf dem Monitor, als die Wand vor ihm plötzlich zu einem fliegenden Schauer von Gips und alten Waffen explodierte und Shannon mit rasender Wut in den Augen durch die Gipsplatten brach.

Bevor Raynee oder Schultzheimer reagieren konnten, schleuderte der brüllende Shannon ein abgebrochenes, etwa einen halben Meter langes Stück eines Balkens auf Raynee und traf ihn mitten ins Gesicht. Der Aufprall stieß den Straßendealer auf die Tischplatte, wo er fluchend, mit Armen und Beinen um sich schlagend, landete.

Der durch den Anblick des heranstürmenden Shannon vorübergehend zu Regungslosigkeit erstarrte Schultzheimer wollte seine Schrotflinte ergreifen, erkannte, daß er sie nie rechtzeitig erreichen würde, und ging in Angriffsstellung, als sich Shannon mit dem Rest des zersplitterten Balkens in den erhobenen Händen auf ihn stürzte.

Schreiend vor Wut ließ Shannon den Pfahl wie eine Axt auf Schultzheimers instintiv erhobene Arme hinuntersausen – dann sprang er über den Tisch hinter dem stürzenden Killer her.

Raynee kam auf der anderen Seite des Schreibtisches taumelnd auf die Beine, das Blut strömte ihm aus Mund und Nase, und er hielt ein Wurfmesser in der erhobenen rechten Hand. In diesem Augenblick stolperte Koda mit aufgerissenen Augen durch das Loch in der Wand; er umklammerte immer noch das Kopfende der zischenden, um sich schlagenden Kobra.

Ben Koda und Raynee sahen einander im gleichen Moment, Koda stürzte mit der sich heftig windenden Kobra auf den Boden, als Raynees Arm vorschnellte und das Messer mit der schweren Klinge knapp über Kodas Kopf tief in die Wand drang.

Der Dealer wollte nach einem weiteren Messer greifen, hörte und sah aber, wie Roys Hals unter dem unbarmherzigen Druck von Charley Shannons Armen krachte und brach. Knurrend riß Raynee die alte Streitaxt von der Wand, während es Koda gelang, mit der wütend um sich schlagenden Königskobra, die sich um seine Hände schlang, auf die Beine zu kommen.

Raynee sah ihn nicht kommen. Sein Mund verzog sich zu einem blutdürstigen Grinsen, während er die glänzende Axt mit der rechten Hand über die Schulter hob – und auf Charley Shannons breiten, ungeschützten Rücken zielte. Er setzte zum Wurf an, als Koda vorsprang und wild knurrend die wütend zischende Schlange mit dem Kopf voran auf den Killer schleuderte.

Raynee hörte das Geräusch, noch bevor er sich umwandte, riß den linken Arm instinktiv hoch und schrie dann entsetzt auf, als der breitschuppige Kopf sein Handgelenk umklammerte und die Giftzähne tief hineinbohrte.

Bevor Charley oder Ben reagieren konnten, legte Raynee seinen Arm auf die Tischplatte... und hieb die scharfe Schneide der alten Streitaxt durch seinen Unterarm, knapp oberhalb des flachen Kopfs der Kobra. Nach einem ersten gequälten Aufschrei begann er vor Schmerz und Schock zu brüllen, er ließ die Axt fallen und umklammerte mit der rechten Hand den säuberlich durchtrennten Stumpf. Auf seinem blutverschmierten Gesicht lag ein irrer, mörderischer

Ausdruck, und er starrte auf seine abgetrennte Hand, die zwischen den Kiefern der Kobra hin und her geschleudert wurde. Dann erschütterte eine Detonation das unterirdische Büro, als Charley Shannon eine Schrotladung aus Roys Flinte abfeuerte, die den Kopf der noch immer zubeißenden Schlange Raynees zerschmetterte.

In der darauf eintretenden Stille erkannte Raynee die Mordlust in Shannons Augen. Mit einem Aufschrei und einem Rasiermesser, das er plötzlich in seiner rechten Hand hielt, warf er sich auf Koda, stürzte jedoch der Länge nach hin, als sein Fuß auf dem blutigen Boden ausglitt.

Von Schock und Schmerz betäubt, rappelte Raynee sich wieder hoch. Er schwankte und sah hilflos zu, wie Shannon die verbrauchte Hülse aus der Schrotflinte auswarf und eine neue in die rauchende Waffe schob, die nun genau auf seinen Unterleib gerichtet war.

Charley verstand nicht, warum Koda rief: »Nein... erschieß ihn nicht!«

»Warum?« fragte er, während sein Finger bereits auf dem Abzug lag.

»Weil wir den Schweinehund brauchen, um Sandy zurückzubekommen«, knurrte Koda. Er beförderte den noch um sich schlagenden Körper der Kobra mit einem Tritt zur Seite und griff nach Raynees blutbespritztem Telefon.

31

Mittwochmorgen um 9 Uhr 05 fuhr der tief in Gedanken versunkene Detektiv DeLaura bei dem Hauptgebäude des Instituts für Chemie auf dem Campus der Universität auf den Parkplatz und hatte den Wagen gerade neben einem alten VW Käfer abgestellt, als er zwei Gestalten in weißen Labormänteln bemerkte – einen Mann Anfang Dreißig und eine viel jüngere Frau –, die auf ihn zuliefen.

Weil DeLaura durch mehrere ineinander verwickelte Probleme abgelenkt war, zu denen der Verbleib seines langjährigen Kumpels

Ben Koda, die soeben stattfindende Razzia auf ein Labor in Anza-Borrego und der offenbar in Panik gemachte Anruf von Tina Sun-Wang, den er über Funk kurz geschildert bekommen hatte, gehörten, tat DeLaura etwas, was er normalerweise nicht getan hätte... aber er war eben zerstreut, besorgt und sehr in Eile.

Er wollte nur das Paar anhalten und sich erkundigen, wie er am raschesten zu Dr. David Isaacs Labor gelangen könnte. So stieg er denn aus dem Polizeiwagen, griff in seine Jackentasche, zog die Lederhülle mit der Polizeimarke heraus und hielt sie der jungen Frau entgegen – als er eine weitere Gestalt erblickte, die Tina Sun-Wang ähnlich sah und aus einem nahen Gebäude gelaufen kam...

...worauf DeLaura plötzlich von der hysterisch schreienden Nichole Faysonnt angegriffen wurde, während Dr. Isaac seine Aktentasche mitten auf dem Parkplatz fallen ließ und bleich und zitternd die Hände über den Kopf hob.

Koda stand in einer offenen Garagentür, zwei Häuser von Raynees Wohnsitz in Del Mar entfernt, und hielt Roy Schultzheimers Schrotflinte in den Händen, als eine von Tom Fogarty gesteuerte Limousine in die Einfahrt brauste.

»Wo ist Charley?« fragte Fogarty, als Koda den Kopf durch das offene Beifahrerfenster steckte.

»Im Lieferwagen.« Koda wies auf Raynees schwarzen Lieferwagen, der in der Garage geparkt war.

»Ist Rainbow am Leben?«

»Er war es noch, als ich das letzte Mal nachsah. Aber er redet nicht. Wohin fahren wir also?«

»Zur Uni, Institut für Chemie«, brummte Fogarty. »Los, beweg dich. Sie warten auf uns.«

Koda lief zu dem Lieferwagen zurück, um sich kurz mit Charley zu beraten, und sprang dann in Fogartys Wagen; er konnte gerade noch die Tür zuschlagen, bevor Tom im Rückwärtsgang mit quietschenden Reifen davonfuhr.

»Etwas von Sandy gehört?« fragte Koda.

»Eine Truppe des Sheriffs ist vor kurzem in dem Labor in Anza-Borrego eingetroffen«, murmelte Fogarty, den Blick auf die kurvenreiche Straße gerichtet. »Sie haben DeLauras Denunzianten und ein paar von Locottas Schlägern angetroffen. Es sah aus, als hätten sie das Haus auseinandergenommen, um etwas zu finden. Von Pilgrim oder Sandy keine Spur.«

»Scheiße«, schrie Koda. »Warum, zum Teufel, fahren wir dann zur Uni?« Seine dunklen Augen funkelten vor enttäuschtem Zorn. »Tom, die Zeit drängt. Entweder holst du einen Techniker, damit er einen anderen Terminal an diese Computerleitung anschließt und wir Pilgrim ein glattes Geschäft anbieten können, Sandy für Rainbow, oder Charley und ich fahren in die Wüste hinaus, wo wir mit dem Schwein Tacheles reden werden.«

Fogarty überhörte Kodas Bemerkungen. »Wir haben eine dritte Möglichkeit. DeLaura ist im Augenblick in der Uni. Wir glauben, daß er Pilgrims Alchimisten gefunden hat...«

Als Jimmy Pilgrim etwas versengt und benommen, aber sonst unverletzt zum Hubschrauber zurückging und seinem Piloten half, die halb ohnmächtige Sandy Mudd in das leicht beschädigte Wohnzimmer des Häuschens auf dem Eagle Mountain zu schleppen, war das Feuer beinahe erloschen.

Das Haus lag so hoch und einsam, daß es fraglich war, ob jemand die Explosion gehört oder die Flammen gesehen hatte, die in den Resten des Kellerlabors brannten. Außer ein paar Flaschen mit leicht brennbaren Lösungsmitteln gab es dort sowieso kaum etwas, was leicht gebrannt hätte. Natürlich abgesehen von der Kleidung, den Haaren und der Haut der bis zur Unkenntlichkeit verkohlten Leiche, die auf dem geschwärzten Betonboden lag, und den drei weniger verkohlten Leichen von Pilgrims Wächtern, in dem von der Explosion zerstörten Treppenhaus.

Da Pilgrim diesen Geruch kannte, wußte er, was er unten finden würde, und hatte es somit nicht eilig, dorthin zu gehen. Statt dessen schleppten er und der Pilot die gefesselte, geknebelte und sich wehrende Mudd ins Wohnzimmer und warfen sie auf einen Stuhl neben einem ordentlichen Stapel von Ziegeln in Plastikhüllen. Die zweiundzwanzig Pfund hochprozentigen Kokains, die Simon Drobeck ins Berglabor gebracht hatte.

Das Vorhandensein der glänzenden, weißen Pfund-Ziegel zeigte Pilgrim ebenso wie alles andere, wie sehr sich die Situation in den letzten Stunden verschlimmert hatte. Die Falle, die ihm die zusätzlichen zwei Tage Zeit verschaffen sollte, war nicht zugeschnappt. Er konnte jetzt nur noch möglichst rasch das geänderte Paßwort für seine Computer-Datenbank von Mudd erpressen, den Terminal des Berg-Labors suchen, das Herstellungsverfahren für das A-17-Analogon ausdrucken... und dann verschwinden.

Als Pilgrim endlich in den Keller hinunterging, war klar, was den normalerweise eiskalten, gleichgültigen Bandenboß einen Augenblick lang in Verzweiflung versinken ließ.

Nachdem er ungerührt über die zerfetzen Leichen seiner drei treuen Wächter gestiegen war, blieb Pilgrim, Drobecks entsetzlich verbrannten Leichnam kaum eines Blickes würdigend, stehen und starrte fassungslos auf die Reste des ausgebrannten Computer-Terminals.

Als er erkannte, daß der Erfolg seiner gesamten Operation – sein ausgeklügelter Plan, dem Handel mit verbotenen Drogen in den Vereinigten Staaten eine unwiderrufliche Wende zu geben und ihn damit unter seine Kontrolle zu bringen – nun von dem rechtzeitigen Eintreffen eines Universitätsprofessors und eines Labor-Notizbuchs abhing, konnte er nur verzweifelt auf die verrußten Überreste seines Musterlabors starren.

Er hing noch seinen Gedanken nach, als er das Geräusch von Hubschrauber-Rotoren vernahm. Hatte sein Pilot etwa Bedenken bekommen, sich länger in der Umgebung des gefährlichen Berg-Labors herumzutreiben? Pilgrim rannte die Treppe hinauf... und blickte in die kalten, mordlustigen Augen von Jake Locotta.

Obwohl sich Charley Shannon laut über die Vergeudung wertvoller Zeit Luft machte, bestand Tom Fogarty darauf, daß Raynees Armstumpf versorgt werde. Wütend steuerte Charley den Lieferwagen des Dealers in die Tiefgarage des Instituts für Chemie.

Fogarty war es natürlich gleichgültig, ob Rainbow – der Mann, der zwei seiner Agenten brutal ermordet hatte – an einer Infektion, einer Kugel oder in der Gaskammer sterben würde... Er versuchte nur, so gut er konnte, seine Pflichten als leitender Bundesagent mit seiner ebenso unerschütterlichen Entschlossenheit in Einklang zu bringen, seine Agentin zurückzubekommen – und zwar lebend. Und wenn sich die Einweisung eines wahnsinnigen Killers wie Rainbow in ein Krankenhaus dadurch ein wenig verzögerte, dann war es eben dessen verdammtes Pech.

»Der Mann braucht einen Arzt«, flüsterte Isaac, als er die hintere Tür des Lieferwagens öffnete und die blutige, stöhnende Gestalt Raynees sichtbar wurde.

»Was der Mann braucht, ist ein Leichensack«, murmelte Shannon finster und richtete Rainbow auf.

»Aber…« wollte Isaac protestieren und spürte dann Tom Fogartys Hand auf seinem Arm.

»Warum kommen Sie nicht mit uns in Ihr Büro, Doktor, während wir diesen Mann versorgen«, schlug Fogarty vor und schob die Gruppe zum Fahrstuhl. »Es wird Zeit, daß wir uns einmal ernst unterhalten.«

Koda wartete, bis sich die Fahrstuhltür hinter Isaac, Nichole, DeLaura, Sun-Wang und Fogarty geschlossen hatte, sah sich noch ein letztes Mal um, um sicher zu sein, daß sie allein im Keller waren, und nickte seinem Partner zu.

»Wir tun das zu deinem eigenen Besten, Scheißkerl.« Charley Shannon grinste, während er den stöhnenden Raynee an die Tür des Lieferwagens zerrte.

»Du Schwei…« begann Raynee zu fluchen, verstummte aber, weil ihm Shannon die Arme auf Brust und Mund drückte. Ben Koda packte den Armstumpf mit der linken Hand, riß mit der linken den behelfsmäßigen Druckverband ab und goß dann eine ganze Flasche Merthiolat, ein Quecksilber enthaltendes Antiseptikum, über das blutige, unbedeckte Gewebe.

Raynees Augen quollen hervor, während er zu schreien versuchte. Dann ließ ihn der brennende Schmerz in Ohnmacht fallen, was es den Agenten erleichterte, mit Hilfe zweier kleiner Schlauchklammern und dem Rest des Notverbandskastens aus Dr. Isaacs Labor zuerst die beiden durchschnittenen Arterien abzuklemmen und dann Raynees Armstumpf fest zu verbinden und mit Heftpflaster zu verkleben. Das Ergebnis war nicht gerade fachmännisch, aber Koda und Shannon nahmen an, daß es Raynee in den nächsten beiden Stunden am Verbluten hindern würde. Und das war, nach Meinung der Sonderagenten, verdammt viel mehr, als ein Mann wie Raynee erwarten konnte.

Dr. David Isaac und Nichole Faysonnt saßen in einer Ecke seines Büros den anderen gegenüber, als Ben Koda eintrat.

»Hat er beschlossen mitzumachen?« fragte Koda Fogarty.

»Noch nicht ganz«, brummte Tom.

»Ich habe soeben Ihren Chef darauf aufmerksam gemacht, daß wir nichts sagen müssen, solange kein Rechtsanwalt anwesend ist«, erklärte Isaac, dessen wiedererwachtes Selbstvertrauen durch den Anblick von Kodas blutbesudeltem Hemd und Jeans erschüttert wurde. »Wenn Sie uns unsere Rechte vorlesen wollten...«

»Sind Sie zufällig auch Rechtsanwalt, Dr. Isaac?« erkundigte sich Koda höflich.

»Ich kenne meine Rechte.« Isaac schüttelte unnachgiebig den Kopf. »Und ich weiß, daß wir nichts Verbotenes getan haben. Jede Chemikalie, die wir hergestellt haben, ist einwandfrei...«

»...tödlich?« half Koda weiter. »Sollen wir Ihnen eine Liste der Leute zeigen, die in letzter Zeit an Ihrer ›legalen‹ Chemikalie gestorben sind? Tatsache ist, daß dank Ihrer freundlichen Unterstützung überall in Südkalifornien Leichen herumliegen – einschließlich der zweier Bundesagenten, die unsere Freunde waren.«

»Aber wir haben nicht – Sie können uns nicht etwas zur Last legen, worüber wir keine Kontrolle hatten!« verteidigte Isaac sich heftig. »Außerdem können Sie nicht beweisen –«

»Es ist durchaus möglich«, warf Tina Sun-Wang ein, »daß wir die Drogen in den Leichen feststellen und bis in Ihr Labor zurückverfolgen können.« Sie mußte sich immer noch bemühen, sich an das so drastisch veränderte Bild, das sie jetzt von Isaac hatte, zu gewöhnen, und hatte keine Ahnung, ob das, was sie eben gesagt hatte, wirklich möglich war. Sie nahm aber – mit Recht – an, daß Isaac es auch nicht wußte.

»Das bezweifle ich – ich will jetzt mit meinem Anwalt reden«, sagte Isaac plötzlich beunruhigt bei dem Gedanken, daß er und Nichole wegen Mordes vor Gericht gestellt werden könnten.

»Wozu?« fragte Koda.

»Da wir verhaftet sind, haben wir das Recht –« begann Isaac, doch Fogarty unterbrach ihn.

»Dr. Isaac, hat jemand Sie oder Ihre Freundin für verhaftet erklärt?«

»Was? Ah – nein«, gab Isaac verblüfft zu, »aber Sie –«

»Dr. Isaac«, erklärte Tom Fogarty geduldig, »bis jetzt habe ich Ihnen nur eine hypothetische Geschichte von einigen sehr brutalen Verbrechern erzählt, die einander derzeit wegen neuer Drogen-Analoga umbringen. Zufällig befindet sich einer davon in dem Lieferwagen unten. Sie sind nicht verhaftet, wir hindern Sie auch nicht daran, zu gehen. Sie haben sogar das Recht, darauf zu bestehen, daß wir sofort Ihr Büro verlassen.«

»Was...?« Isaac riß ungläubig die Augen auf.

»Wie Sie sehen, haben Sie vollkommen recht.« Fogarty lächelte kalt. »Es gibt wirklich nicht viel, was wir Ihnen im Augenblick zur Last legen können, oder zumindest nicht viel, was wir auch beweisen könnten... es sei denn, daß Tina Ihre Drogen wirklich in einigen Leichen nachweisen kann.«

»Aber –«

»Aber«, Fogartys Stimme wurde eisig, »diese Leute, von denen wir sprachen – die einander in den letzten Tagen wegen Ihrer ›einwandfrei legalen‹ Drogen der Reihe nach umbringen –, haben eine unserer Agentinnen in den Händen. Sie haben sie entführt. Wir glauben, daß sie sie in ein Labor irgendwo in den Bergen gebracht haben. Vermutlich handelt es sich dabei um ein Labor, an dessen Errichtung Sie mitgewirkt haben.«

Fogarty zögerte einen Moment, weil Ben Koda im Raum anwesend war, dann fuhr er fort. »Wir nehmen derzeit an, daß sie noch lebt, weil die Gangster glauben, daß sie über eine Information verfügt, die sie unbedingt haben wollen. Wenn sie aber herausfinden, daß das Mädchen die Information nicht mehr besitzt, werden sie es sehr wahrscheinlich töten. Und es gibt nicht viel, was wir ohne Ihre Hilfe dagegen unternehmen können.«

Fogarty starrte in Isaacs verängstigte Augen. »Möchten Sie raten, was die Gangster wollen?«

»Ich muß nicht –« begann Isaac wieder eigensinnig, als Ben ihn unterbrach.

»Hat Ihnen eigentlich jemand erzählt, daß eine Million Dollar auf Ihren Kopf ausgesetzt sind?« fragte Koda Isaac.

»Was...?« Isaac blinzelte.

»Eine Million Dollar in bar, wenn Sie lebend abgeliefert werden«, nickte Fogarty freundlich. »Zahlbar bei Lieferung von Mr. Jake Locotta, dem Syndikatsboß für Südkalifornien. Natürlich ist er nicht ausgesprochen glücklich, wenn er zusehen muß, wie sein Milliarden-Dollar-Geschäft mit Kokain und Heroin zum Teufel geht – dank Jimmy Pilgrim und einem Mann, den sie den ›Alchimisten‹ nennen. Man fragt sich natürlich, warum Locotta Sie lebend haben will.«

»Eine Million Dollar?« flüsterte Nichole fassungslos. »Deshalb will Pilgrim uns also dort oben haben –«

»Was?« Fogarty zog die Brauen hoch.

»Nichole«, warnte Isaac, »du darfst nicht –«

»Jimmy Pilgrim«, platzte Nichole heraus und schüttelte weinend den Kopf. »Wir sollen ihn heute vormittag im Berg-Labor treffen. Er – er hat uns gesagt – darauf bestanden, daß wir das Herstellungsverfahren für das A-Siebzehn-Analogon mitbringen – das bis jetzt wirkungsvollste. Wir sollten schon unterwegs sein. Aber wir haben Angst, weil wir wissen –«

»Isaac –« begann Fogarty, aber der Professor schüttelte heftig den Kopf.

»Nein, Sie verstehen nicht – wir können Ihnen nicht helfen. Sie werden –«

»Isaac«, flüsterte Koda drohend. »Wir können Sie vielleicht nicht wegen der Drogen vor Gericht stellen, aber eines verspreche ich Ihnen. Wenn Sandy Ihretwegen dort oben stirbt, werde ich persönlich jeden Zentimeter dieses verdammten Labors in den Bergen überprüfen, bis ich einen Ihrer Fingerabdrücke finde.«

»Aber –« Isaac schüttelte hilflos den Kopf.

»Und wenn sich herausstellt, daß ich Sie nicht wegen Beihilfe zum Mord festnageln kann«, fuhr Koda mit eisiger Stimme fort, »dann verspreche ich Ihnen etwas anderes. Ganz gleich, wohin Sie fliehen, ich werde dafür sorgen, daß Locotta Sie finden kann.«

Koda, Shannon, Tina Sun-Wang, Isaac und Nichole hatten fast fünfzehn Minuten lang miteinander geredet, als Isaacs Telefon läutete.

Es war Pilgrim, der wissen wollte, warum Isaac noch nicht losgefahren sei.

»Wir wurden aufgehalten. Wir fahren sofort ab«, sagte Isaac und blickte auf Ben Kodas langsam nickenden Kopf, während er Pilgrim daran erinnerte, daß er zweieinhalb Stunden brauchen würde, um hinzukommen. Ja, sie würden das Notizbuch mitbringen, beruhigte Dr. Isaac Pilgrim. Und ja, sie würden sich beeilen. Dann legte er auf.

Fogarty stand auf und nickte. Alles war bereit. Es war Zeit zu gehen.

»Er wird kommen«, flüsterte Pilgrim heiser, während sein Blick dem Locottas begegnete. Seit einer Stunde saßen sie im Wohnzimmer und warteten.

»Das kann ich ihm nur raten«, krächzte Locotta, und sein Gesicht war einen Moment lang genauso grimmig wie das von Jimmy Pilgrim, bevor er auf die blutige Gestalt von Sandy Mudds hinabsah, die halb bewußtlos auf dem Boden lag.

Pilgrim hatte einen Appell an Locotta gerichtet, von dem sein Leben abhing – hatte darauf hingewiesen, daß hundert Labors beinahe fertiggestellt waren, die mit der Herstellung der neuen Analoga beginnen konnten, daß sie nur dann ein Produktions- und Verteilungssystem rechtzeitig in Gang setzen und den Rest des aufgebrachten Syndikats abwehren konnten, wenn sie zusammenarbeiteten, und daß sie jetzt nur noch das Rezept brauchten. Pilgrim hatte sich auch bemüht, wieder die Oberhand zu gewinnen, indem er einen erneuten Versuch unternahm, die Information über den Computercode aus der hartnäckig schweigenden Sandy Mudd herauszuprügeln.

Er hatte jämmerlich versagt. Wütend und enttäuscht, daß die junge Frau immer wieder nur von sich gab, den neuen Code nicht zu kennen, schlug er auch noch dann auf sie ein, als sie das Bewußtsein verloren hatte. Er hörte erst auf, als ihm Locotta drohte, Tassio und seine beiden erbarmungslosen Killer auf ihn loszulassen.

Es war nicht Mitleid, das Locotta veranlaßt hatte, Pilgrims brutalem Vorgehen Einhalt zu bieten. Angesichts der sich rasch verschlechternden Situation nahm Locotta nämlich an, daß er das Mädchen vielleicht selbst bearbeiten mußte – wenn er das A-17-Analogon nur auf diese Weise in die Hände bekommen konnte.

Nein, die Vorstellung, die junge Frau zu foltern – oder sogar zu töten –, hatte Locotta nicht im geringsten beunruhigt. Jake störte nur, daß das Schlagen Pilgrim Spaß machte. Und damit war Locotta nicht einverstanden gewesen, denn soweit es ihn betraf, war die Zeit, in der Jimmy Pilgrim etwas Spaß machte, vorbei.

Im Laufe der nächsten anderthalb Stunden trafen zwei Wagen mit fünf weiteren Revolverhelden von Jake Locotta auf dem Eagle Mountain ein und parkten neben Jimmy Pilgrims Hubschrauber in der Sackgasse vor dem Häuschen.

Locottas Hubschrauber befand sich bereits wieder in einiger Entfernung in der Luft und zwei der mit Sturmgewehren bewaffneten Leibwächter beobachteten von ihm aus die kurvenreiche Straße nach einem Zeichen von Isaac – oder jemand anderem.

Mit zwei Mann oben im Hubschrauber und – außer ihm und Tassio – fünf weiteren mit Schrotflinten und Maschinenpistolen bewaffneten Männern am Boden war Locotta überzeugt, allen von Jimmy Pilgrim ins Endspiel gebrachten Kräften gewachsen zu sein.

Jetzt mußte er nur noch warten...

Sie hatten genau zwei Stunden und fünfundvierzig Minuten im Wohnzimmer der Hütte auf dem Eagle Mountain gewartet, als die Warnung über das Funkgerät in Joe Tassios Hand durchkam.

»Mann und Frau kommen in einem alten VW die Straße herauf!«

»Okay«, nickte Pilgrim, »da kommt der Hund. Wir werden jetzt –«

»Ein weiteres Fahrzeug unmittelbar hinter ihnen«, meldete die Funkstimme. »Schwarzer Lieferwagen –«

»Das muß Raynee sein«, preßte Pilgrimm hervor. »Er ist der einzige Mensch, der –«

Locotta winkte Tassio. »Überprüfen.«

»Kannst du sehen, wer im Lieferwagen sitzt?« fragte Tassio, der auf »Senden« umschaltete.

»Ein Nigger«, knisterte das Funkgerät. »Kann sonst niemanden sehen. Sollen wir ihn durchlassen?«

Locotta nickte.

»Ja, laßt ihn raufkommen«, befahl Tassio der Hubschrauberbesatzung. »Sollte jemand mit einer Schußwaffe aus dem Wagen steigen, knallt ihn ab.«

»Okay.« Das Funkgerät knisterte und verstummte dann, während Tassio seine fünf bewaffneten Killer anwies, die vorher festgelegten Positionen in der Hütte einzunehmen.

Locotta, Tassio und Pilgrim hörten, wie der Käfer die Einfahrt heraufkam. Pilgrim stand als erster am Fenster. Er schaute hinaus und erkannte sofort Dr. David Isaac, der nervös hinter dem Lenkrad des schäbigen VW saß.

»Er ist da«, knurrte Pilgrim. Dann versteinerte sein Gesicht, als Isaac blitzschnell vor der Hütte wendete, Gas gab und die Einfahrt hinunter auf die Straße zurückfuhr.

»Was, zum Teufel?« tobte Pilgrim und stürzte zur Tür. Er blieb mit der Hand am Knopf der offenen Tür stehen, als er die vertraute, blutbespritzte Gestalt sah, die ein kleines rotes Notizbuch in der Hand hielt und die Treppe heraufkam.

»Hallo, Pilgrim«, sagte Koda ruhig, nur sein mit blauen Flecken übersätes Gesicht und seine dunklen, funkelnden Augen ließen ahnen, wie groß seine unterdrückte Wut war, während er zur Tür kam. »Fordern Sie mich nicht auf hineinzukommen?«

»Joe«, knisterte es wieder aus dem Funkgerät. »Der Lieferwagen hat angehalten und kehrtgemacht, etwa hundert Meter weiter unten auf der Straße… sie scheinen eine Leiche aus der Hintertür geworfen zu haben.«

»Was – wo ist Rainbow?« platzte Pilgrim heraus, und dann verzerrte sich sein bärtiges Gesicht – zuerst vor Unbehagen und dann vor Wut –, als er plötzlich begriff, was Kodas blutbeflecktes Hemd und die Jeans bedeuteten.

»Er liegt wahrscheinlich dort unten auf der Straße...« meinte Koda und drängte sich an Pilgrim vorbei zur Mitte des Wohnzimmers, wo er die unerwartete Anwesenheit von Jake Locotta, Joe Tassio und fünf Killern zur Kenntnis nahm, deren Waffen jetzt auf ihn gerichtet waren.

»Er wird wahrscheinlich am Leben bleiben, wenn er nicht an Hitzschlag stirbt«, fuhr Koda sachlich fort, während er durch den Raum zu Mudd ging und dabei die Hände, allen sichtbar, vom Körper hielt.

Koda sah Sandys verschwollenes, blaugeschlagenes, blutverschmiertes Gesicht und kämpfte gegen die Welle von Erleichterung und Zorn an, die sich in seinem Gehirn freisetzen wollte. Er kniete nieder und zog vorsichtig den blutdurchtränkten Knebel aus Sandys Mund. Sie versuchte zu lächeln und mußte dann den Kopf zurücksinken lassen, weil sie zu schwer verletzt und zu erschöpft war, um sich zu bewegen oder zu sprechen.

»Es ist okay«, flüsterte Koda, blinzelte ihr beruhigend zu, stand auf und wendete sich Pilgrim und den anderen Männern im Raum zu.

»Wenn ein Mann von einer Schlange gebissen wird und beschließt, sich die Hand abzuhacken, kann man nicht viel tun.« Koda zwang sich zu einem verkniffenen Lächeln. »Verstehen Sie, was ich meine?«

»Wer zum Teufel –?« begann Locotta, dann ging ihm ein Licht auf. »Sie sind der Bursche aus dem Park, nicht wahr?« fuhr er viel leiser fort, »Sie, das Mädchen und der –«

»Nigger?« fragte Koda kopfschüttelnd. »Meinen Sie den Nigger?«

»Hör mal, du Hund...« knurrte Locotta, der nicht in der Stimmung war, sich von einem Straßen-Dealer auf den Arm nehmen zu lassen. Er versuchte noch immer dahinterzukommen, was eigentlich los war.

»Der alte Pilgrim wollte nie begreifen«, fuhr Koda fort, ohne sich um Locotta zu kümmern, »daß Charley, Sandy und ich nur unseren Lebensunterhalt verdienen wollten.« Während er weiterhin in Pilgrims tödlich kalte Augen blickte, blitzten in seinem Geist die Bilder von Sandys brutal zerschlagenem Gesicht und Kaaren Muellers durchtrennten Handgelenken und Knöcheln auf... er mußte sie verdrängen, bevor das animalische Wesen in ihm ausbrechen konnte.

»Darüber mußt du dir vielleicht nicht mehr lange Sorgen machen«, meinte Joe Tassio drohend, während er gehorsam auf ein Zeichen von Locotta wartete. Er musterte seine fünf wachsamen Killer – von denen drei Koda, die Mudd und Pilgrim und die beiden anderen die Fenster im Auge behielten.

Ben Koda wandte den Kopf und sah Tassio neugierig an. »Sie sind nicht derjenige, der sie so zugerichtet hat, nicht wahr?« fragte er schließlich.

Joe Tassio blinzelte und zog die Brauen leicht verwirrt zusammen, weil dieser Mann viel zu ruhig und selbstsicher wirkte.

»Joe, der Lieferwagen ist hinten mit Sandsäcken gefüllt«, plärrte die Stimme aus Tassios Funkgerät, und das Geräusch des Hubschrauberrotors war deutlich im Hintergrund zu vernehmen. »Sieht aus, als wäre zumindest ein Kerl hinten – wahrscheinlich der Fahrer – mit einem Gewehr.«

Tassios Augen weiteten sich, weil er plötzlich begriff.

»Nein, ich glaube nicht«, sagte Koda mehr zu sich selbst und schüttelte den Kopf, während er beobachtete, wie der ungeschlachte Tassio mit einem Feldstecher zum Fenster ging. »Sie sehen nicht danach aus.«

Jimmy Pilgrim konnte sich nicht mehr beherrschen. »Wo, zum Teufel, ist Isaac –« schrie er und bewegte sich auf Koda zu... dann blieb er stehen, als einer von Locottas Killern mit einer Schrotflinte vortrat.

Koda blickte auf Locottas glatte, unverletzte Knöchel hinunter und ignorierte Pilgrim. »Das gleiche gilt für Sie, Sportsfreund«, sagte er zu dem angespannt dasitzenden Syndikatsboß, »und da Ihre Spielgefährten vermutlich Besseres zu tun hatten, bleibt nur unser Freund übrig.« Koda wandte sich Pilgrim zu. »Leider«, er hielt das

Notizbuch in der rechten Hand hoch, »haben wir noch ein Geschäft abzuwickeln.«

Pilgrim stürzte sich auf Koda, sein Gesicht war vor Wut verzerrt. Dann hielt er aber jäh inne, als Locottas Killer laut eine Patrone in die Kammer der kurzläufigen Schrotflinte beförderte.

»Er hat jemanden dort draußen, Jake«, rief Tassio. »Sieht ganz so aus wie sein Freund, der Nigger.«

»Der Professor hatte dringende andere Verpflichtungen, deshalb bat er mich, das hier abzugeben«, fuhr Koda unbekümmert fort. »Sieht aus wie ein gewöhnliches altes Labor-Notizbuch. Aber vorn steht der Name von jemandem drauf. Nichole sowieso. Nur wurde dieser Name durchgestrichen. Jetzt steht ›Maria‹ drauf. Das muß Ihnen doch etwas sagen, nicht?« fragte er Pilgrim.

»Gib es her«, preßte Pilgrim hervor und griff danach, ohne sich um die Schrotflinte zu kümmern.

»Wir sind doch nicht den weiten Weg hierhergefahren, um Ihnen das einfach so zu geben.« Koda schüttelte den Kopf und warf das Notizbuch an Pilgrims ausgestreckter Hand vorbei zu Locotta – der es ungeschickt auffing, während Pilgrims Augen, Hände und Körper die Flugbahn des kostbaren Notizbuches verfolgten, das jetzt für fast jeden in der Hütte alles bedeutete.

Locotta winkte den Leibwächter rasch ab, der auf Pilgrim anlegen wollte, und begann, in den Seiten herumzublättern.

»Das, was Sie suchen, beginnt auf Seite achtzehn«, sagte Koda. »Etwas darüber, wie man irgendein Analogon herstellt. Nummer A-siebzehn... das ist es doch?«

»Ja, das ist es!« platzte Pilgrim heraus. »A-siebzehn. Das war es, wovon Raggedy Annie geschwafelt hat.«

»Das freut mich wirklich«, lächelte Koda, »denn wie ich sagte, sind Charley und ich nicht den weiten Weg hierhergefahren, um euch etwas zu geben. Eigentlich haben wir die Absicht, euch etwas zu verkaufen.«

Pilgrims Gesicht verzerrte sich krampfhaft vor Wut. Er schüttelte den Kopf, weil ihm die Stimme versagte. Er wollte wieder auf Koda losgehen, weil ihm die Tatsache, daß er mehr denn je Zeit brauchte, zur Verzweiflung trieb. Er mußte sich jetzt etwas einfallen lassen, denn er hatte nicht mehr genug Zeit, die Spiele zu inszenieren, die das Mädchen veranlassen würden, zu reden und zu reden und zu reden, bis –

»Stehenbleiben!« schrie Locotta, der endlich zu begreifen begann.

Pilgrim hielt mitten im Schritt inne und wandte sich dann Locotta zu. »Wir haben es!« zischte er mit wutverzerrtem Gesicht, während seine Hand auf den wartenden Koda zeigte. »Warum...?«

»Dein Freund dort draußen«, wandte sich Locotta an Koda, ohne sich um Pilgrims wütende Handbewegungen zu kümmern. »Dieser Charley. Glaubst du, daß er dir helfen kann zurückzubekommen, was wir schon haben?« Locottas Stimme war rauh, müde und erwartungsvoll. Er arbeitete viel zu lang in diesem Geschäft, um nicht zu wissen, daß noch etwas kommen mußte.

»Sie verstehen nicht ganz«, antwortete Ben Koda. »Ich will Ihnen nicht das da verkaufen...« Er wies auf das Notizbuch in Locottas Hand. »Wie Sie gesagt haben, haben Sie es ja schon. Was ich Ihnen anbiete, sind zwei weitere Seiten – zwanzig und einundzwanzig, genau gesagt.«

Locotta und Pilgrim durchblätterten das Notizbuch... dann blickten sie zu Koda auf, als sie die Abrißstellen der fehlenden Seiten entdeckten – die letzten zwei Seiten des A-17-Syntheseverfahrens.

»Dieser Nigger...« knurrte Tassio, der Locotta über die Schulter blickte.

»Richtig, Charley, der Nigger.« Koda nickte belustigt. »Draußen auf der Straße, in ungefähr hundert Metern Entfernung. Gehen Sie hinaus und nennen Sie ihn so, wenn Sie dazu Lust haben. Er hat die Seiten... und noch ein paar andere Dinge.«

»Ich gehe...« knurrte Tassio und ging zur Tür. Kodas Stimme stoppte ihn.

»Wenn Sie so hinausgehen, wird er als erstes die beiden Stücke Papier verbrennen. Dann wird er Sie – und jeden, der noch hinauskommt – mit ein paar Drei-null-acht-Kugeln umlegen. Und danach wird er hier hereinkommen, um Sandy zu holen, weil er sie sehr gern hat.«

Als niemand etwas sagte, fuhr Koda fort: »Charley ist wirklich ein netter, freundlicher Kerl, wenn man die Leute vergißt, die er in letzter Zeit etwas ›lädieren‹ mußte. Aber er wird wahrscheinlich nicht glücklich sein, wenn er Sandy so zu Gesicht bekommt, wie sie jetzt aussieht.«

»Wir brauchen diese Seiten nicht«, mischte sich Pilgrim wütend ein, seine Augen bohrten sich in die Kodas. »Das Verfahren ist im Computer festgehalten. Wir müssen nur das Paßwort aus dem kleinen Miststück herausbekommen...« Er ging auf Sandy zu. Koda vertrat ihm den Weg, und zwei Maschinenpistolen und eine Schrotflinte richteten sich auf Pilgrims Brust.

»Sie hat es nicht, Pilgrim«, flüsterte Koda, dessen Hände zuckten, während er seinem Verstand befahl, die tobenden animalischen Triebe zu bezwingen.

»Blödsinn! Ich sage dir, Jake, sie ist es, die alle Paßwörter geändert hat!« Jimmy Pilgrim schrie Locotta beinahe an.

Koda schüttelte den Kopf. »Sie ist zwar an die Paßwörter herangekommen. Charley und ich aber haben die neuen eingegeben. Sie mußte wegschauen, während wir es taten. Ich versuche euch zu erklären, daß sie euch nicht helfen kann, auch wenn sie wollte, weil sie es nicht kann. Wir haben nämlich die neuen Paßwörter. Und falls ihr versuchen wollt, sie aus uns herauszuholen«, fuhr Koda fort und lächelte Pilgrim zu, »kommt ihr ein bißchen zu spät, weil Charley und ich vor etwa drei Stunden Isaac dazu veranlaßt haben, die Daten von seinem Labor aus zu löschen. Und weil er längst über alle Berge ist, gibt es nur einen Weg, wie ihr jemals das A-siebzehn-Analogon in die Hände bekommen könnt: Ihr müßt euch mit der einzigen Quelle arrangieren, die euch bleibt.«

»Wir wissen nicht einmal, ob er diese Seiten hat«, flüsterte Pilgrim heiser.

»Schicken Sie Ihren Kumpel«, Koda nickte Tassio zu, »mit nacktem Oberkörper und unbewaffnet mit dem Buch zu Charley. Er wird ihn die ausgefransten Ränder vergleichen lassen. Ich glaube nicht, daß es eine Möglichkeit gibt, so etwas zu manipulieren.«

Die Stille im Raum schien ewig zu währen.

»Was willst du dafür?« krächzte Locotta schließlich.

»Um die Wahrheit zu sagen, möchte ich eigentlich zehn Minuten mit Jimmy allein sein, aber ich bin natürlich bereit, mich mit Sandy zu begnügen...«

»Das ist alles...?« stieß Jimmy Pilgrim ungläubig hervor.

»Ich bin einverstanden«, brummte Locotta.

»...und vielleicht ein Pfund von Jimmy Pilgrims Koks.« Koda wies auf den Stapel der in Plastik gehüllten Pakete neben dem Kamin. »Wir schenken euch sogar den verdammten Rainbow als Draufgabe, weil wir ihn doch nicht mehr brauchen können.«

»Was?!« krächzte Locotta.

»Ich versuche die ganze Zeit über, es euch klarzumachen. Ich und meine Freunde wollten nur ein paar Unzen Koks bei euch kaufen und segeln gehen. Aber ihr mußtet ja Schwierigkeiten machen.«

»Ihr wollt nur das Mädchen und ein Pfund Koks?« fragte Locotta ungläubig. »Habt ihr überhaupt eine Ahnung, was diese Siebzehn-Scheiße bewirkt?«

»Sie soll ein tolles Aphrodisiakum sein«, meinte Koda. »Charley und mir ist das egal. Er ist ohnehin die ganze Zeit geil, und ich habe meine Freundin dort drüben«, Koda wies auf Sandy, die sich mühevoll zum Sitzen aufgerichtet hatte. Bei Kodas lässiger Bemerkung öffnete sie die verquollenen Augen und verzog die blutig aufgeschlagenen Lippen zu einem schmerzhaften Lächeln.

Locotta reichte Tassio das Notizbuch. »Geh raus und überprüfe es«, brummte er und starrte weiterhin Ben Koda an, während Tassio sein Hemd auszog, seine kräftigen Brustmuskel enthüllte, die von dichtem grauen Haar bedeckt waren, und dann vorsichtig mit dem Notizbuch in der Hand ins Freie trat.

Sie warteten fast zwei Minuten lang schweigend, die Stille im Raum wurde nur von dem Dröhnen des langsam kreisenden Hubschraubers unterbrochen.

»Bist du sicher, daß du nur eines willst?« fragte Locotta schließlich. »Dort liegt ein ganzer Haufen von den Dingern. Mir bedeuten sie einen Dreck.« Sie waren Jake Locotta tatsächlich völlig gleichgültig. Aber er war entschlossen, herauszufinden, was hinter diesem anscheinend lebensmüden jungen Mann steckte.

»Eines genügt uns vollkommen«, Koda schüttelte den Kopf.

»Hauptsache, es stammt von Pilgrim. Wir sind nicht gierig, wir wollen nur, was er uns schuldet.«

»Gib ihm eines«, knurrte Locotta Pilgrim an. »Sofort.«

Pilgrim ging hinüber und ergriff einen Pfund-Ziegel Kokain, als Joe Tassio zurückkehrte – er hatte sich Raynees schlaffe Gestalt über die Schulter gelegt. Nachdem er den halb bewußtlosen Straßen-Dealer gleichgültig auf den Boden fallengelassen hatte, ging Tassio zu seinem Chef, der ihn fragend ansah.

»Die Seiten passen«, murmelte Tassio.

»Und?« fragte Locotta.

»Es sieht so aus, als wäre der Mann allein. Wir haben genug Leute, um ihn uns zu schnappen, aber es wird nicht leicht sein.«

Locotta nickte, als hätte er die Bestätigung für etwas erhalten, was er geahnt hatte. »Also, Mr....?«

»Ben genügt«, sagte Koda. »Und Ihr Freund hat größtenteils recht, nur glaube ich nicht, daß sie es schaffen können... und eine ganze Menge Leute würde sterben, falls sie es versuchen. Also, was ist mit dem Koks?« erinnerte er Locotta.

Der zögerte, dann wandte er sich an Pilgrim. »Gib es ihm«, befahl er.

Pilgrim überreichte das in Plastik gehüllte Paket dem grinsenden Ben Koda wie im Traum, seine Hand zitterte vor Wut und Haß. Alle äußeren Anzeichen wiesen darauf hin, daß der überlistete Gangster im nächsten Augenblick einen Herzanfall bekommen würde.

Koda nahm das Paket entgegen, nickte Pilgrim freundlich zu, dann zog er langsam und vorsichtig eines von Raynees Wurfmessern aus seiner hinteren Tasche und machte mit der scharfen Schneide einen kleinen Schnitt in den fest gepreßten Ziegel. Ein paar kleine Brocken eines charakteristisch riechenden, klumpigen weißen Pulvers fielen auf den Boden.

»Okay.« Koda nickte Locotta zu, während er zur Couch ging und – unter den aufmerksamen Blicken von Locottas Killern – mit Rainbows Messer die Fesseln von Sandy Mudds Handgelenken und Beinen schnitt, bevor er es wieder in seine Hüfttasche schob. »Sind Sie bereit für den Austausch?«

Jake Locotta nickte schweigend.

»Wie steht es mit dir, Knastschwester? Kannst du gehen?« fragte Koda Sandy, beugte sich hinunter und half ihr vorsichtig auf die Füße.

»Sie werden nicht zulassen, Ben…« versuchte sie durch ihre geschwollenen Lippen zu flüstern. »Es ist okay, Partnerin«, flüsterte Koda und mußte sich mit Gewalt zusammennehmen. Er wußte, daß er nicht die Kontrolle über sich selbst verlieren durfte, wenn er sie lebend aus der Berghütte bringen wollte.

»Ach ja, noch etwas.« Koda wandte sich an Locotta. »Dieser Hubschrauber… schicken Sie ihn weg.«

»Was…?« Tassios Augen weiteten sich.

»Lassen Sie ihn in der Luft, aber er soll auf die andere Seite des Berges verschwinden. Wenn ich hinausgehe, will ich das Ding nicht sehen, nur hören. Wenn es auftaucht, während wir den Austausch durchführen, beginnt Charley das Papier zu verbrennen.«

Joe Tassio wollte protestieren, doch Locotta schüttelte den Kopf… und Tassio hob das Funkgerät widerwillig zum Mund und erteilte den entsprechenden Befehl.

Koda wartete, bis der Hubschrauber-Rotor leiser wurde. »Nachdem alles geregelt ist, meine Herren«, lächelte er, »sollten wir alle hinausgehen.«

Von Charley Shannon aufmerksam beobachtet, gingen Pilgrim, Koda, Sandy Mudd, Locotta, Tassio und vier der bewaffneten Killer langsam bis zur Mitte der Einfahrt – sie hatten nur einen der mit Maschinenpistolen bewaffneten Wächter, Pilgrims Piloten und Raynee im Haus zurückgelassen – und blieben dann etwa fünfzehn Meter von der Straße entfernt in der Nähe der beiden leeren Autos und Pilgrims Hubschrauber stehen.

Von ihrem Standpunkt aus konnten die Männer mit Ausnahme von Koda – der sich darauf konzentrierte, seine schwer verwundete Partnerin zu stützen – Charleys behelfsmäßigen Sandsackunterstand hinter der offenen Hintertür des schwarzen Lieferwagens sehen, der etwa hundert Meter weiter unten auf der Straße parkte. Von Shannon war keine Spur zu sehen, nur das Ende eines Gewehrlaufs, der ruhig auf sie gerichtet war.

Es herrschte eine geisterhafte Stille, wie Koda feststellte. Das einzige Geräusch in der von Fichten bestandenen Bergwelt war das ferne Dröhnen eines Hubschraubers irgendwo in den tiefhängenden Wolken.

Fast haßte es Koda, die Stille zu stören. Er wandte sich aber dennoch an Tassio, während er Sandy weiterhin mit einem Arm stützte.

»Jetzt führen Sie Sandy die Straße hinunter und helfen ihr wirklich nett und freundlich auf den Beifahrersitz des Lieferwagens.«

Tassio warf einen Blick auf Sandys Gesicht.

»Ja, Charley wird nicht allzu erfreut sein«, gab Koda zu, »aber er wird Ihnen nichts tun«, fügte er beruhigend hinzu. »Wenn sich Sandy sicher auf ihrem Platz befindet, wird er Ihnen die Seiten geben. Sie können losgehen. Es ist ein langer Weg.«

Tassio, dessen Oberkörper noch immer nackt war, brauchte eine ganze Weile, um die hundert Meter zurückzulegen; die ersten dreißig Meter ging er neben dem taumelnden Mädchen, dann mußte er sie auffangen, als ihre Beine nachgaben, und sie den Rest des Weges tragen.

Als er zu den offenen Hintertüren des Lieferwagens kam, wagte er nicht, Charley Shannon in die funkelnden Augen zu blicken, der – wie ihm schien – am liebsten das auf ihn gerichtete Sturmgewehr weggeworfen und sich über die Sandsackbarriere hinweg mit seinen riesigen, nackten Händen auf ihn gestürzt hätte.

Aber Shannon beherrschte sich. Er bedeutete Tassio mit seiner entsicherten 45er, auf die Beifahrerseite des Lieferwagens zu gehen, beobachtete, wie der die halb bewußtlose Sandy vorsichtig auf den Vordersitz hob... und übergab ihm dann wortlos die beiden Notizbuchseiten. Während Tassio zu der Hütte zurückging, schloß Charley die Tür auf der Beifahrerseite ab, legte die 45er auf den Fahrersitz und kletterte rasch wieder zu seinem Standort hinter den Sandsäcken... und zu dem Gewehr zurück.

Joe Tassio ging absichtlich langsam zurück. Er hielt die beiden herausgerissenen Seiten fest in der leicht zitternden Hand und war erleichtert – und insgeheim verwundert –, daß er keine Kugel in seinen breiten Rücken bekam. Oben übergab er die Seiten Locotta.

»Zufrieden?« fragte Locotta Koda heiser. Sein Gesicht spiegelte

Wut und Bösartigkeit wider – so als wäre er im Begriff, sich ein lang aufgeschobenes Vergnügen zu gönnen.

»Noch ein paar Dinge«, sagte Koda, und Locotta zog die Brauen hoch. Der Agent griff langsam nach hinten und zog ein winziges Funkgerät aus dem vom Hemd bedeckten Gürtel seiner Jeans.

»Zunächst einmal: kannst du alles hören, Charley?« fragte Koda in normaler Lautstärke. Alle acht Männer drehten sich um und blickten die Straße hinunter... und sahen, wie Charley Shannons Arm aus dem Fenster auf der Fahrerseite winkte, während der Lieferwagen startete und langsam die Straße hinunterfuhr.

»Gut.« Koda nickte und bemerkte, daß einer von Locottas Killern sich bereits zu einem der geparkten Autos schob. »Okay, Charley, warum zeigst du den Leuten nicht, was geschehen wird, wenn einer von ihnen auf die Idee kommt, euch diese Straße hinunter zu verfolgen?

Versteht ihr, Charley und ich trauen den Menschen nicht mehr«, erklärte Koda, drehte der Straße den Rücken zu und genoß die erschrocken aufgerissenen Augen und die Verwirrung auf den sieben Gesichtern – besonders auf dem Pilgrims. Er ignorierte die Schrotflinte und die beiden Maschinenpistoln, die nun auf ihn gerichtet waren.

»Es wäre ja möglich, daß ihr Lust habt, das Geschäft rückgängig zu machen, wenn ihr erst einmal die Seiten habt, deshalb...«

In diesem Augenblick hörte Koda, wie hinter seinem Rücken eine Wagentür zugeschlagen wurde. Er wirbelte herum... und starrte die Asphaltstraße hinunter auf die schwankende Gestalt Sandys, die mit Charley Shannons 45er in der Hand von dem scharf bremsenden Lieferwagen wegstolperte.

»*Sandy, verdammt noch mal...!*« schrie Koda.

Seine Worte gingen in dem plötzlichen Dröhnen von wirbelnden Rotorblättern unter, als ein schwarz gestrichener Hubschrauber aus den Wolken tauchte und donnernd über den stehengebliebenen Lieferwagen brauste.

In dem Augenblick, in dem der Hubschrauber über Sandy hinwegflog, ratterte ein langläufiges Maschinengewehr los und jagte panzerdurchschlagende 30-mm-Geschosse mit ohrenzerreißendem

Getöse in Pilgrims Hubschrauber und die danebenstehenden Autos... schleuderte Asphaltbrocken, zerfetzte Auto- und Hubschrauberteile und brennendes Benzin vor den Männern in die Luft. Der Kampfhubschrauber donnerte über sie hinweg und zog dann eine enge Schleife.

»Herby... einsachtzig!« brüllte Ben Koda, der sah, wie Locottas Hubschrauber hinter dem Kampfhubschrauber durch die Wolkendecke stieß und aus dessen offener Seitentür die Läufe zweier Sturmgewehre ragten.

Koda schrie noch einmal heiser auf, als Herby Dawson die schwere Kampfmaschine wendete, instinktiv Winkel und Geschwindigkeit abschätzte und den »Bell Ranger« mit dreihundertsechzig Schuß pro Sekunde aus den beiden sechsläufigen Mini-Kanonen in eine herabstürzende Masse aus Flammen und Metall verwandelte.

In der relativen Stille, die darauf folgte, klangen der Schrei vom Eingang der Hütte und der einzelne Schuß aus Sandys 45er beinahe unwirklich. Aber als Ben Koda sich entsetzt umdrehte, sah er Lafayette Beaumont Raynee, der mit einem irren Grinsen auf seinem blutigen Gesicht im Eingang stand und eine Maschinenpistole – die einmal Tassio gehört hatte – in der Hand hielt.

Raynee hatte Koda mordlüstern anvisiert, doch eine zweite Kugel, von Sandy mit zitternder Hand abgefeuert, riß Splitter aus dem Türrahmen neben Raynees Kopf, und der sadistische Killer erkannte, wie er Ben Koda noch schwerer treffen konnte...

»Sandy... Charley, knallt ihn ab!« schrie Koda, der nur hilflos zuschauen konnte, wie Raynee von der Tür wegrannte und sich hinter einen dicken Baum warf, der Sandy Mudds unsicheren dritten Schuß abfing... und dann kamen viel zu hoch angesetzte Gewehrkugeln, weil Mudd fast exakt zwischen dem durch den Baum geschützten Raynee und Charley Shannon stand, der aus dem Lieferwagen geklettert war.

Irre lachend schwenkte Raynee den kurzen Lauf der Maschinenpistole auf die ungedeckt dastehende Sandy...

»Herby!«

...und verschwand dann in einer Explosion von Staub, Gras, Blut, Stoff und Kiefernholz, als die sich drehenden Läufe der Mini-

Kanonen zwei Ströme von Kugeln über den Rasen und in den Baumstamm jagten.

Der Kampfhubschrauber wendete und schwebte dann über den Felsen, wobei seine tödlichen Waffen – die noch rauchende 30-mm-Kanone und die sechsläufigen Mini-Kanonen – auf die Hütte auf dem Eagle Mountain und die verstreute Gruppe der nun unbewaffneten Männer gerichtet waren.

In dem Augenblick der Stille, der auf das letzte tödliche Dröhnen der Waffen folgte, ereignete sich etwas, das weniger gewalttätig, aber ebenso niederschmetternd war.

Als sich Jake Locotta in den entsetzlichen Sekunden, in denen die 30-mm-Kugeln in die Benzintanks seiner Wagen und in Pilgrims Hubschrauber eingeschlagen waren, ängstlich zu Boden geworfen hatte, waren die beiden aus Marias Notizbuch gerissenen Seiten seinen Fingern englitten.

Während er und seine Männer auf dem Boden lagen und zitternd die Entfaltung der gewaltigen Feuerkraft beobachteten, sahen er und der noch stehende Jimmy Pilgrim in hilflosem Entsetzen, wie der böige Bergwind die abgerissenen Seiten erfaßte, sie zu den brennenden Überresten der Fahrzeuge trug... wo jede Seite kurz aufflammte und dann in Asche zerstob.

In diesem Augenblick wich alles Blut aus Jake Locottas und Jimmy Pilgrims Gesichtern.

»Herby, siehst du den Kerl, der noch vor mir steht?« flüsterte Koda heiser, er hielt den Sender locker in der Hand, während er aus einer Entfernung von etwa fünf Metern Pilgrim in die irren Augen blickte. »Es ist Jimmy Pilgrim, von dem Charley und ich dir erzählt haben.«

Koda verzog die Lippen unter dem struppigen Schnurrbart zu einem Lächeln. »Wenn er nicht in drei Sekunden bei den übrigen auf dem Boden liegt, dann versuch doch, ob du ihn nicht hinlegen kannst. Kümmere dich nicht darum, in wie vielen Stücken.«

Ben Koda hörte hinter seinem Rücken, wie der Kampfhubschrauber näher kam... und dann kroch Pilgrim auf dem Asphalt zu Locotta und Tassio und den anderen.

»Ich bitte um eure Aufmerksamkeit...« Koda starrte auf die sieben Männer hinunter. »Und zwar im Namen von Freddy Sanjanowitsch, Kaaren Mueller, Sandy, Charley und einem ganzen Haufen Bundesagenten wie mir.« Koda kniete nieder, holte seine Plakette aus dem Socken und hielt sie Locotta, Pilgrim und Tassio vor die Nase.

»... ihr Schweinehunde steht alle wegen Mord, Totschlag, Entführung und... besonders wegen illegalen Verkaufs einer verbotenen, gefährlichen Droge unter Arrest...«

»Wie wir Fogarty immer schon erklären wollten, Sandy-Mädchen...« Charley Shannon grinste und blinzelte, während er zu der verweinten Sandy trat und die noch rauchende 45er aus ihren zitternden Händen nahm – gerade als der erste Hubschrauber mit den Teams der in San Diego stationierten DEA-Agenten vor der Hütte landete – »... es kann doch nicht so schwierig sein, von einem kleinen Rauschgift-Dealer wie Jimmy Pilgrim ein Pfund Kokain zu kaufen.«

Epilog

Die Auflösung und Zerstörung von Jimmy Pilgrims in San Diego beheimatetem Drogenimperium durch Tom Fogartys E-Spezialteam führte zu einer Vielzahl von Auswirkungen, die letztlich sowohl in Nord- wie Südamerika deutlich spürbar waren.

Zuerst schien sich der Schaden in Grenzen zu halten. Der Vorstand des Syndikats trat zusammen und beschloß zunächst, daß Jake Locotta nicht voll zur Verantwortung gezogen werden sollte... noch nicht. Er sollte Gelegenheit erhalten, das Durcheinander in San Diego in Ordnung zu bringen, vor allem, weil keiner der anderen Syndikatsbosse etwas mit diesem unsicheren Gebiet zu tun haben wollte. Deshalb durften Locotta und Tassio die Rettungsaktion starten. Hätte Jake Locotta die Wahl gehabt, so hätte er seine Rache viel lieber in kleinen Schüben vollzogen, damit beginnend, Jimmy Pilgrim jede Minute seiner Strafe auskosten zu lassen. Aber diese Möglichkeit hatte Locotta nicht, weil er keine Zeit hatte. Man hatte ihm eine bestimmte Zahl von Tagen zugestanden, in denen er sein Territorium wieder unter Kontrolle bringen mußte. Und für Jake Locotta bedeutete Kontrolle ein einziges Wort: Angst.

Deshalb hatte Jimmy Pilgrim nur einige kurze Momente Zeit, um das Entsetzen nachzuempfinden, das er einst fast jedem zugefügt hatte, der ihm im Weg gestanden hatte, bevor sich die erstickenden Dämpfe von Benzin in lodernde Flammen verwandelten und seine Zelle zu einer höllischen Grube des Todes wurde.

Die Nachricht von Pilgrims Ende verbreitete sich schnell, aber wie Locotta und Tassio befürchtet hatten, war es zu wenig... und viel zu spät. Die ersten fünfzig Pfund Regenbogen-Droge, Jimmy Pilgrims Nachlaß für seine Straßendealer, hatten längst die beabsichtigte Wirkung getan. Es lief auf die unwiderlegbare Tatsache hinaus, daß das B-16-Analogon – das weit schwächer als der sagenhafte Super-Regenbogen war – entschieden attraktiver war als das Kokain. Und zudem war sein Besitz selbstverständlich noch immer vollkommen legal.

Michael Theiss, Pilgrims Finanzjongleur, verschwand von seiner Jacht, zwei Tage nachdem man ihn dazu gezwungen hatte, die genaue Lage der sieben vollendeten und der dreiundneunzig geplanten Labors bekannt zu geben, die von seiner Investmentgruppe finanziert worden waren. Nach und nach verschwanden die Überreste von Jimmy Pilgrims kompliziertem Plan. Unfälle und Verrat spielten dabei häufig eine Rolle. Aber das genügte alles nicht.

Als das erste von Pilgrims Konzessions-Labors durch die Hand eines berufsmäßigen Brandstifters in Flammen aufging, hatten bereits fünf Chemiker unabhängig voneinander die Molekularstruktur der Droge bestimmt und Methoden ausgearbeitet, um ihre schwindenden Bestände aufzufüllen. Innerhalb einer Woche gab es frische Lieferungen des B-16-Analogons auf den Straßen.

Es ging noch immer das Gerücht um, daß die Regenbogen-Droge nicht der wirklich *wahre* Stoff sei, aber nach dem plötzlichen Verschwinden von Wee-Willie, dem »Spiel«-Gefährten Raggedy Anns und Raggedy Annies, starb dieses Gerücht, weil man es nicht mehr überprüfen konnte. Da war es aber natürlich schon viel zu spät.

Zwei Wochen später erreichte der Markt für in Kolumbien produziertes Kokain den Tiefstand. Das war zufällig auch der Morgen, an dem ein wandernder Goldsucher in einem Arrojo in der Mojave-Wüste die Leichen von Jake Locotta und Joe Tassio fand – beide lagen mit auf den Rücken gefesselten Händen auf dem Bauch und hatten eine einzige Einschußöffnung in der Stirn...

... das ereignete sich ungefähr hundert Kilometer westlich von einem Campingplatz am Colorado River, auf dem Hazel Fogarty Frühstück für fünf Sonderagenten des E-Spezialteams zubereitete, die sich bei einem wohlverdienten Urlaub von ihren Anstrengungen erholten, den Bericht über ihren Fall fertigzustellen, solange noch einer der Verbrecher am Leben war.

»Was meinst du also?« fragte Charley Sandy und blickte auf das klare Flußwasser hinaus, während er sich in den gefährlich knarrenden Liegestuhl zurücklehnte.

»Du meinst Isaac? Ich glaube noch immer, daß ihr ihn nicht laufenlassen solltet.« Sandy sprach vorsichtig, weil ihr allmählich verheilender Kiefer noch immer empfindlich war. »Er wird uns nur Schwierigkeiten bereiten…«

»Nein, mach dir keine Sorgen wegen des Professors«, brummte Charley. »Wir werden uns den Burschen vornehmen, sowie er die Nase herausstreckt. Ich habe unseren Partner dort drüben gemeint.« Er deutete auf Ben Koda, der auf einem Fuß balancierte, und den anderen Fuß, an dem ein Wasserski hing, in die Luft hob.

»Ach, den?« Sandy lächelte unschuldig und schirmte die Augen mit der Hand ab, während sie von ihrem Liegestuhl aus Kodas schlanke Gestalt betrachtete – die unsicher schwankte, während Bart Harrington die *Spirit of Seventy-Six* stromaufwärts lenkte. Sandy lachte jetzt laut – und es tat ihr kaum weh –, als sie sah, wie Tom Fogarty bei dem Versuch, das Schleppseil zu entwirren, beinahe über Bord gefallen wäre.

»Ich weiß nicht, Charley«, meinte sie schließlich. Die friedliche Umgebung spiegelte sich sichtlich in ihrer Ruhe wider. »Das habe ich mir noch nicht genau überlegt.« Sie wandte sich ihrem Freund zu und auf ihrem Gesicht lag ein mildes Lächeln. »Kann er denn Wasserski laufen?«

»Nicht so gut wie ich.« Charley schüttelte bestimmt den Kopf und schrie dann aus vollem Hals…

»Los!«

…glücklicherweise wußte er nicht, daß in einem kleinen Labor viele Kilometer östlich vom Big Bend der »Schöpfer« und seine getreue Alchimistin Maria schweigend die goldgetönte Flüssigkeit des A-18-Analogons in ihren geschickten, aber zitternden Händen hielten und ungeduldig darauf warteten, ihre unterbrochene Forschungsarbeit wieder aufzunehmen.